KB100119

루쉰의 문화혈맥 환원

중국 루쉰연구 명가정선집 02
루쉰의 문화혈맥 환원

초판 인쇄 2021년 6월 20일 **초판 발행** 2021년 6월 30일
글쓴이 양이 **옮긴이** 심규호 **펴낸이** 박성모 **펴낸곳** 소명출판 **출판등록** 제13-522호
주소 서울시 서초구 서초중앙로6길 15, 2층
전화 02-585-7840 **팩스** 02-585-7848 **전자우편** somyungbooks@daum.net **홈페이지** www.somyong.co.kr

값 30,000원
ISBN 979-11-5905-234-7 94820
ISBN 979-11-5905-232-3 (세트)

중국 루쉰 연구

명 가 정 선 집

02

루쉰의 문화혈맥 환원

REDUCTION OF LU XUN'S CULTURAL VEIN OF OUR NATION

양이 지음 | 심규호 역

중국 루쉰연구 명가정선집

일러두기

- 이 책은 허페이(合肥) 안후이대학출판사(安徽大學出版社)에서 2013년 6월에 출판한 중국 루쉰연구 명가정선집 『中國需要魯迅』을 한글 번역하였다.
- 가급적 원저를 그대로 옮겼으며, 설명이 필요한 경우에는 '역주'로 표시하였다.

'중국 루쉰연구 명가정선집' 을 펴내며

린페이林非

100년 전인 1913년 4월, 『소설월보小說月報』 제4권 제1호에 '저우춰周逴'로 서명한 문언소설 「옛일懷舊」이 발표됐다. 이는 뒷날 위대한 문학가가 된 루쉰이 지은 것이다. 당시의 『소설월보』 편집장 윈톄차오惲鐵樵가 소설을 대단히 높이 평가해 작품의 열 곳에 방점을 찍고 또 「자오무焦木 · 부지附志」를 지어 "붓을 사용하는 일은 금침으로 사람을 구해내는 것이라 할 수 있다", "전환되는 곳마다 모두 필력을 보였다", 인물을 "진짜 살아있는 듯이 생생하게 썼다", "사물이나 풍경 묘사가 깊고 치밀하다", 또 "이해하고 파악해 문장을 논하고 한가득 미사여구를 늘어놓기에 이르지 않은" 젊은이는 "이런 문장을 본보기로 삼는 것이 아주 좋다"라고 말했다. 이런 글은 루쉰의 작품에 대한 중국의 정식 출판물의 최초의 반향이자 평론이긴 하지만, 또 문장학의 각도에서 「옛일」의 의의를 분석한 것이다.

한 위대한 인물의 출현은 개인의 천재적 조건 이외에 시대적인 기회와 주변 환경에서 비롯되기도 한다. 1918년 5월에, '5 · 4' 문학혁명의 물결 속에서 색다른 양식의 깊고 큰 울분에 찬, '루쉰'이라 서명한 소설 「광인일기狂人日記」가 『신청년新青年』 월간 제4권 제5호에 발표됐다. 이로써 '루쉰'이란 빛나는 이름이 최초로 중국에 등장했다.

8개월 뒤인 1919년 2월 1일 출판된 『신조新潮』 제1권 제2호에서

'기자'라고 서명한 「신간 소개」에 『신청년』 잡지를 소개하는 글이 실렸다. 그 글에서 '기자'는 최초로 「광인일기」에 대해 평론하면서 루쉰의 "「광인일기」는 사실적인 필치로 상징주의symbolism 취지에 이르렀으니 참으로 중국의 으뜸가는 훌륭한 소설이다"라고 말했다.

이 기자는 푸쓰녠傅斯年이었다. 그의 평론은 문장학의 범위를 뛰어넘어 정신문화적 관점에서 중국 사상문화사에서의 루쉰의 가치를 지적했다. 루쉰은 절대로 단일한 문학가가 아닐 뿐 아니라 중국 근현대 정신문화에 전면적으로 영향을 끼친 심오한 사상가이다. 그래서 루쉰연구도 정신문화 현상의 시대적 흐름에 부응해 필연적으로 일어난 것이고, 시작부터 일반적인 순수 학술연구와 달리 어떤 측면에서는 지난 100년 동안의 중국 정신문화사의 발전 궤적을 반영하게 됐다.

이로부터 루쉰과 그의 작품에 대한 평론과 연구도 새록새록 등장해 갈수록 심오해지고 계통적이고 날로 세찬 기세를 많이 갖게 됐다. 연구자 진영도 한 세대 또 한 세대 이어져 창장의 거센 물결처럼 쉼 없이 세차게 흘러 중국 현대문학연구에서 전체 인문연구에 이르기까지 하나의 큰 경관을 형성했다. 그 가운데 주요 분수령은 마오둔茅盾의 「루쉰론魯迅論」, 취추바이瞿秋白의 「『루쉰잡감선집魯迅雜感選集』·서언序言」, 마오쩌둥毛澤東의 「신민주주의론新民主主義論」, 어우양판하이歐陽凡海의 「루쉰의 책魯迅的書」, 리핑신李平心(루쭤魯座)의 「사상가인 루쉰思想家的魯迅」 등이다. 1949년 이후에 또 펑쉐펑馮雪峰의 「루쉰 창작의 특색과 그가 러시아문학에서 받은 영향魯迅創作的特色和他受俄羅斯文學的影響」, 천융陳涌의 「루쉰소설의 현실주의를 논함論魯迅小說的現實主義」과 「문학예술의 현실주의를 위해 투쟁한 루쉰爲文學藝術的現實主義而鬪爭的魯迅」, 탕타오唐弢의 「루쉰 잡문의 예술적 특징

魯迅雜文的藝術特徵」과 「루쉰의 미학사상을 논함論魯迅的美學思想」, 왕야오王瑤의 「루쉰 작품과 중국 고전문학의 역사 관계를 논함論魯迅作品與中國古典文學的歷史關係」 등이 나왔다. 이 시기에는 루쉰연구마저도 왜곡 당했을 뿐 아니라, 특히 '문화대혁명' 중에 루쉰을 정치적인 도구로 삼아 최고 경지로 추어 올렸다. 그렇지만 이런 정치적 환경 속에서라고 해도 리허린李何林으로 대표된 루쉰연구의 실용파가 여전히 자료 정리와 작품 주석이란 기초적인 업무를 고도로 중시했고, 그 틈새에서 숨은 노력을 묵묵히 기울여왔다. 그래서 길이 빛날 의미를 지닌 많은 성과를 얻었다. 결론적으로 루쉰에 대해 우러러보는 정을 가졌건 아니면 다른 견해를 담았건 간에 모두 루쉰과 루쉰연구의 존재를 무시할 수 없다.

귀중한 것은 20세기 1980년대 이후에 루쉰연구가 사상을 제한해 온 오랜 속박에서 벗어나 영역을 확장해 철학, 사회학, 심리학, 비교문학 등 새로운 시야로 루쉰 및 그의 생애와 작품에 대해 더욱 심오하고 두텁게 통일적이고 종합적으로 연구하며 해석하게 됐고, 시종 선두에서서 중국의 사상해방운동과 학술문화업무의 발전을 촉진시키기 위해 불멸의 역사적 공훈을 세웠다. 동시에 또 왕성한 활력과 새로운 지식구조, 새로운 사유방식을 지닌 중·청년 연구자들을 등장시켰다. 이는 중국문학연구와 전체 사회과학연구 가운데서 모두 보기 드문 것이다.

그래서 이 연구자들의 저작에 대해 총결산하고 그들의 성과에 대해 진지한 검토를 하는 것이 매우 필요한 일이 되었다. 안후이安徽대학출판사가 이 무거운 짐을 지고, 학술저서의 출판이 종종 적자를 내고 경제적 이익을 얻을 수 없는 시대에 의연히 편집에 큰 공을 들여 이 '중국 루쉰연구 명가정선집中國魯迅研究名家精選集' 시리즈를 출판해 참으로 사람을 감격하게 했다. 나는 그들의 노력이 수포로 돌아갈 리 없고, 이 저작들이 중국의 루쉰연구학술사에서 틀림없이 중요한 가치를 갖고 대대로 계승돼 미래의 것을 창조해내서 중국에서 루쉰연구가 더욱 큰 발전을 이룰 것을 굳게 믿는다.

이로써 서문을 삼는다.

2013년 3월 3일

횃불이여, 영원하라

지난 100년 중국의 루쉰연구 회고와 전망

1913년 4월 25일에 출판된 『소설월보』 제4권 제1호에 '저우춰'로 서명한 문언소설 「옛일」이 발표됐다. 잡지의 편집장인 윈톄차오는 이 소설에 대해 평가하고 방점을 찍었을 뿐 아니라 또 글의 마지막에서 「자오무·부지」를 지어 소설에 대해 호평했다. 이는 상징성을 갖는 역사적 시점이다. 즉 '저우춰'가 바로 뒷날 '루쉰'이란 필명으로 세계적인 명성을 누리게 된 작가 저우수런周樹人이고, 「옛일」은 루쉰이 창작한 첫 번째 소설로서 중국 현대문학의 전주곡이 됐고, 「옛일」에 대한 윈톄차오의 평론도 중국의 루쉰연구의 서막이 됐다.

1913년부터 헤아리면 중국의 루쉰연구는 지금까지 이미 100년의 역사를 갖게 됐다. 그동안에 사회적 상황의 변화로 인해 수많은 곡절을 겪었음에도 불구하고, 그러나 여전히 저명한 전문가와 학자들이 쏟아져 나와 중요한 학술적 성과를 냈음은 물론 20세기 1980년대에 점차 중요한 영향력을 지닌 학문인 '루학魯學'을 형성하게 됐다. 지난 100년 동안의 중국의 루쉰연구사를 돌이켜보면, 정치적인 요소가 대대적으로 루쉰연구의 역사과정에 커다란 영향을 끼쳤음을 볼 수 있다. 그래서 우리도 정치적인 각도에서 중국의 루쉰연구사 100년을 대체로 중화민국 시기와 중화인민공화국 시기로 구분할 수 있다.

중화민국 시기(1913~1949)의 루쉰연구는 중국의 100년 루쉰연구의 맹아기와 기초기라고 말할 수 있다. 비공식 통계에 따르면, 이 기간

중국의 간행물에 루쉰과 관련한 글은 모두 96편이 발표됐고, 그 가운데서 루쉰의 생애와 관련한 역사 연구자료 성격의 글이 22편, 루쉰사상 연구 3편, 루쉰작품 연구 40편, 기타 31편으로 나뉜다. 이런 글 가운데 비교적 중요한 것은 장딩황張定璜이 1925년에 발표한 「루쉰 선생魯迅先生」과 저우쭤런周作人의 『아Q정전阿Q正傳』 두 편이다. 이외에 문화 방면에서 루쉰의 영향이 점차 확대됨에 따라 점차 더욱더 많은 평론가들이 루쉰과 관련한 연구에 몰두하기 시작해 1926년에 중국의 첫 번째 루쉰연구논문집인 『루쉰과 그의 저작에 관하여關於魯迅及其著作』를 출판했다.

중국의 100년 루쉰연구의 기초기는 중화민국 난징국민정부 시기(1927년 4월~1949년 9월)이다. 비공식 통계에 따르면, 이 기간에 중국의 간행물에 루쉰과 관련한 글은 모두 1,276편이 발표됐고, 그 가운데 루쉰의 생애 관련 역사 연구자료 성격의 글 336편, 루쉰사상 연구 191편, 루쉰작품 연구 318편, 기타 431편으로 나뉜다. 중요한 글에 팡비方璧(마오둔茅盾)의 「루쉰론魯迅論」, 허닝何凝(취추바이瞿秋白)의 「『루쉰잡감선집魯迅雜感選集』·서언序言」, 마오쩌둥毛澤東의 「루쉰론魯迅論」과 「신민주주의적 정치와 신민주주의적 문화新民主主義的政治與新民主主義的文化」, 저우양周揚의 「한 위대한 민주주의자의 길一個偉大的民主主義者的路」, 루쭤魯座(리핑신李平心)의 「사상가인 루쉰思想家魯迅」과 쉬서우창許壽裳, 징쑹景宋(쉬광핑許廣平), 펑쉐펑馮雪峰 등이 쓴 루쉰을 회고한 것들이 있다. 이외에 또 중국에서 출판한 루쉰연구 관련 저작은 모두 79권으로 그 가운데 루쉰의 생애와 사료연구 저작 27권, 루쉰사상 연구 저작 9권, 루쉰작품 연구 저작 9권, 기타 루쉰연구 저작(주제 연구 및 집록류輯錄類 연구 저작) 34권이다. 중요한 저작에 리창즈李長之의 『루쉰 비판魯迅批判』, 루쉰기념위원회魯迅紀念委員會가 편집한 『루쉰선생기념집魯迅先生紀念集』, 샤오훙蕭紅의 『루쉰 선생을 추억하며回憶魯迅先生』, 위다푸郁達夫의 『루쉰 추억과 기타回憶魯迅及其他』, 마오둔이 책임 편집한 『루쉰을 논함論魯迅』, 쉬서우창의 『루쉰의 사상과 생활魯迅的思想與生活』과 『망우 루쉰 인상기亡友魯迅印象記』, 린천林辰의 『루쉰사적고魯迅事迹考』, 왕스징王士菁의 『루쉰전魯迅傳』 등이 있다. 이 시기의 루쉰연구가 전체적으로 말해 학술적인 수준이 높지 않다고 해도, 그러나 루쉰 관련 사료연구, 작품연구와 사상연구 등 방면에서는 중국의 100년 루쉰연구를 위한 기초를 다졌다.

중화인민공화국 시기에 루쉰연구와 발전이 걸어온 길은 비교적 복잡하다. 정치적인 요소의 영향을 받았기 때문에 여러 단계로 구분된다. 즉 발전기, 소외기, 회복기, 절정기, 분화기, 심화기가 그것이다.

중화인민공화국 '17년' 시기(1949~1966)는 중국의 100년 루쉰연구의 발전기이다. 신중국 성립 이후 당국이 루쉰을 기념하고 연구하는 업무를 매우 중시해 연이어 상하이루쉰기념관, 베이징루쉰박물관, 사오싱紹興루쉰기념관, 샤먼廈門루쉰기념관, 광둥廣東루쉰기념관 등 루쉰을 기념하는 기관을 세웠다. 또 여러 차례 루쉰 탄신 혹은 서거한 기념일에 기념행사를 개최했고, 아울러 1956년에서 1958년 사이에 신판 『루쉰전집魯迅全集』을 출판했다. 『인민일보人民日報』도 수차례 현실정치의 필요에 부응해 루쉰서거기념일에 루쉰을 기념하는 사설을 게재했다. 예를 들면 「루쉰을 배워 사상투쟁을 지키자學習魯迅, 堅持思想鬪爭」(1951년 10월 19일), 「루쉰의 혁명적 애국주의의 정신적 유산을 계승하자繼承魯迅的革命愛國主義的精神遺産」(1952년 10월 19일), 「위대한 작가, 위대한 전사偉大的作家 偉大的戰士」(1956년 10월 19일) 등이다. 그럼으로써 학자와 작가들이 루쉰을 연구하도록 이끌었다. 정부의 대대적인 추진 아래 중국의 루쉰연구가 점차 발전하기 시작했다.

비공식 통계에 따르면 이 기간에 중국의 간행물에 발표된 루쉰연구와 관련한 글은 모두 3,206편이다. 그 가운데 루쉰의 생애 관련 역사 연구자료 성격의 글이 707편, 루쉰사상 연구 697편, 루쉰작품 연구 1,146편, 기타 656편이 있다. 중요한 글에 왕야오王瑤의 「중국문학의 유산에 대한 루쉰의 태도와 중국문학이 그에게 끼친 영향魯迅對於中國文學遺產的態度和他所受中國文學的影響」, 천융陳涌의 「한 위대한 지식인의 길一個偉大的知識分子的道路」, 저우양周揚의 「'5·4' 문학혁명의 투쟁전통을 발휘하자發揚"五四"文學革命的戰鬪傳統」, 탕타오唐弢의 「루쉰의 미학사상을 논함論魯迅的美學思想」 등이 있다. 이외에 또 중국에서 출판된 루쉰연구와 관련한 저작은 모두 162권이 있고, 그 가운데 루쉰의 생애와 사료연구 저작은 모두 49권, 루쉰사상 연구 저작 19권, 루쉰작품 연구 저작 57권, 기타 루쉰연구 저작(주제 연구 및 집록류 연구 저작) 37권이다. 중요한 저작에 『루쉰 선생 서거 20주년 기념대회 논문집魯迅先生逝世二十周年紀念大會論文集』, 왕야오의 『루쉰과 중국문학魯迅與中國文學』, 탕타오의 『루쉰 잡문의 예술적 특징魯迅雜文的藝術特徵』, 펑쉐펑의 『들풀을 논함論野草』, 천바이천陳白塵이 집필한 『루쉰魯迅』(영화 문학시나리오), 저우샤서우周遐壽(저우쭤런)의 『루쉰의 고향魯迅的故家』과 『루쉰 소설 속의 인물魯迅小說裏的人物』 그리고 『루쉰의 청년시대魯迅的青年時代』 등이 있다. 이 시기의 루쉰연구는 루쉰작품 연구 영역, 루쉰사상 연구 영역, 루쉰 생애와 사료 연구 영역에서 모두 중요한 학술적 성과를 얻었고, 전체적인 학술적 수준도 중화민국 시기의 루쉰연구보다 최대한도로 심오해졌고, 중국의 100년 루쉰연구사에서 첫 번째로 고도로 발전한 시기이다.

중화인민공화국의 '문화대혁명' 10년 동안은 중국의 100년 루쉰연구의 소외기이다. '문화대혁명' 초기에 중국공산당 중앙이 '프롤레타리아 문화대혁명'을 발동하고, 아울러 루쉰을 빌려 중국의 '문화대혁명'을 공격하는 소련의 언론에 반격하기 위해 7만여 명이 참가한 루쉰 서거30주년 기념대회를 열었다. 여기서 루쉰을 마오쩌둥의 홍소병紅小兵(중국소년선봉대에서 이름이 바뀐 초등학생의 혁명조직으로 1978년 10월 27일에 이전 명칭과 조직을 회복했다－역자)으로 만들어냈고, 홍위병(1966년 5월 29일, 중고대학생을 중심으로 조직됐고, 1979년 10월에 이르러 중국공산당 중앙이 정식으로 해산을 선포했다－역자)에게 루쉰의 반역 정신을 배워 '문화대혁명'을 끝까지 하도록 호소했다. 이는 루쉰의 진실한 이미지를 대대적으로 왜곡했고, 게다가 처음으로 루쉰을 '문화대혁명'의 담론시스템 속에 넣어 루쉰을 '문화대혁명'에 봉사토록 이용한 것이다. 이후에 '비림비공批林批孔' 운동, '우경부활풍조 반격反擊右傾飜案風' 운동, '수호水滸' 비판운동 중에 또 루쉰을 이 운동에 봉사토록 이용해 일정한 정치적 목적을 달성했다. '문화대혁명' 후기인 1975년 말에 마오쩌둥이 '루쉰을 읽고 평가하자讀點魯迅'는 호소를 발표해 전국적으로 루쉰 학습 열풍을 일으켰다. 이에 대대적으로 전국 각지에서 루쉰 보급업무를 추진했고, 루쉰연구가 1980년대에 활발하게 발전하는데 기초를 놓았다.

비공식 통계에 따르면 전체 '문화대혁명' 기간(1966~1976)에 중국의 간행물에 발표된 루쉰 관련 연구는 모두 1,876편이 있고, 그 가운데 루쉰 생애와 사료 관련 글이 130편, 루쉰사상 연구 660편, 루쉰작품 연구 1,018편, 기타 68편이다. 이러한 글들은 대부분 정치적 운동에 부응해 편찬된 것이다. 중요한 글에 『인민일보』가 1966년 10월 20일 루쉰 서거30주년 기념을 위해 발표한 사설 「루쉰적인 혁명의 경골한 정신을 학습하자學習魯迅的革命硬骨頭精神」, 『홍기紅旗』 잡지에 게재된 루쉰 서거30주년 기념대회에서의 야오원위안姚文元, 궈머뤄郭沫若, 쉬광핑許廣平 등의 발언과 사설 「우리의 문화혁명 선구자 루쉰을 기념하자紀念我們的文化革命先驅魯迅」, 『인민일보』의 1976년 10월 19일 루쉰 서거40주년 기념을 위해 발표된 사설 「루쉰을 학습하여 영원히 진격하자學習魯迅永遠進擊」 등이 있다. 그 외에 중국에서 출판한 루쉰연구 관련 저작은 모두 213권이고, 그 가운데 루쉰 생애와 사료연구 관련 저작 30권, 루쉰사상 연구 저작 9권, 루쉰작품 연구 저작 88권, 기타 루쉰연구 저작(주제 연구 및 집록류 연구 저작) 86권이 있다. 이러한 저작은 거의 모두 정치적 운동의 필요에 부응해 편찬된 것이기 때문에 학술적 수준이 비교적 낮다. 예를 들면 베이징대학 중문과 창작교학반이 펴낸 『루쉰작품선강魯迅作品選講』 시리즈총서, 인민문학출판사가 출판한 『루쉰을 배워 수정주의 사상을 깊이 비판하자學習魯迅深入批修』 등이 그러하다. 이 시기는 '17년' 기간에 개척한 루쉰연구의 만족스러운 국면을 이어갈 수 없었고 루쉰에 대한 학술연구는 거의 정체되었으며, 공개적으로 발표한 루쉰과 관련한 각종 논저는 거의 다 왜곡되어 루쉰을 이용한 선전물이었다. 이는 중국의 루쉰연구에 대해 말하면 의심할 바 없이 악재였다.

'문화대혁명'이 막을 내린 뒤부터 1980년에 이르는 기간(1977~1979)은 중국의 100년 루쉰연구의 회복기이다. 1976년 10월 '문화대혁명'이 막을 내렸을 때는 루쉰에 대해 '문화대혁명'이 왜곡하고 이용하면서 초래한 좋지 못한 영향이 여전히 상당한 정도로 존재하고 있었다. '문화대혁명'이 막을 내린 뒤 국가의 관련 기관이 이러한 좋지 못한 영향 제거에 신속하게 손을 댔고, 루쉰 저작의 출판 업무를 강화했으며, 신판 『루쉰전집』을 출판할 준비에 들어갔다. 아울러 중국루쉰연구학회를 결성하고 루쉰연구실도 마련했다. 그리하여 루쉰연구에 대해 '문화대혁명'이 가져온 파괴적인 면을 대대적으로 수정했다. 이외에 인민문학출판사가 1974년에 지식인과 노동자, 농민, 병사의 삼결합 방식으로 루쉰저작 단행본에 대한 주석 작업을 개시했다. 그리하여 1975년 8월에서 1979년 2월까지 잇따라 의견모집본('붉은 표지본'이라고도 부른다)을 인쇄했고, '사인방'이 몰락한 뒤에 이 '의견모집본'('녹색 표지본'이라고도 부른다)들을 모두 비교적 크게 수정했고, 이후 1979년 12월부터 연속 출판했다. 1970년대 말에 '삼결합' 원칙에 근거하여 세운, 루쉰저작에 대한 루쉰저작에 대한 주석반의 각 판본의 주석이 분명한 시대적 색채를 갖지만, '문화대혁명' 기간의 루쉰저작에 대한 왜곡이나 이용과 비교하면 다소 발전된 것임을 의심할 여지는 없다. 그래서 이러한 '붉은 표지본' 루쉰저작 단행본은 '사인방'이 몰락한 뒤에 신속하게 수정된 뒤 '녹색 표지본'의 형식으로 출판됨으로써 '문화대혁명' 뒤의 루쉰 전파에 중요한 공헌을 했다.

비공식 통계에 따르면, 이 동안에 중국의 간행물에 발표된 루쉰 관련 연구는 모두 2,243편이고, 그 가운데 루쉰의 생애와 사료 관련 179편, 루쉰사상 연구 692편, 루쉰작품 연구 1,272편, 기타 100편이 있다. 중요한 글에 천융의 「루쉰사상의 발전 문제에 관하여關於魯迅思想發展問題」, 탕타오의 「루쉰 사상의 발전에 관한 문제關於魯迅思想發展的問題」,

위안량쥔袁良駿의 「루쉰사상 완성설에 대한 질의魯迅思想完成說質疑」, 린페이林非와 류짜이푸劉再復의 「루쉰이 '5·4' 시기에 제창한 '민주'와 '과학'의 투쟁魯迅在五四時期倡導"民主"和"科學"的鬪爭」, 리시판李希凡의 「'5·4' 문학혁명의 투쟁적 격문－'광인일기'로 본 루쉰소설의 '외침' 주제"五四"文學革命的戰鬪檄文－從『狂人日記』看魯迅小說的"吶喊"主題」, 쉬제許傑의 「루쉰 선생의 '광인일기' 다시 읽기重讀魯迅先生的『狂人日記』」, 저우젠런周建人의 「루쉰의 한 단면을 추억하며回憶魯迅片段」, 펑쉐펑의 「1936년 저우양 등의 행동과 루쉰이 '민족혁명전쟁 속의 대중문학' 구호를 제기한 경과 과정과 관련하여有關一九三六年周揚等人的行動以及魯迅提出"民族革命戰爭中的大衆文學"口號的經過」, 자오하오성趙浩生의 「저우양이 웃으며 역사의 공과를 말함周揚笑談歷史功過」 등이 있다. 이외에 중국에서 출판한 루쉰연구 관련 저작은 모두 134권이고, 그 가운데 루쉰의 생애와 사료 연구 관련 저작 27권, 루쉰사상 연구 저작 11권, 루쉰작품 연구 저작 42권, 기타 루쉰연구 저작(주제 연구 및 집록류 연구 저작) 54권이다. 중요한 저작에 위안량쥔의 『루쉰사상논집魯迅思想論集』, 린페이의 『루쉰소설논고魯迅小說論稿』, 류짜이푸의 『루쉰과 자연과학魯迅與自然科學』, 주정朱正의 『루쉰회고록 정오魯迅回憶錄正誤』 등이 있다. 전체적으로 말하면 이 시기의 루쉰연구는 '문화대혁명'이 루쉰을 왜곡한 현상에 대해 바로잡고 점차 정확한 길을 걷고, 또 잇따라 중요한 학술적 성과를 얻었으며, 1980년대의 루쉰연구를 위해 만족스런 기초를 다졌다.

20세기 1980년대는 중국의 100년 루쉰연구의 절정기이다. 1981년에 중국공산당 중앙이 '문화대혁명'의 영향을 철저하게 제거하기 위해 인민대회당에서 루쉰 탄신100주년을 위한 기념대회를 성대하게 거행했다. 그리하여 '문화대혁명' 시기에 루쉰을 왜곡하고 이용하면서 초래된 좋지 못한 영향을 최대한도로 청산했다. 후야오방胡耀邦은 중국공산당을 대표한 「루신 탄신100주년 기념대회에서의 연설在魯迅誕生一百周年紀念大會上的講話」에서 루쉰정신에 대해 아주 새로이 해석하고, 아울러 루쉰연구 업무에 대해 새로운 요구 사항을 제기했다. 『인민일보』가 1981년 10월 19일에 사설 「루쉰정신은 영원하다魯迅精神永在」를 발표했다. 여기서 루쉰정신을 당시의 세계 및 중국 정세와 결합시켜 새로이 해독하고, 루쉰정신을 계승하고 발전시킬 중요한 현실적 의미를 제기했다. 그리고 전국 인민에게 '루쉰을 배우자, 루쉰을 연구하자'고 호소했다. 그리하여 루쉰에 대한 전국적 전파를 최대한 촉진시켜 1980년대 루쉰연구의 열풍을 일으켰다. 왕야오, 탕타오, 리허린 등 루쉰연구의 원로 전문가들이 '문화대혁명'을 겪은 뒤에 다시금 학술연구 업무를 시작하여 중요한 루쉰연구 논저를 저술했고, 아울러 193,40년대에 출생한 루쉰연구 전문가들이 쏟아져 나왔다. 예를 들면 린페이, 쑨위스孫玉石, 류짜이푸, 왕푸런王富仁, 첸리췬錢理群, 양이楊義, 니모옌倪墨炎, 위안량쥔, 왕더허우王德後, 천수위陳漱渝, 장멍양張夢陽, 진훙다金宏達 등이다. 이들은 중국의 루쉰연구를 시대의 두드러진 학파가 되도록 풍성하게 가꾸어 민족의 사상해방 면에서 중요한 작용을 발휘하도록 했다. 그러나 1980년대 말에 정치적인 이유로 인해 루쉰은 또 당국에 의해 점차 주변부화되었다.

비공식 통계에 따르면 20세기 1980년대 10년 동안에 중국 전역에서 루쉰연구와 관련한 글은 모두 7,866편이 발표됐고, 그 가운데 루쉰 생애 및 사적과 관련한 글 935편, 루쉰사상 연구 2,495편, 루쉰작품 연구

3,406편, 기타 1,030편이 있다. 루쉰의 생애 및 사적과 관련해 중요한 글에 후펑胡風의 「'좌련'과 루쉰의 관계에 관한 약간의 회상關於"左聯"及與魯迅關係的若干回憶」, 옌위신閻愈新의 「새로 발굴된 루쉰이 홍군에게 보낸 축하 편지 魯迅致紅軍賀信的新發現」, 천수위의 「새벽이면 동쪽 하늘에 계명성 뜨고 저녁이면 서쪽 하늘에 장경성 뜨니-루쉰과 저우쭤런이 불화한 사건의 시말東有啓明西有長庚-魯迅周作人失和前後」, 멍수훙蒙樹宏의 「루쉰 생애의 역사적 사실 탐색魯迅生平史實探微」 등이 있다. 또 루쉰사상 연구의 중요한 글에 왕야오의 「루쉰사상의 한 가지 중요한 특징-깨어있는 현실주의魯迅思想的一個重要特點-淸醒的現實主義」, 천융의 「루쉰과 프롤레타리아문학 문제魯迅與無產階級文學問題」, 탕타오의 「루쉰의 초기 '인생을 위한' 문예사상을 논함論魯迅早期"爲人生"的文藝思想」, 첸리췬의 「루쉰의 심리 연구魯迅心態硏究」와 「루쉰과 저우쭤런의 사상 발전의 길에 대한 시론試論魯迅與周作人的思想發展道路」, 진훙다의 「루쉰의 '국민성 개조' 사상과 그 문화 비판魯迅的"改造國民性"思想及其文化批判」 등이 있다. 루쉰작품 연구의 중요한 글에는 왕야오의 「루쉰과 중국 고전문학魯迅與中國古典文學」, 옌자옌嚴家炎의 「루쉰 소설의 역사적 위상魯迅小說的歷史地位」, 쑨위스의 「'들풀'과 중국 현대 산문시『野草』與中國現代散文詩」, 류짜이푸의 「루쉰의 잡감문학 속의 '사회상' 유형별 형상을 논함論魯迅雜感文學中的"社會相"類型形象」, 왕푸런의 『중국 반봉건 사상혁명의 거울-'외침'과 '방황'의 사상적 의미를 논함中國反封建思想革命的一面鏡子-論『吶喊』『彷徨』的思想意義」과 「인과적 사슬 두 줄의 변증적 통일-'외침'과 '방황'의 구조예술兩條因果鏈的辨證統一『吶喊』『彷徨』的結構藝術」, 양이의 「루쉰소설의 예술적 생명력을 논함論魯迅小說的藝術生命力」, 린페이의 「'새로 쓴 옛날이야기'와 중국 현대문학 속의 역사제재소설을 논함論『故事新編』與中國現代文學中的歷

史題材小說」, 왕후이汪暉의 「역사적 '중간물'과 루쉰소설의 정신적 특징歷史的"中間物"與魯迅小說的精神特徵」과 「자유 의식의 발전과 루쉰소설의 정신적 특징自由意識的發展與魯迅小說的精神特徵」 그리고 「'절망에 반항하라'의 인생철학과 루쉰소설의 정신적 특징"反抗絶望"的人生哲學與魯迅小說的精神特徵」 등이 있다. 그리고 기타 중요한 글에 왕후이의 「루쉰연구의 역사적 비판魯迅研究的歷史批判」, 장멍양의 「지난 60년 동안 루쉰잡문 연구의 애로점을 논함論六十年來魯迅雜文研究的症結」 등이 있다. 이외에 중국에서 출판한 루쉰연구에 관한 저작은 모두 373권으로, 그 가운데 루쉰 생애와 사료 연구 저작 71권, 루쉰사상 연구 저작 43권, 루쉰작품 연구 저작 102권, 기타 루쉰연구 저작(주제 연구 및 집록류 연구 저작) 157권이 있다. 저명한 루쉰연구 전문가들이 중요한 루쉰연구 저작을 출판했고, 예를 들면 거바오취안戈寶權의 『세계문학에서의 루쉰의 위상魯迅在世界文學上的地位』, 왕야오의 『루쉰과 중국 고전소설魯迅與中國古典小說』과 『루쉰작품논집魯迅作品論集』, 탕타오의 『루쉰의 미학사상魯迅的美學思想』, 류짜이푸의 『루쉰미학사상논고魯迅美學思想論稿』, 천융의 『루쉰론魯迅論』, 리시판의 『'외침'과 '방황'의 사상과 예술「吶喊」「彷徨」的思想與藝術』, 쑨위스의 『'들풀' 연구「野草」研究』, 류중수劉中樹의 『루쉰의 문학관魯迅的文學觀』, 판보췬范伯群과 쩡화펑曾華鵬의 『루쉰소설신론魯迅小說新論』, 니모옌의 『루쉰의 후기사상 연구魯迅後期思想研究』, 왕더허우의 『'두 곳의 편지' 연구「兩地書」研究』, 양이의 『루쉰소설 종합론魯迅小說綜論』, 왕푸런의 『루쉰의 전기 소설과 러시아문학魯迅前期小說與俄羅斯文學』, 진훙다의 『루쉰 문화사상 탐색魯迅文化思想探索』, 위안량쥔의 『루쉰연구사(상권)魯迅研究史上卷』, 린페이와 류짜이푸의 공저 『루쉰전魯迅傳』 및 루쉰탄신100주년기념위원회 학술활동반이 편집한 『루쉰 탄신 100주년기념

학술세미나논문선紀念魯迅誕生100周年學術討論會論文選』 등이 있다. 전체적으로 말하면 이 시기의 루쉰연구는 중국의 100년 루쉰연구사상의 폭발기로 '문화대혁명' 10년 동안의 억압을 겪은 뒤, 왕야오, 탕타오 등으로 대표되는 원로 세대 학자, 왕푸런, 첸리췬 등으로 대표된 중년 학자, 왕후이 등으로 대표되는 청년학자들이 루쉰사상 연구 영역과 루쉰작품 연구 영역에서 모두 풍성한 연구 성과를 거두었다. 아울러 저명한 루쉰연구 전문가들이 쏟아져 나왔을 뿐 아니라 중국 루쉰연구의 발전을 최대로 촉진시켰고, 루쉰연구를 민족의 사상해방 면에서 선도적인 핵심 작용을 발휘하도록 했다.

20세기 1990년대는 중국의 100년 루쉰연구의 분화기이다. 1990년대 초에, 1980년대 이래 중국에 나타난 부르주아 자유화 사조를 청산하기 위해 중국공산당 중앙이 1991년 10월 19일 루쉰 탄신110주년 기념을 위하여 루쉰 기념대회를 중난하이中南海에서 대대적으로 거행했다. 장쩌민江澤民이 중국공산당 중앙을 대표해 「루쉰정신을 더 나아가 학습하고 발휘하자進一步學習和發揚魯迅精神」는 연설을 했다. 그는 이 연설에서 새로운 형세에 따라 루쉰에 대해 새로운 해독을 하고, 아울러 루쉰연구 및 전체 인문사회과학연구에 대해 새로운 요구 사항을 제기하고 또 새로운 방향을 제시했다. 루쉰을 본보기와 무기로 삼아 사상문화전선의 정치적 방향을 명확하게 바로잡았던 것이다. 이로 인해 루쉰도 재차 신의 제단에 초대됐다. 하지만 시장경제의 발전에 따라 시장경제라는 큰 흐름의 충격 아래 1990년대 중·후기에 당국이 다시 점차 루쉰을 주변부화시키면서 루쉰연구도 점차 시들해졌다. 하지만 195, 60년대에 태어난 중·청년 루쉰연구 전문가들이 줄줄이 나타났다. 예를 들면 왕후이, 장푸구이張福貴, 왕샤오밍王曉明, 양젠룽楊劍龍, 황젠黃健, 가오쉬둥高旭東, 주샤오진朱曉進, 왕첸쿤王乾坤, 쑨위孫郁, 린셴즈林賢治, 왕시룽王錫榮, 리신위李新宇, 장훙張閎 등이 새로운 이론과 새로운 연구방법으로 루쉰연구의 공간을 더 나아가 확장했다. 1990년대 말에 한둥韓冬 등 일부 젊은 작가와 거훙빙葛紅兵 등 젊은 평론가들이 루쉰을 비판하는 열풍도 일으켰다. 이 모든 것이 다 루쉰이 이미 신의 제단에서 내려오기 시작했음을 나타냈다.

비공식 통계에 따르면 20세기 1990년대에 중국에서 발표된 루쉰연구 관련 글은 모두 4,485편이다. 그 가운데 루쉰 생애와 사적 관련 글 549편, 루쉰사상 연구 1,050편, 루쉰작품 연구 1,979편, 기타 907편이다. 루쉰 생애와 사적과 관련된 중요한 글에 저우정장周正章의 「루쉰의 사인에 대한 새 탐구魯迅死因新探」, 우쥔吳俊의 「루쉰의 병력과 말년의 심리魯迅的病史與暮年心理」 등이 있다. 또 루쉰사상 연구 관련 중요한 글에 린셴즈의 「루쉰의 반항철학과 그 운명魯迅的反抗哲學及其命運」, 장푸구이의 「루쉰의 종교관과 과학관의 역설魯迅宗教觀與科學觀的悖論」, 장자오이張釗貽의 「루쉰과 니체의 '반현대성'의 의기투합魯迅與尼采"反現代性"的契合」, 왕첸쿤의 「루쉰의 세계적 철학 해독魯迅世界的哲學解讀」, 황젠의 「역사 '중간물'의 가치와 의미 – 루쉰의 문화의식을 논함歷史"中間物"的價值與意義 – 論魯迅的文化意識」, 리신위의 「루쉰의 사람의 문학 사상 논강魯迅人學思想論綱」, 가오위안바오郜元寶의 「루쉰과 현대 중국의 자유주의魯迅與中國現代的自由主義」, 가오위안둥高遠東의 「루쉰과 묵자의 사상적 연계를 논함論魯迅與墨子的思想聯系」 등이 있다. 루쉰작품 연구의 중요한 글에는 가오쉬둥의 「루쉰의 '악'의 문학과 그 연원을 논함論魯迅"惡"的文學及其淵源」, 주샤오진의 「루쉰 소설의 잡감화 경향魯迅小說的雜感化傾向」, 왕자량王嘉良의 「시정 관념－루쉰 잡감문학의 시학 내용詩情觀念－魯迅雜感文學的詩學內蘊」, 양젠룽의 「상호텍스트성－루쉰의 향토소설의 의향 분석文本互涉－魯迅鄕土小說的意向分析」, 쉐이薛毅의 「'새로 쓴 옛날이야기'의 우언성을 논함論『故事新編』的寓言性」, 장훙의 「'들풀' 속의 소리 이미지『野草』中的聲音意象」 등이 있다. 이외에 기타 중요한 글에 펑딩안彭定安의 「루쉰학－중국 현대문화 텍스트의 이론적 구조魯迅學－中國現代文化文本的理論構造」, 주샤오진의 「루쉰의 문체 의식과 문체 선택魯迅的文體意識及其文體選擇」, 쑨위의 「당대문학과 루쉰 전통當代文學與魯迅傳統」 등이 있다. 그밖에 중국에서 출판된 루쉰연구 관련 저작은 모두 220권으로, 그 가운데 루쉰 생애 및 사료 연구와 관련된 저작 50권, 루쉰사상 연구 저작 36권, 루쉰작품 연구 저작 61권, 기타 루쉰연구 저작(주제 연구 및 집록류 연구 저작) 73권이 있다. 그 가운데 중요한 루쉰의 생애 및 사료 연구와 관련된 저작에 왕샤오밍의 『직면할 수 없는 인생－루쉰전無法直面的人生－魯迅傳』, 우쥔의 『루쉰의 개성과 심리 연구魯迅個性心理硏究』, 쑨위의 『루쉰과 저우쭤런魯迅與周作人』, 린셴즈의 『인간 루쉰人間魯迅』, 왕빈빈王彬彬의 『루쉰 말년의 심경魯迅－晩年情懷』 등이 있다. 또 루쉰사상 연구 관련 중요한 저작에 왕후이의 『절망에 반항하라－루쉰의 정신구조와 '외침'과 '방황' 연구反抗絶望－魯迅的精神結構與「吶喊」「彷徨」硏究』, 가오쉬둥의 『문화적 위인과 문화적 충돌－중서 문화충격의 소용돌이 속에 있는 루쉰文化偉人與文化衝突－魯迅在中西文化撞擊的漩渦中』, 왕첸쿤의 『중간에서 무한 찾기－루쉰의 문화가치관由中間尋找無限－魯迅的文化價値觀』과 『루쉰의 생명철학魯迅的生命哲學』, 황젠의 『반성과 선택－루쉰의 문화관에 대한 다원적 투시反省與選擇－魯迅文化觀的多維透視』 등이 있다. 루쉰작품 연구 관련 중요한 저작에는 양이의 『루쉰

작품 종합론』, 린페이의 『중국 현대소설사에서의 루쉰中國現代小說史上的魯迅』, 위안량쥔의 『현대산문의 정예부대現代散文的勁旅』, 첸리췬의 『영혼의 탐색心靈的探尋』, 주샤오진의 『루쉰 문학관 종합론魯迅文學觀綜論』, 장멍양의 『아Q신론-아Q와 세계문학 속의 정신적 전형문제阿Q新論-阿Q與世界文學中的精神典型問題』 등이 있다. 그리고 기타 루쉰연구 저작(주제 연구 및 집록류 연구 저작)에 위안량쥔의 『당대 루쉰연구사當代魯迅研究史』, 왕푸런의 『중국 루쉰연구의 역사와 현황中國魯迅研究的歷史與現狀』, 천팡징陳方競의 『루쉰과 저둥문화魯迅與浙東文化』, 예수쑤이葉淑穗의 『루쉰의 유물로 루쉰을 알다從魯迅遺物認識魯迅』, 리윈징李允經의 『루쉰과 중외미술魯迅與中外美術』 등이 있다. 전체적으로 말하면 루쉰이 1990년대 중·후기에 신의 제단을 내려오기 시작함에 따라서 중국의 루쉰연구가 비록 시장경제의 커다란 충격을 받기는 했어도, 여전히 중년 학자와 새로 배출된 젊은 학자들이 새로운 이론과 연구방법을 채용해 루쉰사상 연구 영역과 루쉰작품 연구 영역에서 계속 상징적인 성과물들을 내놓았다. 1990년대의 루쉰연구의 성과가 비록 수량 면에서 분명히 1980년대의 루쉰연구의 성과보다는 떨어진다고 해도 그러나 학술적 수준 면에서는 1980년대의 루쉰연구의 성과보다 분명히 높았다고 말할 수 있다. 이러한 현상은 루쉰연구가 이미 기본적으로 정치적 요소의 영향에서 벗어나 정상궤도로 진입했고, 아울러 큰 정도에서 루쉰연구의 공간이 개척되었음을 나타내고 있다고 말할 수 있다.

21세기의 처음 10년은 중국의 100년 루쉰연구의 심화기이다. 21세기에 들어서면서 루쉰을 기념하는 행사를 개최하려는 당국의 열의는 현저히 식었다. 2001년 루쉰 탄신120주년 무렵에 당국에서는 루쉰기념대회를 개최하지 않았고 국가 최고지도자도 루쉰에 관한 연설을 발표하지 않았을 뿐 아니라 『인민일보』도 루쉰에 관한 사설을 더 이상 발표하지 않았다. 이와 동시에 루쉰을 비판하는 발언이 새록새록 등장했다. 이는 루쉰이 이미 신의 제단에서 완전히 내려와 사람의 사회로 되돌아갔음을 상징한다. 하지만 중국의 루쉰연구는 오히려 꾸준히 발전하였다. 옌자옌, 쑨위스, 첸리췬, 왕푸런, 왕후이, 정신링鄭心伶, 장멍양, 장푸구이, 가오쉬둥, 황젠, 쑨위, 린셴즈, 왕시룽, 장전창姜振昌, 쉬쭈화許祖華, 진충린靳叢林, 리신위 등 학자들이 루쉰연구의 진지를 더욱 굳게 지켰다. 더불어 가오위안바오, 왕빈빈, 가오위안둥, 왕쉐첸王學謙, 왕웨이둥汪衛東, 왕자핑王家平 등 1960년대에 출생한 루쉰연구 전문가들도 점차 성장하면서 루쉰연구를 계속 전수하게 되었다.

2000년에서 2009년까지 비공식 통계에 따르면 중국에서 발표한 루쉰연구 관련 글은 7,410편으로, 그 가운데 루쉰 생애와 사료 관련 글 759편, 루쉰사상 연구 1,352편, 루쉰작품 연구 3,794편, 기타 1,505편이 있다. 루쉰 생애 및 사적과 관련된 중요한 글에 옌위신의 「루쉰과 마오둔이 홍군에게 보낸 축하편지 다시 읽기再讀魯迅茅盾致紅軍賀信」, 천핑위안陳平原의 「경전은 어떻게 형성된 것인가?－저우씨 형제의 후스를 위한 산시고經典是如何形成的－周氏兄弟爲胡適刪詩考」, 왕샤오밍의 「'비스듬히 선' 운명"橫站"的命運」, 스지신史紀辛의 「루쉰과 중국공산당과의 관계의 어떤 사실 재론再論魯迅與中國共産黨關係的一則史實」, 첸리췬의 「예술가로서의 루쉰作爲藝術家的魯迅」, 왕빈빈의 「루쉰과 중국 트로츠키파의 은원魯迅與中國托派的恩怨」 등이 있다. 또 루쉰사상 연구의 중요한 글에 왕푸런의 「시간, 공간, 사람－루쉰 철학사상에 대한 몇 가지 견해時間·空間·人－魯迅哲學思想

芻議」, 원루민溫儒敏의 「문화적 전형에 대한 루쉰의 탐구와 우려魯迅對文化典型的探求與焦慮」, 첸리췬의 「'사람을 세우다'를 중심으로 삼다-루쉰 사상과 문학의 논리적 출발점以"立人"爲中心-魯迅思想與文學的邏輯起點」, 가오쉬둥의 「루쉰과 굴원의 심층 정신의 연계를 논함論魯迅與屈原的深層精神聯系」, 가오위안바오의 「세상을 위해 마음을 세우다-루쉰 저작 속에 보이는 마음 '심'자 주석爲天地立心-魯迅著作中所見"心"字通詮」 등이 있다. 그리고 루쉰 작품 연구의 중요한 글에 옌자옌의 「다성부 소설-루쉰의 두드러진 공헌復調小說-魯迅的突出貢獻」, 왕푸런의 「루쉰 소설의 서사예술魯迅小說的敍事藝術」, 팡쩡위逄增玉의 「루쉰 소설 속의 비대화성과 실어 현상魯迅小說中的非對話性和失語現象」, 장전창의 「'외침'과 '방황'-중국소설 서사방식의 심층 변환『吶喊』『彷徨』-中國小說敍事方式的深層嬗變」, 쉬쭈화의 「루쉰 소설의 기본적 환상과 음악魯迅小說的基本幻象與音樂」 등이 있다. 또 기타 중요한 글에는 첸리췬의 「루쉰-먼 길을 간 뒤(1949~2001)魯迅-遠行之後1949~2001」, 리신위의 「1949-신시기로 들어선 루쉰1949-進入新時代的魯迅」, 리지카이李繼凱의 「루쉰과 서예 문화를 논함論魯迅與書法文化」 등이 있다. 이외에 중국에서 출판한 루쉰연구 관련 저작은 모두 431권이다. 그 가운데 루쉰 생애 및 사료 연구 관련 저작 96권, 루쉰사상 연구 저작 55권, 루쉰작품 연구 저작 67권, 기타 루쉰연구 저작(주제 연구 및 집록류 연구 저작) 213권이다. 그 가운데 루쉰 생애 및 사료 연구의 중요한 저작에 니모옌의 『루쉰과 쉬광핑魯迅與許廣平』, 왕시룽의 『루쉰 생애의 미스테리魯迅生平疑案』, 린셴즈의 『루쉰의 마지막 10년魯迅的最後十年』, 저우하이잉周海嬰의 『나의 아버지 루쉰魯迅與我七十年』 등이 있다. 또 루쉰사상 연구의 중요한 저작에 첸리췬의 『루쉰과 만나다與魯迅相遇』, 리신위의 『루쉰의 선택魯迅的選擇』, 주서우퉁朱壽桐의 『고립무원의 기치-루쉰의 전통과 그 자원의 의미를 논함孤絶的旗幟-論魯迅傳統及其資源意義』, 장닝張寧의 『수많은 사람과 한없이 먼 곳-루쉰과 좌익無數人們與無窮遠方-魯迅與左翼』, 가오위안둥의 『현대는 어떻게 '가져왔나'?-루쉰 사상과 문학 논집現代如何"拿來"-魯迅思想與文學論集』 등이 있다. 루쉰작품 연구의 중요한 저작에 쑨위스의 『현실적 및 철학적 '들풀' 연구現實的與哲學的-「野草」研究』, 왕푸런의 『중국 문화의 야경꾼 루쉰中國文化的守夜人-魯迅』, 첸리췬의 『루쉰 작품을 열다섯 가지 주제로 말함魯迅作品十五講』 등이 있다. 그리고 주제 연구 및 집록류 연구의 중요한 저작에는 장멍양의 『중국 루쉰학 통사中國魯迅學通史』, 펑딩안의 『루쉰학 개론魯迅學導論』, 펑광롄馮光廉의 『다원 시야 속의 루쉰多維視野中的魯迅』, 첸리췬의 『먼 길을 간 뒤-루쉰 접수사의 일종 묘사(1936~2000)遠行之後-魯迅接受史的一種描述1936~2000』, 왕자핑의 『루쉰의 해외 100년 전파사(1909~2008)魯迅域外百年傳播史1909~2008』 등이 있다. 전체적으로 말하면, 21세기 처음 10년의 루쉰연구는 기본적으로 정치적인 요소의 영향에서 벗어났고, 루쉰작품에 대한 연구에 더욱 치중했으며, 루쉰작품의 문학적 가치와 미학적 가치를 훨씬 중시했다. 그래서 얻은 학술적 성과는 수량 면에서 중국의 100년 루쉰연구의 절정기에 이르렀을 뿐 아니라 학술적 수준 면에서도 중국의 100년 루쉰연구의 절정기에 이르렀다.

21세기 두 번째 10년에 들어서면서 중국의 루쉰연구는 노년, 중년, 청년 등 세 세대 학자의 노력으로 여전히 만족스러운 발전을 보인 시기이다.

비공식 통계에 따르면 2010년 중국에서 발표된 루쉰 관련 글은 모두 977편이고, 그 가운데 루쉰 생애 및 사료 관련 글 140편, 루쉰사상 연구 148편, 루쉰작품 연구 531편, 기타 158편이다. 이외에 2010년에 중국에서 출판된 루쉰 관련 연구 저작은 모두 37권이고, 그 가운데 루쉰 생애 및 사료 관련 연구 저작 7권, 루쉰사상 연구 저작 4권, 루쉰작품 연구 저작 3권, 기타 루쉰연구 저작(주제 연구 및 집록류 연구 저작) 23권이다. 대부분이 모두 루쉰연구와 관련된 옛날의 저작을 새로이 찍어냈다. 새로 출판한 루쉰연구의 중요한 저작에 왕더허우의 『루쉰과 공자魯迅與孔子』, 장푸구이의 『살아있는 루쉰-루쉰의 문화 선택의 당대적 의미"活着的魯迅"-魯迅文化選擇的當代意義』, 우캉吳康의 『글쓰기의 침묵-루쉰 존재의 의미書寫沈默-魯迅存在的意義』 등이 있다. 2011년 중국에서 발표된 루쉰 관련 글은 모두 845편이고, 그 가운데 루쉰 생애 및 사료 관련 글 128편, 루쉰사상 연구 178편, 루쉰작품 연구 279편, 기타 260편이다. 이외에 2011년 한 해 동안 중국에서 출판된 루쉰 관련 연구 저작은 모두 66권이고, 그 가운데 루쉰 생애 및 사료 관련 연구 저작 18권, 루쉰사상 연구 저작 12권, 루쉰작품 연구 저작 8권, 기타 루쉰연구 저작(주제 연구 및 집록류 연구 저작) 28권이다. 중요한 저작에 류짜이푸의 『루쉰론魯迅論』, 저우링페이周令飛가 책임 편집한 『루쉰의 사회적 영향 조사보고魯迅社會影響調査報告』, 장자오이의 『루쉰, 중국의 '온화'한 니체魯迅-中國"溫和"的尼采』 등이 있다. 2012년에 중국에서 발표된 루쉰 관련 글은 모두 750편이고, 그 가운데 루쉰 생애 및 사료 관련 글 105편, 루쉰사상 연구 148편, 루쉰작품 연구 260편, 기타 237편이다. 이외에 2012년 한 해 동안 중국에서 출판된 루쉰 관련 연구 저작은 모두 37권이고, 그 가운데 루쉰 생애 및 사료 관련 연구 저작 14권,

루쉰사상 연구 저작 4권, 루쉰작품 연구 저작 8권, 기타 루쉰연구 저작(주제 연구 및 집록류 연구 저작) 11권이다. 중요한 저작에 쉬쭈화의 『루쉰 소설의 예술적 경계 허물기 연구魯迅小說跨藝術研究』, 장멍양의 『루쉰전魯迅傳』(제1부), 거타오葛濤의 『'인터넷 루쉰' 연구"網絡魯迅"研究』 등이 있다. 상술한 통계 숫자에서 현재 중국의 루쉰연구는 21세기 처음 10년에 얻은 성과를 바탕으로 계속 만족스러운 발전 시기에 있었음을 알 수 있다.

마지막으로 지난 100년 동안의 루쉰연구사를 돌이켜보면 중국에서 발표된 루쉰연구 관련 글과 출판된 루쉰연구 논저에 대해서도 거시적으로 숫자적인 분석이 필요하다. 비공식 통계에 따르면 1913년에서 2012년까지 중국에서 발표된 루쉰과 관련한 글은 모두 31,030편이다. 그 가운데 루쉰 생애 및 사료 관련 글이 3,990편으로 전체 수량의 12.9%, 루쉰사상 연구 7,614편으로 전체 수량의 24.5%, 루쉰작품 연구 14,043편으로 전체 수량의 45.3%, 기타 5,383편으로 전체 수량의 17.3%를 차지한다. 상술한 통계 결과에서 중국의 루쉰연구는 전체적으로 루쉰작품과 관련한 글이 주로 발표되었고, 그다음은 루쉰사상 연구와 관련한 글이다. 가장 취약한 부분은 루쉰의 생애 및 사료와 관련해 연구한 글임을 알 수 있다. 루쉰연구계가 앞으로 더 나아가 이 영역의 연구를 보강할 수 있기를 희망한다. 이외에 통계 결과에서 다음과 같은 사실도 알 수 있다. 중화민국 기간(1913~1949년 9월)에 발표된 루쉰연구와 관련한 글은 모두 1,372편으로, 중국의 루쉰연구 글의 전체 분량의 4.4%를 차지하고 매년 평균 38편씩 발표되었다. 중화인민공화국 시기에 발표된 루쉰연구와 관련한 글은 모두 29,658편으로 중국의 루쉰연구 글의 전체 분량의 95.6%를 차지하며 매년 평균 470편씩 발표되었다. 그 가운데 '문화대혁명' 후기의 3년(1977~1979), 20세기 1980년대(1980~1989)와 21세기 처음 10년 기간(2000~2009)은 루쉰 연구와 관련한 글의 풍작 시기이고, 중국의 루쉰연구 문장 가운데서 56.4%(모두 17,519편)에 달하는 글이 이 세 시기 동안에 발표된 것이다. 그 가운데 '문화대혁명' 후기의 3년 동안에 해마다 평균 748편씩 발표되었고, 또 20세기 1980년대에는 해마다 평균 787편씩 발표되었으며, 또한 21세기 처음 10년 동안에는 해마다 평균 740편씩 발표되었다. 이외에 '17년' 기간(1949년 10월~1966년 5월)과 '문화대혁명' 기간(1966~1976)은 신중국 성립 뒤에 루쉰연구와 관련한 글의 발표에 있어서 침체기이다. 그 가운데 '17년' 기간에는 루쉰연구와 관련한 글이 모두 3,206편으로 매년 평균 188편씩 발표되었고, '문화대혁명' 기간에 루쉰연구와 관련한 글은 1,876편으로 매년 평균 187편씩 발표되었다. 하지만 20세기 1990년대는 루쉰연구와 관련한 글의 발표에 있어서 안정기로 4,485편이 발표되어 매년 평균 448편이 발표되었다. 이 수치는 신중국 성립 뒤 루쉰연구와 관련한 글이 발표된 매년 평균 451편과 비슷하다.

이외에 비공식 통계에 따르면 중국에서 루쉰연구와 관련해 발표된 저작은 모두 1,716권이고, 그 가운데서 루쉰 생애 및 사료 관련 연구 저작이 382권으로 전체 수량의 22.3%, 루쉰사상 연구 저작 198권으로 전체 수량의 11.5%, 루쉰작품 연구 저작 442권으로 전체 수량의 25.8%, 기타 루쉰연구 저작(주제 연구 및 집록류 연구 저작) 694권으로 전체 수량의 40.4%를 차지한다. 상술한 통계 결과에서 중국에서 출판된 루쉰연구 저작은 주로 루쉰작품 연구 저작이고, 루쉰사상 연구 저작이 비교적 적은 것을 알 수 있다. 학술계가 더 나아가 루쉰사상 연구를 보강해 당대 중국에서 루쉰사상 연구가 더욱 큰 작용을 발휘할 수 있기를 희망한다. 또 이외에 통계 결과에서 중화민국 기간(1913~1949년 9월)에 루쉰연구 저작은 모두 80권으로 중국의 루쉰연구 저작의 출판 전체 수량의 대략 5%를 차지하고 매년 평균 2권씩 발표되었지만, 중화인민공화국 시기에 루쉰연구 저작은 모두 1,636권으로 중국의 루쉰연구 저작 출판 전체 수량의 95%를 차지하며, 매년 평균 거의 26권씩 발표됐음도 볼 수 있다. '문화대혁명' 후기의 3년, 20세기 1980년대(1980~1989)와 21세기 처음 10년 기간(2000~2009)은 루쉰연구 저작 출판의 절정기로 이 세 시기 동안에 루쉰연구 저작은 모두 835권이 출판되었고, 대략 중국의 루쉰연구 저작 출판 전체 수량의 48.7%를 차지했다. 그 가운데서 '문화대혁명' 후기의 3년 동안에 루쉰연구 저작은 모두 134권이 출판되었고, 매년 평균 거의 45권이다. 또 20세기 1980년대에 루쉰연구 저작은 모두 373권이 출판되었고, 매년 평균 37권이다. 또한 21세기 처음 10년 기간에 루쉰연구 저작은 모두 431권이 출판되었고, 매년 평균 43권에 달했다. 그리고 이외에 '17년' 기간(1949~1966), '문화대혁명' 기간과 20세기 1990년대(1990~1999)는 루쉰연구 저작 출판의 침체기이다. 그 가운데 '17년' 기간에 루쉰연구 저작은 모두 162권이 출판되었고, 매년 평균 거의 10권씩 출판되었다. 또 '문화대혁명' 기간에 루쉰연구 저작은 모두 213권이 출판되었고, 매년 평균 21권씩 출판되었다. 20세기 1990년대에 루쉰연구 저작은 모두 220권이 출판되었고, 매년 평균 22권씩 출판되었다.

'문화대혁명' 후기와 20세기 1980년대가 루쉰연구와 관련한 글의 발표에 있어서 절정기가 되고 또 루쉰연구 저작 출판의 절정기인 것은 루쉰에 대한 국가적인 정치 이데올로기의 새로운 자리매김과 루쉰연구에 대한 대대적인 추진과 관계가 있다. 21세기 처음 10년에 루쉰연구와 관련한 글을 발표한 절정기이자 루쉰연구 논저 출판의 절정기가 된 것은 사람으로 돌아간 루쉰이 학술연구의 대상이 되었고 또 중국에 루쉰연구의 새로운 역군들이 대량으로 쏟아져 나온 것과 커다란 관계가 있다. 중국의 루쉰연구가 지난 100년 동안 복잡하게 발전한 역사를 갖고 있긴 하지만, 루쉰연구 분야는 줄곧 신선한 생명력을 유지해 왔고 또 눈부신 발전 가능성을 지니고 있다. 미래를 전망하면 설령 길이 험하다고 해도 앞날은 늘 밝을 것이고, 21세기 둘째 10년의 중국 루쉰연구는 더욱 큰 성과를 얻으리라 믿는다!

미래로 향하는 중국의 루쉰연구는 다음과 같은 중요한 문제 몇 가지에 주목해야 한다.

우선, 루쉰연구 업무를 당국이 직면한 문화전략과 긴밀히 결합시켜 루쉰을 매체로 삼아 중서 민간문화 교류를 더 나아가 촉진시키고 루쉰을 중국 문화의 '소프트 파워'의 걸출한 대표로 삼아 세계 각지로 확대해야 한다. 루쉰은 중국의 현대 선진문화의 걸출한 대표이자 세계적인 명성을 누리는 대문호이다. 거의 100년에 이르는 동안 루쉰의 작품은 많은 외국어로 번역되어 세계 각지에서 출판되었고, 외국학자들은 루쉰을 통해 현대중국도 이해했다. 하지만 부인할 수 없는 현실은 바로 거의 20년 동안 해외의 루쉰연구가 상대적으로 비교적 저조하고, 루쉰연구 진지에서 공백 상태를 드러낸 점이다. 이러한 배경 아래 중국의 루쉰연구자는 해외의 루쉰연구를 활성화할 막중한 임무를 짊어져야 한다. 루쉰연구 방면의 학술적 교류를 통해 한편으로 해외에서의 루쉰의 전파와 연구를 촉진하고 또 다른 한편으로는 루쉰을 통해 중화문화의 '소프트 파워'를 드러내고 중국과 외국의 민간문화 교류를 촉진해야 한다. 지금 중국의 학자 거타오가 발기에 참여해 성립한 국제루쉰연구회國際魯迅研究會가 2011년에 한국에서 정식으로 창립되어, 20여 개 나라와 지역에서 온 중국학자 100여 명이 이 학회에 가입하였다. 이 국제루쉰연구회의 여러 책임자 가운데, 특히 회장 박재우朴宰雨 교수가 적극적으로 주관해 인도 중국연구소 및 인도 자와하랄 네루대학교, 미국 하버드대학, 한국외국어대학교와 전남대학에서 속속 국제루쉰학술대회를 개최하였다. 또한 앞으로도 이집트 아인 샴스 대학교, 러시아 상트페테르부르크 국립대학, 일본 도쿄대학, 말레이시아 푸트라대학교 등 세계 여러 대학에서 계속 국제루쉰학술대회를 개최하고 세계 각 나라의 루쉰연구 사업을 발전시켜 갈 구상을 갖고 있다(국제루쉰연구회 학술포럼은 그 후 실제로는 중국 쑤저우대학蘇州大學, 독일 뒤셀도르프대학, 인도 네루대학과 델리대학, 오스트리아 비엔나대학, 말레이시아 쿠알라룸푸르 중화대회당中華大會堂 등에서 계속 개최되었다 – 역자). 해외의 루쉰연구가 다시금 활기를 찾은 대단히 고무적인 조건 아래서 중국의 루쉰연구자도 한편으로 이 기회를 다잡아 당국과 호흡을 맞추어 중국 문화를 외부에 내보내, 해외에서 중국문화의 '소프트 파워' 전략을 펼치고, 또 다른 한편으로는 해외의 루쉰연구자와 긴밀히 협력해 공동으로 해외에서의 루쉰의 전파와 연구 업무를 추진해야 한다.

다음으로, 루쉰연구 사업을 중국의 당대 현실과 긴밀하게 결합시켜야 한다. 지난 100년 동안의 루쉰연구사를 돌이켜보면, 루쉰연구가 20세기 1990년대 이전의 중국 역사의 진전과 긴밀한 관계를 갖고 있었음을 볼 수 있다. 하지만 20세기 1990년대 이후 사회적 사조의 전환에 따라 루쉰연구도 점차 현실 사회에서 벗어나 대학만의 연구가 되었다. 이러한 대학만의 루쉰연구는 비록 학술적 가치가 없지 않다고 해도, 오히려 루쉰의 정신과는 크게 거리가 생겼다. 루쉰연구가 응당 갖추어야 할 중국사회의 현실생활에 개입하는 역동적인 생명력을 잃어 버린 것이다. 18대(중국공산당 제18기 전국대표대회-역자) 이후 중국의 지도자는 여러 차례 '중국의 꿈'을 실현시킬 것을 강조했는데, 사실 루쉰은 일찍이 1908년에 이미 「문화편향론文化偏至論」에서 먼저 '사람을 세우고立人' 뒤에 '나라를 세우는立國' 구상을 제기한 바 있다.

> 오늘날 것을 취해 옛것을 부활시키고, 달리 새로운 유파를 확립해 인생의 의미를 심오하게 한다면, 나라 사람들은 자각하게 되고 개성이 풍부해져서 모래로 이루어진 나라가 그로 인해 사람의 나라로 바뀔 것이다.

중국의 루쉰연구자는 이 기회의 시기를 다잡아 루쉰연구를 통해 루쉰정신을 발전시키고 뒤떨어진 국민성을 개조하고, 그럼으로써 나라 사람들이 '중국의 꿈'을 실현시키도록 하고, 동시에 또 '사람의 나라'를 세우고자 했던 '루쉰의 꿈魯迅夢'을 실현해야 한다.

마지막으로 중국의 루쉰연구도 창조를 고도로 중시해야 한다. 당국이 '스얼우十二五'(2011~2015년의 제12차 5개년 계획-역자) 계획 속에서 '철학과 사회과학 창조프로젝트'를 제기했다. 중국의 루쉰연구도 창조프로젝트를 실시해야 한다. 『중국 루쉰학 통사』를 편찬한 장멍양 연구자는 20세기 1990년대에 개최된 한 루쉰연구회의에서 중국의 루쉰 연구 성과의 90%는 모두 앞사람이 이미 얻은 기존의 연구 성과를 되풀이한 것이라고 말했다. 일부 학자들이 이견을 표출한 뒤 장멍양 연구자는 또 이 관점을 다시금 심화시켰으니, 나아가 중국의 루쉰연구 성과의 99%는 모두 앞사람이 이미 얻은 기존의 연구 성과를 되풀이한 것이라고 수정했다. 설령 이러한 말이 커다란 논쟁을 불러일으켰다고 해도, 의심할 바 없이 지난 100년 동안 중국의 루쉰연구는 전체적으로 창조성이 부족했고, 많은 연구 성과가 모두 앞사람의 수고를 중복한 것이었다고 말할 수 있다. 푸른색이 쪽에서 나오기는 하나 쪽보다 더 푸른 법이다. 최근에 배출된 젊은 세대의 루쉰연구자는 지식구조 등 측면에서 우수하고, 게다가 더욱 좋은 학술적 환경 속에 처해 있다. 그리하여 그들이 열심히 탐구해서 창조적으로 길을 열고, 그로부터 중국의 루쉰연구의 학술적 수준이 높아질 수 있기를 희망한다.

'중국 루쉰연구 명가정선집' 총서 편집위원회

2013년 1월 1일

서문_루쉰의 문화 철학

지난 백 년간의 루쉰연구는 주로 사조에 치중했다. 하지만 루쉰은 『무덤 · 문화편향론文化偏至論』에서 문화 편향을 거론하며 편향을 제거해야 한다고 주장하면서 "밖으로 세계 사조에 뒤처지지 않고, 안으로 고유한 혈맥血脈을 잃지 않아야 한다"고 내외적인 두 가지 문제를 이야기한 후 "지금의 것을 취해 옛것을 회복시키고, 별도로 새로운 유파를 확립하여 인생의 의미를 심원하게 해야 한다"[1]고 세 번째 문제를 제기했다. 루쉰 문화 사상의 '2+1' 구조는 엄숙하고 심각하며 또한 확고하다. 사조를 쫓다가 혈맥을 고려하지 않으면 문화 신분을 상실하고 문화 주체의 독립적 창조의 기반을 잃고 만다. 반대로 혈맥만 고수하며 사조를 멀리하게 되면 창조의 동력을 잃고 문화 현대성의 시대와 더불어 전진하는 시야를 잃게 된다. 중국 현대문화의 혁신과 발전을 위해 무엇보다 '취取'와 '복復', 다시 말해 취함과 회복이라는 복합형의 심도 있는 문화적 대화 자세가 필요하다. 그래야만 '별別', 즉 별도의 새로운 유파가 생장할 수 있다. '별'의 자세는 '입立', 즉 일어서서 발걸음을 내딛으며 창조의 길로 접어드는 것이지 드러누워 흘러간 옛 꿈을 꾸거나 무릎을 꿇고 타인의 말이나 관점을 도용하는 문화상인, 혹은 문화 노예가 되는 것이 아니다. 자주적으로 창신한 현대 문화를 건립해야만 '사람을 세우고立人', '사람의 나라'를 만들 수 있다. 이는 루

1 루쉰, 『무덤 · 문화편향론(文化偏至論)』, 『루쉰 문집』 제1권, 베이징 : 인민문학출판사, 2005, 57쪽.

쉰이 이미 오래 전에 밝혀내고 평생 견지했던 문화 전략 사상이자 일종의 복구復構(옛것에 대한 구조적 복원), 동태動態(변화발전 양태)로 현대성을 강조한 문화철학이다.

루쉰은 누구인가? 그는 어디에서 와서 어디로 갔는가? 사조만 이야기한다면 단편적이어서 근본까지 다룰 수 없다. 그렇기 때문에 우선 혹은 적어도 동시에 그의 혈맥을 밝히지 않을 수 없다. 그의 출신이 그를 어려서부터 경전이나 사서를 비롯한 다양한 전적, 심지어 『산해경』이나 『서유기』처럼 군자들이 흔히 읽지 않는 책들까지 두루 접하게 만들었으며, 그 문화적 기인基因이 견실한 토대 위에서 은연중에 이단異端을 내포하게 만들었다. 가문의 몰락은 한 집안의 장자였던 그에게 세태염량世態炎涼(돈과 세력이 있으면 빌붙고 그렇지 않으면 냉담해지는 야박한 세태를 말함-역주)을 뼈저리게 느끼게 했지만 다른 한편으로 정통 지식체계의 속박에서 느슨해져 영신새회迎神賽會(사당의 신상神像을 모시고 거리를 행진하며 타악기를 연주하고 잡희를 연희하면서 복락을 기원하는 한족 고유의 민간 문화 활동-역주)를 즐기고 목련희目連戲에 매료되는 등 민간 차원의 문화취미를 향유할 수 있었다. 어린 시절에 그와 연관을 맺게 된 문화혈맥은 풍부함과 잡다함을 특징으로 한다. 그는 달랑 백지 한 장만 휴대하거나 별도의 문화 배낭을 맨 것이 아니라 이처럼 풍부하고 잡다한 지식의 '전결구前結構(하이데거의 개념인 선구조를 말한다-역주)'를 가지고 "다른 길을 걸어 다른 곳으로 도망가서 다르게 생긴 사람들을 찾고자 했다".[2] 그는 이를 통해 사조의 영역으로 진입하여 진화론을

2 루쉰, 『납함·자서(自序)』, 『루쉰 문집』 제1권, 437쪽.

받아들이고, 서구의 니체, 입센, 바이론 등을 만났으며, 세기 말의 사조를 접했다. 이후 그는 의학을 버리고 문학으로 방향을 바꾸어 문예잡지 『신생新生』을 출간하기 위해 애썼다. 루쉰의 문화철학은 바로 이런 세계적 시야에서 형성된 것이다.

하지만 이러한 사조思潮 방면의 노력은 실패로 돌아가고 말았다. 당시 그는 적막이 "큰 독사처럼 내 영혼을 칭칭 감았다"고 회고했지만 이는 5·4 이후의 사조에 대한 반성이었으며, 실제로 그는 고향의 문헌, 소설사료 등을 채록하거나 불전을 구매하여 베끼고, 비첩을 연구하는 등 평상심 속에서 자신의 문화 취미를 회복하고 있었다. 그가 루쉰魯迅이라는 필명으로 「광인일기」를 발표했을 당시 멀리 장시江西에 살고 있던 오랜 친구 쉬서우상은 이렇게 회고한 바 있다.

"서명은 루魯(노)씨지만 아무래도 저우위차이周豫才(루쉰)의 필체와 비슷했다. 천하에 어찌 또 한 명의 위차이가 있을 수 있겠는가? 그래서 그에게 편지를 보내 물어보니, 과연 회신에서 '졸작拙作'이라고 답해주었다. 뿐만 아니라 같은 책에서 당쓰唐俟라는 필명으로 쓴 신시新詩 역시 자신이 쓴 것이라고 말해주었다. 9년 말(1919년 연말)에 만나서 그 이야기를 했더니 그가 이렇게 말했다. '「신청년」 편집자가 일반적인 필명을 원치 않았다네, 내가 예전에 썼던 쉰싱迅行이라는 필명은 자네도 알지 않는가. 그래서 임시로 이렇게 필명을 정한 것일세. 그 이유는 첫째, 모친의 성이 루魯(노)이고, 둘째, 주周와 노魯는 동성의 나라잖은가. 셋째, 노둔한 노魯가 신속하다는 뜻을 취한 것일세.'"[3]

---

3 쉬서우상(許壽裳), 『망우 루쉰 인상기(亡友魯迅印象記)』, 베이징 : 인민문학출판사, 47~48쪽.

사람의 본명은 주로 부계와 돌림자 등으로 제약을 받아 본인이 마음대로 정할 수 있는 것이 아니다. 하지만 필명은 전적으로 작가 주관에 따라 선택할 수 있다. 그는 이런 호칭으로 세상 사람, 심지어 문학사와 상대하기로 마음먹었다. 그렇기 때문에 작가의 문화혈맥과 취미를 구현할 수 있다. 루쉰이 필명을 선택한 첫 번째 이유는 모친의 성이 루魯이기 때문인데, 이는 태고시절 모계사회에서 성행하던 제도이다. 두 번째로 주와 노나라가 같은 성을 쓰는 나라이기 때문이라고 했는데, 이는 주조周朝의 성씨 제도에 따른 것이다. 그가 신시를 발표할 당시에 '탕이'라는 필명을 쓴 것도 주와 노, 그리고 당唐이 같은 성씨였던 서주西周의 역사적 사실을 고려했기 때문이다. 이처럼 풍부한 문화혈맥을 토대로 삼아 필명을 삼았다는 점에서 현대문학사에서 가장 탁월한 필명 가운데 하나로 전혀 손색이 없다. 그렇기 때문에 '가오얼추高爾礎(루쉰의 단편소설 「가오 선생高老夫子」에 나온다. 러시아 대문호인 고리키의 이름을 엇비슷하게 차용한 예이다—역주)'나 '퉈얼스둬托尔斯多(톨스토이의 이름을 엇비슷하게 차용한 예—역주)'처럼 이것도 저것도 아닌 필명과 같이 논할 수 없다. 여기서도 볼 수 있다시피 중국 문화혈맥은 루쉰에게 깊이 스며들어 그야말로 그의 생명에서 가장 내재적인 일부가 되었다고 해도 과언이 아니다. 이러한 필명을 선택한 것은 루쉰의 복구 동태를 내포한 것이자 현대적인 문화철학이다. 문화혈맥은 이미 그의 생명 가장 깊은 곳에 자리하고 있기 때문에 평상시 무언가를 추구할 때 굳이 입에 올리지 않아도 당연한 도리처럼 언제나 존재하고 있다.

루쉰은 사조와 혈맥이 안과 밖, 겉과 속처럼 서로 "간격 없이 일치하여" 상호 작용을 한다고 주장했다. 그렇다면 중국인들은 혈맥을 어떻게 이해하고 있을까? 루쉰의 문화철학의 본질을 파악하고 이해하려면 반드시 중국인들의 문화혈맥에 대한 관념을 전면적으로 이해할 필요가 있다. 무엇보다 혈맥이란 자신의 생명에 대한 인식이자 인간의 생명에 대한 자각의 표현이다. 『여씨춘추』 「달울편達鬱篇」은 이렇게 말하고 있다. "무릇 인간에게는 삼백 육십 개의 관절, 아홉 개의 구멍, 오장육부가 있다. 그리고 거기에 피부가 붙어 있고, 혈맥이 통하며 근골이 견고하게 자리하며, 심지心志가 어울리며, 정기精氣가 운행되어야 한다. 이래야만 병이 들지 않고 악이 생겨나지 않는다."[4]

이는 인체 구조의 복잡성 측면에서 혈맥의 관통 작용을 이야기한 것이다. 동한 사람 왕충王充은 『논형』 「논사편論死篇」에서 이렇게 말했다.

> 사람이 살 수 있는 것은 정기가 있기 때문이다. 죽으면 정기가 소멸된다. 정기가 운행될 수 있는 것은 혈맥이 있기 때문이다. 사람이 죽으면 혈맥이 다하고, 혈맥이 다하면 정기가 소멸되며, 정기가 소멸되면 형체가 썩는다. 형체가 썩으면 흙이 되고 마는 것이니 어찌 귀신이 있다 하겠는가?[5]

그는 혈맥의 관통을 본체성을 띤 정기, 주체성을 띤 정신과 연계시키고 있다. 「도허편道虛篇」에서 그는 이렇게 말하고 있다.

---

4 쉬웨이위(許維遹) 편, 양윈화(梁運華) 정리, 『여씨춘추집석』, 베이징 : 중화서국, 2009, 562~563쪽.

5 황후이(黃暉), 『논형집석』, 베이징 : 중화서국, 1990, 871쪽.

그런 까닭에 약물을 먹어 온갖 병을 제거하고 몸을 가볍게 하고 기가 왕성해져 본성을 회복한다고 어찌 수명을 연장하거나 심지어 신선이 될 수 있겠는가? 혈맥을 지닌 생물은 태어나지 않는 것이 없고, 태어나면 죽지 않는 것이 없다. 태어나기 때문에 죽게 된다는 것을 알게 되는 것이다. 천지는 생겨나는 것이 아니기 때문에 죽지 않는다. 음양은 생겨나는 것이 아니기 때문에 죽지 않는다. 죽음은 살아 있다는 증험이고, 살아있다는 것은 또한 죽음의 증험이다.[6]

『삼국지』「위서」「화타전華佗傳」에는 다음과 같은 화타의 말이 적혀 있다.

사람의 몸은 언제나 일을 하려고 하지만 지나쳐서 쇠하도록 해서는 안 된다. 사람의 몸이 움직이면 먹은 것을 소화시키고, 혈맥이 흘러 통하게 하니 질병이 생기지 않는다. 이는 마치 문의 지도리(門樞)가 끊임없이 움직여 썩지 않는 것과 같다.[7]

화타의 말은 『후한서』「방술열전」「화타전」에도 중복되고 있다. 고대 의서는 혈맥과 인간의 생명의 관계에 대해 반복해서 언급하고 있다. 황제가 저술했다는 『영구경靈枢經(『황제내경黃帝内经 · 영구』와 같은 책이다-역주)』 제12에서도 "인간이 생겨나는 것은 혈맥 때문이다"라고 했

6 황후이, 『논형집석』, 338쪽.
7 진수(陳壽) 편, 배송지(裴松之) 주, 천나이간(陳乃乾) 교점, 『삼국지』, 베이징 : 중화서국, 1959, 804쪽.

다.[8] 송대 유서類書(같은 종류의 책을 모아서 일정한 방식에 따라 분류하여 쉽게 검색할 수 있도록 편집한 책－역주)인 『태평어람』 권720 '방술부 1'에 인용된 『양생요養生要』 「복기경伏氣經」에서도 "정精(정기)이란 혈맥이 끊임없이 흐르는 것川流이자 뼈를 지키는 영험한 신靈神이다".[9] 명대 사람 장개빈張介賓은 『유경類經』 권8에서 여러 의서를 두루 인용하여 혈맥과 심장, 정신의 관계에 대해 논증하고 있다. "모든 혈血(피)은 심장에 속한다. 「음양응상대론陰陽應象大論」은 심장이 혈을 생성한다고 했고, 「위론痿論」은 심장이 몸의 혈맥을 주관한다고 했다. 그렇기 때문에 모든 혈은 심장에 속하는 것이다. (…중략…) 「구침편九針篇」은 사람이 생겨나고 성장하는 것은 혈맥 때문이라고 했으며, 「영위생회편營衛生會篇」은 혈이란 신기神氣라고 했다. 「평인절곡편平人絶谷篇」은 혈맥이 조화로우면 정신이 그 안에 거한다고 했다. 이처럼 모든 이들이 혈에 대해 언급하면서 정신은 형체에 기대어 생겨나며, 혈 자체에서 나온다고 말했다."

다음으로 인간의 생명과 혈맥의 관계에 다한 이해는 양생학에도 영향을 주었다. 전국시대 전적인 『문자文子』 권3 「구수편九守篇」을 보면 노자의 입을 빌어 이렇게 말하고 있다.

> 정막(靜漠, 고요하고 외물에 무관심함)하고 염담(恬淡, 사리사욕이 없이 청담함)한 것은 천성을 기른 까닭이고, 화유(和愉, 조화롭고 즐거움)하고 허무(虛無, 텅 비어 아무 것도 없음)한 것은 덕을 기른 까닭이다. 외물이 내심을 어지럽히지 않으면 천성은 그 마땅함을 얻고, 고요한

8 황제(黃帝), 『영구경』 권12.

9 『태평어람』 권720, '방술부일(方術部一)', 사부총간본(四部總刊本).

천성이 조화를 깨지 않으면 덕이 제 위치에 안거한다. 생을 길러 세상을 경영하고 덕을 품어 천수를 마치면 능히 도를 체득했다고 말할 수 있다. 그런 사람은 혈맥에 막힘이 없고, 오장에 적기(積氣, 쌓인 나쁜 기운)가 없으니 화복(禍福)이 그를 뒤틀리거나 어지럽히지 못하고, 명예나 비방도 그를 더럽힐 수 없다.[10]

『회남자』「숙진훈俶眞訓」에도 이와 유사한 내용이 실려 있는데, 약간의 차이만 있을 뿐이다.

"정막하고 염담한 것은 천성을 기른 까닭이고, 화유하고 허무한 것은 덕을 기른 까닭이다. 외물이 내심을 어지럽히지 않으면 천성은 그 마땅함을 얻고, 천성이 조화를 깨지 않으면 덕이 제 위치에 안거한다. 생을 길러 세상을 경영하고 덕을 품어 천수를 마치면 능히 도를 체득했다고 말할 수 있다. 그런 사람은 혈맥에 막힘이 없고, 오장에 울기鬱氣가 없으니 화복禍福이 그를 어지럽히지 못하고, 명예나 비방도 그를 더럽힐 수 없다. 그런 까닭에 그 극에 이를 수 있는 것이다."[11]

이처럼 양생은 인체의 저절로 그러한 자연에 순응하면서 혈맥과 신체 기능이 조화를 유지함으로써 이루어진다.

혈맥이 사람의 정기와 정신을 길러 생명에 이르게 한다는 것은 가족이 혈맥을 통해 전해진다는 혈연설과 연결된다. 이른바 "가족이 나라의 근본"이라는 말은 혈맥이 가족을 통해 국가, 사회의 토대 구조에 주입된다는 뜻이다. 주희朱熹는 『논어』에 나오는 장례를 신중히 치루

10 「구수편」, 『문자』 권3, 사고전서본(四庫全書本).
11 허닝(何寧), 『회남자집석』, 베이징 : 중화서국, 1998, 152쪽.

고 먼 조상까지 추모한다는 뜻인 '신종추원愼終追遠'에 대해 해석하면서 이렇게 말하고 있다.

> 호북 사람들은 성묘할 때 먼 조상에게도 곡을 하는데, 이는 참으로 좋은 일이다. 사람의 일신이 말미암는 바를 미루어보면 틀림없이 근본이 있기 마련인데, 그것이 바로 원조(遠祖, 먼 조상)이며, 나는 그 혈맥이다. 이를 미루어 생각해본다면, 추모의 감정이 없을 수 없다. 또한 지금 노인은 먼 자손을 볼 수 없지만 만약 10세손을 보았다면 당연히 아끼는 마음이 생길 것이니, 이는 자기 집안의 골육이기 때문이다.[12]

주희가 이렇듯 "먼 조상의 혈맥", "자기 집안의 골육"을 강조한 것은 사람이 어디에서 왔는가를 캐묻고, 정신적 귀속감을 강화하려는 뜻이다. 청대 사람 장학성章學誠은 『문사통의文史通義』에서 사서를 서술하는 통칙通則에 대해 이야기하면서 이렇게 말하고 있다.

> "걸출한 인물이 나오는 것도 각기 시대에 따라 변화하기 마련이다. (…중략…) 그러나 자손은 조부(祖父)에 부속되고, 세가(世家)는 동일한 종족(宗族)으로 모인다. 『남북사(南北史, 남북조 역사를 말한다-역주)』에서 여러 왕 씨(王氏)나 사 씨(謝氏)의 전기는 조대의 명맥에 따라 끊어지지 않는다. 그렇기 때문에 시대의 성쇠에도 불구하고 한 가문의 혈맥이 서로 계승되는 것을 능히 볼 수 있다."[13]

---

12 리징더(黎靖德) 편, 왕싱셴(王星賢) 점교(點校), 『주자어류』 권22, 베이징 : 중화서국, 1986, 507쪽.

사서의 열전에서 부전附傳(별도로 붙어 있는 전기)을 둔 것은 가족의 혈맥을 전통적인 역사 시기로 삼아 가족의 혈맥이 전후로 전승된다는 사고방식의 표현이며, 이를 사상 학술에 전이시켜 학파의 전승을 강조하기 위함이다.

'신심지학身心之學'을 발명하고 "마음 밖에는 도리가 없고, 마음 밖에는 사물이 없다". "천지만물은 내 자신이 근본이다"라고 주장한 왕양명王陽明은 이렇게 말했다.

> 공자는 알지 못하면서 지어낸 것이 없고, 안자(顔子, 안연(顔淵))는 자신에게 옳지 않은 것이 있을 때 이를 모른 적이 없었다. 이것이 성학(聖學)의 진정한 혈맥의 길이다.[14]

유가의 혈맥에 대한 그의 이러한 체험적 이해는 "선도 없고 악도 없는 것은 마음의 본체이고, 선도 있고 악도 있는 것은 의념이 일어나는 것이며, 선을 알고 악을 아는 것은 양지良知이고, 선을 행하고 악을 없애는 것은 격물格物이다"라는 이른바 '사구교四句敎'(네 마디 가르침)와 상응하며, 자신의 '심혈'이 공자와 안연의 혈맥을 진정으로 계승하는 것임을 증명하고 있다. 중국 전통에서 문화나 학파의 전후 혈맥 전승에 대한 중시는 돌파나 초월에 대한 관심을 넘어선다. 바로 여기에 중국 문화의 장점과 단점이 자리하고 있다. 또한 이는 현대 중국 사상가들

13 장학성, 예잉샤오(葉瑛校) 주, 『문사통의교주』, 베이징 : 중화서국, 1985, 375~376쪽.

14 천룽제(陳榮捷), 『왕양명전습록상주집평(王陽明傳習錄詳注集評)』, 타이베이 : 타이완학생서국, 1983년, 322쪽.

이 한껏 창조력을 발휘할 수 있는 공간이자 최선을 다해 진력해야 할 방향이기도 하다.

인체 생명, 가족 혈연, 학파 인연 이외에도 혈맥이란 말에는 생명의 체험이란 뜻이 담겨 있어 보다 넓은 문화 영역에 깊이 자리하고 있다. 혈맥이 이처럼 보편적으로 자리하고 있기 때문에 사람들은 서로 다른 영역간의 상호 연계를 중시하는데, 이는 일종의 문화 생명의 연계이다. 혈맥은 음악, 예의는 물론이고 예악 문명의 핵심 지대까지 깊이 침투해 있다. 『사기』 권24 「악서」에서 태사공은 이렇게 말하고 있다.

> 무릇 상고시대 영명한 임금이 음악을 연주하게 한 것은 편안하게 스스로 즐기거나 유쾌하게 욕망을 만족시키기 위함이 아니라 나라를 잘 다스리기 위함이었다. 올바른 교화란 소리에서 시작되는 것이니 소리가 바르면 행위도 바르게 된다. 그런 까닭에 음악이란 혈맥을 움직이고 정신을 통해 흐르게 하며 마음을 화평하고 바르게 하는 것이다.[15]

혈맥과 정신, 그리고 마음 사이에 진동, 유통流通, 조화의 박동이 출현한다는 것이 인용문의 논증 논리이다. 이러한 논증 논리에 따라 하휴何休(129~182, 동한 시대 금문경학가今文經學家)가 해고解詁하고 당대 사람 서언徐彦이 소疏를 붙인 『춘추공양전주소春秋公羊傳註疏』 「은공隱公 5년」은 이렇게 말하고 있다.

15 사마천, 『사기』, 베이징 : 중화서국, 1959, 1236쪽.

혈맥이 동탕하고 정신이 유통되며 편안하게 거하고 본성을 바르게 하니, 그런 까닭에 음악은 안에서 나오고 예는 밖에서 이루어진다.[16]

문화의 전승과 핵심 문화가 사람의 마음속에서 진동을 일으켜 혈맥을 찾을 수 있을뿐더러 모든 문화 경전 자체도 인체와 서로 대응하여 내재적인 혈맥을 찾아낼 수 있다. 개별 경전 자체의 문화혈맥은 더욱 풍부하고 다채롭게 드러난다. 예를 들어 『시경』에 대해 송대 사람 시덕조施德操는 『북창구과록』 하권에서 이렇게 말하고 있다.

무릇 부(賦), 비(比), 흥(興)은 시이다(시의 체제). 풍(風), 아(雅), 송(頌)은 시가 되는 까닭이다(표현수법). 부, 비, 흥만 있고 풍, 아, 송이 없으면 시가 아니다. 이를 사람에 비유하면 사체(四體, 사지(四肢))는 부, 비, 흥이고, 정신과 혈맥은 풍, 아, 송이다. 사람에게 사지가 있는데 그 사이에서 묘한 작용을 하는 정신과 혈맥이 없다면 그저 버려진 폐기물과 같다. 무릇 어떤 일을 잘하려면 정신과 혈맥이 일을 하는 사이에서 환하게 밝아야 한다. 그래서 풍, 아, 송이 있는 것이다.[17]

여기서는 인간의 신체와 정신, 혈맥을 시의 육의六義와 비교하고 있는데, 일종의 문학비평의 의인화 경향이라고 할 수 있다. 추상적인 사유에 그리 능하지 않은 중국 사인들은 이렇게 의인화를 통해 '시의 육의'를 정신과 형식의 서로 다른 층차로 구분했다.

16 『십삼경주소 · 춘추공양전주소』, 베이징 : 베이징대학출판사, 1999, 50쪽.
17 시덕조(施德操), 『북창구과록(北窓炙輠錄)』, 사고전서본.

『사고전서총목제요』 권146 「자부子部」 「송대 임희일林希逸(1193~1271) 찬 '장자권재구의' 제요宋林希逸撰 '莊子鬳齋口義'提要」를 보면 이런 내용이 적혀 있다.

> 이 책('장자권재구의')은 앞에 있는 자서에서 『장자』를 읽는 데 다섯 가지 어려움(五難)에 대해 개괄하면서 반드시 『논어』, 『맹자』, 「대학」, 「중용」 등에 정통하여 그 안에 담긴 이치를 미리 확정해야 하며, 문자 혈맥(학문의 계통)을 알고 선종(禪宗)의 본령을 이해한 다음에야 그 말이나 뜻을 이해할 수 있다고 말했다. 그는(임희일) 일찍이 악헌(樂軒, 진조(陳藻, 생졸년 미상, 대략 1189년 좌우로 활동했다)의 학문을 배웠으며, 악헌을 통해 애헌(艾軒, 임광조(林光朝, 1114~1178), 주희가 그의 강의를 들은 적이 있으며 형으로 모셨다고 한다-역주)의 학문을 배웠으니 이러한 문자혈맥을 통해 자못 개략적인 것을 알 수 있었다. 또한 일찍이 불서(佛書)를 섭렵하면서 종횡으로 변화하는 실마리를 깨달았다. 그런 까닭에 이 책에서 얻은 바는 실제로 전인들이 다 궁구하지 못한 것이라고 했다.[18]

유가를 끌어들여 장자를 해석하고, 불가를 통해 장자를 해석하는 것은 모두 『장자』 해독에 더욱 풍부한 혈맥 관계와 사상적 관점을 제공했다. 두보의 시에 대해 루쉰의 고향 선배이자 청대 학자인 이자명(1830~1894)은 『월만당독서기』 「집부 · 답기劄記」에서 이렇게 말한 바 있다.

---

18 영용(永瑢), 『사고전서총목제요(四庫全書總目提要)』, 베이징 : 중화서국, 1965, 1246쪽.

숙자(叔子, 저우위펀(周譽芬))와 소릉(少陵, 두보)의 시에 대해 밤새워 이야기하다가 깊이 깨달은 바가 있었다. (…중략…) '산열매는 죄다 자잘하고, 도처에 도토리와 산밤나무 영글었다. 주사(朱砂)처럼 붉은 것도 있고 생칠이 점점 묻은 양 검은 것도 있구나(山果多瑣細, 羅生雜橡栗. 或紅如丹砂, 或黑如點漆).' 「북정(北征)」에 나오는 이 구절은 그저 작은 경물을 묘사하여 별 의미가 없는 듯 했는데, 뒤에 이어지는 '비와 이슬에 젖어 달든 쓰든 열매 함께 맺었네(雨露之所濡, 甘苦齊結實)'를 읽고는 몇 마디 말이 무수한 관계를 맺으며, 전편의 혈맥이 모두 움직이고 있으니, 이것이 이른바 신필(神筆)이라는 생각이 들었다.[19]

문화혈맥은 경전 자체의 내재적 혈맥이자 학파 전승의 종적縱的 혈맥이며, 문화 유형끼리 상호 침투하는 횡적 혈맥이니 가히 종횡으로 빈틈없이 배치되어 숨결이 상통하는 것이라고 할 수 있다. 수천 년에 걸친 문명 발전을 경과하면서 중화 문화의 혈맥은 이미 지극히 광대하고 또한 심후深厚하여 "천고의 혈맥이 유행하고 화생하는 기틀"을 감추고 있다. 한편으로 혼탁하고 악취 진동하는 폐기물이 적지 않게 침전되어 신선한 사상이 진부하고 케케묵은 낡은 것 속에 깊이 빠져있기도 하지만 또한 현대적이고 창신을 구가할 수 있는 문화 유전자가 유동하면서 발전의 동력이 될 수 있는 것도 풍부하게 내재되어 있다고 말할 수 있다. 루쉰의 복구復構, 동태, 그리고 현대적인 문화철학은 바로 이처럼 풍부하고 복잡한 문화혈맥이 만들어내는 역사 이성에 대한 반영이다.

19 이자명(李慈銘), 『월만당독서기(越縵堂讀書記)』, 상하이 : 상하이 서점출판사, 2000, 1253쪽.

루쉰의 문화철학이 반영하고 있는 것을 이해하려면 반드시 반영하려는 현실적 계기가 무엇인가를 살펴보아야 한다. 현실적 계기는 반영의 주체인 루쉰이 직접 피부로 절감하는 고통스러운 일종의 삽입구이자 반영의 방향과 방식을 결정하는 중요한 부분이다. 루쉰은 가시밭길과 같은 인생 역정 속에서 전통 문화의 혈맥과 조우했다. 그는 이러한 문화혈맥에 깊이 파고 들어갔다. 하지만 문화혈맥이 그에게 되돌려 준 것은 그리 온화하거나 즐거운 것이 아니었다. 오히려 그는 누차 정상궤도에서 내팽개쳐지고 더욱더 심화하는 가족 위기와 민족 위기에 직면하고 말았다. 과거제도는 천 년 이상 전승된 문화혈맥 상의 중요한 체제이다. 루쉰은 어린 시절 그 폐단이 폭로되면서 조부 양대에 걸쳐 한 번은 감옥에 들어가고 한 번은 면직되는 사태를 목도했다. 가족이 곤경에 빠지게 된 그 다음해 중국과 일본 간에 갑오 해전(중일전쟁)이 폭발하면서 중국은 자신의 문화혈맥과 관련이 있는 인근 섬나라(타이완을 말한다-역주)를 할양하는 참혹한 아픔을 겪어야만 했다. 그가 일본 유학을 떠나기 1년 전 8국 연합군이 베이징을 침공했다. 당시 "정부는 독서인들에게 정해진 책, 즉 사서와 오경을 읽게 하고, 정해진 주석을 준수하고 정해진 문장, 이른바 팔고문을 쓰게 했으며, 게다가 정해진 의론만 말하도록 했다. 그런데 이처럼 천편일률적인 유자儒者들은 네모난 땅에 대해서는 잘 알고 있으나 둥근 지구라는 것에 이르자 전혀 알지 못해 결국 사서에는 기록되어 있지 않은 프랑스나 영국과 싸워 패하고 말았던 것이다".[20]

---

20 루쉰, 『차개정 잡문 2집 · 현대 중국의 공자(在現代中國的孔夫子)』, 『루쉰전집』 제6권, 베이징 : 인민문학출판사, 2005, 325쪽.

이 때 "8국 연합군이 경사(베이징)로 들어왔다. 이 연대는 외우기 쉽다. 정확하게 1900년으로 19세기의 마지막 해였기 때문이다. 그리하여 만청滿淸 관민들은 다시 유신維新을 하기로 했다. 유신에는 상투적인 수법이 있다. 관례대로 관리를 나라 밖으로 보내 시찰하게 하고, 학생들을 나라 밖으로 유학을 보내는 것이다. 나는 바로 그 때 양강兩江(장쑤성과 저장성) 총독이 파견하여 일본으로 유학을 떠난 사람들 가운데 한 명이다".[21]

위 인용문에서 볼 수 있다시피 루쉰은 고유의 문화혈맥에 대해 "그 안으로 들어가고 또한 밖으로 나오면서"[22] 절절한 문화체험을 경험했다. 고통스러운 우려와 걱정 속에서 그는 고유한 문화혈맥이 새롭게 줄을 바꾸어 조율할 때가 되었으며, 이미 한시라도 늦출 수 없는 절박한 상황에 이르렀음을 감지했다. 고향에서 난징으로, 다시 난징에서 도쿄로 공간 이동을 하면서 루쉰은 지금까지 경험하지 못한 세계에 대한 문화 시야를 얻을 수 있었다. 이러한 문화 시야는 두 가지 차원으로 전개되었다. 하나는 사조이고, 다른 하나는 혈맥이다. 사조를 통해 혈맥을 자세히 살피고, 혈맥을 통해 사조를 흡수하여, 양자의 대질, 융합 속에서 제3의 차원을 촉진함으로써 별도로 새로운 것을 수립했으며, 새로운 것을 수립함으로써 사조와 혈맥을 점화하고 승급시켰다. 이것이 루쉰 문화철학의 복구성과 동태성을 형성하고 아울러 개혁과 구원

21 루쉰, 『차개정 잡문말편 · 태염 선생으로 하여 생각나는 두어 가지 일(因太炎先生而想起的二三事)』, 『루쉰전집』 제6권, 577~578쪽.

22 【역주】 "入乎其裏, 出乎其表." 왕궈웨이(王國維)의 『인간사화(人間詞話)』에 나오는 "入乎其內, 又须出乎其外"를 차용한 듯하다.

의식 속에서 강렬한 현대성 추구를 촉진한 것이다.

그렇다면 루쉰은 이런 동태적이고 다차원적인 문화 공간에서 어떻게 흡수, 촉진, 점화, 그리고 승급을 전개했는가? 그는 우선 자신에 대한 영혼 심판을 진행했다. 자신의 영혼과 문화혈맥이 서로 엉켜져 있는 상황에서 '선구조'에 도취되어 흥얼거린 것이 아니라 '선구조'의 핵심이라고 할 수 있는 문화유산에 대해 모질게 해부도를 들이댔다. '선구조'는 누구도 빼앗아갈 수 없다. 따라서 관건은 몰락한 집안, 즉 파락호破落戶인 루쉰의 '선구조'의 정신적 타성 속에서 빠져나와 과연 자신만의 새로운 창조를 시작할 수 있느냐 여부였다.

1926년 어느 깊은 밤, 그는 또 다른 공간으로 옮겨가는 과정에서 다음과 같이 침울한 반성의 시간을 보내고 있었다.

> 최근 상하이에서 출간된 어느 잡지를 보니, 백화를 잘 지으려면 고문을 잘 읽어야 한다고 말하면서 그 증거로 예를 든 사람 가운데 나도 있었다. 이 때문에 나는 정말로 몸서리를 쳤다. 다른 이는 몰라도 나라면 일찍이 옛날 서적을 많이 본 것이 확실하다. (…중략…) 그러나 나 자신은 오히려 이런 낡은 망령을 짊어지고 벗어던지지 못해 괴로워하고 있으며, 늘 숨이 막힐 듯한 무거움을 느낀다. 사상 면에서도 장주(莊周, 장자)나 한비자의 독에 중독되지 않았다고 할 수 없으니 때로 제멋대로거나 때로 성급하고 모질기도 하다. 공자나 맹자의 책은 내가 아주 어렸을 때 가장 익숙하게 읽은 책이지만 오히려 나와는 상관이 없는 듯하다. 태반은 나태하기 때문이지만 때로 스스로 마음이 풀어져 모든 사물은 변화하는 가운데 어쨌거나 중간물이라는 것이 얼마 정도는 있다고 여기게 되었다.

동물과 식물 사이에 무척추동물과 척추동물 사이에 모두 중간물이 존재한다. 어쩌면 차라리 진화의 연쇄 고리 속에서 일체의 것들이 모두 중간물이라고 말할 수도 있을 듯하다. (…중략…) 또한 낡은 진영 출신이어서 상황을 비교적 분명하게 볼 수 있기 때문에 창끝을 되돌려 일격을 가하면 쉽게 강적의 운명을 제압할 수 있다. 그러나 마땅히 세월과 함께 지나고 점차 소멸해야 하므로 기껏해야 교량 가운데 나무 하나, 돌 하나에 지나지 않으니 결코 미래의 목표나 본보기 따위는 될 수 없다. 뒤이어 일어났다면 마땅히 달라져야 할 것이니, 만약 하늘이 낳은 성인이 아니라면 고질적인 습관을 한꺼번에 일소할 수 없겠지만 여하튼 새로운 기상이 더 있어야 한다. 문자를 가지고 말하자면, 굳이 옛 책에 파묻혀 생활할 필요가 없고, 오히려 살아 있는 사람들의 입술과 혀를 원천으로 삼아 문장이 더욱 언어에 가깝고 더욱 생기가 있도록 해야 한다."[23]

인용문의 내용을 관철하고 있는 것은 진화론 사상, 특히 생물진화론으로 문화의 변화 발전을 비유하고 있다. "동물과 식물 사이에 무척추동물과 척추동물 사이에 모두 중간물이 존재한다. 어쩌면 차라리 진화의 연쇄 고리 속에서 일체의 것들이 모두 중간물이라고 말할 수도 있을 듯하다." 본래 이야기하려는 내용은 언어 형식 면에서 백화로 문언을 대체하자는 것인데, 오히려 전통 사상의 혈맥으로 방향을 바꾸어 자신이 짊어지고 있는 공자와 맹자, 장주, 한비자 등 "낡은 망령"들을 해부하여 그 안에서 숨이 막힐 듯 무거운 독소를 빼내려고 애쓰고 있

23 루쉰, 『무덤(墳)·무덤 뒤에 쓰다(寫在'墳'後面)』, 『루쉰전집』 제1권, 301~302쪽.

다. 이렇듯 그의 논증 논리는 언어에서 사상까지 두루 언급하면서 미묘한 위치 전도와 도약을 보이고 있다. 그는 자신이 "낡은 진영 출신이어서 상황을 비교적 분명하게 볼 수 있기 때문에 창끝을 되돌려 일격을 가하면 쉽게 강적의 운명을 제압할 수 있다"고 말했다. 이는 다시 말해 문명의 도전과 민족의 위기라는 거대한 압력을 받을 당시 루쉰 역시 5·4신문화운동에 참가한 이들과 같은 자세를 취했다는 뜻이다. 그들은 제일 먼저 '살아 있는 사람'의 지혜와 외래 사조를 흡수하여 "낡은 망령"과 "숨이 막힐 듯한 무거움"을 향해 "창끝을 되돌려 일격을 가했다". 고유의 문화혈맥에 대한 일종의 '역방향의 계승'이다. 이러한 '역방향의 계승' 역시 일종의 혈맥 계승의 한 방법이다. 계승할 대상에게 새롭게 출발할 수 있는 지지대와 문제를 고민할 수 있는 사상을 제공할 수 있기 때문이다. 이는 마치 100m 단거리 경주에서 출발점에 받침대를 설치하여 주자가 반동을 이용하여 달려 나갈 수 있도록 한 것과 같다. 그는 또한 이렇게 말하기도 했다. "장주莊周(장자)나 한비자의 독에 중독되지 않았다고 할 수 없으니 때로 제멋대로거나 때로 성급하고 모질기도 하다". 옛날 사람들은 성정이나 기질과 관계된 문제를 언급하면서 왕왕 『한비자韓非子』「관행觀行」의 이야기를 하곤 했다.

> 전국시대 위(魏)나라 사람 서문표(西門豹)는 성격이 급했기 때문에 부드럽게 무두질한 가죽을 허리에 차고 다니며(佩韋) 성격을 느슨하게 만들었고, 춘추 시대 진(晉)나라 사람 동안우(董安于)는 느긋한 성격을 고치기 위해 활줄을 차고 다니며(佩弦) 스스로 급한 마음이 들도록 했다.[24]

동한 시대 왕충도 『논형』「솔성편率性篇」「견고편譴告篇」에서 이와 유사한 이야기를 하고 있다. 흥미롭게도 루쉰은 비록 한비자의 '독'을 막아야 한다고 말했으나 이를 차용하여 자신의 필명으로 사용한 적이 있다. 1931년 말과 1932년 초에 『십자가두十字街頭』에 잡문 「지식노동자 '만세'」와 「지난행난知難行難」을 발표하면서 '패위佩韋'라는 필명을 사용하고 있는데, 한비자의 '독'이 없었다면 어찌 '패위'라는 말이 나올 수 있었겠는가?

더욱 심층적인 차원의 문제는 5·4신문화운동에 참여한 중국 현대 신군新軍의 제1세대로 포위망을 뚫는 역할을 자임한 돌격대 대다수는 물론이고 그들과 동시대의 수많은 이들이 이른바 '사서오경' 출신이라는 점이다. 그들은 신문화 창조에 가담하면서 그들의 주변은 물론이고 그들 자신의 정신세계에서도 "낡은 망령"과 "숨이 막힐 듯한 무거움"의 간섭에서 완전히 벗어나지 못했다. 과거에는 오른 발로 걸었지만 지금 중요한 것은 오른 발을 뒤로 놓고 반동을 이용하여 현대를 향한 왼발을 내딛는 일이다. "전통 우상 타도", "일체의 가치에 대한 재평가"의 방법이 현대를 향한 제일보이며, 가장 시급한 문제였다. 이것이 바로 포위망을 뚫고자 하는 자들의 이른바 '포위망 뚫기突圍'이며, 또한 5·4 신문화 운동가들이 설계한 문화 책략이었다.

만약 우리가 '문화'를 하나의 동사, 하나의 발전 과정으로 본다면, 역사의 진전에 따라 부단히 문화책략을 갱신할 수 있는 현실적 적절성이 필요하다. 지금도 수많은 현대 중국인들은 전통 전적에서 이미 멀

24 왕선신(王先愼) 편, 종저(鍾哲) 점교, 『한비자집석』, 베이징 : 중화서국, 1998, 197쪽.

리 벗어나 심지어 그 옛날 성현들이 도대체 어떤 말을 했는지조차 모르고 있다. 다시 말해 그들은 '둘러싼 담장 밖'이 몇천리가 되는지도 모른 채 '담장 안'에서 선구자들이 담장(포위망)을 돌파하기 위해 내놓은 언어와 행위를 반복하고 있다는 뜻이다. 이로 인해 사람들은 시공간에 대한 감각을 그르칠 수밖에 없다. 지금으로부터 백십 년 전 문화전략의 합리성도 백십 년 후 문화전략의 비합리성으로 바뀔 수 있다. 루쉰의 복구, 동태, 현대적 문화 철학은 우리들에게 이처럼 역사를 되풀이해서는 안 된다는 사실을 고지하고 있다.

문화혈맥의 "역방향 계승" 이외에도 루쉰이 흥취를 지닌 것은 문화혈맥에 대한 '심층 계승'이다. 이러한 계승은 표면적이거나 형식적으로 기존의 규칙을 준수하며, 맹목적으로 따라가는 것이 아니라 내재적 정조나 신운神韻상의 결합을 추구하는 것이라 할 수 있다. 루쉰이 진화론의 사유를 받아들이면서 낡은 진영을 향해 창끝을 거꾸로 들고 반격을 가하겠다고 다짐했던 1925년, 「타오위안칭陶元慶 씨 서양회화전람회 목록」의 서문에서 이렇게 말했다.

> 빛을 잃고 매장되어 있는 작품들 중에 오히려 작가 개인의 주관과 정서가 가득 드러나고, 특히 그가 필법이나 색채, 취미에 대해 얼마나 진력을 다하고 유의했는가를 엿볼 수 있다. 뿐만 아니라 작가는 이미 오래전부터 중국화에 뛰어나 고유한 동방의 정조(情調)가 자연스럽게 작품에 스며들어 특별히 충만한 기운이 녹아 있다. 하지만 또한 의도적으로 그런 것은 아니다.[25]

여기서 말하고 있는 것은 타오위안칭의 서양화로 외래적인 예술형식과 관련이 있다. 하지만 루쉰이 주목하고 있는 것은 화가가 심혈을 기울인 그림의 필법이나 색채, 취미, 그리고 그 속에서 자연스럽게 배어나오는 동양적인 정조와 특별히 충만한 기운이다. 다시 말해 그는 고유한 문화혈맥에 대한 심층적 계승에 관심을 보이고 있다는 뜻이다.

루쉰이 진화론을 받아들이고 낡은 진영에 대한 반격을 시작한 그 다음해인 1927년, 고유한 문화혈맥에 대한 '심층적 계승'이라는 그의 사상 방법이 한 걸음 심화되었다. 이 역시 타오위안칭의 회화 전람회에서 느낌 감정과 관련이 있다.

> 그는 새로운 형식, 특히 새로운 색채로 자신의 세계를 묘사하고 있지만 그 속에는 여전히 중국에서 지금까지 이어져온 영혼, 글자가 지나치게 현허한 쪽으로 흐르지 않게 하자면, 바로 민족성이 담겨 있다. (…중략…) 세계의 시대사조가 이미 사방팔방으로 쳐들어오고 있는데, 스스로를 여전히 삼천 년이나 해묵은 질곡 속에 가둬놓고 있다. 그러니 각성하고 몸부림치면서 반란을 일으키고 뛰쳐나와 세계적인 사업 — 나는 범위를 조금 좁혀서 '문예사업'을 말하고자 한다 — 에 참여해야 한다. (…중략…) 문예사계(文藝史界)의 인사들은 지금까지 관습적으로 '영구적'이라고 여겼던 묵은 잣대를 버리고 각 시대, 각 민족의 고유한 잣대를 가지고 각 시대, 각 민족의 예술을 다르게 재고 있다. 그래서 이집트 무덤 속의 회화에 감탄하고 흑인의 칼자루에 새겨진 조각에 대해 고개를 끄덕이

25. 『집외집습유(集外集拾遺)·'타오위안칭 씨 서양회화전람회 목록(陶元慶氏西洋繪畫展覽會目錄)' 서문』, 『루쉰전집』 제7권, 272쪽.

고 있다. 이것이 때로 오해를 불러와 마치 옛날의 질곡으로 돌아가야 한다고 여기게 만들고 있다. (…중략…) 그(타오위안칭)의 회화에는 이러한 이중적인 질곡이 없다. 다시 말해 안팎 양면이 모두 세계의 시대사조와 합류하고 있으며, 또한 중국의 국민성을 질식시키지도 않았다는 뜻이다. (…중략…) 그는 고문투의 '지호자야(之乎者也, 고문에서 많이 쓰는 단어)'가 아니다. 왜냐하면 그는 새로운 형식과 새로운 색채를 사용하고 있기 때문이다. 또한 'Yes'나 'No'도 아니다. 그는 어쨌든 중국인이기 때문이다. 그래서 미터자를 사용하여 재도 맞지 않고, 그렇다고 한대(漢代)의 여치척(慮傂尺, 동한 장제 건초 6년, 81년에 제작한 구리자)이나 청대의 영조척(營造尺, 청나라 공부에서 건축에 사용하던 자, 일명 부척(部尺))을 사용할 수도 없다. 왜냐하면 그는 이미 현재의 사람이기 때문이다. 생각건대, 반드시 현재에 존재하면서 세계적인 사업에 참여하고자 하는 중국인의 마음속 잣대로 재어야만 비로소 그의 예술을 이해할 수 있을 것이다.[26]

타오위안칭을 통해 전형적인 예술의 개별 사안에 대해 고찰하면서, 루쉰은 새로운 형식과 색채가 '중국의 미래 영혼'을 담을 수 있는 심미적 가능성을 보았으며, 또한 세계 예술사에서 나타나고 있는 "각 시대, 각 민족의 고유한 잣대를 가지고 각 시대, 각 민족의 예술을 다르게 재고 있는" 심미표준의 다양성을 보았다. 그는 단순히 서구의 표준 또는 중국 고대의 낡은 표준에 따라 현대 중국의 예술적 창신을 평가하는

---

26 루쉰, 『이이집 · 타오위안칭 군의 회화전람회 때(當陶元慶君的繪畫展覽時)』, 『루쉰전집』 제3권, 573쪽.

것과 달리 현대 중국인이 파악하고 있는 현대적 표준으로 재야만, 다시 말해 "현재에 존재하면서 세계적인 사업에 참여하고자 하는 중국인의 마음속 잣대로 재야만" 비로소 현대 중국 예술의 창신을 촉진할 수 있다고 주장했다. 이러한 '심층 계승'은 현대 중국인들의 마음을 입각점으로 삼고 있기 때문에 어느 정도 "밖으로 세계 사조에 뒤처지지 않을 수 있고", "안으로 고유한 혈맥血脈을 잃지 않는" 유익한 탐색을 시도하면서 제3종의 "새로운 형식과 새로운 색채"로 "별도의 새로운 유파를 확립한" 예술을 전개해나갈 수 있다.

마지막으로 거론할 또 하나의 문화혈맥 계승 방식은 '건설적인 계승'이다. 건설적인 계승의 경로는 당연히 광범위하고 다종다양하다. 이는 "현재에 존재하면서 세계적인 사업에 참여하고자 하는 중국인의 마음속 잣대"라는 가치 표준을 견지하면서 이를 바탕으로 탐색의 다원성을 찾아야 한다는 말과 통한다. 루쉰의 눈빛은 단순한 문학 범위를 벗어나 문예 청년들이 쉽게 시도할 수 있는 다양한 예술 형식까지 두루 미치고 있다. 예를 들어 그는 중국의 목판화에 대해 이렇게 말한 적이 있다.

> 중국 목판화는 당대에서 명대까지 상당히 떳떳한 역사를 갖고 있다. 그러나 현재의 새로운 목판화는 이러한 역사와 관련이 없다. 새로운 목판화는 유럽의 창작 목판화에서 영향을 받은 것이다. 창작 목판화를 소개한 것은 조화사(朝華社)가 출판한 「예원조화(藝苑朝華)」 4권에서 비롯된다. (…중략…) 다른 출판업자들은 한편으로 구미(歐美)의 신작을 계속 소개하고 있고, 다른 한편으로 중국의 고대 목판화를 번각하고 있는데, 이 또한 중국의 새로운 목판화를 도와주는 날개(우익(羽翼))다.

외국의 좋은 규범을 받아들이고 발전시켜 우리 작품을 더욱 풍부하게 하는 것이 한 가지 길이다. 또한 중국의 유산을 선택하고 새로운 실마리로 융합하여 장래의 작품에 새로운 형식을 창조하는 것도 한 가지 길이다.[27]

인용문에서 루쉰은 당시 새롭게 흥기한 청년 예술을 예술이론 토론을 위한 간편한 예증으로 삼고 있다. 비록 당시 신흥예술이 아직 완숙한 경지까지 오르지 않은 상태였으나 루쉰은 진심으로 아끼고 보호하는 태도를 취하고 있다. 이러한 아낌과 보호를 통해 우리는 루쉰의 내적 사상 논리가 단순히 진화론에 머무는 것이 아니라 이미 변증법적 사고방식과 맞물려 있다는 것을 알 수 있다. 루쉰은 신흥예술이라는 거대한 새는 '양 날개'가 있어야 한다고 생각했다. 한 쪽 날개는 "구미의 신작을 소개하는 것"이고 다른 한 쪽은 "중국의 고대 목판화를 번각하는 것"이다. 이렇듯 그는 어느 쪽을 억누르거나 찬양하는 식의 편향적인 방법을 취하지 않았다. 그는 두 가지 길을 제시했다. 하나는 "외국의 좋은 규범을 받아들이고 발전시키는 일이다". 다른 하나는 "중국의 유산을 선택하고 새로운 실마리로 융합하여" "새로운 형식을 창조하는 길"을 찾는 것이다. 여기서 첫 번째 길은 이미 행해지고 있었다. 그가 말한 바와 같이 "새로운 목판화는 유럽의 창작 목판화에서 영향을 받은 것"이기 때문이다. 따라서 여기서 루쉰이 사람들을 일깨우고 강조하고자 했던 점은 "중국의 유산을 선택하고 새로운 실마리

27 루쉰, 『차개정 잡문·「목판화가 걸어온 길」 머리말(「木刻紀程」小引)』, 『루쉰전집』 제6권, 49~50쪽.

로 융합하여 새로운 형식을 창조하는" 일이다. 그래서 그는 문장 서두에서 "중국 목판화는 당대에서 명대까지 상당히 떳떳한 역사를 갖고 있다"고 말했던 것이다. 이렇게 찬란한 고유의 혈맥이 존재하는데 제멋대로 신흥예술과 "관계를 맺지 않는다면" 결코 현명한 일이 아니다.

근 30년에 걸친 문화 철학적 탐색을 통해 루쉰이 「문화편향론」에서 처음 제창한 '2+1'의 문화 사상 구조는 나선형으로 상승하고 종합하는 방식을 선보였다. 이는 원초적으로 "밖으로 세계 사조에 뒤처지지 않고, 안으로 고유한 혈맥血脈을 잃지 않으며, 지금의 것을 취해 옛것을 회복시키고, 별도로 새로운 유파를 확립하여 인생의 의미를 심원하게 하는" 사고방식이다. 또한 "세계의 사조"를 수용하여 "고유의 혈맥"에 대한 역방향의 계승을 취한 후 다시 새로운 사상 방법을 통해 원초적인 것에 대한 복귀를 실현함으로써 "양 날개"와 새로운 형식을 창조하는 "새로운 형식과 새로운 색채"의 융합이 가능했다. 그 안에 내재된 새로운 사상 방법은 진화론과 변증법의 융합으로 "부정의 부정" 과정을 통과한 것이다. 나선형으로 상승하는 문화철학은 마침내 끊임없이 위아래로 새로운 모색을 시도했던 루쉰의 마음속에 귀한 광명을 비추기 시작했다. 그래서 그는 이렇게 말했다.

> 나는 이미 확실하게 믿고 있다. 장래의 광명이 틀림없이 우리가 문예유산의 보존자일뿐더러 개척자, 건설자라는 것을 증명해줄 것이다.[28]

28 루쉰, 『집외집습유·「인옥집(引玉集)」 후기』, 『루쉰전집』 제7권, 441쪽.

보전－개척－건설. 이것이 루쉰이 문화혈맥에 대해 새로운 실마리를 찾아 융합시키면서 건설적으로 계승하고자 했던 본질이다. 결론적으로 "내적으로 고유의 혈맥을 잃지 않겠다"는 루쉰의 생각은 다음 세 가지 혈맥 계승의 방식으로 나타났다. 역방향 계승, 심층 계승, 건설적 계승. 이 세 가지는 통시적 탐색을 통해 최종적으로 공시적 상호 작용, 상호 보완을 가능하게 만들었다.

루쉰의 문화 철학에 대해 이상과 같이 정리하여 본서에서 루쉰의 문화혈맥 환원 연구에 대한 이론적 근거를 제공하고자 한다.

차례

제 1 편

루쉰 소설과 중국문학의 관계를 다시 읽다

"사상이 된 돌멩이"
'지방 색채'와 '화생化生' 원리
'악창 미녀'에 대한 문화 선택
인격, 심경, 그리고 굴원
들판의 이리가 파리로 탈바꿈한 것을 발견하다
'혜강 기질'에서 '중국의 중추'로
절동 학파와 사오싱의 사야師爺
'장 미치광이章瘋子'와 변발에 대한 마음속 응어리
세대를 건너 뛴 만남, 공정한 풍자, 과감한 현실 묘사
『홍루몽』의 절정과 우연한 합치
풍자 예술의 진실성과 다원적인 참고, 그리고 융합
풍자의 진실관을 세태 묘사로 심화시키다
민간 문화 유전자와 괴탄미怪誕味를 띤 낭만적 풍격의 상상력
잡색 유머와 민간 취미
청탁 겸용과 '생명의 선'
시대, 개인, 문학사상의 정신 계열

---

* 저자와 상의하여 제2편과 제1편의 「심도 있는 전신傳神과 영혼 심판」, 「시적 의경의 소설 삽입과 결미의 '유의미한 역수逆數 단락'」, 「기이하고 독특한 의경과 중외문학 귀기鬼氣 힐문」 등 3편은 번역하지 않았습니다.

"사상이 된 돌멩이"

발생학의 측면에서 루쉰 소설을 연구할 경우 루쉰 소설과 원류가 유장한 중국 전통문화의 관계를 고찰하지 않을 수 없다. 어떤 것이든 일단 생겨난다는 것은 뿌리나 근원에서 비롯되는 것이 때문에 루쉰 소설과 본토의 전통문화의 관계를 연구한다는 것은 곧 그 생명의 뿌리를 연구한다는 뜻이다. 만약 루쉰 소설을 거대한 나무에 비유한다면 뿌리가 존재하지 않는데 어찌 나무가 굳건하게 설 수 있겠는가? 그러나 '생명의 뿌리'를 연구하려면 루쉰 본인이 10여 년 전 던졌던 큰 돌멩이를 생각하지 않을 수 없다. '생명의 뿌리'를 파헤치기 전에 '돌멩이'의 의미를 정확하게 분석할 필요가 있다는 뜻이다. 그 돌멩이는 루쉰이 1925년 2월 21일 『경보부간京報副刊』에서 '청년 필독서'에 대해 공모한 글의 대답이다. 그 글은 한어로 겨우 14자밖에 되지 않는다. "지금껏 유념한 적이 없어서 지금은 말할 수 없다." 아래 '부주附注'의 설명 또한 전체 다섯 구절로 200자가 되지 않는다.

다만 이번 기회에 독자들이 참고하도록 내 자신의 경험을 간략하게 적는다.

나는 중국책을 볼 때마다 침잠하여 실제 인생에서 벗어나는 느낌을 받는다. 하지만 인도를 제외하고 외국책을 읽을 때면 언제나 인생과 접촉하여 뭔가를 하고 싶다는 생각이 든다.

중국책은 비록 입세(入世)를 권한다고 할지라도 대부분 강시(殭尸, 죽은 자)의 낙관이 대부분이며, 외국 책은 설사 퇴폐적이고 염세적일지라도 살아 있는 사람의 퇴폐와 염세이다.

나는 그래서 중국책은 적게 또는 아예 안 읽으려고 하며 주로 외국책을 읽고자 한다.

중국책을 적게 읽으면 결과적으로 문장을 잘 쓸 수 없을 뿐이다. 하지만 지금 청년들에게 가장 긴요한 일은 '행(行, 행동)'이지 '언(言, 말)'이 아니다. 살아 있는 사람이기만 하다면야 작문을 못한다고 하여 무슨 대수랴![1]

이런 글을 쓰게 된 이유는 다음과 같다. 루쉰의 문생인 쑨푸위안孫伏園이 『신보부간晨報副刊』을 떠나 경보사京報社에서 부간을 주관하게 되었는데, 1925년 1월 4일 『경보부간』에 신년 공모(일종의 설문조사) 광고를 냈다. 하나는 '청년애독서 10부'로 청년 학생들을 대상으로 한 것이고, 다른 하나는 '청년필독서 10부'로 국내외 저명 학자들을 대상으로 한 것이다. 『경보부간』은 계속해서 70여 명의 유명 학자들과 300

1 루쉰, 『화개집(華蓋集) · 청년필독서』, 『루쉰전집』 제3권, 베이징 : 인민문학출판사, 2005, 12쪽.

여 명의 청년들이 보낸 글을 실었다. 후스, 량치차오, 저우줘런 등 3명의 답안이 제일 먼저 실렸고, 하루에 한 명씩 게재되었는데, 루쉰은 열 번째였다. 후스와 량치차오, 저우줘런 등은 엄숙하고 경건한 자세로 답변을 보냈다. 하지만 루쉰이 보낸 회답은 날카롭고 단단한 돌멩이를 던져 독서계의 잔잔한 호수, 죽은 물에 파란을 일으킨 것과 다를 바 없었다. 이는 지금도 여전히 의론이 분분한 사건이었다. 그해 말 루쉰은 한 해 동안 쓴 글을 묶어 『화개집華蓋集』이란 제목을 출간했다. 책의 '제기題記(머리말)'에서 그는 이렇게 말했다.

> 사람은 '화개운(華蓋運, 왕후장상이 타는 수레 위의 일산을 말한다. 여기서는 화개성(華蓋星)을 건드려 초래된 나쁜 운수의 뜻도 있다-역주)'을 만나는 때가 있는 모양이다. (…중략…) 머리 위로 화개를 쓴다는 것은 당연히 성불하여 한 종파의 개조가 될 조짐이다. 그러나 속인의 경우는 그렇지 않다. 화개가 머리 위에 있으면 눈을 가리기 때문에 어딘가에 부딪칠 수밖에 없다. 올해 잡감(雜感)에 손을 대자 두 번씩이나 난관에 부딪치고 말았다. 한 번은 『교문작자(咬文嚼字)』이고 다른 하나는 『청년필독서』이다. 이름을 밝히거나 또는 익명의 호걸지사들이 보낸 항의 편지가 쇄도했는데, 한데 묶어 서가에 처박아 놓았다.[2]

루쉰에게 보내온 항의 편지나 글들은 신문 아랫단에 게재되었는데, 루쉰이 말한 경험을 "편견의 경험"이라고 말하거나 "천박하고 무지하

---

2 루쉰, 『화개집 · 제기』, 『루쉰전집』 제3권, 3~4쪽.

다", "중국책을 유린했다", "중국책에 억울한 누명을 씌었다", "중국책을 알지도 못하고 이해하지도 못한다" 등등 다양한 비난이 난무했다. 루쉰은 그 다음달 『경보부간』에서 「'요답聊答……'」, 「'보기재소위報奇哉所謂……'」 등 두 편의 문장을 통해 이를 풍자했는데, 『화개집』에는 싣지 않았다.[3]

루쉰이 여기서 풍자한 대상은 '국수파國粹派'나 1924년 장스자오章士釗가 제창한 '독경파讀經派'의 인물이라고 단정 지을 수 없다. 그들이 쓴 글에서 "루쉰 선생은 다윈이나 루소 등 외국 책만 보고 량치차오나 후스 등이 쓴 중국 책은 잊어버렸나보다"라고 질책하거나 "옛 선인들의 책으로 지금까지 전해지고 있는 것들은 경전과 사서, 제자백가서, 개인 문집(경사자집經史子集)을 막론하고 모두 실제 인생에 관한 이야기를 하고 있다"라고 단언한 것을 볼 때 아마도 '정리국고整理國故'(국고정리)파의 인물일 가능성이 농후하다. 만약 역사의 현장을 되돌릴 수 있다면 1923년 봄 '국고정리'를 제창한 후스가 청화학교 학생들의 요청에 따라 「최저한도의 국학 서목一個最低限度的國學書目」에서 187종의 도서를 제시한 때로 돌아가 보는 것도 좋을 듯하다. 「서언」에서 그는 이에 대해 다음과 같이 설명하고 있다.

> 이 서목은 내가 청화학교 후둔위안(胡敦元) 군 등 4명의 요청에 따라 쓴 것이다. 그들은 모두 장차 외국으로 유학할 소년들로 단기간에 국고학(國故學)의 상식을 얻고자 했다. 그래서 나는 이 서목을 만들면서 국

3 『집외집습유(集外集拾遺)』, 『루쉰전집』 제7권, 248~260쪽.

학에 기초가 있는 이들을 대상으로 한 것이 아니라 약간이나마 체계적 인 국학 지식을 얻고자 하는 일반 청년들을 대상으로 했다.

계속해서 그는 이렇게 말하고 있다.

> 이는 하나의 목록이기는 하나 또한 법문(法門)이다. 이 법문은 '역사적 국학연구법'이라고 부를 수 있다. (…중략…) 이런 수단이 없었을 때 이런 하수의 방법을 생각한 적이 있다. 역사의 실마리를 우리의 천연 체계로 삼고, 이러한 천연적으로 계속 발전해 온 순서를 따라 국학을 배우는 역정(歷程)으로 삼는 것이다. 이 서목은 이러한 관념에 의존하여 만든 것이다.

서목은 크게 세 부분으로 나누었다.

① 공구서(工具書) 부류

주정량周貞亮, 이지정李之鼎의 『서목거요書目擧要』를 시작으로 장즈퉁張之洞의 『서목답문書目答問』, 『사고전서총목제요四庫全書總目提要』, 완원阮元 등의 『경적찬고經籍纂詁』, 왕인지王引之, 『경전석사經傳釋詞』, 정복보丁福保 등이 번역한 『불학대사전』 등 14종.

② 사상사 부류

후스의 『중국철학사대강』 상권이 제일 앞에 있고, 그 이하로 '이십이자二十二子', 즉 『노자』, 『장자』, 『관자』, 『열자』, 『묵자』, 『순자』, 『시자尸

子』, 『손자』, 『공자가어』, 『안자춘추』, 『여씨춘추』, 『가의신서賈誼新書(가의의 신서)』, 『춘추번로』, 『양자법언揚子法言(양웅의 법언)』, 『문자찬의文子纘義(문자의 찬의)』, 『황제내경』, 『죽서기년竹書紀年』, 『상군서』, 『한비자』, 『회남자』, 『문중자文中子』, 『산해경』 등이 거론되고, 이어서 『논어』, 『맹자』, 『중용』, 『대학』 등 사서四書와 손이앙孫詒讓의 『묵자한고墨子閒詁』, 곽경번郭慶藩의 『장자집해』, 왕선겸王先謙의 『순자집주』, 유문전劉文典의 『회남홍열집해淮南鴻烈集解』, 『사십이장경四十二章經』, 규기窺基의 『이부종윤론술기異部宗輪論述記』, 구마라습이 번역한 『묘법연화경妙法蓮華經』, 현장이 번역한 『반야바라밀다심경般若波羅蜜多心經』과 『아미타경阿彌陀經』, 량치차오의 『대승기신론고증大乘起信論考證』, 법해法海가 채록한 『단경壇經(단경을 선종 육조六祖인 혜능慧能이 찬술한 것이나 글자를 몰랐기 때문에 법해가 채록했다고 한다－역주)』, 『대장경』 축쇄본 4~6, 『한창려집韓昌黎集』, 『유하동집柳河東集』, 『송원학안宋元學案』, 『명유학안明儒學案』, 『왕임천집王臨川集』, 『이정전서二程全書』, 『주자전서朱子全書』, 이외에도 량치차오의 『청대학술개론』, 고염무顧炎武의 『일지록日知錄』, 대진戴震의 『맹자자의소증孟子字義疏證』, 장학성章學誠의 『장씨유서章氏遺書』, 후스의 『장실재연보章實齋年譜』, 최술崔述의 『최술벽유서崔述壁遺書』, 캉유웨이의 『신학위경고新學僞經考』, 장빙린章炳麟의 『장씨총서章氏叢書』 등 전체 71항목 95종이다.

③ 문학사 부류

주희의 『시경집주』와 요제항姚際恒의 『시경통론』을 시작으로 『춘추좌씨전』, 『전국책』, 『초사집주』, 『전상고삼대진한삼국육조문全上古三代秦漢三國六朝文』, 『전한삼국진남북조시全漢三國晉南北朝詩』, 『고문원古文苑』, 『속고

문원』, 『문선』, 『문심조룡』, 『악부시집』, 『당문수唐文粹』, 『전당시』, 『송문감宋文鑒』, 『남송문원南宋文苑』, 『남송문록南宋文錄』, 『송시초宋詩鈔』, 『송시초보宋詩鈔補』, 『송육십가사宋六十家詞』, 『사인재왕씨소각송원인사四印齋王氏所刻宋元人詞』, 이외에 희곡에 관한 책 14종, 즉 『동해원현색서상董解元弦索西廂』, 『원곡선일백종元曲選一百種』, 『금문최金文最』, 『원문류元文類』, 왕궈웨이의 『송원희곡사』, 『명시종明詩綜』, 『육십종곡六十種曲』, 『입옹십이종곡笠翁十二種曲』, 『도화선桃花扇』, 『장생전長生殿』, 『곡원曲苑』이 포함되며, 왕궈웨이의 『곡록曲錄』, 요내姚鼐의 『석포헌문집惜抱軒文集』, 장학성의 『문사통의文史通義』, 『공정암전집龔定庵全集』, 『증문정공문집曾文正公文集』, 『오매촌시吳梅村詩』, 『구북시초甌北詩鈔』, 『양당헌시초兩當軒詩鈔』, 황준헌黃遵憲의 『인경여시초人境廬詩鈔』, 그 뒤로 명청 양조의 소설이 배열되어 있다. 『수호전』, 『서유기』, 『삼국지연의』, 『유림외사』, 『홍루몽』, 『수호후전水滸後傳』, 『경화연鏡花緣』(이상은 후스의 고증 또는 서(序)가 들어가 있으며, 주로 문학사 참고 재료로 수집한 책들이다), 『금고기관今古奇觀』, 『삼협오의三俠五義』, 『아녀영웅전』, 『구명기원九命奇冤』, 『한해恨海』, 『노잔유기老殘游記』, 그리고 맨 마지막을 후스의 『50년 이래의 중국문학五十年來的中國文學』이 자리하고 있으며, 전체 78종이다.[4]

서적의 수량과 종류가 어마어마하여 문헌의 총집이라고 칭할 정도이다. 도서 목록은 후스의 풍부한 학식을 보여주는 것일뿐더러 전통적인 '사고전서'의 지식체계를 넘어서 거의 후스판版 '삼부전서三部全書'

4 후스, 「최소한의 국학 서목(一個最低限度的國學書目)」, 『후스문집』 제2권, 합비 : 안휘 교육출판사, 2003, 112~145쪽.

라고 해도 과언이 아니다. 하지만 "장차 외국으로 유학을 가려는 소년들이" "단기간에 국고학의 상식을 얻고자 할 때" 능히 읽을 수 있는 도서 목록이 아니며, 전문적으로 국학을 연구하는 학자라고 할지라도 거의 반평생을 다 바쳐야 겨우 다 읽을 수 있을 정도이다. 만약 후스 선생이 이러한 책들을 다 읽었다면 과연 그의 『중국철학사대강』이 절반만 집필되고 미완성으로 남았겠는가?

그런 까닭에 후스의 도서 목록이 발표되자 「청화주간」의 기자가 이렇게 서면 질의를 했다.

> 선생님이 말씀하신 국학의 범위가 너무 좁은 것 같습니다. 선생님은 글에서 국학의 정의도 내리지 않으셨는데, 선생님은 왜 국학도서 목록 문학사 부류에 이어 민족사, 언어문학사, 경제사 부류 등을 넣지 않으셨는지요?

> 선생님이 말씀하신 것들 가운데 사상사와 문학사는 너무 깊이가 있어 '최저한도'라는 네 글자에 부합하지 않는 듯싶습니다. (…중략…) 선생님이 정하신 서목은 지나치게 많고 시간은 부족하기 때문에 아무리해도 다 읽을 수 없을 것입니다. 그러니 유학을 가려는 학생들이 설사 『대방광원각료의경(大方廣圓覺了義經)』이나 『원곡선 1백종』을 읽지 못한다고 할지라도 교사들이 국학의 최저한도를 만족시키지 못했다고 그들을 비난할 수는 없겠지요.

쉬즈모徐志摩조차도 후스의 서목을 보고 이렇게 말했다. "부끄럽군!

10권 가운데 9권은 모르겠어." 그는 또한 이렇게 비꼬아 말하기도 했다. "나는 후스 선생을 정말 존경한다. 다른 것이라면 당연히 그의 말을 듣겠지만 만약 그가 나에게 자신이 정한 서목에 따라 공부하라고 한다면 이는 정말 탄알을 그냥 삼키라는 소리나 마찬가지이다."[5]

후스가 제시한 도서 목록은 전통적인 지식의 틀에 변화를 준 것은 사실이나 지나치게 방대하고 번잡함을 면치 못했다. 또한 사부史部의 경전은 거의 보이지 않고, 당대 학술서 중에 자신이 편찬한 서목을 모두 집어넣었을 뿐만 아니라 그것도 사상사나 문학사의 첫 번째 또는 마지막에 배치했다. 후스는 방법론적으로 청년들의 잘못된 방향을 바로잡아주려는 생각에 청년을 지도하는 명사로 자처하는 데 주저함이 없었다.

얼마 후인 1923년 4월 량치차오도 「청화주간」의 요청에 따라 「국학입문서 요목 및 독법國學入門書要目及其讀法」을 작성하여 갑을병정무甲乙丙丁戊 등 다섯 가지 부류로 나누어 중요 저서를 소개했다. 우선 갑은 '수양 응용 및 사상사 관계 서류書類'로 『논어』, 『맹자』, 『역경』에서 시작하여 캉유웨이의 『대동서』, 장빙린章炳麟의 『국고논형國故論衡』, 양수명梁漱溟의 『동서 문화 및 그 철학』, 후스의 『중국철학사대강』, 량치차오의 『선진정치사상사』, 『청대학술개론』 등 39종이다. 다음 을은 '정치사 및 기타 문헌학 서류'로 『상서』, 『일주서逸周書』, 『죽서기년』에서 유지기劉知幾의 『사통史通』, 량치차오의 『중국역사연구법』 등 21종, 병은 '운문서류韻文書類'로 『시경』, 『초사』에서 『서상기』, 『비파기』, 『모란정牧丹亭』, 『도화선』,

5 「경보부간」, 민국 14.2.16.

『장생전』 등 36종, 정은 '소학서小學書 및 문법 서류'로 『설문해자주說文解字注』에서 『경적찬고經籍纂詁』까지 7종, 무는 '편하게 두루 읽을 수 있는 서류隨意涉覽書類'로 『사고전서총목제요』, 『세설신어』, 『수경주』, 『문심조룡』에서 초순焦循의 『극설劇說』, 왕궈웨이의 『송원희곡사』까지 30종이다. 량치차오가 선별한 서목은 전체 133종이다. 그 가운데 『이십사사二十四史』가 1종으로 들어가고, 문학 방면에서 명청 시대 장편소설은 들어가 있지 않다. 량치차오는 또한 이를 보다 간략화하여 「최저한도의 필독서목最低限度之必讀書目」을 만들었다. 선별한 서목은 후스의 것보다 훨씬 간명하여 『사서』, 『역경』, 『서경』, 『시경』, 『예기』, 『좌전』, 『묵자』, 『노자』, 『장자』, 『순자』, 『한비자』, 『전국책』, 『사기』, 『한서』, 『후한서』, 『삼국지』, 『자치통감』, 또는 『통감기사본말通鑒紀事本末』, 『송원명사기사본말宋元明史紀事本末』, 『초사』, 『문선』, 『이태백집』, 『두공부집』, 『한창려집』, 『유하동집』, 『백향산집白香山集(백거이 시문집)』 등 25종이고, "그 밖의 사곡집詞曲集은 기호에 따라 몇 가지를 선독하면 된다"고 부기했다.[6] 후자는 청년 학생들이 읽어야 할 '진정으로 최저한도'라고 말하고 있는데, 간명한 도서목록이 비교적 신중하고 믿을 만하지만 신문화혁명의 숨결을 느끼기에 부족함이 있다.

양자 중에서 청년 학생들이 보다 좋아하고 따른 것은 후스의 도서목록이었다. 그래서 루쉰이 공모에 응하여 보낸 답신을 비난하면서 이렇게 말했던 것이다. "후스 선생의 '청년 필도서'를 본 후 매일 '청년 필도서'를 읽은 다음에 비로소 '시사 뉴스'를 보았다. 그런데 뜻밖

6 량치차오, 「국학입문서요목 및 그 독법(國學入門書要目及其讀法)」, 『음빙실문집(飮冰室文集)』 6집, 운남교육출판사, 2001, 3383~3394쪽.

에도 2월 21일 루쉰 선생의 글을 보고 펄쩍 뛰어오를 만큼 놀랐다." 청년 학생들이 놀란 것이야말로 루쉰이 의도했던 '당두봉갈當頭棒喝(선승이 초학자를 거두어들일 때 막대기로 일격을 가하거나 소리를 질러 문득 깨닫도록 하는 것-역주)'로 미혹에서 벗어날 때의 문화 심리적 반응이었다. 그래서 1년여 후 루쉰은 하문대학으로 내려가서 「분墳 후기寫在「墳」後面」를 쓸 때 다음과 같이 말했던 것이다.

> 다른 사람은 몰라도 나 자신은 일찍이 옛 서적을 많이 본 것은 분명하다. 지금도 학생들을 가르치기 위해 늘 보고 있다. (…중략…) 하지만 낡고 오래된 망령을 짊어지고 벗어나지 못하는 것이 괴로워서 늘 답답하게 생각한다. 사상 면에서 어찌 장자나 한비자에게 물들지 않았겠는가? 때로 편할 때도 있지만 때로는 심각할 때도 있었다. 공자와 맹자의 책은 가장 먼저 읽기 시작했고, 그만큼 익숙하기도 하나 오히려 나와 그리 상관이 없는 것 같다. (…중략…) 지난해에 내가 청년들에게 중국 책을 되도록 적게 또는 아예 읽지 말라고 주장한 것도 이러한 수많은 고통을 통해 마련한 진지한 발언이지 결코 한 때의 만족감이나 무슨 농담 또는 격분하여 발설한 말이 아니다.[7]

'청년 필독서'에 대해 회답하면서 앞서 했던 말이 "자신의 경험을 간략하게 말한 것"이라면, 1년 후에 그가 한 말은 자신의 '경험'을 보충 설명한 것이라고 할 수 있다.

---

7 루쉰, 「분(墳) 후기(寫在「墳」後面)」, 『루쉰전집』 제1권, 301~302쪽.

나는 중국책을 볼 때마다 침잠하여 실제 인생에서 벗어나는 느낌을 받는다. 하지만 인도를 제외하고 외국책을 읽을 때면 언제나 인생과 접촉하여 뭔가를 하고 싶다는 생각이 든다. 중국책은 비록 입세(入世)를 권한다고 할지라도 대부분 강시(殭尸, 죽은 자)의 낙관이 대부분이며, 외국 책은 설사 퇴폐적이고 염세적일지라도 살아 있는 사람의 퇴폐와 염세이다.

이렇듯 루쉰이 전통문화를 담고 있는 '중국 책'에 대한 주장은 독소 배출과 생명 살리기에 주안점이 있음을 알 수 있다. 만약 이 두 가지를 행할 수 없다면 차라리 중국 책을 읽지 않는 것이 낫다는 것이다. 이것이 바로 중국 책을 적게 보든지 아니면 아예 보지 말라고 했던 근본 원인이자 숨은 뜻이다.

그렇다면 과연 루쉰은 청년들이 중국 책을 읽지 말 것을 원했던 것일까? 그의 태도는 상황에 따라 구별되며 또한 분석적이다. 루쉰과 동향으로 오랜 지기였던 쉬서우상許壽裳은 『망우 루쉰 인상기亡友魯迅印象記』에서 이렇게 말한 적이 있다.

내가 태어난 월향(越鄕)의 풍습에 따르면, 아이들이 학교에 갈 때가 되면 반드시 품행이나 학문이 뛰어난 계몽 선생을 모셔서 방괴자(方塊字, 한자)를 익히고 붓글씨를 배우도록 했다. 아울러 교본에 이름을 써주도록 했다. 이렇게 하여 아이가 선생님의 품행과 학식을 전수받고 훈도되도록 한 것이다. 1914년 장남 스잉(世瑛)이 다섯 살이 되었을 때 나는 그를 위해 『문자몽구(文字蒙求)』를 사주고 루쉰에게 정중하게 계몽

선생을 해달라고 청했다. 루쉰은 아이에게 단지 두 개의 한자, 즉 '천(天)'과 '인(人)'만 인지하도록 하고 책에 '쉬스잉'이란 세 글자를 써주었다. 내가 생각해보니, '천'과 '인' 두 글자의 함의가 실로 참으로 광대하여 일체의 현상(자연과 인문), 일체의 도덕(천도와 인도)를 모두 남김없이 포괄한다. 나중에 스잉이 국립 청화대학에 입학했는데, 본래는 화학과에 갈 생각이었으나 근시가 심해 중국문학과로 바꿀 수밖에 없었다. 그래서 루쉰에게 어떤 책을 읽으면 좋겠느냐고 가르침을 청했는데, 그가 도서 목록을 한 장 보내주었다.

서목에는 다음 12 종류의 책이 적혀 있다.

허유공(許有功), 송, 『당시기사(唐詩紀事)』(『사부총간본(四部叢刊本)』, 단행본도 있음)

신문방(辛文房), 원, 『당재자전(唐才子傳)』(목활자 단행본)

엄가균, 『전상고…… 수문』[8](석인본(石印本)이 있으나 온전치 못한 부분이 많아 읽을 수 없다)

정복보(丁福保), 『전상고…… 수시』[9](배인본(排印本))

오영광(吳榮光), 『역대명인연보』(명인 일생 동안 사회적으로 발생한 큰일을 알 수 있다. 책은 표 형식으로 이루어져 있다. 아쉬운 점은 작가

8 【역주】『전상고삼대진한삼국육조문(全上古三代秦漢三國六朝文』을 말한다. 「전상고삼대문(全上古三代文)」부터 시작하여 「전수문(全隋文)」, 「선당문(先唐文)」까지 전체 15집이다. 당대 이전 작가 3,497명(혹은 3520명)의 작품을 수록하고 있으며, 작가마다 소전(小傳)을 부기했다.

9 【역주】『전한삼국진남북조수시(全漢三國晋南北朝隋詩)』를 말한다.

가 생각하는 역사적 큰일이란 것이 반드시 '큰일(大事)'이 아닐 수도 있다는 것이다. 일본 삼성당(三省堂)에서 출간한 『모범 최신 세계 연표』를 참고하는 것이 좋다)

호응린(胡應麟), 명, 『소실산방필총(少室山房筆叢)』(광아서국본(廣雅書局本), 석인본도 있다)

『사고전서간명목록』(비교적 괜찮은 서적에 대한 비평이 실려 있다. 하지만 주의할 점은 그 비평이 '흠정(欽定, 황제가 제정함)'이라는 사실이다)

『세설신어』, 유의경(劉義慶)(진대 사람들의 청담 상황을 알 수 있다)

『당척언(唐摭言)』, 오대(五代), 왕정보(王定保)(당대 문인이 과거급제로 얻는 명성과 지위 등에 대한 이야기)

『포박자외편』, 갈홍(葛洪)(진나라 말기 사회 상황에 대한 언급이 있다. 단행본)

『논형』, 왕충(王充)(한말의 풍속, 미신 등에 대해 볼 수 있다)

『금세설(今世說)』, 왕탁(王晫)(명말청초 명사의 습속에 관한 내용)[10]

이상 자료를 읽어보면 루쉰이 중국문학과 문화에 대한 안목의 독창성에 감탄하지 않을 수 없다. 그는 전통문화에 대해 배운 것도 없고 재주도 없는 자의 천박한 경멸이 아니라 풍부한 학식과 심오한 견해를 지닌 자가 새로운 문화의 활로를 개척하면서 지니게 된 우환의식을 여실히 보여주고 있다. 루쉰이 혈육처럼 생각하는 쉬스잉에게 보낸 도

10 쉬서우상, 『망우루쉰인상기』, 베이징 : 인민문학출판사, 1953, 91~92쪽. 이하 책명만 표기함.

서목록은 『루쉰전집』 편찬자에 의해 1930년 전집에 실렸다.[11] 당시 쉬스잉은 스무 살이었으니(1910년 생) 루쉰이 『경보부간』의 '청년필독서' 설문조사에 회답한 지 5년 후의 일이다.

그렇다면 후스나 량치차오의 도서목록처럼 루쉰이 쉬스잉에게 준 도서목록도 일종의 '루쉰판' 청년필독서라고 할 수 있을까? 그렇지 않다.

청년필도서는 청년들의 지도자로 자처하는 이가 스스로 생각하기에 고명한 사상과 학문에 관한 서적을 선택하여 일반 청년들을 지도하고 강제하기 위한 것이다. 하지만 루쉰은 이러한 지도나 강제의 뜻이 전혀 없었다. 심지어 그는 생전에 앞서 말한 도서목록을 공개한 적도 없다. 사실 그 목록은 당도唐弢 선생이 산실된 자료를 찾아 고증한 후 『집외집습유보편集外集拾遺補編』에 편입시킨 내용이다. 본서의 부주附注에서 루쉰은 탁월한 문화에 대한 견해를 피력하고 있다. 우선 비평표준의 감별에 관한 것으로 '흠정'의 규칙이나 작가 자신의 특수한 견해에 얽매이지 말라는 지적이고, 다음은 문학연구는 특히 사회상황이나 사인들의 습속, 풍속, 미신, 과거제도 등에 대해 꿰뚫어 보아야 한다는 것이며, 세 번째는 선본이 아니라 총집 원본을 읽는 것이 중요하며 필기잡서筆記雜書도 결코 무시하면 안 된다는 것이다. 여기서 우리는 문학연구에 들어가기 위한 루쉰 나름의 입문 방식을 엿볼 수 있다. 이는 실질을 통해 깊이를 얻고, 잡다한 것을 통해 정밀한 것을 추구하며, 변화를 통해 새로운 것을 구한다는 말로 요약할 수 있으니, 역사의 현장을 환원하고 생명의 체험을 중시한 것이다. 많은 이들이 공인하는 전적의

11 루쉰, 「쉬스잉에게 준 도서목록(開給許世瑛的書單)」, 『루쉰전집』, 제8권, 497~498쪽.

경우 목록제요를 보면 대략 어떤 것인지 알 수 있으니, 이후 연구 영역의 필요에 따라 선택과 조합을 진행하고 굳이 지나치게 욕심을 부려 감당할 수 없도록 할 이유가 없다. 이것이 바로 일정한 가학家學의 토대를 갖춘 대학생이 학문의 문지방을 넘어 소질에 맞추어 배우고, 순서에 따라 점진적으로 나아가도록 하는 도서목록이다. 만약 이런 방향, 방법, 평가표준의 비판성과 건설성을 겸비한 훈련이 없이 맹목적으로 구학문에 관한 책들만 머릿속에 잔뜩 집어넣는다면 차라리 중국 책을 덜 읽고 약간은 "이질적이면서 신선한 느낌을 주는" 외국 책을 읽어 자신의 사상적 기기機器를 작동시키는 것만 못하다. 루쉰의 심층적 목적은 "사상으로 옛 책을 활성화시키되 옛 책으로 인해 사상이 질식되지 않도록 하겠다"는 것이다. 여기서 우리가 장차 논증할 루쉰 소설 창작을 통한 본토 문화(중국문화)에 대한 '화생' 효능이 생겨난다. '청년 필독서'에 대한 루쉰의 회답은 당시 사상문화계에 딱딱하고 날카로운 돌멩이를 힘껏 던져 수많은 물결을 일으킨 것이나 다를 바 없다. 만약 당신이 돌멩이만 본다면 루쉰이 지나치게 과격하다는 느낌이 들 수도 있으나, 그 안에 담겨 있는 사상을 이해한다면 루쉰의 심각함에 경이로움을 느끼게 될 것이다. 이것이 바로 "사상이 된 돌멩이"다.

'지방 색채'와 '화생化生' 원리

루쉰 사상은 예리하고 심각하여 그가 말년에 서신에서 했던 이 말은 비록 돌멩이는 아니지만 상당히 사상성이 농후하다. 그리하여 지금에 이르기까지 여전히 파문을 일으키고 있다. 루쉰은 서신에서 이렇게 말하고 있다.

"현재의 문학도 마찬가지로 지방 색채가 있어야 오히려 세계적인 작품이 되어 다른 나라에서도 주의를 끌 수 있다."[1] 그가 말한 '지방 색채'란 민족 특색을 말하는 것이다. 그가 굳이 '지방'이란 말을 쓴 것은 '민족'이란 말을 당시 '우익' 문인들이 질리도록 쓰고 있기 때문이자 루쉰의 입장이 '국가성'이 아니라 '민간성'에 있기 때문이었다. 여기서 우리는 루쉰이 청년들에게 중국 책을 읽지 말라고 했다는 의심을 거둘 수 있을 것이다. 하지만 그는 읽어야 할 책 밖의 중국을 읽어야

1 루쉰, 「천옌차오에게(致陳煙橋-1934年 4月 19日)」, 『루쉰전집』 제13권, 베이징: 인민문학출판사, 2005, 81쪽.

할 책 안의 중국과 마찬가지로 중요하게, 심지어 훨씬 중요하게 생각했다. 그는 책 밖의 중국과 책 안의 중국을 모두 자신의 '문화적 뿌리文化根'로 만들었던 것이다. 루쉰이 말년에 했던 이 말 속에 루쉰 평생 문화적 뿌리의 정체성이 응집되어 있다.

'문화적 뿌리'란 문학 발생학 연구의 중요 명제로 작가 문학 생명의 출발점이자 발판이다. 발생학의 측면에서 볼 때 문학은 하나의 거대한 나무와 같아 비바람이 없을 수 없다. 하지만 무엇보다 중요한 것은 역시 토양이다. 비바람이 몰아치면 나뭇가지며 나뭇잎이 흔들리는 모습을 쉽게 볼 수 있다. 하지만 토양은 묵묵히 대지에 뿌리를 내리고 양분을 얻어 나무를 키운다. 하지만 크게 드러나는 것이 아니기 때문에 소홀하게 여겨질 수 있다. 이는 토지의 "후덕재물厚德載物", 즉 덕을 두터이 하고 온갖 사물을 싣는 품격이기도 하다.

『주역 · 건괘』의 상사象辭에 따르면, "하늘의 운행은 끊임이 없으니, 군자가 이를 본받아 스스로 강건하여 쉬지 않는다天行健, 君子以自疆不息". 또한 「곤괘」의 상사에 따르면, "땅의 형세가 곤이니, 군자가 이를 본받아 덕을 두텁게 하고 사물을 싣는다地勢坤, 君子以厚德載物". 이는 중국인들이 마음속 깊이 새기고 있는 천지 철학이다. 여기서 한 가지 환기할 점은 토지의 양분이 본래 오랜 역사 속에서 부식腐植한 퇴적물이라는 점이다. 그 중에 불량한 종자는 파묻혀 썩어 문드러지고 우량한 종자는 자체 면역력으로 부패한 것을 강인한 생명의 촉진제로 전화시킨다. 이것이 우리가 제시한 '화생化生'의 문화과정에 대한 근거이다. '문화적 뿌리'가 있어야만 '문화 화생'이 존재하며, '뿌리根'와 '생生'의 사이가 바로 생명의 과정인 셈이다.

'화생'은 중국식 지혜라고 할 수 있다. 이는 중국인의 천지 사유와 만물 사유 속에 깊이 잠재되어 있다. 예를 들면 다음과 같다. 『노자』 42장에 따르면, "도는 도는 유일무이하여 하나를 낳으니, 나누어지지 않은 하나가 둘(음기와 양기)을 낳고, 음양의 두 기가 서로 교합하여 셋을 낳으니, 만물은 이러한 상태에서 생겨난 것이다道生一, 一生二, 二生三, 三生萬物".[2] 『주역 · 계사상』, "그런 까닭에 역에는 태극이 있으며, 이 태극이 양의를 낳고, 양의가 사상을 낳으며, 사상이 팔괘를 낳는다是故易有太極, 是生兩儀, 兩儀生四象, 四象生八卦".[3] '하나'가 어찌하여 끊임없이 새로운 것을 낳아 만물까지 이르게 되는가? 또한 태극은 어찌하여 계속 낳고 낳아 양의와 사상, 그리고 팔괘를 낳는가? 관건은 역시 '화化'라는 글자이다. 중국의 우주 발생론은 하나님의 창조론이 아니라 도 또는 태극의 '화생설化生說'이다. 『주역』은 이에 대해 이렇게 말하고 있다. "천지가 감응하여 만물이 변화 발전하고, 성인이 사람의 마음을 감동시켜 천하가 화평하니, 그 느끼는 바를 살피면 천지만물의 정을 볼 수 있다天地感而萬物化生, 聖人感人心而天下和平. 觀其所感, 而天地萬物之情可見矣."(『주역 · 함괘咸卦』) "하늘과 땅이 서로 화합하여 만물이 만들어지고, 남자와 여자의 정기가 합쳐져 만물이 화생한다天地絪縕, 萬物化醇. 男女構情, 萬物化生."(『주역 · 괘사하』)이러한 사유방식은 도가에 의해 더욱 발전한다. 『열자 · 천서天瑞』에 따르면, "이 세상에는 생성하는 것과 생성하지 않는 것이 있고, 변화하는 것과 변화하지 않는 것이 있다. 생성하지 않는 것은 생성하는 사물을 생성케 할 수 있고, 변화하지 않는 것은 변화하는 사물을 변

2 가오밍(高明), 『백서노자교주(帛書老子校注)』, 베이징 : 중화서국, 1996, 29쪽.
3 저주전푸(周振甫), 『주역역주』, 베이징 : 중화서국, 1991, 248쪽.

화하게 할 수 있다. 생성하는 사물은 생성하지 않을 수 없고, 변화하는 사물은 변화하지 않을 수 없다. 그러므로 모든 것은 언제나 생성하고 언제나 변화한다. 언제나 생성하고 언제나 변화하는 사물은 생성하지 않는 때가 없고, 변화하지 않는 때가 없다有生不生, 有化不化. 不生者能生生, 不化者能化化. 生者不能不生, 化者不能不化. 故常生常化. 常生常化者, 無時不生, 無時不化".[4] 이러한 사상과 사유방식은 위진 현학에 전해져 하안何晏 등에게 영향을 미쳤다. 그는 노장을 조술祖述하면서 이를 입론의 바탕으로 삼아 이렇게 말했다. "천지만물은 모두 '무'를 근본으로 한다. '무'란 사물의 시작을 열고 일을 이루는 것이니 이루지 못하는 것이 없다. 음양은 이에 기대어 생물을 변화시키며 만물은 이에 기대어 형체를 이루고, 현자는 이로써 덕을 이루고, 불초자는 이로써 몸의 화를 면할 수 있다. 그런 까닭에 무의 쓰임은 작위가 없어도 귀하다天地萬物, 皆以無爲本. 無也者, 開物成務, 無往不成者也. 陰陽恃此化生, 萬物恃此成形, 賢者恃以成德, 不肖恃以免身. 故無之爲用, 無爵而貴矣."[5] 유학의 후학들은 이러한 사유를 『주역』에서 연역하여 상수象數와 화생의 관계를 논구했다. "수는 동에서 말미암으며 정의 근원이고, 상은 정에서 말미암으며 동의 형상을 드러냄이다. 동은 쓰임用으로 행하는 것이고, 정은 본체體로 세워지는 것이다. 맑음과 탁함이 아직 구분되지 않을 때는 쓰임이 선행하고, 천지가 이미 제자리를 갖추었을 때는 본체가 천지와 더불어 병립한다. 그렇기 때문에 용이 체가 되고, 체가 또한 용이 되어 체와 용이 서로 전화하니, 이로써 천지만물이 화생

---

4 양바이쥔(楊伯峻), 『열자집해』, 베이징 : 중화서국, 1979, 2쪽.

5 사마광 편저, 호삼성(胡三省) 음주(音注), 『자치통감』, 베이징 : 중화서국, 1956, 2619~2620쪽.

하고 무궁하게 된다數者, 動而之乎靜者也. 靜而之乎動者也, 動者用之所以行, 靜者體之之所以立. 淸濁未判, 用實先焉. 天地已位, 體斯立焉. 用旣爲体, 體復爲用, 體用相仍, 此天地萬物所以化生而無窮也."[6]

원시 경전과 유가와 도가, 그리고 이후 불학이 가세하면서 화생 사유는 저서나 학설, 사회 풍속 등 여러 영역에 고루 파급되었다. 청대 사람 장종법張宗法은 『삼농기三農紀』 권3에서 시령時令에 대해 설명하면서 이렇게 말했다. "일원이 묵묵히 운행되어 만물이 화생하고 사계절이 순환하니 이는 천고에 바뀔 수 없는 일이다一元默運, 萬滙化生, 四時循環, 千古不易." 옛날 풍습에 따르면, 칠석七夕에 밀랍으로 아이 모양을 만든 인형을 '화생'이라고 불렀는데, 이를 물에 띄우고 놀면서 부녀자가 아들 낳기를 빌었다. 당대 설능薛能은 「오희吳姬」 10수 가운데 제10수에서 "중원절에 부용전 앞, 물로 은대 치며 화생 놀이하네芙蓉殿上中元日, 水拍銀臺弄化生"라고 읊기도 했다. 이렇듯 화생 풍속은 생육과 관련이 깊다. 문화 화생 역시 새로운 문화 생명의 탄생과 긴밀하게 연관될뿐더러 낡은 것을 새것으로 변화시키고, 썩은 것을 신기한 것으로 바꾸는 잠재 과정과 관련이 있다.

중국 신문학 창작의 첫 번째 깃발로 루쉰 소설은 사방에서 불어오는 외국문학의 자양분을 섭취하고 융해하여 중국 소설 예술이 환골탈태하여 새로운 생명으로 재창조되는 데 큰 영향을 끼쳤으며, 참신하고 생명력이 풍부한 역사 단계로 진입하는 데 결정적인 역할을 했다. 이 역시 '화생'이나 다만 '외화생外化生'으로 외래의 생명 원소를 끌어

6 황종희(黃宗羲) · 전조망(全祖望) 보수(補修), 진금생(陳金生) · 양운화(梁運華) 점교(點校), 『송원학안』, 베이징 : 중화서국, 1986, 2152쪽.

들여 자신의 생장과정에 변화를 주는 것일 따름이다.

이렇게 생성된 루쉰의 소설은 이미 중국 전통 소설예술과 근본적으로 달라 전통의 직선적인 계승이나 발전이라고 말할 수 없다. 하지만 루쉰은 현실을 직시하는 창작 방향을 견지하여 중국민족의 상황과 역사에 대해 심각하게 관찰하고, 전통적인 서면문학과 민간 문학예술 유산에 대해 나름 독특한 태도와 심오한 감각을 지녔기 때문에 그의 소설 예술은 비록 직접적인 것은 아닐지라도 우회적인 고리를 통해 중국 문학예술과 고통스러운 분만을 경험하여 내재적으로 혈맥이 서로 연결되고 있다. 이것이 바로 '내화생內化生', 즉 내재적 혈맥이 이어지면서 자아 갱생하는 것이다. 갓난아이가 태어나면서 울음을 동반하듯이, 나무가 썩은 유기물을 흡수하면서 새로운 생명으로 거듭 태어나듯이 루쉰의 소설은 중국 전통과 현실과 연계되면서 독특하고 혁신적인 기질과 품성, 그리고 풍격을 드러내고 있다.

루쉰은 『야초野草·제사題辭』에서 생명, 죽음, 부패 등을 큰 기쁨과 연계시키면서 자신을 큰 나무가 아닌 들판에 널려 있는 야초, 즉 들꽃으로 비유했다.

> 지나간 생명은 이미 죽었다. 나는 이러한 죽음을 크게 기뻐한다. 이를 빌어 그것이 한 때 생존했다는 것을 알 수 있기 때문이다. 사멸한 생명은 이미 부패했다. 나는 이런 부패를 크게 기뻐한다. 이를 빌어 그것이 공허한 것이 아님을 알 수 있기 때문이다. (…중략…) 야초는 뿌리가 본래 깊지 않고 꽃잎이 아름답지 않으나, 이슬을 마시고 물을 마시며, 오래된 시신의 피와 살을 먹고 마시면서 각기 그 생존을 탈취한다. 살아 있을 때는

짓밟히고 꺾이며 죽음에 이르러 썩어간다. 하지만 나는 담담하고 기쁘다. 나는 크게 웃으며 소리 높여 노래 부르고자 한다.[7]

죽음과 부패에 대한 환희, 이슬과 물, 그리고 오래된 시체에 대한 흡취吸取 등 괴이하고 상식을 벗어난 수법을 통해 부패가 신기神奇로 변화하는 생명의식을 표현하고 있다. 생명은 생을 드러내기도 하지만 또한 사, 즉 죽음으로 전화하기도 한다. 겉으로 볼 때 현대소설의 새로운 격식 채용은 옛 격식의 치환이나 사망을 의미한다. 하지만 치환되거나 사망하여 썩어 문드러진 후에 양양한 영양소로 전화하여 새로운 생명의 체내로 수송되며, 내재 기질의 방식으로 고도의 독창적인 새로운 예술 유기체로 융합된다. 이러한 문학생명의 과정은 미묘하게 '변화하여 새로운 것으로 재생化而生之' 기능을 지닌다. 이는 마치 이시진李時珍이 『본초강목本草綱目』「충부蟲部」 제41권에서 말한 것처럼 "나뭇잎이나 썩은 재에서 화생하는 것化生於木葉及爛灰中"과 같다. 이러한 특징은 생물학에 나오는 '화생metaplasia'과 비슷하게 이미 분화된 조직이 또 다른 새롭게 분화한 조직으로 바뀌는 과정이다. 루쉰은 전통의 부식질腐植質을 생명으로 전화하고, 심지어 부패를 신기로 바꾸는 과정을 통해 자신의 소설 미학 특징을 창조했다.

사람들은 루쉰 소설의 본토(중국) 기질을 깊이 느끼고, 이러한 '화생 기능'의 강대한 존재를 확인한다. 어쩌면 구미 또는 러시아 문화 전통에 속한 이들의 경우 더욱 확실하게 느낄 지도 모른다. 루쉰 생전에 외

7 루쉰, 『야초(野草) · 제사(題辭)』, 『루쉰전집』 제2권, 163쪽.

국의 저명한 작가는 중국 논자의 평론을 인용하면 이 점을 긍정적으로 언급한 바 있다.

> 루쉰은 비록 서구 문학의 영향을 받았지만, 투철하고, 우아하며, 자연스럽고 핍진하며, 강력한 그의 글쓰기는 본토박이 중국 풍격을 지니고 있다. 이는 루쉰이 단순히 서방의 기교를 모방하는 다른 이들과 다른 점이다. 실제로 현재 많은 이들이 그를 모방하고 있다. 루쉰이 쓴 향토 생활 소설 및 수많은 잡문 선집은 (…중략…) 청년들의 사상에 인도 작용을 하고 있는 셈이다.[8]

이는 미국 작가의 말이다. 루쉰은 영미문학의 영향보다는 러시아나 동유럽, 일본문학의 영향을 더욱 많이 받았다. 하지만 그의 소설은 여전히 이러한 나라의 정신문화에 의해 "본질이 제거되거나" "동질화"하지 않았다. 오히려 뿌리 깊은 중화민족의 기질과 부패 속에서 새로운 생명으로 전화한 왕성한 창조 정신을 확보하고 있다. 루쉰이 서거하고 10년이 지난 후 어느 소련 작가가 루쉰의 창작풍격에 대해 논하면서 이렇게 말했다. "루쉰은 진정한 중국 작가이다. 그렇기 때문에 그는 결코 모방할 수 없는 민족형식의 작품으로 세계문학에 공헌할 수 있었다."[9] 두 명의 미국 작가들은 루쉰의 민족성과 세계성을 연계시켜 고찰하고 있다. 문학의 민족성이란 곧 세계성의 토대이기 때문이다.

---

8 에드거 스노, 『루쉰－백화 대사(白話大師)』, 『루쉰연구자료』 제4집, 톈진 : 톈진인민출판사, 1980, 430쪽.

9 法捷耶夫, 「루쉰을 논한다(論魯迅)」, 「인민일보」, 1949.10.19.

이러한 민족 기질이 중요한 이유는 그것이 민족의 역사 문화 발전 또는 이른바 '지방 색채'의 독특성과 밀접한 관련이 있기 때문인데, 예를 들어 '동문의 버드나무東門之楊'나 '북산의 구기자北山之杞'[10]와 같은 각기 나름의 뿌리와 풍채를 구비하여 어떤 천재 작가로 하여금 세계문학의 숲에서 자립하여 결코 모방할 수 없는 성격과 쉽게 쇠멸하지 않는 신선함을 유지할 수 있도록 했던 것이다. 루쉰 소설의 선명한 중국적 기질은 그의 작품이 서구 문학의 지파이거나 아류가 아니라 중화민족의 토지 위에 우뚝 선 큰 나무라는 것을 웅변적으로 보여준다. 그 뿌리는 중국문화의 토양 속에 깊이 심어져 있다. 이런 점을 인정하지 않는다면 루쉰을 제대로 이해했다고 말할 수 없다. 또한 이런 점을 깊이 느낄 수 있어야만 루쉰 소설의 본토 문화에 대한 화생 능력과 화생 과정을 깊이 파고들어갈 수 있다.

역사가 유구하고 문화가 방대하고 심오한 나라의 경우 탁월한 작가의 성취는 기본적으로 자신의 소질에 근거하면서 무엇보다 민족의 위대한 예술창조력을 보여준다는 점에서 유의미하다. 그렇기 때문에 작가와 본토 문화의 관계에 대한 연구는 실질적으로 작가의 '생명의 뿌리'에 대한 연구이다. 작가의 성숙하고 독특한 민족 기상과 풍격 및 이를 자유자재로 운용할 수 있는 사유방식과 문체 형식 등은 한 민족의 유구한 역사 문화의 축적과 민족 심리 구조를 반영하며, 민족의 예술 이상과 취미, 예술 '화생'의 가능성을 반영할뿐더러 특히 그 민족이 특정한 역사 시대의 사회생활과 정신상태 속에서 '문화 화생' 방식에

10 【역주】 동문의 버드나무는 『시경 · 국풍 · 진풍(陳風)』에 나오며, 북산의 구기자는 『시경 · 소아 · 북산지십(北山之什)』에 나온다.

대한 선택을 반영한다. 굴원은 초나라 소체騷體 민가의 특수한 풍격을 가지고 사언시 위주의 중국 시단으로 진입하고, 러시아 문학가 고골(고골리)가 우크라이나의 민간 전설의 특수한 풍미를 지니고 서구를 모방한 러시아 소설계로 진입했을 때, 그들이 지닌 우월한 민족 및 지방 색채로 인해 전체 문단의 안목이 일신될 수 있었던 것이다. 그래서 "굴원이 없었다면 『이소』가 어찌 있을 것인가?"라든지 "기이한 문채가 울연히 일어났다奇文鬱起"라고 하여 "초인楚人의 다재다능함"을 증명했으며,[11] 고골리에 대해 "새로운 성분을 러시아 문학에 집어넣어 그 내용을 확대하고 그 방향을 변화시켰다"[12]고 말했던 것이다. 이는 모두 위대한 작가가 탁월한 예술적 재능으로 지역 문화 요소를 선택하여 민족문화의 기질에 대해 새롭고 독특한 이해와 느낌을 통해 결코 대체할 수 없는 걸작품을 '화생'하여 자신의 민족문학을 위해 문화 창조력상의 영광을 획득한 것이고 말할 수 있다.

대체적으로 말해서 굴원과 고골리의 작품은 민족문학 초창기와 그리 멀지 않고 때문에 전통의 무게가 그리 무겁지 않다. 그들은 주로 민간문학에서 영양분을 섭취하여 나름의 특징적인 흔적을 지닌 지방 색채, 민족 기질을 만들어냈다. 이에 비해 루쉰이 대면하고 있는 부식물은 훨씬 풍부하고 복잡하다. 그는 3천여 년의 문학사와 적어도 1천여 년의 소설 발전사가 뒤바뀌는 시기에 처해 있었다. 그렇기 때문에 그의 소설이 견뎌 내야할 화생 대상과 선택해야 할 화생의 가능성은 비할 바

11 유협 편, 판원란 주, 『문심조룡주 · 변소(辨騷)』, 베이징 : 인민문학출판사, 1958, 45쪽.
12 체르니셰프스키, 「러시아문학 고골리 시기 개관」, 辛未艾 역, 『체르니셰프스키 문학론(車爾尼雪夫斯基論文學)』, 상하이 : 상하이역문출판사, 1978, 3쪽.

없이 복잡하게 뒤얽혀 있고 어지럽게 중첩되었기 때문에 화생에 성공한다면 충분한 준비를 거쳐 제대로 발휘하여 뿌리가 깊고 두터운 예술적 효과를 얻을 수 있다. 루쉰도 이와 유사한 발언을 한 적이 있다.

> 새로운 계급과 그 문화는 돌연 하늘에서 떨어진 것이 아니라 대체적으로 구지배자나 그들의 문화에 대한 반항에서 발달한 것이다. 다시 말해 낡은 것과 대립하는 가운데 변화 발전했다는 뜻이다. 그렇기 때문에 신문화에는 여전히 전승되는 것이 남아 있고, 낡은 문화에도 선택하여 취사할 것들이 존재하는 것이다.[13]

이는 역학에 나오는 작용과 반작용의 원리와 유사하다. 전통문학의 축적이 많으면 많을수록 신문학의 반발과 대립의 역량 또한 점점 커지며, 전승의 범위와 취사선택의 잠재 가능성도 커진다. 이는 작가의 화생 능력에 대한 엄중한 도전이다. 강력한 화생 기능이 없다면 전통의 축적에 압도되어 적재된 짐을 끌며 앞으로 나갈 수 없을 것이며, 새로운 문풍을 창조하여 새로운 문단의 선봉에 설 수도 없을 것이다. 루쉰 소설이 외국문학의 영향을 받으면서 민족화의 향심력向心力(안으로 향하는 힘)을 표현하고, 본국의 전통문학의 영양분을 흡수하면서 혁신적인 향전력向前力(앞으로 향하는 힘)을 표현했다면, 그런 까닭에 화생의 효능이 '향심'과 '향전'의 장력의 협조와 절충, 그리고 초월 속에서 창신의 역량을 폭발시켰다고 말할 수 있다.

---

13 루쉰, 「집외집습유·「浮士德與城」 후기」, 『루쉰전집』 제7권, 373쪽.

루쉰은 민족문화에 대해 잡다하다고 할 정도로 방대하면서도 깊은 소양을 갖추고 있다. 사실 지나치게 광범위하면 쉽지 않고 잡다하거나 혼란스러울 수 있다. 그렇기 때문에 방대하고 잡다하면서도 심도가 있으려면 탁월한 식견을 갖추어야만 한다. 이렇게 재학과 식견을 겸한 것이 바로 루쉰이 성공하게 된 근본 뿌리이다. 아득한 옛날의 신화나 전설에서 청말 민초의 다양한 소설까지, 봉건시대 '군자파君子派' 문인들이 중시하던 경전이나 사서에서 그들이 멸시하고 천시하던 야사野史나 잡설까지, 그리고 수없이 많은 서면 문학에서 질박하고 전혀 거침이 없는 민간문학에 이르기까지 루쉰은 두루두루 배우고 익히고 진지하게 느꼈으며 독특한 견해로 이면을 파고들어 행간에 숨어 있는 고인들의 내면과 서정을 살폈다. 루쉰 학문의 장점은 바로 이런 잡학에 있다. 그는 잡문을 통해 잡학을 소화했으며, 황무지의 잡초처럼 난잡한 것을 정교한 경고의 내용으로 바꾸었다. 바로 이러한 면에서 "루쉰 이전에는 루쉰과 같은 이가 있지 않았다"고 말하는 것이다.[14] 그는 문학 작가로서 뿐만 아니라 소설사 영역에서 독창적인 견해를 지닌 학자로서 전대미문의 인물임에 틀림없다. 그의 흔치 않은 날카로운 감각으로 인해 그의 문장은 신랄한 비판으로 급소를 찌르며, 생생하게 실감이 나고 독특한 흥취를 자아내기 때문에 반복해서 읽어야만 하는 작품 부류에 속한다.

의심할 바 없이 문학작품 창작은 마치 "고전에 대한 재능과 기예를 나열하는 것"처럼 작가의 박학다식함을 자랑하기 위함이 아니다. 오

---

14 일본 지바(千葉)에서 거행된 루쉰 추모회에서 곽말약이 연설한 내용, 『신문학사료(新文學史料)』 제2기, 1979.

로지 이렇게만 한다면 예술의 성령과 풍취를 상실하여 '만보전서萬寶全書'로 추락하고 만다. 이는 루쉰이 취한 자세가 아니다. 예를 들어 청대 『야수폭언野叟曝言』은 "소설을 학문이나 소설을 갈무리하는 도구로 사용하여"[15] "의미가 지나치게 과장되고 문장이 무미건조하여 문예라고 칭하기에 부족하다".[16] 학문을 축적해도 인정이나 세태를 곡진하게 묘사하지 못하고 작가의 내심을 제대로 드러낼 수 없다면 문예창작에 오히려 누가 될 뿐이다. 하지만 깊고 풍부한 역사지식과 문학수양이 안으로 들어가 미혹되지 않고 밖으로 드러나 능수능란해진다면 작가의 혈육이 되어 그의 사상, 인품, 그리고 문장력의 심각한 원천으로 변하게 된다. 화생, 그 첫 번째는 화, 즉 변화할 수 있음이고, 두 번째는 생, 즉 생성할 수 있음이다. 루쉰의 「광인일기」, 「아큐정전」, 「콩이지」, 「축복」 등 소설은 문필이 고아하고 출중하며 문기文氣가 깊고 웅혼할뿐더러 심오한 역사 해부와 철저한 현실 탐색, 뛰어난 예술적 개괄이 특징적이다. 이러한 해부와 탐색, 개괄은 화생의 수단이다. 이를 통해 "민족사의 그림 속에 중국민족에 관한 해부와 지시"[17]의 생동적인 형상과 화면이 그려지고 작가가 지닌 예민한 역사관과 현실생활에 대한 깊고 거대한 울분이 표현된다. 이는 루쉰의 민족 역사와 문화, 예술에 대한 수양의 깊이와 화생의 존재와 밀접한 관련이 있다.

그렇다면 '문화 화생'에 필요한 주체의 메커니즘과 능력은 무엇인

---

15 루쉰, 『중국소설사략』, 『루쉰전집』 제9권, 250쪽.

16 위의 책, 251쪽.

17 펑쉐펑, 「루쉰과 중국민족 및 문학상의 루쉰주의」, 『루쉰의 문학도로』, 호남 : 호남인민출판사, 1980, 17~18쪽.

가? 청대 사람 엽섭葉燮은 이렇게 말한 바 있다.

> 이(理, 원리)와 사(事, 사실), 정(情, 정서), 이 세 가지는 만물의 변화하는 모습을 남김없이 드러내기에 족하다. 무릇 형형색색의 음성과 형태도 이를 벗어날 수 없으며, 이 세 가지가 시에서 갖는 구실로 말하자면 어느 한 가지도 제거할 것이 없다. 재(才, 재능), 담(膽, 담력), 식(識, 학식, 판단), 역(力, 역량), 이 네 가지는 마음의 신명을 모두 드러내기에 족하다.
>
> 무릇 사람에게 재능이 없으면 심사(心思)를 드러낼 수 없고, 담력이 없으면 필묵이 위축되며, 학식이 없으면 취사할 수 없고, 힘이 없으면 스스로 일가를 이룰 수 없다.
>
> 무릇 사람이 저술을 자신의 사명으로 삼는다면 옛 사람의 작품세계를 들고나며 선철을 (…중략…) 하여 반드시 자신의 안식을 갖추어야만 태연하게 자신의 영역을 확보할 수 있다.[18]

담력이 있어야만 성현들의 아우라에 위축되거나 현혹되지 않고 평등한 문화적 대화를 나눌 수 있으며, 학식이 있어야만 고인들이 남긴 방대한 전적에서 길을 잃고 헤매다가 자신의 상황이나 근원을 잃지 않고 고인의 장단점과 우열을 판단할 수 있다. 또한 재능이 있어야만 서권書卷에

18 엽섭, 『원시(原詩)』, 『청시화(淸詩話)』, 상하이 : 상하이고적출판사, 1978, 571~580쪽.

얽매여 판단력이 흐려지지 않고 전통 속에서 갖가지 지식을 자유롭게 이용하고 무궁한 흥취를 자아내어 뛰어난 작품을 창작해낼 수 있다. 이러한 담력과 학식, 재능을 조화롭게 운용하기 위해서는 무엇보다 역량이 있어야 한다. 만약 역량이 부족하면 전통에 갇혀 창조력을 발휘할 수 없게 된다. 다시 말해 담력, 학식, 재능은 화생의 전제 조건이자 일종의 준비 단계이며, 이를 통해 창조의 역량, 즉 창조력을 발휘해야만 화생이 본격적으로 이루어진다는 뜻이다. 만약 수천 년의 중국 역사와 문화 원류의 부침에 대해 깊이 이해할 수 있는 담력과 지식, 수천 년 중국 문학의 각종 유파 변천에 대한 풍부한 지식과 판단력을 가름할 수 있는 재주와 역량이 없다면, 루쉰처럼 역사를 관통하고 끊임없이 변화 발전하는 문학의 현대화의 길을 따라갈 수 있는 걸출한 작가가 된다는 것은 어불성설일 뿐이다. 설사 마음은 그러하되 역량이 따라주지 않고, 고갈된 창작력으로 인해 더 이상 나아갈 수 없을 것이라는 뜻이다.

게다가 '5·4' 시기는 사회적 위기에 반항하는 문학혁명이 발발하면서 신구 사조가 격렬하게 투쟁을 벌이고 각종 외래문화 및 문학사조가 샘솟듯이 밀려들어와 어두운 천지에 고풍과 서구풍이 휘몰아쳤다. 이처럼 변혁 속의 중국문학은 온갖 사조가 남발되는 소용돌이 속에 빠지고 말았다. 작가는 담력과 학식, 재능과 역량으로 천하를 개척할 때 어쩔 수 없이 문화 신분의 선택과 문화 취향을 고려하지 않을 수 없었으며, 그 속에서 중국을 상상하는 방법을 찾았다. 루쉰의 많은 지인들도 5·4 사조의 소용돌이 속에서 분리 효과로 인해 분화의 양상을 보이기 시작했다. 누군가는 뒤로 가고 또 누군가는 앞으로 향했으며, 좌익으로 돌아서거나 우익으로 방향을 틀기도 했다. 학계의 혼란에 직면하여 루쉰은 5·4운동이 일어난 지 정확하게 1년이 흐른 뒤 다음과 같이 '신사조'에 대해 평한 바 있다.

> 요즘 말하는 신사조란 외국에서는 이미 상당히 일반화되어 있지만 중국에 들어오자 사람들이 깜짝 놀라고 있습니다. 신사조를 제창하는 사람들의 사상이 철저하지 못하고 언행이 일치하지 않아 유폐가 자꾸 생기지만 이는 신사조에 문제가 있는 것이 아니기에 책임을 신사조에 떠넘길 수는 없다고 봅니다.[19]

전체 문화계를 종관하면서 루쉰의 심정은 무겁고 침울했다. 그는 멀리 있는 친구에게 이렇게 호소했다.

> 요컨대 중국의 옛 사물들은 어떻게 되든 붕괴하기 마련입니다. 만약 새로운 관념으로 변화를 밀어준다면 개혁에 질서가 잡혀 그로 인한 재화가 그대로 무너지듯이 세차지 않을 것입니다. 하지만 사회는 옛것을 수호하려고 하고, 신당(新黨)은 또 멋대로 행동하니 흩어진 모래와 같아 모아지지 않습니다. 그러니 장차 어쩔 도리가 없고 수습할 길이 없겠지요.

전환기의 장점은 새로운 사조가 넘쳐나면서 사상 해방을 맛볼 수 있다는 점이다. 하지만 어려운 점도 있다. 각종 사조가 범람하면서 일종의 두려움이 엄습하면서 편파적인 사조에 말려들어갈 수 있다는 것

---

19 루쉰, 「송숭의에게 보내는 편지(致宋崇義), 1920년 5월 4일」, 『루쉰전집』 제11권, 382쪽.

이다. 이로 인해 분리 효과가 발생하여 문학 군체가 새롭게 조정되어 재편성되고 새롭게 출발하게 된다.

이러한 분리 효과 속에서 루쉰은 「납함」과 「방황」으로 자신의 문화적 반응이자 사상의 표시로 삼아, '납함'으로 과감한 전진을 '방황'으로 냉정한 관찰을 시도했다. 그는 고독을 씹으며 방황하고, 고독을 초월하여 큰 소리로 외쳤다(납함). 그의 눈빛은 냉철한 이성으로 밝게 빛났으며, 더욱 날카로워졌다. 명철한 역사 이성으로 혼란스러운 사조의 소용돌이에 함몰되지 않고 계속 나아갔으며, '과객過客'의 발자국을 남겼다. 독특하고 심오한 산문시 『야초』와 『분』에 나오는 잡문과 논문을 창작하고 동시에 견실하고 찬란한 소설예술의 황금시기를 열었다는 뜻이다. 이는 물론 그가 살아단 당시의 시대적 흐름에 공을 돌려야할 것이나 중외문학의 원류의 부침에 대한 루쉰 자신의 탁월한 이해와 대응 또한 남달랐음을 지적하지 않을 수 없다. 『분』, 『야초』, 『납함』, 『방황』 등을 통해 그는 광야의 황량함을 처절하게 느끼면서 토양 속에 본래 존재하던 것과 외래의 부식질 안에서 새로운 문학생명의 찬란한 면모를 화생하였다. 그 속의 정경은 『야초 · 복수』에 잘 묘사되고 있다.

> 광막한 허허벌판만 남았고, 그들 둘은 그 한 가운데에서 알몸으로 날카로운 칼을 들고 멋쩍게 서 있었다. 그들은 죽은 사람의 눈빛으로 구경꾼들의 메마르고 피 없는 살육을 구경했고, 앙양된 생명이 맛볼 수 있는 기쁨의 극치에 영원히 빠졌다.[20]

20 루쉰, 『야초 · 복수』, 『루쉰전집』 제2권, 177쪽.

중국 현대문학이 비로소 시작되는 시기, 중국 전통소설이 현대화 과정으로 돌입하는 과정에서 루쉰은 한 몸으로 두 가지 역할을 자임했다. 하나는 지금까지 누구도 해본 적이 없는 소설 혁신 사업이고, 다른 하나는 후세를 위한 현대소설 성숙화 사업이다. 이를 통해 그는 시대적 색채가 선명하고 민족 기질이 다분하며 고도로 성숙한 소설 예술을 창조했다. 이러한 모든 것은 그의 넓고 심오한 민족문학에 대한 체험과 선택, 그리고 화생을 뺀다면 전혀 말이 될 수 없다.

'악창 미녀'에 대한 문화 선택

중화민족의 전통문학이 찬란한 역사적 성취와 수천 년에 걸친 유구한 혈맥으로 세계문학사에 절세의 풍경을 그려내고 있다는 사실은 그 누구도 공개적으로 부인할 수 없을 것이다. 수많은 작품들은 그야말로 우열을 가리기 힘든데, 그 중에서 조조曹操의 「보출하문행步出夏門行」 가운데 하나인 「관창해觀滄海」를 읽어보면 시에서 읊은 것처럼 "노래로 마음을 펼칠 수 있어 다행이다"라는 말이 절로 나온다.

> 동쪽 갈석산에 이르러 푸른 바다를 바라보니,
> 물결은 돌연 출렁이고 섬은 산처럼 우뚝 솟았구나.
> 수목은 빽빽하고 온갖 풀들이 우거져 있는데,
> 가을바람 소슬하고 큰 파도 용솟음치도다.
> 일월의 운행이 그 안에서 다 이루어지는 듯하고
> 찬란한 은하수 또한 그 안에 자리 잡은 듯하여라.

정말 다행이로다. 노래로나마 마음의 뜻을 펼칠 수 있으니.

東臨碣石, 以觀滄海. 水何澹澹, 山島竦峙.

樹木丛生, 百草豊茂. 秋风萧瑟, 洪波涌起.

日月之行, 若出其中. 星汉灿烂, 若出其里. 幸甚至哉, 歌以咏志.

하지만 '5 · 4' 시기에 다윈의 '진화론'을 수용하고 니체의 "모든 가치에 대한 재평가"에 동의했던 문학혁명가로서 루쉰은 고귀한 문학유산에 대해 "지금의 사람을 위주로" 비판적 계승의 태도를 취했다. 그는 이런 비유를 든 적이 있다.

> 물론 괜찮다. 중국의 문화 역시 아름다운 부분이 있다. 하지만 추악한 부분이 너무 많다. 이는 마치 아름다운 여인의 온몸에 난 악창(惡瘡, 악성 종기)과 같다. 만약 그녀의 몸을 가리고 그녀의 아름다움만 찬송한다면 이는 그녀의 악창을 은폐하는 꼴이다. 나는 오히려 그녀의 악창을 지적하는 이가 그녀를 진정으로 사랑하는 것이라고 생각한다. 이로 인해 그녀가 스스로 참담함을 느끼고 의사에게 도움을 청할 것이기 때문이다.[1]

루쉰은 의학을 배운 적이 있기 때문에 그의 눈에는 병태病態가 더 많이 보일 수 있다. 그는 수많은 절망 속에서 여전히 굴원이 『구장九章 · 사미인思美人』에서 "아름다운 이 그리며, 눈물 훔치며 홀로 서서 바라보네思美人兮, 擥涕而佇眙"[2]라고 한 것처럼 큰 사랑으로 거대한 절망을 맞서

1 야오커(姚克), 「최초 그리고 최후의 일쪽(最初和最後的一面)」, 무후이(牧惠), 『잡문잡담(雜文雜談)』, 장사 : 호남인민출판사, 1988, 17쪽.

는 마음을 지니고 있다.

이처럼 큰 사랑으로 거대한 절망에 맞서는 문화심리 속에서 루쉰은 중국의 고전문학을 대충 긍정하거나 간단하게 부정하지 않고 높은 지붕 위에서 물동이에 든 물을 쏟는 것처럼 유리한 위치에서 비판정신과 실사구시의 분석 태도를 관철시키고 있다. 그는 반半 민간문화의 층위에 속한 우수한 문학전통을 중시하고 존중하는 한편 설사 그것이 "하찮고 잡다한 이야기殘叢小語"일지라도 그는 "침식을 잊고 전심전력을 다해 연구했으며", 경전이라고 할 수 없는 작가나 작품에 대해서도 나름의 역사적 지위나 성취를 지니고 있다면 언제라도 그 성패를 찾아 밝히고 원류를 탐색하여 과학적으로 고찰하고 연구했다. 그러나 겉으로 보기에 엄숙하고 위엄이 있는 것처럼 보이는 문화 쓰레기는 아무리 현란한 광채를 발할지라도 이성의 법정에서 엄격한 재판을 진행했다. 그리하여 지금 사람들의 생존과 발전에 방해가 된다면 여지없이 "전부 짓밟아버렸다". 이러한 짓밟음은 나름의 논리를 가지고 있다. 그 가운데 하나를 『화개집華蓋集·문뜩 떠오르는 생각忽然想到』(6)에서 엿볼 수 있다. "낡고 오래된 국민은 굳어버린 전통 속에 깊이 파고 들어가 있어 변혁을 원치 않는다." 이는 오래된 나라의 국민성에 대한 분석이다. 전통은 현대생활과 세계사조에 직면하게 되면 곧 굳어지고 만다. 하지만 국민들은 전통에 활력이 사라졌음을 알지 못하고 여전히 옛것을 지키고 의존하며 변혁을 생각하지 않는다. "하지만 혁신할 수 없는 인종은 옛것을 제대로 보존할 수 없다." 이는 인종의 운명과 옛 문화의 운명에 대한 관심이자 경계이다.

---

2 원이둬, 『구장해고(九章解詁)』: "남체擥涕는 눈물을 거두는 것을 말한다"; 홍싱쭈(洪興祖), 『초사보조(楚辭補注)』: "저이佇眙는 서서 바라보는 것이다".

그래서 "급선무"의 가치표준과 단호한 문화적 태도를 도출했던 것이다. "우리가 현재 가장 급한 일은 첫째 생존이고, 둘째 따뜻하고 배부른 것이며, 세 번째는 발전이다. 이러한 앞날에 장애가 되는 것은 고금古今, 인귀人鬼를 막론하고 『삼분三墳』이나 『오전五典』, 백송천원百宋千元, 금인옥불金人玉佛, 조전환산祖傳丸散, 비방으로 만든 고약이나 단약 등을 모두 짓밟아버려야 한다."[3] 여기서 주목할 점은 "모두 짓밟아버려야 한다"고 말한 것들 가운데 『사서』나 『오경』은 물론이고 공자와 맹자, 노자와 장자, 묵자와 한비자 등은 포함되지 않았으며, 시소詩騷(시경과 초사), 이백과 두보, 소동파와 육유에서 조설근에 이르기까지 중요한 문학유산 또한 들어가 있지 않다는 사실이다. 이러한 것들은 중국문화에 재앙을 끼치지 않기 때문이다. 루쉰이 예거하는 것들은 고대 문화 가운데 내용이 없이 황당무계하면서도 민간에 널리 퍼져 숭배의 대상이 되는 것들이다. 이런 면에서 루쉰의 태도는 확고하고 선명하다. 무엇보다 비판적 분석을 통해 전승 가치를 판별하여 더러운 물로 신생아를 씻는 우를 범하지 않기 위함이고 다른 하나는 현재의 사람을 근본으로 삼아 "자신을 죽여 옛 사람을 따르는"[4] 착오를 저지르지 않겠다는 것이다. 루쉰 스스로 이러한 과학적 태도를 다음과 같이 개괄하고 있다. "이는 마치 소나 양을 잡아먹는 데 발굽은 버리고 살코기 등 정수만 남겨 새로운 생체에 자양분을 주어 발달시키기 위함이다."[5] 중국 고전문학에 대한 루쉰의

3 루쉰, 『화개집(華蓋集) · 문뜩 떠오르는 생각(忽然想到)』 6, 『루쉰전집』 제3권, 베이징 : 인민문학출판사, 2005, 47쪽.

4 루쉰, 『무덤(墳) · 마라시력설(摩羅詩力說)』, 『루쉰전집』 제1권, 69쪽.

5 루쉰, 『차개정 잡문 · '구형식 채용'을 논함(論舊形式的採用)』, 『루쉰전집』 제1권, 69쪽.

독창적 견해나 중국 고대 문화에 관한 완정한 논리 속에서 우리는 준열한 언사 속에 과학적 이성의 빛이 번뜩이고 있음을 살필 수 있다.

과학과 민주는 5·4신문화운동의 양대 사상 기치이다. 1919년 1월 천두슈는 「본지(신청년) 죄안에 대한 답변서」에서 이렇게 말한 바 있다. "『신청년』에 반대하는 이들은 주로 우리가 공교孔教, 예법, 국수國粹, 정절貞節, 낡은 윤리, 낡은 예술, 낡은 종교, 낡은 문학, 낡은 정치를 파괴하기 때문이다. 이런 몇 가지 죄안에 대해 우리는 전혀 숨길 생각이 없다. 하지만 데모크라시德莫克拉西(민주, Democracy의 음역)와 사이언스賽因斯(과학, Science의 음역), 두 분의 선생을 옹호하기 때문에 하늘을 뒤덮을 만한 대죄를 범할 수밖에 없었다. 덕선생德先生을 옹호하려면 어쩔 수 없이 공교, 예법, 정절, 낡은 윤리와 정치를 반대하지 않을 수 없다. 또한 새선생賽先生을 옹호하려면 부득불 국사와 낡은 문학을 반대해야만 한다. (…중략…) 우리는 이러한 두 분의 선생이 있기에 중국 정치와 도덕, 학술 면에서 모든 어둠을 걷어낼 수 있다고 믿는다. 만약 두 분의 선생을 옹호한다는 이유로 정부가 압력을 넣고, 사회적으로 온갖 공격과 매도가 행해진다면 설사 머리가 잘리고 피가 흐른다고 할지라도 전혀 물러설 생각이 없다."[6] 이른바 아홉 가지 '파괴' 죄상은 앞서 말한 두 가지 사상 기치와 대치한다. 과학과 민주는 전통적인 주류 문화와 이질성을 띤다는 뜻이다. 이러한 이질적인 문화 사상이 수입되면서 중국 고유의 문화에 질적인 갱신과 재편, 그리고 전형轉形이 발생했다. 이를 통해 중국문화는 현대화 궤도에 진입하여 나름의 독

6 천두슈, 「신청년 죄안에 대한 답변서」, 『신청년』 제6권 1호, 1919.1.15.

창적인 성질과 혁명적 의의를 지니게 되었다.

물론 어떤 민족이든 풍부한 문학유산을 지니고 있다는 것은 후세의 문학가들에게 다행스러운 일이 아닐 수 없다. 루쉰의 '문화의 뿌리文化根'는 빈약한 돌밭이 아니라 광활하고 비옥한 토지 위에 심어져 있다. 뿌리는 마음껏 펼칠 수 있으며, 지엽 또한 더욱 풍부해질 수 있다. 하지만 경계해야 할 점이 있다. 다행 속에 모종의 불행이 포함되어 있기 때문이다. 이미 이루어진 축적물이 방대하기 때문에 "높은 봉우리 뒤의 그림자" 또한 짙고 거대할 수밖에 없다. 바로 그것이 작가 천연의 산뜻하고 찬란한 눈빛을 막아 작가의 창조 정신과 예술적 개성을 말살하고, 전통에 의존하여 겉치레 모방이나 일삼도록 만든다. 바로 이런 이유로 과학적이고 이성적인 분석과 민주 정신을 통한 미래 개척이 무엇보다 필요하다. 과학과 민주를 운용하는 일은 당시 문학혁신의 성쇠와 성패를 가르는 관건이었다. 찬란하고 유구한 문학전통을 지닌 민족이기에 더욱더 그러했다. "고대 문화는 후대에게 도움을 주기도 하지만 후대를 속박하기도 한다."[7] 속박을 풀고 도움을 일으키는 것이야말로 루쉰의 화생化生 능력의 묘처이다. 그는 『중국소설사략』에서 소설 발전 맥락을 정리하면서 단서를 찾아 진상을 밝힘으로써 말류 소설가들이나 마무리가 형편없는 작품들에 대해 과감한 비판을 가했으며, 옛 문인들의 화려한 올가미에 걸려 역량 부족으로 제대로 대처하지 못하다가 결국 헤어날 수 없는 곤궁에 빠진 모습을 그대로 보여주었다. 그는 '말류'를 질책하고 '귀미鬼迷(미혹됨)'를 비판했다. 이는 올가미에서 벗어나고 미혹에

---

7 루쉰, 『차개정 잡문 2집 · 전국 목각 연합 전람회 전집(全國木刻聯合展覽會專輯)』, 『루쉰전집』 제1권.

서 해탈하기를 원했기 때문이다. 그는 사람들에게 이렇게 말했다.

> 혁신이나 유학으로 명성과 직위를 얻고 생계가 점차 넉넉해진 이들은 그 길(소품문)로 접어들기 십상입니다. 예전에 귀미(鬼迷), 즉 미혹된 상태였는데, 환경이 바뀌면서 새것을 따르지 않을 수 없었던 것이지요. 그러나 일단 뜻을 이루고 나니 옛 병이 도져 점차 고전에 눈을 돌리게 된 것입니다. 노자, 장자를 처음 보고는 그 깊고 박식함에 놀라고 『문선』을 보고는 우아하고 화려한 문장에 놀라며, 불경을 보고는 그 광대함에 감복하고 송나라 사람들의 어록을 보고는 그 평범하면서도 초연함에 놀라 탄복하고, 경솔하게 찬양하기에 이르렀으니, 사실 이는 애초에 명예를 얻기 위해 쓰던 오래된 수법입니다.[8]

중국 전통문화에도 사람들이 '놀라고' '탄복할 만한' 점이 없는 것이 아니다. 문제는 '경복驚服' 외에 "대충 선양하며" 그저 모방만 알 뿐 신문화 발전을 모색하고 개척하는 열정과 자각을 잃어버리는 데에 있다. 이것이 바로 루쉰이 지적한 "해골에 연연하는 것이다".[9] 이는 문화 혁신자와 문화 향수자의 분기分岐이다. 물론 "무를 좋아하든 배추를 좋아하든 각자 선호하는 것이 있는 법이다". 입맛이 다르니 두 가지 문화태도가 공존하는 것도 무방하니, 민족 위기가 심각해지는 상황에 직면할 경우 어쩔 수 없이 각자의 길을 갈 수밖에 없다.

역사의 "높은 봉우리 뒤편의 그림자"에 안주하며 시원한 바람을 쏘

---

8 루쉰, 「양지윈에게 보낸 편지(致楊霽雲), 1934년 5월 6일」, 『루쉰전집』 제13권, 92쪽.

9 루쉰, 『준풍월담·중삼감구(重三感舊)』, 『루쉰전집』 제5권, 342쪽.

일 것인가 아니면 발걸음을 내디디어 그림자 밖으로 나가 새로운 고봉을 찾아 나설 것인가? 새로운 봉우리를 찾아 떠나는 일은 오래된 문화에 대한 현대적 변혁기에 필연적으로 직면하는 것이자 반드시 해결해야 할 시대적 명제이다. 설사 고대의 비교적 우수한 문학가에 대해서도 "해골에 연연하는" 태도를 취해서는 안 된다. 화생의 중요한 의미는 '해골'에 연연함에 있는 것이 아니라 화해化解(녹여 해체함)시켜 새로운 생명이 흡수하기에 적합한 양분이 되도록 하는 데 있다. 동성파桐城派 삼조三祖 가운데 한 명인 요내姚鼐는 이렇게 말한 바 있다. "한창려韓昌黎, 韓愈, 유자후柳子厚, 柳宗元, 구양수, 소식 등이 문장의 종지에 대해 언급했는데, 그 안에는 사람을 속이는 내용이 없다. 후세 문장에 대해 논하는 이들이 어찌 그들을 넘어설 수 있겠는가?"[10] 동성파는 "의리義理, 고거考據, 사장辭章"을 주장했는데, 문화 맥락으로 말하자면 사실상 정주이학, 당송 문장, 그리고 청대 학술의 결합체이다. 비록 몇 번 변화하기는 했으되 처음부터 끝까지 "도통을 자임했으며", 정통 사상과 학술, 문장을 인습하고 아정雅正한 것을 구하고자 애썼다. 그들은 규칙과 법도를 강력하게 주장하면서 이속俚俗를 반대했다. 말류에 접어들면서 새로운 사조에 저항했으며, 옛것에 얽매여 개혁을 회피함으로써 결국 헤어날 수 없었다. 동성파의 "보수적이고 넘어서지 않으려는" 논조에 대해 루쉰은 예리하게 비판한 바 있다.

한유나 소식은 자신의 문장에서 당시 자신들이 하고 싶은 말을 했으

10 요내 찬, 공푸추(龔復初) 교점(校點), 『요석포척독(姚惜抱尺牘)』, 상하이 : 신문화서사, 1935년, 19쪽.

니 당연히 좋지요. 하지만 우리는 당송 시대 사람도 아닌데, 왜 우리와 전혀 관계가 없는 시대의 글을 써야만 합니까? 설사 비슷하게 썼다고 할지라도 그것은 당송 시대의 목소리이고 한유와 소식의 목소리이지 현대 우리의 목소리가 아닙니다.[11]

어떤 민족의 문학도 전대의 작품이나 작가를 참조하거나 계승하는 것이 당연하다. 하지만 근본적인 발판은 부단히 변화 발전하고 창조하여 "현대의 목소리"를 내는 데 있다. 그래야만 끊임없이 추진하여 결코 영원히 쇠멸하지 않는 생명력을 확보할 수 있다. 이처럼 현대 사람을 바탕으로 삼고, "현대의 목소리"를 근본으로 하는 루쉰의 비판적 사상은 중국문학이 참신한 단계로 발전해나가는 역사적 요청을 반영하는 것이다.

'5·4' 시기에 "동성桐城(동성파) 유종謬種(잡놈), 선학選學(문선학文選學) 요얼妖孽(요괴)"을 둘러싼 논쟁이 벌어졌다. 천두슈는 1917년 「문학혁명론」에서 '문학 혁명군'의 '큰 깃발'을 높이 치켜들고 "명대 전, 후칠자 및 팔가문八家文(당송팔대가)에 속하는 귀유광歸有光, 방포方苞, 유대괴劉大櫆, 요내 등등…… 이상 열여덟 명의 요마妖魔 무리들은 옛것을 받들고 지금의 것을 멸시하며 지나치게 고전 문구에 얽매여 문단의 패권을 차지했다". 이미 동성파를 요괴로 간주하여 문학혁명의 공격 대상으로 삼은 것이다.[12] 다음 달 첸쉬안퉁錢玄同은 「천두슈에게寄陳獨秀」라는 글에서 동성파와 선학파를 아울러 공격했다.

11 루쉰, 『삼한집·소리 없는 중국(無聲的中國)』, 『루쉰전집』 제4권, 12쪽.
12 천두슈, 「문학혁명론」, 『신청년』 제2권 6호, 1917.2.

현재 이른바 동성 거자(巨子)들은 산문에 능하고, 선학 명가들은 변문에 능하여 시사(詩詞)를 짓는 데 반드시 진부한 상투어를 사용하고 있다. (…중략…) 이는 모두 '고등 팔고(高等八股, 팔고문을 비꼰 말)'일 따름이다.[13]

1917년 첸쉬안퉁은 처음으로 '선학 요얼', '동성 유종'이라는 오명을 사용하여 "선학 요괴들이 추존하는 육조문과 동성 잡놈들이 추존하는 당송문은 굳이 읽을 필요가 없다.(주周, 진秦, 양한의 문장을 배우는 이는 오히려 적다. 간혹 있기는 하지만 선학 요괴나 동성 잡놈들의 꼴사나운 작태는 없기 때문에 싫어하지 않는다)."[14] 1917년 8월 첸쉬안퉁은 「후스에게致胡適」 보내는 편지에서 이렇게 말했다. "저들 선학 요괴와 동성 잡놈들은 통하지도 않는 전고典故나 느글거리는 어조로 우리 청년들을 해치고 있다."[15] 당시 수구파들은 문학혁명가들의 발언에 대해 반목하고 질시하며 뒤에서 소곤거렸을 뿐 대놓고 도발하는 자들은 그리 많지 않았다. 그래서 1918년 3월 『신청년』 제4권 3호는 '문학혁명의 반향'이라는 제목으로 첸쉬안퉁과 류반눙劉半農이 배역을 맡은 '쌍황신雙簧信(짜고 치는 편지. 의도적으로 문학혁명을 추동하기 위해 첸쉬안퉁이 가명으로 문학혁명에 반대하는 글을 보내고, 류반눙이 이에 대한 반론의 글을 썼다-역주)'을 실었다. 첸쉬안퉁은 왕징쉬안王敬軒이라는 가명으로 『신청년』 편집자에게 보내는 글에서 문학혁명의 대성공을 반대하며 쓸데없이 왈가불가하

13 첸쉬안퉁, 「천두슈에게」, 『신청년』 제3권 1호, 1917년 3월.
14 첸쉬안퉁, 「천두슈에게」, 『신청년』 제3권 5호, 1917년 7월.
15 첸쉬안퉁, 「후스에게」, 『신청년』 제3권 6호, 1917년 8월.

는 수구파 문인들에 대해 이렇게 말했다. "동성파를 잡놈으로 보고 선학파를 요괴로 간주하니, (…중략…) 비록 소인이라 말하지 않으려하나 그렇다고 꺼릴 것이 있는 것은 아니니, 가히 얻을 것이 없다." 이에 대해 류반눙은 「왕징쉬안에게 답하는 글復王敬軒書」에서 '동성파'와 '선학파'의 복고 논조 및 고문에도 통하지 않고 그렇다고 새로운 학문에 밝지도 않은 황당한 문장에 대해 통쾌하고 노골적인 야유를 보내면서 왕경헌에게 한 십 년 정도 더 공부한 다음에 편지를 보내라고 권하고 "만약 그렇지 않을 경우 '지식이나 학술도 없으며 완고하고 터무니없다不學無術, 頑固胡鬧'는 여덟 글자로 '살아서는 평어評語가 되고 죽어서는 묘지명이 되도록 하겠다"고 썼다.

이러한 일에 대해 루쉰은 「류반눙 군을 기억하며憶劉半農君」이란 글에서 다음과 같이 이야기한 바 있다.

> 베이징에 온 후 그가 『신청년』의 투사가 된 것은 말할 것도 없다. 그는 활달하고 용감하여 몇 차례 큰 전투를 멋지게 치러냈다. 가령 편집부에서 왕징쉬안이라는 이름으로 썼던 편지에 답신을 쓰고, 그녀(她)라는 글자와 그것(牠)이라는 글자를 만든 것이 대표적이다. 이 두 사건은 지금 보자면 정말 하잘 것 없는 일인 것 같지만 신식 구두점을 제창하는 것만으로도 한 무리의 사람들이 마치 '부모 초상이라도 난 듯' 달려들고, 제창한 이들의 '고기를 먹고 가죽을 베고 자지 못해' 안달이 나던 십여 년 전의 일이고 보니 이는 확실히 '큰 전투'였다. 지금 스물 남짓한 청년들 가운데 변발을 자르는 것만으로도 감옥에 가거나 목이 잘릴 수 있었던 삼십 년 전의 일을 알고 있는 이는 극소수일 것이다. 하지만 이는 엄

연한 사실이다.[16]

루쉰은 「시대를 따름과 옛날로 돌아감趨時和復古」이라는 글에서도 류반눙에 대해 말했다.

> 반눙 선생은 '시대를 따라가는 인물로' 명성을 날렸다.

> 예전 청년들의 마음속에는 류반눙이라는 세 글자가 새겨져 있다. 이는 그가 음운학에 정통하다거나 타유시(打油詩, 통속적이고 해학적인 속체시-역주)를 즐겨 지었기 때문이 아니라 원앙호접파를 뛰어넘고 왕징쥐안을 매도하면서 '문학혁명' 진영의 전사가 되었기 때문이다.[17]

첸쉬안퉁과 류반눙이 연출한 '쌍황신'은 5·4문학혁명을 주도한 이들에게 흥미진진한 옛적 풍경이다. 이처럼 흥미진진한 원인 가운데 하나는 '쌍황신'을 통해 공격했던 대상들이 여전히 활개를 치고 이후에도 그 잔재가 넘쳐났기 때문일 것이다.

10여 년이 흐른 뒤인 1933년, 루쉰이 말한 '중삼重三', 즉 3이 중첩된 33년에 그는 사람들이 "『장자』, 『문선』을 보도록 권유하며" 옛것을 그리워하도록 만들고, "1933년에 광서光緖 말년을 추억하게 만드는 것"을 보았다. 이는 팔고八股 출신인 장즈퉁이 누군가에게 『서목답문書

16 루쉰, 『차개정 잡문·류반눙 군을 기억하며』, 『루쉰전집』 제6권, 73쪽.
17 루쉰, 『화변문학·시대를 따름과 옛날로 돌아감(趨時和復古)』, 『루쉰전집』 제5권, 564쪽.

目答問』을 쓰게 한 것을 말한다. 그래서 또 다시 '청년 필독서'와 같은 사고방식이 나오게 된다. 이런 까닭에 루쉰은 다음과 같이 말했다.

> 낡은 병에도 새 술을 담을 수 있고, 새 병에도 묵은 술을 담을 수 있다. 믿지 못하겠거든 오가피 한 병과 브랜디 한 병을 실험 삼아 바꾸어 담아 보면 된다. 오가피를 브랜디 병에 담아도 여전히 오가피 술이다. 이런 간단한 실험은 '오경조(五更調, 민간 곡조의 이름)', '찬십자(攢十字, 민간 곡조의 이름)'의 풍격에도 새로운 내용을 집어넣을 수 있을뿐더러 신식 청년의 육신에도 '동성 잡놈'이나 '선학 요괴'의 졸개를 매복시킬 수 있음을 분명하게 보여준다.[18]

이후 『문선』을 읽으면 풍부한 어휘를 배워 "청년들의 문학수양에 도움이 된다"는 주장과 관련된 논쟁으로 이어진다. 물론 정상적인 상황이라면 본시 사람들의 취미가 각기 다르기 때문에 그렇게 말해도 전혀 이상하지 않다. 하지만 당시 잡감雜感을 쓰는 데 흥취를 느끼고 심리 상태가 상당히 자유로운 상태였던 루쉰은 일반 사람들보다 심오한 역사 감각을 지닌 데다 일종의 전사로서 초조함이 덧붙여지면서 자연스럽게 '감구感舊 이후'를 쓰게 된다.

> 5·4 시대의 동성 잡놈과 선학 요괴는 '날면서 우는(載飛載鳴, 장타이옌(章太炎)이 옌푸(嚴復)가 여전히 팔고문에서 벗어나지 못함을 비판하

18 루쉰, 『준풍농월·33년에 느낀 과거에 대한 그리움(重三感舊)』, 『루쉰전집』 제5권, 343쪽.

면서 쓴 말이다—역주)'식의 문장을 짓고, 『문선』을 끌어안고 어휘를 찾는 사람들을 가리키는 말이다. 어떤 사람들은 분명히 그와 같은 부류이고, 형용이 적절했던 탓에 명목 역시 꽤 오래도록 지속되었던 것이다.[19]

"명목이 꽤 오래도록 지속되었다"는 말 속에서 우리는 루쉰이 마음 속에 오랫동안 감춰온 응어리를 엿볼 수 있다. 문장의 유파로 볼 때 루쉰이나 첸쉬안퉁이 장타이옌에게 계승한 것은 위진魏晉 문장으로 내심 깊은 곳에서 육조 문장을 표방하고 있는 '선학파'나 당송 문장을 중시하는 '동성파'의 우열이나 장단점에 대한 엄격한 고찰을 배제할 수 없었기 때문에 "동성 잡놈, 선학 요괴"라는 여덟 글자가 유파에 대한 고찰을 담은 극단적인 폭발구가 되었던 것이다. 이로 인해 장 씨 문인들이 5·4 급진사조에 참여하자 그들은 자신의 풍부한 문자학 실력으로 낭랑하고 유창하게 '동성 잡놈, 선학 요괴'라는 격문식의 언어를 통해 봉건적 복고주의를 반대하는 중요한 착안점으로 삼았던 것이다.

바로 이러한 점에서 루쉰의 본토 문화에 대한 '악창 미녀'의 비유를 좀 더 자세히 살펴볼 필요가 있다. 일종의 '의사醫師'형의 개혁자로서 루쉰은 미인을 향해 눈을 가느스름하게 뜨고 보는 것이 아니라 지나칠 정도로 '미인'의 자색을 살피려고 애썼다. 그는 눈빛을 반짝이며 '악창'의 상태와 병인을 살피고 치료 방법을 고심했다. 물론 역사철학의 각도에서 볼 때 '악창'이 생겼다고 할지라도 '미인'은 미인이다. 원래 '미인'이나 체내에 독소가 쌓이고 풍한이 내습하여 '악창'이

19 루쉰, 『차개정 잡문·'문인상경'에 대해 다섯 번째 논함(五論文人相輕)』, 『루쉰전집』 제6권, 396쪽.

생겨 날로 심각해지고 있는 것이다. 병을 감추고 치료를 꺼리지 않으며 좋은 치료 방법을 찾아낼 수만 있다면 아무리 오래된 고질병이라고 해도 고칠 수 있는 희망이 있다. '악창 미녀' 이미지에 담겨 있는 문화적 착상의 심오성은 맹목적인 보수주의자, 천박한 허무주의자, 그리고 편파적인 전반적인 서구화를 주장하는 이들과 근본적으로 구별된다. 루쉰 역시 보수적이지만 맹목적 보수주의와 다르다. 그는 미인의 얼굴을 보호하기 위해 그녀 얼굴에 난 종기를 부정하지 않는다. 또한 국수파國粹派와도 다르다. 국수파들은 "그 때가 되면 '원래부터 이러한 것'이기만 하면 무조건 보배가 된다. 이름 모를 악창마저도 중국인의 몸에 난 것이라면 '붉은 악창이 난 곳은 도화꽃처럼 요염하고, 곪은 곳은 진한 젖처럼 아름다운 것'이 된다. 국수國粹가 존재하는 곳은 참으로 오묘하기가 이루 말할 수 없다".[20] 루쉰 역시 허무적인 일면이 있다. 하지만 천박한 허무주의자들이나 전반 서구화를 주장하는 이들처럼 악창을 혐오하여 또 다른 미인을 찾지 않는다. 오히려 그는 다른 미인의 암내를 치료하는 방법으로 원래 미인의 악창을 치료하고자 애쓴다. 문학적인 면에서 루쉰은 참으로 귀한 독립적 자세를 유지하고 있다. 그는 세파를 따르지 않고, 천박하고 협애하여 진위를 제대로 판별하지 못하고 무조건 옛것을 배척하는 습속이 없다. 대신 그는 고전문학에서 좋은 점을 광범위하게 섭취하고 나쁜 점을 철저하게 가려내어 '생명의 길'을 열었다. 다음과 같은 그의 말에서 이를 확인할 수 있다. "무엇을 '국수'라고 하는가? 문면으로 보면 한

---

20 루쉰, 『열풍 · 수감록 39』, 『루쉰전집』 제1권, 334쪽.

나라의 고유한 것으로 다른 나라에 없는 것이다. 달리 말하면 특별한 물건이다. 하지만 특별하다고 해서 꼭 좋은 것은 아닌데, 왜 보존해야 하는가? 사람을 예로 들어보자. 얼굴에 혹이 나고 이마에 종기가 불거져 있다면 확실히 뭇 사람들과 다른 그만의 모습을 보여주는 것이니 이를 그의 '정수'라고 할 수 있다. 그런데 내가 생각하기에, 그 '정수'를 제거하여 다른 사람처럼 되는 것이 좋을 듯하다." 그는 이어서 이에 관한 원칙을 제시하고 있다. "우리가 국수를 보존한다면, 모름지기 국수도 우리를 보존할 수 있어야 한다. 우리를 보존하는 것이 분명 첫 번째 진리이다. 국수이건 아니건 간에 그것이 우리를 보존할 수 있는 힘이 있는지를 물러보면 된다." 그는 신파新派 인물임에도 불구하고 외국문학의 영양분을 섭취하는 것과 민족문학의 우량한 전통 계승을 대립시켜 "양자는 겸할 수 없다"고 단정짓는 사고방식은 프랑스 우언작가인 라 퐁테가 묘사한 것처럼 주둥이가 긴 학은 접시에 놓인 음식을 먹지 못하고, 주둥이가 짧은 여우는 병안에 든 음식을 먹지 못하는 것과 같다고 생각했다. 루쉰은 일찍부터 이른바 '문화편지文化偏至', 즉 문화적으로 편향되게 양극단으로 향하는 것에 대해 공격했다.

> 중국은 이미 자존(自尊)으로 세상에 널리 알려져 있는데, 비판하기 좋아하는 사람들 중에 어떤 이는 이를 두고 완고(頑固)라고 한다. 부스러기 옛것을 껴안고 지키고 있으면 멸망에 이른다는 것이다. 최근에 세상 인사들은 신학문의 말들을 약간 듣고는 그것을 끌어다 스스로 부끄럽게 생각하며 완전히 생각을 바꾸어, 말은 서방의 이치와 합치되지 않

으면 하지 않고, 일은 서방의 방식과 부합하지 않으면 하지 않는다. 옛 물건을 배격하고 오로지 힘쓰지 않음을 두려워하면서, 장차 이전의 오류를 개혁함으로써 부강을 도모하겠다고 한다.

그렇다면 어떻게 해야 '문화편지'를 지양할 수 있겠는가? 루쉰은 근본적인 착안점을 사람을 세우는 것立人에 두고 있다. "가장 중요한 것은 사람을 세우는 일이다. 사람이 세워진 후에는 어떤 일이라도 할 수 있다. 사람을 세우는 방법은 반드시 개성을 존중하고 정신을 발양하는 일이다." 그렇다면 문화철학이나 문화전략적인 면에서 어떻게 해야만 '입인'이 가능할 것인가? 그가 제시한 방안은 다음과 같다.

명철한 인사들이 반드시 세계의 대세를 통찰하여 가늠하고 비교한 다음 그 편향을 제거하고 그 정신을 취해 자기 나라에 시행한다면 잘 들어맞을 것이다. 밖으로 세계 사조에 처지지 않고, 안으로 고유의 혈맥을 잃지 않으며, 오늘날의 것을 취해 옛것을 회복시키고, 달리 새로운 유파를 확립하여 인생의 의미를 심원하게 한다면, 나라 사람(國人)들이 자각하게 되고, 개성이 확장되어 모래로 이루어진 나라가 그로 인해 사람의 나라(人國)로 바뀔 것이다. 사람의 나라가 세워지면 비로소 전에 없이 웅대해져 세계에서 홀로 우뚝 서게 되고, 더욱이 천박하고 평범한 사물과 상관이 없게 될 것이다.[21]

21 루쉰, 『무덤 · 문화편향론(文化偏至論)』, 『루쉰전집』 제1권, 57쪽.

여기서 두 가지 문제, 두 가지 문화에 대한 사고방식을 주목할 가치가 있다. 하나는 기존의 '국가'라는 말 대신 새롭게 '인국人國', 즉 사람의 나라라는 말을 창조했다는 점이다. 전자는 '국國'이 '가家'를 근본으로 삼아 중국 가족제도를 기본 성격으로 부각시키고 있다. 하지만 '국'이 '가' 앞에 있음으로써 인간을 속박하는 자유롭지 못한 선택의 메커니즘을 형성한다. 이에 비해 후자는 사람을 근본으로 삼고 있다. 또한 '인人'이 '국' 앞에 있다. 이는 루쉰의 인간의 존엄, 독립, 주체정신에 대한 존중과 중시를 보여준다. 이로써 사람이 자유롭게 국가를 창조하고 개척하는 활력 넘치는 메커니즘을 형성한다. 다른 하나는 중국과 외국, 예전과 지금의 네 가지 문화 방사선을 보여주고 있다는 점이다. 우선 외래문화에 대해 "경중을 따지는 것"은 물론이고, 자신의 문화에 응용하는데 "간극 없이 일치하기"를 강구해야 한다고 강조하여 중외 문화 관계에서 특히 선택과 적응을 중시했다. 다음 고금 문화관계를 처리하는 문제에 대해 그는 "취금복고取今復古", 즉 지금의 것을 취해 옛것을 회복시키는 원칙을 제시했다. 현대문화의 필요와 방향을 취한 다음에 오랜 옛 문화의 토대와 혈맥을 회복해야 한다는 뜻이다. 이러한 동태적인 과정은 현상에 안주하거나 낡은 곡조를 무의미하게 재탕하는 것이 아니라 '취取'와 '복復'의 장력 속에서 "별도의 새로운 종을 세워別立新宗" 신선한 활력을 지닌 현대문화를 창조하는 것이다. 그 결과 "밖으로 세계 사조에 처지지 않고, 안으로 고유의 혈맥을 잃지 않아" 문화의 연속성과 창조성을 결합시킴으로써 "전에 없이 웅대한" 현대 대국의 문화 풍모를 개척할 수 있게 된다.

이상에서 볼 수 있다시피 루쉰의 이러한 문화 노선은 시종 변함이 없을뿐더러 날마다 자신의 풍부한 경험을 집어넣어 더욱 구체적이고 명석해졌다. 「문화편향론」을 쓰고 10년이 흐른 뒤 그는 자신의 책표지에 그림을 그려준 화가에 대해 이렇게 찬사를 보낸 바 있다.

> 그는 새로운 형태, 특히 새로운 색으로 자신의 세계를 묘사했지만, 그 속에는 여전히 중국의 이제까지의 영혼—글자의 의미를 너무 현학적인 쪽으로 흐르지 않게 한다면, 즉 민족성이 담겨져 있다.

그는 예술 창조에 장애가 되는 두 가지 질곡에 대해 분석하여, 하나는 '3천 년이나 해묵은 질곡'이고, 다른 하나는 새로운 사조가 밀물처럼 들어오는 까닭에 '외부의 경외할 만한 새로운 질곡'이라고 말했다. 계속해서 그는 이렇게 말하고 있다.

> 타오위안칭(陶元慶) 군의 회화는 이러한 이중의 질곡이 없다. 다시 말해 안팎 양면이 모두 세계의 시대사조와 합류하고 있으며, 또한 중국의 국민성을 질식시키지도 않았다는 뜻이다. (…중략…) 그는 고문투의 '지호자야(之乎者也, 고문에서 많이 쓰는 단어)'가 아니다. 왜냐하면 그는 새로운 형태와 새로운 색을 사용하고 있기 때문이다. 또한 'Yes', 'No'도 아니다. 왜냐하면 그는 어쨌든 중국인이기 때문이다. 그래서 미터자를 사용하여 재도 맞지 않고, 그렇다고 한대(漢代)의 여치척(慮傂尺, 동한 장제 건초 6년, 81년에 제작한 구리자)이나 청대의 영조척(營造尺, 청나라 공부에서 건축에 사용하던 자, 일명 부척(部尺))을 사용할 수도 없다. 왜냐하면 그는 이미 현재의 사람이기 때문이다. 생각건대, 반

드시 현재에 존재하면서 세계적인 사업에 참여하고자 하는 중국인의 마음속 잣대로 재어야만 비로소 그의 예술을 이해할 수 있을 것이다.[22]

여기에서 말하는 예술 척도는 '현금現今', 즉 현재의 것이지 고대의 것이 아니며, "세계적인 사업에 참여하는 것"이지 스스로 자신을 가두고 고수하는 것이 아니고, "중국인의 마음속에 있는 것"이지 외국인의 예술개론에 있는 것이 아니다. 그렇기 때문에 "세계의 시대사조와 합류하고 있으면서" 또한 민족의 "새로운 형태와 새로운 색"을 상실하지 않게 된다.

루쉰은 만년에 「목각기정 소인」에서 주장한 것도 이와 일맥상통한다.

> 중국 목판화는 당대에서 명대까지 꽤 괜찮은 역사를 갖고 있다. 그러나 현재의 새로운 목판화는 이러한 역사와 관련이 없다. 새로운 목판화는 유럽의 창작 목판화에서 영향을 받은 것이다. 창작 목판화를 소개한 것은 조화사(朝華社)가 출판한 「예원조화(藝苑朝華)」 4권에서 비롯된다. (…중략…) 다른 출판업자들은 한편으로 구미(歐美)의 신작을 계속 소개하고 있고, 다른 한편으로 중국의 고대 목판화를 번각하고 있는데, 이 또한 중국의 새로운 목판화를 도와주는 세력(羽翼)이다. 외국의 좋은 규범을 받아들이고 발전시켜 우리 작품을 더욱 풍부하게 하는 것은 한 가지 길이다.[23]

22 루쉰, 『이이집·타오위안칭 군 회화전시회 때』, 『루쉰전집』 제3권, 573쪽.
23 루쉰, 『차개정 잡문·「목판화가 걸어온 길」 머리말(「木刻紀程」小引)』, 『루쉰전집』 제6권, 49~50쪽.

여기서 루쉰은 예술 발전의 '우익'과 주체에 대해 언급하면서 외국의 좋은 규범을 수용하여 발휘하고, 취사선택을 통해 자국의 것과 융합시켜야 한다고 주장하고 있다. 이는 상당히 변증법적인 내용이다. 후대로 갈수록 루쉰은 전통예술의 '미인'에 대한 감상이 절실해진다. 미술 방면에서 한나라 석각, 육조 조상造像, 당대 불화, 명대 판화, 청대 소설 삽화, 그리고 근대 천헝커陳衡恪, 치바이스齊白石의 사의화寫意畵에 이르기까지 조대를 불문하고 광범위하게 애정과 관심을 보여준다. 그의 눈길은 어떤 조대나 몇몇 명인에 구애받지 않고, 어떤 예술 장르나 몇몇 명작에 제한받지 않으며, 거의 모든 조대, 수많은 작품과 유파, 장르를 불문하고 그 안에 있는 정신과 기질을 연구하고, 색채와 필법을 탐구하며, 그 원류와 부침을 살폈다. 그리고 그 안에서 분석과 비교를 통해 중화민족 문화예술의 '혈맥'을 찾는 데 심혈을 기울여 마침내 어느 누구도 보지 못하고 간 적도 없는 길을 찾아냈다. 뿐만 아니라 한 가지 사물에 대한 지식을 토대로 비슷한 사물을 유추하고 이해하여 융합함으로써 자신의 혈육을 화생했다.

> 한대의 화상석 도안은 비할 바 없이 미묘하여 일본 예술가들에게 영향을 끼쳤다. 작은 비늘이나 손발톱 묘사에 이르기까지 서양의 유명화가들이 참으로 대단하다고 칭찬을 마다하지 않았다. 하지만 대단한 것만 알고 그 연원이 바로 우리나라의 한대 화상석인줄은 모르고 있다.[24]

24 쉬서우상(許壽裳), 『망우 루쉰 인상기(亡友魯迅印象記)』, 베이징 : 인민출판사, 1952, 37쪽.

금석 문물에서 그는 민족적 자부심을 얻었을 뿐만 아니라 미묘하여 말로 다할 수 없는 예술적 영감을 얻었다. 예를 들어 그는 이렇게 말했다. "한대 석각은 기백인 웅혼하고 장중하며, 당인唐人의 선화線畫는 흐름이 생생하여 살아 있는 듯하다."[25] 이는 예술적으로 의미심장하고 광대하며, 의경이 특출하고 필력이 웅혼하다는 루쉰의 예술세계와 일맥상통하는 것이 아닐까?

웅건한 필력이 있어야 마음속 황량함을 버틸 수 있다. 루쉰의 문화에 대한 언사는 비록 광범위하게 인용되지만 그의 중국 인문에 대한 심각한 성찰은 마음속 지음知音이 많다고 말할 수 없다. 그는 이렇게 말한 적이 있다.

> 처참하게 짓밟힌 엉겅퀴가 자그마한 꽃을 피워 내는 것을 보고 톨스토이가 감격하여 소설을 한 편 썼다. 메마른 사막에서 초목이 안간힘을 다해 뿌리내리고 땅속 물을 빨아들여 푸른 숲을 이루는 것은, 물론 제 자신의 '생'을 위한 것이나, 지치고 목마른 나그네는 잠시나마 어깨를 쉴 수 있는 처소를 만난 것에 기뻐한다. 이 얼마나 감동적이지만 또한 슬픈 일인가?[26]

그는 아득 멀리 러시아의 평원에서 처참하게 짓밟힌 엉겅퀴가 작은 꽃을 피워내는 것을 상상하며 자신의 조국, 메마른 사막과 같은 곳에서 살기 위해 안간힘을 다하는 초목을 성찰하고 있다. 그 초목 속에 바

25 루쉰, 「리화에게(致李樺), 1935년 9월 9일」, 『루쉰전집』 제13권, 539쪽.
26 루쉰, 『들풀(野草) · 일각(一覺)』, 『루쉰전집』 제2권, 229쪽.

로 자신도 완강한 생명력으로 자신의 뿌리를 내리기 위해 애쓰며, 언젠가 푸른 숲을 이룰 것을 그리고 있다. 그는 본토에 깊게 뿌리를 내려 멀리 굴원, 장자, 혜강, 이하, 이상은, 공자진 등까지 이어지고 있다. 그의 뿌리는 또한 널리 퍼져 당대 전기傳奇를 비롯하여 『수호전』, 『서유기』, 『유림외사』, 『홍루몽』 등에까지 퍼져 있다. 그의 뿌리는 구불구불 이어져 야사와 잡록, 문물에 대한 그림, 지방 문헌, 민간 연예에서 외국의 사조와 문학에 이르기까지 닿지 않는 곳이 없다. 문화 화생면에서 이는 어떻게 말하는 것이 좋을까? 일단 루쉰의 말을 들어보자.

> 이후에 창작을 하려면 제일 먼저 관찰이 필요하고, 두 번째는 다른 사람의 작품을 읽어야 한다. 하지만 굳이 한 사람의 작품만을 읽어 그에게 속박되는 것은 피해야 하며, 반드시 여러 작가들의 작품을 두루 읽어 장점을 취해야만 한다. 그래야 나중에 홀로 우뚝 설 수 있다.[27]

여러 장점을 습득하고 속박을 타파하는 것은 문화 화생에서 독립적 창조를 하기 위함이다. 다시 말해 여러 작가, 작품의 좋은 점을 두루 받아들이고 역사의 원류를 탐색하며, 마음속으로 깊이 이해하고 전인들의 예술 속에서 받아들일 것은 받아들이고 버릴 것은 버린 후 자신만의 창의성을 발휘하여 "나는 일찍이 전인을 고인을 모방한 적이 없고, 고인도 나를 위해 애쓴 적이 없다"[28]는 말처럼 되어야만 비로소 새로운 예술적 풍모를 창조해낼 수 있다는 뜻이다. 이는 개체의 독창성에 대한 말이다.

27 루쉰, 『둥융수에게(致董永舒), 1933년 8월 13일』, 『루쉰전집』 제12권, 434쪽.
28 엽섭, 「원시」, 『청시화』, 상하이 : 상하이고적출판사, 1963, 573쪽.

만약 전체 문화효용의 측면에서 말하자면 루쉰의 다음과 같은 말이 적절하게 어울린다. "나는 이미 확실하게 믿고 있다. 장래의 광명이 틀림없이 우리가 문예 유산의 보존자일뿐더러 개척자, 건설자라는 것을 증명해줄 것이다."[29] 그가 말한 문예유산 보존과 개척, 그리고 건설은 서로 연계되어 삼위일체를 이룬다. 개척은 동력이고, 개척적인 보존의 목적은 바로 건설에 있기 때문이다. 루쉰은 '악창 미인'으로 기존의 문화구성을 비유하면서 악성 종기를 제거하여 미인을 구하려는 문화 개척에 힘썼으며, 모래바람 몰아치는 광야에서 뿌리를 내려 메마른 사막, 단단한 바위까지 파고 들어가 멀리 아득한 수원을 향해 뿌리를 뻗쳤다. 언젠가 전통의 뿌리, 맥락 속에서 건설의 꽃망울을 터뜨리겠다는 희망을 끝내 버리지 않은 것이다. 그 꽃송이가 바로 악창을 치유하여 미인이 건강을 되찾고 더욱 발전해나가는 것이 아니겠는가?

29 루쉰, 『집외집습유·「인옥집(引玉集) 후기」』, 『루쉰전집』 제7권, 441쪽.

인격, 심경, 그리고 굴원

중국 사회와 문화에 대해 깊이 이해하고 있는 이라면 루쉰 소설의 역량, 특히 사상의 역량, 인격의 역량에 대해 느낄 수 있을 것이다. 그곳에서 입담 좋은 이야기와 다채로운 문구를 찾으려고 한다면 애만 쓸 뿐 그다지 좋은 결과를 얻지 못할 것이다. 소설에서 묘사하고 있는 인물이나 장면을 통해 사람들은 작가의 마음속 비애와 우울, 황량함에서 벗어나기 힘들다. 원래 문학예술은 작가의 마음속 거울을 빌어 이러저러한 인생과 세계를 비추고 상상한다. 작가는 자신이 창조한 사회생활과 문화심리의 영상 속에서 때로 자신이 느끼고 체험한 부분을 남기기 마련이다. 루쉰 소설은 여러 가지 평범한 세계, 비천한 인생을 묘사하고 있으며, 풍격 또한 암울하고 심지어 기이하고 황당하기까지 하며 슬프고 비참하며 손에 땀을 쥐게 할 정도로 섬뜩하기도 하다. 그럼에도 단편 속에서 마치 서사시처럼 역사와 맞서 싸우는 역량을 담고 있다. 웃음기와 눈물의 흔적이 교차하는 가운데 사람의 마음 깊은 곳을 움직이는 숭고미를 발산하고 있다. 나는 '어찌하여' 소설을 쓰게 되었는가에 대해 루쉰은 이렇게 설명하고 있다.

> 나는 십여 년 전부터 줄곧 '계몽주의'를 내심 품고 있어 소설은 반드시 '인생을 위한 것'이어야 하며 또한 이러한 인생을 개량할 수 있어야 한다고 생각했다. 나는 소설이란 '한가할 때 읽는 책'이며, '예술을 위한 예술'로 그저 '심심풀이'에 지나지 않는 신식 별명으로 간주하는 것에 대해 큰 불만을 품고 있었다. 그래서 나는 주로 병태적인 사회의 불행한 인물의 삶을 많이 다루었는데, 이는 그들의 고통을 드러냄으로써 치료할 수 있는 방법을 찾고자 함이었다.[1]

그는 '예술'을 봉쇄하지 않고 예술의 수단과 목적을 서로 연결시켜 수단이 목적에 이바지하도록 했다. 반복 강조되는 '병태', '불행', '질고', '치료' 등의 단어에서 우리는 이른바 '악창惡瘡 미인'에 대한 루쉰의 사회, 문화적 인지認知를 엿볼 수 있으며, 소설을 "종기를 치료하고 미인을 구하려는" 경세警世 수단으로 간주하려는 그의 심리구조를 살필 수 있다. 이러한 인지와 심리로 인해 그의 소설은 울분 가득한 작가의 인격미의 불꽃이 환하게 타오른다.

이러한 인격미의 불꽃은 그가 처한 시대적 위기상황과 전도된 인생에 근원을 두고 있으며, 또한 "다른 나라에서 얻은 새로운 소리"와도 밀접한 관련이 있다. 다윈의 자연도태의 긴박감이나 니체의 범속함에

---

1 루쉰, 『남강북조집(南腔北調集)・나는 어찌하여 소설을 쓰게 되었는가?(我怎麽做起小說來)』, 『루쉰전집』 제4권, 베이징 : 인민문학출판사, 2005, 526쪽.

대한 반항의 오만함, 마라시파의 사회에 대한 반항의 악마성 등등이 그것이다. 하지만 가장 근본적인 것은 이러한 시대와 인생, 그리고 외래사조에 대한 루쉰의 감수에 있다. 그의 마음, 그의 감수 방식, 그의 인격유형은 중국 역사의 탁월하고 독특한 작가의 인격과 천만 갈래로 연계되고 있다. 평쉐펑馮雪峰은 루쉰의 정신적 연계 문제를 언급하면서 이렇게 말했다.

> 그의 문학 사업은 분명하고 심각하게 중국적 특색을 지닌다. 특히 그의 산문의 형식과 기질이 그러하다. 두 번째로 문학가의 인격과 인사(人事) 관계에서 루쉰은 중국문학사의 장렬하고 불후한 시인들, 예컨대 굴원, 도잠(도연명), 두보 등과 정신적으로 이어져 있다. 이러한 대시인들은 모두 위대한 인격과 사회에 대한 심각한 열정을 품고 있는 이들이다. 물론 루쉰은 사상적으로 그들과 다르다. 하지만 중국문학가로서 사회에 대한 열정과 불요불굴의 정신을 통해 중국민족과 문화의 고귀한 면모를 드러낸다는 점에서 그들과 일맥상통하다는 뜻이다.[2]

루쉰은 이러한 발언에 대해 겸허하게 "칭찬이 지나치다"라고 말했지만 그 역시 이러한 역사주의적 평가를 수긍했다. 다만 평쉐펑의 평가는 논의할 부분이 있다. 그가 예거한 세 명의 시인들 가운데 한 명인 굴원과 혜강嵇康은 루쉰 작품에서 여러 차례 언급된 바 있지만 두보는 거의 없었다. 아마도 평쉐펑은 두보가 다른 두 사람, 즉 굴원이나 도잠보다

2 평쉐펑, 「루쉰의 문학적 위상에 관하여(關於魯迅在文學上的地位)」, 『루쉰의 문학 도로(魯迅的文學道路)』, 창사(長沙) : 후난인민출판사, 1980, 14쪽.

훨씬 '현실주의'에 가깝다고 여겼기 때문에 루쉰의 '현실주의'와 인연을 맺게 한 것이다. 도쿄에서 발간된 『문예춘추』 1934년 11월호에서 사토 하루오佐藤春夫(1892~1964)는 「쑤만수는 어떤 인물인가蘇曼殊是何許人也」라는 글 말미에서 "루쉰은 두보와 비슷하다"라고 말한 바 있다. 루쉰은 같은 달 일본의 친구에게 보낸 글에서 조롱 섞인 회답을 보낸 바 있다. "'두보도 괜찮지.' 하지만 나에겐 시가 없다는 것이 잘못되었네. 돈이 없다는 것도 서로 같으니 이제부터는 시를 대량 써야겠군!"[3] 루쉰은 이렇듯 자신과 두보를 비교하는 것에 대해 탐탁치 않게 생각했다.

인격론에 따르면 문학의 거울은 '마음의 거울'이 된다. 서구의 문학 평론가들은 문예작품은 생활의 거울이라는 말을 마치 경전의 문구처럼 반복한다. 하지만 그것은 평평한 유리 거울이 아니라 루쉰이 말한 것처럼 "마음은 아무래도 거울이 아니기 때문에 텅 비어 허허로울 수 없다". "명경지수나 진나라의 동경銅鏡과 같을 수 없다"는 뜻이다.[4] 문예의 반영은 '심경', 즉 마음의 거울이기도 하지만 다른 일면 웃거나 울 수도 있고, 화를 내거나 찡그릴 수도 있으며, 때로 깜빡거리거나 째려볼 수도 있는 눈이기도 하다. 때로 어쩔 수 없는 탄식을 하기도 하고 다소 지혜롭고 득의에 찬 '거울'이라고 할 수 있다. '심경'은 인격으로 빚어낸 생명의 숨을 지닌 거울이다. 그렇기 때문에 청대 사람 유희재劉熙載는 "시품은 인품에서 나온다詩品出於人品"이라고 말했던 것이다.[5] 마음

3 루쉰, 「증전섭에게(致增田涉), 1934년 11월 14일」, 『루쉰전집』 제14권, 326쪽.

4 루쉰, 「차개정 잡문(且介亭雜文) 2집·'제미정(題未定)' 초고(9)」, 『루쉰전집』 제6권, 447쪽.

5 유희재, 왕기중(王氣中) 전주, 『예개전주(藝概箋注)』, 구이양(貴陽) : 구이저우인민출판사, 1986, 244쪽.

속에 생명이 숨을 쉬고, 인격이 발산되는 '거울'이 걸려 있기 때문에 루쉰은 굴원, 사마천, 혜강, 오경재吳敬梓, 조설근曹雪芹 등의 양심, 지혜, 재질을 추앙하고 풍아風雅를 자랑하고 자신의 견해가 끼어들지 않은 허심虛心이 문예의 극치라 여기면서 오히려 비열하고 추잡하며 마비된 인품을 지닌 작가들이나 작품에 대해 냉소와 풍자를 마다하지 않았다. 고대 그리스 수사학자인 롱기누스는 문예작품이 '숭고'에 이르기 위한 다섯 가지 조건에 대해 언급하면서 이렇게 말했다. "가장 중요한 것은 장엄하고 위대한 사상이다." "숭고는 위대한 심령의 메아리이다." 이를 지극하게 추앙한 이는 독일의 대시인 괴테다. 괴테는 "예술과 시에서 인격이야말로 모든 것이다"라고 말한 바 있다.[6] 그는 또한 이러한 인격의 함의에 대해 다음과 같이 규정하고 있다. "위대한 목표는 진리와 덕행에 대한 애호와 선양이다."[7] 국내외 여러 문학가들의 발언은 다음과 같은 이치를 증명하는 것에 다름 아니다. 작가의 고상한 인격은 백성들을 대변하고, 진리를 위해 헌신하며, 악을 미워하고 곧은 절개를 지니고 공명정대하며, 생활에 대한 관찰과 예술적 개괄을 추구하고 예술 이상과 취미, 격조에 대한 선택으로 잠재적 영향을 생산하지 않는 것이 없다. 수많은 걸작은 이러한 인격미의 성공이다.

루쉰은 줄곧 인격을 중시했으며, 인격을 예술작품의 풍골이 존재하는 것으로 마치 집의 대들보와 같다고 여겼다. "무릇 순결하면 용기가 있고, 무욕하면 강해진다."[8] "바다는 뭇 하천을 모두 받아들이니

6 주광첸 역, 『괴테 담어록(歌德談語錄)』, 베이징 : 인민문학출판사, 1978, 229쪽.
7 위의 책, 91쪽.
8 쑨원(孫文), 「혁명의 결심」, 정전둬(鄭振鐸), 『만청문선(晩晴文選)』 권하에 수록되

포용하여 커지고, 깎아지른 천 길 낭떠러지는 무욕하여 강해진다."[9] 루쉰은 이렇게 말했다. "우리가 요구하는 미술가는 길을 인도할 수 있는 선각자이다." "미술가는 반드시 탁월한 기예를 지녀야 하지만 무엇보다 진보적인 사상과 고상한 인격을 갖춰야만 한다. 그들의 작품은 표면적으로 한 장의 그림이자 조각이지만 사실은 그의 사상과 인격의 표현이다. 우리가 작품을 보고 감상하며 즐거워할뿐더러 감동하고 정신적으로 영향을 받을 수 있어야만 한다."[10] 예술가의 인격은 바로 여기에서 돌출되며, 그 예술 효능은 예술품이 예술 감상의 차원을 넘어서서 효능의 층차를 제고시킨다. 정신적 감동을 불러일으키고 심지어 사상적인 면에서 선각자로서 길을 인도하는 작용을 하게 된다. 작품의 인격 역량은 예술가 자신의 인격에서 나온다. 루쉰은 이와 관련하여 이러한 명언을 남겼다. "샘물에서 나오는 것은 모두 물이고, 혈관에서 나오는 것은 모두 피다."[11] 이것이 바로 루쉰의 '혈성인격론血性人格論'이다. 여기서 쉬서우상許壽裳의 발언을 인용하는 것도 무방할 듯하다.

> 루쉰과 서로 만나 그의 이야기를 들으면 일종의 유쾌한 경험을 얻어 종일토록 지루함을 느끼지 않는다. 그의 탁 트인 도량과 솔직담백한 마음이 마치 맑은 날의 바람과 비가 개인 후 밝은 달과 같고, 그의 기백이

어 있다.

9 양장거(梁章鉅), 『영련속화(楹聯續話)』 권2에 인용된 임소목(林少穆)의 대련, 청 도광 남포우재(南浦寓齋) 각본(刻本).

10 루쉰, 「열풍(熱風) · 수감록(隨感錄) 43」, 『루쉰전집』 제1권, 346쪽.

11 루쉰, 『이이집(而已集) · 혁명문학』, 『루쉰전집』 제3권, 568쪽.

"만경창파가 호호탕탕한 것 같아, 아무리 맑게 하려도 맑아지지 않고, 아무리 휘저어도 탁해지지 않을 정도로 가히 헤아릴 수 없기 때문이다". 그가 때로 웃으며 이야기하는 것을 보면 그의 관찰이 얼마나 예민하며 기지가 가득한 지 알 수 있다. 하지만 그의 태도는 언제나 엄정하여 사람들에게 깊이 깨닫도록 한다.[12]

쉬서우상은 친구 루쉰의 인품에 대해 언급하면서 고대 사서에서 몇 구절을 인용하고 있다. 그 하나는 『송사宋史·주돈이전周敦頤傳』에서 황정견黃庭堅이 주돈이에 대해 언급한 내용이다.

인품이 높고 탁 트인 도량과 솔직담백한 마음이 마치 맑은 날의 바람과 비가 개인 후 밝은 달과 같다. 명성을 구하느라 애쓰지 않고 뜻을 찾는 데 민첩하고, 복락을 구하는 데 박하고 백성을 이롭게 하는 데 두터웠다. 자신의 일신을 보잘 것 없는 것으로 여기고 힘들고 어려운 이들을 편안하게 했으며, 세속에 영합하지 않고 천고의 우정을 나누는 것을 숭상했다.[13]

주돈이는 루쉰과 같은 주씨周氏로 먼 조상이다. 또 다른 구절은 동진東晋 사람 원굉袁宏의 『후한서』 권23에서 곽태郭泰(자는 임종林宗)가 여남汝南 사람 황헌黃憲(자는 숙도叔度)의 인품을 평가하는 다음 문장에서 인용한 것이다.

12 쉬서우상, 『내가 아는 루쉰(我所認識的魯迅)』, 베이징 : 인민문학출판사, 1953, 74쪽.
13 【역주】 탈탈(脫脫) 외편, 『송사·주돈이전』, 베이징 : 중화서국, 1977, 12711쪽. 황정견의 『예장집(豫章集)·염계시서(濂溪詩序)』에 나오는 말이다.

숙도는 만경창파가 호호탕탕한 것 같아, 아무리 맑게 하려도 맑아지지 않고, 아무리 휘저어도 탁해지지 않을 정도로 그 그릇이 깊고 넓어 가히 헤아릴 수 없다.

쉬서우상이 고대 사서의 내용을 인용한 것은 사람들이 루쉰의 인격에 대해 '첨각尖刻'(신랄한 비판), '애비필보睚眦必報'(하찮은 원한이라도 반드시 보복한다는 뜻) 등으로 비난하는 것을 완전히 일소하고, 루쉰의 솔직하고 탁 트인 도량과 담백한 마음, 그리고 만경창파처럼 거침없는 기백을 긍정적으로 말하고자 함이다.

이를 위해 쉬서우상은 전통적인 윤리 범주를 이용하여 "어짊과 지혜를 두루 갖추었다"거나, "인애를 핵심으로 하고 있다"고 말하고 있다. 하지만 그는 여전히 루쉰의 전투적 강인성에 초점을 맞추고 있다. "루쉰 작품의 정신은 한 마디로 말해 전투 정신이다. 이는 대중을 위한 싸움으로 계획적이고 강인하여 한 번 물면 결코 놓지 않는다. 이러한 정신이 그의 작품 속에 넘쳐난다." "대중을 위해 한 번 물면 결코 놓지 않는 강인한 싸움"을 진행한다는 것이 바로 루쉰의 오랜 친구의 발언이다. 그는 루쉰의 인격을 언급하면서 그의 기질에 관한 특별한 느낌을 집어넣었다. 쉬서우상은 마지막 결론 부분에서 이렇게 말하고 있다.

루쉰 작품이 이처럼 위대한 원인은 어디에 있는 것인가? 감히 말하건대 루쉰이 지닌 인격의 위대함으로 말미암는다.[14]

---

14 쉬서우상, 『내가 아는 루쉰』, 74쪽.

여러 가지 문화적 내함이나 역사적 연원을 찾으려면 다양한 측면의 역사, 사회, 문화정신에 대한 분석이 필요하다. 설사 루쉰의 인격을 고찰하는 것이 역사적으로 탁월한 문학가의 인격 요소를 어떻게 흡수, 계승하여 인격 역량을 발산하는 혁명적 현실주의 소설을 창조했는가를 밝혀내는 것이라고 할지라도 이는 나름 발굴할 만한 명제가 아닐 수 없다. 역사적으로 수많은 뛰어난 문학 예술가들의 시문은 모두 강대한 인격 역량을 발휘하여 오랜 세월 중국인들을 감동시켰다. 루쉰은 굴원의 「이소」에서 "아홉 번 죽어도 후회하지 않는" 진리 추구 정신에 감동 받은 바 있다. 소설집 『방황』 제사題詞에서 루쉰은 「이소」의 구절을 인용하여 중도에 포기하지 않고 끝까지 진리를 추구하는 정신이 고금에 서로 이어짐을 나타냈다. 이는 루쉰 소설이 '납함'에서 '방황'까지 중국의 명맥과 앞날을 주시하면서 뱀이 몸을 휘감는 것처럼 결코 놓지 않고 위아래로 방향을 모색하는 생명 의지를 일관되게 지속하고 있다. 이쯤에서 마음속에 울려 퍼지는 굴원의 소리를 들어보는 것이 좋을 듯하다.

> 아침에 창오(순 임금을 장사지낸 곳)를 떠나
> 저녁에 현포(곤륜산 위에 있는 신선의 산)에 도착했다.
> 이곳 영쇄(신령한 산)에서 좀 더 머물고자 하였으나
> 해는 바삐 저물어가는구나.
> 내 태양을 모는 희화(羲和)에게 채찍질을 멈추라하여
> 엄자(해가 떨어지는 신선의 산)를 향해 급히 다가서지 못하도록 하였다.
> 앞길 여정은 멀기만 한데,
> 나는 천지를 오르내리며 내 이상을 찾으리라.

朝發軔於蒼梧兮，夕余至乎縣圃.
欲少留此靈瑣兮，日忽忽其將暮.
吾令羲和弭節兮，望崦嵫而勿迫.
路曼曼其脩遠兮，吾將上下而求索.

이를 통해 루쉰은 굴원의 숭고한 선유仙遊 풍채, 난새와 봉황을 몰고 바람을 타고 하늘을 나르며 정의와 진리를 존중하는 곳을 찾는 모습을 보여주고 있다. 루쉰은 이러한 위대한 환상, 신화 이미지의 화려함에 기대어 자신의 진보를 지향하고 진리를 찾고자 하는 불요불굴의 완강한 의지를 장식하고 있다. 굴원은 주지하다시피 중국 역사상 정치적 이상을 지니고 정치가로 활동한 위대한 애국시인이다. 그는 청렴하고 순결하며 숭고한 '내재미'를 숭상했으며, 아첨과 모략으로 권력을 장악하여 정치적으로 혼란스러워 국가가 위험에 빠진 상황에서 가슴 가득 울분을 품고 "민생의 험난함을 애처롭게 여겼다". 이는 정의와 진리를 추구하기 위해 "아홉 번 죽어도 후회하지 않는" 의지를 표시한 것이다. 굴원을 위해 전傳(「굴원가생열전」)을 쓴 사마천은 굴원이 보여준 결백하고 청렴한 숭고한 인격을 높이 찬양하여 "일월과 빛을 다툴 만한다"고 말한 바 있다.[15] 후한 시대 왕일王逸 역시 굴원의 품행과 문채를 찬양했다. "이른바 금상옥질金相玉質은 백세에 비할 바가 없으니 명성이 후대에 영원히 이어져 결코 마멸될 수 없으리라."[16]

---

15 사마천, 『사기 · 굴원가생열전』, 베이징 : 중화서국, 505쪽.
16 왕일, 「초사장구서(楚辭章句序)」, 장량푸(姜亮夫) 편저, 『초사서목오종(楚辭書目五種)』, 베이징 : 중화서국, 1961, 21쪽 참조.

루쉰은 굴원을 천고 인격의 전범으로 삼았다.

굴원은 초나라에서 살다가 참소를 받아 추방되어 「이소」를 지었다. 빼어난 목소리, 위대한 시체는 일세에 비할 바가 없다. 후인들이 그 문채에 놀라 서로 다투어 모방하니, 초나라에 근원을 두었다고 하여 '초사'라 불렀다. 『시(詩, 시경)』에 견주어 그 언사가 대단히 길고 사유가 환상적인데다 문사가 심히 아름다우며 뜻하는 바가 분명하였으며, 마음 가는대로 읊조려 법도를 따르지 않았다. 그런 까닭에 후대 시교(詩敎)를 신봉하는 유가들이 때로 비방하며 배척했다. 하지만 후세의 영향은 오히려 삼백편(三百篇, 시경) 이상이다.[17]

『시삼백』은 경전에 속하지만 루쉰은 오히려 굴원의 영향이 『시경』을 넘어선다고 말하고 있으니, 굴원의 인격이나 문채에 대한 루쉰의 추앙이 어느 정도인지 능히 알 수 있는 대목이다.

루쉰은 굴원의 인격을 숭상하여 그의 시가에 마음을 빼앗겼다. 그는 일본에 유학할 당시 선장본 「이소」를 휴대하고 다녔으며, "「이소」는 한 편의 자서전이자 풍자를 담은 걸작이고, 「천문天問」은 중국 신화와 전설이 모여 있는 곳이다"라고 말한 바 있다. 하지만 청년 루쉰은 일본에서 영인한 선장본 「이소」 외에도 "홍문학원 시절 적지 않은 일본 서적을 구매하여 책상서랍에 넣어두었는데, 바이런의 시, 니체의 책, 그리스, 로마신화 등이다".[18] 당시 그는 의학을 포기하고 문학에

17 루쉰, 「굴원 및 송옥」, 『한문학사강요』 제4편, 『루쉰전집』 제9권, 382쪽.
18 쉬서우상, 『망우 루쉰 인상기』, 4쪽.

뜻을 두어 '신생新生' 문학운동에 참여하면서 니체에 심취하여 '문화 편향'을 비판하고, 바이런에 도취하여 시가의 반항적 '악마성'을 창도했다. 그런 까닭에 낡고 오래된 시학 전통에 속한 인물인 굴원에 대해 트집을 잡지 않은 것은 아니다. 이는 당시 혈기왕성한 루쉰의 혼란스럽고 불안한 마음을 반영한다.

「마라시력설」에서 루쉰은 굴원에 대해 이렇게 평하고 있다.

> 오직 영균(靈均, 굴원)만이 죽음을 앞두고 머릿속 생각이 파도처럼 일어나 멱라수까지 이어지고 조국을 되돌아보며 훌륭한 인재가 없음을 슬퍼하고 애원을 표현하여 기문을 지었다. 망망한 물 앞에서 주저 없이 세속의 혼탁함을 원망하며 자신의 뛰어난 재능을 칭송했고, 태고 때부터 만물의 보잘 것 없는 것에 이르기까지 모든 것을 회의하면서 이전 사람들이 감히 말할 수 없었던 것까지 거리낌 없이 말했다. 그러나 그 중에 아름답고 슬픈 소리가 넘치고 있지만 반항과 도전은 작품 전체에서 찾아볼 수 없으니 후세 사람들에 대한 감동이 그리 강할 수 없었다. 유언화(劉彦和, 유협(劉勰))은 재능이 뛰어난 자는 그 웅장한 체재를 따랐고, 기교 있는 자는 그 아름다운 문사를 구했으며, 읊조리는 자는 작품에 나오는 산천을 음미했고, 초학자는 작품 속의 향초를 주워 모았다고 했다. 모두 겉모습에만 뜻을 두고 본질적인 내용에까지 나아가지 못하여 위대한 시인이 외롭게 스스로 목숨을 끊어도 이후 사회는 변함이 없었으니 유언화가 말한 네 구절 속에는 깊은 슬픔이 담겨 있는 것이다. 따라서 위대하고 아름다운 소리가 우리의 귀청을 울리지 못하는 것은 역시 오늘날에 처음 시작된 것이 아니다. 대체로 시인이 먼저 제창하여도 백성은

현혹되지 않는다. 생각건대, 문자가 생긴 이래로 지금까지 시인이나 사인들 중에서 멋진 시를 지어 그들의 영감을 전하여 우리의 성정을 아름답게 하고 우리의 사상을 숭고하게 한 자가 과연 몇이나 되는가? 위아래로 찾아보아도 거의 없는 것 같다.[19]

청년 지사 루쉰은 니체와 바이런에 심취하여 굴원에 대해 "아름답고 슬픈 소리가 넘치고 있지만 반항과 도전은 작품 전체에서 찾아볼 수 없으니 후세 사람들에 대한 감동이 그리 강할 수 없었다"라고 트집을 잡고 있다. 하지만 그의 공격대상은 주로 "중국의 정치는 그 이상을 (인심을) 어지럽히지 않는 데 있다中國之治, 理想在不攖"는 것이었다. 굴원에 대해서는 오히려 "이전 사람들이 감히 말할 수 없었던 것까지 거리낌 없이 말했다"고 찬사를 보내고 있다. 루쉰의 비판적 안목에서 볼 때, 위대한 굴원도 졸렬한 부분, 즉 '반항하고 도전하는' 정신이 부족하다. 그렇기 때문에 "위대한 시인이 외롭게 스스로 목숨을 끊어도 이후 사회는 변함이 없었던 것이다".

「마라시력설」을 쓰고 십여 년이 흐른 뒤 루쉰은 '후오사後五四' 즉 5·4 이후의 '방황'기로 접어든다. 그는 그 시기에 '방황'을 돌파하여 의연히 전진할 수 있는 정신적 지주를 찾다가 다시금 굴원을 생각해낸다. 1924년 9월 8일, 루쉰은 「이소」에 나오는 구절을 뽑아 대련을 만들었다. "엄자를 향해 급히 다가서지 못하도록 하니, 두견새 먼저 울까 두렵네望崦嵫而勿迫, 恐鵜鴂之先鳴兮." 루쉰은 자신의 동료이자 전각가로

19 루쉰, 『무덤·마라시력설』, 『루쉰전집』 제1권, 71쪽.

유명한 교대장喬大壯에게 글을 써줄 것을 부탁하여 베이징 서삼조西三條에 있는 우거 '노호미파老虎尾巴(호랑이 꼬리)'의 서쪽 벽에 걸어놓고 좌우명으로 삼았다. 상련上聯은 「이소」에 나오는 "나는 태양을 모는 희화羲和에게 채찍질을 멈추라하여, 엄자(해가 떨어지는 신선의 산)를 향해 급히 다가서지 못하도록 하였다"라는 구절에서 따온 것이고, 하련은 「이소」의 또 다른 단락 "다만 두견杜鵑[20] 먼저 울어 온갖 꽃이 그 소리에 시들어버릴까 두렵네恐鵜鴂之先鳴兮, 使夫百草為之不芳"에서 따온 구절이다. 그의 대련은 '빛과 그림자의 이야기'를 하고 있어 보는 이의 심금을 울린다. 시간 속에 고상한 인격을 외쳐 부르는 소리가 담겨져 있다. 이러한 시간과 사람에 대한 철학적 사고는 현실 역사와 생명가치에 대한 긴박한 근심과 초조를 야기한다. 『논어 · 자한子罕』에 나오는 "공자께서 냇가에서 말씀하셨다. 가는 것이 이와 같아, 밤낮을 쉬지 않는구나逝者如斯夫, 不舍晝夜"라는 구절과 상응한다. 하지만 루쉰은 『논어』 대신 「이소」의 구절을 취했다. 이는 그가 도학道學보다 개성의 자유를 존중했음을 보여주는 대목이다. 바로 이러한 자유로운 개성과 역사 생명에 대한 긴박감 속에서 루쉰은 2년의 세월 속에 『방황』에 실려 있는 11편의 소설을 완성했다. 그리고 「이소」에 나오는 "내 태양을 모는 희화羲和에게 채찍질을 멈추라하여"라는 구절에 이어 "길은 까마득히 멀고 아득한데, 나는 오르내리며 찾아구하고자 하네路漫漫其修遠兮, 吾將上下而求索"라는 구절을 책 앞머리 제사題辭로 삼았다.

루쉰은 굴원의 문장 인격에 대해 일종의 존중과 자유의 심리상태를

---

20 【역주】'제결(鵜鴂)' : 두견새 또는 때까치를 말한다. 두견은 여름(음력 5월) 또는 가을(음력 7월)인데, 추분(秋分) 전에 울쭉 초목이 모두 시든다고 한다.

보이고 있다. 존중은 자신의 인격이 민족문화의 뿌리와 혈맥에 연결시킴이고, 자유는 자신이 현대적인 창조의 광활한 심리 공간을 마련하기 위함이다. 1935년 12월 5일 루쉰은 양제운楊霽雲에게 "엄자를 향해 급히 다가서지 못하도록 하니, 두견새 먼저 울까 두렵네望崦嵫而勿迫, 恐鵜鴃之先鳴兮"라는 구절을 대련으로 적어주었다. 그는 젊은 후배에게 "시간을 아낄 것"을 면려하면서 인간의 유한한 생명을 더욱 효과적으로 활용하는 것이야말로 인간의 생명을 연장시키는 것과 같음을 이야기하고 있다.[21] 소식蘇軾은 "사람이 먹을 가는 것이 아니라 먹이 사람을 간다非人磨墨墨磨人"[22]라고 말한 것도 같은 뜻이다.

그러나 대련을 보내기 반년 전 루쉰은 어떤 잡문에서 이렇게 말한 적이 있다.

> 굴원은 초사의 개산조사(開山祖師)이며, 그의 「이소」는 조력자가 되지 못한 이의 불평에 지나지 않는다. 송옥(宋玉)에 와서야 현재 전해지는 작품으로 볼 때, 불평은 사라지고 한 사람의 순수한 시객(詩客)이 되었다. 그러나 『시경』은 경전이자 또한 위대한 문학작품이다. 굴원과 송옥도 문학사에서 역시 중요한 작가이다. 왜 그런가? 그들에게는 여하튼 문채(文彩)가 있기 때문이다.[23]

---

21 루쉰, 『준풍월담 · 사용금지와 자체제작(禁用和自造)』, 『루쉰전집』 제1권, 71쪽.

22 소식, 「서교수가 내가 소장한 묵을 본 것에 차운하여 답하다(次韻答舒教授觀余所藏墨)」, 『소식시집』 제3책, 베이징 : 중화서국, 1982, 838쪽.

23 루쉰, 『차개정 잡문 2집 · 조력자에서 허튼소리로(從幫忙到扯淡)』, 『루쉰전집』 제6권, 356쪽.

비록 루쉰이 느끼는 대로 언급한 내용으로 문학사의 정식 평가는 아니지만 핵심을 찌르는 발언으로 깊이 생각할 여운을 남긴다. 당시 이 잡문은 아직 출간하기 전이다. 루쉰은 이에 대해 이렇게 말하고 있다.

> 나의 「조력자에서 허튼소리로」는 원래 무슨 어린이날, 부녀의 해, 독경구국(讀經救國), 경로정속(敬老正俗), 중국문화본위, 제3종인 문예 등을 제창한 한 무리의 정객, 거상, 문인, 학사들은 이미 조력자가 될 수 없기 때문에 허튼소리라는 이 방면에서 보는 것 외에 방법이 없음을 지적한 것인데, 분명히 금지해야 할 것이었다. 왜냐하면 사실 너무 분명하고 너무 시원하게 죄다 말했기 때문이다.[24]

여기서 과연 "뜻이 어디에 있는가"를 주목할 필요가 있다. 잡문은 당시 사회와 문명에 대한 비평에 뜻을 두어 작가 자신의 희로애락이나 성냄, 욕설을 곧이곧대로 옮겨 문장을 만드는 것이지 문학사에 대한 전면적이고 객관적인 평가를 하기 위함이 아니다. 하지만 말에는 반드시 근거가 있어야 하고, 심리적으로 자유로워 손에 닿는 대로 주워도 절로 묘취를 남겨야만 한다. 역사 문화에 대한 존중과 현실 창조에 대한 자유가 병존하는 것이 바로 문화 개척자가 반드시 지녀야할 이중적 문화 자세라는 뜻이다.

어휘 선택 역시 일종의 문화 형태이다. 그것은 작가의 문화 전적에 대한 익숙함을 반영하는 것임과 동시에 작가가 자신의 작품에 어떤 색

---

24 루쉰, 『차개정 잡문 2집 · 후기』, 『루쉰전집』 제6권, 463쪽.

깔을 입히고, 어떤 의미 형태를 선택하며, 문화적 소양을 갖춘 독자들에게 어떤 문화 연원을 연상하게 만들 것인가라는 문제와 직결된다. 다시 말해 언어 사용이 새로운 시의詩意를 담은 문화 현장을 만들어낸다는 뜻이다. 루쉰이 자신의 작품에서 『초사』의 어휘를 채용했다는 것은 굴원의 정신, 인격, 색채를 자신이 상상하는 현장에 끌어들였음을 의미한다. 루쉰이 지은 7언 절구 「자제소상自題小像」은 그의 조국에 대한 헌신의 모습을 상징적으로 보여주고 있다.

> 내 마음은 큐피드의 화살을 피할 재간이 없고, 비바람은 검은 너럭바위처럼 조국천지를 덮었네. 차가운 별빛에 뜻을 기탁하였으나 살피는 이 없고, 나는 장차 내 뜨거운 피를 조국에 바치려 하네(靈臺無計逃神矢, 風雨如磐黯故園. 寄意寒星荃不察, 我以我血薦軒轅).

이 시는 1903년 루쉰이 일본에 도착하고 얼마 되지 않았을 때 쓴 것이다. 당시 그는 동경 홍문서원弘文書院에서 처음으로 민족 억압의 상징인 변발을 자르고 기념사진을 찍은 후 이 시를 지어 친구인 쉬서우상에게 보냈다. 시에 나오는 '영대靈臺'는 『장자·경상초』에서 "신령한 마음에 들여서는 안 된다不可內於靈臺"는 구절에 나오는데, 곽상郭象의 주에 따르면, "영대는 마음心이다". '신시神矢'는 고대 로마신화에 나오는 사랑의 신 큐피드를 말한다. "풍우여반風雨如磐"은 『시경·정풍·풍우風雨』에 나오는 "비바람 몰아쳐 그믐처럼 어두운데, 닭 울음소리 그치지 않네風雨如晦, 雞鳴不已"를 약간 변화시킨 구절로 너럭바위로 사태의 심각성과 침중한 마음을 비유하고 있다. 청대 사람 유희재劉熙載는 『예개藝概』 권3

「부개賦概」에서 이렇게 말한 바 있다.

> 태사공은 「굴원전찬(屈原傳贊)」에서 이렇게 말했다. '그 뜻이 슬프다.' (…중략…) '풍우여회, 기명불이'는 바로 굴원이 말하려는 뜻을 나타낸다.[25]

『시경 · 정풍 · 풍우』는 굴원이 국가가 위기에 처했을 때 「이소」를 지은 것을 마치 어두운 밤에 닭이 우는 것과 연관시킨 듯하다. 다음 구절의 '전부찰荃不察'이란 말도 「이소」의 "국군은 나의 참된 충정 헤아리지 않고荃不察余之中情兮"라는 구절에서 따온 것이다. 다만 새로운 시의詩意의 현장에는 미인 향초의 수법 흔적만 남아 있을 뿐 '전荃(향초 이름으로 나라 임금을 뜻한다—역주)'이란 글자는 더 이상 국군을 의미하지 않으며, 아직 계몽하지 못하고 마비된 채로 구차하게 안일을 추구하는 국인國人을 뜻한다. 결국 이는 계몽주의자의 '국민성'에 대한 초조한 심정과 비판, 그리고 기대를 보여주는 것이다. 전체적인 의미로 보면, 서구의 큐피드 화살이 중국의 마음을 파고들었다. 하지만 중국의 마음은 『시경』, 『장자』, 「이소」의 여러 가지 요소가 섞여 있다. 또한 굴원의 "아름답고 처연한 목소리"를 주된 선율로 삼고 있다. 주선율이 움직이면서 마침내 "장차 내 뜨거운 피를 조국에 바치려 하네"라는 핏빛 진정眞情이 폭발하고 만다.

동경에서 문학잡지를 준비할 당시 루쉰은 「이소」에 나오는 어휘로

25 유희재, 왕치중(王氣中) 전주(箋注), 『예개전주(藝概箋注)』, 구이양 : 구이저우인민출판사, 1986, 280~281쪽.

잡지의 명칭을 삼으려고 생각했다. "처음에는 '혁희赫戲'나 '상정上征'이란 단어를 사용하려고 했는데, 이는 모두 「이소」에 나오는 어휘들이다. 하지만 사람들이 알기 어렵다는 이유로 결국 '신생'이란 두 글자를 사용하기로 결정했다. 새로운 생명을 얻겠다는 뜻이다."[26] 문학운동을 발기하는 표식이라고 할 수 있는 잡지 이름을 결정하는 과정 속에서도 우리는 루쉰이 「이소」에 대해 어느 정도로 생각하고 있었는가를 여실히 느낄 수 있다. '상정'이란 어휘는 "옥룡이 모는 봉거鳳車를 타고 하늘 위로 올라갔다. 아침에 창오蒼梧(순 임금의 묘소가 있는 곳-역주)를 출발하여 저녁에 현포縣圃(곤륜산 위 신령들이 노니는 곳)에 이르렀다駟玉虯以乘鷖兮, 溘埃風余上征. 朝發軔于蒼梧兮, 夕余至乎縣圃"는 단락에서 따온 말로 4마리 옥룡이 이끄는 봉거가 큰 바람을 일으키며 하늘 위로 올라가는 것을 말한다. 「이소」 결미 부분에 "높은 하늘 눈부신 곳으로 올라 문득 고개 돌리니 바라보이는 고향. 마부 얼굴에 가득 슬픔, 내 말조차 애상에 젖어 고개 숙이고 움츠린 채 머뭇거리는구나陟陞皇之赫戲兮, 忽臨睨夫舊鄕. 僕夫悲余馬懷兮, 蜷局顧而不行"라는 단락이 나오는데, '혁희'는 바로 여기에서 따온 말로 하늘 위 광명정대한 경계로 상승한다는 뜻이다. 그곳에 올라 고향을 바라보니 수레를 모는 이는 슬픔에 잠기고, 달리는 말조차 고향 생각에 원행을 하지 않으려 머뭇거린다. 고향을 사무치게 그리워하나 또한 광명의 세계로 나아가지 않을 수 없다. 결국 안착한 것이 바로 민족의 '신생'이다. 이는 「이소」에 대한 루쉰의 속마음과 같은 맥락에 있다. 이렇게 볼 때, 굴원과 그의 「이소」는 루쉰이 젊

26 쉬서우상, 『망우 루쉰 인상기』, 21쪽.

은 시절 니체와 바이런 등 서구의 특이한 사조를 받아들여 중국 사회와 문화의 낡은 규범 등에 저항할 당시에도 여전히 그의 마음을 이어주는 가장 중요한 정신적 유대의 중심이었음을 알 수 있다.

잡지 이름을 '신생'이라고 결정하고, 그것이 새로운 생명의 의미를 취한 것이라고 말했을 때, 사람들은 이탈리아의 시인 단테의 명작 「신생」을 연상하고 어렴풋이 문예부흥의 기미를 느낄 수 있었다. 엥겔스가 "중세기 최후의 시인이자 동시에 신시대 최초의 시인"이라고 말했던 단테는 뼈에 사무치는 잊지 못할 사랑을 가지고 살았다. 소년 시절 부친을 따라 피렌체 로렌스의 어느 모임에 참가했던 그는 우연히 아름다운 소녀 베아트리체를 만나 마치 '어린 천사'를 본 것 같은 느낌이 들었다. 수년 동안 이름도 모른 채 연모의 정만 키웠던 그가 그녀를 우연히 만난 것은 아르노 강에 걸려 있는 폰테 베키오라는 다리였다. 하지만 만남은 그것으로 끝나고 다시 해후했을 때 그녀는 이미 은행가의 아내가 된 이후였다. 평생 3번의 만남이었지만 단테는 그녀의 청순한 아름다움에 빠져 사무치는 사랑의 감정을 숨길 수 없었다. 어느새 그녀는 단테의 인생에서 결코 잊을 수 없는 사랑의 신, 문예의 신인 뮤즈가 되었던 것이다. 그러던 차에 그녀가 꽃다운 나이에 그만 세상을 뜨고 만다. 이후 그녀를 잊지 못하고 방탕한 삶을 살았던 단테는 오로지 베아트리체 그녀를 생각하며 31수의 서정시를 가미한 산문을 지어 그녀를 영혼을 구한 천사로 받들고 그와 그녀의 꿈같은 사랑 이야기를 그려냈다. 그 산문집의 이름이 바로 『신생』이며, 이는 당시 이탈리아 문단에서 '온유한 신체新體(청신체파)' 시파의 중요 작품이 되었다. 『신곡神曲』에서 하늘의 천사처럼 아름다운 베아트리체는 로마의 시인 베르길리우스에게 지옥과 연옥의 안내를 맡기고 그를 '스승'으로 칭하며 '지혜의 바다'로 삼는다. 하지만 베르길리우스는 베아트리체의 부탁으로 길안내를 맡아 지옥과 연옥을 돌아본 후 천당으로 올라가고, 이후에는 베아트리체가 단테를 이끌고 천국으로 향한다. 그녀는 이렇게 시인의 영혼이 '하늘 위로 올라가는上征' 안내자가 된다. 단테는 봉건귀족 내부의 권력투쟁에 투신하여 신정권(백파白派)의 일원으로 피렌체 공화정을 통치하는 6인의 최고 정무위원 중 한 사람이 되었다. 하지만 이후 적대 세력에 의해 종신 추방형을 당하고 객지에서 떠돌다 죽고 말았다. 20년의 추방 생애를 통해 그는 이탈리아 사회의 현실을 철저하게 깨닫고 점차 민족의 앞날에 대한 깊은 생각에 빠져들었다. 그래서 어떤 학자들은 단테와 굴원을 비교하여 굴원이 추방을 당함으로써 「이소」를 지을 수 있었으며, 단테 역시 추방으로 인해 『신곡』을 창작할 수 있었다고 말하기도 한다. 분명한 것은 두 사람 모두 "아홉 번 죽어도 결코 후회하지 안는" 우국우민의 정신을 지니고, 사방으로 유랑생활을 하면서도 끊임없이 정신적 경계의 승화를 위해 고심했다는 점이다. 바로 이런 점에서 청년 루쉰이 '신생'을 잡지의 이름으로 결정한 것은 은연중에 동방과 서방, 굴원과 단테, 그리고 신생문학 탐색과 문예부흥 사이의 복잡하고 곡절 있는 정신적 맥락이 소통하고 있는 것이다.

비록 「신생」 잡지는 끝내 유산되고 말았지만 '상정'이란 말은 여전히 청년 루쉰의 문장에서 반복해서 등장한다. 예를 들어 '당우지세唐虞之世(요순堯舜 시대로 먼 옛날)'를 이상경계로 삼고 있는 복고주의자들을 "희망도 없고, 위로 올라감上征(전진)도 없으며, 노력도 없다"고 비판하면서, 국민을 발전시키려면 "옛날을 그리워하는 것도 일정한 효능이 있지만 그리워한다는 말의 의미는 거울에 비춰 보듯 분명하다. 때로는 위로 향하고, 때로는 되돌아보고, 때로는 광명의 먼 길로 나아가며 때로 찬란했던 과거를 되새긴다. 그리하여 새로운 것은 날마다 새로워지고, 옛것 역시 죽지 않는다"[27]고 말했다. 여기서 '상정'이란 글자는 이미 난새를 올라타고 먼지바람을 일으키며 하늘로 올라가는 모습이 아니라 민주 계몽주의자의 사회 진화에 대한 이상과 앞으로 나아가려는 정신 상태를 의미한다. 그렇기 때문에 '후오사' 시기 '방황할 곳조차 없는' 정신적 위기 속에서 그는 자신의 우거에 앉아 「이소」에서 따온 구절로 영련楹聯을 만들어 좌우명으로 삼고, "천지간에 병졸 하나 남아 창 메고 홀로 방황하고 있는兩間余一卒, 荷戟獨彷徨" 서글프고 황량한 심경과 처지를 위로하며 『방황』 권두에 「이소」의 구절을 따서 제사로 삼았던 것이다. 이러한 영련과 제사는 모두 호랑이 꼬리라는 뜻의 '노호미파' 서재에 옛날에서 현대로 걸어가는 발걸음 소리가 울리게 했으며, 그 사이에서 루쉰은 촌음을 아껴가며 위아래로 활로를 모색하며 깊은 메아리를 울리고 있었던 것이다. 짓밟힌 엉겅퀴가 톨스토이를 감동시키지 않았던가! 역사의 메아리 속에서 루쉰 역시 깊은 가을밤 대추나무를 쳐다보며 아주 작은 분홍 꽃이 피던 것을 기억하고 있었다.

> 우리 집 뒤뜰에서 담장 밖으로 나무 두 그루가 보인다. 한 그루는 대추나무이고, 다른 한 그루도 대추나무이다. (…중략…) 대추나무, 잎은

27 루쉰, 『무덤 · 마라시력설』, 『루쉰전집』 제1권, 67쪽.

이미 다 지고 없다. 지난번에 두세 아이가 남들이 따고 남은 대추를 따러 왔지만 지금은 한 톨도 남아 있지 않고 이파리도 다 지고 없다. 대추나무는 작은 분홍 꽃의 꿈을 안다. 가을 뒤에 봄이 오리라는 것도. (…중략…) 붉은 치자 꽃이 필 때 대추나무는 다시금 작은 분홍 꽃의 꿈을 꾸면서 푸른 가지가 활처럼 휘어져 있을 것이다. (…중략…) 또 다시 한밤의 웃음소리가 들렸다.[28]

가을이 지나면 겨울 넘어 봄이 오기 마련이고, 봄이 지나면 여름을 거쳐 다시 가을이 오기 마련이다. 루쉰의 심경은 방황의 처량함을 지우기 힘들었다. 하지만 가을밤을 지내면서 꿈속에서 보았던 '자그마한 분홍 꽃'을 찾는다는 생각에 절로 온몸이 떨려왔다. '후오사'의 방황 시기 내내 루쉰은 소설 세계로 깊이 들어가 새로운 예술영역을 개척했으며, 이로써 자신의 서재에서 소설집 『방황』과 『야초野草(들풀)』, 그리고 대량의 잡문을 써내려갔다. 사상적으로 모순이 격렬해지고 추구하려는 심사가 다급해지면서 그의 창작 또한 더욱 풍부해지던 시기였다. 사상 탐색과 예술적 완성미를 동시에 완수하면서 방황 시기의 루쉰 소설은 예술가로서 중요한 일보를 디디는 데 결정적인 역할을 했다. 방황은 결코 배회가 아니다. 그것은 우여곡절을 겪으면서 새로운 길을 찾아나서는 것이다.

28 루쉰, 『들풀 · 가을밤』, 『루쉰전집』 제2권, 166~167쪽.

들판의 이리가 파리로 탈바꿈한 것을 발견하다

소설집 『방황彷徨』은 루쉰이 모색했던 정신의 흔적이다. 그 안에 존재하는 인격미는 『이소離騷』의 그것과 일맥상통한다. 소설집에는 처음부터 끝까지 관통하는 잠재적 주제가 있다. 5·4 신문학 운동 시절 펜을 무기 삼아 싸움터에 자원한 루쉰은 구세력을 정면에서 공격하고, 선구자로서 납함吶喊(소리침)하며 성원을 마다하지 않았다. 하지만 운동이 퇴조하면서 진영이 흩어지고 문원文苑(문학계)이 적막한 상태에서 인민들은 여전히 노예와 같은 고달픈 삶을 영위하고 있었다. 이처럼 가혹한 현실에 직면하여 정면공격은 『납함』 시절보다 "열정이 감소한 것"처럼 보였다.[1] 하지만 그는 자신의 열정을 끌어들여 사회 인생의 형태에 대한 보다 세밀하고 심각한 사고를 하면서 뿌리 깊은 사회비극의 '소이연所以然'이 무엇인지 고민했다. 여기서 두 가지 상황이 출현한다. 하나는 『납함』의 명제를 지속하여 과거 명제의 종결 지점을 지금

---

1 루쉰, 『차개정 잡문 2집(且介亭雜文二集)·「중국신문학대계」 소설 이집서(二集序)』, 『루쉰전집』 제6권, 베이징 : 인민문학출판사, 2005, 247쪽.

명제의 시발점으로 삼아 연속적인 질문을 던지는 것이고, 다른 하나는 새로운 명제를 발견하여 사악하고 가증스러운 구세력에 대해 계속 공격을 가하는 한편 사회의 응어리, 문화적 종결, 그리고 인생의 길에 대한 탐색을 전개해 나가는 것이다. 이것이 바로 루쉰의 방황 속 모색이다.

「축복」은 「내일明天」에 나오는 아들을 잃은 과부의 비애를 계속해서 묘사하고 있다. 하지만 주인공의 신변에는 더 이상 콧노래를 흥얼거리며 그녀를 도와주는 푸른 얼굴의 아오阿五와 같은 이들은 사라지고, 구세대의 낡은 삶을 대표하기에 충분한 인물로 툭하면 "괘씸해, 하지만……"이라고 말하는 노사어른魯四老爺(루쉰의 넷째 아재비四叔)과 같은 이들만 있을 따름이다. 이는 예전 봉건시대(구중국舊中國) 중국의 부녀들을 속박하던 정치, 가족, 신神, 남편 등의 네 가지 권력의 올가미에 대한 폭로로 「내일」과 비교할 수 없는 깊이를 보여준다. 또한 사람이 죽은 후의 영혼과 지옥의 문제를 통해 삶의 영혼과 지옥의 문제를 되돌아보도록 한다. 부녀의 형상으로 볼 때도 샹린 댁祥林嫂(「축복」의 등장인물)이 「내일」에 나오는 단 씨 집안 넷째 아주머니單四嫂子보다 삶에 훨씬 완강하고 죽음에 대한 의문도 짙다. 그러나 언제나 본분에 충실하여 자신의 노동과 인내로 살아가면서도 비굴하게 생존을 구걸해야 하는 여인들은 도처에 깔린 "사리 통탈하고 심기 화평한" 규칙과 애매모호하지만 전체 사회에 만연한 풍속 방식에 따라 불결하고 죄가 많으며 불길한 "사람 아닌 사람"으로 간주되었다. 이는 인간의 비애이자 비극이다. 그녀의 죽음은 곧 "망각된 죽음"이 되고, 유복한 이들은 그저 폭죽으로 귀신을 쫓거나 '복신福神'에게 경건하게 행복을 빈다. 샹림 댁의 외로운 영혼도 쫓아내야할 것이 되고 전체 사회는 그저 냉담하고 무관심할 따름이다.

『납함』의 경우 지식인들에 대한 해부는 주로 봉건 과거제도에서 쫓겨난 콩이지나 천스청陳士成과 같은 인물에 편중되어 있지만 『방황』의 경우는 신해혁명과 5·4운동에서 성장한 새로운 지식인들을 끌어들여 그들의 정신문화적 약점에 대해 해부하고, "늑대에서 파리로 변화한" 인생의 길에 대해 힐문하고 탐색하고 있다. 「고독자」는 첫 대목을 이렇게 시작하고 있다.

> 나와 웨이롄수(魏連殳)가 서로 알게 된 연유를 돌이켜 생각해보면 참으로 특이한 것이 아닐 수 없으니, 장례(원문은 송렴(送殮))에서 시작하여 장례로 끝났기 때문이다.

'죽음'과 '장례'는 피할 수 없는 고리가 되어 외로운 '고독자' 웨이롄수의 생명과 정신과정에 대한 사고思考를 이끌어내고 있다. 처음은 웨이롄수가 조모의 장례에 참석하는 것으로 시작한다.

> 롄수는 여전히 돗자리에 앉아 깊은 생각에 잠겨 있었다. 그러다 갑자기 눈물을 흘리기 시작하더니 마침내 소리를 내다가 급기야 대성통곡하는 모습이 마치 상처 입은 이리가 깊은 밤 광야에서 울부짖는 것 같았다. 그의 울음은 분노와 비애가 섞여있는 듯 했다.

그리고 마지막으로 주인공이 본 것은 웨이롄수의 장례이다.

인부가 관 뚜껑을 들어올렸다. 나는 다가서서 이제 영원히 이별하는 롄수를 바라보았다.

그 뒤를 이어 이렇게 묘사하고 있다.

그는 어울리지 않는 의관에 싸여 조용히 누워 있었다. 눈을 감고 입을 다문 채로 입가에는 마치 차가운 미소를 머금은 듯 가소로운 시신을 냉소하고 있는 듯 했다.

관에 못을 박는 소리와 함께 울음소리가 동시에 터져 나왔다. 울음소리를 끝까지 들을 수 없어 나는 마당으로 나올 수밖에 없었다. 발길 닿는 대로 걷다보니 어느새 문 밖으로 나와 버렸다. 질퍽한 길이 아주 분명했다. 고개를 들어 하늘을 쳐다보니 짙은 구름은 이미 사라지고 중천에 둥근달이 차가운 빛을 발하며 걸려 있었다.

나는 잰걸음으로 걸어갔다. 마치 무겁게 가라앉은 곳에서 빠져 나오려는 듯했으나 그럴 수 없었다. 귓속에 뭔가 발버둥치는 것이 있는 듯, 오랫동안 아주 오랫동안 그러다가 마침내 밖으로 뛰쳐나왔다. 그것은 길게 울부짖는 것 같았다. 마치 상처 입은 이리가 깊은 밤중에 광야에서 울부짖는 것처럼 참담한 속에 분노와 비애가 뒤섞여 있었다.[2]

---

2 루쉰, 『방황 · 고독자(孤獨者)』, 『루쉰전집』 제2권, 88~110쪽.

이러한 묘사는 도스토옙스키식의 음울함과 잔혹함이 엿보인다. 이리는 비록 상처를 입었지만 깊은 밤 광야에서 울부짖는 소리에는 여전히 야성이 숨쉬고 있다.

들판의 이리는 죽었지만 파리는 여전히 살아남았다. 이는 루쉰이 묘사하고 있는 당시 지식인들에 대한 일종의 우언이다. 파리는 바로 「술집에서」에 나오는 뤼웨이푸呂緯甫이다. 뤼웨이푸의 등장을 위해 소설은 적절하게 그다지 초라하지 않은 배경을 마련하고 있다.

> 2층은 '텅텅 비어 있어' 내 마음대로 아래 황폐해진 정원을 볼 수 있는 가장 좋은 자리를 골라 앉을 수 있었다. (…중략…) 하지만 북방 생활에 익숙해진 나의 눈에는 오히려 이 정원이 경이롭게만 보였다. 몇 그루 늙은 매화나무는 눈과 싸워가며 나무 가득 꽃을 피웠는데, 마치 엄동설한을 전혀 개의치 않는 듯했고, 무너진 정자 옆에 있는 한 그루 동백나무는 짙은 녹색의 무성한 잎에서 십여 개 붉은 꽃을 드러내고 있었다. 눈 속에서 불꽃처럼 밝게 빛나는 꽃송이들은 분노하거나 오만한 듯 마치 기꺼이 원행을 마다하지 않는 여행자를 멸시하고 있는 것만 같았다. 나는 그 때 문득 촉촉하여 무언가에 들러붙으면 떨어지지 않고 투명하게 반짝이는 이곳의 눈이 바람만 불면 흩날려 안개처럼 온 하늘을 뒤덮는 북방의 마른 눈과 전혀 다르다는 것은 깨달았다.[3]

이는 또한 톨스토이의 엉겅퀴이자 루쉰의 창밖 대추나무의 분홍색

3 루쉰, 『방황 · 술집에서(在酒樓上)』, 『루쉰전집』 제2권, 25쪽.

작은 꽃송이이다. 덥수룩하게 기른 머리와 수염, 창백한 장방형의 얼굴, 정신이 피폐하여 눈빛조차 정기를 잃은 듯한 뤼웨이푸가 "천천히 사방을 둘러보다 황폐해진 정원을 내려다보는데, 문득 우리가 학교에 다닐 때 흔히 볼 수 있었던 남을 쏘아보는 듯한 눈빛이 번득였다". 그의 정신 깊은 곳에 여전히 예전의 광채가 존재하고 있음을 알 수 있는 대목이다. 학창시절 함께 성황당에 가서 신상의 수염을 뽑았던 일과 연일 중국을 개혁하는 방법에 대해 논의하다가 결국 싸움으로 번지기까지 했던 일들을 여전히 기억하고 있다. 하지만 지금은 적당히 얼버무리고 데면데면하면서 "공자 가라사대, 시에 이르기를"이나 가르치고 있다. "자네는 내가 가르치는 것이 ABCD인 줄 알았나? 나에게는 두 명의 학생이 있는데, 한 명은 『시경』을 읽고, 다른 하나는 『맹자』를 읽고 있네. 최근에 한 명이 더 늘었는데, 여자아이라 『여아경女兒經』을 읽고 있지." 소설 속에서 뤼웨이푸는 이렇게 자조하듯이 말하고 있다. 그의 말을 더 들어보자.

> "여기 돌아와 보니 우습다는 생각이 들어." 그는 한 손에 담배를 들고 다른 손에 술잔을 들고서 웃는 듯 마는 듯한 표정으로 내게 말했다. "어린 시절에 벌이나 파리가 한 곳에 정지해 있다가 무언가에 놀라 바로 날아가더니 작은 원을 한 바퀴 그리고는 다시 돌아와 같은 곳에 앉는 것을 보고 정말 우습고 가련하다는 생각을 했었지. 그런데 뜻밖에도 지금 나도 날아갔다가 되돌아왔어. 그저 작은 원을 그리고 말이지. 그런데 뜻밖에도 자네마저 돌아왔군. 자넨 좀 더 멀리 날아갈 수 없었나?"[4]

---

4 루쉰, 『방황 · 술집에서』, 『루쉰전집』 제2권, 27쪽.

역사의 진화를 주장하는 지식인들은 오히려 역사 순환의 고리에 걸려들기 쉽다. 문화운동이 사회변동과 호응하지 못할 경우 지식인들의 언론은 이러한 악순환을 벗어나기 힘들다. 루쉰은 "지식인의 악순환"에 대해 고민하면서, 지식인의 생존환경과 계몽 대상이 되는 사회 군체의 문제점을 찾기 시작했다. 이것이 바로 「장명등長明燈」으로 『광인일기』 주인공의 독백 표현 방식을 조정하게 된 원인이다. 장명등은 부처나 도교의 신에게 예배를 올릴 때 사용하는 것으로 부처나 신의 빛이 널리 펴져 마을사람들이 평안하도록 보우하는 역할을 한다. 그렇기 때문에 밤이나 낮이나 하루 온종일 절이나 성황당 앞 등잔을 켜놓다. 유래도 상당이 오래되었다. 당나라 사람 유속劉餗은 『수당가화隋唐嘉話』에서 이렇게 말하고 있다.

> 강녕현(江寧縣)의 절에 진(晉)나라 때 장명등이 있는데, 오랜 세월이 흘러 불빛이 푸른색으로 변하고 뜨겁지 않다. 수 문제가 진(陳)을 멸망시킬 때 그것이 오래된 것을 보고 놀랐는데, 지금까지 남아 있다.[5]

유우석劉禹錫의 「사사쌍회謝寺雙檜」, 「양주법운사사진서택, 고회존언揚州法雲寺謝鎭西宅, 古檜存焉」이란 시를 보면 이런 내용이 나온다.

> 한 쌍의 노송나무 창연하여 그 모습 기이한데, 연기를 머금고 안개를 토하며 들쭉날쭉 우거져 있네. 만년에는 선객에 의지하여 황금 부전을

5 유속, 『수당가화』, 베이징 : 중화서국, 1979, 52쪽.

마주하고 있으나 초년에는 장군을 대하고 그림 깃발 비추었네. 스님의 세계에서 보배로운 덮개를 이루어, 원앙 기와 위로 높은 가지 뽐내지만, 장명등이 전대에 불꽃 태우며, 일찍이 푸른 시절 비추었다네(雙檜蒼然古貌奇, 含烟吐霧鬱参差. 晚依禪客當金殿, 初對將軍映畫旗. 龍象界中成寶蓋, 鴛鴦瓦上出高枝. 長明燈是前朝焰, 曾照青青年少時).

송대 사람 장방기張邦基는 『묵장만록墨莊漫錄』 권6에서 이렇게 말한 바 있다.

양주 여길보(呂吉甫, 북송 시대 재상을 역임한 정치가)의 집은 예전 진나라 진서(鎭西) 장군 사인조(謝仁祖)의 저택이다. 당대에는 법운사(法雲寺)였으며, 지금 남아 있는 쌍회는 당시에 심은 나무이다. 유우석의 시에 말하길, (…중략…) 길보 집에 거할 때 쌍회가 여전히 남아 있었다. (…중략…) 건염(建炎, 남송 고종의 첫 번째 연호. 당시 금나라가 침략했다－역주) 전란으로 인해 회나무가 불타고 말았다. 내가 이후에 그 마을을 방문하여 유적을 찾으려 했으나 찾을 수 없었다.[6]

유우석보다 이른 시기의 사람인 고매高邁는 「장명등송長明燈頌(병서幷序)」에서 장명등의 법력에 대해 이렇게 소개하고 있다.

석가모니 부처께서 방편력(方便力, 중생을 계도하기 위해 쓰는 교묘

6 장방기, 『묵장만록』, 베이징 : 중화서국, 2002, 176쪽.

한 수단의 힘–역주)으로 암흑세계를 구하기 위해 그 빛을 빌려 사람들을 권유했다. 그래서 부처는 연등의 밝음이 있고, 불법은 전등의 뜻이 있게 된 것이다. 대개 장명등은 바로 이런 뜻을 함유하고 있다(大雄氏以方便力, 救黑暗界, 藉其光, 誘其人, 佛所有燃燈明, 法所有傳燈義. 大抵長明燈是其蘊乎).

전설에 따르면 장명등은 당대 시인과 관련이 있다고 한다. 송나라 사람 증조曾慥는 『유설類說』 권51에서 이런 이야기를 하고 있다.

송지문(宋之問)이 강남에 도착하여 영은사(靈隱寺)를 거닐면서 문득 시상이 떠올랐다. '비래봉은 높이 솟아 초목이 우거지고, 불전은 엄숙하여 적막하기만 하구나(鷲嶺鬱岧嶢, 龍宮鎖寂寥).' 이렇게 제1련을 마련한 후 제2련을 곰곰이 생각하는데 영 이어지질 않았다. 그러던 차에 어떤 노승이 장명등을 켜며 대선상(大禪床)에 앉아 말했다. '젊은 친구가 읊조리는 것이 심히 힘들구만, 어찌하여 누대에 올라 창해에 떠오르는 해를 바라보고 저장의 조류를 듣지 아니하시는가?' 송지문이 그의 말을 듣고 크게 놀랐다. 그가 계속해서 읊었다. '누각에 올라 멀리 장엄한 일출을 바라보고 절문은 앞으로 첸탕강의 조류 펼쳐지네. 중추절 계화는 속절없이 떨어지고, 불향(佛香)은 위로 구중천까지 피어오르네. 덩굴 잡고 멀리 고탑에 오르고, 나무 헤치며 멀리 샘물을 길어온다. 서리 엷어 꽃은 다시 피고, 추위 심하지 않아 잎도 시들지 않았네. 천태산 들어가길 기다려 유계(栖溪) 돌다리 건너는 나를 보시게나(桂子月中落, 天香雲外飄. 捫蘿登塔遠, 刳木取泉遙. 霜薄花更發, 冰輕葉未凋. 待入天台路, 看余

> 度石橋).' 첫새벽에 그를 방문하였으나 더 이상 보이지 않았다. 절의 스님이 말하길, '그 분은 낙빈왕(駱賓王)이시오. 경업(敬業, 서경업(徐敬業))이 패한 후(낙빈왕이 서경업을 위해 무측천을 토벌하는 글을 지었다-역주) 낙빈왕과 함께 도주했는데, 장수들이 죄를 얻을까 두려워 그들 두 사람과 비슷한 이를 잡아다가 머리를 잘라 헌상했지요. 그런 까닭에 경업은 형산의 승려가 되고, 빈왕도 삭발하고 천하 명산을 두루 돌아다녔다 하더이다.'[7]

이 외에도 방지方志(지방지)나 잡서에 「장명등」에 관한 기록이 적지 않다.

루쉰은 사람들이 숭상하고 예배의 대상으로 삼고 있는 장명등을 통해 오히려 부정적인 측면을 부각시키면서 상징 수법으로 '선각자'의 비애를 그려내고 있다. 소설 「장명등」의 무대인 길광둔吉光屯의 미치광이가 천여 년 동안 줄곧 밝혀온 장명등을 꺼버리겠다며 떠들고 다니자 마을이 공황상태에 빠지게 된다. 길광둔이란 마을 이름이 바로 장명등에서 비롯되었다고 할 정도로 마을 사람들에게 장명등은 숭배의 대상이었기 때문이다. 길광둔 사람들은 "외출할 때마다 황력黃曆(조정에서 반포하는 누런 종이에 인쇄된 역서曆書)을 찾아보고" 길흉여부를 따질 정도였으니 이러한 '오역忤逆(불효자)'을 어찌 받아들일 수 있었겠는가? "노인네들 말에 따르면, 이 등불은 양무제가 켠 이래로 지금까지 전해 내려오면서 한 번도 꺼지지 않았다는 것이야. 긴 머리長髮賊(홍수전이 이끌

7 증조, 『유설』, 베이징 : 문학고적간행사, 1955년 영인본.

었던 태평천국군을 말한다—역주)들이 반란을 일으켰을 때도 꺼지지 않았다는 말이지. (…중략…) 보라구, 체, 저처럼 불빛이 파랗게 타고 있지 않아? (…중략…) 등불이 꺼지면 우리 길광 마을이 무슨 길광 마을이야. 다 끝나는 거 아냐?" 그들은 양무제梁武帝를 양오제梁五帝(武와 五는 중국어 발음이 같다)라고 잘못 말하면서도 "이 등불은 양오제가 켰던 것 아니야? 등불이 꺼지면 우리 마을은 바다로 변하고 우리들도 모두 미꾸라지로 변한다고 하지 않았어?"라고 철석같이 믿고 있었다. 과학적 이성이 아니라 길거리에 떠도는 전설이나 이야기를 신앙처럼 받드는 사회였기 때문이다. 그래서 마을사람들은 그의 조부가 "도장을 쥐어본 적이 있는 사람"으로 "사당을 지을 때 돈을 기부했는데, 그 자손인 미치광이가 장명등을 끄겠다고 하자, 현으로 가서 그 놈을 불효자로 고발해야 한다"고 주장하고, "사당이나 토지묘에 가두기로 했으며", 그의 족장조차 계속 불을 밝히기 위해 그의 집을 강점하기로 마음먹는다. 결론적으로 "그를 완전히 제거하려는 것이다". 그러자 주인공은 "불을 지를 거야"라고 소리친다. 이는 낡은 세력에 반항하는 격렬하고 굽히지 않는 의지를 상징한다. 하지만 아이들조차 그를 보고 입에서 나오는 대로 지어낸 노래를 합창하며 놀려댄다.

> 백봉선(白蓬船, 흰 뜸으로 지붕을 삼은 배), 건너편 강가에 머물러 있네. 당장 불을 끌 거야, 내가 끌 거야. 희문(戲文, 남방 지방 연극에서 부르는 노래)을 부르네, 불을 지를테야! 하하하! 불불불! 과자를 조금 먹고 있네. 희문을 부르네.

그들이 부르는 별 뜻 없는 노래는 토지묘에 갇혀 "한 손으로 나무 창살을 거머쥐고, 다른 한 손으로 나무껍질을 뜯으며, 그 사이로 두 눈을 번쩍이며" "불을 지를 거야"라고 외치는 미치광이의 사상을 말하고 있는 것인가? 아니면 그의 사상, 그의 반항자세, 그의 '방화' 충동을 오히려 후련하고 홀가분하며 하찮은 것으로 변화시킨 것인가? 루쉰은 이렇게 썼다.

> 무너져가는 낡은 사회에 누군가 조금이라도 상이한 의견을 품거나 딴 마음을 지니고 있다면 틀림없이 큰 고초를 맛보리라. 그런데 가장 혹독하게 모함하는 자는 그 자와 같은 계급의 인물이다. 그들은 이것이 제일 가증스러운 반역이며, 다른 계급의 노예가 반역하는 것보다 훨씬 가증스러운 것으로 여기기 때문에 반드시 그를 없애 버리려고 한다. 나는 이제야 동서고금에 이러하지 않는 경우가 없다는 것을 깨달았으니, 진정 책을 읽어 수양할 수 있게 되었기 때문인지 이전처럼 '현 상태에 불만을 품지' 않게 되었다.[8]

이는 루쉰이 7년 후 독일의 마르크스주의자 메링Franz Mehring(1846~1919)의 글을 읽고 인용한 말이다. 하지만 방황 시기에 지식인의 생존 환경에 대해, "무너져가는 낡은 사회에서" 반드시 척결해야 할 낡은 진영 반역자들의 문화생태에 대한 매서운 비판을 고려해볼 때 그의 마음 또한 이와 상통한다고 말할 수 있다. '미치광이'는 토지묘에 갇히

8 루쉰, 『이심집 · 서언』, 『루쉰전집』 제4권, 195쪽.

고, 마을 사람들은 모두 그의 불효를 꾸짖고 비난하며, 심지어 아이들조차 그의 호언豪言을 우스개로 만든다. 이는 당시 향토 중국의 우언寓言이자 중국 지식인이 들판의 이리에서 파리로 변하게 만드는 온상溫床이다. 바로 이런 이유로 루쉰은 '납함' 시절 「광인일기」와 같은 자백식自白式에서 방황기의 「장명등」과 같은 사회 상징식으로 전환했다. 서사 각도의 변화는 곧 작가의 사상 변화와 관련이 있다.

전체 소설집의 예술기교를 비교해볼 때, 『납함』은 비교적 호방하고 거침이 없는 편이고, 『방황』은 대체적으로 원숙하다는 느낌이 든다. 하지만 양자의 사상 경향을 비교한다면, 『납함』은 상대적으로 훨씬 격렬하고, 『방황』은 생각의 깊이나 추구 면에서 전자보다 월등하다. 루쉰이 일깨워준 이래로 이는 이미 공통된 인식이 되었다. 문제는 격렬하든 아니면 원숙하든 간에 루쉰이 소설을 값싸거나 또는 사치스러운 마취제로 간주한 것이 아니라 민첩하고 예리한 해부용 칼로 보고 있다는 점이다. 이는 작가가 비극이 만연된 시대의 문학혁신에 대한 자각이자 역사적 책임에 대한 자각이다. 이러한 자각은 정의감의 자각이자 인격역량의 자각이다. 사회의 응어리진 문제들을 더욱 깊이 해부할수록 지식인은 "무지無地(몸 둘 곳이 없다는 뜻)에서 방황하는" 인생에 대해 "오르내리며 구하고 찾게 된다上下求索". 이것이 소설집 『방황』을 관통하는 작가의 위대한 심리적 불안감이다. 인생은 유한하기 때문에 죽음에 대해 슬퍼하는 것은 사람의 보편적인 감정이다. 남조 송나라 작가인 포조鮑照는 자신의 처인 장문희張文姬의 죽음을 슬퍼하며 쓴 「상서부傷逝賦」에서 이렇게 읊었다.

남산에 올라 아름다운 구릉을 바라보네. 가을 무궁화에 이슬방울 맺히고 찬바람에 덩굴 휘감기네. 비통에 젖은 내 마음, 어찌 이리도 슬픈가! (…중략…) 복숭아, 자두나무가 가을이 되어 쇠락하나 삶이 짧은 것이니 요절은 아닐세라. 거북이와 학이 천세를 누린다한들 그만큼 다정한 것은 아닐세. 서로 다른 길에서 아름다운 모습 되돌아보며 껴안고 기쁨 누리고 싶어라. 세월은 표표히 흘러 남지 않나니, 순식간에 사라지는 생명 누가 보장한단 말인가?(晨登南山, 望美中阿. 露團秋槿, 風卷寒蘿. 凄愴傷心, 悲如之何! (…中略…) 惟桃李之零落, 生有促而非夭. 觀龜鶴之千祀, 年能富而情少. 反靈質於二途, 亂感悦於雙抱. 日月飄而不留, 命儵忽而誰保?)[9]

유의경劉義慶은 『세설신어』에 「상서」편을 마련하여 19가지 사례를 기록했는데, 그 첫 번째 내용은 다음과 같다.

왕중선(王仲宣, 왕찬(王粲))은 나귀 울음소리를 좋아했는데, 그가 죽어 장례를 치를 때 문제(文帝, 조비(曹丕))가 장례식에 참석하여 생전에 그와 교유했던 친구들을 돌아보며 말하길, '왕중선은 나귀 울음소리를 좋아했으니, 각자 한 번씩 그 소리를 내어 그에게 들려주도록 합시다.' 이에 장례에 참가한 조문객들이 모두 나귀 울음소리를 냈다.[10]

---

9 첸중롄(錢仲聯), 「증보집설교(增補集說校)」, 포조(鮑照), 『포참군집주(鮑參軍集注)』, 상하이 : 상하이고적출판사, 1980, 9~10쪽.

10 유의경 편, 유효표(劉孝標) 주, 주주위(朱鑄禹) 회교집주(滙校集注), 『세설신어회교집주』, 상하이 : 상하이고적출판사, 2002, 543쪽.

송나라 사람 왕당王讜『당어림唐語林』권4「상서」편에서 이런 이야기를 하고 있다.

당 태종이 양공(梁公)에게 말했다. '구리로 거울을 만들면 의관을 정제할 수 있고, 옛것으로 거울을 삼으면 시대의 흥체(興替)를 알 수 있으며, 사람으로 거울을 삼으면 득실을 분명하게 인지하게 된다. 짐은 일찍이 이 세 가지 거울로 자신의 과오를 방비하였다. 지금 위징(魏徵)이 세상을 떠나니 거울 하나를 잃은 것이나 진배없도다.'

태종이 우감(虞監, 虞世南)이 서거했다는 소식을 듣고 통곡하며 말했다. '석거(石渠, 서한 시절 장서각), 동관(東觀, 동한 시절 장서각. 주로 문관들이 상주하던 곳이다-역주)에 더 이상 사람이 없구나.'

명대 사람 이지李贄는『분서焚書』권4에서 '상서'의 감정을 이렇게 해석했다.

태어나면 반드시 죽기 마련이다. 이는 마치 낮이 있으면 밤이 있는 것과 같다. 죽으면 다시 생겨날 수 없으니, 한 번 가면 되돌아올 수 없는 것과 같다. 사람은 너나할 것 없이 살려고 애쓰나 오히려 오래 살 수 없다. 사람은 모두 죽음을 슬퍼하지만 그렇다고 죽지 않도록 할 수도 없다. 오래 살 수 없으니 살아 장수하려고 애쓰지 않아도 될 것이고, 죽지 않도록 할 수 없으니 죽어도 슬퍼하지 않아도 될 것이다. 그런 까닭에 나는 죽음을 슬퍼하지 말고 오직 삶을 슬퍼하라고 말한 것이다. 하여 말하건대 죽음을 슬퍼하지 말고 삶을 슬퍼하시라![11]

비록 "죽음을 슬퍼하느니 차라리 삶을 슬퍼하라"고 하여 광달한 언사 속에 현실 비판을 담고 있지만 사람의 감정을 곡진하게 읊는 작품의 경우 '상서傷逝'를 주제로 삼는 일이 다반사이다. 청대 사람 주백의周伯義는 『양주몽揚州夢』 권2 「몽중어夢中語」에서 이렇게 노래하고 있다.

> 다른 곳에 살아 사무치는 그리움 서로 알지만 처음 헤어질 때 참으로 견디기 힘들었네. 생을 돌고 돌아 삼천겁(三千劫)을 산다해도 날마다 하루 종일 그대 생각. 봄처녀는 흘러가는 물 바라보며 슬퍼하고, 가을 처녀는 쇠락한 가지 끊어질까 두려워하네. 인생에 득의했다면 마땅히 즐겨야나니, 꽃그늘에 도취하지 않는 이는 바보일세.

세월이란 금세 흘러가니 때를 놓치지 말고 즐기라는 내용이다.

루쉰은 '상서'라는 인류 공통의 감정을 예민하게 포착하여 5·4 지식인들이 고취하던 계몽사상의 내재적 결함을 심각하게 반성했다. 그는 「죽음을 슬퍼하며」에서 가정家庭 내부의 독재 체제에 반항하며 혼인의 자유를 주장하는 계몽주의자의 곤경에 빠진 현실을 묘사하고 있다. 앞서 의인화한 들판의 이리와 파리 외에도 그는 "실에 묶인 잠자리"를 묘사하고 있다. "심술궂은 아이에게 붙잡힌 잠자리처럼 실에 묶여 놀림감이 되고 학대받으며 겨우 목숨을 부지하고 있지만 결국 땅바

---

11 이지, 『분서·속분서』, 베이징 : 중화서국, 2011, 263쪽.

닥에 떨어져 죽음만 기다리고 있는 것 같았다." 「죽음을 슬퍼하며傷逝」는 '쥐안성涓生의 수기' 형식을 취하고 있는데, 첫머리는 이렇게 시작한다. "나는 할 수만 있다면 나의 회한과 비애를 즈쥔子君을 위해 쓰려고 한다." 루쉰은 계속해서 이렇게 말하고 있다. "회관 안 구석진 곳에 자리하여 잊혀진지 오래인 낡은 방은 적막하고 공허하기 그지없다. 세월은 정말 빠르게 흘러 내가 즈쥔을 사랑하고 그녀에 의지하여 적막과 공허에서 도망쳐 나온 지도 벌써 만 1년이 되었다. 게다가 무슨 일인지 내가 되돌아왔을 때 비어 있는 곳 또한 공교롭게도 이 방뿐이었다. 부서진 창문, 창밖의 반쯤 말라죽은 홰나무와 늙어빠진 붉은 빛 등나무, 창가의 네모난 탁자, 허물어져 가는 벽, 벽에 붙어 있는 나무 침상 등이 모두 예전 그대로였다." 그렇지 않아도 "적막과 공허 때문에 도망쳐 나온" 낡은 방인데, 다시 돌아갔을 때도 반쯤 고목이 된 홰나무와 늙어빠진 등나무의 '적막과 공허'가 그대로 이어지고 있었다. 이처럼 낡은 방은 예전 그대로이지만 새롭게 조우한 위성圍城(포위된 성), 즉 수렁이자 늪이었다.

'청정蜻蜓', 즉 잠자리는 자유에 대한 갈망을 상징한다. 하지만 보이지 않을 뿐 도처에 도사리고 있는 가느다란 실로 인해 날개가 부러지고 결국 땅에 떨어지고 만다. 남자 주인공은 참회의 복잡한 심리로 가득한 인물로 현대 의식을 추구하는 '선각자'이지 결코 여자를 농락하고 내쳐버릴 궁리나 하는 '사랑의 배신자'가 아니다. 쥐안성과 즈쥔은 한 때 아름답고 순결한 사랑에 빠졌다. 그는 언제나 그녀가 올 것이라는 기대감을 갖고 있었다. 오랜 기다림 속에서 벽돌길에 닿는 하이힐의 맑은 소리가 들리면 그는 심장이 뛰고 생기가 돌았다. 보조개가 있는 둥근 얼굴과 희고 가녀린 팔, 무늬가 있는 무명 블라우스와 검정 치마를 입은 그녀는 그에게 인생의 봄날이었다. 창밖의 반쯤 말라버린 회나무도 새로 잎을 피우고, 보랏빛 등나무도 쇠처럼 늙은 줄기에 송이송이 꽃을 피웠다. 낡은 방은 그들이 나누는 대화소리로 가득 찼다. 그들은 "가정의 독재, 구습 타파, 입센과 타고르, 셸리 등에 대해 이야기했다. ……" 새로운 사조가 물밀 듯이 들어오자 잠자리처럼 나비처럼 자유로운 영혼을 가진 즈쥔도 용맹하게 앞으로 나아갔다.

나는 나 자신의 것이니, 그들 누구도 나를 간섭할 권리가 없어요!

그녀의 말은 개성주의의 선언으로 세세대대로 예교라는 밧줄에 속박 당했던 여성이 억압에서 벗어나 자신의 원망이자 바람을 외친 것이다. 또한 이는 5·4의 조류 속에서 자아각성을 경험한 젊은이들이 보여주는 청춘의 숨소리이다. 그들의 청순한 사랑 속에 숙부와 부친의 반대, 메기수염을 한 늙은이나 크림을 덕지덕지 바른 애송이의 음흉한 눈길이 끼어들었지만 그들은 언제나 당당하게 앞을 향해 걸어 나갔으며, 서로 사랑하고 아끼면서 그 모든 것을 인생의 막 뒤편으로 내쳐버렸다. 두 사람이 동거를 시작하고 채 한 달이 되기도 전에 그들의 생활 속으로 여러 가지가 새롭게 들어왔다. 우선 병아리 네 마리가 새로 들어왔고, 묘회廟會(사당 앞에서 개설되는 시장)에서 사온 얼룩 발바리도 있었다. 그 개의 이름은 '아수이阿隨'였다.

5·4는 봄날에 속한다. 생명의 기쁨이 충만한 봄날을 묘사해야만 무한한 추억, 무한한 참회가 있을 수 있고, 역사의 증거를 남길 수 있

다. 또한 "어찌할 수 없는 지는 꽃"의 무한한 비애를 남길 수 있게 된다. 즈쥔은 살이 오르고 혈색도 좋아졌다. 하지만 애석하게도 집안일을 하느라 너무 바빠서 담소를 나눌 시간도 없었고, 독서를 하거나 산보를 할 여유도 없었다. 사람은 집안일을 하느라 바쁘고, 바쁜 집안일은 사람들을 더욱 힘들게 만들었다. '5·4' 시기의 여성들이 전통적인 '내자內子(안사람)'와 거의 구별할 수 없는 역할로 빠져들고 말았다는 뜻이다. 쥐안성도 바뀌기 시작했다. 그는 사무실 책상에 앉아 하루 종일 공문서와 편지를 베끼고 또 베끼는 생활의 연속이었다. 게다가 입에 풀칠하기 위한 일조차 안정적인 것이 아니었다. 아니나 다를까. 얼굴에 크림을 덕지덕지 바르고 음탕한 눈초리를 보내던 애송이 녀석은 국장 아들의 놀음친구였다. 분명 그 자가 있는 소리 없는 소리 다 지어내며 무언가를 고자질 했는지 결국 직장에서 잘리고 말았다. 하지만 당시 만해도 쥐안성은 아직까지 '5·4' 시기의 예리한 기운을 완전히 상실한 것이 아니었다.

> 사무실에서의 생활이란 원래 새 장수 손안의 새와 같아서 몇 톨의 쌀로 목숨을 연명할 뿐 살이 찔 수는 없다. 세월이 흐르면 날개가 마비되는 상황에 이르러 새장 밖으로 내보내도 이미 더 이상 날 수가 없다. 지금은 어쨌든 새장에서 벗어났다. 나는 이제부터 내 날개가 날갯짓을 잊어버리기 전에 새롭게 드넓은 하늘을 향해 비상해야 한다.

그래서 그는 번역에 착수하는 한편 소품문을 창작하기 시작한다. 이제 즈쥔에게는 무엇보다 먹는 일이 다급했다. "날마다 '강물이 흐르듯 끊임없이' 되풀이되는 것이 밥 먹는 일"이었기 때문이다. 그런 면에서 즈쥔의 업적은 전적으로 이러한 식사, 즉 먹는 일과 관련된 것에서 세워진 듯했다. 먹고 나면 돈을 마련하고, 돈을 마련하면 또 먹었다. 게다가 발바리 아수이도 먹이고 닭들도 먹여야 했다. 그러는 사이에 그녀는 전에 이해했던 것을 깡그리 잊어버린 듯했다. 그럼에도 그의 자유직업은 예전의 공무원 위치만큼 견고할 수 없었다. 결국 닭들은 점차 반찬으로 변하고, 발바리는 보자기를 머리에 덮어씌운 채 서쪽 교외로 데리고 나가 풀어주었다. 그래도 자꾸만 따라오자 그다지 깊지 않은 구덩이에 밀어 넣었다. "그다지 깊지 않은 구덩이"에 집어넣었기 때문에 아수이는 죽지 않고 나중에 집으로 돌아와 그의 발밑에 엎드리게 된다. 루쉰의 필묵은 이렇듯 섬세하다.

소설은 또 다른 애정과 인생에 대한 반성의 공간을 만들어낸다. 그것은 집 밖의 통속通俗 도서관이다. 그곳은 생활의 번잡함, 애정의 적막감을 피할 수 있는 곳이었다. 쥐안성은 혼자 우두커니 앉아 지난 날을 돌이켜보며 비로소 깨닫는다.

> 지난 반년 동안 오직 사랑, 맹목적인 사랑만을 위해 인생의 다른 의의를 소홀히 대했다는 것을 깨달았다. 첫째는 바로 생활이다. 사람은 반드시 살아가야 하고, 사랑은 바로 그것에 수반되는 것이다. 세상에는 노력하지 않는 자를 위해 활로를 열어주는 일은 결코 없다.

이런 반성을 통해 그는 '5·4' 시기의 끝없는 환상이 새롭게 죽은 재에서 불씨가 일어나듯 다시 피어오르기 시작했다.

열람실과 책을 읽는 사람들의 모습은 점차 사라지고, 그 대신 내 눈앞에는 성난 파도 속의 어부, 참호 속의 병사, 자동차 안의 귀인, 조계지의 투기꾼, 심산유곡의 호걸, 강단 위의 교수, 초저녁의 운동가와 심야의 도둑 등의 모습이 보였다.

하지만 집으로 돌아와 옆에 있는 즈쥔을 대하면 다시 냉담해져 억지로 웃음을 보이며 그녀에게 약간이나마 위로를 해줄 뿐이었다.

그러나 내가 얼굴에 웃음을 띠고 말을 입 밖에 내자마자 바로 공허로 변했고, 그 공허는 참기 어려운 조소가 되어 즉각 내 자신에게 되돌아왔다. (…중략…) 그녀는 나에게 허위적인 위로의 답안을 내도록 강요했다. 나는 위로를 그녀에게 보이고 허위적인 초고(草稿)는 내 마음속에 새겨두었다.

이러한 희망과 절망이 뒤섞인 언어 방식은 루쉰의 산문시 『들풀』의 그것과 유사하다. 『들풀』을 보면 실의 속에서도 적막을 배척하려는 듯한 분위기가 농후하기 때문이다.

쥐안성 역시 침몰하기 시작하는 희망을 건져낼 생각이 별로 없었다. 그는 아무리해도 그녀의 예전 활력을 되찾아줄 수 없었다.

나는 그녀와 한담하면서 일부러 우리들의 지난 일들을 끄집어내고 문예에 관해서도 이야기했다. 외국의 문인과 문인의 작품인 『노라』, 『바다에서 온 부인』을 들먹이고, 노라의 결단력을 칭찬했다. (…중략…) 모두 지난해 회관의 낡은 방에서 했던 이야기였으나 지금은 이미 공허한 것으로 변했다. 나의 입에서 나온 말이 내 귀로 들어갈 때 이따금 모습을 감춘 못된 아이가 등 뒤에서 악랄하게 내 흉내를 내고 있는 것은 아닌가 라는 의심이 들었다.

이처럼 어찌할 도리가 없는 대화 속에는 더 이상 예전의 오래된 홰나무의 새로운 잎이나 등나무의 꽃송이는 물론이고 실내 가득한 마음과 마음의 공명도 존재하지 않았다. 루쉰은 "중복 속에 또 다시 중복을 가하는" 서사법으로 분위기를 음산한 쪽으로 몰고 가면서 불길한 조짐을 잠복시키고 있다.

끝내 불길한 조짐이 현실이 되어 공허를 짓부수고 만다. 쥐안성은 즈쥔에게 차마 꺼낼 수 없어 망설이고 더듬거리며 자신의 숨길 수 없는 내심을 드러내고 만다.

왜냐하면, 왜냐하면 말이지. 나는 이제 당신을 사랑하지 않소. 그러나 이는 당신에게 오히려 잘된 일이오. 당신이 아무런 걱정 없이 일할 수 있으니 말이오.

쥐안성의 말은 입센의 『바다의 여인』의 내용과 유사하다.

지금 당신을 완전히 자유롭게 놔주겠소. 당신은 스스로 선택할 수 있으며, 스스로 책임을 져야할 것이오.

쥐안성은 그녀에게 이렇게 이별을 통보하고 차마 더 이상 그녀를 볼 수 없어 통속도서관으로 달려갔다. 그곳에서 그는 「자유의 벗」이라는 잡지에 자신의 소품문이 실려 있는 것을 확인했다. 하지만 잡지사에서 보낸 편지봉투에는 20전과 30전짜리 도서 구입권 두 장이 전부였다. 원고 게재를 재촉하기 위해 우표 값으로 9전을 썼으니 실제로 얻은 것이 없는 셈이었다. 집으로 돌아오니 주인집 아주머니가 그에게 즈쥔의 아버지가 와서 그녀를 데리고 갔다고 말했다. 놀란 그가 방안으로 들어가 혹시라도 남겨놓은 편지나 쪽지라도 있는 지 살펴보았다. 하지만 방안에는 낡은 가구 몇 개만 덩그러니 남아 사람이나 물건을 숨길 곳조차 없어 보였다. 방에는 소금, 고추, 밀가루, 배추 반포기가 한 곳에 모여 있었고, 그 옆에 동전 몇십 개가 놓여 있었다. 경제조건이 여의치 않자 결국 청순한 애정, 혼인의 최소한의 토대마저 사라지고 만 것이다. 얼마 후 "즈쥔이 죽었다"는 악몽과 같은 소식이 들려온다.

루쉰은 누군가에게 책임을 묻고 있는 것이 아니다. 그는 주위의 경제구조가 '중국의 노라'에게 과연 밥그릇을 제공하고 있는가를 고민하면서 현실주의적 태도로 5·4 계몽가들의 호언장담을 반성하고 있다. 그의 결론은 침중하다. 그는 자신의 결론을 대신하여 검은 구름이 가득한 하늘을 보여주고 있다.

하늘이 잔뜩 찌푸린 어느 날 오전, 태양은 아직 구름 속에서 몸부림쳐 나오지 못하고 공기조차도 지쳐 있었다. 작은 발자국 소리와 씩씩거리는 콧김 소리에 나는 눈을 떴다. 획 둘러보았으나 방안은 여전히 공허했다. 그런데 우연히 땅바닥을 보았더니 한 마리 작은 짐승이 어슬렁거리고 있었다. 너무 말라서 거의 죽어가고 있었으며, 온몸이 흙투성이였다. (…중략…) 자세히 보고 나는 깜짝 놀라 심장이 잠시 멎었다가 이어서 세차게 뛰기 시작했다. 그것은 아수이였다. 아수이가 돌아온 것이다.

물건을 보고 그 사람을 생각한다는 말처럼 아수이를 보니 자연스럽게 그녀가 생각났다. 하지만 그가 본 아수이는 배를 곯아 말라비틀어지고 거의 죽어가는 모습으로 '귀기鬼氣(섬뜩한 기운)'를 발하고 있었다. 섬뜩한 분위기 속에서 소설은 더 이상 방황할 곳조차 없는 쥐안성에게 강연한 의지를 고취시키고 있다.

나는 새로운 삶의 길을 향해 첫걸음을 내딛으려 한다. 나는 진실을 마음의 상처 속에 깊이 묻어두고 묵묵히 앞으로 나아갈 것이다. 망각과 거짓말을 나의 길잡이로 삼으며…….

사상가로서 루쉰은 2년 전쯤 「노라는 떠난 후 어떻게 되었는가娜拉走後怎樣?」라는 제목으로 강연을 한 적이 있다. 이는 「죽음을 슬퍼하며」를 해독하는 열쇠이다. 열쇠가 아무리 괴상하고 희귀한 것일지라도 허둥대며 내동댕이칠 것이 아니라 이곳저곳을 헤매며 찾아보는 것이 마땅하다. 루쉰은 중국의 노라가 가출한 후의 상황에 대해 이렇게 말하고 있다.

사리에 따라 추론해 보면, 노라는 실제로 두 가지 길밖에 없을 것입니다. 타락하는 것이 아니라면 바로 돌아오는 것입니다. 왜냐하면 만약 한 마리 작은 새라면, 새장에 있으면 물론 자유롭지 못하지만 새장 문을 나서도 밖에 매나 고양이, 그 밖의 다른 무언가가 있기 때문입니다. 만일 갇혀 있어 이미 날개가 마비되고 나는 법을 잊어버렸다면 정말로 갈 수 있는 길이 없을 것이기 때문이지요. 또 하나의 길은 바로 굶어죽는 것입니다. 그러나 굶어죽는다면 이미 생활을 떠난 것이기 때문에 굳이 문제가 될 것이 없으니, 무슨 길이라고 말할 수 없지요. 인생에서 가장 고통스러운 일은 꿈에서 깨어났을 때 갈 곳이 없다는 것입니다.[12]

그렇다면 관건은 무엇인가? 루쉰은 사회의 경제 권리 측면에서 다음과 같이 말하고 있다.

그래서 노라를 위해 헤아려 볼 때, 돈—고상하게 말하자면 바로 경제가 가장 중요합니다. 자유는 물론 돈으로 살 수 있는 것이 아닙니다. 하지만 돈 때문에 팔 수도 있습니다. 인류에게 가장 큰 결점은 바로 언제나 배가 고프게 된다는 점입니다. 이러한 결점을 보완하기 위해, 꼭두각시가 되지 않기 위해, 오늘날 사회에서 경제권은 가장 중요한 것으로 보입니다. 첫째, 가정에서는 우선 남녀에게 평등한 분배가 이루어져야 합니다. 둘째, 사회에서는 남녀가 서로 대등한 세력을 차지해야 합니다. 애석하게도 나는 이러한 권리를 어떻게 얻을 수 있는지 모릅니다. 다만 여전히 투쟁이 필요하다는 것만은 알고 있습니다. 어쩌면 참정권을 요구할 때보다 더욱 극렬한 투쟁이 필요할지도 모르겠습니다.[13]

---

12 루쉰, 『무덤 · 노라는 떠난 후 어떻게 되었는가?』, 『루쉰전집』 제1권, 166쪽.
13 위의 책, 168쪽.

경제적 권리의 문제 해결은, 아주 사소한 것이 대세에 영향을 미치는 것과 마찬가지로 전체 사회구조의 근본적인 개조까지 파급될 수 있다. 하지만 여전히 '애석한' 부분이 있다.

> 애석하게도 중국은 바꾸기가 너무 어렵습니다. 설령 탁자 하나를 옮기고 화로 하나를 바꾸려 해도 피를 흘려야 할 정도입니다. 게다가 설령 피를 흘렸다고 할지라도 반드시 옮길 수 있거나 바꿀 수 있는 것이 아닙니다. 커다란 채찍이 등에 내려쳐지지 않으면 중국은 스스로 움직이려 하지 않습니다. 나는 이 채찍이 어쨌든 내려쳐질 것이라고 생각합니다. 좋은 것인지 나쁜 것인지는 별개 문제이니 언젠가는 내려쳐질 것입니다.[14]

루쉰은 '노라의 가출'이라는 난제를 가지고 세 가지 각도에서 질문을 던지고 있다. 특히 참혹한 사회의 근본 문제를 다그쳐 묻고 있다. 여기서도 우리는 루쉰의 사고의 심각성을 엿볼 수 있다. 5·4 초기 후스는 희곡 「종신대사終身大事」에서 여주인공 톈야메이田亞梅가 "팔자가 맞지 않는다"는 점쟁이의 말만 믿고 혼인을 반대하는 부모를 벗어나 애인과 떠나는 것으로 대단원의 막을 장식하고 있다. 하지만 루쉰은 노라를 붙잡고 가출하지 않도록 말하고 있다. 당연히 노라는 곧 「종신대사」의 주인공인 톈야메이와 유사한 인물이다. 그는 이렇게 찬물을 끼얹으며 "그 일이 아직 끝난 것이 아님"을 지적하고 있는 것이다. 루

14 위의 책, 171쪽.

쉰은 즈쥔이 아버지에게 끌려 본가로 돌아간 후 결국 죽는 것으로 끝을 내고 있다. 그녀의 무덤이 어디에 있는지조차 알 수 없다. 단편소설 「약藥」의 경우 위얼瑜兒의 무덤에는 꽃다발이라도 있지만 그녀는 "묘비도 없고 분묘도 없다". 그는 이를 통해 사회가 청춘을 어떻게 훼멸시키고, 사랑을 무너뜨렸으며, 유토피아를 꿈꾸는 계몽주의자, 이상주의자의 청춘 비극을 조성했는지 깊이 고민하도록 만들었던 것이다.

루쉰이 이러한 관점은 '5·4' 시기에 상당히 유행했던 "문학가의 작품은 어느 정도 자서전의 색채를 띤다"는 주장과 부응한다.

> 작품은 대체로 작가가 남을 빌려서 자신에 관해 서술하거나 그렇지 않으면 작가 자신이 남을 추측한 것이라는 점을 독자가 알게 된다고 하더라도 환멸을 느끼는 데까지 도달하지 않는다. 설사 어떤 경우 사실과 일치하지 않더라도 여전히 진실이기 때문이다.[15]

이러한 진실은 작가와 그가 묘사하는 대상의 상호 교류 또는 상호 '이식移植'을 통한 진실이다. 「죽음을 슬퍼하며」의 시적인 묘사는 루쉰 자신이 방황시기의 정신적 지주인 「이소」의 농밀한 감정의 진동과 복잡한 심리적 파란을 모은 것이라고 할 수 있다. "다음 날 새벽 백수白水(곤륜산의 신하神河)를 건너 높다란 낭풍산閬風山에 올랐다. 그곳에 말을 매고 돌아보니 절로 흐르는 눈물 금할 수 없다. 높은 언덕에 계시다는 신녀神女는 어디에 계신 것인가?" 서글프고 애절한 감정이 넘쳐난다.

---

15 루쉰, 『삼한집·어떻게 쓸 것인가(怎麽寫)』, 『루쉰전집』 제1권, 23쪽.

"아침에 창오蒼梧(순 임금의 묘소가 있는 곳-역주)를 출발하여 저녁에 현포縣圃(곤륜산 위 신령들이 노니는 곳)에 이르렀다. (…중략…) 앞길은 길고 또 멀지만 내 장차 오르내리며 찾아보리라." 이 얼마나 급박하며, 또한 간절한 추구인가! 비록 즈췬의 외로운 무덤을 찾아 그녀의 혼백을 대면할 수는 없었지만 결미에서 그는 쥐안성에게 스스로 발분하도록 했다. "나는 그래도 살아 있다." "나는 새로운 삶의 길을 향해 첫걸음을 내딛으려 한다." 이러한 쥐안성의 독백에서 우리는 마치 루쉰이 청년들에게 전하는 격려의 말을 듣는 듯하다.

> 그대들은 생명력이 충만하니, 깊은 숲을 만나면 평평한 땅으로 일굴 수 있고, 넓은 들판을 만나면 나무를 심을 수 있으며, 사막을 만나면 우물을 팔 수 있다.[16]

「죽음을 슬퍼하며」에서 고통을 딛고 분연히 일어나는 모습은 인생의 길을 찾고자 하는 정신, 굴원식으로 말하면, "아홉 번 죽어도 후회하지 않으며", "몸이 부서지는 한이 있더라도 결코 변절하지 않으려는" 의지를 그대로 전하고 있다. '5·4' 시기에 애정소설은 주인공의 죽음이라는 비극적 결말이 대부분이다. 그러나 「죽음을 슬퍼하며」는 흘린 피를 깨끗이 닦아주며 참담한 고통을 딛고 분연히 떨쳐 일어나는 비장함, 절절한 참회를 통한 자기 정화를 보여주고 있다. 이것이야말로 새로운 씨앗이자 새로운 돌파가 아니고 무엇이겠는가? 그렇기 때

16 루쉰, 『화개집·스승(導師)』, 『루쉰전집』 제1권, 59쪽.

문에 『방황』 앞머리에서 루쉰은 「이소」의 내용을 제사로 삼았던 것이다. 이는 마치 높이 걸린 맑은 거울처럼 소설의 배후에 있는 루쉰의 인격미를 비춰주고 있는 듯하다.

'혜강 기질'에서 '중국의 중추'로

루쉰은 1932년 「자조自嘲」 시에서 이렇게 읊었다.

운수가 좋지 않으니 무엇을 할 수 있겠는가?
몸 돌려 피하려다 오히려 머리를 받혔네.
찢어진 모자로 얼굴 가린 채 시끌벅적한 시장 지나
물새는 배에 술 실은 양 강 한 가운데로 저어가네.
세간의 손가락질이야 눈썹 치켜뜨고 화를 낼 것이나
고개 숙여 기꺼이 아이들을 위한 소가 되리라.
작은 누각에 몸을 숨기고 한 마음을 이루어
춘하추동 어떤 환경에도 변하지 않으리라.
(運交華蓋欲何求, 未敢翻身已碰頭.
破帽遮顔過鬧市, 漏船載酒泛中流.
橫眉冷對千夫指, 俯首甘爲孺子牛.

躲進小樓成一統, 管它冬夏與春秋.)

이는 루쉰의 가장 유명한 구체시이다. 『루쉰일기』 1932년 10월 12일자를 보면 이런 내용이 나온다. "오후에 류야쯔柳亞子에게 시를 한 수 보내면서 말했다. "운수가 좋지 않으니 무엇을 할 수 있겠는가? (…중략…) 별 볼일 없는 시를 완성하지 못하고 있었는데, 마침 다푸郁達夫가 식사에 초대하여 갔다가 우스개에 시상이 떠올라 시를 완성할 수 있었다."" '운교화개運交華蓋'라는 말은 운명이 제왕의 별자리인 화개를 범하여 운이 좋지 않다는 뜻이다. 이는 「자조」 시를 쓰기 7년 전 『화개집』 '제기'에서도 말한 바 있다. "머리에 화개가 있으면 물론 성불하여 종파의 창시자가 될 징조이나, 세속의 사람이라면 그렇지 않다. 화개가 위에 있으면 앞을 가리는지라 장애물에 부딪치는 수밖에 없다."[1] "장애물에 부딪치는 것은 오히려 작은 일이고, 잘못하면 목숨까지 달아나는 수가 있다."[2] 장애에 부딪쳤을 때 "눈썹 치켜뜬다橫眉"고 한 것은 루쉰이 사회에 반항하고 운명에 대항하며, 세속의 악에 대해 절대로 자신을 굽히지 않겠다는 것을 뜻한다. 다시 말해 정치, 문화적으로 견고한 자신의 의지를 표명한 것이다. "세간의 손가락질이야 눈썹 치켜뜨고 화를 낼 것이나, 고개 숙여 기꺼이 아이들을 위한 소가 되리라." 이는 일체 사악한 세력에 대한 저항과 민중에 대한 애정을 생생하게 드러내기에 충분하다.

1 루쉰, 『화개집 · 제기(題記)』, 『루쉰전집』 제3권, 4쪽.
2 루쉰, 『샤오쥔과 샤오훙에게 보내는 편지(致蕭軍, 蕭紅信) 1934년 12월 10일』, 『루쉰전집』 제3권, 베이징 : 인민문학출판사, 2005, 4쪽.

만약 역사적으로 루쉰의 이러한 인격 유형을 추론해본다면 대략 '횡미'에 약간의 '혜강 기질嵇康氣'이 곁들인 것이라고 말할 수 있다. 루쉰은 장문章門(장타이옌(장빙린) 문하)에 속한다. 장타이옌은 『국고논형』 하권에서 이렇게 말했다. "진대 사람 혜강은 세상에 대해 울분이 많은 부류로 장씨莊氏(장자莊子)와 유사하다."[3] 『삼국지』 권21은 혜강에 대해 이렇게 말했다.

초군(譙郡, 원래는 초국(譙國) 질현(銍縣)으로 지금의 안휘성 숙현(宿縣)이다-역주) 사람 혜강은 문사가 장중하고 화려하며 노자와 장자에 대해 말하기를 좋아했고, 기이한 것을 숭상하고 약자를 돕고 강자를 물리치는 임협 기질이 농후했다.[4]

다른 사서도 혜강에 대해 담론을 좋아하고 문장에 능했으며, 고아한 정취를 지니고 진솔하고 현원하여 세속을 멀리하려는 뜻이 있었다고 기록한 바 있다. 혜강의 세상에 대한 울분과 세속에 대한 비판, 기이한 것을 숭상하고 약자를 도우려는 임협 기질, 어느 곳에서 얽매이지 않는 성격 등은 루쉰의 반항정신과 상통하는 바가 있다. 유협은 『문심조룡·재략』에서 혜강과 완적의 기질과 능력에 대해 이렇게 말했다.

혜강은 자기 본연의 심정 그대로 문장을 썼고, 완적은 의기에 맡겨 시

3 장타이옌 편, 궈청융(郭誠永) 소증, 『국고논형소증』, 베이징 : 중화서국, 2008, 506쪽.
4 진수 편, 배송지 주, 『삼국지』, 베이징 : 중화서국, 1999, 451쪽.

를 지었다. 그들은 서로 다른 소리를 냈지만 울림은 합치되었고, 저마다 다른 날개를 펴서 함께 날았다.[5]

이러한 기질과 재능을 알아 혜강을 좋아하게 된 이들은 또 다른 각도에서 그에 대해 언급했다.

시인 안연지顔延之는 구차하게 환심을 사려고 애쓰지 않고 울분을 감추지 않은 혜강의 모습을 그려냈다. 그는 「다섯 사람을 읊다五君咏」에서 혜강과 완적에 대해 이렇게 읊었다. "난새처럼 훨훨 날다 때로 날개를 다쳤다하나, 용의 성격을 누가 훈도할 수 있으랴?"(혜강) "세상 인물이나 시사를 논하지 않았으니 막다른 길에 이르러 어찌 통곡이 없으랴?"(완적) 청대 사람 유정섭俞正燮은 『계사존고癸巳存稿』 권7에서 "「오군영」 주에 인용된 『죽림칠현론』은 '혜강은 탕왕과 무왕을 비난하고 주공과 공자를 멸시했기 때문에 세상과 어긋났다迕世'고 했고, 「산거원에게 보내는 편지與山巨源書」 주에 인용된 『위씨춘추』는 '혜강이 산도山濤에게 절교 편지를 보내면서 스스로 말하길, 자신은 세속의 유행을 따르지 못하고 탕왕과 무왕을 비난하고 하찮게 여긴다'고 기록했다". 청대 사람 오숙공吳肅公은 『명어림明語林』 권11에서 왕산인王山人(봉년逢年)이란 이에 대해 언급하고 있다. 그는 자못 자부심이 강해 이렇게 말했다고 한다. "세상을 비난하는 것譏世은 혜강과 견줄 만하고, 문장을 짓는 것은 사마천에 필적하며, 시를 짓는 것은 완적과 대적할 만하고 소騷(이소체離騷體 부賦를 말한다)는 굴원, 송옥에 비길 만하고, 글씨는 이왕二王(왕희지와 왕헌지)에 필적할 만

5 유협, 잔잉(詹鍈) 의증, 『문심조룡의증』, 상하이 : 상하이고적출판사, 1988, 1807쪽.

하다." 그는 혜강을 세상을 경멸하거나 심지어 매도하는 전형적인 인물로 간주한 셈이다. 명조 이지李贄 역시 세속을 경멸하고 조소한 사람이다. 그는 혜강의 인격 유형을 이렇게 구별한 적이 있다.

> 상수(向秀)는 혜강, 여안(呂安)과 친구 사이였는데, 혜강은 세상을 업신여기고(傲世) 얽매임이 없었으며(不羈), 여안은 방일(放逸)하고 세속을 초탈했다. 그러나 상수는 책읽기를 좋아하고 아정했다. 그래서 두 사람은 이로 인해 그를 비웃었다.[6]

이리하여 혜강에게 '오세불기傲世不羈'라는 말이 덧붙여졌다. 이처럼 오세傲世, 만세謾世, 오세迕世하면서 자기 본연의 심정에 따라 문장을 쓰는 지식인의 인격 유형은 비바람이 몰아치고 위기가 중첩되는 참담한 시기에 강직하고 아부할 줄 모르는 성격으로 사회의 양심이 거처하는 곳이 될 수 있다.

문제는 역사적으로 이러한 인격 유형이 존재했다는 사실에 있는 것이 아니라 과연 어떻게 하면 이러한 인격 유형을 인지하고 흡수하여 사회를 개조함으로써 현대인들이 처한 광명과 암흑이 교전하는 시대에 맞출 수 있겠는가에 있다. 루쉰은 역사적으로 거대한 붕괴로 거대한 환희가 교차하는 사회에 살면서 권세의 억압과 전통의 타성에 대해 원수처럼 미워하며 "눈썹을 치켜뜨고 화를 냈으며" 굳센 의지로 절개를 지켰고, 또한 위진 문장을 특히 좋아했다. 그래서 자연스럽게 혜강

6 이지, 『초담집(初潭集)』, 베이징 : 중화서국, 2009, 160쪽.

과 정신적 교류로 인한 '방전放電', 즉 불꽃이 튀는 듯한 만남이 이루어졌다. 루쉰은 「'인옥집引玉集' 후기」에서 이렇게 말했다. "목전의 중국은 정말로 형천극지荊天棘地라는 말처럼 온갖 어려움과 환난으로 가득 차 있어 여우와 호랑이는 발호하고 꿩과 토끼는 두려움 속에서 구차한 삶을 영위하는 것만 보일 뿐이다. 문예 방면에서도 그저 냉담과 파괴만 있을 뿐이다."[7] 이처럼 힘들고 고통스러운 현실 속에서 여우나 호랑이와 같은 무뢰배와 그들에게 붙어먹는 끄나풀, 어용문인 등에 대해 루쉰은 폭로와 풍자를 멈추지 않았다. 그래서 그들은 루쉰이 '매인罵人', 즉 사람들에게 욕질하는 것을 좋아한다고 생각했던 것이다. 루쉰에 이에 대해 다음과 같이 응대했다.

> 내가 생각하기에, 누군가에게 욕을 하는 것은 중국에서 극히 일반적인 일이다. 애석하게도 사람들은 욕만 알고 있을 뿐 도대체 왜 욕을 먹는지는 알지 못한다. 누군가 욕을 먹는다면 분명 무언가 좋지 않은 일이 있기 때문일 것이다. 지금 우리는 욕을 할 수 있는 도(道)를 밝히고 계속 욕을 해나가야 하며, 그렇게 하면 흥미진진해진다. 욕으로 욕 이상의 일을 해나갈 수 있기 때문이다.[8]

그래서 그는 방대한 양의 예리한 잡문을 집필했던 것이다.

---

7 루쉰, 『집외집습유·「인옥집」 후기』, 『루쉰전집』 제6권, 440쪽.
8 루쉰, 『집외집습유·통신(여온유에게 다시 보내다)(通訊復呂蘊儒)』, 『루쉰전집』 제6권, 282쪽.

작가의 임무는 민감하게 반응하는 신경이 되고 공격과 수비를 담당하는 수족이 되어 유해한 사물에 대해 즉각적으로 반응을 보이거나 싸우는 데 존재한다.

그는 증오와 사랑, 생生과 살殺, 철저한 반항정신, 그리고 혁명적 인도주의를 서로 통일시켜 불요불굴의 싸움을 진행했으며, 이를 인생의 요지로 삼았다. 시비是非와 피아彼我을 철저하게 판별하는 태도와 강렬한 애증의 감정, 심지어 악을 원수처럼 미워하는 대쪽처럼 강직한 기풍은 그가 죽은 후에도 여전히 강렬한 호기浩氣로 남아 후세에 불편하게 여기는 이들도 적지 않다. 루쉰은 이런 점에서 정의감과 반항심이 가득 했던 위나라 혜강의 기질과 닮은 데가 있다. 『진서 · 혜강전』에 따르면, "혜강은 자가 숙야叔夜이고 초국譙國 질현銍縣(지금의 안휘성 숙주시宿州市) 사람이다. 선조의 성은 원래 해奚이고 회계 상우上虞 사람이었으나 원한을 피하여 질현 혜산嵇山 기슭으로 이주하면서 성도 혜로 바꾸었다".[9] 역도원酈道元, 『수경주』 권30에도 이와 유사한 기록이 남아 있다.

혜강은 원래 성이 해이고 회계 사람이다. 선조가 회계에서 초국 질현으로 이사하면서 혜씨로 바꾸었다. 회계의 '계(稽)'에서 윗 부분을 따서 성으로 만든 것인데, 이는 근본에 뜻을 둔 것이다. 『혜씨보(嵇氏譜)』에 따르면, '초(譙)에 혜산이 있는데, 가족이 그 기슭으로 이주하면서 산의 이름을 성으로 삼았다'고 한다.[10]

9 방현령 외편, 『진서 · 혜강전』, 베이징 : 중화서국, 1974, 1369쪽.
10 역도원(酈道元), 진교역(陳橋驛) 교석, 『수경주교석』, 항저우 : 항저우대학출판사, 1999,

이렇게 해서 혜강과 루쉰은 동향의 연을 맺게 된다.

죽림칠현 가운데 혜강과 완적이 특히 유명하여 '혜완嵇阮'이라 칭해졌다. 그는 조조의 증손녀(일설에 따르면 손녀)인 장락정長樂亭 공주와 혼인한 후 낭중郎中을 거쳐 중산대부中散大夫라는 관직을 제수除授(천거의 절차를 받지 않고 직접 벼슬을 받음) 받았다. 그래서 세상 사람들은 그를 혜중산이라 칭한다. 그는 위나라 말기에 살았다. 정치적으로 위급한 상황이 연출되면서 조대가 교체되는 시기였다. 하지만 그는 탁류에 합류하지 않고 비속한 세태를 질시했으며, 허위적인 예법에 반대하여 이른바 예법지사禮法之士라 부르는 이들을 싫어했다. 그가 처한 환경이나 심경은 루쉰의 그것과 유사했다. 그는 뛰어난 인재로 성장하면서 "사람 가운데 용봉龍鳳과 같은 인물"이라는 찬사를 받았으며, "뛰어난 언사에 풍채가 당당하였으나, 육신을 흙이나 나무처럼 여겨土木形骸 아무런 꾸밈도 하지 않았지만 용과 같은 풍채와 봉황 같은 자태는 타고난 바탕 그대로였다". 『세설신어 · 용지容止』에 그의 풍채에 대한 묘사가 기록되어 있다.

> 혜강은 신장이 7척 8촌이었고 풍모가 특히 빼어났다. 그를 본 사람이 감탄하여 말하길, '깔끔하고 엄숙하며, 상쾌하고 청준하구나'라고 했다. 어떤 사람은 이르길, '소나무 아래 바람이 쇄하고 높은 곳에서 천천히 불어오는 것 같다'라고 했다. 산공(山公, 산도(山濤))이 말하길, '혜숙야(嵇叔夜, 혜강)의 사람됨은 외로운 소나무가 홀로 서 있는 것처럼 우뚝하며, 취했을 때는 옥산(玉山)이 무너지려는 듯 흔들거린다.'라고 했다.[11]

535쪽.

11 유의경(劉義慶) 편, 유효표(劉孝標) 주, 주주위(朱鑄禹) 회교집주(滙校集注), 『세설

뛰어난 인재로 조조의 손녀사위였으나 위나라 말년 정치적 위기상황이 고조되는 시기에 살았던 혜강의 정신세계는 실로 복잡하고 다면적이었다. 그는 노장老莊을 숭상하여 "노자와 장자는 나의 스승이다"라고 말했으며, 특히 장자의 사상을 현학화玄學化, 시화詩化하였으며, 무엇보다 인간화人間化했다. 그는 용봉龍鳳과 같은 자태를 지녔으나 "육신을 흙이나 나무처럼 여겨 아무런 꾸밈도 하지 않았으며", 스스로 말하길, "천성이 경솔하고 나태하며 근육은 둔하고 살은 늘어졌으며, 얼굴은 한 달이나 반달 동안 씻지 않았는데 아주 찝찝하고 몹시 근질거리지 않으면 씻으려 하지 않았다. (…중략…) 게다가 『장자』와 『노자』을 읽은 뒤로 방만함이 늘어나 벼슬길에 나가 영예를 구하려는 마음이 날로 사라지고, 진솔한 본성에 맡겨두려는 마음은 오히려 짙어만 갔다."

혜강은 스스로 자신을 폄하하는 내용을 고백처럼 뒤섞어 자신이 관직에 나갈 수 없는 이유를 제시하고 있다. 이러한 "혜강의 게으름嵇康懶"은 역대 문인들이 환로宦路를 거절할 때 전고典故로 삼을 정도로 유명하다. 혜강은 다재다능하여 시가와 문장은 물론이고 음악과 서예에도 능했다. 그는 4언시와 6언시를 주로 썼는데, 「수재로 임명된 형(혜희嵇喜, 자는 공목公穆)의 군 입대에 즈음하여 보낸 시贈兄秀才入軍」를 보면 그 진가를 엿볼 수 있다.

> 눈으로 돌아가는 기러기 전송하고, 손으로 오현금 타네. 묵묵히 자득하여 몸 보전하고, 아득한 태현(太玄, 도의 지경)에서 내 마음 놀게 하리

신어휘교집주』, 상하이 : 상하이고적출판사, 2002, 523·525쪽.

라(目送歸鴻, 手揮五弦. 俯仰自得, 游心太玄).

참으로 명구가 아닐 수 없다. 그의 「금부琴賦」 역시 명편이다.

의(椅)나무와 오동나무가 자라는 곳, 저 높고 험한 준령이라네. 깊고 깊은 뿌리에서 흙을 쪼개고 힘차게 솟아나, 곧 바로 북극성 향해 머리 높이 쳐들었네. 천지의 순수하고 조화로운 기운 가득 머금고, 일월의 아름다운 빛 들이마셨네.

금琴을 만들기에 앞서 재료가 되는 의나무나 오동나무의 생장을 묘사한 구절이다. 이 외에도 그는 음악과 애락의 관계를 논하고 직접 음악을 작곡하여 세상 사람들의 애간장을 녹였다. 그것이 바로 「광릉산廣陵散」이다. 그는 논리적인 문장에도 뛰어났다. 사사로움을 분별한다는 뜻인 「석사론釋私論」에서 그는 이렇게 말하고 있다.

무릇 군자라고 칭하는 이는 마음이 옳고 그름에 얽매이지 않고, 행실이 도에 어긋나지 않는 사람이다. 어떤 연유로 이렇게 말하는 것인가? 무릇 기품이 고요하고 정신이 허정(虛靜)한 사람은 자신을 자랑하고 높이는 일에 마음을 두지 않으며, 덕성이 밝고 마음이 트인 자는 감정이 욕망에 매이지 않는다. 자신을 자랑하고 높이는 일에 마음을 두지 않기 때문에 명교(名敎)를 초월하여 자연에 맡길 수 있으며, 감정이 욕망에 얽매이지 않기 때문에 귀천을 밝게 살펴 만물의 실정에 통달할 수 있는 것이다. 만물의 실정에 제대로 통달할 수 있기 때문에 큰 도에 어긋남이 없으며, 명교를 초월하여 본심에 맡기기 때문에 옳고 그름을 마음에 두지 않는다.

이는 유학의 이념을 초월하여 제시한 현학의 '군자론君子論'이다. 군자는 본시 유학의 전유물이었으나 혜강이 "명교를 초월하여 자연에 맡긴다越名敎而任自然"는 새로운 군자론을 제시한 것이다. 혜강은 양생술을 중시하여 자신의 「양생론」에서 이렇게 주장하고 있다. "외물外物로 마음을 얽어매어 놔두지 않으니 순박하고 깨끗한 신기神氣가 절로 드러난다." 또한 「향자기의 양생론 비판에 대한 답변答向子期難養生論」에서 양생에 대해 이렇게 말하고 있다.

양생에는 다섯 가지 어려움이 있다. 명예와 이익에 대한 욕망이 사라지지 않는 것이 첫 번째 어려움이고, 기뻐하며 노여워하는 마음을 없애지 못하는 것이 두 번째 어려움이고, 화려한 음악과 여색을 밝히는 것을 제거하지 못하는 것이 세 번째 어려움이며, 기름진 음식을 끊지 못하는 것이 네 번째 어려움이며, 정신이 끊임없이 흩어진다는 것이 다섯 번째 어려움이다. 이러한 다섯 가지 어려움을 극복하지 못하면 설사 마음이 늙기를 바라지 않고 입으로 지극히 좋은 말만 외우며, 좋은 약초를 씹고 태양의 양기를 호흡한다고 할지라도, 정신을 어지럽지 않게 할 수 없고 수명을 단축시키지 않을 수 없다. 반면에 이러한 다섯 가지 어려움을 극복하면 남을 신뢰하고 따르는 마음이 날로 두터워지고, 현묘한 덕이 날로 온전해지며, 좋은 일을 기원하지 않아도 복이 생기고, 장수를 구하지 않아도 절로 오래 살게 된다. 이것이 양생의 커다란 이치에서 드러나는 효과이다.[12]

혜강의 양생론은 중국 사대부들에게 큰 영향을 끼쳤다. 기록에 따르면, "소동파는 여러 차례 혜숙야의 「양생론」을 붓글씨로 옮겼으며, 우환이 있을 때마다 「양생론」에서 말하는 도에 유의했다. 어느 날 이렇게 말한 적이 있다. '장생불로는 배워서 얻을 수 있는 것이 아니니 우선 오랫동안 죽지 않는 것을 먼저 배워야 하리라'."[13]

노장사상과 청허한 양생 태도로 인해 혜강은 때로 재앙을 피하고자 세속에서 벗어난 모습을 보여주기도 했다. 그의 친구인 왕융王戎이 "혜강과 20여 년을 함께 지냈는데, 그가 기뻐하거나 성내는 모습을 본 적이 없다".[14]라고 말할 정도였다. 이는 앞서 언급한 혜강의 모습과 또 다른 부분이다. 이렇듯 혜강의 인격은 단지 한 면만 있는 것이 아니라 다면적이다. 죽림칠현의 중요 인물로 그는 독립적인 인격의 소지자로 세속에 초연하여 마음에 거리낌이 없었다. 이는 죽림의 녹색에 짙게 물든 모습이다. 그러나 일단 죽림을 벗어나면 혼탁한 사회를 견딜 수 없었으며, 그러한 사회 기풍이 결국 인성을 질식시킨다고 여겼다. 그래서 세속을 향해 울분을 터뜨리고 세속을 비판했으며, 세속과 다른 길을 택했다. 이는 혜강 인격의 또 다른 면이다. 혜강은 출세出世와 입세入世 사이에 있었다. 그는 조위曹魏의 귀척貴戚으로 완전히 세상과 멀어질 수 없었으나 조위 말년 사인들의 삶이 위협을 받게 되자 종종 죽림으로 들어가 세상의 명리와 담을 쌓았다. 이렇듯 그는 한 발은 죽림

---

12 혜강, 「양생론」, 「향자기 양생론 비판에 대한 답변」, 엄가균(嚴可均) 집(輯), 『전삼국문(全三國文)』 권48, 베이징 : 상무인서관, 1999, 502·508쪽.

13 동기창(董其昌), 『화선실수필(畵禪室隨筆)』 권1, 민국, 광지서국(廣智書局) 교인(校印), 24쪽.

14 유의경 편, 유효표 주, 주주위 회교집주, 『세설신어회교집주』, 17쪽.

에, 다른 한 발은 죽림 밖에 둘 수밖에 없었던 것이다. 그리하여 그에게는 영예가 뒤따랐으나 동시에 살기殺氣도 어른거렸다. 역사적인 인물에 대해 후인들은 각기 나름의 각도에서 품격을 정하기 마련이다. 루쉰이 혜강의 강직하고 악을 미워하는 일면을 취한 것은 그의 주체 인격과 시대특징에 따른 것이다. 우리는 혜강의 인격에 대한 루쉰의 평가가 혜강이 지닌 전체 인격을 가늠한 것으로 여기기 쉬우나 이럴 경우 혜강의 인생을 구성하는 또 다른 인격 특색을 경시할 수 있다.

혜강의 「산거원에게 보내는 절교 편지與山巨源絶交書」는 출세의 방식으로 입세의 선택을 표현하는 독립인격의 선언서와 같다. 혜강과 산도는 죽림칠현의 일원은 서로 인격을 존중하고 마음이 맞는 친구였다. 원홍袁弘은 『산도별전山濤別傳』에서 "진류 완적과 초국 혜강은 재주가 뛰어나고 학식이 고매하여 어렸을 때부터 의기투합하였다. 산도는 처음에는 서로 몰랐지만 한 번 만난 후 신교神交를 맺었다".[15] 『죽림칠현론』에도 그들의 우정에 대한 언급이 나온다. "산도와 완적, 혜강은 한 번 보고 금란지교金蘭之交로 의기투합했다. 산도의 처 한 씨韓氏가 산도에게 물었을 때 그가 이렇게 대답했다. '내가 친구를 맺을 수 있는 사람은 오직 두 사람뿐이오.'"[16] 하지만 산도는 사마 씨가 정권을 잡은 후 이부상서吏部尙書가 되어 10여 년 동안 관리를 선발하면서 매번 인물 품평을 하여 제목을 달아 상주했다. 이를 '산공계사山公啓事'라고 칭하는데 산도의 일면을 볼 수 있는 대목이기도 하다. 여하간 그가 자신의 직책을 떠

15 『태평어람』 권409, 「인사부오십(人事部五十)」에 인용된 원홍의 『산도별전』, 사부총간 삼편영송본(三編影宋本).

16 『태평어람』 권409, 「인사부오십」에 인용된 『죽림칠현론』, 사부총간 삼편영송본.

나 승진을 하게 되었을 때 자신의 친구인 혜강을 후임으로 추천했다. 그러자 강직하고 악을 원수처럼 미워하던 혜강은 그 즉시 1,800여 자에 달하는 절교 편지를 적어 산도에게 보냈다. 그것이 바로 「여산거원절교서與山巨源絶交書」이다. 그는 편지에서 자신이 관리에 적합하지 않은 까닭을 이야기하면서 "감당할 수 없는 7가지"와 "심히 불가한 두 가지"를 언급하면서 절교로써 초빙을 거절했다. 편지의 언사 속에는 "강직하고 악을 미워하며, 곧이곧대로 직언을 마다하지 않는" 그의 모습이 그대로 드러날뿐더러 "탕왕과 무왕을 비난하고 주공과 공자를 멸시한다"는 말도 나온다. 당시 경학가인 왕숙王肅과 황보밀皇甫謐 등은 경학과 경전을 곡해하여 탕왕과 무왕, 주공과 공자의 언행 속에서 사마 씨가 조위의 대권을 찬탈한 것에 대한 근거를 찾고 있었다. 그렇기 때문에 혜강이 탕왕과 무왕, 주공과 공자를 비난한 것은 사실상 신랄한 곡필로 정권을 찬탈한 사마 씨를 비난한 것이나 다를 바 없다. 혜강은 조 씨의 귀척으로 "사마소의 마음은 길가는 이도 알고 있는" 상황에서 관아에 들어가 인사를 담당하며 관리의 임면을 주관할 수는 없는 일이었다. 그러나 그의 성급하고 모진 언사는 사마 씨의 아픈 곳을 찔렀으나 이후 죽임을 당하게 되는 근원이 되고 말았다. 『문심조룡 · 서기書記』에 따르면, "혜강의 「절교絶交(여산거원절교서)」는 뜻이 높고 문사가 아름답다".[17] 이러한 문품이 반영된 인품에 대해 사람들은 찬사를 아끼지 않았다. 예를 들어 는 이렇게 말했다. "혜강의 높은 인품과 포부가 자연스럽게 흘러나온다."[18] 그래서 그를 '양절지사亮節之士'라고 칭찬하는 것

17 유협, 잔잉(詹鍈) 의증, 『문심조룡의증(文心雕龍義證)』, 상하이 : 상하이고적출판사, 1989, 929쪽.

이다.[19]

루쉰은 혜강의 사상과 인격, 문장에 대해 철두철미하게 이해하고 깊이 연구했다. '죽림칠현' 가운데 그는 완적과 혜강을 비교하면서 특히 혜강에 대한 존경심을 드러냈다.

> 혜강과 완적 두 사람의 성깔이 가장 셌다. 완적은 만년에 이르러 성격을 원만하게 고쳤지만, 혜강은 시종일관 대단히 괴팍했다. (…중략…) 혜강의 논문은 완적보다 훨씬 훌륭하여 사상이 신선하고 종종 옛날의 구설(舊說)과 배치되는 것이었다. (…중략…) 하지만 가장 많은 사람들의 주의를 끌었을 뿐만 아니라 생명의 위험을 야기한 것은 「산거원에게 보내는 절교 편지」에 나오는 '탕왕과 무왕을 비난하고 주공과 공자를 멸시한다'라는 구절이었다. 사마의는 이 문장으로 인해 혜강을 죽였다. 탕왕, 무왕, 주공, 공자를 비난하고 멸시하는 것은 지금 시대라면 대수롭지 않은 일이지만 당시에는 관계가 적지 않았다. 탕왕과 무왕은 무력으로 천하를 평정한 사람이고, 주공은 성왕(成王)을 보좌한 사람이며, 공자는 요와 순을 받들었으며, 요와 순은 선양(禪讓)한 사람이다. 혜강이 이들을 모두 나쁘다고 말했으니 사마의가 왕위를 찬탈할 때 어떻게 하란 말인가? 아무런 방법이 없다. 이 점에서 혜강은 사마 씨의 대사(大事)에 직접적인 영향을 끼친 것이며, 이로 인해 죽임을 당하지 않을 수 없었던 것이다. (…중략…) 혜강에게 치명적인 점은 의론을 펼친 데 있

18 진역증(陳繹曾), 「시보(詩譜)」, 『설부(說郛)』, 사고전서본.

19 유희재(劉熙載), 왕치중 전주, 『예개전주(藝概箋注)』, 구이저우 : 구이저우인민출판사, 1986, 161쪽.

다. 완적은 그와 달라서 윤리와 관계되는 말은 그다지 많이 하지 않았으며, 그런 까닭에 결말도 달랐다.[20]

인용문에서 루쉰은 혜강의 성질이 "상당히 괴팍했다"고 말했다. 이는 고의로 깎아내리려는 폄시貶辭가 아니라 일종의 반어법이다. 예를 들어 루쉰은 자신에 대해서도 이러한 반어법을 사용하고 있다. "고향을 떠나 베이징으로 온 지 벌써 6년이다. 그간 귀로 듣고 눈으로 목도한 국가 대사가 적지 않건만, 따져보니 내 마음속에 남아 있는 것이라곤 아무 것도 없다. 그 일들이 내게 미친 영향을 굳이 찾자면 내 성깔을 보다 사납게 만든 일 외엔 없다. 솔직히 말하자면, 남을 무시하는 태도가 나날이 더해 갔던 것이다."[21] 이렇듯 루쉰의 발언 속에는 혜강식의 세속에 대한 울분과 질시의 모습이 어른거린다. 여기서 우리는 그가 독특한 시각으로 혜강의 심정과 품격을 파악했음을 인증할 수 있다. 이처럼 인격의 독립을 추구하는 문사에게 예교에 대한 비난은 곧 사상 해방을 위함이고, 권위에 대한 멸시는 자주 정신을 드러내는 것이다.

루쉰은 혜강의 인품과 문장을 대단히 좋아했다. 그래서 1913년부터 『혜강집』 정리 작업을 시작하여 오랫동안 준비하고 베끼며 교정했다. 그간에 다양한 각본刻本, 초본抄本 및 사적과 유서類書, 총집을 수집하여 십 수 차례 비교하고 교감하면서 상이점을 찾았다. 이렇게 23년이 세월이 흘러 1935년 교감을 마친 교본校本을 완성했으며, 1938년 출간했다.

---

20 루쉰, 『이이집 · 위진 풍도 및 문장과 약, 술의 관계(魏晉風度及文章與藥及酒之關係)』, 『루쉰전집』 제3권, 532~534쪽.

21 루쉰, 『납함 · 작은 일』, 『루쉰전집』 제1권, 481쪽.

전체 20권인 『루쉰전집』 가운데 제9권이다. 고대 작가의 작품에 대해 이처럼 진지하고 성실하게 또한 이처럼 오랜 시간 심혈을 기울인 것은 루쉰 생애에 오직 한 사람, 혜강뿐이다. 루쉰의 혜강에 대한 이해와 애정은 루쉰 초년에 논문에서 언급한 바 있는 독일 철학자 슈티르너Max Stirner(카스파르 슈미트Johann Kaspar Schmidt의 필명)나 덴마크 철학자 키르케고르에 비길 바가 아니다. 물론 루쉰은 외국 문학가나 사상가들의 영향을 세계에 대한 시야를 넓히고 심지어 한 때의 사상 방향을 정한 적도 있다. 하지만 이러한 시야와 방향을 파악하는 방식에서 최종적으로 그의 인격이니 기질에 영향을 준 것은 굴원이나 혜강과 같은 문화 전통이다. 특히 사상가의 입장에서 본다면, 이렇게 자신의 문화전통에 맞닿아 있지 않으면 땅에 떨어져 뿌리를 내릴 수 없을 것이다.

루쉰의 혜강에 대한 이해와 관심은 옛 사람들이 남긴 것을 그저 베끼거나 수용하는 것이 아니라 일종의 현대적 해석을 가미했다. 역사의 당대 가치를 깊이 고민했다는 뜻이다. 예를 들어 소식은 정주에 도착하여 집정관에게 감사의 뜻을 전하는 서신인 「정주도임사집정계定州到任謝執政啓」에서 이렇게 자책한 적이 있다.

> 엎드려 생각건대, 저 소식은 어리석게 자신하여 경전 외에 다른 화려한 학문이 없습니다. 공융은 재주가 뜻에 못 미쳐 성과가 없었고, 혜강은 성격이 편벽되어 다른 이들에게 상처를 입혀 원망과 미움이 빈번했습니다.[22]

22 소식, 「정주도임사집정계(定州到任謝執政啓)」, 『소식집』 권70, 명(明), 해우정종성화(海虞程宗成化) 각본.

원대에도 이와 유사한 평가가 있다.

> 혜강과 완적은 일시에 박학하고 문사가 뛰어난 것으로 이름을 날렸다. 그러나 두 사람의 입신(立身)이나 행실은 서로 비슷하지만 다른 점도 있다. 혜강은 「양생론」을 저술하여 성정에 대해 이야기했다. 그의 「절교서」를 보면 마치 다른 사람의 글인 것 같다. 위진 교체기에 살면서 재능이나 광채를 숨기지 아니하고 다른 이들에게 오만하고 거역하였으며, 행실이나 언사가 공손하지 않고 성인을 비난하여 결국 죽임을 당하고 말았으니 어찌 슬프지 않겠는가![23]

이러한 평가는 혜강에 대한 동정은 넘쳐나나 이해가 부족하여 불의를 미워하는 강직한 혜강의 진면모를 제대로 드러내지 못하고 있다. 물론 루쉰이 혜강의 가치를 발굴할 때에도 그의 언행이나 태도를 모두 받아들인 것은 아니다. 계승 속에 비판이 내재하고, 분석을 통한 발견이 있어야만 고인의 가치를 지금의 장력張力 관계에 놓고 활성화할 수 있다. 이렇게 처리함으로써 루쉰은 혜강의 기질에 물들고, 혜강 역시 '루쉰의' 혜강이 될 수 있는 것이다.

어떤 시대에 초점을 맞추든 자신의 그림자가 스며들기 마련이다. 무조건 모든 곳에 관심의 초점을 맞춘다면 피곤하여 견딜 수 없거나 지나치게 열중하다 오히려 난감한 지경에 빠지고 만다. 루쉰은 혜강의 인격 가운데 능히 찬사를 받을 만한 부분임에도 굳이 거론하지 않

23 성여재(盛如梓), 『서재노학총담(庶齋老學叢談)』 권1, 지부족재본(知不足齋本).

은 경우도 있다. 혜강은 비록 「산거원에 보내는 절교 편지」에서 산도가 자신의 마음을 이해하지 못함을 탓했지만 형장에 들어섰을 때 죽림칠현 가운데 품성이 "순박하고 선량한璞玉渾金" 거원巨源(산도)을 떠올리며, 자신의 아들 혜소嵇紹를 비서승秘書丞에 천거했다. 『세설신어 · 정사政事』에 이런 내용이 기록되어 있다.

> 혜강이 피살된 후 산공(山公, 산도)이 혜강의 아들 혜소가 공에게 관직에 나가는 것이 좋을지 자문하자 공이 말하길, '자네를 위해 오래도록 생각해 보았네. 천지와 사시(四時)도 순환하거늘 하물며 인간에게 있어서랴!'라고 했다.[24]

청대 사람 왕명성王鳴盛은 『십칠사상각十七史商榷』 권48에서 그들 두 사람의 군자지교君子之交를 높이 평가했다.

> 산도가 관리 선발을 관장하면서 자신의 후임으로 혜강을 천거했는데, 혜강이 그에게 절교 편지를 보내며 심하게 질책했다. 그러나 나중에 혜강이 형장에 끌려가자 아들 소에게 '산거원이 살아 있으니 네가 외롭지 않을 것이다'라고 말했다. 이후 산도는 혜소를 비서승으로 천거했다. 혜강은 상정(常情)에 어긋날 정도로 괴팍하고 과격했으나 산도는 시종일관 변함없이 대했으니 우의의 돈독함이 어찌 군자답다 하지 않겠는가?[25]

---

24 유의경 편, 유효표 주, 주주위 회교집주, 『세설신어회교집주』, 151쪽.
25 왕명성 편, 황서휘(黃曙輝) 점교, 『십칠사상각』, 상하이 : 상하이서점출판사, 2005, 359쪽.

이상은李商隱은 「중승 우문(우문정宇文鼎)에게 드림贈宇文中丞」에서 그들 두 사람의 우정을 심히 동경했다.

> 중승(우문정)께서 조정에 인재를 추천하시며 저를 부르셨는데, 양효왕(梁孝王) 평대(平臺)의 빈객을 사모하는지라 떠나지 못하고 있나이다. 인간 세상에 혜연조(嵇延祖, 혜강의 아들 혜소)가 있으니 산공계사(山公啓事, 산도가 인물을 품평하여 천거함)를 바라나이다.[26]

물론 산도는 정치적으로 사마 씨를 따랐기 때문에 혜소는 사마 씨 정권에 충성했으며, 이후 '팔왕지란八王之亂'이 발생했을 때 자신의 아비를 살해한 진조晉朝를 위해 순직한 셈이 되고 말았다. 그래서 충효를 숭상하는 사대부들은 "혜강은 진조에 살육당하고, 혜소는 진실晉室(진나라 왕실)에 충성을 다했다"[27]고 조롱하기도 했다. 실제로 산도는 친구는 친구이고 정치는 또한 정치일 뿐이라 여기고 양자를 구분했다.

루쉰은 정치와 관계된 혜강의 사적과 인격에 관심이 있었으며, 명사名士 특유의 방식으로 고관이나 귀인들을 풍자하는 데 특히 흥취를 느꼈다. "천하에 변고가 많아 온전하게 삶을 마감하는 이가 드문" 암흑의 시대에 대쪽 같은 강골의 인격을 지닌 인물이었기 때문이다. 『향수별전向秀別傳』에 따르면, "향수는 혜강과 낙읍洛邑에서 쇠를 불리는 작

---

26 【역주】"欲構中天正急材, 自緣烟水戀平臺. 人間只有嵇延祖, 最望山公啓事來." 이상은이 영교초(令狐楚)의 막료로 일하고 있기 때문에 우문정의 천거에 응하지 못하고 대신 우문정의 망우인 장군의 아들을 추천했다.

27 유순(劉昫) 외편, 『구당서·요숙전(姚璹傳)』, 베이징 : 중화서국, 1975, 2902쪽.

업을 하고 있었고, 여안은 산양山陽에서 과수원에서 일했는데, 거기서 나오는 돈으로 술과 음식비를 댔다".[28] 그가 향수와 쇠를 불리며 살고 있을 때 음험한 정치가 종회鍾會에게 미움을 사는 일이 일어났다. 당시 사람들은 종회의 인품을 이렇게 묘사했다. "마치 무기고를 참관하는 것처럼 긴 창과 쌍날 창이 앞에 있는 것 같다."[29] 혜강은 이런 인물을 멸시하여 대범하고 전혀 거리낌이 없었다. 하지만 그는 종회의 꿍꿍이를 전혀 눈치 채지 못했다. 『세설신어 · 간오簡傲』는 이에 대해 다음과 같이 기록하고 있다.

종사계(鍾士季, 종회)는 재성(才性) 이론에 정통했지만, 이전부터 혜강과 면식이 없었다. 어느 날 종회가 당시 명현준재(明賢俊才)들과 함께 혜강을 찾아갔다. 혜강은 큰 나무 아래에서 한창 쇠를 불리고 있었고, 향자기(向子期, 향수)는 풀무질을 하며 돕고 있었다. 혜강은 망치를 들고 쉬지 않고 두들기면서 마치 옆에 아무도 없는 것처럼 한참 동안 한 마디도 말을 건네지 않았다. 종사계가 일어서자 혜강이 물었다. '무엇을 듣고 왔다가 무엇을 보고 가시는가?' 종회가 대답했다. '들을 것을 듣고 왔다가 볼 것을 보고 갑니다.'[30]

군자에겐 미움을 받을지언정 어찌 소인에게 미움을 사겠는가? 하지만 종회는 이 일로 앙심을 품었다. 혜강의 친구인 여안의 형인 여손呂巽

28 『태평어람』 권833에 인용된 『향수별전』, 사부총간 삼편(三編) 영인 송본.
29 방현령 외편, 『진서 · 배해전(裴楷傳)』, 장사 : 악록서사, 1997, 670쪽.
30 유의경 편, 유효표 주, 주주위 회교집주, 『세설신어회교집주』, 640쪽.

(자는 장제長悌)이 여안의 처와 간통하여 여안이 형을 고발하는 사건이 벌어졌다. 그런데 뜻밖에도 방귀 뀐 놈이 성낸다고 당시 사마 씨 집단에 빌붙고 있던 여손이 먼저 고발장을 제출하고 동생 여안이 모친을 때리는 불효를 저질렀으니 변방으로 유배시키는 것이 마땅하다는 표문을 올렸다. 혜강이 여안을 위해 분연히 일어나 「여장제에게 보내는 절교편지與呂長悌絶交書」를 통해 여손의 짐승과 같은 행실에 대해 비난했다. 사마소의 심복인 종회가 당시 사례교위로 사건을 심리하였다. 그는 사마소의 귀에 대고 이렇게 속삭였다. "혜강은 와룡臥龍과 같은 인물이니 일어서지 못하도록 해야 합니다. 공께서 천하에 걱정할 일이 없으시나 혜강만은 염두에 두셔야 합니다." 결국 그는 "말하는 것이 제멋대로이고 경전을 비방, 훼손하였으니 제왕이 결코 용서할 수 없다"라는 죄명으로 여언과 혜강에게 사형을 선고했다. 루쉰은 기구한 운명에 처한 그를 깊이 동정하면서 "위진 시대에 예교를 파괴한 자들이 오히려 실제로는 예교를 고집스럽게 믿은 자들이다"라고 말했다. 왜냐하면 사마 씨가 예교라는 미명으로 정권탈취의 음모를 꾸몄기에 혜강이나 완적 등이 예교를 격렬하게 반대한 것이기 때문이다. 루쉰은 혜강이 대장간에서 종회를 멸시하는 장면을 「위진 풍도 및 문장과 약 및 술의 관계」에서 상세하게 묘사하면서 만년까지 흥미진진하게 생각했다.

그러나 또 어떤 사람이 위협한다. 그는 당신은 두렵지 않느냐고 말한다. 옛날 혜강이 버드나무 아래에서 쇠를 두들기고 있는데, 종회(鍾會)가 만나러 왔다. 그는 무뚝뚝하게 이렇게 물었다. '무엇을 듣고 와서 무엇을 보고 가는가?' 그래서 종회의 미움을 샀고, 뒤에 사마의(司馬懿, 사마소(司

馬昭)가 맞다) 앞에서 시비가 일어나 목숨을 잃고 말았다. 그러니 누구를 만나거든 서둘러 공손하게 예의를 차려 읍양하고 좌석을 권하고 차를 따르면서 연신 '존함은 오래전부터 들어 알고 있습니다'라고 인사하지 않으면 안 된다. 이는 물론 아무런 이익이 없다고 말할 수 없지만, 문인이 되어 이렇게까지 하는 것은 창녀에 가까운 것이 아니고 무엇이겠는가?[31]

루쉰은 품성이 곧고 강직하여 악한 것을 증오하는 혜강의 기개와 선명한 애증을 당시 창녀나 다를 바 없이 세속에 타협하고 권력에 아부하는 문인들의 태도를 직접 대립시켜 혜강의 인격을 높이 찬양하고 있다. 루쉰은 한 걸음 더 나아가 정의감에 불타는 문인들이라면 마땅히 다음과 같아야 한다고 생각했다.

아울러 문인은 타협할 수 없고, 타협할 수 있는 이는 중재자뿐이다. 그러나 이 타협하지 않는다는 의미는 옳지 않은 것과 싫어하는 것은 제쳐 놓고, 오직 옳다고 보는 것을 노래하고 좋아하는 바를 칭송하는 것만으로 문제를 회피하는 것과는 다르다. 그는 옳다고 보는 바를 강력히 주장하는 것과 마찬가지로 옳지 않은 바를 강하게 공격하고, 사랑하는 바를 힘껏 끌어안는 것처럼 더 강렬하게 그 싫어하는 바를 포옹해야 한다. —마치 헤라클레스(Hercules)가 거인 안테우스(Antaeus)의 늑골을 끊어 버리기 위해 꽉 껴안은 것과 마찬가지로.[32]

31 루쉰, 『차개정 잡문 2집 · '문인상경'을 재론하다(再論文人相輕)』, 『루쉰전집』 제6권, 348쪽.

32 위의 책, 348쪽.

분명한 애증, 아부를 모르는 강직함, 이것이 바로 민족이 위기에 처했을 때 응대하며 책임을 지는 태도이자 '문화 혁신'을 추구하는 '매파'의 자세이다.

그렇기 때문에 루쉰이 혜강의 인격을 존중한 것은 심각한 시대적 가치와 역사적 의의가 있다. 중화민족이 고난이 중첩되는 시대에 역사가 이 위대한 작가에게 부여한 임무는 바로 "용감하게 말하고, 웃고, 울고, 화내고, 욕하고, 때리면서, 이 저주스러운 곳에서 저주스러운 시대를 물리치는 것이었다".[33] 역사는 그리 많은 기회를 남기지 않기 때문에 그런 지식인들은 언제 무너질지 모르는 위태롭고 높은 자리에 앉아 '애매한 골패骨牌'를 주무르며 기회를 엿보고 있을 따름이다. 그렇기 때문에 혜강처럼 참된 본성에 맡겨 세속에 맞서는 인격은 루쉰이 초년에 접한 '마라摩羅' 시인들의 이른바 '악마성'과 호응하면서 위기가 중첩된 시대에 문화심리의 정곡을 찌르고 있다. 중국역사에서 사대부 문인들은 이전 시대 인물 중에서 자신의 이상에 부합하는 인격적 본보기를 찾아 자신의 정신적 계보를 확립하곤 했다. 물론 정신계보의 선택은 각기 사람들마다 다를 수 있다. 누구는 고인을 통해 도통을 구하고, 누구는 고인에게 풍류를 배우며, 또 누구는 고인들에게 은일을 배우고, 심지어 교활함이나 퇴폐를 배우는 이도 있을 수 있다. 하지만 모두 시대와 백성의 현실적인 전투 의지나 필요를 위한 것은 아니다. 혜강의 경우는 다르다. 두보는 「견흥오수遣興五首」에서 이렇게 읊었다.

33 루쉰, 『화개집 · 문득 생각나는 것(忽然想到)』, 『루쉰전집』 제3권, 45쪽.

칩룡은 삼동설한에 누워있고, 늙은 학은 만리 창공을 꿈꾼다. 예전 현인, 준걸을 뵙지 못함이 지금을 보는 것 같나니. 혜강이 죽지 않았다면 공명의 지음이 되었을 것이네(蟄龍三冬臥, 老鶴萬裡心. 昔時賢俊人, 未遇猶視今).

두보는 혜강과 공명을 와룡과 노학老鶴의 생사, 영욕을 빌어 과연 사람이 주도적으로 풍운의 기회를 얻을 수 있는가의 문제를 이야기하고 있다. 이군옥李群玉은 「언회言懷」에서 이렇게 읊었다.

백학은 높이 날되 무리를 따르지 않나니, 거문고와 술을 좋아한 혜강, 시문이 뛰어난 포조(鮑照)를 그리네. 이 몸 아직 돌아갈 곳을 찾지 못했나니, 하늘 아래 인간 세상에 일편 구름이로다(白鶴高飛不逐群, 嵇康琴酒鮑昭文. 此身未有栖歸處, 天下人間一片雲).

여기서도 역시 때를 만나지 못함을 아쉬워하는 분위기가 강한데, 특히 두드러진 부분은 높은 하늘을 향해 날아오르는 학의 지향이다. 하지만 루쉰은 이와 달랐다. 그는 용감하게 전통에 반항하고 '성인'을 비난하며 권력에 반역한 혜강의 곧고 강직하여 불의와 타협하지 않는 면모를 적극적으로 개조하여 자신의 낡은 세계와 구舊진영 그리고 구전통에 대한 비판과 공격에 도움이 되도록 만들었다. 물론 이러한 개조 자체에 그와 혜강의 인격상의 내재 관계가 존재한다.

죽음은 인생의 가장 큰 한계이다. 그는 인생의 유일성으로 인격의 표상으로서 줏대의 강인함과 허약함을 검증했다. 혜강의 죽음은 「광릉산廣陵散」의 반주 속에 진행되었다. 『진서·혜강전』에 따르면, 혜강은 낙서洛西를 유람하다가 밤이 늦어 화양정華陽亭에서 투숙하여 금을 연주하기 시작했다. 밤이 깊어가는 가운데 홀연 한 노인이 찾아와 자신을 옛 사람이라 소개하였다. 그와 함께 음률에 대해 이야기를 나누었는데, 견식이 참으로 비범했다. 그러다가 「광릉산」 연주를 듣게 되었는데, 한 번도 들어보지 못한 곡조가 참으로 아름다웠다. 노인은 혜강에게 「광릉산」을 전수하면서 절대로 다른 이에게 전수하지 말 것을 당부하고 이름도 남기지 않은 채 떠나고 말았다.

진대 사람 유경숙劉敬叔은 『이원異苑』 권7에서 「광릉산」 연주법 전수에 관해 괴이한 이야기를 덧붙여 다음과 같이 기록했다.

> 혜강은 자가 숙야(叔夜)이며, 초국(譙國) 사람이다. 어려서 낮잠을 자다가 꿈에서 키가 한 장(丈)이나 되는 사람을 만났다. 그는 자신을 황제의 신하인 영인(伶人, 음악가)이라고 소개한 후 자신이 죽어 혜강이 묵고 있는 곳에서 동쪽으로 3리 떨어진 곳에 묻혀있었는데, 사람들이 무덤을 파서 해골이 드러났으니 다시 매장해주면 틀림없이 보답을 해주겠노라고 말했다. 혜강이 그곳에 가보니 과연 정강이뼈가 3자나 되는 백골이 있어 묻어주었다. 그날 밤 또 다시 꿈속에서 키기 큰 사람을 만나 「광릉산」 악곡을 전수받았다. 이윽고 깨어나서 금을 타니 그 소리가 참으로 교묘하여 잊을 수 없었다. 고귀향공(高貴鄕公, 조모(曹髦), 조비의 손자로 조위의 4번째 황제) 시절 혜강은 중산대부가 되었다가 나중에 종회의 참소를 받아 사마문왕(사마소)에게 주살되었다.[34]

귀신과 교통하여 귀신이 악곡을 전수했다는 내용이다. 전설에 나오는 혜강은 귀신을 두려워한 것이 아니라 오히려 귀신을 하찮게 여기는 명사였다.

『태평광기太平廣記』 권317에 인용된 「영혼지靈魂志」에 다음과 같은 내용이 적혀 있다.

> 혜강이 등잔 아래서 금을 연주하고 있을 때 홀연 키가 한 장(丈)이나 되고 검은색 홑옷을 입었으며, 혁대를 차고 있는 도깨비가 나타났다. 혜강이 한참동안 그를 쳐다보다 등잔불을 끄고 말했다. '이매(魑魅, 도깨비)와 같은 등잔 밑에 있어서야 부끄럽지 않겠는가?' 그는 이렇게 말하고 문을 나서서 낙양에서 수십 리 떨어진 월화정(月華亭)으로 가서 머물렀다. 어떤 이가 그곳은 예전에 사람을 죽이던 곳이라고 말해주었는데, 혜강은 대범하고 거리낌이 없어 전혀 두려워하는 기색이 없었다. 일경(一更)이 되었으나 그는 여전히 정자에 머물며 금을 타며 몇 곡을 연주하였는데, 음악소리가 은은하여 감동적이었다. 그 때 문득 하늘에서 '좋다'라는 목소리가 들렸다. 혜강이 금을 어루만지며 물었다. '그대는 누구신가?' 그 자가 대답했다. '저는 이곳에서 죽은 영혼이올시다. 그대의 청신하고 은은한 연주소리를 들었는데, 이전에 저 또한 금 연주를 좋아하여 일부로 감상하러 내려왔소이다. 생전에 제대로 묻히지 못해 형체가 엉망인지라 모습을 드러내 그대와 만나기가 마땅히 않습니다. 허나 그대가 금을 연주하는 모습이 너무나 보고 싶어 모습을 드러내려하니 놀라거나 괴이하다 여기지

34 유경숙, 『이원』, 왕근림(王根林)·황익원(黃益元)·조광보(曹光甫) 교점, 『한위육조필기소설대관(漢魏六朝筆記小說大觀)』, 상하이 : 상하이고적출판사, 1999, 659쪽.

마시기 바랍니다.' 혜강이 다시 금을 잡고 연주하자 귀신이 박자를 맞추었다. 혜강이 말했다. '밤이 이미 깊었는데 그대는 어찌하여 모습을 보여주지 아니하시는가? 그대의 모습이 아무리 무섭다고 해도 전혀 개의치 않네.' 귀신이 모습을 드러내며 손으로 자신의 머리를 만지며 말했다. '그대가 금을 연주하는 소리를 들으니 마음이 편한 것이 마치 다시 살아난 듯 하오이다.' 이윽고 그는 혜강과 금에 관해 이야기를 나누었는데, 견식이 참으로 비범했다. 그가 혜강에게 금을 빌려 「광릉산」을 연주했다. 혜강이 그에게 그 곡을 가르쳐 달라고 하자 귀신이 그에게 가르쳐주었다. 혜강이 예전에 이 곡을 배운 적이 있었으나 연주 솜씨가 귀신보다 크게 못 미쳤다. 귀신이 곡을 가르친 후 혜강에게 절대로 다른 사람에게 알려주지 말라고 당부했다. 날이 밝자 귀신이 혜강에게 작별을 고하면서 말했다. '비록 하룻밤의 만남이지만 천 년을 함께 있었던 것 같았는데, 이제 영원히 이별이군요!' 두 사람의 마음이 참으로 슬펐다.[35]

「광릉산」의 곡조는 '섭정攝政이 한왕韓王을 살해하고 자살한' 내용을 표현하고 있어 생사를 무릅쓰고 복수하는 핏빛 냄새가 넘쳐난다.

「광릉산」은 혜강의 삶에서 마지막 무지개였다. 『세설신어·아량雅量』은 혜강의 마지막에 대해 이렇게 기록하고 있다.

혜중산(嵇中算, 혜강)은 동시(東市)에서 처형을 당할 때 안색조차 변하지 않은 채로 금(琴, 칠현금)을 가져오게 하여 「광릉산」을 연주했다.

---

35 이방(李昉), 『태평광기』, 베이징 : 중화서국, 1961, 2509~2510쪽.

곡이 끝나자 말하길, '원효니(袁孝尼, 원준(袁準))가 일찍이 이 곡을 배우겠다고 청했으나, 내가 못내 아까워하여 전수해주지 않았는데, 「광릉산」이 이제 끊어지게 되었구나.'라고 했다. 태학생 3천 명이 상서하여 그를 스승으로 모시겠다고 청원했으나 윤허해주지 않았다. 문왕(文王, 사마소(司馬昭))도 나중에는 그를 처형한 것을 후회했다.[36]

당시 혜강은 40세였는데, 처형에 임해서도 이토록 태연하게 금을 타면서 「광릉산」이 끊어지게 되는 것을 애도했을 뿐 자신의 죽음을 슬퍼하지 않았다. 자신의 생명을 아쉬워하지 않음으로써 오히려 생명의 가치와 밝은 빛을 더욱 발양할 수 있었던 것이다. 『세설신어』에서 이 대목을 「아량」편에 넣은 것은 실로 기묘하고 또한 아름답다 하지 않을 수 없다. 하지만 이처럼 밝고 아름다운 생명 언어의 의의에 대해 남송 주희는 정치적 해석을 하고 있다. 그는 어떻게 '심음審音(청의淸議의 소리를 식별함)'할 것인가에 대해 대답하면서 이렇게 말했다.

사기(辭氣)나 음절은 올바름을 얻었다. 예를 들어 누군가 혜강에서 「광릉산(廣陵散)」을 전수하여 연주하게 했는데, 위말 진초에 진(晉)이 조위(曹魏) 정권을 탈취한 것을 노여워하여 상현(商弦)을 업신여기고 궁현(宮弦)과 서로 비슷하게 연주했다. 궁은 임금이고 상은 신하이니 신하가 임금을 능멸하는 것을 음악으로 표현한 것이다. 그래서 그 음악소리는 분노가 스며들고 조급하여 마치 사람들이 다투는 것과 같으니, 이

36 유의경 편, 유효표 주, 주주위 휘교집주, 『세설신어휘교집주』, 302쪽.

러한 것이 음절에서 드러난다.[37]

왕부지는 『독통감론讀通鑒論』 권12에서 언론의 자유라는 측면에서 이렇게 말하고 있다.

무릇 진나라 시절 인사들은 방탕하고 교만하여 예의범절을 무시하고 예법을 준수하지 않았으나 명교가 훼손된 것은 결코 하루아침의 일이 아니다. 위나라 정치를 종합적으로 고찰해보면, 공훈과 업적을 얻느라 다급하여 절의(節義)를 무시하여 천하 사람들이 명의(名義)가 무엇인지 아는 이가 없었다. 진나라가 조위를 계승하여 조금 완화되기는 했으나 올바른 품행이 날로 문란해지고 말았다. 공융이 죽자 선비의 기개가 사라지고 혜강이 죽자 청의(淸議)가 끊겼다. 천하 사람들이 명교에 대해 말하기를 꺼려하고 나쁜 이들과 어울려 못된 짓을 하면서도 부끄럽게 생각하지 않았다.[38]

그러나 혜강이 형장에 임하여 보여준 행태의 의의를 이해하려면 역시 루쉰의 다음과 같은 말이 적격이다.

어떤 암흑이 그 흐름을 가로막는다고 해도, 그 어떤 처절함이 사회를 습격한다고 해도 완벽함을 갈망하는 인간의 잠재력은 언제나 무쇠 가시덤불을 딛고 앞으로 나아갈 것이다.

---

37 리징더(黎靖德) 편, 왕싱센(王星賢) 점교, 『주자어류』, 베이징 : 중화서국, 1986, 627쪽.
38 왕부지, 『독통감론』, 베이징 : 중화서국, 1975, 314쪽.

생명의 길은 진보의 길이다. 언제나 정신이라는 삼각형의 비탈길을 따라 무한히 올라가니 그 어떤 것도 이를 저지할 수 없다.[39]

「위진 풍도 및 문장과 약, 술의 관계」에서 루쉰은 마지막으로 도잠陶潛에 대해 언급하고 있다. 물론 도잠과 혜강의 인격 유형은 크게 차이가 나지만 루쉰은 그들의 인격에 대해 논하면서 똑같이 시대에 초점을 맞추었으며, 루쉰 자신의 인격이 반사된 것으로 간주했다. 아래 문장은 루쉰이 유형화한 도잠의 모습이다.

동진(東晋) 시대에 이르러 기풍이 변했다. 사회사상은 많이 평정해졌고, 곳곳에 불교 사상이 스며들었다. 다시 진말(晉末)에 이르러 난리도 겪을 만큼 겪고 찬탈도 볼 만큼 본 터이라 문장 역시 더욱 온화해졌다. 온화한 문장을 대표하는 사람은 바로 도잠(陶潛, 도연명)이다. 마음 내키는 대로 술을 마시고 걸식도 하며, 기쁠 때면 담론하고 문장을 지었으니 걱정과 원망이 없는 것이 바로 그의 태도였다. 그래서 오늘날 그를 '전원시인'이라고 부르는 이가 있는데, 분명 그는 대단히 온화한 전원시인이다. (…중략…) 내 의견은 설령 이전 시대 사람이라고 할지라도 시문이 완전히 정치를 초월한 이른바 '전원시인', '산림시인'은 존재하지 않는다는 것이다. 인간세상을 완전히 벗어난 사람도 없었다. 세상을 벗어나면 당연히 시문도 존재하지 않는다. 시문도 사람의 일이니 시가 있는 이상 세상사에 정을 떼지 못하고 있음을 알 수 있다. (…중략…) 이로부

39 루쉰, 『열풍 · 수감록 66 – 생명의 길』, 『루쉰전집』 제1권, 368쪽.

터 알 수 있는 바와 같이 도잠은 어쨌든 속세를 초월할 수 없었으며, 또한 조정의 정사에 마음을 두었고, '죽음'도 잊어버릴 수 없었다. 이는 그의 시문에 종종 언급되고 있다. 다른 관점에서 도잠을 연구해 본다면, 아마도 기존의 설명과 다른 인물이 될 수 있을 것이다.[40]

도잠은 「귀거래사」에서 "맑은 물가에 서서 시를 읊는다臨淸流而賦詩"라고 읊었는데, 이는 혜강의 「금부琴賦」에 나오는 구절이다. 여기서 우리는 두 사람의 심령상의 교차점이 없지 않음을 눈치 챌 수 있다. 도연명은 고결한 지조를 지니고 탁월한 문학 성취를 이룬 대시인이다. 농촌의 풍경과 생활을 노래한 그의 시문은 자연스럽고 소박하며 진실한 정감과 깊은 의미를 담고 있어 동진 시단의 최고 시인으로 알려져 있다. 종영이 그의 시를 품평하여 "고금 은일 시인 가운데 으뜸이다"[41]라고 말한 이래로 천백여 년 동안 한가하고 편안하게 천명을 즐기면서 세속의 먼지를 뒤집어쓰지 않고 심지어 인간의 음식조차 먹지 않는 듯한 '전원시의 종주'로 추앙받았다. 20세기 30년대 어떤 이는 도잠의 위대성은 "온몸이 '정목靜穆(고요하고 엄숙함)'한 데 있다"라고 말하기도 했다. 하지만 루쉰은 이러한 평가에 구애받지 않고 나름의 방식으로 심각한 비평을 가하고 있다.

논객들에 의해 '국화를 따는 동쪽 담장 아래에서 홀연 남산을 바라본다(彩菊東籬下, 悠然見南山)'(「음주(飮酒)」 제5수)의 시인으로 높이 평

40 루쉰, 『이이집 · 위진 풍도 및 문장과 약, 술의 관계』, 『루쉰전집』 제3권, 537~539쪽.
41 장진화이(張瑾懷), 『종영시품평주(鍾嶸詩品評注)』, 톈진 : 톈진고적출판사, 1997, 286쪽.

가받고 있는 도잠 선생은 후세 사람들의 눈에 오랫동안 표일(飄逸)한 인품을 지닌 이로 간주되었지만 그의 전집을 보면 오히려 상당히 모던한 부분이 적지 않다. (…중략…) 시 중에도 논객들이 탄복하는 '홀연 남산을 바라본다' 외에 '정위(精衛, 신화에 나오는 새)는 작은 나뭇가지를 물어 창해(滄海)를 메우고자 했고, 형천(刑天, 신화에 나오는 인물)은 방패와 도끼를 들고 춤을 추었으니 용맹한 뜻이 여전하도다(精衛銜微木, 將以填滄海. 刑天舞干戚, 猛志固常在)'(「산해경을 읽고(讀山海經) 제10수」처럼 '금강역사(金剛力士)가 눈을 부라리고 있는' 식의 시도 있으니, 그가 결코 밤낮으로 득의양양한 것이 아니었음을 증명한다. '용맹한 뜻이 여전하도다'라고 읊은 이나 '문득 남산을 바라본다'라고 읊은 이는 물론 동일인이다. 만약 그 중에서 취사하여 일부만 선택한다면 결코 온전한 인물이 아니다. 거기에 포폄(褒貶)을 더한다면 더더욱 진실에서 멀어질 것이다.[42]

사실 도잠의 시에 비분 어린 작품이나 시어詩語가 있다는 말은 루쉰이 처음 발설한 것이 아니다. 송대 이후로 여러 시화詩話에서 이미 이러한 언급이 있었다. 특히 주희는 자못 불평 섞인 언사로 이렇게 비판한 바 있다.

은자는 기질이 남다르고 개성이 강한 사람들이 많다. 도잠은 하고 싶은 것이 있으나 할 수 없었으며, 또한 명성을 좋아하는 인물이었다." "그

42 루쉰, 『차개정 잡문 2집·'제목미정'초(草)』 6, 『루쉰전집』 제6권, 436쪽.

> 러한 본성을 드러낸 작품이 바로 「형가를 노래함(咏荊軻)」인데, 평범한 사람이 어찌 이런 말을 한단 말인가?[43]

그는 도잠의 불평을 간파하고 이학가理學家의 관점에서 "기질이 남다르고 개성이 강하여" '천리'에 복종하지 않으며 통치자에게 협조하지 않았음을 지적하면서 완곡하게 비판하고 있다. 루쉰의 입장은 주희의 그것과 완전히 상반된다. 그는 도잠을 "세속의 혼탁함과 무관한 사람"으로 묘사하는 것에 반대하고, 그 역시 "현실 세상을 초월할 수 없었으며, 초월은커녕 여전히 정치에 관심을 가지고 있었다"는 점을 긍정했으며, 또한 「산해경을 읽고讀山海經」에 나오는 "형천이 방패와 도끼를 들고 춤을 추었으니", "금강역사의 성난 눈金剛怒目"과 같은 형상을 특별히 부각시켰다. 이는 루쉰의 발견, 도잠에 대한 새로운 발견으로 천명과 다투고 세속에 저항하는 혜강식의 인격과 상통한다.

루쉰은 똑같은 광원光源으로 혜강과 도잠의 인격을 밝게 비추면서, 그 안에서 긍정적으로 전화시킬 수 있는 당대적當代的 가치요소를 밝혀냈다. 여기서 우리는 탁월한 전배前輩의 인격미에 대한 루쉰의 해석이 시대와 개인의 심령상의 특수한 시경視境(시각적 경계)과 문화 선택을 내포하고 있음을 알 수 있으며, 역사 문헌을 근거로 삼아 현시대적 계몽과 반항을 병행하는 민주혁명의 요구에 이바지하는 것임을 확인할 수 있다. 루쉰이 있었기에 도잠이나 혜강의 인격 속에서 가장 가치 있는 부분을 찾아낼 수 있었고, 루쉰이었기에 그들 전배의 인격미를 더

---

43 리징더(黎靖德) 편, 왕싱셴(王星賢) 점교, 『주자어류』, 3325쪽.

욱 위대하게 발양하고 혁명적인 의의를 풍부하게 할 수 있었다.

위진 문장, 특히 혜강의 문장이 루쉰 잡문에 끼친 영향은 대단히 심각하다. 이는 이미 앞서 언급한 바 있다. 사실 혜강의 인격은 루쉰의 소설 창작에도 결코 경시할 수 없는 영향을 끼쳤다. 『납함』 제사題詞에서 루쉰은 이렇게 말했다.

> 글을 쓰자니 법망에 걸려들고, 세상에 저항하자니 세속 기풍과 어긋난다.
>
> 온갖 비방 쌓이고 쌓여 뼈까지 녹일 듯하니, 종이에 외로운 심정 남길 뿐이다.
>
> (弄文罹文網, 抗世違世情.
>
> 積毁可銷骨, 空留紙上聲.)[44]

의분이 가슴 가득하고 비장하고 처량한 분위기가 밑바닥까지 침잠해 있다. 「방황」의 제사를 굴원식의 정신 추구라고 한다면 『납함』의 제사는 혜강식의 비분강개라고 말할 수 있다. 「광인일기」는 봉건예교에 대한 가차 없는 저주와 구제도에 대한 맹렬한 비난, 그리고 "온통 암흑천지인" 방에서 돌연 사람의 몸을 덮친 들보와 서까래를 걷어내겠다는 준엄한 심정을 그려내고 있다. 이는 모두 혜강식의 선명한 애증과 분노의 모습이 스며들어 있다. 이러한 세계 감각은 밝음 속에서

44 루쉰, 『집외집습유·「납함」에 제하다』, 『루쉰전집』 제7권, 466쪽.

음산한 어둠을 드러내고, 상쾌함 속에 공포를 감추고 있다.

> 오늘 밤은 달빛이 참 좋다. 내가 달을 보지 못한 지도 벌써 30여 년. 오늘 보니 정신이 특히 상쾌하다. 그러고 보니 지금까지 30여 년 동안 온통 정신이 혼란스러웠다. 하지만 모름지기 조심해야만 한다. 그게 아니라면 저 자오(趙) 씨네 개가 어째서 날 노려보고 있단 말인가?

자오 씨네 개는 반복해서 등장하는 이미지로 끝없는 어둠 속에서 흉악하고 겁약하며 또한 교활한 심정을 감추고 있다.

> 칠흑처럼 어두워 낮인지 밤인지 모르겠다. 자오 씨네 개가 또 다시 짖기 시작한다. 사자 같은 흉악함, 토끼의 겁냄, 여우의 교활함…….

이처럼 사람과 개가 혼거하는 세계에서 사람들은 모두 자신의 진짜 모습을 숨기고 있어 속마음을 헤아릴 수 없다. 그들은 여러 가지 이유와 말도 안 되는 핑계를 대면서 "사람을 잡아먹고" "서로 잡아먹으려는" 속셈을 감추고 있다. 「광인일기」에서 주인공은 자신의 형에게 이렇게 말하고 있다.

> 저들이 나를 잡아먹으려고 하고 있습니다. 형님 혼자로는 어찌 해볼 도리가 없겠지요. 그렇다고 해서 하필 그 패거리에 낄 건 또 뭡니까? 사람을 먹는 놈들이니 무슨 일인들 못하겠어요? 저들은 나를 잡아먹을 수도 있고, 형님을 잡아먹을 수도 있으며, 심지어 패거리끼리 서로 잡아먹

을 수도 있습니다.

대문 밖에 서 있는 일당들—자오구이(趙貴) 영감과 그의 개도 그 안에 있었다—이 두리번거리며 밀치고 들어왔다. 어떤 녀석은 헝겊으로 가려 얼굴을 알아볼 수 없었고, 또 어떤 녀석은 여전히 시퍼런 얼굴에 승냥이 이빨을 한 채로 입을 앙다물고 씩하고 웃고 있었다. 나는 저들이 한 패이고 모두 사람을 먹는 놈들이라는 것을 알고 있었다. 하지만 놈들의 속셈이 같은 것은 아니라는 사실도 잘 알고 있다. 예로부터 그래왔으니 응당 먹어야 한다는 부류가 있는가하면 먹어서는 안 된다는 것을 알면서도 여전히 먹으려고 하면서 혹여 다른 이들에게 들킬까봐 겁이 나서 내 말을 듣고는 길길이 날뛰면서도 입을 다문 채로 냉소만 보내는 부류도 있다.

결국 주인공은 "역사를 뒤져 보겠다"고 결심한다.

역사를 뒤져 꼼꼼히 살펴보았다. 역사책에는 연대도 없고 페이지마다 '인의도덕'과 같은 몇 글자들이 비뚤비뚤 적혀 있었다. 어차피 잠을 자기는 글렀던 터라 한밤중까지 요리조리 뜯어보았다. 그러자 글자들 틈새로 글자가 드러났다. 책에 빼곡하게 적혀 있는 두 글자는 '식인'이었다.

마지막으로 역사에 대한 죽고 싶을 정도로 고통스러운 반성과 참회를 거듭하면서 그는 '진인眞人(사람을 먹어본 적이 없는 참된 인간)'의 출현을 부르짖는다.

사천 년 동안 사람을 먹은 이력을 가진 나, 처음에는 몰랐지만 이제는 알겠다. 참된 인간을 만나기 어려움을!

수천 년 역사에 대한 준엄한 해부, '인의도덕' 배후에 숨거나 인간을 소외시키는 '흘인吃人(사람을 잡아먹음)'의 본질에 대한 갈파, 세상의 불합리에 대한 분개와 증오는 기질적으로 혜강과 유사한 점이 적지 않다. 역사를 전면적으로 살펴보면서 '흘인'의 암흑에 반항하고, '진인眞人'의 이상을 추구한 것은 5·4시대정신의 반영으로 혜강도 도달할 수 없었던 길이다. 「두발 이야기」의 화자인 N선생의 괴팍한 성격, 세상의 불합리에 대한 울분과 원망, 마음 내키는 대로 행하는 모습, 칼날같이 예리한 언설 등에도 혜강의 그림자가 번뜩인다. 그는 신해혁명에서 자신이 "가장 마음에 든" 일은 변발을 잘랐어도 "더 이상 조롱을 당하거나 욕을 안 먹어도 되는 것"이라고 풍자하고, 베이징의 쌍십절雙十節 아침에 순경들이 '국기를 걸라'고 분부하면 집집마다 '국민'들이 한 명씩 어슬렁거리고 나와 알록달록한 광목천으로 만든 국기를 내거는 모습에 '감명을 받았다佩服'고 농담처럼 말하기도 한다. 그러나 그는 '이상주의자理想家'들이 걸핏하면 여자도 머리를 자르라고 주장하는 것에 대해 반대하면서 여자들은 "머리를 그대로 놔둔 채 조용히 지내다가 시집가서 며느리 노릇이나 하면서 모든 것을 잊어버리는 것이 행복이네. 그네들이 평등이니 자유니 하는 말들을 기억하고 있다면 한 평생 고통스러울 거야"라고 말한다. 이렇듯 그는 혁신에 집착하면서도 "아무런 소득도 없이 고통만 당하는 사람들을 만들어내는" 혁신에 대해 냉소를 퍼붓고 있다. 작품의 전체 내용은 변발을 둘러싼 이야기이지만 이를 통해 '국경절', '국기 게

양'처럼 당연히 기쁘고 또한 엄숙한 의식을 비꼬면서 견디기 힘든 냉담과 적막 속으로 빠져들고 만다. 어떤 의미에서 N선생의 기탄없고, 격양된 발언은 '신해혁명 이후'의 '혜강 복사판'이라고 말할 수 있다.

혜강의 성격은 『방황』에 나오는 여러 인물 형상에서도 엿볼 수 있다. 등장인물 속에 비록 농담의 차이는 있으되 이른바 '혜강기嵇康氣(혜강 기질)'가 스며들어 있다는 뜻이다. 「술집에서在酒樓上」에 나오는 뤼웨이푸呂緯甫는 한 때 교사로서 나름 용맹하고 반듯한 인물이었으나 어느새 의기소침하면서 또한 울분이 가슴 가득한 사내가 되고 말았다. 「고독자孤獨者」에 나오는 웨이롄수魏連殳 역시 중학교에서 역사를 가르쳤던 교사 출신으로 나중에 해직 당해 궁색한 생활을 영위하다 젊은 나이에 죽고 만다. 그가 소설 화자에게 보낸 편지에서 자신의 마음을 이렇게 표현하고 있다.

> 나는 이미 이전에 내가 증오하고 반대했던 모든 것을 몸소 실행해 보았소. 그리고 이전에 내가 숭배하고 주장했던 모든 것을 거부했소. 나는 이제 완전히 실패했소.

이처럼 뤼웨이푸의 의기소침과 울분, 웨이롄수의 자포자기하는 심정에서도 우리는 혜강의 뒤틀린 심사를 엿볼 수 있다. 이 외에도 『고사신편』에 나오는 예羿의 비분강개하면서도 비장한 심경, 「쇠를 벼리다」에서 "형천이 방패와 도끼를 들고 춤을 춘다"거나 "금강역사의 성난 눈" 등의 묘사에서 볼 수 있는 예술 경계 역시 어느 정도 혹은 모종의 의미에서 혜강이나 도연명의 인격의 투사이자 설명이다. 물론 그렇다고 해서 루쉰이 자신의 작품에서 인물형상을 묘사할 때 직접적으로 혜강이나 도연명의 모습을 떠올리며 참조한 것은 아니다. 작가는 현실생활에서 예술적 소재나 영감을 얻기 마련이다. 이는 루쉰의 경우도 예외가 아니다. 따라서 혜강과 도연명의 인격이 이미 루쉰에게 깊은 영향을 주었기 때문에 창작과정에서 내심 깊은 곳에 자리하거나 심지어 이미 융해되어 있는 정신적 기질이나 잠재의식이 저절로 스며든 것이라고 말할 수 있다. 루쉰은 비애와 침울 속에서도 예리함과 견고함을 지닌 전사戰士였다. 그가 쓴 소설은 매 편마다 역사의 온갖 풍파와 사회 분위기를 담은 형상으로 가득하며 이를 통해 깊은 울분과 애증을 내재하고 있다. 그 가운데 가장 우수한 작품들은 낡은 구세계의 근육과 관절, 심장과 폐부를 자유자재로 해부하는 것처럼 보이며, 음침하고 냉담한 사회의 형형색색의 추악한 인물들의 진면목과 관습처럼 굳어진 삶의 행태에 대해 애련과 조롱을 동시에 보여주고 있다. 이러한 애련과 조롱, 그리고 해부가 뒤섞이면서 작가의 기질이 인물 형상에 그대로 투영되어 농담의 차이는 있으되 혜강의 과격함, 혹은 도연명의 또 다른 모습인 "금강역사의 불같은 성냄"이 스쳐지나 듯이 드러난다. 이처럼 냉정하고 날카로운 형태가 바로 루쉰 자화상 속의 '횡미橫眉', 즉 사납게 노려보는 듯 화난 눈초리이다. 이러한 '횡미'의 냉정, 침착, 그리고 호연한 기개를 통해 우리는 루쉰의 주체적 기질이 단순히 굴원이나 혜강, 도잠만이 아니라 그가 '중국의 척량中國的脊梁(중국의 중추)'이라고 찬양했던 전배前輩들의 인품과 성격이 한데 융합한 것임을 깨닫게 된다. 이는 중국 역대 전사들의 영혼의 위대한 발전이다.

'중국의 중추'라는 말은 루쉰이 1934년 8월 「비공非攻」(『고사신편』)

에서 "온몸이 다 닳는 한이 있을지라도 천하에 이로우면 그것을 행하리라"고 작심한 묵자에 관한 이야기를 쓰고 난 다음 달에 제기한 새로운 역사관을 담은 중요 명제이다. 그는 「중국인은 자신감을 잃었는가?中國人失掉自信力了嗎」에서 이렇게 말하고 있다.

> 예로부터 우리는 머리를 파묻고 힘들게 일하는 이들이 있었고, 죽을힘을 다해 억지로라도 일을 강행하는 이들이 있었으며, 백성을 위해 청원하는 이들이 있었고, 자신의 목숨을 돌보지 않고 방법을 찾는 이들도 있었다. (…중략…) 제왕이나 장군, 재상을 위해 만든 족보나 다를 바 없는 '정사(正史)'도 그들의 환한 빛을 가릴 수 없었다. 이것이 바로 중국의 중추이다.

이러한 '중국의 중추'에는 당연히 묵자는 물론이고 그가 숭앙했던 이들, 루쉰이 일부러 「물을 다스리다理水」를 써서 찬양하고자 했던 대우大禹도 포함된다. 루쉰은 계속해서 이렇게 말하고 있다.

> 중국인을 논하려면 표면에 칠해져 자기도 속고 남도 속이는 지분(脂粉)에 속지 말고, 그의 근육과 골격, 척추를 눈여겨보아야 한다.[45]

루쉰의 인격 기질은 복합체이면서 또한 자체 특성을 지니고 있어 복합으로 특색의 저력을 포용하고, 특색으로 복합의 역량을 이끈다. 대우, 묵자, 굴원, 혜강, 도잠 등은 역사적 인격으로 이루어진 문화의

45 루쉰, 『차개정 잡문 · 중국은 자신의 힘을 잃었는가?』, 『루쉰전집』 제6권, 122쪽.

산계山系에서 루쉰이 특히 주목했던 분화구 계열이다. 루쉰이 자신의 소설에서 쏟아낸 인격미의 불꽃은 '중국의 중추'에 속하는 영혼들의 불꽃이다. 상술한 대우나 묵자, 굴원, 혜강, 도잠 등 상대적으로 집중된 이들 이외에도 수많은 인격의 파편들이 존재한다. 당연히 때로 주목해야 할 부분들이다.

절동 학파와 사오싱의 사야師爺

작가와 자국 문학의 관계를 연구하면서 인문지리학의 시각을 끌어들이는 것은 그렇게 해야만 문학의 발생을 작가를 배출한 고향의 '지기地氣'와 연결시킬 수 있기 때문이다. 이 점에 대해 루쉰도 예리하게 관찰한 바 있다. 1934년 경파京派, 즉 베이징의 문학가들과 해파海派, 즉 상하이의 문학가들이 신문지상에서 문학적으로 자신들이 더 낫다는 식의 쟁론을 일삼은 적이 있다. 이에 대해 루쉰은 「경파와 해파」라는 문장을 써서 발생학의 근원에 대해 예리하게 분석했다.

> 적관(籍貫, 본적)이 도시인지 시골인지를 가지고 그 사람의 공과를 결정할 수는 없으며, 거처의 아름다움과 누추함이 곧바로 작가의 정신세계에 영향을 주는 것도 아니다. 맹자가 '거처는 사람의 기질을 변화시키고, 먹고 입는 것은 사람의 몸을 달라지게 한다(居移氣, 養移體)'고 한 것은 이를 말하는 것이다. 베이징은 명, 청대의 수도이고 상하이는 각국의 조계

> 가 모인 곳이다. 제왕의 도시에는 관리가 많고, 조계에는 상인이 많다. 그래서 문인이면서 수도에 있는 자는 관직을 가까이하게 되고, 바다에 빠진 사람(沒海者, 상하이 사람)은 장사를 가까이하게 된다. 관직을 가까이하는 사람은 관직으로 이름을 날리고, 장사를 가까이하는 사람은 장사로 이익을 취하며 그것으로 입에 풀칠을 한다. 요약하자면, '경파' 문인은 관료들의 식객이고, '해파' 문인들은 상인들의 하수인일 따름이다.[1]

루쉰은 일반적인 상식을 타파하여 『맹자·진심상』에 나오는 말을 입론의 지렛목으로 삼고 있는데, 이는 그의 인문지리에 대한 관심을 엿볼 수 있는 대목이다. 그가 굳이 '적관'이란 말을 쓴 것은 현대 평론파와 논쟁을 하면서 상대가 트집을 잡는 '모적某籍', 즉 루쉰의 본적인 저장과 사오싱을 은연중에 내포하고 있다. 그는 고향에서 받은 인문적 자양분을 잊을 수가 없었다.

저장浙江은 중국 역사상 문화 명인을 배출한 곳으로 특히 "회계會稽는 명사가 많기로 유명하여" 수많은 문학가, 정치가들이 그곳과 연관이 있다. 루쉰은 회계의 풍토와 물산, 선현의 행장과 유작에 대해 흥취가 많았다. 한 시대의 대문호로서 그의 인격과 문장의 성장과 수준은 "고대로부터 옥연沃衍(토지가 비옥하고 평탄함)이라 칭해져 온갖 진귀한 보물이 모여들고 바다와 산의 정수를 품어 걸출한 인물을 배출했으며", "우禹임금의 후손인 구천句踐의 유적이 있다"[2]는 그 지역과 밀접하게 연

1 루쉰, 『화변문학·경파와 해파(京派與海派)』, 『루쉰전집』 제5권, 453쪽.

2 루쉰, 『고적서발집(古籍序跋集)·「회계군고서잡집(會稽郡故書雜集)」 서(序)』, 『루쉰전집』 제5권, 베이징 : 인민문학출판사, 2005, 453쪽.

관이 있다. 사오싱은 루쉰에게 인격의 고향이라고 할 수 있다. 한 작가의 개성에 대해 논할 때 우리는 그의 고향이나 지방 색채, 또는 지역의 군체들이 지니고 있는 잠재의식을 결코 무시할 수 없다.

어떤 작가든 그 작가의 개성은 여러 가지 복잡한 사회 환경 요인에 따른다. 한 시대와 민족, 그리고 전체 계급변동이라는 대大환경 이외에도 구체적인 작가의 개성을 둘러싼 구체적인 환경도 있다. 우선 저우치밍周啓明(저우쭤런周作人)이 이 문제에 대해 어떻게 이야기하고 있는지 살펴보기로 한다.

> 저장성 가운데로 첸탕강(錢塘江)이 흐르고 있다. 그 강을 중심으로 동쪽과 서쪽으로 가르는데, 양쪽의 풍토나 민정이 사뭇 다르다. 이러한 분별은 학풍에서도 그대로 드러난다. 대체적으로 절서학파(浙西學派)는 문학에 편중되고, 절동학파는 사학에 편중되는데, 청조 후기를 예로 들자면 원수원(袁隨園, 원매(袁枚))와 장실재(章實齋, 章學誠), 담복당(譚復堂, 담헌(譚獻), 사인(詞人))과 이월만(李越縵, 이자명(李慈銘), 만청 관리이자 사학자)의 경우가 그러하다. (…중략…) 루쉰을 그들과 비교한다면, 확실히 과하면 과했지 결코 못 미치지 않으니 가히 이 파(절동학파)의 대표라 할 수 있다.[3]

저우치밍, 즉 저우쭤런의 이런 관점은 20세기 20년대에 이미 형성된 것이나, 30년이 지난 후에야 절동학파의 전승과 루쉰을 직접 연계

3 저우쭤런, 지암(止庵) 교정, 「루쉰의 문학수양」, 『루쉰의 청년시대』, 석가장 : 하북교육출판사, 2002, 53~54쪽.

시켰다. 저우줘런은 1923년 3월 「지방과 문예」라는 글에서 이렇게 말한 바 있다.

> 내가 말하는 지방이란 본적을 원칙으로 삼는다는 뜻이 아니라 풍토의 영향을 말하는 것이니 개성을 배양하는 토지의 힘을 중시함이다. 니체는 『차라투스트라는 이렇게 말했다』에서 '나는 간절하게 그대들에게 원하노니. 나의 형제들이여, 땅에 헌신하라'라고 말했다. 내가 말하고자 하는 것도 '땅에 헌신하라'는 뜻이다. 왜냐하면 어떤 경우라도 사람은 '땅의 자식'으로 땅에서의 생활을 벗어날 수 없기 때문이다. 그렇기 때문에 땅에 헌신하는 것이야말로 인생의 정당한 길이다.

이 글은 저장의 학술, 문화 특징에 대해 언급하면서 나온 말이다. 그는 계속해서 이렇게 말했다.

> 근래 3백 년의 문예계를 살펴보면 두 가지 조류를 볼 수 있다. 물론 다른 곳도 마찬가지일 것이나 저장의 경우는 매우 분명하다. 우선 표일(飄逸)과 심각(深刻)을 가지고 이야기해보자. 전자의 경우 명사들의 청담(淸談)처럼 장중한 것과 재미있는 것이 섞여 있어 청려하거나 유현하고, 때로 분방하기도 하여 굳이 묘한 이치를 담지 않아도 스스로 깨닫고 즐길 수 있다. 하지만 후자의 경우는 늙은 관리가 사건을 판결하는 것처럼 문사가 신랄하며 문장의 화려한 수식에 뜻을 두지 않고 착안점이 분명하며 언사가 매섭다.

그는 1925년 11월에도 「비 오는 날의 글 · 자서 2雨天的書 · 自序二」에서 절동 사람의 기질에 대해 언급하고 있다.

나는 끝내 절동 사람 기질에서 벗어날 수 없었다. (…중략…) 세상 사람들은 주로 '사야 기질(師爺氣, 막료 기질. 사야는 우리나라 조선시대 지방 관리인 육방(六房) 중에서 특히 형방(刑房)를 뜻하는 것 같다-역주)'이라고 하는데, 원래 막료와 전당포 관리는 사오싱이 배출한 좋지 않은 것들로 중화민국 이래로 점차 감소하고 있다. 하지만 법가(法家)처럼 가혹한 그들의 태도는 단지 직업에 한정되지 않고 오히려 향리에 만연하여 마치 하나의 조류를 형성한 것 같다. 청조의 장실재나 이월만 등은 모두 이러한 유형의 대표적인 인물로 사람들을 욕하거나 비판하는 것을 좋아하는 성격의 소유자들이다. (…중략…) 나는 경조인(京兆人, 서울사람)이 되기로 마음먹었기 때문에 자연스럽게 나를 저장 사람으로 받아들이지 않으니 나 역시 그저 되는대로 할 뿐이다.[4]

'절동 학파浙東學派'라는 명사의 원류는 청초 황종희黃宗羲까지 거슬러 올라간다. 황종희는 「사관에는 이학을 설립하면 안 된다史館不宜立理學傳」는 글에서 '절동 학파'라는 말을 처음 썼는데, 이는 만명 왕학王學(왕명학)의 학맥을 지칭한다. 절동 학파에 속하는 장학성은 『문사통의』에서 '절동 학술'이라는 항목을 만들어 그 학술 원류에 대해 논한 바 있다. 그는 문장 서두에서 절동 학술과 송대 주희의 이학, 명대 왕양명의 심학의

---

4 저우쭤런, 「비 오는 날의 글 · 자서 2(雨天的書 · 自序二)」, 장량(張梁) 편, 『어사작품선(語絲作品選)』, 베이징 : 인민문학출판사, 1988, 338쪽.

연원에 대해 다음과 같이 개괄했다. "절동의 학술은 비록 우위안婺源[5]에서 시작되어 삼원三袁(원섭袁燮, 원숙袁肅, 원포袁甫)의 계열로 장시江西 육 씨陸氏(육구연陸九淵)를 종주로 삼았으나 경학에 통달하고 옛것을 따랐다는 점에서 주자의 가르침과 모순되지 않았다. 하지만 왕양명王陽明에 이르러 맹자의 양지良志를 받들면서 주자의 학설과 다시 부딪쳤다. 지산蕺山 유 씨劉氏[6]는 양지에 근본을 두고 신독愼獨의 뜻을 상세하게 밝혀 주자의 학설과 일치하지는 않으나 서로 헐뜯지는 않았다. 이저우梨洲 황 씨黃氏黃宗羲는 즙산 유 씨의 문하에서 나와 만 씨萬氏 형제(만사대萬斯大와 만사동萬斯同을 말한다. 청초 사학자로 황종희에게 사사했다 – 역주)의 경사지학經史之學을 개도했으며, 전조망全祖望(청대 사학가, 문학가, 사상가로 절동학파의 중요 인물이다 – 역주) 등이 그 뜻을 이어 육상산을 종주로 삼았으되 주희와 대치한 것은 아니었다. 유독 시허西河 모 씨毛氏(모기령毛奇齡. 청대 저장 출신으로 건가학파의 대표적인 인물이다. 유별나게 남을 비평하기를 좋아했으며, 특히 주희에 대해 비판적이었다 – 역주)는 양지의 학문을 자세하게 논술하여 자못 수확이 있었으나 학파에 따른 편견으로 남을 공격하는 것이 심히 지나쳤다. 그렇기 때문에 절동 사람들도 반드시 그의 말이 옳다고 여기지 않았다."[7]

그는 절동 학술에 대해 이야기한 후 계속해서 절서 학파와 비교하고 있다.

---

5 【역주】 무원(婺源) : 장시성 상라오시(上饒市) 관할로 주희(朱熹)의 고향이다. 주희는 젠저우(劍州) 유시(尤溪, 복건성 우계현)에서 태어났지만 남송 시절 주 씨 가족이 후이저우부(徽州府) 우위안현(婺源縣)으로 이주했다.

6 【역주】 지산(蕺山) 유 씨(劉氏) : 유종주(劉宗周)를 말한다. 사오싱부 출신으로 명대 최후의 유학자로 칭해진다. 왕양명의 심학을 완성했으며 지산(蕺山) 학파를 개창했다. 황종희가 바로 이 학파의 계승자이다.

7 장학성, 예잉(葉瑛) 교주, 『문사통의교주』, 베이징 : 중화서국, 1985, 523쪽.

세상 사람들이 고정림(顧亭林, 황종희, 왕부지와 함께 명말청초의 삼대유(三大儒)로 칭해지는 고염무(顧炎武)를 말한다. 그는 지리학, 사학, 철학, 경학, 음운학에 이르기까지 다양한 분야에서 방대한 저작을 남겼다 – 역주)을 개국유종(開國儒宗)이라 칭하지만 이로부터 절서지학(浙西之學, 고염무는 과학적이고 실증적인 절서 사학을 개창했다 – 역주)이 나왔다. 동시대에 황리주(黃梨洲, 황종희)가 절동에서 배출되어 비록 고염무와 대치하였으나 위로 왕양명과 유종주를 종주로 삼고 아래로 만사대와 만사동으로 배출하여 고염무와 비교할 때 연원이 유구하고 길다. 고염무는 주희를 종주로 삼았으나 황종희는 육상산을 종주로 삼았다. 모두 강학을 전문으로 하지 않고 각기 학파 나름의 주장을 펼쳐 서로 존중하고 탄복하였으며, 서로 부딪치지 않았다. 학자라면 종주로 삼는 이가 있어야 할 것이나 반드시 문호(門戶, 파벌, 학파)가 있을 필요는 없다. 그런 까닭에 절동과 절서는 각자 나름의 도를 행할 뿐 서로 충돌하지 않는다. 절동은 전문가를 귀하게 여기고, 절서는 박학하고 아정한 것을 숭상하니 각기 주된 것을 배우고 익힐 따름이다.[8]

이어서 '천인성명지학天人性命之學'의 근원에 대해 다음과 같이 이야기하고 있다.

공자처럼 성명(聖明)한 사람의 언론은 하늘을 대신하여 명을 내리는 것처럼 귀하나 내용이 없는 헛된 말로 사람들을 현혹시키거나 제압하

8 위의 책, 523쪽.

지 않았으니 하물며 다른 사람에게 있어서랴! 그런 까닭에 천인(天人, 천인관계), 성명(性命)에 대해 말하기를 좋아하는 이들은 현실적인 사람의 일에 부합하지 않음이 없었다. 하상주 삼대의 학술은 사서는 있었지만 경학이란 것은 없었다. 주로 사람의 현실적인 문제를 강구했기 때문이다.

그래서 "절동의 학술은 성명에 대한 언술을 반드시 역사에서 강구하며, 바로 이것이 탁월한 점이다". 그렇기 때문에 유학의 진수를 얻을 수 있게 된 것이다. 장학성은 여기서 한 걸음 더 나아가 다음과 같이 추론하고 있다.

> 주자와 육상산의 학술은 서로 다르다. 양파는 각기 일가의 학술로 서로 공격하여 오랜 세월 차고와 수갑처럼 사람을 속박하는 관청이나 가시덤불 우거진 숲처럼 되고 말았다. 이처럼 분분하고 번잡한 까닭을 살펴보니, 그저 중구난방으로 빈말만 날려 인사에 부합하지 않았기 때문이다. 사학의 근원이 『춘추』에서 비롯되었으며, 『춘추』는 세상을 다스리기 위함이라는 사실을 알게 된다면 성리나 천명에 관해 헛된 공담으로 논할 수 없음을 알게 될 것이다. 강학하는 이는 반드시 구체적인 일을 익혀야할 것이니, 특별히 지켜야할 파벌이 있는 것도 아니고 파벌을 굳게 지킬 방법이 따로 있는 것도 아니다. (…중략…) 그럼에도 불구하고 저들은 마땅히 해야 할 사업에 종사하지 않고 '덕성'이네 '문학(問學)'이네 하면서 공리공담을 일삼으니, 이로 인해 황모(黃茅, 누런 백모)와 백위(白葦, 흰 갈대)처럼 면모가 비슷해져 어쩔 수 없이 별도의 문호를

만들어 스스로 내보이려 애쓰게 되는 것이니, 바로 이런 까닭에 비루한 유생일수록 문호를 세우기 위해 다투기 마련이다.[9]

최종적으로 그는 이렇게 결론을 내리고 있다.

사학으로 세상을 경륜해야 하는 까닭은 그것이 헛된 언설로 이루어진 저술이 아니기 때문이다. 또한 육경은 모두 공자에게서 나왔지만 선유(先儒)들은 그 공적이 『춘추』보다 크지 않다고 하였으니 이는 당시 인사(人事)에 부합했기 때문이다. 후대 논설이나 저술을 행하는 자들은 지금을 버리고 옛것에서만 찾아 헤매고 인사를 버리고 성리나 천명만 말할 뿐이니 나는 참으로 알 수 없다. 학자가 이러한 뜻을 모른다면 사학을 논할 자격이 없다.[10]

장학성은 절동 학술의 학술 영역을 주로 논의하면서 공허한 천인天人, 성명性命에 관한 논설을 비판하면서 사학으로 세상을 다스려야 한다고 주장했을 뿐 문예영역에서 절동과 절서의 구분에 대해서는 언급하지 않았다. 이러한 논술은 『문사통의』의 개종명의開宗名義라고 할 수 있는 다음과 같은 핵심 관념으로 총괄할 수 있다. "육경은 모두 역사이다. 옛 사람들은 책을 창작하지 않았으며, 옛 사람들은 사실을 떠나 이치를 말하지 않았으며, 육경은 선왕의 정전政典(정치서적)이다."[11] 그의 창안은 사학을 경학의 본질적 내핵으로 간주하여 전체 전

9 위의 책, 524쪽.
10 위의 책, 524쪽.

통적인 지식구조에서 가장 높은 위치에 올려놓았다는 점이다. 이처럼 전통적인 지식구조 안에서 경학을 사학의 핵심적인 가치체계로 간주한 것은 의심할 바 없이 일종의 도전이자 전복이다. 이러한 지식구조의 전환을 통해 지역적인 절동 학술은 전반적인 정종의 학술로 올라서게 된다.

저장浙江 학술을 한 칼에 자르듯이 양단하기는 어렵겠지만 대략 첸탕강을 중심으로 절동과 절서로 구분해도 무방하다. 학술적인 면에서 서로 추구하는 것이 심히 다르기 때문이다. 절서 지역은 호수가 많은 수향水鄕, 택국澤國으로 학풍이 활발한 물의 속성을 닮았다. 대표적인 학자인 곤산의 고염무, 동향桐鄕의 장이상張履祥과 여유량, 전당의 응위겸應撝謙, 평호平湖의 육롱기陸隴其, 가흥의 주이존 등이 대표적인 학자들이다. 이에 비해 절동 지역은 톈타이산과 첸탕강 외해外海 사이에 자리하여, 닝사오寧紹 평원과 진화金華, 그리고 절남浙南의 원저우溫州까지 모두 포함한다. 학술적으로 견실하고 격동적인 풍모를 지녔으며, 위로 진화의 여조겸과 진량, 원저우의 엽적, 위라오의 왕수인, 사오싱의 유종주 등 여러 학자를 배출했고, 청대에 들어와 닝보寧波 위라오의 황종희, 은현鄞縣의 만사동과 전조망, 사오싱의 장학성 등 저명한 학자들이 적지 않다. 동시에 반드시 주목할 점은 장학성이 표방한 절동 학술이 비록 근대사(명대사)와 학술사에 편중되기는 했지만 황종희에서 전조망에 이르기까지 모두 경전과 사학을 두루 겸비했다는 점이다. 이에 비해 절서학파의 개종開宗 인물인 고염무는 음운학과 훈고학으로 경학

11 위의 책, 1쪽.

을 연구하여 자연스럽게 고증사학, 인문지리에 달통하게 되었다. 장학성이 '절동 학술'을 내건 것은 은연중에 사학으로 경학을 해석하고 역사로 세상을 다스려야 한다는 학맥을 드러냄으로써 절서학파가 존중하는 주자학에 대항하거나 대진戴震을 비롯한 사고관신四庫館臣(『사고전서』편찬에 간여한 조신朝臣을 말한다-역주)들의 한학에 반대하여 학술적으로 제3의 노선을 따르겠다는 뜻이다.

만청 이래로 위항餘杭의 장타이옌은 장학성의 '절동 학파'라는 명제를 수용했지만 학술적으로 장학성과 자못 달랐다. 장타이옌은 고강顧絳(고염무)의 인격과 풍채를 흠모하여 자신의 이름을 '강絳'으로 바꾸고 호를 태염으로 정하여, 이른바 '절서 학술'의 개종 인물의 뒤를 잇겠다는 뜻을 밝혔다. 유신파 캉유웨이, 량치차오 등이 절동파 황종희를 추앙하자 그는 반대로 왕부지의 『황서黃書』를 찾아 이에 대항했다. 『자정연보自定年譜』에서 "강 씨(캉유웨이)의 문파는 주로 『명이대방록明夷待訪錄』을 중시하였는데, 나는 선산船山(왕부지)의 『황서』를 지니고 각축을 벌였다"라는 말이 그것이다.[12] 장타이옌은 「청유淸儒」라는 글에서 '절동 학술'을 분석하면서 그들이 사학을 중시했다고 보았으며,[13] 만년에 「청대학술의 체계淸代學術之系統」에서 "청대 사서 가운데 으뜸은 만사동의 『명사고明史稿』이다"[14]라고 말했다. 다만 만 씨의 학문의 연원이 황종희라는 사실은 거론하지 않았다. 장 씨는 사학에서 한 걸음 더 나아

---

12 장녠츠(章念弛) 편, 『장타이옌선생자정연보』, 광서 23년조, 상하이서점, 1986.

13 장타이옌, 『구서』, 1900년 목각 중교본(重校本).

14 장타이옌 강연, 시더겅(柴德賡) 필기, 「청대학술의 체계」, 『사대월간(師大月刊)』 제10기, 1934.3.

가 경학의 삼례三禮에 대해 논술하면서 절동 학술에서 "『예』에 대해 논술한 이가 그치지 않았는데", 특별히 두드러진 것은 만사대와 만사동 형제로 "『예경』을 잡사한송雜事漢宋(한대와 송대의 학술이 뒤섞였다는 뜻)이라고 말했다". 그 뒤를 이은 것이 황식삼黃式三과 황이주黃以周 부자이다. 절동 딩하이定海 사람 황이주는 어려서 가학을 이어받아 경전을 전수받아 도를 밝혔다고 자부하였으며, 특히 '삼례'에 정통했다. 그의 『예서통고禮書通故』 1백 권은 체제가 탁월하고 내용이 정밀하며 한당漢唐에서 청대에 이르기까지 "삼례의 주석, 잡기雜記를 두루 수집하여 중국 고대의 예제, 학제, 봉국封國, 직관職官, 전부田賦, 악률, 형법, 명물名物, 점복 등을 고찰했으며, 옛 주석에서 보이는 적지 않은 오류를 교정하여 만청 『예』 연구의 관면冠冕으로 추앙받았다. 장타이옌은 황이주를 특히 존중하여 그를 유월兪樾, 손이양孫詒讓 등과 더불어 만청 국학대사 반열에 올려놓았다".[15] 장타이옌은 절동과 절서 학자들에 대해 논술한 것을 보면, 그가 경사經史나 소학小學은 물론이고 저장의 여러 학자들의 학설을 융합하여 '절학浙學'을 창건하고자 한 것이지 절동과 절서를 구분하려고 했던 것이 아님을 알 수 있다.

량치차오는 '절동 학파'에 대한 장타이옌의 논술을 검토했으나 오히려 장학성 쪽으로 기울었다. 그는 이렇게 말했다. "황이주는 청대 절동 학파의 창시자인데, 그의 문파는 이후 사학과 왕학 두 쪽으로 부연되었다." "이주(황이주)는 『명이대방록』이라는 괴이한 책을 저술하였는데, 이는 그의 정치사상을 담고 있다. 요즘 청년들이 본다면, 평범

15 장타이옌, 「설림하(說林下)」, 『장타이옌전집』 제4권, 상하이 : 상하이인민출판사, 1985, 119쪽.

하여 기이하다고 여기지 않겠지만 3백 년 전, 루소의 「민약론民約論(사회계약론)」이 나오기 수십 년 전에 이러한 평등이론을 제기한 것은 인류 문화사에 고귀한 산물이라 하지 않을 수 없다." 황종희의 사학에 대해 그는 이렇게 말하고 있다. "현행 『명사明史』는 대부분 만계야萬季野(만사동)의 것이다. 계야의 사학은 이주에서 나왔다." "중국에서 완전한 형태의 학술사는 이주의 저술인 『학안學案』에서 시작된다." "절동의 학풍은 이주, 계야, 사산謝山(전조망全祖望)에서 시작되었으며, 장실재에 이르러 체계를 갖추었다. 그들이 공헌한 바는 대부분 사학이다."[16] 장타이옌이 대단히 숭상한 황이주의 '예학'에 대해 량치차오는 『예서통고』의 "내용이 방대하고 상세하여" "청대 예학의 집대성이다"라고 긍정했으나, "예학의 가치가 과연 무엇인가? 수천 년 동안 번쇄하고 복잡한 명물, 제도, 예제에 대해 모든 정력을 쏟아 연구한다는 것은 그다지 가치가 있는 일이 아니다"라고 의문을 제기했다. 장타이옌에 대해서도 량치차오는 이렇게 말했다. "장타이옌은 원래 고증학자 출신으로 절동 사람이며, 황이주와 전사산(전조망) 등의 영향을 많이 받았다. 종족種族 혁명을 제창함과 동시에 고증학으로 새로운 방향으로 이끌었다."[17] 장타이옌은 위항餘杭 사람이니 절서에 속한다. 그래서 그는 절동 학파의 개산 인물인 황종희에 대해 그다지 흥취를 보이지 않았다. 량치차오는 이렇듯 성급한 오독誤讀으로 장타이옌의 사람됨과 학문 기질을 왜곡하여 절동 학파와 뒤섞었다.

---

16 량치차오, 『중국근삼백년학술사(中國近三百年學術史)』, 상하이 : 중화서국, 1936, 40~48쪽.

17 량치차오, 『중국근삼백년학술사』, 30 · 189~191쪽,

물론 량치차오는 정치적으로 유신파 또는 개량파에 속하지만 문화적 입장을 장타이옌과 비교한다면 훨씬 혁신적이다. 그는 예학을 폄하하고 사학을 널리 알렸으며, 청대 사학과 절동학파를 연계시켰다. 그는 『청대학술개론』에서 이렇게 말했다.

청대 사학은 절(浙)에서 흥성했는데, 근현(鄞縣)의 만사동이 가장 뛰어났다. 그는 황종희의 제자이다. 당대 이후의 역사는 모두 관청에서 편수국을 설치하여 편찬했다. 만사동은 이를 비판하여 말하길, '관에서 편찬하는 사서는 창졸간에 여러 사람들이 모여 만들기 때문에 마치 시장 사람들을 모아 집안에서 일을 도모하는 것과 같다.' 그는 혼자 힘으로 명사고를 완성했다. 논자들은 사마천과 반고 이후 사서를 제대로 편찬한 오직 한 사람이라고 말했다. 이후 만사동과 같은 현에 전조망이 살았는데, 그 역시 황종희를 사숙하여 '문헌학'의 종주로 삼았다. 회계에는 장학성이 있어 『문사통의』를 저술하였는데, 학식 면에서 유지기나 정초(鄭樵)보다 윗길이라고 할 수 있다.

청초 여러 스승들은 사학을 연구하여 경세(經世)에 활용하려고 했다. 왕부지는 사론에 능했는데, 그의 『독통감론』, 『송론』은 특기할 만하다. 그러나 이후 사학은 이러한 길을 따르지 않았다. 황종희와 만사동은 한 시대의 문헌 고증학자로 자임하였으나 실은 사학의 적자(嫡子)였다. 강희 연간에 청나라 조정에서 명사관(明史館)을 개설하여 흩어지거나 유실된 자료를 널리 수집하였다. 여러 학자들이 자신이 닦은 학문으로 고국(故國, 명나라)을 사모하는 정을 대신했다. 비록 대부분 관직을 수여

받지 못했으나 간접적으로 이 일에 참여하여 서로 체례를 논의하고 역사적 사실을 변별하여 선택했다. 그런 까닭에 명대 이후로 관에서 주도한 사서 가운데 유독 『명사』가 제대로 편찬되었다고 말하는 것이다. 건륭 이후로 학파의 전통을 이은 인물 가운데 전조망이 가장 뛰어났다. 고염무는 역사를 연구하여 전장 제도나 풍속 등에 대해 득실을 논하였으나 역시 고증을 잘했다. 건가(乾嘉) 이래로 고증학이 학계를 통일하여 그 거대한 파도가 사학에도 미치지 않을 수 없었다.

장타이옌에 대해서는 『청대학술개론』 역시 똑같은 실수를 범하고 있다.

청대 학술이 분화하면서 점차 쇠락해지는 가운데 정통학파의 기세를 떨쳤던 사람이 바로 여항 장빙린이다. 그는 어려서 유월에게 배웠는데, 특히 소학 연구로 뛰어났다. 하지만 절동 사람으로 전조망과 장학성의 영향이 자못 심했으며, 명, 청 연간의 장고(掌故, 일화, 비화)를 연구하면서 배만(排滿, 만족의 청조 배척)이 신념이 날로 극렬해졌다.[18]

여기서 우리는 『청대학술개론』은 1920년에 쓴 것이고, 『중국 근삼백년 학술사』는 1923년에 강연한 내용으로 선후 답습한 내용이 적지 않다는 것을 알 수 있다. 하지만 절동 학술이 사학에 편중되어 있다는 의견은 정확한 것이며, 비로 고증이 부족하고 문장에 작가의 기질적

---

18 량치차오, 『청대학술개론』, 베이징 : 중국인민대학출판사, 2004, 147 · 178 · 215쪽.

특징이 과다하기는 하지만 장타이옌과 절동 학술을 연계시킨 것은 서로 일치한다.

흥미롭게도 저우치밍周啓明(저우쭤런)은 비록 장학성과 량치차오 등의 '절동 학술'이라는 화제話題를 그대로 쓰면서 '절동 학파'가 사학을 중시했다는 점을 인정하고 있지만 특히 민간 또는 일반 사인이나 사회, 문화적 분위기를 상당히 중시했다. 그래서 그의 '절동 학파'는 훨씬 감수성이 풍부하다. 그가 언급한 절동 학파의 문화적 분위기는 대략 다음 세 가지 특질을 지닌다. 첫째, 절서 학파는 문학에 편중하고 절동 학파는 사학에 편중했다. 둘째, 세상 사람들이 통칭하는 '사야기師爺氣', 즉 막료 기질은 향촌에 가득한 법가의 가혹한 태도를 말한다. 예컨대 청조의 장실재, 이월만李越縵(이자명李慈銘) 등은 모두 사람들을 매도하는 것을 좋아했다. 셋째, 늙은 관리의 소송 심리나 판결처럼 심각하고, 글이 매섭다. 문장 수식을 중시하지 않고 사리에 통달하여 자세하게 관찰하고 문장이 예리한 것이 특징이다. 저우쭤런은 비록 "나는 끝내 절동 사람 기질에서 벗어날 수 없었다"라고 말했지만 그 안에 루쉰도 포함된다는 것을 배제하지 않았으며, 결국 30년이 흐른 뒤인 20세기 50년대에 이러한 점을 폭로했다.

절동은 역대로 명인들이 많이 배출되었으며, 사오싱 만해도 구천, 왕충王充, 사안謝安, 왕희지王羲之, 하지장賀知章, 육유陸游 등 존중받는 이들이 적지 않다. 하지만 저우쭤런은 차례대로 몇 명의 명인들을 거론하지 않고 유독 민간에 그득한 '막료 기질'만 거론했다. 이는 탁월한 안목을 갖춘 것이다. 청대 관장에는 이런 말이 유행했다. "사오싱이 없으면 관아가 이루어지지 않는다." 사오싱 현지의 명사 이자명李慈銘은 일기에서 이렇게 썼다. "서리는 사방 유민들 가운데 무적자無籍者로 채워졌는데, 우리 월인越人(월은 저장성 동부에 있었다-역주)이 특히 많다." 강소 상주常州의 이백원李伯元은 『문명소사文明小史』 제30회 "형전刑錢을 처리하는 사문師門은 의지할 만하고, 신구新舊를 논하는 한림들은 잘난 체 하다」에서 이렇게 말한 바 있다.

> 원래 사오싱부(紹興府) 사람들에겐 일종의 세습 직업이 있었는데, 그것은 바로 막료가 되는 것이다. 막료가 된다는 것은 무엇인가? 대소를 막론하고 각 성(省) 관아에서는 법률을 관장하는 막료와 재정을 관장하는 막료를 두어야 했다. 다만 하남성(河南省)에서만은 법률과 재정을 한 사람이 처리하는 곳이 많았다. 그래서 이를 형전사야(刑錢師爺, 형벌과 지조를 담당하는 막료)라고 부르는 것이다. 말이야 이상하지만, 형전사야는 사오싱 사람이 아닌 이가 하나도 없었다. 그래서 그들은 방(幇, 동향인 단체)을 결성하여 사오싱 사람이 아니면 발을 붙이지 못하게 했다.[19]

청대 서가徐珂는 『청패류초淸稗類鈔』 권28 「막료류幕僚類」에서 이렇게 말했다.

> 사오싱의 사야는 기문달(紀文達, 기윤(紀昀))이 말한 '사구선생(四救先生)'이다. 반드시 탁월한 인재라거나 학식이 남보다 월등한 것이 아니라 위로는 독무(督務), 아래로는 주현(州縣)에 이르기까지 관서가 있는

19 이백원, 『문명소사』, 상하이 : 상하이고적출판사, 1997, 176쪽.

곳이면 그런 이들을 위한 자리가 있다. (…중략…) 사오싱이라는 두 글자를 머리에 쓰고 있으니, 이러한 업종에 종사하는 부류들은 모두 사오싱 사람이다.

사야는 자신들의 형명刑名과 율례律例, 전량錢糧, 회계, 문서 작성 등에 관한 지식과 재주를 가지고 상관이 관사를 처리하거나 부세, 전량 업무를 도왔으며, 공문이나 서신, 상주문 등의 초안을 잡는 일을 했으니, 봉건시대 중국 관아의 막료 계층인 셈이다. 사오싱은 동진 이래로 문풍이 강하여 명청 과거시대에 독서인들 가운데 진사로 관직에 진출한 이들이 적지 않았다. 이들은 정도正途였고, 과거에 실패했지만 관리로 '도량모稻粱謀(먹고 살 방도를 구함)'하는 이들도 있었다. 이들은 차도岔途(일종의 샛길)인 셈이다. 이러한 샛길에서 관아의 요령을 습득하고 적절하게 처세하면서 노련한 문장과 교묘한 계략으로 크고 작은 일을 돌보는 막료가 되었다. 그들은 동향이나 혈육 간에 서로 추천하고 추켜세우면서 계산경수稽山鏡水(백거이의 시 구절로 회계를 말한다-역주)의 '사야'로 칭해졌다. 이리하여 여러 지방의 아문에서 자유자재로 돌아가는 '기어나 나사못'과 같은 '도필리刀筆吏'가 된 것이다.

루쉰은 사오싱에서 태어났기 때문에 주변의 '사야 기질'에 대해 눈으로 직접 보거나 들은 적이 있었기 때문에 나름 알고 있었다. 이는 루쉰 문장의 심각함, 예리함, 통찰력, 사회 분석 등에 자신도 모르게 영향을 주었을 가능성이 크다. 저장 푸장현浦江縣(진화시金華市) 출신인 차오쥐런曹聚仁은 1930년대 천왕다오陳望道와 함께 「태백太白」 월간을 편찬하고 「망종芒種」을 주편하면서 루쉰의 문우가 되었으며, 루쉰의 전기를 쓸 정도로 친밀했다. 그의 말에 따르면, "저우 씨周氏 형제(저우수런, 저우쭤런)의 성정과 문장 풍격은 모두 고향인 사오싱과 관련이 있어 형명刑名 사야의 논조를 지녔다."[20] 여기서 말하고 있는 사야 기질은 문장의 풍격과 논조에 관한 것이다. 서우주린壽洙隣의 말에 따르면, 루쉰이 어린 시절 삼매서옥三昧書屋에서 공부할 때 문장의 풍격이 자못 신랄하고 "법률에 관한 단문은 글자마다 적절하고 정확하여 나이 많은 관리들도 따를 수 없을 정도였다".[21] 그렇기는 하지만 본질적으로 루쉰은 "사야의 기법을 얻었으되 사야의 도道는 따르지 않았다". 그의 붓끝에서는 오히려 '반사야기反師爺氣'가 분출하고 있다. 이는 그와 장스자오章士釗의 소송 사건을 살펴보면 금방 알 수 있다. 전통적인 논조에 따른다면, 루쉰은 교육부에서 과장, 첨사僉事로 있었으니 교육부 장관인 장스자오의 막료인 셈이다. 그러나 1925년 초 베이징 여자사범대학 학생들이 북양정부 교육부에서 파견한 교장 양인위楊蔭瑜의 학교 운영에 불만을 품고 '구양驅楊(양 교장 몰아내기)' 운동을 시작하면서 이른바 '여사대女師大 풍파風波'라고 부르는 유명한 사건이 터졌다. 같은 해 8월 사법총장이자 교육총장을 겸하고 있던 장스자오가 국무회의에서 여사대를 폐교시키고 대신 국립 베이징여자대학으로 개편하자는 의견을 제출했다. 여사대 학생들은 '해산령'을 거절하는 한편 교무유지회敎務維持會를 조직하였다. 당시 루쉰은 교무유지회 위원으로 피선되었다. 교무유지회는 「경보」에 「국립베이징여자사범대학 중대 공고」를 발표하여 '양 교

20 차오쥐런, 『루쉰평전』, 상하이 : 복단대학출판사, 2006, 9쪽.
21 서우수린, 「루쉰에 관한 나의 이야기(我也談談魯迅的故事)」, 『루쉰회억록』 상, 베이징 : 베이징출판사, 1999, 8쪽.

장 축출'을 공개적으로 선언했다. "장스자오는 표리부동하여 교육을 잔혹하게 말살시키려고 한다." "장스자오가 교육부에 있는 한 본교와 교육부는 단절하지 않을 수 없다." 장스자오는 혹여 "군중들이 서로 따라하면서" "이런 풍조가 날로 격화하여 수습하기 어려워질 것이 두려워" 8월 12일 당시 육부 첨사로 있던 루쉰을 해임할 것을 상부에 요청했다. 다음날 돤치루이段祺瑞 정부는 그 즉시 원안대로 허가했다. 이에 루쉰은 8월 15일 고소장을 작성하여 교육부총장 장스자오를 고발했다. 고소장의 내용은 상당히 신랄했으나 이러한 행태는 '반사야기질'이 아닐 수 없다. 고소장에서 그는 이렇게 말하고 있다.

> 수런(樹人, 루쉰)은 교육부 첨사로 14년 동안 재직하면서 매사에 신중하고 공손하게 일하여 임직한 이래로 여러 차례 표창을 받은 바 있습니다. 그런데 어찌된 영문인지 교육총장 장스자오는 아무런 이유도 없이 수런의 면직을 요청하였습니다. 문관을 면직시킨다는 것은 징계 처분 가운데 하나입니다. 「문관징계조례」 제18조의 규정에 따르면, 반드시 먼저 공시한 다음에야 법률에 따라 징계를 집행할 수 있습니다. 그럼에도 불구하고 직권을 남용하여 제멋대로 처분하여 아무런 이유 없이 수인을 면직시킨 것은 「문관징계조례」 제1조 및 「문관보장법초안」 제2조의 규정을 위반하는 일입니다. 이러한 위법 처분에 대해 도저히 묵과할 수 없습니다.

고소장을 읽어보면 예리한 필체로 '절차 위반'이라는 핵심적인 문제를 제기하고 있음을 알 수 있다. 여기서도 법률에 능통하고 절차를 훤히 아는 '사오싱 사야'의 노련한 기질을 엿볼 수 있다. 루쉰이 반박하고 있는 또 다른 이유는 장스자오가 면직 요청서를 제출한 것은 8월 12일이고, 루쉰 자신이 교무유지회 위원으로 위임장을 받은 것은 8월 13일이기 때문에 면직의 사유가 시간적으로 늦어 죄안罪案이 성립될 수 없다는 것이다. 루쉰의 교육부 동료인 쉬서우상과 치서우산齊壽山 역시 「교육총장 장스자오를 반대하는 선언」을 발표하여 루쉰을 성원했다. 그들은 "장스자오가 나가지 않는다면 하루라도 교육부에 출근하지 않겠다"고 선언했다. 결국 그들 역시 장스자오에 의해 면직되고 말았다. 당시 남방에서 혁명운동이 거세게 일어나기 시작했다. 1925년 11월 19일 베이징의 학생 군중들이 웨이지魏家 후통胡同 13호에 위치한 장스자오의 집으로 쳐들어가 부숴버렸다. 이에 놀란 장스자오는 톈진으로 도망쳤으며, 교육총장 자리에서도 물러났다. 이페이지易培基는 1926년 1월 16일 명령을 발표하여 루쉰의 직무를 회복시켰다. 3월 16일 평정원平政院은 판결문에서 루쉰의 손을 들어 주었다. 그리고 그 해 4월 돤치루이가 하야했다. 당시 소송 사건의 시말에서 알 수 있다시피 루쉰은 사야의 능숙하고 노련한 소송 기교를 운용하면서 자신이 속한 교육부의 최고위급 인사를 직접 공격하는 '반사야지도反師爺之道'의 모습을 보여주고 있다. '사오싱의 사야 기질'을 너끈히 발휘하면서 신기할 정도로 노련한 필묵으로 행했던 당시 사건은 1920년대 교육계에 아부를 거부하는 강직한 호연정기를 불어넣었다는 점에서 특기할 만하다.

사오싱의 인문 전통은 '사야기'와 서로 표리를 이룬다. 그것은 대우大禹와 구천句踐의 정신이자 사학을 중시하는 학술 유파의 그것과 통한다. 바로 이러한 점이 루쉰의 정신이나 기질 속에 스며들었으며, 루쉰에 의해 현대적인 형태로 재통합되었다. 량치차오는 '절동 학파'를 논하면서 "청대 사학은 저장에서 극성했다"라고 말한 바 있다. 중국은 지역적으로 광범위하여 사방사지四方史志(지방지)를 중시했다. 『주례』「지관地官」「사도司徒」에 따르면, "통훈은 사방의 역사 전고四方志를 설명하여 임금이 고대의 일에 대해 이해할 수 있도록 하는 직무를 책임졌다. (…중략…) 각지의 풍속을 알도록 하였다". 정현은 이에 대해 "사방에서 알게 된 오래된 일을 임금에게 고하여 옛것을 두루 알도록 한 것이다"라고 주를 달았다. 『주례』「춘관春官」「종백宗伯」은 또 이렇게 말하고 있다.

> 외사(外史)는 임금이 경기(京畿) 밖으로 하달하는 명령 작성을 책임졌다. 사방 제후국의 역사를 관장하고 삼황오제의 전적으로 관장하며, 문서를 사방 각국으로 전달하는 일을 관장했다. 만약 사자(使者)가 임금의 명령을 들고 사방으로 사신으로 나갈 경우 명령 작성을 책임졌다.

그렇기 때문에 지방사, 지방지, 보첩譜牒, 지방 연감, 방언 등의 지방 문헌은 역대로 끊임없이 각지 사인士人들이나 또는 전문 기구에서 편찬되었으며, 지역의 사물, 인물, 출판물을 주된 내용으로 삼았다.

청초 고염무가 편찬한 『천하군국이병서天下郡國利病書』, 『조역지肇域志』, 그의 후대인 고조우顧祖禹가 편찬한 『독사방여기요獨史方輿紀要』는 지방지를 종합하여 연구한 초기 문헌이다. 청조 중엽 방지方志(지방지) 편찬이 유행하면서 명가들이 배출되었다. 『사고전서총목』은 지방지를 사부史部 지리류地理類에 포함시켰다. 후이지會稽 사람 장학성은 방지를 그저 지리서 정도로 간주하고 인문적 요소를 경시하는 편파적인 견해를 비판하면서 『문사통의』에서 "지(지방지) 역시 믿을 만한 역사에 속한다"하여, 지방지를 고대 열국사列國史에 상당한 것으로 보았다. 또한 그는 「대진과 지방지 편찬에 관한 논의를 적다記與戴東原論修志」에서 "방지는 고국사古國史이지 지리 전문서가 아니다"라고 말했으며, 「주현청립지과의州縣請立志科議」에서는 "전장傳狀이나 지술志述은 개인의 역사이고, 가승家乘과 보첩은 한 집안의 역사이며, 부부현지部府縣志는 한 나라의 역사이다. 한 조대를 모아 기록한 것은 천하의 역사이다"라고 말했다. 특히 「방지립삼서의方志立三書議」에서 방지의 원류에 대해 고찰하면서 다음과 같이 말했다.

> 무릇 한 지역의 문헌을 정리하고자 한다면 반드시 삼가(三家)의 학(學)을 세워야만 비로소 고인이 남긴 뜻에 통할 수 있다. 정사의 기전체를 본떠 '지(志)'를 만들고, 율령이나 전례의 체례를 본떠 '장고(掌故)'를 만들며, 문선(文選)이나 문원(文苑)의 체례를 본떠 '문징(文徵)'을 만든다. 이 세 가지는 서로 보완하는 것이기 때문에 한 가지라도 빠지면 안 되며, 다른 것을 버리고 한 가지로 통합해도 크게 불가하다.[22]

이렇듯 장학성은 방지, 즉 지방지를 지방의 역사와 문화, 문학 등 다양한 내용을 담은 종합적인 역사서로 간주했다. 그는 자신이 직접 『화

22 장학성, 「방지립삼서의」, 창슈량(倉修良)·웨이더량(魏得良), 『중국역사문선』 하, 제남: 산동교육출판사, 1985, 1049쪽.

주지和州志』, 『영청현지永清縣志』, 『박주지亳州志』, 『호북통지湖北通志』 등 4종류의 지방지를 편찬했으며, 십여 종의 지방지 편찬에 참가하였다. 그의 이러한 학문 취향은 절동 사학이 지방으로 눈길을 돌리는 계기가 되었다.

절동 사학의 지역에 대한 관심과 흥취는 루쉰의 문화 행위에도 깊은 영향을 주었다. 그는 『회계군고서잡집會稽郡故書雜集』을 편찬하면서 사승謝承의 『회계선현전會稽先賢傳』, 우예虞預의 『회계전록會稽典錄』, 종리수鍾離岫의 『회계후현전會稽後賢傳』, 하 씨賀氏의 『회계선현상찬會稽先賢像贊』, 朱育의 『회계토지기會稽土地記』, 하순賀循의 『회계기會稽記』, 공령부孔靈符의 『회계기會稽記』, 하후증선夏侯曾先의 『회계지지會稽地志』 등 전체 8종류의 후이지(회계) 선현들의 저작에 관한 문헌을 수집하였다. 이상 8종 서적 가운데 앞에 4종류는 고대 후이지 출신 인물들의 사적이고, 나머지 4종류는 고대 후이지의 산천지리, 명승지, 전설 등으로 인문과 지리를 겸한 내용인데, 인문에 치중하였다. 이는 장학성의 지방 문헌에 대한 태도와 부합한다. 예를 들어 루쉰이 『태평어람』 권47에서 하순의 『회계지』를 채록한 후 『환우기寰宇記』 권96으로 교감하여 대우大禹 치수治水에 관한 전설을 정리했다. 그 내용은 다음과 같다.

> 석궤(石簣, 산 이름)는 형태가 삼태기처럼 생겼기 때문에 붙은 이름이며, 완위산(宛委山)에 있다. 『오월춘추』에 따르면, '구산(九山) 동남쪽에 천주산(天柱山)이 있는데, 이를 완위라고 부른다. (그 산 꼭대기에) 문옥(文玉)으로 받치고 반석(磐石)으로 덮었는데, 금간(金簡, 금으로 만든 간책. 이후 도교의 선간(仙簡)이나 제왕의 조서(詔書)를 지칭했

다—역주)에 청옥으로 글자를 새기고 백은으로 엮었다(모두 전자(篆字)로 썼다). 우(禹)가 동쪽으로 순유할 때 형산에 올라 백마(4마리)를 죽여 제를 지냈다. (꿈속에) 붉은 비단에 수를 놓은 옷을 입은 남자를 만났는데, 자칭 현이(玄夷, 고대 아홉 동이족 가운데 한 부족) 신선인 창수(倉水)의 사자라고 했다. 그가 우에게 말하길, 나의 간서(簡書, 금간)를 얻어 치수의 방법을 알고자 하는 자는 황제의 악(岳)에서 제사를 올리도록 하라. 우가 (3월에) 제사를 올린 후 석궤산에 오르니 과연 간서를 얻었다. 그 책을 얻어 사독(四瀆, 네 개의 큰 강)의 맥락과 백천(百川)의 이치를 알아 용문(龍門)을 파고 이궐(伊闕, 하남성 낙양을 끼고 도는 이수(伊水)에 있는 용문을 말한다—역주)을 소통시켜 마침내 천하에 막힘이 없도록 만들었다.(명산대택(名山大澤)에 이르러 신을 불러 묻고) 백익(伯益)에게 기록하도록 하니 이것이 바로 『산해경』이다.[23]

그가 이처럼 지방의 문헌을 편집한 것은 토지의 영혼을 찾고 '중국의 척량脊梁(중추)'을 찾는다는 의미가 있다.

루쉰은 후이지 지방의 문헌을 수집한 것은 1912년 5월 쉬서우상의 장형인 쉬슈창의 집에서 후이지 출신 이자명이 편찬한 『월중선현사목서례越中先賢祠目序例』라는 책은 얻은 것과 관련이 있다. 그들은 베이징에서 거주하던 사오싱 회관을 '월중선현사越中先賢祠'라고 칭하고, 회관 안에 앙즙당仰蕺堂을 마련하고 한대漢代 이래로 월중越中의 선현 240명의 위패를 모셨다.

---

23 루쉰, 『회계군고서잡집』, 『루쉰집록고적총편(魯迅輯錄古籍叢編)』 제3권, 베이징 : 인민문학출판사, 1999, 307쪽.

루쉰과 이자명 두 사람은 고향의 문헌에 주목하여 이를 정리 편집하여 출간했다. 쉬서우상은 이에 대해 "이자명과 저우수런 두 사람이 선후로 광채를 발하였으니, 이는 진실로 우리 월越 땅의 빛이다"[24]라고 찬사를 보냈으며, 차이위안페이 역시 "루쉰 선생의 전집을 두로 살펴보니 몇 가지 작업은 월만 선생(이자명)과 유사한 부분이 있다"[25]라고 말한 바 있다. 하지만 루쉰이 받은 저장 지역 기풍의 영향은 그들이 말한 내용보다 훨씬 넓고 크다. 루쉰은 주로 착안한 곳은 장실재나 이자명이 아니라 우와 구천이었다. 1912년 원월元月, 루쉰은 월사越社가 사오싱에서 창간한 「월탁일보越鐸日報」를 위한 「「월탁」 출세사出世辭」 첫머리에서 이렇게 찬미하고 있다.

> 월 땅은 예로부터 천하무적이라고 칭해졌으니, 바다와 산악의 정수를 이어받아 탁월한 인물이 선후로 계속 배출되어 뛰어난 재주를 펼쳤다. 사람들이 대우(大禹)의 고생을 마다하지 않고 열심히 일하는 기풍을 되살리고, 구천의 강인하고 강개한 뜻을 받들어 힘써 생계를 도모하였으니 부유한 것도 절로 이치가 있다.[26]

1914년 11월 『회계군고서잡집』 서문에서 그는 고향에서 많은 '사녀士女'들이 우나 구천의 유적지를 "흘깃 쳐다보고 지날 뿐 전혀 그리워

---

24 쉬서우상, 『망우 루쉰 인상기』, 43쪽.
25 차이위안페이, 「『루쉰전집』 서」, 장몽양(張夢陽), 『중국루쉰통사(中國魯迅通史) · 핑관반사권(宏觀反思卷)』, 광주 : 광동교육출판사, 2001, 322쪽.
26 루쉰, 『집외집습유보편 · 「월탁」 출세사』, 『루쉰전집』 제8권, 41쪽.

하는 마음이 없는 것"을 보고 예전 일문逸文을 수집하고 정리하여 "고향 사람들이 대우와 구천의 고상한 품덕을 기리며 고향을 잊지 않기를 바란다"[27]고 말했다. 루쉰은 대우와 구천의 정신을 월인의 고귀한 정신 유산으로 생각했을 뿐만 아니라 그 자신의 인격이나 기질 형성에도 영향을 받아 '중국의 척량'을 자신의 척량으로 삼아 평생 이를 실천했다. 그래서 일본 유학시절 동학들에게 "진정 월인越人으로 와신상담의 유풍을 지닌 인물"[28]이라는 평을 들었다. 루쉰은 만년에 단편 소설 「물을 다스리다理水」에서 대우의 형상을 묘사했다. 소설에 나오는 대우는 하늘이 부여한 능력의 소유자가 아니라 현지 조사와 연구를 통해 "산택의 모양을 살피고 백성들의 의견을 청취하여" '도導', 즉 물길을 인도해야만 한다는 결론에 도달한 인물로 나온다. 그는 생김새 또한 일반 사람들과 다를 바 없어 이른바 '천상天相'이 아니며, "손발이 거칠고 시커먼 얼굴에 누런 수염이 나고 다리가 구부정하며", 오랜 세월 산이며 강가를 분주하게 돌아다니느라 관절염이 생겼으며, 양말을 신지 않은 까닭에 발바닥은 온통 밤알만한 굳은살로 뒤덮였다. 소설은 대우를 신화나 전설의 영역에서 인간세계로 되돌려 놓았으며, 인민의 입장에서 대우의 형상에 대해 현실에 부합하는 심미 판단을 하고 있다. 그 안에 작가 루쉰의 바람과 열망이 담겨져 있음은 물론이다. 그래서 쉬서우상은 이렇게 말했던 것이다. "루쉰은 대우와 묵자의 위대한 정신을 묘사하면서 자신도 모르게 자신의 형상과 성격을 그 안에 반영했다."[29]

---

27 루쉰, 『회계군고서잡집』, 『루쉰집록고적총편』 제3권, 235~236쪽.

28 선디에민(沈瓞民), 「홍문학원 시절 루쉰을 회고하며(回憶魯迅早年在弘文學院的片斷)」, 「문회보」, 1961.9.23.

그러나 정통 사서는 주로 관에서 편찬했기 때문에 절동 학파가 비록 학술사, 지방지 등을 집어넣고 사인들이나 지방 쪽으로 관심을 돌려 관방의 색채를 줄이려고 애썼지만 그럼에도 불구하고 어중간한 상태를 면하기 어려웠다. 이에 비해 루쉰은 민간의 입장에서 출발하여 절동 사학을 야사野史 쪽으로 이끌었다. 루쉰 자신도 "절동은 산이 많아 산악의 기질이 강한데, 이는 호남 산악지대에 사는 이들의 기질과 비슷하다"라고 말한 적이 있다. 그가 야사 쪽으로 이끈 것은 사실 민기民氣, 즉 일반 사람들의 기질과 소통하고 일반 사람들의 본성을 발현하기 위함이다. 그래서 루쉰은 구추백이 로마 신화를 빌려 말한 것에 대해 "늑대의 젖으로 양육한 것"과 마찬가지라고 말한 것이다. 청나라 말기에 새롭게 가문을 일으킨 주 씨 가족은 전통적인 속박이 어느 정도 느슨해진 상태였기 때문에 루쉰의 조부인 주개부周介孚는 자녀들에게 소설이나 야사 등을 읽도록 했으며, 각종 실질적인 일이나 지식을 배우도록 했다. 루쉰이 사학에서 특히 잡다한 지식에 눈길을 돌리게 된 것은 이렇듯 시대나 지역, 가족 등 여러 가지 요인이 작용했기 때문이다. 그는 이렇게 말했다.

> 역사는 어느 곳에서나 중국의 영혼을 묘사하고 미래의 운명을 지시한다. 하지만 너무 두텁게 덧바르고 쓸데없는 말이 너무 많기 때문에 그 속사정을 살피기가 쉽지 않다. 우거진 나뭇잎 사이로 비쳐 들어오는 달빛처럼 점점이 흩어진 그림자만 보일 뿐이다. 그러나 야사와 잡기를 보면

---

29 쉬서우상, 『내가 알고 있는 루쉰』, 베이징 : 인민문학출판사, 1978, 73쪽.

오히려 역사를 더 똑똑히 알 수 있다. 사관의 틀거지가 없는 사람이 썼기 때문이다. (…중략…) 오대, 남송, 명말의 일에 대한 기록을 지금의 상황과 비교하면 너무나 비슷해서 놀라울 정도이다. 마치 시간의 흐름이 유독 우리 중국하고만 관련이 없는 듯하다. 지금의 중화민국을 보면 오대나 송말 또는 명나라 말기와 같다.[30]

루쉰은 또 이렇게 말했다.

내가 생각하기에, (…중략…) 옛날 책에 습관이 밴 사람들이라면 역사를 읽는 편이 좋다. 특히 송조나 명조의 역사, 그것도 야사를 선택하거나 잡설을 보는 것도 좋다. (…중략…) 야사와 잡설은 와전(訛傳)이나 편견이 끼어들기 마련이지만 정사처럼 격식이나 위세를 부리려 하지 않기 때문에 과거의 일이 보다 선명하게 드러나 있다.[31]

루쉰은 이렇게 결론지었다.

요컨대 역사를 읽으면 읽을수록 중국의 개혁을 늦춰서는 안 된다는 것을 깨닫게 된다. 설사 그것이 국민성일지라도 개혁해야 할 것은 개혁해야 한다. 그러지 않으면 야사나 잡록에 적혀 있는 일들이 그대로 되풀이될 것이다. 예를 들면 할머니는 반 뼘도 안 되는 발로 아장아장 걷더라도 손녀는 전족(纏足)을 하지 않아 자유롭게 뛰어다닐 수 있게 된다. 또

30 루쉰, 『화개집 · 문득 떠오르는 생각(忽然想到)』, 『루쉰전집』 제3권, 17쪽.
31 루쉰, 『화개집 · 이것과 저것(這個與那個)』, 『루쉰전집』 제3권, 148쪽.

> 한 늙은 장모는 천연두를 앓아 얼굴에 온통 마마 자국투성이지만 아내는 우두를 맞아 피부가 하얗고 매끄럽다. 이것 역시 큰 차이가 아니겠는가?[32]

루쉰이 보기에 야사와 잡기는 정사에 배해 사회 역사적으로 진실한 가치를 지니고 있다. 그의 역사관은 야사를 존중하는 토대 위에 세워졌다. 야사는 흠정欽定이나 관수官修 역사에 비해 지난 과거의 혈흔과 눈물, 일반 백성들의 본성과 기질을 더욱 분명하게 볼 수 있다. 또한 이는 옛날을 통해 현재를 비유하고, 옛것으로 지금의 것을 성찰하여 현실 개혁의 긴박감과 자각성을 증가시킬 수 있다. 이러한 고금이 교직된 풍유적 사유로 인해 루쉰은 자신의 잡문에서 야사나 잡기의 소재를 마음대로 끄집어내어 즐겁게 웃거나 매섭게 꾸짖는 가운데 묘한 운치를 자아낼 수 있었고, 그의 소설 창작 역시 고금을 오가며 필묵을 종횡으로 휘둘러 고인의 이야기와 지금의 상황을 하나로 엮는 서사 방식을 창조해낼 수 있었던 것이다.

루쉰의 유명한 소설집 『고사신편故事新編』에는 「보천補天」, 「분월奔月」 등 8편의 작품이 수록되어 있다. 이는 주로 야사와 잡기에서 소재를 선택하여 변화시킨 것들이다. 루쉰은 이러한 소설은 "사건을 기술하면서 어떤 것은 옛날 책에 근거하고 있지만 어떤 것은 그냥 마음대로 써내려간 것도 있다".[33] 여기서 말한 '옛날 책舊書' 대부분은 야사와 잡기이다. 그는 이를 통해 "고금의 서사敍事 회오리"를 창조하여 이를 '유

32 루쉰, 『화개집 · 이것과 저것』, 『루쉰전집』 제3권, 149쪽.
33 쉬서우상, 『고사신편 · 서언』, 『루쉰전집』 제2권, 354쪽.

활油滑(능글맞음)'이라고 명명했다. 「보천」의 스토리는 『태평어람』 권78에 인용되어 있는 응소應劭의 『풍속통風俗通』에 나오는 여와가 진흙으로 사람을 만들었다는 신화와 『회남자·천문훈』에 실려 있는 공공이 부주산을 치받았다는 신화, 「남명훈」에 나오는 여와가 다섯 가지 돌로 하늘을 수리했다는 신화 등을 뒤섞어 만들었는데, 여기에 장방형의 널빤지를 머리에 쓰고 『상서尙書』식의 언사를 청산유수로 암송하는 어린 장부丈夫가 첨가되었으며, 심지어 신선이 사는 산을 찾기 위해 해외로 방사를 파견한 진시황과 한문제가 등장한다. 「주검鑄劍」은 「망원莽原」이란 잡지에 처음 발표했을 때 원래 제목은 「미간척眉間尺」이었다. 이는 진대晉代 사람 간보干寶가 쓴 『수신기搜神記』에 나오는 "초나라 왕이 꿈에 미간이 넓은 소년을 만났는데, 복수를 하겠다고 했다"라는 구절에서 따온 것이다. 이 이야기는 조위曹魏시대 조비曹丕의 『열이전列異傳』에도 나온다. 루쉰은 『태평어람』 권343에서 이를 찾아내 자신의 『고소설구침古小說鉤沉』에 수록했다.[34] 이러한 집일輯佚(실전되어 전해지지 않던 옛 사람의 글이나 작품을 수집, 수록하는 일) 작업은 루쉰이 1909년부터 1911년까지 행했던 일로 그가 「주검」을 쓴 것과 시간적으로 15년 이상 벌어진다. 『열이전』에서 간장干將과 막야莫射의 아들로 "미간이 세치나 넓은" 젊은이의 이름은 적비赤鼻다. 그러나 「주검」은 『열이전』의 내용과 달리 미간척이 물독 안에 집어넣고 장난질하는 큰 쥐를 묘사하면서 "작고 뾰족한 빨간 코"라는 말을 사용하고 있다. 분명 작가는 '빨간 코'에 대해 상당히 민감하다는 것을 알 수 있다. 소설의 행간에는

34 조비, 『열이전』, 『루쉰집록고적총편』 제1권, 『고소설구침』, 123~124쪽.

이미 현대적인 의미를 지닌 세세한 대목이 자리를 잡고 있다. 예를 들어 미간척의 복수를 돕는 '흑색인黑色人(검은 사내)'은 '연지오자宴之敖者'라고 불렀는데, 이는 주 씨 형제가 서로 사이가 벌어진 후인 1924년 루쉰이 자신이 출간한 『사당전문잡집俟堂磚文雜集』에서 사용했던 필명으로 "집에 있는 일본 여자에게 쫓겨난 자"라는 뜻이다. 이를 작품의 등장인물 이름으로 사용한 것으로 보아 작가가 의도적으로 자신을 비유하고 있음을 알 수 있다. 흑색인은 이렇게 말하고 있다. "의협심이니 동정심 따위는 (…중략…) 모두 너절한 적선의 밑천으로 변해 버렸다." "내 영혼에는 다른 이들과 내가 만든 숱한 상처가 있다. 나는 이미 내 자신을 증오하고 있다." 이러한 발언 속에는 냉혹한 문화 비판을 침통하게 바라보는 루쉰의 태도가 담겨져 있다. 작품 속에서 흑색인과 끓는 솥에 춤을 추는 아이(미간척)의 머리는 이렇게 노래를 부르기 시작한다.

> 왕의 은택이여, 호호탕탕 흐르고 흘러. 원수를 이기고 갚고, 원수를 갚았도다. 혁혁하도다, 강대함이여! 우주는 유한하나 임금 세상 만수무강이로다. 요행 내가 여기에 왔나니, 그 빛이 푸르도다. 푸른 그 빛, 서로 잊지 못하네. 다른 곳, 다른 곳에 있나니, 당당하고 훌륭하여라. 당당하고 훌륭하여라, 에헤야. 아하 돌아왔구나, 아하 사죄하리니, 푸르른 그 빛!

무슨 뜻인지 알 듯 말 듯 애매한 가사에 대해 루쉰은 이렇게 설명한 적이 있다.

『고사신편』에 나오는 「주검」은 비교적 진지하게 쓴 것이 확실하다. (…중략…) 그 안에 나오는 노래의 뜻은 그리 명확치 않다. 기이한 인물과 목이 잘린 사람의 머리가 부르는 노래이니 우리같은 일반 사람들은 이해하기 어렵다. 세 번째 나오는 노래는 웅장하면서도 아름답다. 하지만 '당당하고 훌륭하여라, 에헤야'에 나오는 '에헤야(嗳嗳唷)'는 외설적인 소조(小調, 중국 민간 가요 체제의 일종으로 주로 시장 등지에서 부르는 민간 가무 소곡을 말한다—역주)의 소리이다.[35]

「주검」은 전체적으로 흑색을 기조로 한다. 흑색인, 검은 수염과 검은 눈, 쇠처럼 마른 몸, 칠흑같이 어두운 밤, 오직 흑색인의 도깨비불 같은 두 점의 눈빛만 반짝일 뿐이다. 미간척이 자신의 머리를 바친 후 검은 삼나무 숲속에서 주린 이리 떼들이 도깨비불 같은 눈빛으로 다가와 순식간에 미간척의 시신을 씹어 먹어 핏자국조차 남지 않았다. 이러한 흑색의 기조에는 침통과 강렬함, 긴장과 황탄荒誕이 교차되며 복수의 정신이 일종의 생명철학으로 승화한다. 결국 왕은 미간척의 머리를 따라 끓는 솥에 빠지고 신하들은 솥에 빠진 세 명의 머리 가운데 어느 것이 왕의 것인지 확인하지 못해 한꺼번에 장례식을 거행하리고 한다. 세 개의 머리가 동시에 출상出喪하는 날 성안의 모든 이들이 국왕의 '대출상'을 구경하느라 인산인해를 이룬다. 이러한 골계의 음침함을 통해 독자들은 생명의 장엄함과 무료함을 동시에 느끼게 된다. 결론적으로 루쉰은 절동 사학이 주목했던 초점을 야사와 잡기에 대한 취

35 루쉰, 「마스다 와타루에게(致增田涉), 1936년 3월 28일」, 『루쉰전집』 제14권, 385~386쪽.

향으로 전환시켰으며, 이를 통해 '5·4' 시기부터 시작한 잡문 시학의 활성화를 더욱 가열차게 밀고 나갔으며, 아울러 고금을 버무려 자칭 '유활(능글맞음)'이라고 불렀던 야사野史적 사유에 토대를 둔 '역사적 소설'을 개척했던 것이다. 루쉰이 탁월한 문체가, 사상가로서 독특한 점은 정식적인 정통 문화의 존재를 내치고 대신 야사적 사유로 다채로운 치장에 도전하여 중국 사상문화의 개조를 위해 강렬하고 슬프면서도 아리따운 부정성否定性 사상의 빛을 투입한 데에 있다.

'장 미치광이章瘋子'와 변발에 대한 마음속 응어리

저장 출신 근대 명인들 가운데 루쉰에게 인격적으로 가장 큰 영향을 끼친 인물은 절동학파의 장실재章實齋(장학성章學誠)나 이월만李越縵(이자명李慈銘)이 아니라 위항餘杭 사람 장타이옌이다. 장실재에 대해 루쉰은 거의 언급한 바가 없으며, 이월만의 인품에 대해서는 약간 불만을 표시하고 있다. 쉬서우상은 이렇게 회고했다.

> 1909년 내가 선(沈)부인과 결혼할 때 루쉰이 『문사통의』와 『교수통의(校讎通義)』를 선물로 보내왔다. 내가 우리 고향 선생인 이자명의 문장을 좋아한다는 것을 알고 큰 책방에서 구한 증지찬(曾之撰, 증박의 부친)의 『월만당병체문집서(越縵堂駢體文集序)』 4권을 보내온 것이다. 나는 그 책을 읽고 나서야 세상에 전해지는 『얼해화(孽海花)』의 작가 증박(曾樸)이 증지찬의 아들이라는 것을 처음 알았다. 그 서문에 아들 증박에게 학업을 가르쳐 제자로 삼았다는 내용이 분명히 적혀 있기 때문이다. 그래

서 우연히 루쉰과 이에 대해 이야기한 적이 있는데, 그가 자신의 『중국소설사략』에서 이에 대해 언급한 바 있다. '작가가 실제로 전하는 바와 같이 증박이라면, (『얼해화』에 나오는) 이순객이라고 이름은 자신의 스승인 이자명의 자인 순객(蒓客)에서 따온 것이다(증지찬의 『월만당병체문집서』에 보인다). 그는 오랫동안 직접 가르침을 받아왔기 때문에 묘사가 사실에 가깝기는 하지만 형태 묘사가 지나쳐 자연스러움을 잃었다.'(『중국소설사략 · 청말의 견책소설』) 이렇듯 루쉰은 글을 쓰는데 소재를 취하거나 실례를 드는 데 여러 가지를 고려하고 심사숙고했다.[1]

당연히 루쉰은 이자명의 『월만당일기』를 자세하게 살펴보았다. 1926년 6월 25일 그는 「즉흥 일기馬上日記」에서 이렇게 말했다.

내 고향 사람인 이자명 선생은 일기를 저술로 삼았는데, 위로 조정의 전장(典章)에서 가운데로 학문, 그리고 아래로 욕하는 내용에 이르기까지 모든 것을 일기에 기록했다. (…중략…) 비록 이는 일기의 정통은 아닌 것 같지만 입언(立言)에 뜻이 있고, 포폄할 의사가 있으며 남에게 알리고 싶으면서도 또 남이 알까 두려운 사람이라면 한 번 따라서 해보는 것도 괜찮을 듯하다.[2]

이는 자기의 감상을 이야기한 것이지만 이자명 일기의 실제와도 부

---

1 쉬서우상, 『망우 루쉰 인상기 · 나와 루쉰의 우정(和我的交誼)』, 90쪽.

2 루쉰, 『화개집속편 · 즉흥 일기』, 『루쉰전집』 제3권, 베이징 : 인민문학출판사, 2005, 326쪽.

합한다. 예를 들어 어떤 학자는 『월만당일기』 64권에 대한 개요를 쓰면서 이렇게 말했다.

> 무릇 이자명은 26세에서 61세까지 자신의 행적이나 사건의 본말, 학문 내용 및 시문, 서찰에 이르기까지 모든 것을 『월만당일기』에 담았다. 위로 조정의 전장과 나라의 중요 사건에서 나라의 저초(邸鈔, 조보(朝報)나 잡보(雜報) 등 관보를 말한다 – 역주), 아래로 가무나 여색, 벗들과의 교제 및 인물 비평 등에 이르기까지 크고 작은 것을 모두 버리지 않았으며, 아정한 것과 속된 것을 병렬하여 외잡(猥雜)하다고 말할 수 있으니 식자들이 이를 비난했다. 하지만 이 씨는 평생 수십 년 동안 책을 읽으며 연구하고 미루어 짐작하여 수많은 독창적인 성과를 얻었다. 만약 조잡한 것을 제거하고 정수만 취한다면 족히 일가의 의리(一家之義)를 갖추었다고 말할 수 있을 것이다.[3]

> 이 씨(李氏, 이자명)는 건가 여러 유학자들 가운데 옹담계(翁覃溪, 옹방강), 요희전(姚姬傳, 요내), 장실재(장타이옌)에 대해 가장 매섭게 비판했다. (…중략…) 비난이 지나쳐 삼가(三家)가 설복하기에 부족했다. (…중략…) 이 씨는 세상의 유림(儒林)에 대해 논설하면서 특히 상(湘, 호남성)의 선비들을 경멸했는데, (호남 출신인) 왕상기(王湘綺, 왕개운(王闓運), 만청 경학가)를 강호의 말재주 좋은 선비 정도로 보았다. (…중략…) 장타이옌이 살아 있을 때 이에 대해 반박한 바 있다.(『도한창언

3 장순후이(張舜徽), 『청인필기조변(清人筆記條辨)』 권9, 중화서국, 1986, 355쪽.

(蓟漢昌言)』에 보인다) (…중략…) 이 씨는 평생 남을 비난하기를 좋아하여 털을 불어 헤쳐서 결점을 찾는 것처럼 생트집을 잡고 세상을 흘겨보면서 쉰 살이 넘도록 과거시험에 목 매달은 사람과 같았다.(이 씨는 광서 6년에야 비로소 진사가 되었는데, 당시 이미 쉰 세 살이었다) 이렇듯 그는 자신의 불만을 언설로 삼아 원망하고 배척하지 않는 경우가 없었다.[4]

루쉰 역시 일기에서 볼 수 있는 이자명의 인품이나 문장의 품격에 대해 다음과 같이 평가한 바 있다.

『월만당일기(越縵堂日記)』가 근래 크게 유행하고 있지만 나는 볼 때마다 뭔가 언짢은 느낌이 든다. 왜 그런 것일까? 첫 번째는 상유(上諭, 어명)를 베끼고 있기 때문이다. 아마도 이는 하작(何炸, 청대 고증학자로 죄를 지어 투옥되었는데, 강희제가 그의 글을 친히 열람하여 죄가 없다고 명하여 풀려났다-역주)의 이야기에 영향을 받은 듯 언젠가 '어람(御覽)'의 영광을 입을 것을 미리 계산에 넣은 것일 터이다. 두 번째는 지나치게 먹칠을 많이 했기 때문이다. 쓰고 난후에 다시 먹칠을 하였으니 쓰지 않은 내용이 많다는 것을 보여주려는 뜻 아니겠는가? 세 번째는 애초부터 누군가에게 보이고 베끼게 했으며, 스스로 대단한 저작인양 여겼다는 점이다. 나는 책에서 이자명의 마음은 볼 수 없었으며, 오히려 인위적인 조작을 보면서 마치 속임을 당했다는 느낌이 들었다. 어떤 소

4 위의 책, 359~361쪽.

설을 뒤적이다보면 비록 황당하고 천박하며 불합리한 점이 없지 않지만 이런 느낌이 든 적은 없었다.[5]

여기서 볼 수 있다시피 루쉬은 이자명에 대해 "상당히 언짢은" 점이 있었다. 그것은 "평생 남을 비난하기를 좋아하여 털을 불어 헤쳐서 결점을 찾는 것처럼 생트집을 잡고 세상을 흘겨보았기" 때문이 아니라 주로 『월만당일기』에서 보이는 인위적이고 허위적인 먹칠 때문이었다. 루쉰은 의도적으로 쓴 일기의 '감정 제로'의 진실성에 의문을 품고 그가 쳐놓은 올가미에 빠지지 않고, 이성적인 회의의 눈빛으로 자간을 통해 그의 인심과 인품을 간파했던 것이다.

하지만 루쉰은 학자이자 문장가, 특히 혁명가로서 장타이옌의 인품에 대해서는 각별한 숭배의 정을 보이고 있다. 그는 「태염 선생에 관한 두어 가지 일關於太炎先生二三事」에서 이렇게 말했다.

나는 선생의 업적이 혁명역사에 끼친 것이 학술사에 남긴 것보다 크다고 생각한다. 30여 년 전을 돌이켜보면, 목판본 『구서(訄書)』가 출판되었을 때 나는 그것을 제대로 끊어 읽지도 못했고, 당연히 이해하지도 못했다. (…중략…) 내가 중국에 태염 선생이란 분이 계시다는 사실을 알게 된 것은 그의 경학(經學)이나 소학(小學) 때문이 아니라 그가 캉유웨이(康有爲)를 반박하고 추용(鄒容)의 『혁명군』 서문을 썼다는 이유로 상하이 서쪽 감옥에 갇혔기 때문이다. (…중략…) 내가 강의를 들으러 간

5 루쉰, 『삼한집 · 어떻게 쓸 것인가(怎麼寫)』, 『루쉰전집』 제4권, 24쪽.

것도 그 무렵이었다. 그 분이 학자가 아니라 학문을 갖춘 혁명가였기 때문이다. 그래서 지금도 선생의 음성과 웃는 모습은 눈에 선하지만 그가 강의한 『설문해자』 내용은 한 구절도 생각나지 않는다.

(…중략…) 그 분의 생애를 살펴보면, 대훈장(大勳章)을 부채에 달아 노리개로 삼고 총통부 앞에서 원세개의 사특함을 꾸짖은 이는 선생밖에 없었다. 일곱 번 수배를 당하고 세 차례 옥살이를 하면서도 혁명 의지를 끝까지 굽히지 않은 것도 따라 하기 힘든 일이다. 이것이야말로 선철(先哲)의 정신이요 후생(後生)에 대한 모범이다. 근자에 글을 가지고 노는 자들이 자질구레한 신문과 협잡하여 선생을 놀리는 것으로 자랑을 삼고 있는데, 참으로 '소인은 남이 훌륭해지는 것을 못 견뎌하고', '왕개미가 아름드리나무를 흔드는' 격이니, 실로 제 주제를 알지 못하는 것이 우스울 뿐이다.[6]

루쉰은 1908년 쉬서우상, 저우쭤런, 첸쥔푸錢鈞甫, 첸쉬안퉁, 주펑셴朱蓬仙, 주시쭈朱希祖 등 여덟 명과 함께 민보사民報社에 가서 장타이옌의 『설문해자』 강의를 듣고 평생 장타이옌을 스승으로 공경하게 되었다. 당시 쉬서우상의 회고에 따르면, "매주 일요일 아침마다 수업을 들으러 갔다. 누추한 실내에 선생과 학생이 다리가 짧은 작은 탁자에 둘러앉거나 또는 바닥에 앉기도 했다. 선생님(장타이옌)은 단 씨段氏(단옥재段玉裁)의 『설문해자주說文解字州』와 사 씨赦氏(사의행郝懿行)의 『이아의소爾雅義疏』 등을 강의하셨는데, 탁월한 해석과 통찰, 넘치는 열정으로 매 글

6 루쉰, 『차개정잡말편 · 태염 선생에 관한 두어 가지 일』, 『루쉰전집』 제6권, 565~567쪽.

자마다 자세하게 설명하면서 전혀 막힘이 없었으며, 때로 글자의 연원을 설명하거나 본래 글자 형태를 추론하고, 여러 지역의 방언을 예로 들어 방증했다. 오전 8시부터 정오까지 4시간에 걸쳐 강의하시면서 전혀 쉬지도 않으시니 '회인불권誨人不倦(남을 가르치는 데 싫증내지 않는다는 뜻)'은 바로 이런 때 쓰는 말임을 실감할 수 있었다. (…중략…) 장 선생님은 이처럼 활달하게 강론하셨기 때문에 새롭고 창조적인 의견이 속출하여 다함이 없었다. 때때로 한담을 하거나 재미있는 이야기를 섞어가며 재치 있는 말로 사람들을 웃기기도 했다".[7]

장타이옌은 이렇듯 박학다식하고 달변의 학자 풍격을 지닌 인물이었기 때문에 루쉰도 깊은 인상을 받았다. 하지만 당시 루쉰은 장타이옌보다 훨씬 현대적인 문화 사상을 형성하기 시작하고 있었기에 장타이옌을 맹목적으로 따라가지는 않았다. 루쉰이 장타이옌의 경학이나 소학, 『설문해자』 등에 대해 그저 스쳐지나가는 듯 별 다른 내용 없이 단순히 언급한 것은 바로 이런 이유 때문이다. 쉬서우상의 당시 회상이 이를 증명한다.

> 루쉰은 강의를 들으면서 거의 발언을 하지 않았는데, 단 한 차례 장 선생이 문학의 정의에 대해 물어보았을 때 이렇게 답했다. '문학은 학설과 다릅니다. 학설은 사람의 사유를 일깨우지만 문학은 사람의 감정을 증가시킵니다.' 선생이 듣고는 이런 분석은 비록 전대 사람보다 낫기는 하지만 적절치 않은 부분이 있다고 하면서, 곽박(郭璞)의 「강부

7 쉬서우상, 『망우 루쉰 인상기 · 장 선생님에게 배우다(從章先生學)』, 23~24쪽.

(江賦)」나 목화(木華)의 「해부(海賦)」가 어찌 사람의 슬픔이나 기쁜 감정을 움직인 적이 있느냐고 물었다. 루쉰은 아무 말도 하지 않았지만 그렇다고 인정하지도 않았다. 수업이 끝난 후 그가 나에게 말했다. '선생께서 생각하는 문학은 범위가 지나치게 넓어 구두(句讀)가 있거나 없거나 모두 문학에 포함시키시는 것 같네.' 사실 문자와 문학은 당연히 구분되어야 마땅하다. 「강부」나 「해부」 등은 물론 문사가 심오하고 해박한 지식을 담고 있지만 문학적 가치가 있다고 말하기는 어렵다. 여기서도 루쉰이 '스승을 사랑하지만 진리를 더 사랑한다'는 치학 태도를 지녔음을 알 수 있다.

바로 전해에 루쉰은 의학을 버리고 문학을 택하기로 마음먹고 문예잡지 「신생」을 준비하기 시작했으며, 연이어 「인간의 역사」, 「마라시력설」, 「과학사교편」, 「문화편향론」 등 사상과 관련된 내용을 담은 논문을 썼으며, 이후 저우쭤런과 공역으로 『역외소설집』을 출간하면서 계속해서 '이역 문화의 새로운 종파'를 접하고 있었다. 비록 언어 면에서 장타이옌식의 예스럽고 심오한 분위기가 완전히 가신 것은 아니지만 새로운 지식 체계나 문화 취향 면에서 장타이옌을 훨씬 능가하여 이후 중국 현대문화와 문학의 새로운 역사 발전을 계도하게 된다.

하지만 장타이옌이 적막 속에서 세상을 뜬 후 문단의 못된 자들이 그를 제멋대로 조롱하고 비난하자 당시 병석에 있던 루쉰은 아픔을 참아가며 장타이옌 선생의 '선철 정신'을 옹호하는 글을 작성하여 그의 혁명 업적을 찬양하고 인격 모범으로 추앙했다. 루쉰은 임종하기 이

틀 전에 미완의 원고인 「태염 선생으로 인해 생각나는 두어 가지 일因太炎先生而想起的二三事」를 썼는데, 이는 루쉰 생전에 마지막으로 쓴 글이다. 루쉰은 장타이옌을 통해 신해혁명 전후를 연계시켰을 뿐만 아니라 청대 학술 정신을 이을 수 있었던 것이다.

정치는 유동적이지만 문화는 오랫동안 존속되는 것이다. 신해혁명의 거센 파도를 몸소 체험한 사람으로 루쉰은 자연스럽게 장타이옌의 강직하고 아부할 줄 모르는 인품과 기질을 존중하고 숭앙했다. 하지만 만청부터 5·4시절까지 중국 근대문화의 생성과정을 고찰해보면, 학술적으로 장타이옌이라는 거벽의 존재를 결코 무시할 수 없다. 장타이옌의 학술에 대해 그의 제자인 황간黃侃은 『서국고논형序國故論衡』에서 꼼꼼하게 소개하고 있다. 그는 장타이옌의 학술에 대해 이렇게 말하고 있다.

> (장타이옌의) 문자학은 심오한 도리를 탐구하고 깊이 숨겨져 있는 것을 찾아 신묘한 뜻을 표달했다. 한자는 소리로 음성, 양성, 입성 간의 상호 전변이 이루어져 중문(重文, 이체자(異體字))가 많아지고, 음가에 정형이 없어 전주(轉注, 육서 가운데 하나인 전주를 말한다—역주)가 이로 인해 생겨났다. 이렇듯 정밀하고 탁월한 연구 성과는 전인들이 미치지 못한 것들이다.

> 문사(文辭) 방면에서 옛날 문장을 순통하게 해석하여 사례(詞例)의 잘못된 부분을 바로잡았으며, 고금을 대조하여 감별하고 사법(師法)의 그릇된 점을 변별했다. 논리적으로 예제를 논의하는 문장(議禮之文)으로 위진(魏晉) 시대 문장을 중시했고, 감정에 기대어 사물을 묘사하는

문장으로 종횡가의 문필을 근본으로 삼았다. 가히 널리 학문을 닦아 사리를 연구하고, 이것을 실행하는 데 예의로써 하여 정도에 벗어나지 않게 하였으니(博文約禮), 참으로 뿌리가 깊고 단단하다.

제자의 학업에 있어 옛 사람들의 중요한 도리를 살피되 오로지 추로(鄒魯, 공맹 학설)에 전념하지 않았으며, 형명(刑名) 가운데 취하고 버릴 것을 인지하여 유가와 묵가를 분별하지 않았다. 자연의 상리(常理)에 부합하고 명분을 중시했으며, 다양한 여러 학파의 학문에 통달하고 각기 여러 가지 견해와 주장을 가늠했다. (…중략…) 큰 이치를 주재하고 만물을 통찰하여 적은 견문으로 많은 지식을 받아들이고 한 가지 일로 수만 가지를 유추할 수 있었다.

사학방면에서 장타이옌이 이룬 업적에 관한 서술은 훨씬 상세하다.

병린(炳麟, 장타이옌)은 육경은 모두 역사의 방(方)이라고 했으며, 특히 『춘추』의 학설에 심취했다. (…중략…) 병린이 찬한 『구서(訄書)』에 「중국통사목록(中國通史目錄)」이 부기되어 있는데, 약례(略例) 서에서 말하길, '중국은 진한 이래로 사적(史籍)이 많아졌다. 기전표지(紀傳表志, 본기, 열전, 표, 지)는 사마천에서 비롯되었으며, 편년체는 순열(荀悅, 동한 사학자)에서 세워지고, 기사본말체는 원추(袁樞, 남송 사학자)로부터 시작되었다. 이는 모두 구체적인 사실에 대한 기술이지 추상적인 원론이 아니다. 두우(杜佑, 당대 사학자)와 마서림(馬端臨, 송대 사학자)은 전장제도(典章制度)에 관해 서술하면서 여러 가지 부류를 창안하고 배치하였는데, 이는 분석법에 가깝다. 군경(君卿, 두우)의 평가는 소략하고 귀여(貴與, 마서림)의 논리는 조잡하나 두 사람의 우열은 아무리 역산에 뛰어난 인물일지라도 계측할 수 없다. 하지만 연역법의 측면에서 본다면 모두 미진하다. 형양(衡陽, 왕부지(王夫之))의 경우, 『통감(通鑒, 「독통감론(讀通鑒論)」을 말한다—역주)』, 『송사(宋史, 「송론(宋論을 말한다—역주)』을 읽어보니 논리적으로 아순(雅馴, 아정하고 품격이 있음)하고 방법론적으로 연역법에 가까웠다. 하지만 문장이 반복되고 문사에 체계가 없어 마치 베를 짜는 여인이 일곱 번이나 자리를 옮겨 앉아도 비단 한 장을 만들지 못하는 것과 같다. 사회의 정치나 법도의 성쇠나 변천의 근원에 대해서는 밝게 드러내지 못했다. 왕명성(王鳴盛, 청대 사학자)과 전대흔(錢大昕, 청대 사학자) 등 여러 현재(賢才)들은 근본과 줄기는 알지 못하고 잔가지나 지엽적인 것만 연구하였으니 비록 학식이 많다고 하나 현자들에게 부끄러울 따름이다. 이제 중국 통사를 편찬하려면 대략 백 권으로 철리적인 내용을 스승으로 삼고 지엽적이고 비루한 부분은 제거하며, 마른 우물을 파는 것처럼 깊은 곳까지 파고들어가 지금까지 고수해온 낡은 견해의 의혹을 떨쳐버려야 한다.[8]

이상에서 볼 수 있다시피 장타이옌은 중국통사 편찬 방법에 대해, 중국역사를 관통하는 기본 체례를 강구하면서 서방의 연역법, 분석법을 활용하고 사회 발전의 내재 원인을 탐구해야 한다고 생각했다. 비록 그는 통사를 완성하지 못했지만 그의 역사사상은 역사 편찬형태의

8 황간, 『국고논형·서』, 임윤(林尹), 『장빙린 선생의 학술(章炳麟先生之學術)』, 臺北, 『공맹월간』 제14권 11기, 1976.7.

근대적 전환을 추동했다는 점에서 큰 의미가 있다.

여기서 주목할 부분은 장타이옌이 말한 "육경은 모두 역사의 '방'이다六經皆史之方"라는 구절이다. 이에 앞서 장학성은 "육경은 모두 역사다"라고 말한 바 있다. 이는 장타이옌이 「청유淸儒」에서 말한 '절동학술'의 주장이기도 하다. 장타이옌은 절동 학파의 학술 계보를 만들면서 사학의 장점을 부각시키는 것 이외에도 의도적으로 절동 학파가 한대와 송대의 학문을 아우르면서 예학禮學에 능하다는 특징이 있음을 밝혔다. 이러한 사고방식 역시 만사대萬斯大와 만사동萬斯同의 "『예경禮經』을 진술하고 한대와 송대의 사상을 섞어야 한다"는 주장과 관련이 있다. 문제는 장타이옌의 말에 나오는 '방方'을 어떻게 해석하느냐에 있다. 문장의 구식句式으로 볼 때 『논어·옹야』에 나오는 공자의 발언과 같은 형식이다. "무릇 인이란 내가 서고자 할 때 남도 서도록 하고, 내가 현달하고자 할 때 남도 현달하도록 하는 것이다. 이렇듯 가까운 자신의 마음으로 남의 처지를 비유하여 알 수 있다면能近取譬 이를 인의 방법仁之方이라 할 수 있다." 주희는 이에 대해 다음과 같이 주를 달았다.

> '비(譬)'는 '유(喩)', '방(方)'은 '술(術)'이다. 가깝게 내 몸에서 취하여, 내 자신이 원하는 바로써 타인에게 비유하는 것이니, 타인이 원하는 바가 또한 내 자신이 원하는 바와 같음을 아는 것이다. 그런 연후에 자신이 원하는 바를 이루어 타인에게 미치도록 하는 것이니, 이것이 서(恕)의 일이자 인(仁)의 실천방법이다.[9]

9 주희, 『사서장구집주』, 베이징 : 중화서국, 1983, 92쪽.

이렇게 본다면, 육경은 모두 역사의 표현 방식, 즉 비유에 가까운 표현 방식이라고 말할 수 있다. 여기서 한 걸음 더 나아가 '방'을 방원方圓의 '방'으로 풀이할 수도 있다. 예를 들어 『주례 · 고공기考工記 · 여인輿人』에 따르면, "환圜은 규規에 맞는 것이고, 방方은 구矩에 맞는 것이다."[10] 이에 따르면 육경에는 역사의 방원과 규구, 즉 법도가 존재한다는 뜻이다.

하지만 장타이옌의 사학에서 가장 중요한 점은 역시 애국혁명 정신을 담아야 한다는 점이다. "국수國粹로 종성種性(선천적 본성)을 격려해야 한다", "종교로 열정을 일으켜 세워야 한다"라는 등의 발언이 바로 그것이다. 역사학자 전목錢穆이 말한 바와 같이 "태염(장타이옌)은 경학을 논하면서 육경이 모두 역사라고 말했다. 이는 경전이란 옛것을 보존하고 있는 것이니 지금에 적용되는 것이 아니라는 뜻이다. (…중략…) 그런 까닭에 역사란 위로 국민성을 보존하고 아래로 성패를 기록하는 것이다. 사람이 역사를 배우지 않으면 애국의 생각이 박약해지며 나아가 일을 행할 때 어둠 속을 헤매며 길을 찾는 것과 같다". 장타이옌의 학술 구성에 대해 전목은 이렇게 말했다.

> (장타이옌은) 자신의 경전 학습 과정을 자술하면서 소년 시절에 경전을 공부하면서 청대 고증학을 성실하게 따랐으며(1891년 고문경학가인 부친의 유언에 따라 항저우 고경정사(詁經精舍)로 들어가 유월(俞樾), 담헌(譚獻)을 사사했다), 세상이 쇠미해졌으나 나라를 다스리는 일을 잊지 않았다. 정치 방략을 탐구하고 역사를 두루 통독하면서 유독 순경

10 『주례 · 고공기』, 『십삼경주소』, 베이징 : 중화서국, 1980, 910쪽.

(荀卿, 순자)과 한비자가 말한 것은 한 글자도 바꿀 수 없다고 생각했다. 상하이에서 수감되었을 때 불교 유식론에 관한 책을 읽기 시작하여 명상(名相, 귀로 들을 수 있는 것은 명, 눈으로 볼 수 있는 것은 상이다. 불교 용어) 분석에서 시작하여 마지막에는 명상에 얽매이지 않고 배제함으로써 따라 들어가는 길이 평생 고증학과 비슷했다. 퇴직한 후 『장자』를 공부했으며(1908년 「제물론석(齊物論釋)」을 썼다) 계신지제(癸申之際, 1913년과 1914년 사이)에 용천사(龍泉寺)에서 액운을 만나(1913년 대훈장으로 부채 손잡이의 장식을 만들고, 베이징 신화문(新華門)에서 원세개에게 욕설을 퍼부었다는 이유로 체포되어 베이징 용천사에 수감되었다) 처음으로 효상(爻象, 『주역』의 괘사)을 가지고 놀며 『논어』를 새로 보기 시작했다. 또한 장자를 통해 공자를 논증하면서 장자의 단계가 얼마나 탁월한지 알게 되었다. 고금의 정치와 사회의 소식(消息), 사회의 도시와 향리의 상황, 중국과 인도 사상의 진리, 동서 학자들의 학설 등을 두루 살피고, 제물(齊物)의 관점에서 분란을 해결하며, 천예(天倪, 천지자연의 분수)를 밝혀 헤아림으로 삼으니 큰 이치를 재단하여 순종하지 않음이 없다. 이는 내가 자부하는 바이다.[11]

장타이옌은 건가乾嘉 이후 객관적 실증을 강구하는 문자학과 고증학을 계승하였으며, 만청에 이르러 서학이 동점東漸할 때 엄복嚴復이 받아들인 진화론을 발전시켜 '구분진화俱分進化(장타이옌의 사회 역사 진화이론으로 선악이나 고락苦樂이 병진竝進한다는 뜻이다 – 역주)'설을 새롭게 제시했

11 전목, 「여항장씨학별기(余杭章氏學別記)」, 톈진, 「대공보(大公報)」, 1937.6.10.

으며, 제자학諸子學(제자백가의 학설)을 연구하면서 서구 이론과 서로 비교했으며, 불교의 '회진향속回眞向俗(참됨으로 돌아가고 속으로 향하다. 장타이옌이 자신의 사상을 개괄적으로 정리한 말이다. 진과 속의 개념은 상당히 광범위하다-역주)'을 깊이 연구하여 불가의 '무아無我' 경계로 평등을 논술했으며, 인생의 역경에 직면하여 적절하게 도덕을 도야하고 혁명을 촉발시켰다. 그는 혁명과 국학, 그리고 불학 사이를 오가면서 방대한 학술사상 체계를 만들었다. 그의 학술세계는 견실하고 방대하며 또한 강의剛毅하여 단지 일대一代가 아니라 그 이후에도 많은 영향을 주었다. 량치차오는 이에 대해 다음과 같이 말했다.

> 문자, 음운에 관한 논문의 깊고 오묘한 요체는 건가학파의 여러 학자들이 미처 밝혀내지 못한 것들이다. 장빙린의 가장 큰 공은 정통적인 연구법을 응용하면서 그 내용을 더욱 확대하고 새로운 길을 찾았다는 점이다.[12]

루쉰은 장타이옌의 학술에 대해 분석적인 태도를 취했다. 장타이옌의 『구서訄書』에 대해 루쉰은 "그것을 제대로 끊어 읽지도 못했고, 당연히 이해하지도 못했다"고 말했다. 이렇듯 그는 장타이옌의 학술에 대해 깊이 연구할 생각이 아니었다. 그저 그는 "강의를 듣고 거의 발언을 하지 않았으며", 장타이옌이 그에게 문학의 정의에 대해 물어보았을 때 간단히 대답한 후에 다시 장타이옌이 반론을 제시하자 "아무

12 량치차오 편, 주웨이정(朱維錚) 도독(導讀), 『청대학술개론』, 상하이 : 상하이고적출판사, 1998, 95쪽.

말도 하지 않았지만 그렇다고 인정하지도 않았다". 분명 "나의 스승을 사랑하지만 진리를 더욱 사랑한다"는 태도이다. 그가 중시한 것은 장타이옌이 "학문을 갖춘 혁명가"라는 점이다. 혁명가가 학문을 갖추게 되면 신문을 만들거나 시를 지을 수 있으며, 보황당保皇黨에 속하는 이들과 논전을 벌여 "바람에 풀이 눕듯이 모두 쓰러뜨려 사람들의 이목을 끌 수 있게 할 수 있다". 하지만 그는 장타이옌의 혁명가로서 정치 책략에 대해서는 그다지 언급하지 않았으며, 대신 그의 늠름한 대의大義, 용감한 행동, 독립적인 자세, 오만할 정도로 고집스럽고 견고한 정신과 기질을 추앙했다. 그렇기 때문에 루쉰이 말하고 있는 장타이옌은 루쉰이 이해하고 있거나 또는 자신의 견해로 여과시킨 장타이옌이다. 그래서 쉬광핑은 이렇게 말한 것이다.

> 장타이옌 선생은 국학에서 지극히 정통적이고 탁월한 인물이자 백절불굴의 혁명가이다. (루쉰) 선생이 그에게 배움을 청한 것은 학문에 뜻이 있는 것이 아니라 그의 인격을 따르기 위함이었다.[13]

쉬광핑은 이렇듯 루쉰이 장타이옌에게 받은 영향은 주로 인격이라는 사실을 명확하게 밝혔다. 장타이옌의 학술 경향 및 북벌 이후의 정치 행위에 대해 루쉰은 그다지 찬성하는 편이 아니었다. 20세기 30년대에 그는 「시대를 따름과 옛날로 돌아감趨時和復古」에서 이렇게 말한 적이 있다.

---

13 쉬광핑, 「민국 원년 이전의 루쉰 선생(民元前的魯迅先生)」, 왕예추(王冶秋), 『신해혁명전의 루쉰선생』에 인용, 상하이 : 상하이신문예출판사, 1956.

광동 지역에는 거인(擧人)이 아주 많았다. 그런데 왜 유독 캉유웨이만 홀로 그렇게 유명해졌는가? 그것은 그가 공거상서(公車上書)의 우두머리이고 무술정변의 주역이었으며, 시대를 앞서 갔기 때문이다. 영국 유학생도 적지 않은데 옌푸(嚴復)의 이름만 아직 사라지지 않고 있는 것은 그가 서양 귀신들의 책을 여러 권 앞서 진지하게 번역하여 시대를 앞서 간 점에 있다. 청말 박학(樸學, 청말 고증학)을 연구한 사람이 태염 선생 한 명뿐이 아니다. 그러나 그의 이름이 손이양(孫詒讓)을 훨씬 능가하게 된 것은 그가 종족혁명을 주장하며 시대를 앞서 나갔으며, 게다가 '조반(造反, 반란)'까지 했기 때문이다. 나중에 그러한 '시대'도 '추격' 당했으나 그들은 살아 있는 진정한 선구자가 되었다. 그러나 액도 따르는 법, 캉유웨이는 영원히 복벽(復辟) 사건의 조상이 되고 말았고, 원세개 황제는 엄복에게 관직을 권했으며, 쑨촨팡(孫傳芳) 대사 역시 태염 선생을 투호놀이에 초대했다. 그들은 원래 앞으로 나아가며 수레를 끌었던 훌륭한 신체를 지닌 뛰어난 고수들이었다. 이후에 또다시 수레를 끌어달라고 청하니 그들이 끌기야 끄는데 수레를 끄는 엉덩이가 한껏 처져 있다. 여기서 어쩔 수 없이 고문으로 애도하나니, '오호라! 애닯구나! 신명이시여, 굽어 살피소서.[14]

"앞으로 나아가며 수레를 끌었던 좋은 몸매의 고수" 장타이옌 선생이 "수레를 끄는 엉덩이가 한껏 처져 있는" 지식인으로 탈바꿈한 것을 목도하면서 루쉰은 애석해마지 않았으며 속마음이 상당히 복잡했다. 그는 친구에게 보낸 편지에서 이렇게 말했다.

---

14 루쉰, 『화변문학 · 시대를 따름과 옛날로 돌아감(趨時和復古)』, 『루쉰전집』 제6권, 564~565쪽.

태염 선생은 일찍이 나에게 소학(小學, 문자학. 여기서는 『설문해자』를 배웠던 일을 말한다-역주)을 가르친 적이 있는데 나중에 내가 백화를 주장하면서 감히 가 뵙지를 못했으며, 이후 그 분이 투호(投壺)를 주장하기에 내심 비난한 적도 있었네. 하지만 국민당이 그의 몇 간되지 않는 낡은 집까지 몰수하려고 하자 나는 정말 당국을 향해 눈웃음을 날리며 맞장구 칠 마음이 아니었네. 이후에 뵙게 된다면 당연히 예제에 따라 심히 공손히 대하며(태염 선생은 제자를 대할 때 절대로 오만한 모습을 보이지 않았으며, 마치 친구사이처럼 화기애애하셨다) 스스로 사제의 도라 여기면 될 것일세.[15]

학술적으로 루쉰은 장타이옌의 사학을 존중했으나 더 이상 발전시킨 것은 아니다. "태염 선생은 홀연 교육개진사教育改進社의 정례 모임 강단에서 '사학을 연구하도록 권하여' '국성國性을 보존하자'고 발언한 것에 대해 정말 개탄하지 않을 수 없었다. 하지만 그는 한 가지 도움이 되는 점을 빠뜨렸다. 그것은 사학을 연구하면 수많은 '옛날부터 이미 있던' 일을 알게 된다는 점이다."[16] 장타이옌의 학술과 사상 경향에 대해 루쉰은 진취적으로 시대의 변화에 따르는 분석적인 이성을 발휘하여 신해혁명 전후로 장타이옌의 혁명 의지와 인격에 대해 존경심을 표하는 한편 다른 부분에 대해서는 한 마디로 단정 짓지 않았다. 그렇기 때문에 장타이옌이 세상을 뜬 후 그를 회고하는 두 편의 문장에서 그

---

15 루쉰, 「차오쥐런에게(致曹聚仁), 1933년 6월 18일」, 『루쉰전집』 제12권, 405쪽.
16 루쉰, 『집외집습유·또 '옛날부터 이미 있었다'에 대해(又是'古已有之')』, 『루쉰전집』 제7권, 239쪽.

가 각별하게 주의한 점 역시 "예를 갖추어 공손한 태도"로 사제의 도를 밝히는 일이었던 것이다.

루쉰이 "선철先哲의 정신, 후생의 모범"이라고 찬양한 장타이옌의 인격은 몇 차례 난처한 지경에 빠지고 호랑이 굴속을 오가면서도 정직하고 강인한 자세, 불요불굴의 혁명정신의 발로라고 할 수 있다. 이러한 정신은 때로 '미치광이瘋子'로 칭해지기도 했다. 1900년 경자사변 이후 장타이옌은 「초학보楚學報」 주필을 맡아 만족 청나라를 물리치고 독립할 것을 주장했다. 그러자 당국은 "미치광이 장 씨를 즉각 나라 밖으로 축출해도 된다"고 했다.[17] 1906년 일본에 도착하자 동경 유학생들이 신전구神田區 금회관錦回館에서 그를 환영하는 모임을 열었다.

> 그날 2천여 명이 운집했는데, 문을 두드렸으나 사람이 많아 들어올 수 없는 이들은 비가 오는 가운데 밖에서 들었으며 전혀 나태한 모습을 보이지 않았다.

장타이옌은 즉석연설을 통해 이렇게 말했다.

> 형제(관중들을 말한다)들처럼 어린 시절에 장 씨(蔣氏, 蔣良騏. 청대 건륭 말기의 진사(進士))의 『동화록(東華錄)』에서 대명세(戴名世), 증정(曾靜), 사사정(査嗣庭, 청조 대신으로 사신행(査愼行)의 동생) 등의 반청(反淸) 사건에 대해 읽고 이종(異種, 청조 만주족을 지칭함)이 중화

17 류위산(劉禺山), 『세재당잡기(世載堂雜記)·장타이옌피장(章太炎被杖)』, 베이징: 중화서국, 1960, 126~127쪽.

를 어지럽혔다는 사실에 가슴 가득 울분이 찼다. 이는 우리들 마음속에 맺힌 첫 번째 한스러운 일이다. (…중략…) 당시 친구들에게 만족을 축출하고 독립해야 한다는 말을 하자 모두 고개를 가로저었으며, 누군가는 나를 보고 정신병자라고 말하고, 누군가는 역모라고 말했으며, 죽임을 자초한다고 말하는 사람도 있었다. 하지만 형제들도 그들이 말한 것처럼 미쳤다고 말할지 모르나 나는 나의 미친 생각을 지키고자 한다. (…중략…) 비범한 의론은 미친 사람이 아니면 결코 생각할 수 없다. 설사 생각한다고 할지라도 감히 말할 수 없다. 일단 말한 후 힘들고 고통스러운 일을 만나게 되었을 때 정신병자처럼 미친 것이 아니면 강인한 의지로 견뎌내며 자신의 뜻을 따라 홀로 실천할 수 없기 때문이다. 그래서 예로부터 큰 학문, 큰 사업은 모두 정신병자처럼 미친 듯이 몰두해야만 비로소 성과를 이룰 수 있었던 것이다. (…중략…) 근래에 들어와 전하는 말에 따르면, 모모(某某)가 정신병을 가지고 있고, 또 다른 모모도 정신병자라고 한다. 형제들이여, 정신병이 두려운 것이 아니라 부귀와 이록이 눈앞에 있으면 정신병이 금방 낫고 만다는 것이 두려운 일이니, 이는 결코 해서는 안 될 일이다. (…중략…) 형제들은 아마도 이런 독약을 많이 맛보았을 것이다. (…중략…) 하지만 형제들이 힘들고 고단한 소용돌이 속에서 결코 괴로워하거나 후회하지 않는다면 어떤 독약일지라도 정신병을 낫게 할 수 없다. (…중략…) 이러한 연고로 형제들은 자신에게 정신병이 있음을 인정하고 다른 동지들에게도 모두 한두 푼의 정신병을 가질 것을 권해야 할 것이다.

그는 이렇게 말하면서 "나의 정신병적 기질을 제군들에게 전염시키고 4억 인민들에게 모두 전염시킬 것"을 결심했다.[18]

1914년 장타이옌은 총통부 대문에서 원세계의 흑심에 대해 욕설을 퍼부었다. 「시보時報」는 "장빙린이 총통부에서 소란을 피웠다"는 소식을 싣고 다음과 같은 시평을 달았다. "사람들은 장타이옌을 미치광이라고 말한다. 만약 당신들이 장타이옌을 베이징을 떠나지 못하도록 한다면 베이징사람들 모두 미치광이에게 전염될까 두렵다."[19] 원세개가 칭제하자 장 씨는 문서를 올려 그를 풍자했다. 이에 "원세개가 크게 노하여 선생(장빙린)을 죽이려고 했으나 여론이 받아들이지 않자 비웃음을 면하려고 이렇게 변명을 늘어놓았다. '그저 미치광이가 한 말인데 내 어찌 진담으로 받아들이겠는가?'"[20] 이후로 장빙린처럼 용감하게 매도하는 행위 방식을 '민국 예형民國禰衡'[21]이라 칭하게 되었다.

루쉰도 '장 미치광이'라는 호칭에 주목했으며 상당히 긍정적으로 받아들였다.

> 민국 원년에 장타이옌은 베이징에서 의론을 왕성하게 펼치면서 조금도 거리낌 없이 인물을 평가했다. 그러자 늘 악평을 받던 무리들이 그에게 '장 미치광이'라는 별명을 붙여주었다. 사람이 미치광이인 바에야, 그의 의론 역시 당연히 미치광이 말이고 하등의 가치가 없는 것이었지만, 그가 발언할 때면 여전히 자신들의 신문에 실었다. 그런데 제목이 특

18 민의(民意), 「7월 15일 장빙린 매숙(장빙린의 자)을 환영한 일에 대한 기록(記七月十五日歡迎章炳麟枚叔事)」, 『민보』 제6호, 1906.7.

19 「특청장타이옌(特請章太炎)」, 『시보』, 1914.1.13, '시평(時評)' 2.

20 왕태충(王太冲), 『장타이옌외기(章太炎外記)』.

21 【역주】 예형은 동한 말년의 선비로 북을 치면서 조조에게 욕설을 퍼부은 것으로 유명하다. 『삼국연의』에도 그 일화가 나온다. 여기서는 장빙린이 예형처럼 꼬장꼬장하고 권세에 용감하게 욕을 퍼부었다는 뜻이다.

이했으니, 「장 미치광이 크게 발작하다」라는 식이었다. 그가 한 번은 그들의 반대파를 매도한 적이 있는데, 과연 어떻게 되었을까? 이튿날 신문에 실린 글의 제목은 「장 미치광이 뜻밖에도 미치지 않았다」였다.[22]

중국 현대문학의 개막 의식이 미치광이 또는 광인에 대한 한 편의 작품에서 시작되었다는 사실은 사람들에게 시사하는 바가 크다. 루쉰의 회고에 따르면, 그가 1918년 쓴 「광인일기」 주인공의 원형은 고향을 떠나 서북 지방에서 일하는 사촌형제와 관련이 있다. 하지만 작가는 광인을 고골리의 「광인일기」에 나오는 주인공 포프리시친처럼 가련한 인물로 그리지 않았다. 그 원인은 무엇보다 5·4의 시대정신에서 나온 것이기 때문이다. 그렇기는 하나 「광인일기」가 '장 미치광이'에서 일정한 영향을 받았다는 사실을 무시할 수 없다. 당시 그에게 소설을 써보라고 권했던 사람은 바로 첸쉬안퉁이다. 그는 저장 후저우湖州 사람으로 루쉰과 함께 장 씨 문하에서 공부했으며, 당시 베이징대학과 베이징사범대학 교수로 재직하고 있었다. 그는 여러 차례 루쉰이 기거하고 있는 사오싱회관에 찾아와 예닐곱 시간 내내 "엉덩이에서 뿌리가 내릴 정도로 앉아" 루쉰과 이러저러한 이야기를 주고받았다. 주로 『신청년』의 원고와 관련된 것이었다. 당시 루쉰은 중국 사회가 마치 "창문이 하나도 없고 절대로 부술 수도 없는" 철로 밀폐된 방과 같다고 느꼈다. "그래도 기왕 몇몇이 깨어났다면 청방을 부술 희망이 전혀 없다고 할 수 없겠지." 첸쉬안퉁은 루쉰에게 이렇게 말했다. 그

22 루쉰, 『화개집·보백(補白)』, 『루쉰전집』 제3권, 110~111쪽.

의 말은 희망으로 절망에 맞서 싸우겠다는 신념을 고취시켰다. "그리하여 결국 나도 글이란 걸 한번 써보겠노라고 대답했다. 그것이 바로 최초의 소설 「광인일기」이다. 그 후로 내디딘 발을 물리기가 어려워 소설 비슷한 것을 써서 그럭저럭 친구들의 부탁에 응했다."

이것이 중국문학사에서 '루쉰'이란 필명이 처음으로 등장하게 된 과정이다. 첸쉬안퉁은 대학에서 주로 음운학을 위주로 강의하면서, '설문說文(설문해자) 연구'와 '경학사략經學史略', '주대부터 당대 및 청대 사상 개요', '선진先秦 고서 진위眞僞 약설' 등을 가르치기도 했다. 그렇기 때문에 장타이옌의 학술에 깊이 심취하여 장 씨 문하의 탁월한 제자로 알려진 황간黃侃과 자웅을 겨룰 정도로 뛰어난 실력을 갖추었다. 20세기 30년대 초에 이미 저명학자로 이름을 날렸지만 장타이옌이 강의하기 위해 베이징에 오자 제자의 예를 갖추어 공손하게 대하면서 곁에서 따라다니며 시중을 들고 장타이옌의 저장 사투리를 통역하기도 했다. 그리하여 스승을 존경하는 그의 태도가 미담으로 전해지기도 했다. 이러한 첸쉬안퉁의 모습은 루쉰의 역사 이성적 태도와 차이가 있다. 첸쉬안퉁은 자부심이 대단하여 자신의 좌우명을 "뒷벽을 터놓고 이야기하고, 등을 곧추 세우고 처신한다打通後壁說話, 豎起脊梁做人"라고 정할 정도로 정정당당하고 강인한 인물이었다. 그는 5·4신문화운동의 선봉에 서서 "동성桐城(동성파) 유종謬種(잡놈), 선학選學(문선학文選學) 요얼妖孽(요괴)"의 구호를 제기했으며, 류반눙과 함께 논쟁을 불러일으키기 위해 의도적인 '쌍황신雙簧信'을 연출했다. 또한 한자를 폐지하고 로마자를 쓸 것을 주장했다.

나는 대담하게 선언하고자 한다. 중국이 망하지 않으려면, 중국민족이 20세기 문명 민족이 되고자 한다면, 반드시 공학(孔學)을 폐지하고 도교를 멸문시키는 것을 근본 해결책으로 삼아야 한다. 또한 공문의 학설과 도교의 요언(妖言)을 기록하는 한문을 폐지하는 것이 무엇보다 근본적인 해결책이다.

그는 이렇게 자신의 급진적인 사상을 펼쳤다. 그래서 '황 미치광이'라는 별명을 가진 황간은 백화문을 반대하여, 백화문 제창에 앞장서는 첸쉬안퉁을 '이풍二瘋'(두 번째 미치광이)라고 조롱했다. 「광인일기」는 역사와 현실에 대한 대담한 공격으로 장타이옌이 만청과 민국 원년에 황권 정치와 암흑 국면에 대해 "전혀 거리낌 없이 비판하고" 공격한 것과 어느 정도 내재적 일치성을 보인다. 뿐만 아니라 예술 형상의 내용면에서 사람이 사람을 잡아먹지 않는 사회를 추구하고, 장타이옌식의 불요불굴의 혁명 정신을 고양한다는 점에서 일맥상통한다. 원고 청탁자로서 첸쉬안퉁은 이처럼 장타이옌과 루쉰 사이에 개입함으로써 오직 인물의 광태狂態만이 충분히 표현할 수 있는 사상의 '카리스마'를 만들었던 것이다.

물론 루쉰의 이러한 상징적 개괄은 '장 미치광이'와 장타이옌 문하의 제자들에서 감을 얻은 것일 뿐만 아니라 근대의 수많은 진보적 또는 급진적 사상가의 경우에서 느낌을 받은 것이다. 이러한 의미에서 「광인일기」는 만청에서 5·4까지 급진적 사상가의 정신적 처지나 환경, 정서적 풍격의 변이된 상징물이자 루쉰이 중국에서 급진사상의 장래에 대해 장기간 관찰한 결과라고 할 수 있다. 「광인일기」는 그 첫 대목에서 이렇게 말하고 있다.

오늘 저녁은 달이 밝다. 내가 달을 못 본지도 30여 년이나 된다. 오늘은 보았으니 정말 기분이 상쾌하다. 그러고 보니 이제까지 30년 이상 전혀 제 정신이 아니었던 셈이다.

30년을 거슬러 올라간다면 언제를 말하는 것인가? 캉유웨이가 광서 14년(1888) 황제에게 변법을 요구하는 상서를 올리자 곧 바로 "경사의 모든 이들이 들고 일어나 캉유웨이를 정신병이 들었다고 말했다"[23]고 하던 때이다. 량치차오는 「신민총보新民叢報」를 창간하여 글을 순조롭고 알기 쉽게 썼는데, 이러한 신문체가 국내에 널리 유행하자 "노인네들이 통한을 금치 못하며 야생 여우 짓거리를 한다고 욕설을 퍼부었다".[24] 「광인일기」의 다음 구절은 바로 이러한 일에 대해 말한 것이다. "자오구이趙貴 영감은 나에게 무슨 원한이 있을 것일까? 길가는 사람은 또 나에게 무슨 원한이 있는가? 굳이 있다면 고구古久 선생의 낡은 장부를 짓밟아, 고구 선생이 싫은 낯을 지은 일이 있을 뿐이다." 5·4 신문학 운동을 제창한 이들은 완고한 수구파들에게 "이지李贄처럼 발광하여 인간 세상에 들어온 괴물"[25]이라는 비난을 받았다. 이는 「광인일기」의 다음 문장과 상응한다. "놈들은 마음을 고쳐먹기는 커녕 진작부터 함정을 파놓고, 미치광이라는 간판을 준비하여 나에게 둘러씌운 것이다. 이렇게 하면 앞으로 먹어도 태평 무사할뿐더러 개중에는 동정하는 이도 있을 테니까 말이다." 소설은 완고하게 낡은 문

23 량치차오, 『무술정변기』, 베이징 : 중화서국, 1954, 1쪽.
24 량치차오 편, 주웨이정 도독, 『청대학술개론』, 86쪽.
25 임서(林紓), 「형생(荊生)」, 상하이 : 신신보(新申報), 1919.2.18.

화를 고수하는 이들의 '상투적인 수법'을 여지없이 폭로하고 있다. 그래서 「광인일기」는 수십 년 이래 진보 사상계의 울분과 불만을 담았으며, 특히 장타이옌의 인격에서 일부를 흡수하고 5·4 시대정신과 루쉰의 역사에 대한 깊은 이해를 섞고 인심을 격려하는 역량이 컸다. 장타이옌의 "나의 정신병 기질을" "4억 인민들에게 전염 시키겠다"는 예언이 자산계급 혁명가의 민주사상계몽을 홀시하여 이루지 못한 것을 루쉰은 새로운 자세, 새로운 형식으로 대단히 심각한 문화층면에서 실현했던 것이다.

루쉰은 「광인일기」 첫대목에서 문언으로 이렇게 변언弁言(서언)을 썼다.

> 모군(某君) 형제, 지금 그 이름은 숨기지만 모두 내가 예전에 중학교를 다니던 시절 좋은 친구였다. 헤어진 지 오래되어 소식 듣기가 힘들었다. 얼마 전 우연히 형제 가운데 한 명이 중병에 걸렸다는 소식을 들었다. 때마침 고향으로 돌아가다가 길을 우회하여 찾아갔을 때 그 중의 한 명을 만났는데, 병이 든 것은 아우라고 했다. '먼 길을 문안하여 주어 고맙네. 허나 아우는 이미 병이 나아 모처에 후보가 되어 부임했네.' 그는 이렇게 말하고는 크게 웃으며 일기장 두 권을 꺼내 나에게 보여주며 다시 입을 열었다. '당시 병세를 볼 수 있을 것일세. 옛 친구에게 주는 것이니 괜찮겠지.' 가지고 돌아와 읽어보니 그 병이 대략 '피해망상증'임을 알 수 있었다.

광인은 이렇듯 맹렬하게 옛 문화, 예교를 공격하다가 몸이 좋아지자 "모처에 후보로 부임하여" 구 관료체제에서 생계를 유지했다. 루쉰이 이렇게 쓴 것은 일종의 문자유희인 것 같지만 그 안에 시세를 좇는 급진 지식인들의 사상 전환에 대한 우려가 숨어 있는 것이 아닐까? 「광인일기」는 "오래되고 낡은古久 장부"의 "기상천외"하고 "독창적"인 수완을 폭로하고 "옛날부터 그랬으니 옳은 것이냐"라는 말로 전통에 도전하는 질문을 던지고 있다. 이는 문화 사유방식이나 표현방식에 대한 부정적 반성이라고 할 수 있다. 「광인일기」에서 가장 격렬하고 인상적인 대목은 역시 다음과 같은 구절이다.

> 역사책을 뒤지며 살펴보니, 역사에는 연대가 따로 없고 그저 어느 페이지에나 '인의도덕'이라는 몇 글자가 삐뚤삐뚤 적혀 있을 뿐이었다. 나는 뒤척이며 잠을 이룰 수 없어 한밤중까지 자세하게 살펴보았는데, 그제야 자간(字間)에서 겨우 글자를 볼 수 있었다. 책 하나 가득 '흘인(吃人, 식인)'이라는 두 글자가 쓰여 있었다.

이렇게 격렬한 발언은 위로 '건륭 학자 가운데 제1인자'로 칭해지는 대진戴震의 『맹자자의소증孟子字義疏證』에 나오는 "혹리는 법으로 사람을 죽이고, 후유後儒는 이理로 사람을 죽인다"는 발언과 맞닿아 있다. 대진이 생각하기에, 선진 유학은 '이'와 '욕欲'을 합체로 여기고 "백성의 정감을 체득하여 백성의 욕망을 이루고자" 애썼다. 하지만 송명 이학은 '이'와 '욕'을 두 가지로 분리하여 '이'를 인간의 정감 및 욕망과 대립시켰다. 그들이 주장하는 "천리를 지키고 인욕을 제거하라存天理, 滅人欲"는 학설은 결국 "인내를 강요하고 잔인하게 살해하는 도구"가 되고 말았다. 전대흔은 대진에 대해 '천하의 기재奇才'라는 찬사를 보내며, 「대선생진전戴先生震傳」 4천 자를 써서 그의 학문과 사상을 드높였다. 장타이옌도 「석대釋戴」라는 글을 통해 안원顏元과 대진을 '숙세叔世(말세)의 대유大儒'로 추존했다. 량치차오는 대진을 '정감철학'을 이학의 독단론에서 끄집어냈다는 점에서 유럽에서 문예부흥사조를 통해 중세기 기독교의 금욕주의에서 벗어날 수 있었던 것과 같다고 주장했다.

> 그의 지향은 중국문화를 새로운 방향으로 전환시키려는 것이었다. 그의 철학적 입각점은 2천 년 이래 기존의 관점을 뒤엎은 가장 큰 사건이라 칭할 수 있다. 그가 존비(尊卑)와 순역(順逆)에 대해 논한 대목은 실제로 평등정신을 나타낸 것으로 윤리학에서 일대 혁명이다. 송대 유가가 유학과 불학을 뒤섞은 것을 비판하면서, 비록 함축적인 언사를 사용했으나 그 뜻은 엄정하여 진실과 옳음을 추구하는 과학자의 정신이 도처에서 발휘되고 있으니, 실로 3백 년 사이에서 가장 가치가 있는 기서이다.[26]

이처럼 독특하고 심각한 문자에서 장타이옌 문하에서 배웠던 쉬서우상은 '루쉰'이 저우수런周樹人이란 사실을 아직 모르고도 「광인일기」에서 루쉰, 즉 저우수런의 정신을 감지할 수 있었던 것이다. 쉬서우상은 이렇게 회고한 바 있다.

---

26 량치차오 편, 주웨이정 도독, 『청대학술개론』, 42쪽.

나는 당시 난창에서 「광인일기」를 읽었는데, 그가 다른 사람들과 무슨 원수지간도 아니면서 '군이 있다면 고구(古久) 선생의 낡은 장부를 짓밟아, 고구 선생이 싫은 낯을 지은 일이 있을 뿐이다', '사람을 먹은 적이 없는 아이가 혹시 있을까? 아이를 구하라!'라고 말하면서 식인의 역사를 폭로하고 절망 속에서 희망을 잃지 않는 것을 보고 크게 감동했다.

그는 계속해서 당시의 느낌에 대해 이렇게 말했다.

서명은 루(魯, 노)씨지만 아무래도 저우위차이(周豫才, 루쉰)의 필체와 비슷했다. 천하에 어찌 또 한 명의 위차이가 있을 수 있겠는가? 그래서 그에게 편지를 보내 물어보니, 과연 회신에서 '졸작(拙作)'이라고 답해주었다. 뿐만 아니라 같은 책에서 탕쓰(唐俟)라는 필명으로 쓴 신시(新詩) 역시 자신이 쓴 것이라고 말해주었다. 9년 말(1919년 연말)에 만나서 그 이야기를 했더니 그가 이렇게 말했다. '「신청년」 편집자가 일반적인 필명을 원치 않았다네, 내가 예전에 썼던 쉰싱(迅行)이라는 필명은 자세도 알지 않는가. 그래서 임시로 이렇게 필명을 정한 것일세. 그 이유는 첫째, 모친의 성이 루(魯, 노)이고, 둘째, 주(周)와 노(魯)는 동성의 나라이잖은가. 셋째, 노둔한 노(魯)가 신속하다는 뜻을 취한 것일세.'[27]

루쉰이 쉬서우상에 회답한 편지는 1918년 8월 20일에 쓴 것이다.

27 쉬서우상, 『망우 루쉰 인상기』, 47~48쪽.

그 편지에서 그는 이렇게 말하고 있다. "「광인일기」는 사실 내 작품拙作일세, '탕쓰'라는 필명으로 쓴 백화시도 내가 쓴 것이네. 예전에 중국의 뿌리가 도교에 있다는 말이 자못 널리 퍼졌었네. 이를 생각하며 역사를 읽어보니 과연 여러 가지 문제가 순조롭게 해결되더군. 나중에 『통감』을 우연히 읽게 되었는데, 비로소 중국인이 사실은 식인 민족이라는 것을 깨닫고 이 소설을 쓴 것일세. 이러한 발견은 관계가 상당히 큰데, 다만 아는 자들이 오히려 거의 없다네."[28] 여기서 '깨달았다悟'고 말한 것은 야사野史적 사유로 정사의 기록을 참조하여 "자간에서 글자를 보았다"는 뜻이다. 이는 또한 "굳이 사관 티를 내지 않아도 되는" 야사나 잡기를 통해 "덧붙인 것이 너무 두텁고 쓸데없는 말이 지나치게 많은" 정사의 내막을 들쳐 내어 사람들이 "중국을 개혁하는 일을 더 이상 늦출 수 없음을 깨닫게 하기" 위함이었다.

광인은 광란이 급진전하여 "언사가 뒤섞여 순서나 조리도 없고, 황당하기 그지없는 말"로 『좌전』에 나오는 "자식을 바꾸어 먹거나", "살을 먹고 가죽을 깔고 자는" 이야기를 해대며 급기야 고서에서 "역아易牙(고대 요리사)가 자신의 아들을 삶아 걸주桀紂에게 먹였다"는 이야기를 인용하고 잡서에서 "인육을 삶아 먹으면" 폐결핵을 낫게 할 수 있다는 말이나 "자신의 허벅지 살을 잘라 부모에게 먹였다"는 말까지 해대기 시작했다. 또한 양서洋書에 나오는 "하이에나라는 동물"은 "죽은 고기를 먹고 사는데, 아무리 굵은 뼈라도 아작아작 깨물어 먹어버린다고 한다"고 말하기도 했다. 이렇듯 루쉰이 한 말은 잡스럽게 이러저러한

28 루쉰, 「쉬서우상에게, 1918년 8월 20일」, 『루쉰전집』 제11권, 365쪽.

책들에게 제멋대로 인용하여 전혀 믿을 수 없는 것들이다. 역시 「광인일기」의 핵심 사상은 "우연히 『통감』을 읽고" 깨달은 것, 즉 '식인'이다. 이렇듯 루쉰은 장타이옌의 사학을 계승하면서도 분명하게 이를 초월하여 새로운 결과를 보여주었다. 장타이옌 역시 야사를 좋아했다. 그는 스스로 이렇게 말한 적이 있다.

> 열아홉 스무 살 무렵 『명계패사(明季稗史)』 17종을 얻어 읽은 후 처음으로 배만(排滿, 청조 배척) 사상이 커지기 시작했다.[29]

1905년 류야쯔柳亞子, 톈퉁田桐 등이 명대 유로遺老들이 남긴 일화나 청대 금서를 편집하여 『망국참기亡國慘記』라는 책을 만들었다. 장타이옌이 제사를 썼는데, 이후 국내외에 인기를 끌어 "불과 1년 만에 3만 권이 넘게 팔렸다".[30] 하지만 장타이옌이 야사를 좋아하고 연구한 것은 사실이지만 주로 종족 혁명의 범위에 국한되었다. 장타이옌이 나중에 발표한 『사고史考』가 명조 영락제의 후예에 대한 연구라는 점을 상기해볼 때 그의 주장이 만족의 지배에서 벗어나 한족의 회복을 꿈꾸는 협애한 것이었음을 알 수 있다. 그러나 루쉰이 명대 야사를 연구한 것은 단순히 명조의 혈맥을 찾겠다는 뜻이 아니었다. 그는 그 안에서 오래된 중국의 식인 본질을 간파하여 "대명 왕조는 가죽을 벗기는 데서 시작하여 가죽을 벗기는 것으로 끝났다".[31] 이처럼 귀가 번쩍 뜨일

---

29 주시쭈(朱希祖), 「본사 장타이옌 선생의 소년 사적에 관한 구술 필기(本師章太炎先生口授少年事迹筆記)」, 「제언(制言)」 제25기 「태염선생 기념 전호(專號)」.

30 강개한인(江介閑人), 「혁명한화(革命閑話)」, 『태평잡지』 제1호.

정도로 인심을 진작시키는 발언은 협애한 종족 혁명을 주창하는 이들이 말할 수 있는 것이 아니다. 『아Q정전』은 아Q가 부지불식간에 명조 숭정제崇禎帝를 조상하기 위해 흰 투구와 흰 갑옷을 입은 혁명당을 좇아 날뛰는 모습을 그리고 있다.

> "조반(造反, 모반)이라, 재미있군! (…중략…) 흰 투구에 흰 갑옷을 입은 혁명당이 들이닥쳐 황룡도, 쇠 채찍, 폭탄, 양포(洋砲), 세 꼬챙이 양날 칼, 구겸총 등을 들고 토지묘 앞을 지나면서 '아Q'라고 부르면 같이 가는 거지! (…중략…)" "빼앗은 물건들 (…중략…) 달려 들어가 상자를 열어보면 마제은, 서양 은화, 옥양목 홑옷, (…중략…) 우선 수재 마누라의 영파(寧波) 침대를 토지묘로 가져오는 거야. 그런 다음에 첸가(錢家)네 책상이며 의자도 가져와야지, 아니 조가네 것으로 할까? 내가 직접 손을 댈 것이 아니라 샤오D 놈을 시켜야겠군. 빨리 날러! 늑장부리면 따귀를 한 대 날려야지."

이렇듯 '아Q식의 담론'으로 '아Q식'의 혁명이념과 혁명심리를 표현하고 있다. 이러한 묘사는 익살스러운 것 같으면서도 마음이 쓰리다. 혁명에 참가하겠다는 아Q의 상상은 흙에서 태어나 흙에서 자라난 중국 농민들이 희곡이나 소설에서 보고 배운 세속적 세계관에서 출발한 것이다. 그가 혁명하고자 하는 목적은 남의 물건을 빼앗고 남들보다 잘난 척 하며, 자신과 마찬가지로 노역을 당하는 하층민들을 억압

31 루쉰, 『차개정 잡문 · 병후잡담』, 『루쉰전집』 제6권, 172쪽.

하고 못살게 굴기 위함이다. '아Q식의 혁명' 안에 강권에 반항하고 자신의 생존환경을 변화시키려는 합리적 이유가 없다고 말할 수는 없지만 그러한 합리성이 동반하는 사회적 결과는 오히려 평등, 민주, 자유와 위배되는 터무니없는 황당함이기 때문에 경악스럽고 참으로 한숨만 나오게 만든다. 이것이 바로 루쉰이 야사나 잡학에서 간파하고 묘사한 역사의 진상이자 사회 실정이다. 이는 또한 군중 동원 없이 사회혁명을 진행하거나 애오라지 배만복명排滿復明(만주족을 배척하고 명나라를 복원함)만 강구하는 종족 혁명주의에 대한 풍자이기도 하다. 루쉰은 이를 통해 중국 역사의 밑바닥에 흐르고 있는 조대 교체의 실질을 정확하게 밝혀내고 있다. 루쉰은 이렇게 말하고 있다.

> 이렇게 한 주 한 주 어렵게 이어가다가 드디어 아Q가 혁명당이 되는 문제가 발생했다. 내 생각으로는 중국이 혁명하지 않았다면 아Q는 혁명당이 안 됐을 것이지만 혁명했다면 혁명당이 되었을 것이다. 나의 아Q의 운명은 이럴 수밖에 없었고, 인격도 두 개가 아닐 것이다. 민국 원년은 이미 지났고 되돌아갈 수도 없다. 그렇지만 이후에 다시 개혁이 있다면 아Q와 같은 혁명당이 또 등장할 것이라고 나는 생각한다. 나도 사람들이 말하는 것처럼 현재 이전의 시기거나 어떤 한 시기만을 쓴 것이길 바랐다. 그렇지만 내가 본 것은 현대의 전신이 아니라 그 이후이거나 심지어 이삼십 년 이후의 일인 것 같다. 사실 이것도 혁명당을 모욕하는 것이라 할 수 없으니 아Q는 여하튼 이미 대젓가락으로 그의 변발을 올려서 묶었다.[32]

32 루쉰, 『화개집속편의 속편 · 「아Q정전」을 쓰게 된 연유』, 『루쉰전집』 제3권, 397쪽.

루쉰이 야사나 잡기, 희곡이나 소설의 사유 방식과 어휘나 말투를 운용한 것은 중국의 아Q들이 바로 이런 문화 환경, 언어 환경에서 자신들의 지식과 가치관, 도덕준칙 등을 얻었기 때문이다. 아Q는 아내도 없고 자식도 없지만 정신 영역에서는 결코 자손이 끊어질 수 없다.

루쉰이 "이렇게 침묵하는 국민의 혼을 묘사하고" 아울러 사람들을 경각시켰다. "일반 백성들은 마치 바위 밑에 깔린 풀처럼 묵묵히 살다가 누렇게 시들어갈 뿐이다. 그리고 그런 상태가 이미 4천 년이나 지속되고 있다."[33] 그는 사람들에게 중국 백성의 정신 환경은 이처럼 원시적이고 초라하며 또한 황무하다는 것을 보여주면서, 비록 신해혁명이라는 시대적 변화에도 불구하고 진정으로 현대적인 의미의 정신적 계몽과 자양분을 얻지 못했음을 알리고자 했다. 이처럼 원시적이고 초라한 곳에서 형성된 국민성을 정시하면서 바로 그곳에서 사람과 사람의 마음, 그리고 사람의 나라에 대한 개조 사업을 시작해야 한다는 뜻이다. 똑같이 야사를 연구했으나 루쉰이 장타이옌보다 뛰어난 점이 바로 이것이다. 루쉰은 역사, 특히 야사에 대해 나름 독특한 연구를 해왔기 때문에 그의 소설 속에는 놀랄만한 역사 해부의 심도가 자리하고 있다. 그렇기 때문에 역사 텍스트의 행간에서 사람의 마음을 격분시키는 처참함과 잔혹함, 그리고 황당함을 볼 수 있다.

루쉰은 소설에서 아Q의 '진보'에 대해 언급하면서 "이미 젓가락으로 그의 변발을 올려서 묶었다"라고 말했다. 변발 문제는 원래 신체발부를 장식하는 형식에 속하지만 중국 근대사에서는 종족의 존엄과 정

33 루쉰, 『집외집·「아Q정전」의 러시아어 번역 서문 및 저자의 자서약전(自序略傳)』, 『루쉰전집』 제7권, 84쪽.

치입장에 직접적으로 연관되는 심각한 사안이었다. 루쉰 소설에서 「아Q정전」, 「풍파」, 「두발 이야기」 등은 모두 변발과 역사, 정치적 변화 속에서 중국인의 어려운 선택의 문제를 다루고 있다. 변발 한 가닥이 명청 시절은 물론이고 신해혁명 전후까지 수세기에 걸쳐 역사적 풍운을 일으킨 주범이었던 셈이다. 이는 루쉰이 신해혁명에서 직접 느꼈던 아픔과 특별한 느낌 이외에도 그와 장타이옌의 관계 및 야사에 대한 연구 역시 머리장식(변발)과 정치의 독특한 관계에 대한 생각의 깊이를 더했다. 1900년 장타이옌은 변발을 잘라 청 조정에 대한 반대 의사를 밝힌 후 「해변발解辮髮」이란 글에서 이렇게 말하고 있다.

> 공화 2741년(서기 1900년, 주나라 공화 원년인 기원전 841년부터 계산한 것이다) 가을 7월, 내 나이 서른셋이다. 지금 만주 정부가 무도하여 조정 선비들을 탄압하고 근린 강국을 함부로 도발하여 외교관을 살해하고 무역 상인들을 약탈한 탓에 사방에서 공격을 받고 있다. 오랑캐(東胡)의 무능에도 합당한 지위를 얻지 못하는 한족의 현실에 분개하여 눈물 흘리며 몇 자 적노라. 내 나이 이립(而立)을 넘겼으나 아직도 융적(戎狄)의 복장을 하고, 하찮은 것을 어기지 못하여 변발을 잘라 내지 않았으니, 이것이 나의 죄이다.[34]

루쉰은 장타이옌을 회상하는 글에서 이렇게 말했다.

34 루쉰, 『차개정 잡문말편 · 태염 선생으로 하여 생각나는 두어 가지 일』, 『루쉰전집』 제 6권, 579쪽.

내가 어린아이일 적에 노인들이 일러준 말이 있다. 이발 도구를 담은 멜대에 꽂혀 있는 깃대가 3백 년 전에는 사람의 머리를 걸어 놓던 것이라는 이야기였다. 만주인이 입관(入關)하여 변발을 땋을 것을 명하자 이발사들이 길가에서 사람들을 끌어다가 머리카락을 밀었고, 누구든 저항하는 사람이 있으면 목을 베어 머리를 깃대에 걸고 나서 다시 다른 사람들을 붙들었다는 것이다." 그래서 지금도 여전히 "그것을 증오하고 분노한다. 왜냐하면 나 자신이 이 때문에 고생을 했고, 변발 잘라 내는 것을 일대 사건으로 여겼기 때문이다. 내가 중화민국을 사랑하여 입이 부르트게 말을 하고 혹시라도 쇠퇴할까 염려하는 것은 모두 변발을 자를 자유를 우리에게 주었기 때문이다.[35]

쉬서우상은 『망우 루쉰 인상기』를 썼는데, 제1장 「변발을 자르다剪辮」에서 "루쉰이 변발을 자른 것은 (동경 홍문서원弘文書院) 강남반江南班에서 첫 번째였다". "그는 변발을 자른 후 자습실로 왔는데, 만면에 기쁜 빛이 역력했다. 내가 말했다. '오, 면모를 일신했군!'"[36]

이렇듯 루쉰은 변발에 관해 모종의 마음속 응어리나 감정을 지니고 있었다. 이러한 느낌은 심지어 「아Q정전」이라는 소설 제목에게까지 영향을 주었다.

나는 또한 아Q의 이름을 어떻게 쓰는지 모른다. 그가 살아 있을 때 사

35 루쉰, 『차개정 잡문말편 · 태염 선생으로 하여 생각나는 두어 가지 일』, 『루쉰전집』 제6권, 576~577쪽.

36 쉬서우상, 『망우 루쉰 인상기』, 2쪽.

람들이 모두 그를 아쿠이(阿Quei)라고 불렀는데, 죽은 후로는 아쿠이라는 이름을 부르는 사람조차 없었으니 어찌 '죽백에 적는' 일이 있을 수 있겠는가? '죽백에 적는다(著之竹帛)'는 것으로 말하자면, 이 글이 처음이니 제일 먼저 이런 난관에 부딪치게 된 것이다. 일찍이 곰곰이 생각해본 적이 있다. 아쿠이가 아계(阿桂)일까? 아니면 아귀(阿貴)일까? 만약 그에게 월정(月亭)이라는 호(號)가 있거나 8월에 생일잔치를 한 적이 있다면 분명 아계일 것이다. 하지만 호가 없거나—호가 있는데 아는 사람이 없을 뿐일 수도 있다—또한 생일이라고 초청장을 뿌린 적도 없었다. 그러니 아계라고 쓰는 것은 독단이다. 또 만약 그에게 아부(阿富)라고 부르는 형이나 동생이 있다면 틀림없이 아귀일 것이다. 그러나 그는 외톨박이이니 아귀라고 적는 것도 근거가 없다. 그 밖에 쿠이(Quei)라고 발음하는 어려운 벽자(僻字)는 더더욱 들어맞지 않는다.

이처럼 문자 유희를 늘어놓은 것은 「신보부간」의 농담을 위주로 하는 칼럼에 발표하면서 독특한 풍격을 취했기 때문이자 아Q란 인물 자체가 성씨나 자호字號도 알 수 없는 비천한 인물임을 설명하기 위함이다.

하지만 저우쭤런의 회고에 따르면, 아Q라는 이름은 변발과 관련이 있다고 한다. 그는 「루쉰과 영문英文」이라는 글에서 이렇게 말하고 있다.

그(루쉰)는 영문을 반대했다. 광서 무술(戊戌, 1897)년 처음 수사학당(水師學堂)에 진학했을 때 영어를 배운 적이 있기 때문에 Question이라는 말이 어떤 뜻인지 당연히 알고 있었다. 얼마 후 육사(陸師) 부속

광로학당(礦路學堂)에 들어간 후에는 배우지 않았다. 일본으로 가서 센다이(仙臺) 의학원에 들어간 후에는 독일어를 배웠는데, 계속 독일어를 공부하여 좋은 책들을 번역하는 데 활용했다. 그는 고리키(Gorky)가 누런 똥과 같다고 말한 미국을 몹시 싫어했기 때문에 영문에 대해서도 호감이 없었다. 바이런이나 실러 등 서구 시인들을 존경했기 때문에 영문 역서도 괜찮다고 생각했지만 영문 구절이나 문자를 사용하는 작풍은 그가 가장 반대하는 것이었다. 그가 아K라고 쓰지 않고 굳이 아Q라고 쓴 것도 아마 이런 문제 때문일 것이다. 그러나 그의 말에 따르면, Q자에 변발처럼 생긴 모양이 있기 때문에 재미를 느꼈기 때문이라고 한다. 물론 이런 설명을 믿지 못하는 이들이 있다고 할지라도 괜찮다.

저우쭤런이 Question이란 영문자를 언급한 것도 전혀 근거가 없는 것은 아니다. 사상사 전공자인 허우와이루侯外廬는 1941년 「아Q의 연대 문제阿Q的年代問題」라는 글에서 'Q'는 영어 Question(문제)의 약자라는 의견을 제시했다. 1951년과 1981년에도 'Q'가 Question의 첫 번째 자음을 딴 것이며, 루쉰이 이를 선택한 것은 「아Q정전」이 중국 사회의 중요 문제를 반영하고 있기 때문이라는 의견이 거듭 제기되었다. 그러나 저우쭤런은 여전히 자신의 의견을 고수했다.

아Q는 본래 아구이(阿桂)의 병음(拼音) 약자이다. 병음에 따른다면 당연히 구이(桂)를 Kuei라고 써야 하니 아Q가 아니라 아K라고 써야 옳다. 하지만 작가는 Q자 모양이 재미있게 변발이 달린 것처럼 생겼기 때문에 아Q라고 정한 것이다. 비록 발음은 틀리지만 전혀 상관하지 않았다.[37]

저우쭤런은 1953년 『루쉰 소설에 나오는 인물』이란 책에서도 이러한 견해를 재차 반복하고 있다. "저자 자신의 말에 따르면, Q자 아래에 있는 변발 모양을 재미있게 생각했다고 한다." 그의 논증 방식은 어떤 이론이나 이념에 따른 것이 아니라 루쉰의 발언에 근거를 둔 것이다. 루쉰이 「아Q정전」을 연재하던 1921년 말부터 1922년 초까지 저우 씨周氏 형제는 아직 반목하기 전으로 같은 집에 살면서 작품에 대해 서로 논의할 정도로 가까웠기 때문에 그의 기억은 믿을 만하다. 영어 단어 'queue[kjuː]'의 의미에는 중문의 '변자辮子'(땋은 머리, 변발)의 뜻이 있으며, 발음도 영문 자모의 Q와 같다. 이 역시 흥미로운 부분이나 이미 화제를 벗어났다. 서구인들이 보기에 청조 사람들의 변발은 pigtail, 즉 돼지꼬리처럼 느껴졌다. 이는 루쉰 작품에서도 확인할 수 있다.

상하이에 도착하자마자 'pigtail', 즉 돼지꼬리라는 서양말을 종종 들을 수 있었는데, 지금은 잘 쓰지 않는다. 그 의미는 사람 머리에 돼지꼬리가 난 것처럼 보인다고 말하는 것일 따름이다. 요즘 상하이에서 중국인끼리 말다툼을 하면서 서로 '돼지새끼'라고 욕하는 것보다 훨씬 점잖은 것 같다. 그러나 당시 청년들은 요새 청년들만큼 내공이 깊지 않아서 '유머'를 잘 이해하지 못해 굉장히 귀에 거슬리게 들렸던 것 같다. 뿐만 아니라 2백여 년의 역사를 가진 변발의 모양도 점점 우아하지 않은 것처럼 느껴졌다. 전체가 남겨진 것도 아니고 다 깎은 것도 아니며, 동그랗게 깎아 한 줌만 남겨 땋아서 등 뒤로 늘어뜨려 놓았으니 다른 사람에게 뽑

37 지당(知堂, 저우쭤런), 「아Q에 관하여(關於阿Q)」, 『중국문예』(월간) 제2권 제1기, 1940.3.1.

히거나 끌려갈 준비를 하고 있는 손잡이 모양 같다. 그러니 변발에 대해 좋지 않은 감정을 가지는 것도 인지상정인 것 같다.[38]

그래서 루쉰은 소설의 제목에 사용한 외국 문자에 신체발부에 대한 중국의 전통과 시대적 관점, 그리고 그 안에 내재되어 있는 정치적 유희와 정신적 상흔에 대한 생각을 이식하여 형상적 내함이 풍부한 사상을 담아냈다. 루쉰의 모든 책과 문장의 제목을 살펴보면 참으로 감탄을 금할 수 없다. 그의 제목 달기는 이제까지 아무도 따라할 수 없었던 그만의 능력이다.

「아Q정전」에서 아Q와 샤오D小D가 첸 씨錢氏 댁 담벼락 앞에서 서로 변발을 움켜잡고 '용호상박'을 벌이고, 가짜 양놈假洋鬼子은 변발을 잘라 향촌 사회의 별종으로 취급을 받는다. 「풍파風波」에서 나룻배 사공인 치진七斤은 성 안에 들어갔다가 변발을 잘렸는데, 장훈張勛이 복벽復辟하여 변발을 중시하자 난감한 지경에 빠진다. 무원주점茂源酒店의 주인이자 한 때 유명한 학자였던 자오치趙七 영감은 혁명 후에 변발을 머리 꼭대기에 둘둘 감고 있었는데, 어느새 변발을 아래로 늘어뜨리고 변발이 없는 치진을 매섭게 질책한다.

치진이 자네 변발은 어떻게 된 거야? 변발 말이야! 자네들도 알고 있겠지. 장발적의 난리가 났을 때 모발이 있으면 목이 없고, 목이 있으면 모발이 없도다.

38 루쉰, 『차개정 잡문 · 병후잡담 나머지(病後雜談之餘)』, 『루쉰전집』 제6권, 193~194쪽.

그는 계속해서 시골 사람들의 소설이나 희곡에 대한 신앙에 기대어 이렇게 말한다.

이번에 보위에 오르시는 분은 장대수(張大帥, 장 장군, 장훈을 말한다)이신데 연인(燕人) 장익덕(張翼德)의 후손이시라네. 장군의 장팔사모(丈八蛇矛)를, 설사 만부부당(萬夫不當)의 용맹이 있는 자라 할지라도 어찌 막아낼 수 있으리오.

「두발 이야기」는 전문적으로 변발을 소재로 삼고 있다. 소설 안에 나오는 N선생은 이렇게 말하고 있다.

우리가 혁명에 관해 이야기할 때면 무슨 양주십일(揚州十日)이라거나 가정도성(嘉靖屠城) 등에 대해 크게 이야기하곤 하는데, 사실 그건 일종의 수단에 불과하지. 솔직히 말해서 당시 중국인들이 반항한 것은 나라가 망했기 때문이 아니라 그저 변발을 강요당하는 것이 싫었기 때문이지. (…중략…) 얼마나 많은 중국인들이 이 아프지도 않고 가렵지도 않은 머리털 때문에 괴로움을 겪고 고초를 당하며, 목숨을 잃게 되었는가 말일세!

이미 일찍이 변발을 잘랐던 N선생은 변발에 대한 의론의 마지막 부분에서 이렇게 말하고 있다.

조물주의 채찍이 중국인들의 등짝을 내리치지 않는 한 중국은 영원히 이런 식의 중국으로 남아 있을 거야. 절대로 스스로 머리카락 하나 바꾸

> 려 하지 않는단 말일세. 자네들은 입안에 독을 내뿜는 이빨이 없는데도 어째서 일부로 이마에 '복사(蝮蛇, 독사)'라는 두 글자를 써넣고 거지들을 데려다가 때려죽이게 하는가 말일세.

이처럼 격분의 언사 속에서 루쉰은 중화민족이 얼마나 심각한 재난을 당했는지, 근대 혁명사에서 얼마나 비통한 피의 역사를 경험해야만 했는지를 보여준다. 본래 사람들은 변발을 늘어뜨리지 않았으며, 변발을 하지 않는다고 유혈의 비극을 맛봐야만 했다. 그러나 2백여 년 동안 변발을 하면서 노예처럼 인이 박힌 후에는 오히려 변발이 없는 이들을 '반역자'로 몰아붙이고, 외국에서 돌아와 변발이 없는 이들을 '무례한 자冒失鬼'나 '가짜 양놈假洋鬼子'로 매도했으며, 혁명이 발발한 후 아직까지 사회 개혁이 제대로 이루어지지 않은 상태에서 변발을 둘러싸고 시끄러운 논쟁이 벌어졌다. 구시대 중국인들에게 변발은 단순한 신앙을 넘어서 거의 토템숭배에 가까울 정도였다. 이는 역사적 타성과 심리적 타성이 표리를 이룬 결과였다. 루쉰은 이런 탐색을 통해 진실로 가공스러운 노예근성의 '국민 영혼'과 접하고, 또한 중국 근대혁명의 비통한 유혈의 교훈과 만났다. 『광인일기』는 '인의도덕'이 모두 '흘인', 즉 사람을 먹는 식인과 다를 바 없음을 폭로했다. 루쉰의 이런 발언은 『통감通鑒』을 읽으며 깨달은 것이다. 하지만 송말과 명말 야사에 대한 루쉰의 여러 논술을 살펴볼 때, 그가 어찌 역사에 층층으로 겹쳐있는 피의 흔적에 비분하지 않을 수 있었겠는가? '변발에 대한 자세한 관찰'은 명청시대 야사와 연계될 뿐만 아니라 장타이옌의 당당한 기개와도 관련이 있으며, 무엇보다 신해혁명 이후 사회에 잠재되어 있는 분위기에 대한 루쉰의 탐색과 밀접한 관련이 있다. 루쉰은 장타이옌의 불굴의 기개를 계승하고 그의 정신을 계승하여 온갖 하천이 모여 바다를 이루듯이 자신만의 독특한 경계를 만들었으며, 이를 현대적으로 새롭게 발전시켰다. 이는 루쉰의 넓고 심오함, 위대함, 그리고 강인함을 보여주는 것이다.

굴원의 "아홉 번 죽어도 후회하지 않는" 정신, 절교서로 조력자이자 어용문인이 되기를 거절한 혜강의 방식, 그리고 장타이옌의 '미치광이' 형태로 표출된 급진적 혁명 정서. 루쉰은 이 세 가지를 자신의 인격 형성의 전형으로 삼았으며, 그렇게 함으로써 펑쉐펑馮雪峰이 말한 "중국민족의 전투자戰鬪者(전사)의 혼"[39]으로 단련鍛鍊되었다. 루쉰의 탁월한 위대성은 중화민족 및 자신의 고향인 사오싱의 사상 정수와 선현들이 보여준 모범적인 내용을 융합하여 신시대의 여명이 밝아오는 가운데 사막이나 가시밭길을 마다하지 않고 개척의 길로 나아갔으며, 절망에 굴하지 않고 자아를 철저하게 해부하여 독립적인 혁명가, 사상가로서 권력와 억압에 굴하지 않는 독립적 인격을 형성한 데 있다. 루쉰 소설의 걸출함은 당연히 그의 인격의 걸출함과 밀접하게 관련이 있다. 작가의 인격은 그의 소설 예술에 풍골을 부여하고, 내재적 지주로써 루쉰 전체 소설 예술의 '숭고미'를 지탱하여, 중국의 새로운 한 세대 지식인들에게 삶을 직시하고 혹독한 시련 속에서도 전진을 멈추지 않도록 분명하게 보여주었다.

39 펑쉐펑, 「루쉰과 중국민족 및 문학상의 루쉰주의(魯迅與中國民族及文學上的魯迅主義)」, 『루쉰의 문학 도로(魯迅的文學道路)』, 창사 : 후난인민출판사, 1980, 17쪽.

세대를 건너뛴 만남, 공정한 풍자, 과감한 현실 묘사

중국에서 현대적인 형태의 소설 역사를 세우는 데 탁월한 성과를 거둔 개산開山 인물로서 루쉰은 이미 줄기가 곧고 굵은 교목喬木으로 가시덤불로 우거진 숲속에서 현대소설 창작의 새로운 길을 개척했다. 중국 현대소설은 첫걸음부터 뛰어난 작품과 더불어 소설사에 대한 깊이 있는 연구를 할 수 있는 거인을 만났다는 점에서 행운이었다고 말할 수 있다. 루쉰은 20세기 20년대 전반부에 『중국소설사략』을 찬술하여 이후 중국 소설사 연구의 이념과 모델 마련에 전기를 마련했다. 강인한 지사형志士型 인물로 루쉰은 소설 창작은 물론이고 소설사 연구에도 조예가 깊었다. 그는 소설 창작에 임하면서 문학혁명과 사상혁명을 주장하고 현실에 대한 투철한 감각과 역사에 대한 심오한 감각을 결합시켰다. 그는 5·4 이전 소설계의 비속하고 저열한 예술 취미에 대해 몹시 상심했으며, 이를 대체할 수 있는 강건하고 엄숙하며 혁명적인 문학 기풍을 창조하여 소설 창작과 국민의 사상 계몽 및 반항 속에서 새로운 삶新生을 추구하는 사업을 통합적으로 해나가기로 작심했다. 그는 입센, 바이런, 니체 등의 사상과 학설 및 현실주의, 낭만주의, 상징주의 등 다양한 문학사조와 표현방식을 지속적으로 소개하는 한편 중국 고전 문학예술에서 사실寫實과 풍자의 전통, 민간문학의 강건하고 신선한 정취를 수용하여 한 시대의 문풍과 문체, 미학 방식에 따른 '대사작大寫作'을 창도했다. 루쉰 특유의 '대사작'은 중국 문학사에서 문학과 민중, 심미와 시대, 작가와 현실의 관계가 참신한 현대적 단계로 진입했음을 보여준다.

문학 풍조는 사회 풍조에서 뿌리를 내리고 생명의 자양분을 얻는다. 모든 시대, 모든 문학이 제기하는 역사적 요구는 문학 풍조의 교체, 전환 관계를 결정한다. 이는 유협의 다음과 같은 발언에서도 확인할 수 있다. "문학의 변천은 세상의 정세에 감염되고, 그 성쇠는 시대의 동향에 영향을 받는다." "시대를 달리하면서도 접맥되어 서로 섞이고 모습을 바꾸지 않음이 없으니 전통의 계승과 변혁을 통해 성과를 이룬다."[1] 한 시대를 개척하는 '대사작'은 바로 이와 같은 것이다. 청말에서 민국 초기까지 20년 동안 중국 자산계급 사람들은 문학을 빌어 정치사조를 고양하기 시작했다. 그들은 외래의 각종 소설 유형들을 무분별하게 수입하여 새로운 국면을 조성하는 과정에서 조급성과 피로감을 노출하고 말았다. 혁명파는 진정으로 낡은 것을 청산하고 새로운 것을 창조하는 문학운동을 이끌어 지속적으로 활동할 수 없었다. 심지어 그들의 문학적 이상은 정치 이상보다 훨씬 낙후했다. 물론 그들 가운데 장타

---

1 유협, 판원란 주, 「시서(時序)」, 「물색(物色)」, 『문심조룡주』, 베이징 : 인민문학출판사, 1978, 675 · 694쪽.

이옌이나 쩌우룽鄒容, 류야쯔柳亞子 등은 시문과 정론을 정치 선전의 도구로 삼아 한 시대를 뒤흔드는 정치적 영향력을 발휘했지만 그들 역시 문학과 정치의 직접적이고 심지어 표피적인 관계에 만족했다. 그래서 그들은 "나의 시는 문학의 혁명이 아니라 혁명적 문학이다"라고 말했던 것이다.[2] 남사南社의 닝댜오위안寧調元도 1903년 이렇게 외쳤다. "시단은 지금부터 시작하여 혁명의 깃발을 크게 세우자!"[3]

그러나 그들은 전국 규모의 실질적인 문학개혁 운동을 시도한 적이 없으며, 나름의 신문학 유파와 문학표현 체계를 세운 적도 없다. 심지어 5·4 신문학운동이 시작된 후에도 핵심적인 인물들조차 문학혁명이 혁파할 것은 이상理想이지 형식이 아니기 때문에 형식은 낡은 것을 따르더라도 이상만 새로우면 된다고 생각했다.[4] 신해혁명 전후로 혁명파 인사들이 문학과 사상문화 측면에서 이루어낸 행동이나 성과는 '시계詩界 혁명'과 '소설계 혁명'을 주창하며 '신민문체新民文體'로 한 때를 풍미한 량치차오 등에 오히려 못 미친다. 혁명 사조와 문학사조가 복잡하게 얽히면서 중간에 까풀이 생겨 '박리 현상'이 일어나기 때문에 마치 설익은 밥에 군불을 더 때는 것처럼 서둘러 익혀야만 했다.

신해혁명 이후 '설익은 밥'과 같은 상황이 전개되었다. 일부는 도무지 변화하지 않는 완고함으로 굳어졌고, 다른 일부는 지나치게 완숙하거나 짓무르고 저속하게 변질되었다. 원인은 혁명파 군체들이 지니

---

2 「류야쯔의 시와 글자(柳亞子的詩和字)」, 「인물」 잡지, 제1기, 1980.

3 닝댜오위안, 「인추난집에 제하며(題紉秋蘭集)」, 『닝댜오위안집(寧調元集)』, 장사: 호남인민출판사, 1988, 136쪽.

4 류야쯔, 「양행불과 문학에게 논하는 글(與楊杏佛論文學書)」, 「민국일보」, 1917.4.27.

고 있던 공화국에 대한 이상이 북양北洋세력에 의해 왜곡되고 변형되어 좌절되면서 신앙의 위기가 도래했기 때문이다. 그래서 분화, 변질, 추락이 시작된 것이다. 예를 들어 혁명파는 춘추시대 초나라 애국자인 종의鍾儀가 진晋나라에 수감되어서도 고국을 잊지 않았다는 이야기, 즉 "종의가 남쪽의 음악을 연주하며 근본을 잊지 않았다鍾儀操南音, 不忘本也"[5]는 『춘추좌씨전』의 기록을 차용하여 '남사南社'라는 이름을 정한 이유와 반청反清 의도를 설명한 바 있다. 그러나 청 조정이 물러나고 남북 사이에 평화 담판이 벌어지자 혁명은 이미 끝났다거나 원세개의 북양 세력이 정치권력을 장악한 것처럼 여겨져 문단에 영향을 미치기 시작했다. 루쉰은 이러한 분위기에 대해 다음과 같이 말한 적이 있다. "민국 이전에는 그러지 않아 많은 국민들이 이상가理想家를 길을 인도하는 사람으로 인정했다." 하지만 민국이 건립되고 몇 년 후 "순식간에 가치(이상의 가치)가 하락하고 순식간에 조롱을 당하고, 순식간에 이상가의 그림자조차 의화단 시절의 교민敎民(아편전쟁 이후 천주교나 기독교의 신도를 말한다-역주)들처럼 군중에게 버림받아 마땅한 대죄를 저지른 것과 같은 취급을 받게 되었다".[6] 일찍이 추구하거나 기대하는 바가 있었던 반신반구半新半舊의 사인 군체들이 민국 초 몇 년 동안의 사상과 신앙, 정신 상태에 대해 수많은 이들이 수많은 이야기를 했지만 루쉰이 진단한 '이상 가치의 하락'이라는 말의 심오함에 비길 수 없는 것이 아닐까? '이상 가치'는 지식인들에게 일종의 심령상의 등불과 같다. 그것이 한 번 '하락'하면 순식간에 칠흑 같은 어둠 속에서 갈피를 잡지

5 닝댜오위안, 「남사서(南社序)」, 『닝댜오위안집』, 213쪽.
6 루쉰, 『열풍·수감록』 39, 『루쉰전집』 제1권, 333쪽.

못해 절망에 빠지고 만다. 원세개의 칭제, 장훈의 복벽 등 정치 형세가 역전을 거듭하면서 사회적 기풍은 더욱더 혼탁해지고 악화되었다. 사회의 이상 가치가 하락하면서 문학에 심각한 영향을 주어 소설계의 이상 가치도 길을 잃고 추락하고 말았다. 이른바 원앙호접파, 흑막파 소설의 등장이 바로 그것이다.

비록 예술형식에 대한 탐색이 지속되고 정국의 악화와 윤리적 타락을 꼬집는 작품들이 때로 등장하였으나 일찍이 혁명파에 속했던 문인들과 상하이의 양장재자洋場才子들이 합류하면서 소설은 "아인雅人, 운사韻士들이 달빛 아래나 꽃 앞에서 함께 하는 좋은 동반자"라는 주장이 나오기 시작했으며, "달콤한 소설, 농밀한 이야기, 기괴한 필기筆記, 활달한 유희 작품"을 써서 독자들이 "근심을 떨쳐내고 우울을 말끔히 없애는 한 줄기 장밋빛 길"로 접어들 수 있게 해야 한다고 주장하기에 이르렀다. 결국 이러한 분위기는 당시 신문이나 잡지 문학의 중요한 취향이 되었다. 물론 사회적으로 심심풀이 한담이 전혀 필요치 않은 것은 아니다. 하지만 아무런 내용도 없는 한담을 당대의 최고 정신적 좌표로 삼는다면 시대적 비애가 아닐 수 없다. 남사의 몇몇 인사들은 원앙호접파의 선봉이 되었으며, 「민권보」와 「민권소民權素」는 심지어 원앙호접파의 총본부가 되었다. 그 가운데 일부 '애정哀情 소설'이나 '사회소설'의 경우 혼인의 자유를 주장하는 등 봉건 예교를 반대하는 문제를 다루기도 했다. 하지만 대부분 분내와 감상感傷이 넘쳐나 눈물이 화장에 번져 알록달록하기 일쑤였다. 사회의 이상 가치가 하락하고, 여전히 구식에 사로잡혀 있는 시민들의 저속한 취미, 그리고 문학상의 상업주의가 결합하면서 전체 문학의 기풍을 악화시켰다. 5·4 문학 혁명가들은 이처럼 방대한 예술 쓰레기를 청소하는 것이 무엇보다 급선무였다.

5·4시대는 이성정신과 이상가치가 고양되는 시기였다. 민국 초년 문단에 가득한 분내와 감상주의를 깨끗이 일소하는 것이 신문학운동의 중요 임무가 되었다. 「신청년」의 창간은 이상 가치의 하락을 막는 데 결정적인 역할을 했다. 과학과 민주정신을 이상 가치의 최고 좌표로 삼아 이상 가치의 새로운 경계를 개척하고, 문화의 현대적 새로운 이정표를 수립했기 때문이다. 그렇기 때문에 수많은 청년들은 암흑 속에서 여명을 보는 듯한 느낌을 받았다. 문학적으로 천두슈는 사회의 현실을 묘사하는 문학을 주장하고 봉건시대 귀족문학을 공격함과 동시에 당시 문학상의 '비루하고 진부한' 기풍을 비판했다.[7] 문학연구회는 문학이란 "엄숙한 인생을 위한 사업"이라고 주장하면서 원앙호접파의 문학주장을 맹렬히 공격하며 "문예를 즐거운 시절의 유희나 실의했을 때 소일거리로 삼는 시대는 이미 지나갔다"[8]고 주장했다. 그들은 "오락파의 문학관이 문학을 타락시키고 문학의 천진성을 잃게 만들었으며, 문학을 금전의 함정에 빠뜨린 중요 원인"[9]이라고 질책했다. 그들은 심지어 원앙호접파 소설가들을 '문학 거지文丐', '문학 창녀文倡'라고 인격적 모독도 불사하면서 오로지 "당시 사회의 일시적인 하류 취미에 영합하는"[10] 이들이라고 비난했다. 또한 소설의 저열한 경

7 천두슈, 「문학혁명론」, 왕영생(王永生) 주편, 『중국현대문론선』 제3책, 구이양 : 구이저우인민출판사, 1984, 397쪽.

8 「문학연구회선언」, 『소설월보』 제12권 제1호.

9 서체(西諦), 「신문학관의 건설」, 『문학순간(文學旬刊)』 제37기.

10 정전둬, 『문학쟁론집』 도론, 오중걸(吳中杰) 저, 『중국현대문예사조사』, 상하이 : 복

향에 대해서도 날카로운 풍자와 비난을 금치 않았으며, 그들을 "진실한 인생에 대한 고찰이나 묘사를 포기하고 그저 웃음이나 울음을 모방하는 졸렬한 글짓기에 몰두하고 있으며, 심지어 남녀의 음욕에 관한 일을 지어내어 '흑막소설'이라고 부르면서 '문자 상의 수음手淫'을 즐기고 있다"[11]고 비난했다. 비록 이러한 비판적 발언이 구체적인 분석과 변별이 없었기 때문에 복잡한 문학조류를 한꺼번에 제거하기에 역부족이었으나 당시 문학 기풍을 개량하는데 촉진 작용을 했다는 것은 의심할 여지가 없다. 이렇듯 중국 신문학은 오래된 봉건주의 구 문학과 대립하기 위해 생겨났을 뿐만 아니라 당대 사회를 풍미하고 있던 원앙호접파의 풍월 취미에 대해서도 문학적으로 대립각을 세우며 변화 발전해나갔다.

루쉰은 민국 초기 문학의 '이상 가치의 하락'을 정확하게 간파했다. 그렇기 때문에 그의 작품은 자연스럽게 이와 상반되게 의도적으로 이상 가치를 회복하는 방향으로 나아갔다. 루쉰의 소설집 『납함』이 1923년 8월 베이징 신조사에서 출간되었을 때 수많은 지식인들이 이러한 가치 중건을 통해 이상의 밝은 빛을 느낄 수 있었다. 루쉰과 동일한 진영에 있던 선옌빙沈雁冰(마오둔茅盾)은 10월 8일 「시사신보」 부간에 「『납함』을 읽고」라는 글을 발표하여 루쉰의 「광인일기」를 읽고 난 후 자신의 느낌에 대해 이렇게 말했다. "(정신적으로) 통쾌한 자극을 받았다. 그것은 마치 오랫동안 어둠 속에 처해 있던 사람들이 갑자기 찬란한 햇빛을 보는 것과 같았다." "기이한 문장 속에 의미심장한 구절, 준엄한 어

단대학출판사, 1996, 143쪽.

11 선옌빙(沈雁冰, 마오둔), 「자연주의와 중국현대소설」, 『소설월보』 15권 7호.

조, 함축적인 의미 대조, 그리고 담담한 상징주의 색채가 색다른 풍격을 구성하고 있다." "매운 고추를 좋아하는 이가 마치 '고추를 먹으면 먹을수록 상쾌해지는' 느낌을 받는 것과 같다."[12] 이후 장딩황張定璜은 루쉰과 의견이 다른 「현대평론」에 「루쉰 선생」이라는 글을 발표하여 다음과 같이 생생하게 말한 바 있다.

루쉰 선생이 길가에 서서 남녀노소가 큰 길을 오가는 모습을 보고 있다. 키가 큰 사람도 있고 작은 사람도 있으며, 나이가 들거나 어린 아이도 있다. 그런가하면 뚱뚱한 이도 있고 날씬한 이도 있으며, 누군가는 웃고 또 누군가는 울고 있다. 이렇게 사람들이 그곳에서 꿈틀거리고 있다. 우리의 눈과 얼굴, 그리고 행동거지로부터, 우리의 온몸으로부터 그는 우리들의 우매하고 완고함, 비열함, 추악함, 그리고 허기짐을 보았다. (…중략…) 우리는 그에게 세 가지 특색이 있다는 것을 안다. 그것은 수술 경험이 풍부한 의사의 특색이기도 하다. 첫 번째 특색은 냉정이고, 두 번째 역시 냉정이며, 세 번째도 냉정이다.

이러한 냉엄한 현실 묘사가 기이한 광채를 발하고 다른 소설과 전혀 다른 풍격을 만들어냈던 것이다. 예컨대 「갑인甲寅」에 게재된 「쌍평기雙枰記(장스자오章士釗가 쓴 문언소설)」는 1914년 작품인데, 「신청년」에 발표된 「광인일기」는 1918년 작품이다. 불과 4년이란 시간 속에서 양자의 거리가 이처럼 벌어졌다는 것은 분명 이유가 있다. 장딩황은

12 선옌빙, 「『납함』을 읽고」, 「시사신보」 부간, 「학등(學燈)」, 1923.10.8.

이에 대해 이렇게 말하고 있다.

> 두 가지 언어, 두 가지 감정, 두 가지 서로 다른 세계! 「쌍평기」, 「강사기(絳紗記)」, 「분검기(焚劍記)」에서 우리는 우리의 마지막 구체(舊體) 작풍, 마지막 문언소설, 마지막 재자가인의 환영, 마지막 낭만적 감정, 중국인 조상들이 전해준 마지막 인생관을 보존하고 있다. 「광인일기」를 다시 읽었을 때 우리는 옅은 어둠 속 오래된 사당의 등불 아래에서 순식간에 여름날 뙤약볕으로 걸어 나간 것처럼 중세기에서 현대로 건너뛴 것 같았다.[13]

서로 다른 방향을 추구하는 두 편의 평론에서 똑같은 감각을 보여주고 있다. 몇 년 전의 소설과 대비하여 루쉰의 소설을 읽고 난 후 마치 중세기에서 현대로 곧 바로 진입한 것처럼, 어두운 암흑 속에서 찬란한 햇빛을 본 것처럼 느꼈다는 뜻이다. 이는 하락한 이상 가치가 새롭게 중흥하면서 사람들에게 가져다준 정신적 효과였다.

이상 가치의 문제는 5·4신문화운동의 핵심적인 명제이다. 비록 5·4 선구자들이 과학과 민주 등 외래의 학리 체계를 깊이 소화하여 체계적으로 논술하는 데까지 미치지 못했고, 특히 중국의 정황과 결합하여 깊이 고찰하지는 못했지만 그들이 과학과 민주, 인간을 근본으로 하는 문학, 현실을 직면하면서 사상적 계몽을 추진하고자 했던 이상적 가치 입장은 명확했을 뿐만 아니라 견고했다. 루쉰은 이상 가치를 통해 시대

13 장딩황, 「루쉰선생」, 『현대평론』 제1권, 7·8기, 1925.1.24·31.

의 문학기풍을 양육하는 일을 무엇보다 중시하고 스스로 실천에 옮겼다. 추호도 타협하지 않는 그의 비판정신은 5·4문학혁명의 내재적 요구와 부합했다. 그는 언제나 총체적인 시야와 역사 발전의 동태적 관념 속에서 다양하고 복잡한 문학현상을 파악하고 시대의 이상 가치와 문학기풍의 내재 관계를 찾아냈으며, 동시대 서로 다른 단계의 문학 기풍의 미묘한 변화와 상호 관계를 찾아냈다. 그리고 이를 통해 문학의 본질과 내재 맥락을 파헤쳤다. 루쉰이 1927년 강연한 내용인 「위진 풍도 및 문장과 약, 술의 관계魏晉風度及文章與藥及酒之關係」는 중고 시대 문학 기풍의 특질과 그 변화를 논술한 전범적인 문장이다. 그는 당시 생활필수품처럼 유행하던 약과 술을 통해 당시 사인들의 풍습을 고찰했으며, 그것이 문장 풍격에 어떤 영향을 주었는지 밝혀냈다. 이와 유사하게 루쉰은 1931년에 강연한 내용인 「상하이 문예의 일별」에서 30년 전 「신보申報」 이야기를 꺼내면서 당시 군자와 재자로 나눌 수 있는 두 부류의 선비들 가운데 '양장재자'들이 '사서'나 '오경'과 같은 군자의 책에서 이탈하여 "닭 울음소리를 듣고도 성을 내고 달만 보고도 마음 아파한다"는 말부터 시작하여 청말 민초 원앙호접파 소설의 역사적 변천 및 '재자+가인'서書와 '재자+건달'의 기풍에 대해 조롱과 풍자, 웃음을 섞어가며 전혀 거리낌 없는 분석을 가하고 있다. 당시 그의 강연은 원앙호접파의 사회적 토대, 비속하고 저급한 예술 취미, 그리고 "한 쌍의 나비나 원앙처럼 서로 떨어지지 않은 채 버드나무 그늘이나 꽃 아래에서 애틋한 사랑을 나누는"[14] 재자가인의 공식화된 경향에 대해 철저하고 심각

---

14 루쉰, 『이심집·상하이 문예의 일별』, 『루쉰전집』 제4권, 301쪽.

한 비판을 가하고 있다. 루쉰이 강연을 하면서 서두에 상하이 「신보」를 끄집어 낸 것은 「신보부간」으로 왕둔건王鈍根, 천데셴陳蝶仙, 저우서우쥐안周瘦鵑 등이 오랫동안 주관해온 '자유담自由談'이 원앙호접파의 중요 기지 가운데 하나였기 때문이다. 후스는 「신보」 50주년을 기념하여 「50년 이래의 중국문학」이란 글을 썼다. 주로 근대소설에 관한 내용이지만 원앙호접파에 대해 전혀 비판하는 구절이 보이지 않는다. 그렇기 때문에 문학 기풍 개조와 이상 가치 중건을 중시한 것이야말로 계몽사상가로서 루쉰의 중요 역할이자 심오한 부분이라고 할 수 있다. 루쉰은 문학의 기풍과 이상 가치가 불가분의 관계에 놓여 있음을 간파하고 있었다. 그는 원앙호접파의 작품이 존재하게 된 사회적 원인에 대해 언급하면서 이렇게 말했다.

> 아편으로 밥을 삼고 지남침으로 풍수를 보며, 산성이 강한 물로 옷을 세탁하는 이런 나라에서 역겨운 문학을 선전하지 않기를 생각할 수 있겠는가?[15]

부패와 저속한 취미로 가득한 사회를 개조해야만 '육마문학肉麻文學(역겹고 메스꺼운 문학)'의 전파와 유행을 막아낼 수 있다는 뜻이다.

또한 루쉰은 문학 기풍이 역으로 사회의 가치관념에 거대한 영향을 줄 수 있을 것이라고 믿었다.

---

15 루쉰(필명 아이阿二), 「야래향(夜來香)」, 『중국현대문예자료총간』 제4집, 상하이 : 상하이문예출판사, 1979, 122쪽.

우리 국민의 교양이란 실제로 소설에 기대고 있는 경우가 많으며, 심지어 소설에서 편집한 희극에 의지하는 경우도 있다. 관우와 악비를 숭상하는 어르신 선생들에게 그들이 생각하는 이 두 명의 '무사 성인'의 풍채에 대해 물어보면 다음과 같은 대답을 듣기 일쑤이다. '가느다란 눈을 가진 붉은 얼굴의 대장부와 다섯 가닥의 수염을 늘어뜨린 백면서생이 수를 놓은 금색 갑옷을 입고 등에는 뾰족하고 각진 깃발 네 개를 꽂고 있다.'[16]

이렇듯 문학예술은 사람들의 심리, 심지어 신앙에까지 영향을 미친다. 루쉰의 문학관은 사회 지식의 구성과 사회 문화심리의 문화적 내원에 초점이 맞추어져 있다. 사회는 이러한 중개를 통해 정치인물의 인문적 소양과 도덕적 지조, 심미 감정에 영향을 끼치며, 이를 통해 정치 활동의 문화적 함량을 증가시킨다. 하지만 단순하게 문학을 선전도구로 삼아 직접적으로 정치행위와 결부시킬 수는 없다. 그는 문학적 기풍의 총체성에서 문학을 인식하고 개조할 것을 주장했으며, 역으로 문학에 내재되어 있는 이상 가치, 인문적 취향, 그리고 심미 방식을 통해 사람들이 세계를 인식하고 사회를 개조하는 자각성과 능력을 향상시킬 것을 강조했다. 그렇기 때문에 "인생을 위한" 루쉰의 계몽주의 문학관은 문심과 인심, 그리고 정심政心(정치 심리)의 상호 연계를 강조한 것이다.

이처럼 문심, 인심, 정심의 상호 연계를 강조하는 "인생을 위한" 문학의 탁월한 공적은 "표현이 심각하고 격식이 독특하여"[17] 지식인들을 크게 요동시킨 루쉰의 단편소설에 있다. 그의 단편소설은 신문학의

16 루쉰, 『화개집속편 · 즉흥일기 속편(馬上支日記)』, 『루쉰전집』 제3권, 352쪽.
17 루쉰, 『차개정 잡문2집 · 「중국신문학대계」 소설2집 서문』, 『루쉰전집』 제6권, 246쪽.

강건하고 왕성한 생명력을 드러내면서 봉건시대 낡은 문학과 원앙호접파의 풍월 문학을 암담하게 만들고 생기를 잃게 만들었으며, 이로부터 더욱 많은 신생의 역량을 추동하여 신문학 창작에 대한 흥취를 더하게 만들었다. 루쉰은 비록 자신이 소설을 쓰기 위해 "의존한 것이라고 해야 예전에 읽은 백여 편의 외국작품과 약간의 의학적 지식이 전부였고, 그 외에 준비한 것은 아무 것도 없었다"[18]라고 솔직히 고백했지만, 사람들은 그의 소설이 본토 문학에 뿌리를 두지 않고 그저 천상의 햇볕과 외부로부터 불어오는 바람으로 녹음이 우거져 그늘을 만들었다고 생각하지 않는다. 좀 더 깊이 고찰해보면, 루쉰이야말로 『유림외사』와 『홍루몽』을 대표로 하는 현실 묘사와 풍자 전통의 진정한 계승자이자 발전자이다. 아마도 외래의 계시啓示는 그의 소설 형식에 대한 영감과 현대 명제에 대한 감지를 자극했을 것이다. 하지만 원기元氣의 충만, 문자 단련, 인물 묘사 등등은 모두 중국문화의 수양과 떼려야 뗄 수 없는 것들이다. 개방적인 마음에서 '가져온拿來' 외국문학이 있었기에 비교적 차원에서 중국문학에 대한 이해를 활성화할 수 있었고, 성실한 독서를 통해 중국문학의 정수를 파악함으로써 확고한 본체에 대한 각성이 가능하여 외국문학을 흡수하는 깊이를 강화할 수 있었을 것이다. 루쉰은 이렇게 말했다.

> 중국에서 소설은 대대로 문학이 아닌 것으로 생각해 왔다. 무시하는 분위기 속에서 실제로 18세기 말 『홍루몽』이 나온 이후에 위대하다고

18 루쉰, 『남강북조집 · 나는 어떻게 소설을 쓰게 되었는가?』, 『루쉰전집』 제4권, 526쪽.

할 만한 작품도 창작되지 않았다. 소설가가 문단에 침입한 것은 '문학혁명' 운동이 시작되고 나서, 그러니까 1917년 이후의 일이다.[19]

특히 주목할 부분은 루쉰이 '오랜 기간' 문제를 관찰하면서 18세기 중엽에서 20세기 전기까지 즉 청조 중, 만기에서 민국 초년까지 150여 년의 세월을 뛰어넘었다는 점이다. 이러한 뛰어넘기가 문학혁명을 주창하면서 또한 소설사가小說史家이기도 한 인물에서 나왔다는 점에서 대단한 문화적 의의가 있다. 이러한 사실을 통해 우리는 루쉰의 소설이 5·4의 시대적 요구에 부응하여 외래의 영양분을 흡수하면서 생겨난 것이나 본질적으로 『홍루몽』의 전통을 계승하여 이를 현대적으로 창조했음을 알 수 있다. 역사에서 흔히 볼 수 있다시피 새로운 문학 형태가 지평선에 출현하게 되면, 그 자체의 예술적 경험이 충분하지 않기 때문에 과거의 우수한 예술을 향도로 삼으며, 다른 한편으로 자체적으로 하나의 사회세력을 형성할 만큼의 거대한 성취가 아직 마련되지 않았기 때문에 고인의 우수한 예술에서 도움을 받기 마련이다. 이렇듯 새로운 문학형태를 창조한 이는 때로 자신과 한 세대 또는 여러 세대를 건너뛰어 보다 오래된 예술 전통과 랑데부하여 대화를 나누는 데 주목한다. 이것이 바로 문학사에서 '격세 랑데부', 즉 세대를 넘어선 만남이다. 이러한 현상은 마치 병법에서 말하는 '원교근공遠交近攻' 전략과 상통한다. 이탈리아 문예부흥기의 문학은 서구 자산계급 문학의 시작이다. 하지만 그들은 오히려 고대 그리스, 로마문화에서 자신의 우수한 전통을 찾았다.

19 루쉰, 『차개정 잡문·짚신 서문(「草鞋脚」小引)』, 『루쉰전집』 제6권, 21쪽.

방향을 인도할 향도가 필요하여 고대 문명에서 이러한 길잡이를 찾았다. 이는 고대 문명이 정신적인 면에서 사람들의 흥취를 자아내는 풍부한 진리와 지식을 갖추고 있었기 때문이다. 사람들은 찬미와 감격스러운 심정으로 이러한 문명의 형식과 내용을 받아들였으며, 그것이 당시 문명의 중요 부분이 되었다.[20]

중국 당대 전기의 시인들은 육조의 기려綺麗하고 음미淫靡한 문풍을 바꾸기 위해 『시경』과 『초사』, 그리고 한위漢魏 풍골風骨에 기댔다. 진자앙은 이렇게 말했다.

옛 사람을 회상하면 언제나 부염하고 기미한 문풍이 문단에 가득하여 풍아의 기풍이 일어나지 않음을 걱정했다.[21]

또한 이백은 이렇게 말했다.

장차 옛 도를 회복하는데 내가 아니면 누가 하리![22]

이는 모두 세대를 뛰어넘어 자신의 뿌리와 지음知音을 찾고자 함이다. 두보에 이르러 근체시는 이미 거대한 세력을 형성했다. 그렇기 때

20 야콥 부르크하이트(Jacob Burckhardt), 『이탈리아 문예부흥시기의 문화』, 베이징 : 상무인서관, 1979, 170~171쪽.

21 진자앙, 「좌사 동방규에게 「수죽편」 서문을 주다(與東方左史虬「修竹篇」序)」, 『진습유집(陳拾遺集)』 권1, 사고전서본.

22 이백, 『목란시(木蘭詩) · 고일(高逸)』 제3, 사고전서본.

문에 그는 육조 시인들에 대해 진자앙이나 이백보다 훨씬 존중했던 것이다. 문화의 발전은 두 발로 걸어가는 것과 같다. '이미' 앞에 오른 발이 놓여 있는 상황에서 큰 걸음으로 왼발을 놓으려고 한다면 조금 전에 내려놓은 오른 발의 잘못을 정확하게 인지하고 그 폐단을 고쳐야만 할 것이다. 그렇지 않다면 크게 왼발을 디디려고 하는 합리적 전제를 찾기 힘들 것이다. 하지만 시대를 건너 뛰어 왼발이 걸었던 가장 우수한 본보기를 찾아낸다면 왼발의 행로에 대한 역사적 근거를 충분히 설명할 수 있다. 참신한 문학의 패러다임은 주로 기존의 문학 패러다임에 대한 반발로 등장하기 마련이다. 그렇기 때문에 때로 시대를 건너뛰어 이전의 우수한 문학 전통에서 자신의 생성 이유를 찾게 된다. 이러한 '격세 랑데부'에 문학발전사의 변증법적 오묘함이 담겨져 있다.

루쉰은 『중국소설사략』과 근대 및 고대 소설을 논술하는 문장에서 청조 이래 소설발전의 두 가지 노선을 정리한 바 있는데, 이를 통해 우리는 '격세 랑데부'의 문화 원칙을 인증할 수 있을 것이다.

① 『홍루몽』 – 협사소설 – 원앙호접파 소설

② 『유림외사』 – 견책소설 – 흑막파 소설

루쉰은 소설발전사에서 특히 현실을 묘사하고 세태를 풍자하는 『유림외사』와 『홍루몽』의 선도적인 위상을 중시했으며, 나중에 이를 모방해서 창작한 작품들은 호랑이를 그린다고 하면서 개를 그리는 것처럼 날로 저급한 쪽으로 흘러 말류에 이른 것들이라고 생각했다. 그래서 그는 말류를 추종하거나 모방하여 격세隔世의 걸작을 곡해하는 대신 시대를 뛰어넘어 현대적인 이념으로 걸작과 직접 대화할 수 있었던 것이다. 다시 말해 청대 사람들의 평가를 바탕으로 오경재의 『유림외사』나 조설근의 『홍루몽』을 읽은 것이 아니라 마치 그들이 직접 루쉰에게 써준 것처럼 작품 그대로 읽었다는 뜻이다. 루쉰은 풍자문학으로서 『유림외사』의 가치를 최초로 논술했다. 일본의 중문학자 시오노야 아쯔시鹽谷溫는 『중국문학개론강화』에서 풍자문학의 걸작들에 대해 "예전 과거 시험장에 모인 서생들의 분위기를 폭로했다"[23]고 말했을 뿐이며 그다지 중시하지 않았다. 하지만 루쉰은 『중국소설사략』에서 별도의 장을 마련하여 『유림외사』에 대해 다음과 같이 논술했다.

> 오경재의 『유림외사』가 나온 후에야 공정성을 견지하면서 당시의 폐단을 지적하게 되었으니, 특히 당시 사대부 계층을 향해 풍자의 예봉을 겨누었다. 그 문장은 개탄하는 가운데 해학이 있고, 완곡하면서도 풍자가 많이 담겨 있다. 이에 설부(說部, 소설) 가운데 비로소 풍자의 책이라고 부를 만한 것이 나오게 되었다.

> 오경재가 묘사한 것은 바로 이런 부류의 사람들로, 대부분 스스로 보고 들은 바에 의거했기 때문에 묘사한 내용 역시 그러한 정황을 전달하기에 충분했다. 그러므로 어두운 부분을 밝혀내고 감추어진 것을 찾아내어 그 행적을 감추고 있는 사물이 없었다. 무릇 관료와 유자(儒者), 명사, 산인(山人), 그리고 사이사이에 시정세민(市井細民)들까지 모두 작품 속에 모습을 드러내고 있는데, 그들의 목소리와 모습을 아울러 묘사하여 당시 세상이 눈앞에 있는 듯했다.[24]

23 시오노야 아쯔시, 쑨량궁(孫俍工) 역, 『중국문학개론강화』, 상하이 : 개명서점, 1931, 485쪽.

"공정성을 견지하면서 당시의 폐단을 지적했다." "개탄하는 가운데 해학이 있고, 완곡하면서도 풍자가 담겨있다." 이러한 루쉰의 발언은 『유림외사』의 정신적, 심미적 특징을 보다 확실하게 드러낸 것이자, 감히 아무도 저항할 수 없는 진실한 역량으로 중국 풍자 예술의 고봉이 되었음을 보여주는 것이다. 이런 점에서 시오노야 아쯔시의 '폭로'라는 말에 비해 보다 심각한 의미를 지닌다.

더욱이 루쉰은 대단히 민감하고 예리한 예술 감각으로 『유림외사』를 '풍자소설'로 간주하고 청말 소설인 『관장현형기官場現形記』를 비롯한 여러 소설을 '견책소설譴責小說'로 분류하여 양자 간의 차이점을 밝혔다. 이는 아무나 따라할 수 없는 탁견이다. 이는 후스胡適에게도 깊은 영향을 주었다. 후스는 「문학개량추의」에서 이렇게 말한 바 있다.

> 나는 매번 오늘날의 문학은 능히 세계 '제일류' 문학과 비교하여 손색이 없는 작품은 백화소설(아불산인(我佛山人), 오견인(吳趼人)), 남정정장(南亭亭長, 이백원(李伯元)), 홍도백련생(洪都百煉生, 유악(劉鶚)) 세 사람 뿐이다) 뿐이라고 말했다. 이는 다른 연유가 아니라 이러한 소설이 옛 사람들을 모방하지 않고(세 사람은 모두 『유림외사』, 『수호』, 『석두기』에서 힘을 얻었지만 작품을 모방하지는 않았다), 지금 사회의 정황을 사실대로 묘사하여 능히 진정한 문학이 될 수 있었기 때문이다.[25]

---

24 루쉰, 『중국소설사략』, 『루쉰전집』 제9권, 228~229쪽.

25 후스, 「문학개량추의」, 「신청년」 제2권 5호, 1917.1.

첫 마디부터 "나는 매번 말했다"라고 한 것을 보면 이것이 한 때의 견해가 아니었음을 알 수 있다. 5년 후인 1922년 후스는 「50년 이래 중국문학」이라는 제목의 글을 써서 루쉰에게 읽어보도록 했다. 루쉰은 그의 글을 읽은 후 이렇게 답장을 썼다.

> 훌륭한 원고 이미 다 읽어보았습니다. 날카로운 통찰력이 사람의 마음을 유쾌하게 만들더군요. 하루라도 빨리 출간되기를 바라마지 않습니다. 이러한 역사적인 의견 제시는 수많은 공론(空論)을 능가하기 때문입니다. 다만 백화(白話)의 생성 문제는 「신청년」에서 주장한 이후로 가장 큰 관건이 되고 있는데 태도가 공정하기 때문에 이전의 문호들이 가끔씩 백화를 시문에 집어넣은 것들은 '벽전(僻典, 흔치 않은 전고)'을 운용하는 경우와 같다는 생각이 듭니다.[26]

하지만 후스는 "50년의 '살아 있는 문학活文學'"을 이야기하면서 "우리는 그것을 남과 북 두 가지로 구분할 수 있는데, 북방의 평화評話소설과 남방의 풍자 소설이 그것이다. 북방의 평화 소설은 민간 문학이라고 할 수 있다. (…중략…) 『아녀영웅전』, 『칠협오의七俠五義』, 『소오의小五義』, 『속소오의續小五義』 (…중략…) 이러한 부류에 속한다. 남방의 풍자 소설은 다르다. 풍자 소설의 중요 작가는 대부분 문인들인데, 때로 사상이나 경험이 풍부한 문인들도 있다. 그들의 소설은 언어 방면에서 아름답고 활동적인 북방 소설만 못하다. 이는 아마도 남방 사람들이

---

26 루쉰, 「후스에게(致胡適), 1922년 8월 21일」, 『루쉰전집』 제11권, 431쪽.

북방언어로 글을 쓰는 것이 곤란하기 때문일 것이다. 하지만 사상적 견해 면에서 남방의 몇몇 중요 소설은 풍자적인 내용을 담고 있어 '사회 문제 소설'이라고 할 만하다. 그들은 남을 위할 줄도 알고 또한 자신의 이야기를 담을 줄도 안다. 『관장현형기』, 『이십 년 동안 목도한 괴현상二十年目睹之怪現象』, 『한해恨海』, 『광릉호廣陵湖』 (…중략…) 모두 이러한 부류에 속한다.(남방에 한담을 위주로 한 소설이 있는데, 『구미귀九尾龜』 등이 그러하다)"[27] 후스이 이 글을 쓸 때는 루쉰의 『중국소설사략』을 읽기 이전이었기 때문에 '풍자 소설'과 '견책 소설'을 구분하지 않고 있음을 알 수 있다.

루쉰은 견책소설에 대해 이렇게 말했다.

> 감추어져 있는 사실을 드러내고, 악폐를 폭로했으며, 당시 정치에 대해 엄중하게 규탄하거나 한 걸음 더 나아가 풍속까지 비판했다. 비록 의도한 바는 세상을 바로잡는 데 있기 때문에 풍자소설과 궤를 같이 하는 것처럼 보였으나, 문장의 기세가 노골적이고 필봉에 예리함을 감추고 있지 않으며, 심지어 언사가 지나쳐 당시 사람들의 기호에 영합하는 부분이 있으며, 그 도량과 기술이 풍자소설과 거리가 있었기에 별도로 견책소설이라고 불렀다.[28]

후스는 루쉰의 이런 글을 읽고 난 후 자신의 기존 관점을 수정했다.

---

27 후스, 「50년 이래 중국문학」, 『후스고전문학연구논집』, 상하이 : 상하이고적출판사, 1988, 135~136쪽.

28 루쉰, 『중국소설사략』, 『루쉰전집』 제9권, 291쪽.

> 나는 「50년 이래 중국문학」에서 『관장현형기』를 『유림외사』를 모방한 풍자 소설이라고 말한 적이 있는데, (…중략…) 루쉰 선생은 자신의 『중국소설사략』에서 별도로 '견책 소설'이라는 명칭을 만들어 『관장현형기』, 『이십년목도지괴현상』, 『노잔유기』, 『얼매화』 등을 여기에 귀속시켰다. 이러한 구분은 탁월한 식견이다. (…중략…) 루쉰 선생이 이처럼 『유림외사』를 높이 평가했기 때문에 근대 견책소설과 『유림외사』를 병렬하지 않은 것인데, 이러한 주장에 나도 찬성한다.[29]

후스가 이렇게 루쉰의 관점을 수용하는 것을 보면서 루쉰의 심미적 감각의 예리함을 살필 수 있을뿐더러 다른 이의 권고나 주장을 흔쾌히 받아들이는 후스의 산골짜기만큼이나 깊은 겸허한 인품을 엿볼 수 있다.

『홍루몽』은 중국 고전소설 가운데 가장 위대한 작품으로 역대로 연구자들이 자못 많다. 하지만 색은파索隱派의 연구는 지나치게 견강부회하고, 인상식印象式의 평점評點은 본질에서 벗어나기 일쑤이다. 이는 루쉰이 말한 바와 같다. "(『홍루몽』에서) 경학가들은 『역』을 보고, 도학가들은 음란한 것을 지적하며, 재자들은 사무치는 정에 매료되며, 혁명가들은 배만排滿을 보고, 소문내기를 좋아하는 이들은 궁궐비사를 본다."[30] 이렇게 해서는 결코 문학의 본질 면에서 『홍루몽』을 인식할 수 없다. 왕궈웨이는 미학적 의의로부터 『홍루몽』을 관찰하고자 했다. 그는 "인생의 진정한 모습을 보여주는 것"에 그 작품의 미학적 가치가

---

29 후스, 「『관장현형기』서」, 『후스고전문학연구논집』, 1241~1243쪽.

30 루쉰, 『집외집습유보편·「강동화주(絳洞花主)」소인(小引)』, 『루쉰전집』 제8권, 179쪽.

있다고 여겼으며, "극중 인물의 위치와 관계로 인해 어쩔 수 없이 그럴 수밖에 없는 것이지, 사갈蛇蝎과 같은 성질이나 의외의 변고가 있기 때문이 아닌 것"이 바로 이 작품의 비극이라고 보았다. "『홍루몽』은 비극 중의 비극이라고 할 만하다." 그의 이러한 논점은 사람들의 견문을 새롭게 할 정도로 탁월한 견해이다. 하지만 그는 쇼펜하우어의 비관적이고 염세적인 세계관에서 출발하여 『홍루몽』의 가치를 "염세, 해탈의 정신"으로 귀결했다는 점에서 불리佛理나 『역』리理를 선양하는 홍학가紅學家들과 그다지 멀리 떨어져 있지 않다. 예를 들어 그는 이렇게 말하고 있다.

> 쇼펜하우어는 시가를 미술의 정점에 놓았으며, 비극을 시가의 정점에 놓았다. 비극 가운데 특히 세 번째가 중요한데, 인생의 진상(眞相)을 보여주고 해탈을 그칠 수 없음을 보여주기 때문이다.[31]

중국문학사에서 본질적으로 『홍루몽』의 진실성과 비극성의 가치를 이해한 첫 번째 작가가 바로 루쉰이다. 그는 『중국소설사략』에서 『홍루몽』에 대해 이렇게 말했다.

> 작품에 묘사된 바는 비록 인생사에서 기쁘고 슬픈 감정과 만나고 헤어지는 과정에 지나지 않지만, 인물과 사건은 낡은 투에서 벗어나 있기 때문에 앞선 시대 사람들이 창작한 인정소설과 매우 다르다. (…중략…) 대개

31 왕궈웨이, 『홍루몽평론』, 요감명(姚淦銘)·왕연(王燕) 주편, 『왕궈웨이문집』 상, 베이징 : 중국문사출판사, 2007, 9쪽.

이 책에서 서술하고 있는 것은 모두 사실에 바탕한 것이며, 보고 들은 바는 모두 친히 경험한 것을 토대로 사실을 묘사했기 때문에 오히려 신선하다.[32]

『중국 소설의 역사적 변천』에서도 『홍루몽』에 대해 이렇게 말했다.

『홍루몽』의 가치를 이야기하자면, 중국 소설 가운데 참으로 보기 드문 것이라 할 만하다. 요점은 과감하게 사실을 그대로 묘사하고 결코 회피하거나 덮어버리는 것이 없으며, 이전 소설이 좋은 사람은 무조건 좋고, 나쁜 사람은 무조건 나쁘다는 식으로 묘사한 것과 크게 달라 서술하고 있는 인물들이 모두 진짜 사람들이었다는 것이다. 결론적으로 『홍루몽』이 세상에 나오자 전통적인 사상과 작법이 모두 타파되었다. - 그 문장의 아름다움과 흡인력은 오히려 차후의 일이다.[33]

루쉰이 무엇보다 주목한 것은 『홍루몽』의 묘사 수법이나 문장 풍격이 아니라 "사실을 묘사하여 오히려 신선하고", "과감하게 사실을 그대로 묘사하고 결코 회피하거나 덮어버리지 않아"인생의 본질을 직면하고 있다는 점이었다. 그렇게 함으로써 문학의 진실성이라는 본질에서 『홍루몽』이 전통 사상의 수법을 타파하고 새로운 미학 방식의 이정표를 세웠다는 것을 파악할 수 있었던 것이다. 이러한 혜안은 이미 당시대 사람들의 안목을 훨씬 뛰어넘는 것이었다. 격세의 걸작에 대한 이러한 이해와 인식은 "인생을 위한" 루쉰의 계몽주의 문학관과 문

32 루쉰, 『중국소설사략』, 『루쉰전집』 제9권, 241쪽.
33 루쉰, 『중국소설의 역사 변천』 제6강, 『루쉰전집』 제9권, 348쪽.

학의 본질이 랑데부하는 데 견고한 정신적 유대감을 제공하였다.

한 작가가 어떤 시대의 작품을 문화적 상징이나 문학의 전범으로 삼는가는 그가 일반적인 이론 문제를 토론할 때 작품 안의 인물, 스토리, 문장, 어구를 전형으로 삼거나 경전 작품의 예를 들어 자기 이론의 권위성을 지탱하는가 여부를 보면 된다. 『홍루몽』은 때로 루쉰이 어떤 문제를 논설할 때 인용하는 예증이 되기도 한다. 예를 들어 문학의 여러 장르의 현대적 전형轉型의 문제를 논하면서 그는 이렇게 말했다. "소설과 희곡은 중국에서 줄곧 사종邪宗(사도邪道)으로 간주되었다. 그런데 서양의 '문학개론'이 정종으로 인정하자 우리들도 보물로 떠받드니 『홍루몽』이나 『서상기』와 같은 부류가 문학사에서 마침내 『시경』이나 『이소』와 동렬에 놓이게 되었다."[34] 여기서 『홍루몽』은 소설의 전범, 『서상기』는 희곡의 전범, 그리고 『시경』과 『이소』는 시가의 전범이다. 또한 현실을 직시하는 인생 태도와 창작 태도에 대해 논하면서 이런 예를 들고 있기도 하다.

> 『홍루몽』에 나오는 작은 비극은 사회에서 흔히 볼 수 있는 일인데, 작가도 비교적 대담하게 사실적으로 썼고, 그 결론도 그리 나쁘지 않다. (…중략…) 헤켈(E. Haeckel, 독일 생물학자로 생물발생법칙을 제창했다-역주)은 사람과 사람의 차이는 종종 유인원과 원인의 차이보다 심하다고 말한 적이 있다. 우리는 『홍루몽』의 속(續)작자와 원작자를 한 번 비교해 보면, 그의 말이 대체적으로 확실하다는 것을 인정할 수 있을 것이다.[35]

34 루쉰, 『차개정 잡문2집 · 서무용의 「타잡집」 서문(徐懋庸作「打雜集」序)』, 『루쉰전집』 제6권, 301쪽.

이는 원서와 속서續書(원서를 이어 쓴 책)의 차이에 대한 언급이다.

루쉰의 잡문 가운데 『홍루몽』에 나오는 인물과 언어는 루쉰의 잡문에 종종 등장하여 교묘한 비유나 웃고 성내고 욕설을 퍼붓는 등 여러 가지 감정표현의 좋은 재료가 되고 있다. 특히 임대옥林黛玉과 초대焦大의 경우가 그러하다. 예를 들어 "'희로애락이 인지상정'임은 틀림없지만, 가난뱅이가 거래소에서 본전을 날릴까 걱정하는 일은 결코 없을 것이고, 석유왕이 베이징의 석탄 부스러기를 줍는 할머니가 겪는 고생을 어찌 알겠으며, 굶주림에 시달리는 지역의 이재민은 아마도 부자나리처럼 난을 키우지 않을 것이고, 가부賈府의 초대 역시 임대옥을 연모하지 않을 것이다".[36] 이렇듯 루쉰은 교묘하게 사회현실과 『홍루몽』에서 소재를 선택하여 인류 감정의 계급성과 공통성에 대해 논의하고 있다. 임대옥은 순수한 사랑의 상징으로 알려져 있으나 루쉰의 조롱 섞인 필묵에서는 그의 순수함도 한계를 드러낸다.

문학은 비록 보편성이 있다고 할지라도 독자마다 체험이 다르기 때문에 변화가 있기 마련이다. 독자가 만일 비슷한 체험을 갖고 있지 않다면 문학의 보편성은 그 효력을 잃고 만다. 예를 들어 우리가 『홍루몽』을 읽으면 문자만으로도 임대옥이란 인물을 상상할 수 있다. 「대옥이 땅에 꽃을 묻다」에 나오는 매란방 박사의 사진을 보고 느낀 선입견이 없다면 분명 다른 인물을 상상하게 될 것이다. 어쩌면 단발머리에 인도 비단 옷을

---

35 루쉰, 『무덤 · 눈을 크게 뜨고 보는 것에 대해 논함(論睜了眼看)』, 『루쉰전집』 제4권, 208쪽.

36 루쉰, 『이심집 · 경역(硬譯)과 문학의 계급성』, 『루쉰전집』 제4권, 208쪽.

> 입은 청초하고 말랐으며, 조용한 모던 여성을 상상할 수도 있을 것이다. 혹은 다른 모습을 상상할 수도 있을 것이니 딱히 단정할 수 없다. 그러나 3,4십 년 전에 나온 『홍루몽도영(紅樓夢圖咏)』과 같은 책에 나오는 그림과 비교해 본다면 분명 확연하게 다를 것이다. 책에 그려진 모습들은 그 시절 독자들의 마음속에 그려진 임대옥이기 때문이다.

이러한 발언은 이후 자못 영향력을 끼친 독자 수용이론과 유사하다. 루쉰은 계속해서 이렇게 말하고 있다.

> 문학에 보편성이 있다고 할지라도 한계가 있다. 상대적으로 보다 영원한 작품도 있을 것이나 독자들의 사회적 체험에 따라 변화가 발생한다. 북극의 에스키모 사람들이나 아프리카 내륙에 사는 흑인들은 '임대옥'과 같은 인물을 이해하거나 상상하기가 어려울 것이라고 생각한다. 건전하고 합리적인 좋은 사회에 사는 사람들도 역시 이해할 수 없을 것이다. 그들은 아마도 우리들이 진시황의 분서(焚書)나 황소(黃巢)의 난에 사람들을 죽인 이야기를 들을 때 느끼는 것보다 훨씬 낯설게 생각할 것이다. 이렇듯 변화가 있으니 영구한 것이 아니다. 유독 문학에만 선골(仙骨)이 있는 듯이 말하는 것은 꿈꾸는 사람들의 잠꼬대이다.[37]

이러한 의론은 후대 수용이론의 '선이해先理解'와 유사하다. '선이해'가 사람들의 작품 수용에 대한 구체적인 형식을 결정하기 때문이다. 루

37 루쉰, 『화변문학·독서잡기(看書瑣記)』, 『루쉰전집』 제5권, 561쪽.

쉰은 임대옥의 말을 예로 들어 사회 특정계급에 대해 투시하고 있다.

> 임대옥이 말했다. '동풍이 서풍을 압도하는 것이 아니라 서풍이 동풍을 압도한다.' 이는 여성들 사이의 '내전(內戰)'이 영원히 그치지 않을 것이라는 뜻이다.[38]

루쉰은 가부賈府(가보옥의 집인 영국부榮國府)의 하인인 초대焦大를 통해 언론자유의 현실적인 명제를 끄집어낸다.

> 『홍루몽』을 보니 가부의 언론이 꽤나 자유롭지 않은 곳이라는 생각이 들었다. 하인 신분인 초대는 술기운을 빌려 주인부터 시작하여 다른 모든 하인들까지 욕설을 퍼부으며 이 집안에는 두 마리 돌사자(대문에 세워놓은 장식물)만 깨끗하다고 말했다. 결과는 어떻게 되었을까? 결국 주인은 증오하고 다른 하인들도 모두 질시하여 그의 입 안 가득 말똥이 쑤셔 박히고 말았다는 것이다. 사실 초대가 욕설을 내뱉은 것은 가부를 타도하려고 했던 것이 아니라 가부가 잘 되기를 바라면서 주인과 하인들이 이렇게 해서는 가부가 제대로 유지될 수 없다고 말한 것에 불과하다. 그런데 되돌아 온 것은 말똥이었다. 따라서 초대는 진정 가부의 굴원(屈原)이었던 것이다. 그가 글을 쓸 줄 알았다면, 내가 생각하기에 「이소(離騷)」와 같은 글을 쓰지 않았을까 한다.[39]

---

38 루쉰, 『집외집습유보편 · 그녀들도 안 된다(娘兒們也不行)』, 『루쉰전집』 제6권, 21쪽.
39 루쉰, 『거짓 자유서(僞自由書) · 언론 자유의 한계(言論自由的限界)』, 『루쉰전집』 제5권, 122쪽.

여기서 볼 수 있다시피 루쉰은 『홍루몽』의 내용을 환히 꿰뚫고 있으며, 그 안에서 소재를 택해 현실 문제와 연관시킴으로써 참신하고 독창적으로 활용하고 있음을 알 수 있다. 물론 이러한 내용이 『홍루몽』에 대한 긍정적인 평가로 이어지는 것은 아니지만 그의 탁월하고 독특한 감각과 견해, 그리고 사고방식이 뛰어난 연상을 통해 고전문학의 소재를 현대의 의제로 삼고 현대적으로 사유할 수 있는 계기를 마련했다는 점에서 특기할 만하다.

『홍루몽』의 절정과 우연한 합치

사상가로서 루쉰은 역사적 감각이 풍부한 관통식貫通式 사유에 뛰어났다. 그는 『유림외사』와 『홍루몽』의 가치에 대해 개별적 또는 정태적으로 논한 것이 아니라 역사 변화의 조감도를 통해 현실을 묘사하고 풍자하는 우량한 전통이 어떻게 '견책소설譴責小說'에서 흥취가 줄어들고, '협사소설狹邪小說'에서 변질되었으며, 흑막파黑幕派와 원앙호접파鴛鴦蝴蝶派 소설에서 더욱 심하게 추락하여, 결국 사회적 이상을 잃은 채로 독자들의 세속적인 감정이나 저급한 취미에 영합하는 문학의 탁류가 되거나 사회 조류 밖으로 밀려나가 항만에 쌓인 퇴적물이 되었음을 밝히는 데 주력했다. 또한 원앙호접파와 흑막파의 문학 풍조가 중국소설사의 사실을 묘사하고 풍자하는 전통에 배치된다고 하면서 이러한 탁류를 깨끗이 흘려보내고 항만의 퇴적물을 제거하여 문학 발전의 수로를 소통시켜야 한다고 주장했다. 현대적인 각도에서 사실적이고 세상을 풍자하는 전통을 새롭게 개척한 것은 다른 이가 아니라 바로 루쉰이다. 다시 말해 그가 개창한 현실을 직면하고 세태를 비평하며, 인생에 대해 관심을 지니고 끝없이 외치고(납함), 또한 방황하는 소설의 새로운 바람이었다는 뜻이다.

『홍루몽』과 협사소설에 대해 루쉰은 「중국소설의 역사적 변천」이란 글에서 그것들을 모두 청대의 '인정파人情派' 소설로 귀납하고, 특히 후자를 말류로 규정했다. 협사소설은 주로 창기의 생활을 묘사하였는데, 루쉰은 그 가운데 몇몇 작품의 언어 기교에 대해 "내 개인의 경험에 의하면, 우리가 있는 그곳(루쉰의 고향인 사오싱)의 방언은 소주蘇州와 아주 다르다. 그런데 『해상화열전海上化列傳』은 나로 하여금 '발을 집 밖으로 내딛지 않아도' 소주의 백화白話를 이해하게 만들었다"[1]라고 칭찬하였으나, 이러한 부류의 작품에서 볼 수 있는 취미나 분위기는 "청나라 말기 문사들의 회포를 살필 수 있을 따름이다"[2]라고 말했다. 계속해서 그는 이렇게 말했다.

> 작가가 기방을 묘사하는 것만 해도 세 차례의 변화가 있는데, 처음에는 지나치게 미화하다가 중간에 가서는 사실에 가까워졌고, 나중에 가면 지나치게 나쁘게 그리는 한편 의도적으로 과장하고 욕설까지 하고 있다. 또 몇몇 종류는 근거 없이 멸시하거나 사실을 왜곡하는 도구가 되기도 했다. 인정소설의 말류가 이러한 지경에 이르게 된 것은 사실 심히 놀랄만한 일이라 할 수 있다.[3]

---

1 루쉰, 『화변문학 · 한자와 라틴화(漢子和拉丁化)』, 『루쉰전집』 제5권, 584쪽.

2 루쉰, 『소설사대략』, 『중국현대문예자료총간』 제4집, 상하이 : 상하이문예출판사, 1979, 105~106쪽.

실제로 이러한 부류의 작품은 일반적으로 애수에 잠기고 감상적인 외국 조계지의 재자才子(루쉰은 상하이 선비들을 군자와 재자로 양분했는데, 사서오경에 몰두하는 군자와 달리 재자들은 『홍루몽』과 같은 소설도 읽고 과거와 관련 없는 고체시나 근체시도 지었다고 말한 바 있다—역주)들의 병태적인 심리를 반영한다.

> 재자는 원래 걱정도 많고 병도 많아 닭 울음소리를 듣고도 성을 내고 달을 보고도 마음 아파합니다. 이런 마당에 상하이에 와서 기녀를 만나게 된 것이지요. 기생집에 가서 열 명 스무 명의 꽃다운 아가씨들을 한데 불러 모을 수 있었으니 마치 그 광경이 『홍루몽』과 같았겠지요. 그러니 자신은 가보옥(賈寶玉)인양 느꼈을 것입니다. 자신이 재자라면 기녀는 물론 가인(佳人)이 될 것이니, 이로써 재자가인의 책이 만들어지게 된 것입니다. 내용은 대부분 이러합니다. 오직 재자만이 풍진 세상에 영락한 가인을 가련하게 여기고, 오직 가인만이 때를 만나지 못해 뜻을 이루지 못한 재자를 알아주어 천신만고 끝에 마침내 좋은 짝을 이루거나 모두 신선이 된다는 것이지요.[4]

이렇듯 루쉰은 말류의 작가들이 기생집을 묘사하는 방식이 비록 여러 번 바뀌기는 했으나 이는 그저 주인공이 '재자+바보呆子'에서 '재자+건달流氓'로 바뀐 것에 불과하며, 결국 『홍루몽』에 나오는 가보옥의 전형적인 가치를 근본적으로 전복시킨 꼴이 되고 말았다고 보았다. 가

3 루쉰, 『중국고설의 역사적 변천』, 『루쉰전집』 제9권, 349쪽.
4 루쉰, 『이심집·상하이 문예 일별(上海文藝之一瞥)』, 『루쉰전집』 제4권, 298~299쪽.

보옥의 '바보짓呆'은 기생집에서 잔재주를 부리는 '바보짓'이 아니라 '시문팔고時文八股(명청대 과거시험의 문체로 팔고문, 시문이라고 한다-역주)'를 "명성이나 이록을 꿰차려는 계단"으로 여기는 것을 조롱하고 "임도경제任途經濟"(관리가 되는 것을 말한다)의 길로 나가지 않고 오히려 반역의 길로 향하는 '바보짓'이다. 다른 시각에서 본다면, 그는 "어리석으면서도 나름 총명기가 있는頑中有靈" 인물이라고 말할 수 있다. 또한 시문이나 희곡, 잡서에 대해서도 나름 깨달음이 있는 인물이기도 하다. 가보옥은 천성적으로 여자를 좋아하여 "여자의 골육은 물로 만들어졌고, 남자의 골육은 진흙으로 만들어졌다. 나는 여자만 보며 마음이 상쾌해지고 남자를 보면 구역질이 난다"고 말하곤 했다. 하지만 이러한 관념은 그의 '건달기'에 나오는 것이 아니라 남성 중심의 예교사회에서 새로운 시선으로 여자나 비첩을 보면서 "수염을 기른 남자는 그저 인간 말종에 불과하다"는 일종의 반성이기도 하다. 그는 이렇듯 부잣집 자재로서 '명命'을 가졌지만 부잣집 자재의 '운運'을 추구하지는 않았다. 오히려 그는 자유로운 애정을 추구하고, 시의詩意 넘치는 생활을 추구하다 결국 '명'과 '운'이 분열되는 비극의 나락으로 빠지고 말았다. 그렇기 때문에 이를 '유흥학의 교과서嫖學教科書'로 빠지고 만 협사소설과 한데 논할 수 없었던 것이다.

물론 원앙호접파 역시 나름 취할 부분이 있을 수도 있다. 하지만 '육마肉麻 문학', 즉 경박하거나 가식적인 내용으로 낯간지러운 문학이라고 하지 않을 수 없다. 루쉰은 원앙호접파의 말류 작품들을 이렇게 비판했다.

"이는 정말로 경박하고 가식적인 내용을 집대성한 것으로 원앙호접파의 능사를 최대한 발휘한 것들로 이를 듣고도 경박해지지 않는 자가 드물 것이다."[5]

설사 말류 작품의 작가들이 아무리 소설 속 인물을 '이홍후신怡紅後身(이홍원은 『홍루몽』 무대인 대관원大觀園의 일부로 가대옥이 거주하는 곳이다—역주)', 즉 가대옥과 같은 인물인양 묘사하고 문필 또한 "『석두기石頭記(홍루몽)』의 분위기가 배어있다"[6]고 하면서 어떻게 해서든지 『홍루몽』과 인연을 맺으려 하나 그저 외피만 베꼈을 뿐 그 정신은 상실하고 말았다. 따라서 이에 대한 엄숙한 비판도 없이 가짜를 진짜인 줄 속아 넘어간다면 본질적으로 『홍루몽』의 진정한 가치를 이해할 수 없다.

5·4 문학의 현실주의는 『홍루몽』, 『유림외사』의 사실 묘사와 세태 풍자 전통을 이어받은 진정한 의미의 계승자이자 발전자이다. 만약 협사소설과 원앙호접파 소설이 『홍루몽』의 "진실을 담고 현실적인 사실을 생생하게 묘사한다"는 본질을 소외시켰다면, 루쉰의 소설은 『홍루몽』의 "진실을 담고 현실적인 사실을 생생하게 묘사한다"는 본질로 복귀시켰다고 말할 수 있다. 루쉰 소설은 "현실을 그대로 묘사하여 전혀 가리거나 꺼리는 것이 없었다"는 『홍루몽』의 현실주의 토대 위에 굳건하게 자리했던 것이다. 이는 다음과 같은 그의 말과 일치한다. "이른바 상류사회의 타락과 하층사회의 불행을 계속해서 단편소설 형식으로 발표했다."[7] 그렇기 때문에 "구 사회의 병폐를 폭로하여 사람

5 아이(阿二), 「'야래향(夜來香)'」, 『중국현대문예자료총간』 제4집, 121쪽.

6 서침아(徐枕亞), 『옥리혼(玉梨魂)』 제5장, 엄부손(嚴芙孫), 『민국 구파소설 명가소사(民國舊派小說名家小史)』 4.

7 루쉰, 『집외집습유·영역본「단편소설선집」 자서(自序)』, 『루쉰전집』 제7권, 411쪽.

들이 관심을 갖고 치료할 희망을 찾는 내용이 끼어들지 않을 수 없었다".[8] 진실을 담고 사실을 묘사한다는 뜻의 '존진사실存眞寫實'은 『홍루몽』과 루쉰 소설의 공통된 창작 잠언箴言이다. 다만 루쉰의 경우보다 풍부한 현대성을 담보하고 있을 따름이다.

'존진', 즉 진실을 담기 위해 루쉰은 하층 사회의 불행, 초대焦大나 유劉할머니보다 중국 대지의 풀뿌리에 속하는 룬투閏土나 샹린 댁祥林嫂의 삶에 관심을 두었고, '사실', 즉 사실을 묘사하기 위해 구 사회의 고질병을 폭로하여 사람들이 서둘러 치료하도록 재촉했다. 아Q와 사회의 고질병의 관계는 가보옥의 경우와 비교할 바가 아니다. 루쉰은 이렇게 말하고 있다.

> 생명의 길은 진보의 길이다. 언제나 정신이라는 삼각형의 빗변을 따라 무한히 올라간다. 어떤 것도 그것을 저지하지 못한다. (…중략…) 무엇이 길인가? 그것은 바로 길이 없던 곳을 밟아서 생겨난 것이고, 가시덤불로 뒤덮인 곳을 개척하여 생겨난 것이다.[9]

"무한한 정신이라는 삼각형의 빗변"에서 협사소설과 원앙호접파의 소설은 아래쪽으로 내려갔고, 루쉰 소설은 위를 향해 올라갔다. 한 쪽은 아래로, 또 다른 한 쪽은 위로 향하면서, 그 내재적 이상 가치는 '5·4' 시기에 '전도차剪刀差', 즉 가위를 벌린 각도의 차이만큼이나 절단의 폭이 달라지는 것처럼 확연하게 구분되어 나타났다. "무엇이 길인

8 루쉰, 『남강북조집·「자선집」 자서』, 『루쉰전집』 제4권, 468쪽.
9 루쉰, 『열풍·생명의 길』, 『루쉰전집』 제1권, 386쪽.

가?"라는 질문에 대해 루쉰은 「고향」의 마지막 부분에서 이렇게 말하고 있다.

> 내가 생각하기에 희망이란 본시 있는 것이라고 할 수도 없고, 없는 것이라 할 수도 없다. 그것은 땅 위의 길과 같은 것이다. 본시 땅위에는 길이 없다. 걷는 사람이 많으면 그것이 길이 되는 것이다.

이것이 바로 이상 가치에 기탁한 희망으로 절망에 대항하여 "짙푸른 하늘에 걸려 있는 금빛 둥근 달"을 떠올려 "술잔을 들고 밝은 달을 불러把酒邀明月(이백의 「월야독작月夜獨酌」)에 나오는 '擧杯邀明月'을 차용한 듯하다-역주)" "천리 먼 곳에 있는 이들도 함께 달빛을 누리도록千里共嬋娟(소식의 「수조가두水調歌頭」에 나오는 구절이다-역주)" 외쳐 부르는 것이다.

자연스럽게 루쉰 소설은 「죽음을 슬퍼하며」를 제외하고 애정을 주제로 삼은 소설을 쓴 적이 거의 없으며, 부드럽고 아름답게 정에 사무치는 문필을 특기로 삼고 있지 않다. 또한 『홍루몽』처럼 규모가 방대한 대작도 아니다. 이렇듯 작품의 주제나 문장의 풍격 또는 구조로 볼 때 루쉰 소설은 『홍루몽』과 자못 큰 차이가 있다. 하지만 만약 형식적인 면이 아니라 본질적인 면에서 살핀다면 루쉰 소설 역시 『홍루몽』처럼 진실을 담고 사실을 묘사하고 있다는 점에서 일치한다는 것을 알 수 있다. 예컨대 루쉰 소설은 현실 사회의 희비극을 묘사하고, 사회생활의 심각한 병태현상과 상처 가득한 심령을 묘사하고 있다. 또한 사회생활을 전형적인 생활 풍경과 전형적인 인물 성격으로 개괄하여 당장이라도 결코 물러설 수 없는 개혁을 시행해야 할 것을 일깨워주고 있다. 그렇기 때문에 루쉰의 소설은 탁월한 사회사시社會史詩로서 가치를 지니고 한 마디로 정곡을 찌르는 예술 진품이 되었다. 현실주의의 근본 정신 면에서 루쉰의 소설은 『홍루몽』의 정수와 본질을 깊이 체득하고 있다.

「축복」에 나오는 샹린 댁祥林嫂은 당연히 임대옥과 전혀 다른 인물이다. 그녀는 낫 놓고 기역자도 모르는 비참한 하녀이니 임대옥처럼 아름답고 능숙하게 「장화음葬花吟」 같은 낭만적인 노래를 부를 줄 모르고 아예 알지도 못한다. 그저 그녀는 남편에 이어 아들마저 잃은 시골 아낙네로 반쯤 정신 나간 상태로 이렇게 말하며 흐느낄 뿐이다.

> 정말이지 제가 바보지요. 눈이 내릴 때나 산속에 사는 짐승이 먹을 것이 없어 마을로 내려올 줄 알았지. 봄이 되었는데도 내려올 줄은 정말 몰랐지 뭐예요. 제가 아침 일찍 일어나 방문을 열고 바구니에 콩을 가득 담아 우리 마오(阿毛)를 불러 문지방에 앉아 콩을 까라고 일렀지요…….

이러한 백치나 다를 바 없는 시골여인의 어리숙한 말이 오히려 중국 하층사회의 생존문제를 그대로 드러낼 수 있지 않겠는가? 그는 영혼과 지옥의 유무를 물으며, 비록 "강주환루絳珠還淚"(『홍루몽』 제1회에 나오는 구절로 적하궁赤霞宮의 신영시자神英侍者가 매일 강주초絳珠草에 감로수를 주어 강주초가 사람으로 환생하여 대옥이 되었다고 한다 - 역주)의 독특한 영감靈感을 발휘하고 있지는 않지만 과부인 그녀가 속죄하기 위해 토지묘를 찾아가 몸값으로 문지방을 바치는 대목을 부각시키고 있다. 이렇듯 수천 년에 걸친 중국 민간의 풍속 신앙을 끄집어내어 오히려 심금을 울리고 있다. 사람들에게 감동을 주는 것은 바로 그녀의 모습이 당시 중국의 모든 사회관계에서 흔히 일어나던 정상적인 비극이기 때문이다. 이는 『홍루몽』이 사실 묘사를 견지하면서 "괜히 남녀 두 사람의 이름을 날조한 다음 그 옆에 소인小人을 한 사람 끼워 넣어 마치 희곡에 나오는 소추小醜처럼 그 사이를 어지럽히도록 하는"[10] 방식에 반대한 것과 예술적으로 부합한다.

「고향」에서 룬투閏土는 온통 초록색 수박이 심어진 해안가 모래밭에서 작살을 거머쥐고 교활하고 영리한 '사猹'라는 짐승을 잡고 놀던 활달한 소년이었다. 물론 그는 가보옥처럼 비단옷을 입거나 산해진미를 먹어본 적이 없으며, 금릉십이채金陵十二釵(금릉의 열 두 미녀, 『홍루몽』의 다른 이름이기도 하다 – 역주)를 차지하기는커녕 본 적도 없는 인물이다. 그런 그가 중국의 세속사회로 들어간 후에는 "줄줄이 태어난 자식들과 연속되는 흉년, 가혹한 세금과 군벌, 비적, 관리, 지주" 등에게 괴롭힘을 당해 목석같은 사람으로 변하고 말았다. 그래서 어린 시절 같이 놀고 즐기던 친구를 보고는 얼굴에 기쁨과 처량함이 겹치면서 공손하게 이렇게 말하는 것이었다. "나으리!"

그의 말을 들은 「고향」의 화자는 소름이 끼쳤고, 중국 농민의 운명에 관심을 갖고 있는 독자들은 이 대목을 읽으면서 탄식을 금할 수 없었을 것이다. 신해혁명 이후 중국 농촌의 생활환경이 점차 악화되면서 근면하게 생업에 종사하던 농민들의 성격이 이전의 순박하고 활달한 모습에서 기형적으로 마비되고 굽실거리며, 처량한 모습으로 바뀌고 말았다. 이러한 기형의 원인에 대해 서술하면서 원래 '다자다복多子

10 조설근·고악(高鶚), 『홍루몽』, 베이징 : 인민문학출판사, 1982, 5쪽.

多福'이라는 전통적 관념의 '다자'를 맨 앞에 놓고 '기근'과 '가혹한 세금'을 병렬하여 천재와 인화人禍를 제시하면서 아울러 중국 농촌에 자연재해를 막을 수 있는 관리 체계가 전혀 수립되어 있지 않음을 보여주고 있다. 그런 다음 "군벌, 비적, 관리, 지주" 등을 병렬하면서 중국 사회의 어두운 현실을 드러내고 있다. 소설은 사회 체제에 대해 정곡을 찌르듯이 날카롭게 비판하면서 룬투의 언행과 심경에 대해서는 대지의 침묵처럼 굳건하고 진실한 형태로 묘사하고 있다. 이러한 것들은 "종적을 따르되 지나치게 천착하여 진실한 모습을 잃지 않도록 한다"는 『홍루몽』의 예술 추구와 상응한다. 루쉰 소설의 비극예술은 『홍루몽』과 마찬가지로 사회관계의 비극 범주에 속한다.

물론 루쉰 소설의 현실주의는 5·4시대의 현실주의로 현실 비판의 강도나 사상의 깊이, 그리고 그 울분의 정도가 『홍루몽』보다 심각할뿐더러 더욱 현대적이고 혁명적이다. 그렇지 않다면 『홍루몽』의 정수를 얻은 진정한 계승자라고 할 수 없을 것이다. 애정 비극을 소재로 한 경우도 마찬가지이다. 『홍루몽』의 주인공은 마지막에 출가하여 승려가 된다. 하지만 「죽음을 슬퍼하며傷逝」의 주인공 쥐안성涓生은 '출세'가 아니라 진정한 '입세'의 모습을 보여준다. 추구와 상흔, 그리고 미망에 빠진 영혼으로 새로운 인생의 길, 새로운 삶의 방식을 찾아 나섰다는 뜻이다.

쥐안성과 즈쥔은 이미 낡은 집에서 나와 개성 해방과 애정에 대해 이야기한다.

> 낡은 방은 그들이 나누는 대화소리로 가득 찼다. 그들은 "가정의 독재, 구습 타파, 입센과 타고르, 셸리 등에 대해 이야기했다. (…중략…)

그녀는 언제나 옅은 미소를 띠고 고개를 끄덕였으며, 그녀의 두 눈은 어린아이의 호기심 어린 눈빛으로 가득 찼다". 그래서 여주인공은 이렇게 말할 수 있었다. "나는 내 자신의 것이야. 그들은 누구도 나의 권리를 간섭할 수 없어!" 남자 주인공 역시 좌절을 겪으면서도 약한 모습을 보이지 않는다. "하기로 한 이상 합시다. 새로운 길을 개척합시다!" 쥐안성은 절망에 빠졌을 때 이처럼 인생과 세계를 자세히 살핀다. "사람이 살아 있어야만 사랑도 그것에 따라 생겨나는 것이다. 세상에 분투하는 자에게 활로가 열려 있지 않을 리 없고, 나는 아직 날개 짓하는 법을 잊지 않고 있었다. 전에 비하면 상당히 쇠퇴하기는 했지만 (…중략…) 열람실도 열람하는 사람들도 서서히 자취를 감추고, 어느새 내 눈에 보이는 것은 성난 파도 속의 어부, 참호 속의 병사, 자동차를 탄 귀인, 양장(洋場)의 투기꾼, 깊은 산속의 호걸, 강단의 교수, 저녁에 운동하는 이들, 심야의 도둑 등이었고, 즈쥔은 (…중략…) 거기에 없었다.

마지막에 화자인 아내인 즈쥔이 세상을 뜨자 참회와 애상에 젖은 쥐안성은 그럼에도 불구하고 앞으로 나아갈 것을 다짐한다.

살아 있는 이상 새로운 생명의 길로 첫발을 내딛지 않으면 안 되지만, 그 첫 걸음을—오히려 나의 회한과 비애를 글로 적는 것이다. 즈쥔을 위해, 그리고 나 자신을 위해서. (…중략…) 새로운 생명의 길로 첫발을 내딛지 않으면 안 된다. 진실을 마음의 상흔 깊은 곳에 간직하고 묵묵히 전진하리라. 망각과 거짓을 내 길잡이로 삼아서…….

이러한 소리는 5·4 시대이기 때문에 가능하다. 새로운 시대의 지혜, 감정, 사상, 그리고 새로운 시대에 청춘들에게 주어진 미래의 가능성이 유입되어야만 진실을 담고 사실을 묘사한다는 '존진사실存真寫實'의 예술 정수를 제고시키고 심화시킬 수 있다. 루쉰의 소설은 자신의 시대정신에 투철했기 때문에 『홍루몽』의 진실을 담고 사실을 묘사하는 문학 정신을 심화시키고 발전시켰다고 말할 수 있다. 이렇게 해야만 원앙호접파처럼 지나치게 "복숭아꽃은 붉고 버들잎은 푸르다하여 우수에 젖거나 까닭 없이 한탄하는"식의 탐닉에서 벗어나 두 눈을 부릅뜨고 세상을 바라보며 사회의 암흑을 여지없이 폭로하며 뜨거운 피로 선구자의 외침을 발할 수 있는 것이다. 바로 이런 이유로 소설로 문학 기풍을 개조하고 신문학에 새로운 국면을 만들어낼 수 있었다.

『홍루몽』은 루쉰에게 중국 고대소설 가운데 가장 위대한 작품이며, 루쉰의 소설은 중국 신문학 창작에서 금자탑이라 할 수 있다. 양자는 출발점이 다르고 역사적 시간이나 정신적 공간의 거리도 아득하게 멀며, 작품의 관념, 정조, 색채, 수법 역시 천차만별로 다르다. 하지만 문화예술의 최고봉을 향해 나아가면서 정상에 가까워질수록 양자 간의 거리도 더욱 가까워져 마침내 문화의 정수끼리 기적과 같은 정신적 조우를 이루게 된다. 이는 고금의 사상문화는 물론이고 동서양의 사상문화에서 통용되는 법칙과도 같다. "산을 오르는 길은 다르지만 정상에 이르게 되면 서로 만나게 된다"는 뜻이다. 인류는 "산을 오르는 길이 다르다"고 하여 물과 기름처럼 서로 받아들이지 않았던 것이 아니라 "정상에서의 조우"로 인해 고금이 관통하고 다른 나라와 회통하여 인류 정신의 심도 있는 교류와 융합의 '도'를 실현할 수 있었다. 루쉰이 고전 명저를 고찰할 때마다 사람들은 이러한 정신적 조우의 기적을 볼 수 있었다.

풍자 예술의 진실성과 다원적인 참고, 그리고 융합

앞서 언급한 바대로 루쉰은 최초로 『유림외사』가 지닌 풍자의 매력과 진실한 가치를 심각하고 체계적으로 논술한 작가이자 소설사가小說史家이다. 『중국소설사략』 제23편 「청대 풍자소설」에서 『유림외사』에 대한 전론을 마련하였는데, 이는 본서에서 가장 뛰어날뿐더러 작가의 혜안을 살필 수 있고 작가의 감정이 가장 풍부하게 담겨져 있는 한 편이다. 이는 루쉰의 생활 체험, 문화적 기질 및 '사림士林'에 대한 세세한 이해와 관련이 있다. 더욱 중요한 점은 루쉰이 『유림외사』의 사회 문화 비판정신과 첨예하면서도 탄성을 지닌 고도로 성숙된 풍자 예술을 깊이 체득했다는 사실이다. 루쉰이 『관장현형기』에서 묘사되고 있는 생활을 극도로 미워한 것은 분명하지만 지나치게 노골적인 묘사는 그다지 좋아하지 않았다. 대신 그는 『유림외사』의 함축적인 아름다움을 좋아했다. 1914년 견책소설의 여파가 여전하여 이를 모방한 작품이 계속 나왔다. 하지만 루쉰은 여전히 『유림외사』식의 풍자소설에 뜻을 두었다. "나는 언제나 사오싱 사회의 어두운 면을 써보고 싶었으나 애석하게도 오 씨(오경재)가 오하현五河縣의 풍속을 묘사한 것처럼 심각할 수가 없었다." "전체를 묘사할 수 없어 그저 한 부분만 골라 묘사했다."[1] 오경재가 묘사했다는 오하현의 풍속은 『유림외사』 제46회 「삼산문에서 현인虞育德을 송별하고, 오하현은 권세와 이욕에 미혹되다三山門賢人餞別, 五河縣勢利熏心」 전후 2, 3회에 걸쳐 나온다. 그 가운데 직접적으로 폭로한 대목은 다음과 같다.

> 오하현 사람들 머릿속엔 이런 관념이 뿌리 깊게 박혀 있었다. 거인이나 진사라면 누구나 지주(知州)나 지현(知縣)과 일심동체이기 때문에 어떤 청이라도 넣을 수 있고, 지주와 지현은 그 청을 들어주지 않을 수 없다는 것이다. 그러나 만약에 누군가 현을 다스리는 지현께서 아무개의 인품에 감탄했다거나 혹은 아무개가 명사라 하여 그와 교유하고 싶어 한다고 하면 오하현 사람들은 모두 입이 비뚤어지도록 웃을 것이다.

> 오하현의 풍속은 누군가 품행이 방정하다는 이야기가 나오면 다들 입을 삐죽거리며 비웃고, 수십 년 된 훌륭한 가문에 대한 말이라도 나오기만 하면 콧방귀를 뀌며, 누군가 시부나 고문을 잘 짓는다는 말이 나오면 눈썹을 찡그리며 웃어댄다.

심지어 이렇게 격분하여 질책하고 있기도 하다.

---

1 장쭝샹(張宗祥), 「내가 아는 루쉰」, 『루쉰회억록』 2집, 상하이 : 상하이문예출판사, 1979, 333쪽.

우리 현은 예의나 염치라는 것이 아예 사라졌다.

루쉰은 이러한 풍속에 대한 풍자에 깊은 인상을 받았으며, 오래전부터 내심 이러한 소설을 쓰겠다고 마음먹었다.

5·4 신문화 운동이 발발하기 몇 년 전부터 루쉰은『유림외사』식의 풍자소설에 각별한 애정을 보였다. 이는 당시 유행과 다르다는 점에서 나름 의의가 있다. 20세기에 들어서서 10년 동안은 풍자소설이 아니라 견책소설의 시대였기 때문이다. 이백원李伯元은 "독자적인 일파를 이루었는데, 소설이 널리 유행하여 매일 1천 자씩 써내려갔다. 비록 익살스럽게 세상을 조롱하는 내용이었으나 식자들이 모두 그것을 중시했다".[2] 오견인吳趼人 역시 "소설로 세상에 이름을 날렸으며, 매번 소설을 쓸 때마다 일시에 많은 이들에게 감동을 주었다".[3]

소설이나 잡지, 신문과 출판업이 크게 발달하면서 소설은 신속하고 광범위하게 전파되고 막강한 영향력을 발휘하였다. 덕분에 소설 창작 또한 큰 폭으로 늘어나기 시작했으니 중국에 소설이 생긴 이래로 처음 있는 일이었다. 이백원과 오견인은 1906년과 1910년에 이미 세상을 떠났지만, 그들이 개창한 소설 기풍은 20세기 초반 10년을 넘어 다음 10년 동안에도 여전히 커다란 영향력을 발휘하여 "사회의 적폐를 파헤치는 것을 자신의 사명으로 삼아 이런 유형의 소설을 쓰는 자들이 상당히 많았다". 당연히 모방작도 줄줄이 창작되었다. 예를 들어『신관장현형기』,『교역소交易所 현형기』,『속續 이십년목도지괴현상』,『근

2 루쉰,『신암필기(新庵筆記)』3,『소설구문초(小說舊聞鈔)』'관장현형기조'에서 인용.
3 「아불산인필기서(我佛山人筆記序)」,『소설구문초』'이십년목도지괴현상'에서 인용.

십년목도지괴현상』 등등이 일시에 유행처럼 세상을 휩쓸었다. 그러나 "열에 아홉은 앞서의 몇 가지 작품들을 답습한 것으로 이들 작품에 훨씬 못 미치고 있으며, 부질없이 견책하는 글을 짓느라 도리어 사람을 감동시키는 힘을 잃고 갑작스럽게 집필을 시작했다가 갑작스럽게 끝나 버려 미완으로 남아 있는 것이 대부분이다. 그 가운데 저급한 것은 개인의 적을 헐뜯고 공격하여 비방하는 책과 마찬가지가 되고 말았으며, 또 어떤 것은 욕하려는 생각만 있을 뿐 제대로 풀어나가는 재주가 없어 흐지부지 끝내고 마는 '흑막소설黑幕小說로 타락하고 말았다".[4]

아울러 특기할 만한 사실은 1914년이 상하이에서 「토요일禮拜六」이 창간되고, 서침아徐枕亞의 『옥리혼玉梨魂』이 크게 유행했다는 점이다. 원앙포접파가 기승을 부리면서 문학의 세속화, 상업화 경향이 점차 고조되기 시작했다.

루쉰은 냉정한 눈으로 당시 문학계의 풍우를 바라보며 내심 적막과 고통에 사로잡혔다. 그는 교육부에 재직하면서 사오싱회관에 묵고 있었는데, 공무 외에 남는 시간에 고대 조상造像이나 묘지에 나오는 금석 탁본을 수집하여 연구한 결과 『육조조상목록』, 『육조묘지목록』 등을 편집했다.(후자는 미완성이다) 루쉰 일기에 따르면, 1913년 루쉰은 "『사승서謝承書』의 왕 씨(왕문성汪文盛)와 손 씨(손지조孫志祖) 집본을 교감했고", 사승謝承의 『후한서』, 우예虞預의 『진서』를 써서 정본을 정했으며, 『대주총서臺州叢書』의 빠진 부분을 보충하고, 『역림易林』, 『석병집石屛集』을 베껴 썼으며, 『혜강집』을 초서하며 교정했다. 1914년 사 씨(사승)의 『후한서보일

4　루쉰, 『중국소설사략』 제28편, 『루쉰전집』 제9권, 301쪽.

後漢書補逸』, 『운곡잡기雲谷雜記』, 『심하현집沈下賢集』을 베껴 쓰고, 『선불보選佛譜』, 『화엄경합론華嚴經合論』, 『유마힐소설경주維摩詰所說經注』, 『반야등론般若燈論』, 『금강경, 심경약소金剛經, 心經略疏』, 『사십이장경四十二章經』 등 3종과 『대당서역기』, 『장아함경長阿含經』 등 불학 관련 서적 백여 종을 구매하고 초록했다. 1915년부터 1918년까지 석각 전체 790여 종을 교열하여 원고지 1,700여 매를 썼다. 고서를 베끼고 불경을 구입하며 탁본을 교정하는 생활은 물론 지식을 쌓는 일종의 준비 기간이었으나 또한 내심의 적막과 고독, 토로하기 어려운 고통을 인증하는 것이기도 했다. 『납함』 「자서」에서 그는 당시의 심정을 이렇게 고백하고 있다.

> 이제껏 경험하지 못한 무료(無聊)를 느끼게 된 것은 그 이후의 일이다. 처음엔 왜 그런지 몰랐다. 그런데 그 뒤 이런 생각을 하게 되었다. 무릇 누군가의 주장이 지지를 얻게 되면 전진을 촉구하게 되고 반대에 부딪히면 분발심을 촉구하게 된다. 그런데 낯선 이들 속에서 혼자 소리를 질렀는데도 아무런 반응이 없다면, 다시 말해 찬성도 반대도 하지 않는다면, 아득한 황야에 놓인 것처럼 어떻게 손을 써 볼 수가 없다. 이는 얼마나 슬픈 일인가? 그리하여 내가 느낀 바를 적막이라고 생각했다. 이 적막은 나날이 자라 큰 독사처럼 내 영혼을 칭칭 감았다. (…중략…) 다만 나 자신의 적막만은 떨쳐 버리지 않으면 안 되었다. 내게 너무도 고통스러웠기 때문이다. 그래서 나는 온갖 방법을 써서 내 영혼을 마취시켰다. 나를 국민들 속에 가라앉히기도 했고, 나를 고대로 돌려보내기도 했다.[5]

여기서 우리가 기억할 것은 당시 루쉰의 고독과 고통의 깊은 곳에 있는 듯 없는 듯 오경재의 『유림외사』의 풍자 필법으로 "사회의 어둠을 폭로하겠다"는 정신적 불씨가 숨겨져 있었으며, 이러한 불멸의 정신적 불씨가 이후 「광인일기」를 비롯한 일련의 신문학 소설로 폭발하게 되었다는 점이다.

루쉰이 겪어야만 했던 심각한 정신적 고통은 천두슈나 후스에게서 찾아보기 힘들다. 후스는 여러 차례 자신이 재미 유학하던 시절에 "핍상양산逼上梁山(어쩔 수 없이 양산박에 들어갔다는 말로 부득이 하여 그렇게 했다는 뜻–역주)"하여 백화문학을 탐색하고 상시嘗試(백화시 실험) 등을 견지했다고 말한 바 있다. 하지만 '5·4' 시기에 그는 백화소설을 찬양하는 데 심혈을 기울였다.

> 나는 매번 금일의 문학에서 세계 '제일류' 문학과 비교하여 전혀 손색이 없는 것은 오직 백화소설(아불산인(我佛山人, 오견인吳趼人), 남정정장(南亭亭長, 이백원李伯元), 홍도백련생(洪都百煉生, 유악劉鶚) 세 사람뿐이다)뿐이라고 말했다.[6]

그는 '제일류'를 추천하면서 그러한 작품의 말류를 배척하지 않았기 때문에 자신이 정신적으로 의탁할 수 있는 작품을 찾는 것이 그리 어렵지 않았던 것 같다. 비록 백화소설 전통을 정종으로 삼겠다는 문화적 용기는 찬양할 만하지만 그 안에서 문학혁명이 폭발하기 이전 그가 얼마

5 루쉰, 『납함·자서』, 『루쉰전집』 제1권, 439~440쪽.
6 후스, 「문학개량추의」, 『신청년』 제2권 5호, 1917.1.

나 정신적으로 고통스러웠는가를 살피는 일은 그리 쉽지 않다. 표피적으로 볼 때 후스는 『유림외사』와 견책소설 모두 풍자라는 공통된 점이 있다고 여겼으며, 이에 비해 루쉰은 『유림외사』의 탁월한 풍자 예술의 성취는 견책소설이 따라올 수 없으며, 풍자 속에서 진정한 시詩적 의미를 발현하고 있음을 발견했다. 이는 문학 본질에 대한 인식의 차이 때문이다. 오직 고통이 있어야만 보다 심각한 단련이 가능하다. 이렇듯 루쉰은 적막과 고통 속에서 문학의 본질에 대한 인식을 바꾸었던 것이다.

고난의 시대에 진정한 문학이란 피와 살이 맞붙고 선혈이 낭자한 인생을 직면해야만 한다. 루쉰은 자신의 중요한 예술적 이상과 격조의 상당 부분을 『유림외사』에 기탁했다. 이른바 예술 격조를 편협하게 작품의 도덕 가치 정도로 이해해서는 안 된다. 그것은 작가의 정신적 기질과 심미방식이 연계된 것이자 작가의 사회와 인생, 예술에 대한 태도를 포함한 것이다. 루쉰은 전투에 임하는 전사의 기질을 지닌 작가로서 중국 대륙에서 목도하는 수천수만의 민중들이 처한 생존 환경과 정신상태 및 고통스러운 운명을 근심스러운 눈빛으로 살피고, 문학을 재미로 아는 작가들의 작위적이고 과장스러우며 농담처럼 말놀이나 하면서 진상을 감추려는 태도와 행위에 대해 여지없는 비난과 공격을 가했다. 이는 시대의 양심과 정의감을 반영하는 것이다. 그는 본질적인 면에서 "문예는 국민정신에서 발하는 불빛이자 동시에 국민정신의 앞날을 인도하는 불빛이다"라고 주장했다. 정신이 밝은 불빛을 발하도록 만들고, 정신이 전진하도록 인도하려면 반드시 문학예술의 진실한 생명과 양지良知를 중시하고, 모든 '감춤瞞'과 '속임騙'의 예술을 반대해야 한다.

반드시 대담하게 정시(正視)해야 한다. 그래야만 비로소 대담하게 생각하고, 대담하게 말하고, 대담하게 일하고, 대담하게 맡을 수 있다. 만일 정시하면서도 대담하지 않으면 그 밖에 또 무슨 성과를 이룰 수 있겠는가.

그는 핵심적인 부분을 파악하여 중국 문화의 약점과 국민심리의 약점에서 이러한 '감춤'과 '속임'의 근원을 해부했다.

중국의 문인들은 인생에 대해서 — 적어도 사회현상에 대해서 지금까지 정시하는 용기가 없었다. 우리의 성현들은 본래 일찍부터 '예가 아니면 보지 말라'고 가르쳤다. 게다가 '예'는 대단히 엄격하여 '정시'뿐만 아니라 '평시(平視, 나란히 보는 것)', '사시(斜視, 비스듬히 보는 것)'조차도 허락하지 않았다.

바로 여기에서 국민 심리의 열악성이 자라났다는 뜻이다.

중국인들은 여러 가지 측면을 감히 정시하지 못하고, 감춤과 속임수를 가지고 기묘한 도피로를 만들어 냈는데, 자신은 이를 바른 길이라고 생각한다. 바로 그 길에서 국민성의 비겁함, 나태함, 교활함이 증명된다.

눈을 감으면 일체가 원만하게 보인다. (…중략…) 그리하여 문제가 없고 결함이 없으며 불평이 없으니 바로 그 때문에 해결도 없고 개혁도 없으며, 반항도 없다. 모든 일이 여하튼 '원만'해질 것이니 우리가 굳이 초조할 필요가 없는 것이다.

그렇기 때문에 작가는 반드시 계몽의 책임을 짊어져야 한다.

세계는 날로 바뀌고 있으므로 우리 작가들은 가면을 벗어 버리고 진지하게, 깊이 있게, 대담하게 인생을 살피고 또한 자신의 피와 살을 써내야할 때가 벌써 도래했다. 진작에 참신한 문단이 형성되었어야 했고, 벌써 몇몇 용맹한 맹장이 나왔어야 했다. (…중략…) 일체의 전통사상과 수법을 타파하는 맹장이 없는 한 중국에는 진정한 신문예가 있을 수 없다.[7]

그는 문학의 진실성을 암흑과 부패, 그리고 허위에 물든 사회를 향한 해부도解剖刀로 삼았다. 동시에 그는 진실만이 "깊고 강인한 전투"를 보유할 수 있기 때문에 사회와 문화 비판의 예봉을 진실하고 풍부하며 생동적인 형상의 깊은 곳에 온축시켜야 한다고 주장했다. 그렇기 때문에 무조건 비방이나 매도를 일삼고 이야깃거리를 위주로 하는 문학은 잠시 이목을 집중시킬 수는 있으되 지속적인 예술 역량으로 사람의 영혼 깊은 곳까지 파고들 수 없다. 그가 『유림외사』를 좋아했던 이유는 그 안에서 엿볼 수 있는 풍자 예술이 진실하고 심각하며 의미심장하다고 여겼기 때문이다. 진실성은 그 어떤 것보다 중요하다. 루쉰은 『유림외사』 등 소설에 대한 예술적 경험을 총결하면서 이렇게 말하고 있다.

지금의 이른바 풍자 작품은 대체로 사실을 쓰고 있다. 사실을 쓰는 것

7 루쉰, 『무덤·눈을 크게 뜨고 볼 것에 대하여(論睜了眼看)』, 『루쉰전집』 제1권, 251~255쪽.

이 아니라면 결코 이른바 '풍자'가 될 수 없다. 사실을 쓰지 않는 풍자, 설사 그런 것이 있다고 할지라도 날조나 중상에 지나지 않는다.

그는 예를 들어 다음과 같이 말했다.

사실을 그대로 쓰는 많은 작가들은 이런 식으로 '풍자가'라는 직함을—좋은 것인지 나쁜 것인지는 말하기 어렵지만—얻게 된다. 예를 들어 중국에서 『금병매』에 채어사(蔡御使)가 겸손하게 서문경(西門慶)을 추종하여 말하길, '유감스럽게도 나는 왕안석(王安石)의 재주에 미치지 못하지만, 그대는 왕우군(王右軍)의 풍격을 갖추고 있소이다'라고 한 것이나, 『유림외사』에서 범거인(范擧人)이 복상 중인 관계로 상아 젓가락조차 사용하지 않고 식사할 때 '제비집 그릇에 커다란 새우완자를 골라 입에 넣었던 것'을 묘사했지만 이것과 유사한 정경은 지금도 볼 수 있다. 외국의 경우 근래에 중국 독자들에게 주목을 받고 있는 고골의 작품 가운데 『외투』의 높고 낮은 관리, 『코』에 나오는 신사, 의사, 한가한 사람 등의 전형은 지금 중국에서도 볼 수 있다. 이는 분명한 사실이고, 게다가 지극히 광범위한 사실이다. 하지만 우리는 모두 이것을 풍자라고 부른다.[8]

이른바 "분명한 사실이고 게다가 지극히 광범위한 사실이다"라거나 이른바 "사실을 쓰지 않는 풍자, 설사 그런 것이 있다고 할지라도 날

8 루쉰, 『차개정 잡문2집 · 풍자를 논하다(論諷刺)』, 『루쉰전집』 제6권, 286~287쪽.

조나 중상에 지나지 않는다"라는 말은 풍자 예술과 생활의 전형화 또는 유형화의 관계를 지적한 것으로 풍자 예술의 본질적 역량이 바로 여기에 있다. 이는 당시 풍자가 단순한 폭로나 이야깃거리, 심지어 인신공격과 같은 견책소설과 흑막파 작품의 말류의 폐단으로 전락하는 것을 우려하여 한 말이다. 그렇기 때문에 풍자 예술의 내적인 기능을 언급하면서 특별히 다음과 같이 강조했다.

> 풍자소설은 뜻이 은미하면서도 말은 완곡한 것을 소중히 여기는데, 그것은 언사가 지나치면 문예상의 가치를 잃기 때문이다. 풍자소설의 말류는 이러한 점을 고려하지 않았다. 그래서 풍자소설은 『유림외사』 이후에 명맥이 끊어졌다고 할 수 있다.[9]

루쉰은 이러한 '절향絶響'(명맥의 끊어짐)을 새롭게 거대한 소리로 울리게 하는 것을 자신의 임무로 삼았다.

풍자 예술의 본질 역량(진실성)과 기능 역량(은미한 뜻과 완곡한 언사)의 상호 통일은 오직 진실에 입각해야만 "올바름을 잡고 기이함을 통어할 수 있어執正以馭奇",[10] "뜻이 은미하고 언사가 완곡하면서"도 내용 없이 허무맹랑한 쪽으로 흐르지 않게 되며, "뜻이 은미하고 언사가 완곡해야" 형상을 묘술하는 데 지나치게 과장되거나 감정상 지나친 배설을 제어할 수 있고, 언어 사용 면에서 요지 없는 공허한 의론에 휩싸이지 않게 된다. 그래야만 비로소 예술의 진실한 본색을 유지하면서

9 루쉰, 『중국고설의 역사적 변천』, 『루쉰전집』 제9권, 345쪽.
10 유협, 판원란(范文瀾) 주, 『문심조룡 · 정세(定勢)』, 531쪽.

오랫동안 음미할 수 있는 진실, 상상의 나래를 활짝 펼 수 있는 진실, 이제 막 피려는 꽃봉오리와 같은 진실을 함유할 수 있다. 『유림외사』가 귀한 까닭은 이러한 풍자 예술의 본질 역량과 기능 역량을 통일시켜 나름의 독특한 예리함과 유연성을 지닌 예술적 격조를 이루었기 때문이다. 바로 이런 의미에서 허치팡何其芳은 "『유림외사』의 예술 격조는 세계적인 풍자소설 작품과 견줄 만큼의 수준에 이르렀으니, 바로 이런 점에서 청조 말년에 『유림외사』의 영향을 받은 『관장현형기』나 『이십년목도지괴현상』 등이 따라 올 수 없다"고 말했다.[11] 여기서 볼 수 있다시피 루쉰이 『유림외사』을 풍자 예술의 '절향'이라고 말할 수 있었던 까닭은 『유림외사』의 풍자 예술이 견책소설과 비교할 때 커다란 차이가 난다는 사실을 분명하게 인지했기 때문이다. 그래서 문학의 본질과 기능면에서 '절향'을 극복하여 새롭게 거대한 소리를 내고자 했던 것이다. 어떤 의미에서 볼 때 루쉰이 『중국소설사략』에서 『유림외사』에 대해 별도의 장을 마련하여 논술한 것은 그의 풍자 예술의 이상에 대한 고백처럼 들린다고 해도 과언이 아니다.

『유림외사』의 예술 묘사는 이를 통해 중국 전통 희극의 묘사수법이 완비 상태에 이르고, 희비극이 혼합된 정조가 출현했으며, 희극의 필법으로 비극을 묘사하는 탐색이 이루어졌다는 점에서 큰 공헌을 했다고 말할 수 있다. 희극의 모순은 추악하고 오류투성이이며 불의한 것이 아름답고 정확하며 정의로운 것을 사칭함에 있다. 흉악한 인간이 인자한 인간으로 위장하고, 멸망으로 나아가는 사물이 오히려 생기발

11 허치팡(何其芳), 『홍루몽을 논하다(論紅樓夢)』, 베이징 : 인민문학출판사, 1958, 44쪽.

랄하고 생존권을 확보한 사물로 여겨진다는 뜻이다. 이러한 사칭과 위장, 그리고 망상이 깨지고 부서짐으로써 사람들에게 웃음을 유발하는 희극 효과를 낳는다. 체르니셰프스키는 추악한 사물이 "희극의 본질이자 실질"이라고 하면서, "마치 내용을 담보하고 현실적인 의미가 있는 것처럼 외피를 가장하여 내재적 공허함과 미미함을 엄폐한다"라고 말했다.[12] 그렇기 때문에 희극예술의 임무는 이러한 희극의 모순을 밝혀내는 데 있다. 이는 루쉰의 다음과 같은 말에서도 확인할 수 있다.

> 희극은 가치 없는 것들을 찢어서 사람들에게 보여준다. 풍자는 또한 희극을 간단히 변형시킨 한 지류에 불과하다.[13]

『유림외사』의 탁월한 부분은 중국 봉건사회에서 현달한 권귀權貴와 향촌의 하층민들 사이에 존재하는 명사나 유자儒者들을 중심으로 한 중류 사회의 추악한 백태百態를 형상화했다는 점에 있다. 완곡하고 다양한 풍자수법을 통해 중류사회의 다양한 희극 모순을 밝혀내고 곡진하게 묘사하여 여러 측면에서 풍자 기능을 발휘하고 있다.

예를 들어 엄공생嚴貢生의 경우 인격상의 모순을 드러내고 있다. 엄공생은 스스로 "진솔한 사람으로 시골에 살면서 다른 사람의 이익은 털끝만큼도 탐한 적이 없었다"고 자화자찬하였다. 하지만 다음에 등장하는 그와 하인의 대화는 이러하다. "'나리, 집에서 오시랍니다.' '무슨 일이라더냐?' '아침에 가둬 둔 그 돼지 말인데요. 주인이 찾아와

12 차르니세프스키, 『생활과 미학』, 베이징 : 인민문학출판사, 1957, 34쪽.
13 루쉰, 『열풍 · 뇌봉탑의 무너짐을 다시 논하다』, 『루쉰전집』 제1권, 203쪽.

내놓으라고 난리를 피고 있습니다.' '돼지를 끌고 가려면 돈을 가져오라고 해!' '그 사람은 자기 돼지라고 하던데요?' '알았으니까 먼저 가 보거라. 내 곧 가마!'" 또한 인물 심리상의 모순을 드러내는 경우도 있다. 예를 들어 왕옥휘王玉輝라는 인물은 자신의 딸이 남편을 따라 죽자 "이것이야말로 청사에 이름을 남길 만한 일이다"라고 말한다. 그러나 정작 위패를 사당에 들이고 송덕표頌德表를 세울 때가 되자 "갑자기 마음이 아파 물러나 그 자리에 얼굴을 내밀지 않았으며" "집에서 날마다 아내가 비통해하는 모습을 대하고는 마음이 견디기 힘들었다". 이는 양심이 예교와 충돌함을 묘사한 대목이다. 이 외에 명분과 실제간의 충돌을 묘사한 내용도 있다. 예를 들어 광초인匡超人은 다섯 성省의 독서인들이 모두 자신이 선집한 문장을 읽을 정도로 "문명이 널리 알려졌다"고 허풍을 떨면서 사람들이 서가에 자신을 존중하는 뜻에서 "선유광자지신위先儒匡子之神位"라는 위패를 모시고 있다고 자랑했다. '선유'란 본래 이미 세상을 뜬 유자를 말하는 것인데, 학문이 뛰어나다는 광초인은 그 뜻조차 몰랐던 것이다. 때로 속마음과 겉모습이 다른 모습을 폭로하기도 한다. 예를 들어 범진范進이란 문생門生은 모친의 상을 법도대로 치르고 있다고 자부하였다. 그래서 상중喪中이라고 상아 젓가락도 쓰지 않고 흰색 대나무 젓가락을 고집했으나 막상 젓가락을 들고는 제비집 요리 사발에서 커다란 새우 완자를 집어 입에 넣었다. 이러한 모순적인 모습들은 소설에서 그 즉시 폭로되거나 몇 회가 지난 후에 드러나는 경우도 있고, 굳이 지적하지 않아도 자신이 부지불식간에 토로하거나 옆 사람의 눈과 입을 통해 폭로하기도 한다. 묘사가 일상생활처럼 생생하고 자연스러우며 다채롭기 때문에 실로 "표현이

공교롭고" "변화가 다양하여 취미 또한 농후하다". 이처럼 다양한 형태의 단편 희극을 통해 당시 문인들의 학문, 도덕, 정신의 비극의 정체성을 여지없이 보여주고 있다. 예를 들어 제1회에 나오는 왕면王冕은 이러한 행태에 대해 팔고취사八股取士(팔고문 위주의 과거를 통해 관리가 되는 것)로 인해 문사들이 그저 공명과 부귀만 추구할 뿐 '문인의 학문과 품행文行出處'를 경시하기 때문에 결국 '일대 문인의 액운'을 당할 수밖에 없다고 비극적인 예언을 하고 있다. 막바지 제55회는 이러한 종지를 다시 한 번 상기시키면서 서두를 "남경의 명사들은 이미 하나하나 사라져 버리고 말았다"로 시작하고 있다. 그들 중에는 너무 늙었거나 죽은 사람들도 있고, 남경을 떠나거나 두문불출하여 세상과 담을 쌓고 사는 이들도 있다. 여하간 이제는 더 이상 재치 넘치는 이들도 없고, 예악과 문장을 논하느라 정성을 다하는 이들도 사라지고 없다. 중국 소설의 희극과 비극 묘사 기술로 볼 때, 이처럼 희극의 분체分體를 비극의 정체整體에 조합하여, 희극과 비극이라는 두 가지 정조情調를 하나의 예술 세포 속에 상호 침투시키는 방법이 아니라 편장篇章 구조의 방식을 사용했다는 점에서 『유림외사』는 여전히 고전 예술의 단계에 머물고 있다고 말할 수 있다.

현대문학에서 풍자 예술의 대사라고 할 수 있는 루쉰은 『유림외사』에서 희극 모순의 장점을 포착하고 발굴하여 자신의 작품에 융합하여 창조적으로 발전시켰다. 그리고 이를 정치혁명과 국민성 해부, 농민, 지식인, 소시민, 역사적 인물, 종파 종사 등 다양한 인물군과 시골의 흙 마당, 도시의 다관과 주점, 학교와 가정, 광야와 황무지, 궁전과 밀림 등 다양한 공간으로 확장하여 중국 소설의 희극예술을 새로운 인물, 새로운 공간, 새로운 단계로 나아가도록 만들었다. 『아Q정전』은 중국의 고통스러운 사회와 국민들의 침중한 영혼에 대해 깊이 파고들어 적확하게 개괄하고 담담하고 침착하게 비극의 희극화를 이루어냈으며, 희극의 비극화의 필치 역시 신랄하고 기민하게 온갖 백태를 다 드러냈다. 루쉰은 이렇게 말하고 있다.

> 아Q의 이미지가 내 마음속에 자리한 지 이미 몇 년이 되었다. 그러나 그에 대해서 쓸 생각은 한 번도 들지 않았다. (…중략…) '즐거운 이야기'라는 제목에 맞춰야 했기 때문에 꼭 필요하지 않은 익살을 억지로 덧붙였는데, 사실 소설 전체적으로 보았을 때도 별로 어울리지 않았다. 서명은 '파인(巴人)'이었는데 '하리파인(下里巴人)'에서 뜻을 취했으니 고상하지 않다는 뜻이다. 이 서명이 또 화를 불러일으킬지 누가 알았겠는가? 그렇지만 나는 그동안 계속 그 사정을 모르고 있다가 올해 「현대평론」에서 함려(涵廬)(가오이한(高一涵))의 「한담」을 보고서 알게 되었다. 그 대략적인 내용은 다음과 같다. '「아Q정전」을 한 단락 한 단락 계속 발표할 때 많은 이들이 다음 번에는 자기 머리에 욕이 떨어질까 겁에 질려 벌벌 떨던 일이 기억난다. 한 친구는 내 앞에서 어제 나온 「아Q정전」의 한 대목이 자기를 욕하고 있는 것 같다고 말하기까지 했다. 이 때문에 「아Q정전」이 모모가 쓴 것이 아닌지 의심했는데 왜 그럴까? 왜냐하면 모모만이 그 사적인 일을 알고 있기 때문이다. (…중략…) 이후에 의심이 더 짙어져서 「아Q정전」에서 욕하는 모든 것은 그의 사생활이라는 생각이 들었고, 「아Q정전」을 싣는 신문과 관련된 필자는 모두 「아Q정전」의 작가라는 혐의에서 벗어나지 못했다. 그는 「아Q정전」의 작가

이름을 수소문한 후에야 비로소 자신이 작가와 모르는 사이라는 사실을 알게 되었다. 그제야 그는 문득 깨닫고 만나는 사람들마다 자신을 욕한 것이 아니라고 밝혔다.'(제4권 제89기) (…중략…) 이전에 나는 내가 '너무 지나치게' 쓰는 면이 있다고 생각했지만 최근에는 그렇게 생각하지 않는다. 현재 중국의 일은 사실대로 묘사하더라도 다른 나라 사람이나 장래의 괜찮은 중국인들이 보면 그로테스크하다고 느낄 것이다. 나는 어떤 일을 상상할 때 이것이 너무 기괴한 상상이라고 생각한 적이 많다. 그렇지만 비슷한 일을 겪다보니 현실은 더 그로테스크(grotesk, 독어로 기이하고 황탄함의 뜻)한 경우가 많았다. 이 일을 겪기 전에 나의 얕은 견해와 지식으로는 절대로 상상도 못할 것이다.[14]

인용문을 자세히 살펴보면 루쉰이 희비극이 혼용된 필묵으로 강구했던 것은 마음속에 오랫동안 잠겨두었던 '아Q의 형상'을 "사실처럼 묘사하는 것"이지 흑막파의 소설처럼 누군가의 '사사로운 비밀'을 폭로하는 데 의미를 둔 것이 아님을 알 수 있다. 하지만 그의 필묵을 통해 이루어진 거대한 개괄이 사람의 마음을 요동시켜 뜻밖에도 적극적인 호응을 일으켰으며, 이로 인해 아Q와 전혀 관련이 없는 이들까지 혹여 자신에 대한 이야기가 아닌지 의심하고 "두려워하게" 만들었다. 루쉰이 『중국소설사략』에서 『금병매』에 대해 논하면서 "한 집안에 대해 책을 쓴 것은 바로 모든 지배계층의 행태를 욕한 것이다著此一家, 即罵盡諸色"라는 말이 어울릴 정도의 효능이 있었다는 뜻이다. 그렇기 때문에 그의 책이 중국

14 루쉰, 『화개집속편의 속편·「아Q정전」을 쓰게 된 연유』, 『루쉰전집』 제3권, 396~399쪽.

인들을 각성시켜 자신들의 군체 인격을 반성하게 만들었다는 점에서 확실한 계몽작용을 하게 된 것은 당연한 일이 아닐 수 없다.

루쉰은 현실생활 속의 희극적 모순을 포착하는 데 능했다. 그래서 핵심적인 부분에서 신랄하면서도 또한 완곡한 필묵으로 허위적이고 추악한 인정세태에 대해 무정하리만치 냉정한 공격을 마다하지 않았다. 그가 말한 것처럼 "공정성을 견지하면서 당시의 폐단을 지적하였으며", "그 문장은 개탄하는 가운데 해학이 있고, 완곡하면서도 풍자가 많이 담겨져 있다".[15] 이에 대해 루쉰은 「비누」, 「이혼」 등의 작품은 비록 "열정이 감소하여 독자들의 주목을 받지는 못했지만" 오히려 "기교는 원숙해졌으며, 묘사 역시 다소 나아졌다"[16]고 말했다.

「비누」의 핵심적인 이미지는 일상생활에서 약간 신경을 쓰는 사람이 사용하는 비누이다. 소설 첫 부분은 이렇게 시작된다.

> 쓰밍(四銘)이 그녀 앞에서 어깨를 으쓱거리며 등을 구부리고는 마고자 속에 입고 있는 저고리 안주머니를 열심히 뒤지고 있었다. 그는 한참이나 뒤적거리다가 간신히 손을 빼냈다. 그의 손에는 장방형의 작은 초록색 종이 꾸러미가 있었고, 그것을 아내에게 주었다. 그것을 받아들은 아내는 감람(橄欖)같기도 하고 아닌 것 같기도 한, 딱 부러지게 뭐라고 말하기 힘든 향기를 맡았다. 그리고 초록빛 종이 꾸러미에는 금빛 찬란한 상표가 찍혀 있고 섬세한 꽃무늬가 많이 그려져 있었다. (…중략…) 아내는 그 초록색 종이 꾸러미를 열었다. 안에는 또 초록빛 얇은 종이가

15 루쉰, 『중국소설사략』 제23편, 『루쉰전집』 제9권, 228쪽.
16 루쉰, 『차개정 잡문2집 · 「중국신문학대계」 소설2집 서문』, 『루쉰전집』 제6권, 247쪽.

있었다. 그 종이를 벗기자 물건의 정체가 드러났다. 반들반들하고 단단한데 이것 역시 초록빛이었고, 표면에는 섬세한 꽃무늬들이 새겨져 있었다. 그리고 초록색으로 보였던 얇은 종이는 미색이었다. 감람 같기도 하고 아닌 것 같기도 한, 뭐라고 말하기 어려운 향기가 더욱 강렬하게 코를 찔렀다.

주인공 쓰밍이 비누를 사게 된 이유는 이러하다. 그가 길거리를 걷고 있는데, 포목점 처마 밑에 열여덟이나 열아홉 정도 되어 보이는 처녀가 육칠십 된 백발 노파를 먹이려고 구걸을 하고 있을 때 불량배 두 녀석이 말하는 소리를 들었기 때문이다.

'아파(阿發), 저 물건을 더럽다고 생각하면 안 돼. 비누 두 개를 사 가지고 온몸을 뽀드득뽀드득 씻기기만 하면 괜찮아.'라고 말하더군. 참 기가 막혀서. 당신 이게 할 말이라고 생각해?

여기에 자극을 받아 쓰밍은 좋은 비누를 사서 아내에게 오래 묵은 때를 뽀드득뽀드득 잘 닦으라고 주었다. 쓰밍은 무술변법 시절의 신당新黨 출신으로 자신에 대해 이렇게 소개하고 있다.

사실 말이지 나도 광서 연간에 누구보다 열심히 학당을 열어야 한다고 주장한 사람 가운데 한 명이었지. 그런데 학당의 폐해가 이렇게 클 줄은 생각지도 못했어. 무슨 해방이니 자유니 하면서 배우는 것은 없고 헛소리만 해대니 말이야.

'5·4' 시기가 되자 그는 날이 갈수록 세태가 엉망이 되어간다고 개탄하고 있다.

> 계집애들이 무리를 지어 길거리에 나다니는 것만도 꼴불견인데, 머리까지 자르려고 해. 내가 제일 싫어하는 것이 바로 저 머리 자른 여학생들이야. 군인과 토비들은 그래도 용서할 구석이 있지만, 저 여학생들이야말로 천하를 어지럽히는 것들이야. 아주 엄하게 단속해야지, 암.

쓰밍이 저녁 밥상에서 젓가락을 뻗어 일찍이 점찍어 둔 배추 속잎을 집어 먹으려고 했는데, 아들 녀석이 먼저 집어 제 입으로 집어넣고 말았다. 그러자 쓰밍이 이렇게 나무란다.

> 흥, 학문도 없고, 세상 도리도 모르는 녀석. 아는 것이라곤 그저 먹는 것뿐이지!

이 구절을 읽다보면 『유림외사』에서 범진이 모친을 위해 복상한다며 상아 젓가락을 쓰지 않겠다고 하더니 어느새 밥상에 있는 새우 완자를 집어 입에 넣는 모습이 떠오른다. 쓰밍은 화가 풀리지 않았던지 계속해서 아들에게 화를 내며 못살게 굴다가 결국 부인의 화를 돋우고 만다. 쓰밍의 속내가 밝혀지는 대목이다. "그 애가 당신 마음속을 어떻게 알겠어요?" 그녀는 더욱 화가 치밀어 계속 말을 이었다. "그 애가 사리분별을 한다면 벌써 초롱불 밝히고 그 효녀를 찾아왔겠지요. 마침 당신이 이미 그 효녀에게 주려고 사 놓은 비누 한 장이 있으니 이제한 장만 더 사면 되겠네." 쓰밍이 그건 불량배들이 한 소리지 자신이 한 말이 아니라고 하자. 그녀가 반박한다. "꼭 그런 것은 아니지요. 하나를 더 사줘서 그녀가 뽀드득뽀드득 온몸을 씻는다면 세상도 태평스러워지지 않겠어요?" "우리 여자들이 어쨌다고 그래요? 우리 여자들은 남자들보다 훨씬 나아요. 당신네 남자들은 열여덟, 아홉 살 된 여학생들을 욕하지 않으면 열여덟, 아홉 살 된 여자 거지를 칭찬하는데, 모두 무슨 좋은 마음에서 하는 것이 아니지요. '뽀드득뽀드득'이라니 참 부끄러운지도 모르고!" 쓰밍이 어쩔 줄 모르고 있는데, 때마침 친구가 찾아와 그를 구원한다. '이풍문사移風文社'의 제18차 작품 모집 제목 때문에 허다오퉁何道通이 찾아왔던 것이다. 쓰밍은 허다오퉁에게 받은 종이 한 장을 받아들고 한 자 한 자 읽어나갔다. "전국 인민이 한마음으로 대총통이 경전을 중시하고 맹모孟母(맹자의 모친)을 숭상하여 혼탁한 문풍을 구하고 국수를 보전하도록 특별히 명령을 내리시기를 간절히 청원하는 글." 그들 두 사람은 이에 대해 상의하면서 쓰밍의 의견대로 시 제목을 '효녀행孝女行'으로 정하기로 결정한다. 그런 다음 또 다시 길거리에서 만난 여자 거지 이야기를 꺼냈다.

> 사람들은 그녀에게 효녀라고 말하지만, 내가 그녀에게 시를 지을 수 있느냐고 묻자 그녀는 고개를 저었어. 시를 지을 수 있었으면 좋았을 텐데.

> 그들 모녀 앞에 한 무리 사람들이 빙 둘러서서 경의를 표하기는커녕 야유만 보내더라고. 게다가 불량배 두 녀석은 뻔뻔스럽고 제멋대로였지. 그 중 한 놈이 그러더군. '아발, 저 물건을 더럽다고 생각하면 안 돼. 비

누 두 개를 사 가지고 온몸을 뽀드득뽀드득 씻기기만 하면 괜찮아.' 자네도 한 번 생각해 보시게. 이게 무슨…….

이상에서 볼 수 있다시피 「비누」라는 단편소설은 세 가지 거울을 설치하여 다각도로 투사하고 있다. 첫 번째 거울은 가정집의 만찬이고, 두 번째는 사교적인 문인들의 아시雅事에 관한 것이며, 세 번째는 길거리 '효녀'와 불량배, 그리고 비누를 비추고 굴절시키는 거울이다. 초록빛 비누를 통해 도학선생인 쓰밍의 잠재의식 속에 있는 '열여덟이나 아홉 살 된 여자 거지'에 대한 사념邪念을 포착하고, 점차 자리를 이동하면서 전혀 서둘지 않고 하나씩 껍질을 벗겨내고 있다. 『유림외사』에서 범진이 복상을 이유로 젓가락 타령을 하면서 오히려 새우 완자를 집어 먹는 모습으로 예교의 허위의식을 폭로한 것에 비해 훨씬 완곡하고 풍자적이다. 게다가 「비누」의 결말은 그야말로 아무 일도 없는 것처럼 끝난다.

그러나 다음 날 아침 그 비누는 벌써 사용되고 있었다. 이날 그는 평소보다 늦게 일어났다. 아내가 세면대에 몸을 구부리고 목덜미를 문지르고 있었는데, 비누 거품이 마치 커다란 게가 뿜어내는 거품처럼 두 귀 뒤쪽까지 높이 부풀어 있었다. 이전에 쥐엄나무 열매를 쓸 때 아주 적은 흰 거품만 일어났던 것에 비하면 정말로 천양지차였다. 이때부터 쓰밍의 부인 몸에서는 감람 같기도 하고 아닌 것 같기도 한 뭐라고 말하기 힘든 향기가 풍겼다. 거의 반년쯤 지나자 갑자기 냄새가 바뀌었다. 냄새를 맡아본 사람들은 모두 그것이 백단(白檀) 향기 같다고 말했다.

이처럼 마치 칼날을 숨겨놓은 것 같은 필체로 독자들은 무궁한 연상 속으로 빠져드는 것이다.

루쉰 소설의 희비극 묘사 예술은 『유림외사』의 장점을 취하면서 변화 발전한 것일뿐더러 러시아 작가 니콜라이 고골Nikolai Vasilievich Gogol의 "눈물을 감춘 웃음"의 예술적 필치와 정신을 수용한 것이기도 하다. 루쉰은 이미 일찍부터 고골이 "사회 인생의 암흑을 묘사하는 것으로 유명하며", "지금까지 볼 수 없었던 눈물과 슬픔으로 자기 나라 사람들을 진작시켰다"[17]는 점을 주목하고 있었다. 루쉰은 자신의 「광인일기」의 '격식의 특별함'에 대해 이야기하면서 고골이 1834년 동명의 소설 「광인일기」를 썼다는 사실을 언급한 바 있다.

> 고골은 러시아인이 남에게 별명을 지어주는 데 뛰어나다고 자랑했지만 — 자만했을지도 모른다 — 일단 별명이 생기면 하늘과 바다 끝까지 도망간다고 하더라도 그것이 따라다녀서 아무리 벗어나려고 해도 벗어날 수 없다고 말했다. 이것은 마치 생동적인 스케치처럼 눈썹과 수염을 세밀하게 그리거나 또는 이름을 써넣지 않고 그저 붓놀림 몇 번을 한 것뿐이지만, 표정이 생생하게 그려져서 그려진 인물을 본 적이 있는 사람이라면 한 눈에 누구인지 알게 된다. 그 사람의 특징 — 장점이든 약점이든 — 을 과장하게 되면 그 사람이 누구인지 더 잘 알 수 있다.[18]

---

17 루쉰, 『무덤 · 마라시력설』, 『루쉰전집』 제1권, 89쪽.

18 루쉰, 『차개정 잡문2집 · 다섯 번째로 '문인상경'을 논하다 – 명말(五論文人相輕 – 明末)』, 『루쉰전집』 제6권, 394쪽.

루쉰 소설 「콩이지」는 주인공의 이름이 공인데, 사람들은 습자 교본에 나오는 대로 '상대인 콩이지上大人孔乙己'라는 알쏭달쏭한 구절을 따서 그에게 콩이지라는 별명을 붙여 주었던 것이다. 이러한 별명은 그 인물과 뗄래야 뗄 수 없는 표시가 되었으며, 현대소설에서 가장 유명한 이름 가운데 하나가 되었다.

노진(魯鎭)의 주점 구조는 여느 고장과 딴판이었다. 기역자 모양의 선술 탁자가 거리로 나와 있고, 술탁자 안에는 언제든지 술을 데울 수 있도록 더운 물이 준비되어 있었다. 정오나 해질 무렵 일을 마친 막벌이꾼들이 너나할 것 없이 동전 네 푼에 술 한 사발을 사서 — 이는 20여 년 전의 일로 지금은 한 사발에 10푼을 주어야 할 것이다 — 술탁자 바깥쪽에 기대어 선 채로 따끈한 술을 들이켜며 긴 숨을 돌리곤 했다. 한 푼 더 쓴다면 소금물에 데친 죽순이나 회향두(茴香豆) 한 접시를 안주로 삼을 수 있었다. 열 몇 푼을 더 내면 고기요리를 맛볼 수 있겠지만 여기 손님들 대다수는 몽당옷의 날품팔이들인지라 그런 호사와 인연이 없었다. 장삼을 걸칠 정도나 되어야 건너편 내실로 거들먹거리며 들어가 술타령에 요리타령을 하며 느긋하니 마실 수 있었던 것이다.

이는 강남 옛 마을에 자리한 주점의 풍속화이다. 콩이지는 그 풍속화에서 자신이 자리를 찾지 못하고 왠지 부자연스럽고 난처한 입장에 처해 있는 듯한 특별한 인물이다.

콩이지는 선술집 손님 가운데 장삼을 입은 유일한 사람이었다. 훤칠

한 키에 희뭄은 얼굴 주름 사이로 상처자국이 끊이지 않았고, 희끗한 수염을 덥수룩하니 달고 있었다. 걸친 것이 장삼이라곤 하나 땟국에 절고 너덜거리는 것이 한 10년 정도는 빨지도 꿰매지도 않은 듯싶었다. 말끝마다 '지호자야(之乎者也, 옛날 문언문에서 상투적으로 사용하는 말로 옛날 말투를 흉내 내는 것을 풍자하는 말이다-역주)'를 달고 다니는 통에 듣는 이들마다 긴가민가하면서 고개를 갸우뚱거리게 만들기 일쑤였다.

쑨푸위안孫伏園은 이렇게 회고했다.

한 번은 루쉰 선생에게 그가 쓴 단편 소설 가운데 가장 좋아하는 작품이 무엇이냐고 물은 적이 있다. 그는 나에게 「쿵이지」라고 대답했다. (…중략…) 루쉰 선생은 자신이 직접 「쿵이지」를 일문으로 번역하여 일문 잡지의 투고 요청에 응했다. (…중략…) 루쉰 선생이 나에게 말해준 바에 따르면, 「쿵이지」의 주인공인 쿵이지는 원래 맹(孟)씨인데, 항상 함형(咸亨) 주점에서 술을 마셨다고 한다. 사람들은 그를 '맹부자(孟夫子)'라고 불렀는데, 그의 행실은 「쿵이지」에 묘사된 것과 거의 비슷했다고 한다.[19]

그러나 '맹부자'라는 말은 일반적이기 때문에 이를 '쿵이지'로 바꾼 것은 나름의 예술적 기교인 셈이다. 소설에서는 12살짜리 아이의 맑

19 쑨푸위안(孫伏園), 『루쉰선생 두세 가지 일·「쿵이지」』, 장사 : 호남인민출판사, 1980, 16~17쪽.

은 눈으로 콩이지의 모습을 관찰하고 있다. 아이의 눈에 비친 콩이지는 말할 때마다 '지호자야之乎者也'를 붙이지만 사실은 아무짝에도 쓸모없으며, 십 몇 푼도 되지 않는 술값조차 낼 수 없으면서도 여전히 사족士族들의 표시라고 할 수 있는 꾀죄죄한 장삼을 벗지 못하는 처량한 인물이다.

> 콩이지가 가게에 나타나면 술을 마시고 있던 손님들이 모두 그를 보며 웃어댔다. 누군가가 '어이, 콩이지, 얼굴에 흉터가 하나 더 늘었구만!'하면 그는 아무런 대꾸도 하지 않고 술탁자 안쪽을 향해 '두 사발 데워 줘. 회향두 한 접시하고'라고 말하면서 아홉 푼을 늘어놓았다. 그들은 또 일부러 큰 소리를 질러대기도 했다. '자네 또 남의 물건을 훔친 게로군!' 그러면 콩이지는 눈을 부릅뜨고 되받았다. '그댄 어이하여 이토록 터무니없이 청백(淸白)을 더럽히려는고(…중략…).' '청백은 무슨 개뿔. 그저께 자네가 하 씨 댁에서 책을 훔치다가 거꾸로 매달려 매타작을 당하는 꼴을 내 두 눈으로 똑똑히 봤는데!' 콩이지는 금방 얼굴이 시뻘겋게 달아오르더니 이마에 퍼런 힘줄을 내보이며 항변했다. '책 훔치는 일은 도둑질이라 할 수 없나니 (…중략…) 책을 훔친다는 것은! (…중략…) 독서인의 업(業)인저, 어찌 절도로 할 수 있으리오?' 그러고는 연이어 '군자란 본디 궁핍하다'느니 무슨 '이리오' 따위의 알아먹지 못할 말들로 모두의 웃음을 샀다. 그러면 가게 안팎으로 상큼하고 발랄한 공기가 가득 차는 것이었다.

그러나 그는 아이들에게 상당히 잘 대해주었다.

어떤 때는 이웃 아이들이 웃음소리를 듣고 부리나케 달려와 콩이지 주변을 에워쌌다. 그는 그들에게 회향두 하나씩을 나눠주었다. 꼬마들은 콩을 먹고 나서도 접시를 빤히 쳐다보는 것이 도무지 흩어질 태세가 아니었다. 그러면 콩이지는 허둥지둥 다섯 손가락으로 접시를 덮고 허리를 감싸며 말했다. '이제 없어! 얼마 남지 않았단 말이야.' 그러고는 몸을 펴고 다시 콩을 살펴본 뒤 고개를 젓는 것이었다. '이젠 없어, 이젠 없다니까! 많은가? 많지 않도다!' 그러면 꼬마들은 깔깔대며 흩어지는 것이었다. 콩이지는 이처럼 사람들을 즐겁게 만들었다. 그러나 그가 없어도 사람들은 이렇게 지냈다.

사실 이는 길거리에서 흔히 볼 수 있는 웃음거리와 장난질에 불과할 수도 있다. 하지만 루쉰은 이를 통해 인간의 희비극을 뼈에 사무칠 정도로 처량하게 그려내고 있다. 그리하여 소설에 나오는 회향두는 함형 주점이나 콩이지 주점 문 앞에 내걸린 간판 음식이 되었고, "책을 훔치는 것은 도둑질이 아니다"라는 말 역시 농담처럼 널리 사용되는 속어가 되었다. 마지막에 콩이지는 다리가 부러져 다리 대신 손으로 기어가며 술집에 도착하여 4푼어치 술을 마시고 19푼을 외상으로 남긴 채 인간세상에서 사라진다. 소설은 콩이지의 게으름, 진부하고 고지식한 태도, 억지로 사족 티를 내는 모습에 대해 신랄한 조롱과 풍자를 가하고 있다. 하지만 그는 봉건시대 과거제도에서 도태된 기아棄兒이자 호신豪紳 통치하에서 비참한 삶을 살면서 아무 데도 호소할 곳이 없는 하찮은 인물이기도 하다. 그는 선량한 영혼과 수치심을 가지고 있지만 오히려 최소한의 인간적 가치조차 상실한 상태이다. 소설은 세상에 대한 아이의 순진한 시각을 통해 절절한 슬픔과 동정을 전하고 있다. 소설의 웃음소리에는 눈물이 담겨져 있고, 예전의 과거제도는 더 이상 사인의 생계수단을 도모할 수 있는 능력을 상실했다. 대신 들어선 제도 역시 사회적으로 사람들을 구조할 수 있는 체제가 아니다. 사람들은 이를 일상처럼 여기고 제도의 틈 속에 숨어 있는 비극을 웃음거리의 자료로 삼을 뿐이다. 이런 사회에 출로는 과연 어디에 있는가? 소설은 작가의 붓끝을 따라 동정의 눈물과 풍자의 분노를 교직한다. 여기에서 보이는 희극적 필치는 순수한 희극의 그것이 아니라 비극화된 희극의 필치이다. 여기에 나오는 비극 역시 순수한 비극이 아니라 희극적인 인물이 등장하는 사회비극이다. 희극의 필치로 비극을 묘사함으로써 비극의 존엄감을 해소할 때 사회에 대한 절망이 나타나기 마련이다.

루쉰은 천성적으로 풍자와 유머, 그리고 천진스러움을 지녔던 것 같다. 조소와 풍자만 있고 유머나 천진스러움이 없으면 몰인정하고, 유머나 천진스러움은 있으되 조소와 풍자가 없다면 그저 낄낄거리는 웃음거리로 빠지고 말거나 세상에 대한 냉소로 끝나고 만다. 그렇기 때문에 풍자와 유머, 천진스러움이 결합되어야 풍자적인 작품에 대해 또 다른 깨달음을 얻을 수 있고, 문장 속에서 비극성과 희극성이 혼재된 복합적인 정조를 담아낼 수 있다. 그는 『유림외사』를 좋아했지만 이 외에도 러시아의 고골과 일본의 나쯔메 소세키夏目漱石의 작품도 좋아했다. 베른스키는 고골의 예술 특징에 대해 "비애와 우울한 느낌에 압도되는 희극적 고무鼓舞"[20]라고 개괄한 바 있다. 이는 루쉰이 "눈물과

20 베른스키, 『베른스키선집』 제1권, 베이징 : 시대출판사, 1952, 231쪽.

슬픔涙痕悲色"과 "눈물을 머금은 미소"와 상통한다. 나쯔메 소세키에 대해 루쉰은 이렇게 말한 적이 있다.

> 그의 저작은 상상이 풍부하고 문사가 아름다운 것으로 유명하다. 초년의 작품은 하이쿠 잡지인 「자규(子規, 호토토키스)」에 실린 「도련님(哥兒, 坊っちゃん)」과 「나는 고양이로소이다(吾輩は猫である)」 등인데, 경쾌하고 대범하며 기지가 풍부하여 명치(明治) 문단의 신 에도(新江戶) 예술의 주류가 되었으며, 당대에 필적한 작품이 없을 정도였다.[21]

이처럼 다원적으로 참고하고 수용하여 하나로 용해시켜 한 쪽에 얽매이지 않고 두루 장점을 취함으로써 나름의 독특하고 새로운 풍격을 만들어냈다.

루쉰 소설의 희극적 묘사 역시 고골 식의 "눈물과 슬픔"을 담고 있다. 그러나 그 안의 '눈물', 그 안의 '슬픔'은 중국 사회와 역사에 대한 루쉰의 깊은 사고와 고민의 결과물이며, 이에 따른 우려와 분노 역시 깊고 깊다. 고골의 희극적 필법의 독특성에 대해 베른스키는 이렇게 해석한 바 있다.

> 고골의 희극성 또는 유머는 특색이 있다. 그것은 순수한 러시아의 유머이며, 작가가 그 안에서 마치 바보처럼 꾸민 차분하고 순박한 유머이다.[22]

---

21 루쉰, 『역문서발집·「현대일본소설집」』, 『루쉰전집』 제10권, 238~239쪽.

22 베른스키, 『베른스키선집』 제1권, 245쪽.

고골의 「흠차대신欽差大臣(감찰관)」은 처음에 시장을 위시로 한 관료들의 뇌물 수수를 비롯한 온갖 나쁜 짓거리, 악행을 계속 끄집어내면서 그들이 가짜 감찰관 앞에서 바보처럼 아양을 떨고 거짓말을 하며, 서로 밀고하고 뇌물을 건네는 모습을 연출하고 있다. 당연히 그런 모습으로 극장 안은 온통 웃음소리로 가득 찬다. 그러나 같은 폭로성 작품이라고 할지라도 앞서 언급한 루쉰의 「비누」와 같은 작품은 고골의 소설과 다른 풍격을 지녔다. 「비누」에 나오는 쓰밍의 비열한 심리는 비누를 싼 종이처럼 겹겹으로 이루어져 인물의 매 행동이나 언사를 통해 한 꺼풀씩 벗겨지면서 도학가의 건달과 다를 바 없는 본질이 드러나게 된다. 독자들은 이를 통해 박장대소를 하는 것이 아니라 인물의 심리를 엿보면서 회심의 미소를 짓기 마련이다. 그렇기 때문에 예술 풍격 면에서도 재미있는 조롱과 비웃음이 아니라 "완곡하면서도 풍자적인" 성격이 강할 수밖에 없다. 이런 점에서 루쉰은 고골보다는 『유림외사』에 가깝다고 할 수 있다. 그 안에서 엿볼 수 있는 희극성은 기지가 넘치고 심술궂은 면이 있는가하면 함축적이고 심오한 면도 갖추고 있다. 그래서 "진실로 별것 아닌 언사로 교묘하게 풍자의 극치를 다했고, 신랄하게 타격을 입혔다"[23]고 말하는 것이다. 이러한 완곡하면서도 신랄한 비판 정신은 '5·4' 시기를 거치면서 오경재나 고골이 따라올 수 없을 정도로 더욱 완숙해졌다. 러시아 소설가인 파더예프Alexander Alexandrovich Fadeyev가 "구 사회에 대한 루쉰의 비판은 안톤 체홉보다 첨예하며 명확한 사회적 성질을 지니고 있다"[24]고 말한 까닭이 바로 여기에 있다.

23 루쉰, 『중국소설사략』 제23편, 『루쉰전집』 제9권, 231쪽.

24 파체예프, 『루쉰을 논하다(論魯迅)』, 상하이 : 이토사(泥土社), 1953, 22쪽.

이러한 사회 비판적 시대정신과 루쉰의 독창성은 「이혼」에서 두드러지게 나타나고 있다. 「이혼」과 「내일明天」, 「축복」 등 3편의 단편 소설은 루쉰이 쓴 중국 부녀의 운명에 대한 삼부작이라고 해도 무방하다. 첫 번째 작품은 부부가 불화하여 이혼을 생각하는 내용이고, 두 번째는 과부가 아들을 잃고 마을 건달에게 업신여김을 당하는 내용이며, 세 번째는 과부가 남편과 아들을 잃고 죄책감에 시달리다 결국 거지 신세가 되고 말았다는 내용이다. 그들은 모두 하층 부녀가 신분이나 성격은 다르지만 암흑사회의 꽉 막힌 정신 상태로 누군가의 하인으로 모욕을 당하는 비극적인 삶을 살고 있다. 그 가운데 「이혼」에 나오는 아이구愛姑는 성질이 불같고 드센 성격의 소유자로 나온다. 또한 그녀의 가정 역시 식구가 많고 제법 행세께나 하는 집안이다. "바닷가 부근 삼육 십팔, 열여덟 마을에서 모르는 사람이 누가 있겠는가?" "(아저씨는) 어떤 고관대작 집도 거침없이 드나드는데 그들 쯤이야 뭐가 대수이겠어요?" 딸의 혼사 때문에 그녀의 부친은 "아드님 여섯 분을 데리고 가서 그 집 부뚜막을 부순 일도 있었다". 이처럼 농촌 환경에서 자란 아이구는 성격이 비교적 굳세고 말하는 데 거리낌이 없으며, 행동도 거칠 것이 없었다. 아이구가 부친과 함께 배를 타고 치다런七大人에게 자신을 내쫓으려는 시가의 행태를 고발하러 가는데, 갈고리처럼 생긴 두 다리(전족 모양을 묘사한 것이다-역주)를 바싼거八三哥 쪽으로 벌리니 '팔八'자가 되었다. 나중에 바싼거가 졸면서 입을 벌리니, 앞에 있는 갈고리처럼 생긴 아이구의 다리 앞에서 입을 벌린 꼴이 되고 만다. 그러자 같은 배에 타고 있던 두 명의 노파가 낮은 목소리로 염불을 외고 있다가 그 모습을 보고는 서로 마주보며 입을 삐죽거리고 고개를 끄덕였다. 이런 묘사는 작가의 자못 장난기 가득한 천진스러움을 보여주는 대목이다. 소송의 상대방으로 아이구의 시댁인 스 씨施氏 집안 사람들은 관부와 결탁하여 작년 연말에 웨이慰 나으리에게 술 한 상을 차려 보냈고, 금년 새해 모임에 성안의 치다런도 자리한다고 했다. 그러나 아이구는 전혀 기가 죽지 않았으며, 오히려 씩씩거리며 자신이 할 말을 거리낌 없이 털어놓았다.

> 나는 정말 화가 치밀어. 생각 좀 해 보세요. 그 '짐승만도 못한 새끼(小畜生)'는 젊은 과부와 바람을 피우면서 날 내치려고 하는데 과연 제 뜻대로 되겠어요? '짐승만도 못한 늙은 것(老畜生)'은 아들놈 감싼 줄만 알고 나를 내쫓겠다고 하는데, 어림도 없지! 치다런이 뭘 어쩌겠어? 설마 지현 나리하고 의형제라고 해서 바른말을 하지 않는 것은 아니겠지? 위 나리처럼 그저 '헤어지는 것이 좋아! 헤어지는 것이 좋다니까'라고 되지도 않는 말을 하지는 않겠지요. 나는 이 몇 년간 내가 고생한 것을 이야기하고, 치다런이 누가 맞는다고 하는지 볼 거예요.

아이구는 이렇듯 자신의 시아버지와 남편을 '짐승만도 못한 새끼', '짐승만도 못한 늙은 것'이라고 부르면서 사람답게 바른말을 하는지 여부에 따라 치다런을 판단할 것임을 암시하고 있다. 만약 치다런조차 바른 말을 하지 않는다면 그 역시 '짐승만도 못한 자'가 되고 말 것이다.

그런데 뜻밖에도 아이구가 향신鄕紳의 검은 칠을 한 대문으로 들어서서 대청을 지나 응접실 문턱을 넘어 들어갔을 때, 이미 여러 손님들이 가득 자리한 가운데 "붉고 푸른 비단 마고자가 번쩍이고 있었다". 이리저리 살펴보니 "분명 돼지기름을 바른" 칠 나으리는 사람 말도 아니고 짐승 말도 아닌 귀신 말을 하면서 옛날 사람들이 염을 할 때 항문을 막는 데 사용했다는 '비색屁塞'이란 옥석을 들고 마치 감정이라도 하는 양 주위 사람들과 이야기를 나누고 있었다. 이처럼 기괴하고 신비한 현장 분위기 속에 알 수 없는 위세가 가득했다. 위慰 나으리가 치다런을 대신하여 스 씨 집안에서 10원을 더 내라고 했으니 더 이상 소송 운운하지 말고 끝내자고 말했다. "자네들이 황제 할아버지 앞에 가서 소송을 건다고 해도 이보다 더 받지는 못할 거야. 이런 말은 우리 칠 대신이니까 할 수 있는 거라고." 그러자 아이구가 용기를 내서 입을 열었다.

> 치다런은 학식이 있고 사리에 밝으시니 어떤 일이든 잘 아시겠지요. 우리 촌뜨기들과 다른 분이잖아요. 저는 원망이 있어도 호소할 곳이 없어 치다런을 찾아뵙고 말씀을 드리려고 왔습니다. 제가 시집을 온 뒤로 정말 머리를 숙이고 들어가고 머리를 숙이고 나오며 한 번도 예법에 어긋난 적이 없었습니다. 그런데 저들은 오히려 저를 눈에 가시처럼 여겼으니 사람들마다 '종규(鍾馗) 빰쳐먹을 정도'로 못된 자들입니다. 언제인가 족제비가 큰 장닭을 물어 죽인 일이 있었는데, 제가 닭장 문을 제대로 닫지 않아서 그랬다고 덮어씌우지 않겠어요? 그건 쳐죽일 놈의 비루먹은 개가 몰래 겨를 이긴 밥을 훔쳐 먹으려고 들어오느라 닭장 문을 열어놓은 것이에요. 그런데도 저 '짐승만도 못한 새끼'는 다짜고짜 제 뺨을 때리는 것이 아니겠어요! (…중략…) 그가 화냥년에게 빠져서 저를

내쫓으려고 하는 것이지요. 저야말로 삼다육례(三茶六禮)를 갖추고 꽃가마를 타고 온 사람이에요. 이게 그렇게 간단한 일입니까? (…중략…) 저 '짐승만도 못한 늙은 것'과 '짐승만도 못한 새끼'가 하자는 대로 했지요. 저것들은 상(喪)을 당한 것처럼 아주 다급하여 더러운 수를 써서 높은 사람에게 알랑거리고……. 저것들이 어디 말투가 부드럽고 태도가 온화한 줄 아세요? 말끝마다 '천한 년', '죽일 년'이라고 하지요. 갈보 년하고 눈이 맞고 난 뒤에는 제 조상까지 들먹였다니까요. 치다런께서 혼쭐을 내주시기 바랍니다.

거칠기 이를 데 없는 그녀의 말솜씨는 오히려 물 흐르듯이 전혀 거리낌이 없고 기세는 성난 소처럼 드셌다. 하지만 치다런이 눈을 위로 치켜뜨고 얼굴을 쳐들면서 사람 말인지, 귀신 말인지 도무지 종잡을 수 없는 소리, "이리 오너라!"라고 외치자 아이구는 그 한 마디에 기가 죽고 만다. 잠시 후 치다런이 '에취'하고 재채기를 하자 완전히 힘이 빠져 대세가 이미 기울었다는 생각과 동시에 치다런이 정말로 위엄이 있는 사람이라고 느끼게 된다. 그녀는 지금까지 모든 것이 자신의 오해이며, 치다런 앞에서 너무 방자하고 거칠게 행동했다고 후회한다. 결국 그녀의 입에서 자신도 모르게 이런 말이 흘러나왔다.

저는 처음부터 치다런의 분부대로 하려고 했어요.

결국 그녀가 하고 싶었던 말은 흐지부지되고 사람들 분위기는 오히려 화기애애해졌다. 일이 원만하게 끝났다고 여긴 위 나리가 양쪽 모두 돌아가려는 기색을 보이자 이렇게 말했다. "자 더 이상 다른 일 없겠지. 모두 잘 해결되었으니 축하를 해야지. 자네들 돌아갈 건가? 돌아가지 말고 우리 집에 가서 새해 술이나 한 잔씩 들고 가게. 좀처럼 이런 기회도 없을텐데." 이맨 나중에 나오던 아이구가 다시 입을 열어 공손하게 대답했다.

네, 안 마실래요. 웨이 나으리!

소설은 향촌 수로를 오가는 배 내부와 향신 대청이라는 두 가지 사회 공간을 보여주고 있다. 이 두 가지 공간은 서로 다른 가치와 행위규범을 지니고 있다. 양자의 충돌은 농촌의 풀뿌리 계층과 호신 관료 계층의 모순과 대결을 반영한다. 아이구는 한 공간에서 소처럼 우직하고 거세지만 공간이 바뀌자 기이하게도 뭐라 말하기 힘든 위세에 눌려 그만 기가 죽어 정신적 좌절이거나 노복의 처지와 같은 곤경에 빠지고 만다. 소설의 풍자는 일종의 정경情景 풍자이다. 한 공간에서 떠벌림이 거세질수록 다른 공간에서 추락하는 모습은 더욱더 처참해진다. 그래서 시골 아낙인 아이구가 드세고 억척같을 때의 희극성은 거대한 낙차 속에서 졸지에 비극으로 미끄러지고 만다. 루쉰은 아이구에 대해 좋아한다기보다 혐오가 섞인 연민의 정을 담고 있는 것처럼 보인다. 그의 웃음 속에는 눈물이 배어 있다. 그래서 입에서 나오는 대로 마구 욕설을 내뱉는 아이구를 냉소의 눈으로 바라보다가도 그녀의 반역이 좌절되고 날개깃이 꺾여 되돌아오게 되자 "감사합니다. 웨이 나으리!"라는 공손한 말로 마무리하면서 내심 장탄식을 하고 있는 것이다.

『유림외사』의 풍자 예술은 "풍자의 예봉을 특히 사림士林을 겨냥했다". 이는 중국 사인들이 자신의 인생 방식, 품행, 덕성, 그리고 회색 운명에 대해 반성하는 비판적 사고방식이었다. 이러한 비판적 묘사가 사람들에게 깊은 영향력을 발휘하여 스스로 반성케 한 까닭은 책에서 묘사하고 있는 인물이 정면인물이든 아니면 반면인물이든지 간에 모두 선명하고 진실한 개성을 지님으로써 다중 성격과 입체적 형상을 드러내고 생활 자체의 논리에 따라 일종의 '전신사조傳神寫照'식 필묵을 전개했기 때문이다. 전형의 진실함은 그를 둘러싼 생활의 복잡성과 연계되어 있다. 특히 풍자 예술의 경우 작가가 자신의 분노를 통제하지 못하면 예술의 형상적 외장外裝을 훼손하여 인물의 개념화, 도식화로 빠지고 만다. 루쉰은 청대 이전의 풍자소설을 돌아보면서 이렇게 말했다.

> 이런 부류의 소설들은 대개 어느 평범한 사람을 설정해 놓고 그의 형편없는 모습을 자세히 묘사함으로써 상대적으로 훌륭한 선비와 대비시켜 그 재화를 드러내게 했다. 그렇기 때문에 때로 현실적이지 못하고 그 용처가 '조롱거리(打諢)'에나 비할 수 있을 따름이다.[25]

'용인庸人', 즉 어느 평범한 사람의 천박함을 과장하느라 그 나름의 좋은 점을 모두 말살하거나 '준사俊士'의 재능과 학식을 찬양하느라 그가 가진 결점을 빼버린다면 그저 일면만 드러낸 것일 뿐이다. 이런 도

25 루쉰, 『중국소설사략』 제23편, 『루쉰전집』 제9권, 228쪽.

식적인 작품으로 예술의 생명을 논할 수 없다. 인물 묘사 면에서 탁월한 성취를 얻은 명저 『삼국연의』에 대해서도 루쉰은 비판적 시각을 유감없이 드러내고 있다.

유비가 후덕한 인물이라는 것을 강조한 나머지 위선자같이 되어 버렸고, 제갈량이 지모가 많다는 것을 그리느라 요괴에 가깝게 묘사하고 말았다.[26]

이는 『삼국연의』가 중요 인물의 입체적이고 복잡한 면모를 중시하지 않고 개인의 특징만 두드러지게 부각시킴으로써 오히려 진실감을 떨어뜨렸다는 비판이다. 그래서 루쉰은 이렇게 말했던 것이다.

『유림외사』를 쓴 작가의 능력이 어찌 나관중만 못하겠는가?[27]

확실히 일리가 있는 말이다. 루쉰은 『유림외사』에 대해 평설하면서 특히 마이馬二 선생이 시후西湖를 유람하는 모습과 범진이 향시에 급제한 후에 모친상을 당했을 때의 행태에 대해 이야기하고 있다. 이는 마이 선생의 형상이 『유림외사』에서 가장 입체감이 있기 때문이다. 마이 선생은 박학하고 고전에 정통한 선비로 춘추시대부터 한, 당에 일어난 일까지 두루 꿰고 있지만 '시문時文(현재 유행하는 문체)'에 대한 의

26 루쉰, 『중국소설사략』 제14편, 『루쉰전집』 제9권, 135쪽.
27 루쉰, 『차개정 잡문2집 · 엽자의 작품 「풍수」 서문(葉紫作「豊收」序)』, 『루쉰전집』 제6권, 228쪽.

론은 상당히 진부하다. 그는 가난하여 근심이 많으면서도 우정을 중시하는 인물이다. 시후에 놀러갔을 때 호숫가에 맛난 음식을 보며 그저 침만 꼴깍 넘길 뿐 머뭇거리다 결국 값싼 음식을 이것저것 사다가 배를 불리고 돌아온다. 시후의 "천하제일 진산眞山, 진수眞水 경치"는 전혀 관심이 없고 그저 주린 배만 채우는 것으로 유람을 끝내니 그야말로 속기俗氣로 가득 찬 셈이다. 소설은 그저 담담하게 마이 선생의 그런 모습을 전혀 힘도 들이지 않고 묘사할 뿐이다. 하지만 그 묘사가 생동감이 넘쳐 독자들로 하여금 많은 생각을 하게 만든다. 마치 스스로 반성하게 만드는 형상을 바로 독자 눈앞에 세워놓고 있는 것과 같다. 루쉰은 이러한 풍자 예술의 탁월한 점을 깊이 깨달은 것 같다. 그래서 자신의 잡문에서 자못 흥미롭게 마이 선생의 일을 끄집어내기도 했다. 예를 들어 선본選本에는 표준이 있어야 한다고 말하면서 이렇게 적었다.

> 설령 선자(選者)가 멍청하다고 할지라도 『유림외사』에서 묘사하고 있는 마이 선생의 경우처럼 시후를 유람하면서 아무런 준비도 없다면 반드시 누군가에게 길을 물어야 하고, 간식을 사먹으려는데 무엇을 선택해야 할지 모른다면 그저 종류별로 이것저것 조금씩 사게 될 것이다. 이러한 것들은 문장을 품평하여 선발하는데 전혀 파악한 것이 없음을 보여준다. 그러나 그는 처주(處州)사람이니 틀림없이 '처편(處片, 처주의 명산인 말린 죽순)'을 먹으려고 할 것이니, 비록 마이 선생일지라도 나름대로 '처편'식의 표준이 있음을 알 수 있다.[28]

또한 생활의 원형과 예술적 전형의 관계를 논하면서 마이 선생을 예로 들고 있기도 하다.

> 설령 누군가가 소설 속에 온전하게 모습을 드러낸다고 할지라도 작가의 솜씨가 대단하여 작품이 오래도록 살아남는다면, 독자는 실재한 그 사람과 무관하게 책속의 인물만 볼 뿐이다. 예컨대, 『홍루몽』에 나오는 가보옥은 작가인 조점(曹霑) 자신을 모델로 한 것이며, 『유림외사』에 나오는 마이 선생의 모델은 풍집중(馮執中)이었지만, 지금 우리 눈에 보이는 것은 가보옥과 마이 선생뿐이다. 오직 특별한 학자, 예컨대 후스즈(胡適之, 호스) 선생 같은 이들이나 조점, 풍지붕을 오매불망 되뇌일 뿐이다. 인생은 유한하나 예술은 상대적으로 영원하다는 것이 바로 이런 걸 두고 한 말이다.[29]

루쉰은 이렇듯 마이 선생을 끄집어내어 『유림외사』의 "탁월한 수완과 작품의 영구성"에 대해 설명한 것을 보면, 루쉰이 『유림외사』에서 사림 인물 형상을 고찰하는 나름의 비법에 대해 마음 깊이 느낀 바가 있음을 알 수 있다.

루쉰 소설에 나오는 지식인 인물 형상 가운데 일부는 『유림외사』의 뒤를 이은 것들이다. 그는 과거제도가 폐지된 1905년 전후는 물론이고 1919년 5·4운동 전후의 지식인들에 대해 누구보다 익숙하고 또한 잘 알고 있었다. 루쉰은 만청에 접어들면서 서서히 퇴락하는 사대

---

28 루쉰, 『집외집·선본』, 『루쉰전집』 제7권, 139쪽.
29 루쉰, 『차개정 잡문말편·「출관」의 '관'(「出關」的'關')』, 『루쉰전집』 제6권, 538쪽.

부 가정에서 태어나 18세에 후이지현으로 가서 향시를 본 적이 있다. 그는 대가족 울타리 안에서 과거제도에 버림받은 이들과 접촉할 기회가 적지 않았다. 예를 들어 맹부자나 자경子京과 같은 인물이 그러한데, 구식 사람들은 "견문이 많은 것"으로 알려져 있었다. 루쉰이 신학문을 배우기 시작하자 고향 사람들의 지탄을 받았지만 과거 시험에 매달린 이들에 대해 그다지 좋게 여기지 않았다. 한림에 제수된 집안 조부가 있기는 했지만, "나중에 교육부 관리가 되었을 때 기회가 닿아 그곳에 보관중인 예전 진사들의 시험답안지를 보게 되었는데, 그 중에서 조부의 답안지를 찾아 읽어본 적이 있었다". 그가 내린 결론은 이러했다. "문장이 별로 빼어나지 않다."[30]

루쉰은 과거제도에 대해 상당히 침통하게 생각하고 경멸하는 태도를 가졌다. 그래서 그는 과거제도의 총아라 할 수 있는 딩丁 거인, 자오趙 수재의 흉악하거나 투기를 일삼는 부도덕한 행위의 주인공을 묘사하고, 과거제도에 버림을 받은 쿵이지, 천스청 등의 고지식하고 우매하며 곤궁에 빠진 운명을 그렸다. 또한 굳어버린 낡은 문화에 영혼을 침식당한 '사류士流' 쓰밍四銘과 가오라오高老 부자의 허위의식에 사로잡힌 비열하고 추악한 형상을 묘사했다. 그 가운데 쿵이지의 형상이 가장 궁상맞고 초라하여 마치 손안에 풀 표식草標(옛날 시장에서 파는 물건임을 표시하는 풀로 만든 표식－역주)을 꽂고 알 낳는 암탉을 팔러가는 가난한 범진과 유사하다. 다만 그는 범진처럼 말년에 과거에 급제하는 행운조차 얻지 못했다. 천스청의 어리석고 우매한 모습은 과거 시험장

30 마쓰다 쇼(増田渉), 「루쉰의 인상」, 루쉰 박물관·루쉰연구실, 『루쉰연구월간』 선편, 『루쉰회억록』, 베이징 : 베이징출판사, 1999년, 1399쪽.

인 공원貢院에 들어가 호판號板(과거를 볼 때 생원들이 시험을 보거나 수면용으로 제공되는 목판-역주)에서 혼절했다가 깨어나 대성통곡을 하던 주진朱進과 닮았다. 다만 그 낙담이나 발광이 혹시 지나칠 수는 있으나 그렇다고 감생監生(명청시대 최고 학부인 국자감의 학생)으로 받아주는 이도 없고, 심지어 만류호萬流湖에 빠져 익사체로 떠올랐는데도 시신을 수습해 가는 친인척이 없을 뿐이었다. 이러한 사림 인물의 묘사는 사람의 목소리와 감정은 물론이고 그 사람의 마음까지 간파한 것처럼 생동감이 넘쳐 그 복잡한 느낌이나 입체감이 『유림외사』를 훨씬 뛰어넘는다. 『유림외사』가 팔고문으로 선비를 뽑던 팔고취사 제도 전성기 사림의 두루마리 그림이라면, 루쉰의 일부 소설은 과거제도가 사망을 고하고 파편화된 역사의 잔권殘卷(훼손된 그림)이라고 말할 수 있을 것이다.

이러한 역사의 잔권을 처리하면서 루쉰은 다원적인 예술적 독창성과 수완을 발휘하여 그 나름의 독특한 작품을 만들어냈다. '다원多元'을 취해 '독창'적인 작품을 만들어냈다는 것이 바로 루쉰의 탁월한 점이다. 만약 「쿵이지」가 고골리의 희곡 수법을 차용하여 『유림외사』의 하찮은 인물을 묘사했다면, 「흰 빛白光」은 도스토예프스키의 영혼 해부 수법으로 『유림외사』의 괴이한 인물을 묘사했다고 말할 수 있다. 루쉰은 변태 심리학에 조예가 있는 의사처럼 그 나름의 독특한 진단으로 씁쓰레한 미소를 띤 채로 쿵이지가 추레한 장삼을 입고 집문 밖으로 나가 이미 전락한 신분을 변호하는 모습을 살피고 있으며, 천스청이 집 담장 안에서 두문불출하며 환각에 시달리다가 자신의 과거 실패를 만회하기 위해 재물을 찾아나서는 모습을 그려내고 있다. 「흰 빛」의 주인공 천스청은 쿵이지처럼 햇살 가득한 밖으로 나와 사람들에게 조롱을 당하지도 않고, 주위에 몰려든 아이들에게 회향두를 나눠주면서 "많은가? 많지 않도다"라고 말하지도 않는다. 그저 현성으로 가서 현시縣試 합격자 방榜을 보고 자신이 떨어진 것을 알고는 집으로 돌아와 결국 과대망상증에 빠지고 만다. 그 모습을 루쉰은 이렇게 묘사하고 있다. "피곤으로 충혈된 두 눈에선 야릇한 광채가 뿜어 나오고 있었다. 벽에 붙은 방문榜文이 눈에 들어오지 않은 지 이미 오래되었다. 그저 시커먼 동그라미가 무수하게 눈앞을 떠다닐 뿐이었다." 이미 환각에 빠진 그는 이렇게 꿈꾸고 있었다.

> 수재에 급제하고 나서 향시를 보러 성에 가고 차례로 관문을 통과하면 (…중략…) 지역 유지들이 온갖 방법을 써서 혼담을 꺼낼 것이고, 사람들은 신을 경외하듯 바라보며 지금까지의 경멸과 자신들의 어리석음을 깊이 뉘우치겠지. (…중략…) 이 낡아 빠진 집에 세 들어 사는 자들을 쫓아내고 (…중략…) 뭐 그럴 것까지야, 내가 이사를 가면 되지. (…중략…) 집은 전부 새로 짓고 대문엔 깃대와 편액을 거는 거야. (…중략…) 고관대작이 되려면 경관(京官)이 되어야할 것이고, 그렇지 않다면 차라리 지방관 쪽이 나을 거야.

그가 평소 계획을 세워 놓은 전도前途가 물 묻은 설탕처럼 삽시간에 무너지고 조각만 남고 말았다. "이번에도 땡이구나!" 열여섯 번째 시험에서 낙방하니 더 이상 어찌할 바를 알지 못하고 그만 정신적 지주가 무너지고 말았다. 자신이 가르치던 7명의 학동들을 집으로 돌려보내면서 그는 또 한 번 정신이 아찔했다. "작은 변발을 늘어뜨린 7개의 머리가 눈앞에 어른거리더니 온 방 가득 퍼졌다. 검은 동그라미까지 뒤섞여 춤을 추고 있었다." 후원으로 나가 "대문 근처에 이르자 눈앞이 환해지면서 닭들까지 그를 비웃고 있는 듯했다". 하지만 자신 집안도 "한 때는 대단했다先前闊"는 생각을 하면 나름 위안이 되었다.

> 자기 집안이 지금처럼 영락하지 않았을 때 여름이면 밤마다 이 마당에서 할머니와 바람을 쐬곤 했다. 그 때는 열 살 안팎의 꼬마에 불과했다. 대나무 평상에 누워 있으면 할머니는 평상 옆에 앉아 재미있는 옛날이야기를 들려주셨다. 할머니는 할머니의 할머니에게 들었는데, 천 씨의 조상은 대단한 갑부로 이 집이 바로 그 기반이며, 어느 조상이 엄청난 은자를 이 집 어딘가에 묻어 두어 복 많은 자손이 찾을 것이라 여겼지만 여태껏 발견되지 않았다고 말했다. 그 장소는 '왼쪽으로 돌아서 오른쪽으로 돌아라. 앞으로 갔다가 뒤로 가거라. 금이며 은이 수북할 것이로다'라는 수수께끼 같은 말에 숨겨져 있다고도 했다.

그래서 그는 흰 빛이 마치 부채처럼 일렁이며 방안에서 이리저리 번쩍이고 있는 모습을 보았다. 그는 흰 빛을 따라 사방을 돌아다니며 괭이를 들고 마구 파헤치다 녹슨 동전과 깨진 사기조각 몇 편을 찾아냈다. 순간 마음이 텅 빈 것 같았지만 그는 땀에 흠뻑 젖은 채로 "조급하게 땅을 긁어댈 뿐이었다". 마침내 무언가 발견했다. 조심스레 들어서 등불 아래 자세히 살펴보니, 얼룩덜룩 벗겨져 있는 것이 아무래도 썩은 뼈다귀 같은데, 군데군데 빠진 이빨이 드러나면서 히죽거리며 웃는 모습을 드러내며 이렇게 말했다. "또 땡이야!"

귀신에 홀린 듯 괴기스러운 묘사이지만 읽는 이들로 하여금 모골이 송연하게 만들기에 충분하다. 상황은 여기서 끝나지 않는다. 홀연 그의 귓가에 나지막한 목소리가 들려온다.

> 여긴 없어…… 산으로 가 봐…….

참담함 마음으로 집밖으로 뛰쳐나간 그는 "성문을 열어라"고 외쳐댄다.

이튿날 서문 밖으로 15리 떨어진 만류호萬流湖에서 남자 시체 한 구가 떠 있는 것이 발견되었다.

> '보통 몸집에 얼굴은 희고 수염이 없었으며', 온몸에 실오라기 하나 걸치지 않았다.

옷은 누군가 훔쳐간 것이 분명했다. 하지만 열 손가락 손톱 밑에 진흙이 잔뜩 끼어 있는 것으로 보아 산 채로 물에 빠져 발버둥을 친 것이 확실했다. 콩이지는 죽었지만 시신이 발견되지 않았고, 천스청은 죽은 후에 시신이 발견되었다. 하지만 아무도 그의 시신을 인수하려고 하지 않았다. 루쉰은 이렇듯 비련하면서도 눈물 섞인 웃음으로 과거제도의 마지막 유혼遊魂들을 위한 서글픈 만가를 불렀다. 루쉰의 붓 아래서 천스청의 "보물 캐기"는 치다런七大人의 '보물 감정'과 마찬가지로 그저 웃음거리이자 사리사욕에 정신이 팔린 자들의 행태일 뿐이다. 이러한 벼락부자를 꿈꾸는 심리나 고상한 척 애쓰는 작태를 루쉰은 일종의 정신병 증세로 간주하고 나름의 반성을 하고 있다.

『유림외사』 제1회는 이런 개권사開卷詞로 시작된다.

> '인생살이 남북으로 갈림길도 많아라. 왕후장상, 신선놀음은 범인들이 바라마지 않는 것. 왕조의 흥망도 무상하니, 강바람 불어와 이전 왕조의 나무 쓰러뜨리누나. 부귀와 공명은 믿을 바 못 되니, 아무리 애쓴다한들 세월만 헛되이 보낼 뿐일세. 탁주 석 잔에 얼큰히 취하니, 흐르는 물에 떨어진 꽃잎은 어디로 흘러가나?' 이 노래는 노인들이 흔히 하는 이야기를 담고 있다. 인생살이에서 부귀나 공명은 일신 밖에 있는 것일 뿐이라는 뜻이다. 세상 사람들은 공명을 보면 자신의 목숨도 팽개치고 그것을 얻으려 한다. 하지만 막상 그것을 손에 넣고 보면 그 맛이란 밀랍 씹는 것과 같다. 자고이래로 누가 이런 이치를 간파할 수 있었던가?[31]

부귀와 공명에 대한 미련을 해소하기 위해 『홍루몽』은 절름발이 도인을 등장시켜 '호료가好了歌'[32]를 불러 세상 사람들이 이욕에서 벗어나 해탈하여 도의 길로 접어들도록 했다. 하지만 「흰 빛」에 나오는 천스청 시대의 몰락한 제도(과거제도)와 순장자들에겐 그저 '료了'만 남았을 뿐

---

31 오경재, 리한추(李漢秋) 집교, 「說楔子敷陳大義, 借名流隱括全文」, 『유림외사회교회평본(儒林外史滙校滙評本)』 제1회, 상하이 : 상하이고적출판사, 1999, 1쪽.

32 【역주】 「호료가」는 『홍루몽』에 나오는 노래로 그 첫대목은 다음과 같다. "세상 사람들은 신선이 좋은 줄 알지만 공명을 잊을 수 없다네(世人都曉神仙好, 惟有功名忘不了)." 이렇듯 '호'와 '료'가 반복되쪽서 현세의 부귀공명도 저 세상에선 아무런 소용이 없음을 노래하고 있다. 「호료가」라는 제목은 '호'와 '료'에서 따온 것이다.

그 어떤 '호好'도 존재하지 않는다. 「흰 빛」은 '완료가完了歌(땡쳤다는 뜻이다)'를 부르며 공명과 이욕에 무너진 영혼들을 만류호로 보내고 말았다.

루쉰은 만년에 장타이옌 시대부터 시작하여 4대에 걸친 지식인들의 생활과 정신 면모를 그린 장편 서사시와 같은 소설을 쓸 계획이었다. 이는 『유림외사』의 취향과 또 다른 의의를 지닌 지식인에 대한 서사시이다. 루쉰은 당시 이런 말을 남겼다.

> 만약 써야 한다면 지식인들에 대해 쓸 수 있을 것이나 나는 쓰지 않을 것이다. 이전 양대(兩代)에 관한 것은 아마 앞으로도 쓸 사람이 없을 것이다.[33]

루쉰의 「쿵이지」와 「흰 빛」은 "나는 쓰지 않을 것이며", "앞으로도 쓸 사람이 없을 것이다"라고 말한 작품이라고 말할 수 있다. 이러한 예술적 형상은 과거제도가 사라진 시대의 지식인의 진면모를 보여주는 것으로 다른 작가들이 대체할 수 없는 역사적 의의를 지닌다. 『유림외사』는 황권 제도에 대한 근본적인 회의를 드러내며, 문인으로서 '학문과 품행이 출중하고 출세와 은퇴의 때를 아는文行出處' 사인들과 '부귀공명'에 사로잡힌 사인들 간의 모순에 주목하면서 근본적으로 '팔고취사'의 과거제도를 부정하고 있다. 전체 내용의 '설자楔子(중국 근대소설에서 본격적인 내용에 들어가기에 앞서 사건을 끌어내기 위해 따로 설명하는 짧은 문장을 말한다-역주)'에 해당하는 제1회를 보면, 왕면王冕이 "예

---

33 펑쉐펑, 「루쉰선생이 계획했으나 완성하지 못한 저작」, 『펑쉐펑문집』 제4권, 14쪽.

부에서 취사取士의 방법으로 3년에 1과科로 하며 『오경』, 『사서』, 팔고문을 사용한다고 정했다"는 저초邸抄(중앙에서 지방으로 보내는 일종의 관보에 해당하는 저보邸報를 간추려 적은 문서－역주)를 보고 이렇게 말하고 있다.

> 이런 방식은 좋지 않아! 장래 독서인들이 출세의 길만 바라보고 문행출처(文行出處, 문인의 학문과 품행, 출세와 은퇴를 정확히 대하는 태도)를 가볍게 볼 것이다.

이렇듯 『유림외사』는 "문인들의 액운"을 예언하고 있다. 반면 「콩이지」를 비롯한 루쉰의 소설은 전체 봉건제도를 철저하게 부정하고 있다. 콩이지와 딩 거인의 모순은 무슨 '문행출처'의 여부에 관한 것이 아니라 정확한 이름조차 알지 못하는 보잘 것 없는 인물이 몸부림치며 최소한의 '사람으로서 가치'를 유지하려고 애쓰는 것과 사회체제가 잔혹하고 냉정하게 '사람의 가치'를 말살시키려는 것의 모순과 대립이다. 「콩이지」는 과거제도에 의해 전락한 주인공을 예로 들어 낡은 제도 전체를 향해 날카로운 칼날을 겨누고 있는 것이다.

풍자의 진실관을 세태 묘사로 심화시키다

자신의 장기인 풍자 수법의 본질적 특징에 대해 루쉰은 이렇게 말했다.

> "'풍자'의 생명은 진실이다. 반드시 있었던 실제 일은 아닐지라도 반드시 있을 수 있는 실제 정황이어야만 한다." 그렇기 때문에 "내가 생각하기에, 한 작가가 세련된 혹은 그야말로 다소 과장된 필치로 — 하지만 물론 반드시 예술적으로 — 한 무리 사람들의 어느 한 측면의 진실을 그려낸다면, 거기에서 묘사된 한 무리 사람들은 그 작품을 '풍자'라고 부를 것이라고 생각한다".[1]

현대 사실 풍자 유파의 개창자로서 루쉰은 작품의 진실성의 뿌리와

1 루쉰, 『차개정 잡문2집 · 무엇이 '풍자'인가?(什麽是諷刺)』, 『루쉰전집』 제6권, 340쪽.

공정성을 유지할 수 있는 품격을 강조해왔다. 이는 그가 흑막파 작품이 흑막을 폭로하다 인신공격으로 빠진 것에 대한 반응이자, 그가 고대 풍자 전통에 대해 깊이 있는 연구를 통해 얻어낸 계시이다.

그는 이렇게 찬사를 보내고 있다.

> 송대 시인소설(市人小說, 시정(市井) 소설)은 비록 간간이 교훈과 비유가 삽입되어 있지만, 그 주된 뜻은 시정에서 일어나는 일들을 서술하여 마음을 즐겁게 하는 데 있었다. 명대 사람들이 이를 모방한 작품 가운데 말류에 속하는 것들은 교훈 나부랭이를 늘어놓은 글들로 주객이 전도되어 본래의 뜻을 잃고 있다.[2]

이렇듯 그는 설교보다는 오락성을 더욱 중시하고 있으며, 시정의 여러 가지 일들을 핍진하게 서술하여 "수식에 치중하지 않아도 그림처럼 정감이나 세태를 반영하는" 효과를 얻었다고 했다.

루쉰은 특히 『금병매』에 대해 관심을 보였다. "작가는 세간의 정리世情에 대해 잘 이해하고 있었던 듯하며, 무릇 그 묘사는 혹은 명쾌하게 알기 쉽고, 혹은 곡절이 많으며, 혹은 다 드러내 보이면서 진상을 다 밝히고 있고, 혹은 미묘하고 완곡한 표현으로 풍자의 뜻을 담고 있으며, 혹은 한 번에 두 가지 측면을 모두 묘사하여 그것들을 대조함으로써 변화하는 일상생활의 정리가 곳곳에 드러나게 만들었으니, 당시 소설로 이보다 뛰어난 것이 없었기 때문에 사람들이 왕세정王世貞이 아

2 루쉰, 『중국소설사략』 제21편, 『루쉰전집』 제9권, 209쪽.

니면 지을 수 없다고 여겼던 것이다." "간간이 외설적인 언사"에 대해서는 비판했지만 "세정을 묘사하여 그 진실과 거짓을 철저하게 드러내 보인 것"을 중시했다.[3]

귀신이나 요괴를 묘사하는 일부 작품에 대해 그는 심지어 그의 동생인 저우줘런이 「사람의 문학」에서 '미신적인 귀신 소설류'라든지 '요괴 소설류'[4]라고 비판한 것과 달리 예술적 시각으로 구체적인 분석을 가해 그 현실적 토대를 밝혀냈다.

그는 『서유기』에 대해 이렇게 말하고 있다. "풍자와 야유의 경우 당시에 일어났던 일로부터 취했다." "또한 작가의 품성이 '해학에 뛰어났기 때문에' 비록 신비롭고 환상적인 일을 서술하면서도 항상 우스운 말을 섞어 넣었고, 귀신과 마귀 모두 인간과 같은 감정을 지니고 있으며, 정령과 이매魑魅 역시 인간사의 이치를 잘 알고 있으며, 세상을 비웃은 냉소적인 작가의 의도가 작품 속에 깃들어 있다."[5]

『요재지이』에 대해서도 이렇게 말하고 있다.

> 당시 같은 부류의 책들과 마찬가지로 신선이나 여우 귀신, 요물 도깨비 이야기를 기술한 것에 지나지 않지만, 묘사가 자세하고 서술의 순서가 정연하여 전기(傳奇)의 수법을 사용하면서도 괴이함을 기록함으로써 그 변환하는 모습이 눈앞에 보이는 듯하다.

---

3 루쉰, 『중국소설사략』 제19편, 『루쉰전집』 제9권, 187~189쪽.
4 저우줘런, 「사람의 문학(人的文學)」, 『신청년』 제5권 6호.
5 루쉰, 『중국소설사략』 제17편, 『루쉰전집』 제9권, 168~171쪽.

유독 서술이 상세하면서도 일상적인 생활의 평범한 모습을 드러내 보여준다. 예를 들어 꽃 요정이나 여우 도깨비가 대부분 인간 세상의 정리를 구비하고 있어 쉽사리 친근감을 갖게 되니 그것들이 이물(異物)이라는 사실을 잊게 되지만, 갑자기 돌발적인 사건이 일어나면서 다시 그것들이 인간이 아님을 알게 된다.[6]

'5·4' 시기는 투우처럼 기세가 넘쳐났지만 문화비판은 오히려 거칠고 조악하기까지 했다. 이런 상황에서 루쉰은 소설사 연구를 통해 깊은 소양과 지식, 그리고 탁견을 보여주었다. 그는 문학 원류의 깊은 곳까지 파고들어가 옛 선인들과 허심탄회한 자세와 그윽한 눈빛으로 정신적 대화를 나누고 고인의 지혜를 현대적이고 살아 움직이는 생명의 지혜로 전화시킴으로써 다른 이들과 비길 바 없는 문화 해석 능력을 갖추고, 문예를 논단하는 데 탁월한 견해를 제시하고, 고금을 견주는 데 남다른 시각을 보여줄 수 있었다. 그래서 그는 초창기 현대소설을 신속하게 받아들여 성숙시키고, 한 시대 심미문화의 첨단을 차지하여 유효적절하게 중국 문학의 현대적 전환을 추진하였으니, 이는 결코 우연한 일이 아니다.

흥미로운 점은 루쉰이 특히 고전소설에 나오는 '세상世相(세태)' 묘사를 중시하여 이를 문학적으로 진실을 묘사하는 중요한 예술 표현으로 삼았다는 사실이다. '세태' 묘사는 풍자 문학의 기본이자 루쉰의 풍자 예술의 진실관眞實觀에 대한 심화이다. 루쉰은 자신의 잡문에서

---

6 루쉰, 『중국소설사략』 제22편, 『루쉰전집』 제9권, 216쪽.

'곡필曲筆'(완곡한 표현)을 통해 사회의 병태적인 현상이나 국민들의 나쁜 습성에 대해 풍자하고 비판했다. 이러한 사회비평과 문명비평을 통해 핵심을 지적하고, 몇 마디 말로 정곡을 찔러 '비수와 투창'의 예리함을 보여주었다. "내 잡문은 늘 코 하나, 입 하나, 털 한 가닥을 묘사하고 있지만 이를 합치면 거의 한 가지 형상의 온전한 모습이 된다."[7] 이는 루쉰이 "시사를 논할 때 체면을 봐주지 않고 적폐를 지적할 때 늘 유형類型을 사용하는" 그 나름의 창작수법과 밀접한 관련이 있다. '유형'에 대해 그는 이렇게 말하고 있다. "대개 유형을 들어 쓰는 방식의 폐단은 병리학적 그림과 같다. 부스럼과 종기 그림은 모든 부스럼과 종기의 표본이어서 갑甲의 부스럼과 닮았기도 하고 을의 종기와 비슷하기도 하다." "예를 들어 예전에 내가 쓴 발바리론은 처음부터 실체를 지목하지 않은 일반론이었다. 그런데 스스로 발바리 성질이 있다고 생각하는 이들이 제 발로 찾아와서 자신이 그러함을 인정했다."[8] 그의 잡문은 강력하면서도 유머러스하게, 또한 예리한 필봉으로 어두운 사회의 갖가지 추한 모습을 묘사했으며, 이를 통해 사람들이 그러한 사회풍조, 그러한 인생의 유형과 표본을 제대로 인지할 수 있도록 일깨워주었다. 이러한 수법은 소설에 나오는 '세태' 묘사와 상통하며, 단지 '세태'의 형상성을 더욱 강화한 것일 따름이다.

그는 『유림외사』를 평하면서 이렇게 말한 바 있다.

"그 세상의 면모가 눈앞에 있는 듯하다." "위선적이고 망령된 일들을 신랄하게 묘사한 것이 여전히 많으며, 상투적인 관습을 통렬하게

---

7 루쉰, 『준풍명월 · 후기』, 『루쉰전집』 제5권, 402쪽.
8 루쉰, 『위자유서 · 전기(前記)』, 『루쉰전집』 제5권, 4~5쪽.

공격한 곳도 많이 보인다."[9]

루쉰은 「하전何典」에 대해 논하면서 이렇게 말했다.

> 귀신에 대한 이야기가 마치 살아 있는 사람들에 대한 것과 같고, 새로운 서적을 이용하는 것이 마치 고전을 활용하는 것과 같았다. (…중략…) 성어(成語)는 죽은 고전과 또 다른 것이니, 이는 주로 현실의 세태를 반영하는 정수를 담고 있기 때문이다. (…중략…) 세태에 대한 씨앗에서는 세태에 대한 꽃이 피기 마련이다. 그리하여 작가는 죽은 귀신의 부적과 귀신이 담장을 두들기는 소리 속에서 살아 있는 인간상을 드러내며, 또한 살아 있는 인간상을 죽은 귀신의 부적이나 귀신이 담장을 두들기는 소리처럼 보았던 것이다.[10]

이른바 '세상世相', 즉 '세태'는 일반 사회생활의 정경을 뜻하는 것이 아니라 현실 생활 속의 인물 성격, 정신 기질, 심리 상태 및 이와 연관된 보편적 의미를 지닌 여러 형태의 '유형'과 '표본'을 말한다. 현실주의 예술은 인물 창조에서 특히 전형성을 강조한다. 하지만 그것이 사회의 여러 가지 부류, 성격, 심리상태에 대한 유형적 관찰을 배척하는 것은 결코 아니며, 단순히 살아 움직이는 개별적 성격을 포착하는 것도 아니다. 그것은 여러 가지 개별성에 대해 깊이 탐구하여 분류, 종합, 귀납함으로써 보다 충실하고 풍부하며, 풍자성을 띤 '세태' 반영을 뜻한다. 작가는 이로써 자신의 예술적 개괄 능력을 확대할 수 있게 된다.

---

9 루쉰, 『중국소설사략』 제23편, 『루쉰전집』 제9권, 229~232쪽

10 루쉰, 『집외집습유 · 「하전」 제기』, 『루쉰전집』 제7권, 308쪽.

루쉰은 계몽주의 문학관을 견지하면서 "병태 사회의 불행한 사람들 중에서" 소설의 소재를 찾았는데, 이는 그들의 "병고病苦를 드러내 치료할 수 있도록 주의를 끌기 위함이었다." 그래서 그는 "적폐를 지적하고 유형을 취하여" '세태'를 드러내는 풍자 수법으로 변태 사회에 병리학적 그림을 남기고, "부스럼과 종기의 표본"을 남겼다. 이러한 예술 효과는 루쉰이 『금병매』에 대한 평어에서도 확인할 수 있다.

> 이 집안에 대해 책을 쓴 것은 바로 모든 지배계층의 행태를 욕한 것이다.[11]

사회 현상에 대한 루쉰의 관찰력은 놀라울 정도이다. 그는 고전 소설의 '세태' 묘사 전통을 현대 서사에 끌어들여 세면世面(사회 상황), 세정世情(세상 물정), 세태, 세속, 세미世味(사회 인정) 등 인간 세상의 여러 유형을 더욱 분명한 형상으로 윤색하고 전형성과 유형성을 한 데 녹여 풍부한 진실역량과 예리한 정신문화 해석의 예봉을 드러내고 있다. 루쉰이 만든 '아Q상阿Q相'(아Q의 형상)은 가장 심각하고 또한 보편적 의의를 지닌 세태의 개괄로 병태 사회, 병태적 인생의 '큰 표본'이다. 특히 그 중에서 아Q의 정신승리법, 약자를 괴롭히고 강자를 두려워하는 행태, 남녀차별 등의 심리상태 등에 대한 생생한 묘사는 압권이다. 뿐만 아니라 아Q가 기계충으로 인해 머리 위 군데군데 빠져버린 부스럼 자국을 꺼려하거나 "우리도 한 때는先前闊"이라고 뇌까리며 상대를 무시하고 스스로 위로하는 모습이나 비구니의 채마 밭에서 무를 훔치고

11 루쉰, 『중국소설사략』 제19편, 『루쉰전집』 제9권, 187쪽.

발빼하는 모습, "중놈을 껄떡거려도 되고 나는 안 된단 말이야!"고 말하면서 비구니의 볼을 꼬집으며 희롱하는 모습, 가짜 양놈을 이단으로 배척하고, 혁명을 "쇠 채찍을 움켜쥐고 네놈을 후려치는" 것쯤으로 이해하거나, 이제 곧 목이 떨어질 마당에 난생 처음으로 붓을 잡아 사인 대신 동그라미를 그리면서 모양이 제대로 나오지 않는 것을 후회하고, 형장으로 끌려가면서 자신도 모르게 "이십 년이 지난 또 한 사람……"이라고 노래를 부르는 모습 등등 세세한 대목들은 표본을 추출하려는 장인匠人의 창의적 구상에 따른 것으로, 심각하고 또한 독창적으로 일면 웃음을 자아내기도 하고 다른 일면 깊이 반성하게 만드는 사회형태학, 사회심리학의 인지가치認知價値를 포함하고 있어 세월이 흘러도 쇠하지 않는 문화 반성의 효과를 발휘하고 있다.

그래서 마오둔은 이렇게 말했다.

> 우리는 끊임없이 사회 여러 분야에서 '아Q상'의 인물을 만난다. 우리는 때로 스스로 반성하고 때로 자신에게도 이러한 '아Q상'의 인자를 면할 수 없는 것은 아닌지 의심하게 된다.[12]

이렇듯 아Q의 형상은 그야말로 저열한 국민성, 심지어 인류의 심리적 약점의 표본이거나 표본적인 문학전형이라고 부를 만하다.

루쉰 소설에 나오는 몇몇 향신鄕紳들도 당시 세태의 표본으로 읽어낼 수 있다. 뿐만 아니라 그들을 세태의 표본으로 해독해야만 잠재적

12 옌빙(雁冰), 「「납함」을 읽고」, 「문학주보」 제91기.

의의를 보다 심도 있게 살필 수 있다. 『아Q정전』에 나오는 자오 나리趙太爺는 평소 집안에서 저녁이 되어도 등불을 켜지 않았으나 아들이 글을 읽을 때와 아Q가 쌀을 찧을 때만 예외로 등불을 켜게 했다. 이는 그가 인색한 수전노이면서 아들이 잘 되기만 바라는 노인네이자 착취자라는 사실을 은연중에 묘사한 것이다. 「풍파」에 나오는 자오치趙七 나리는 『삼국연의』를 한 글자 한 글자 빠짐없이 읽어 오호장군五虎將軍의 이름은 물론이고 황충黃忠의 자가 한승漢升이고 마초馬超의 자가 맹기孟起라는 것도 알고 있을 정도로 박식했다. 그는 늘 탄식하며 말하길, 만약 조자룡이 살아 있었다면 천하가 이 지경이 되도록 어지러워지지 않았을 것이라고 했다. 현세를 살고 있지만 그의 지식과 믿음은 여전히 중세기 세속의 수준에 머물고 있음을 보여준다. 그는 옥양목 장삼을 3년에 겨우 두 번 입었을 뿐인데, 옥양목 장삼을 입었다는 것은 자신의 원수에게는 재앙이고 자신에게는 좋은 일이 일어났다는 징표였다. 그는 누구든 자신에게 해코지를 하거나 욕설을 한 자조차 결코 잊지 않았다. 이러한 복수 심리는 청대 폐제의 복벽復辟을 시도한 장훈張勳을 연인燕人 장익덕의 후대라고 추켜올리며 "그 분의 장팔사모의 위용을 만 명의 장정인들 당해 내겠나? 그러니 누가 감히 그 분을 막아낼 수 있으리"라는 말과 뒤섞인다. 그의 머릿속은 소설이나 희곡의 세계와 신해혁명 이후의 정치 사건이 한데 섞여 뒤범벅이 되어 있었던 것이다. 「축복」에 나오는 루쓰魯四 나리는 성리학을 가르치던 예전 국자감생 출신으로 신해년 시절 캉유웨이康有爲의 신당新黨(신해혁명 전후로 혁명당인을 지칭하는 말-역주)을 대놓고 욕하는 인물이다. 신선인 진단陳搏(오대五代 사람으로 과거에 급제하지 못해 무당산武當山과 화산華山에 은거하면서

도를 닦았다. 후대 사람들은 그를 신선으로 모셨다-역주)이 썼다는 '수壽'자 탁본을 벽에 걸어놓고, 상련上聯은 떨어져 있고 하련만 남은 대련도 그 옆에 걸어놓았다. 하련의 내용은 주희의 『논어집주』에 나오는 "사리를 통달하면 마음이 편하다事理通達心氣和平"이다. 책상 위에는 『강희자전』과 『근사록집주近思錄集註』, 『사서촌四書村』이 놓여 있었다. 그는 이학을 신봉한다고 하지만 도교가 뒤섞여 상당히 복잡한 신앙을 지녔다. 선달 그믐날 하늘과 조상들에게 제를 올리는 복례福禮 행사를 주관하면서 은연중에 재가再嫁했다가 다시 과부가 된 샹린댁을 '못된 종자謬種'로 만들어 결국 그녀가 가출하여 거지가 되어 돌아다니다가 눈내린 길가에서 횡사하게 만든다. 이 외에도 「비누」에 나오는 쓰밍四銘은 입만 열면 국수國粹(민족 고유 문화의 정수)를 보존하고 도덕을 되찾아야 한다고 주장하지만 머릿속으로는 다른 생각이 가득 차 있는 인물이다. 「가오 선생高老夫子」을 보면, 러시아 대문호인 고리키의 이름을 차용했다고 하나 어딘가 어설픈 가오얼추高爾礎로 개명한 주인공이 나온다. 그는 '국사 정리國史整理'를 표방하면서도 이렇다 할 학문이나 실력도 갖추지 못한 인물이다. 다만 그는 삼국시대만은 정통하여, "세 명의 호걸이 도원에서 결의형제를 하는 대목이나 제갈공명이 계략을 통해 화살을 빼앗고, 세 번이나 주유를 화나게 했던 대목, 황충이 정군산에서 하후연을 베는 대목"만큼은 누구보다 잘 알고 있었다. 또한 당대의 경우 "진경秦瓊이 말을 파는 일화"에 대해 소상하게 알고 있었다. 그러던 그가 여학교 선생으로 초빙되어 가게 되었는데, 하필이면 전임이 삼국시대를 이미 강의하여 자신이 알지 못하는 동진東晉시대부터 강의를 할 수밖에 없었다. 결국 첫 수업을 망치고 사표를 내야하는지 고민하게 된다. 그는 성적性的으로 민감하여 심지어 두려움까지 느끼게 되는 건달 심리의 소유자였던 것이다. 루쉰은 위진시대 문학을 좋아하여 가오 선생에게 굳이 삼국이나 수당시대에 대해 강의하도록 하지 않고 황당하게 '동진의 편안偏安(중원을 잃고 동쪽으로 내려와 안거함 - 역주)'이나 '비수淝水 전투'(동진 군대가 안후이성 비수에서 전진 부견의 백만 대군을 패배시킨 전투 - 역주) 등에 대해 강의하도록 만들었다. 루쉰은 한 걸음 더 나아가 가오 선생이 자신이 잘 모르는 부분인데다 교실 가득 여학생들의 긴 머리카락과 반짝이는 두 눈에 정신이 얼떨떨하여 부견符堅처럼 "'초목을 모두 병사'로 착각하여 놀라는" 모습을 연출하게 만들었다. 낡은 간판은 이미 부서지고 새로운 간판은 비뚤어지지 않을 수 없는 상황에서 그들의 지식과 신앙, 그리고 사상은 속되고 천박하며 잡다하다. 하지만 그런 이들 가운데 여전히 거물로 거들먹거리며 세속의 존경을 받는 이들이 있다. 그들은 호신豪紳(토호열신土豪劣紳, 즉 토호와 악덕 지주를 말한다 - 역주)의 형상이자 일종의 '세태'에 대한 표본이다. 루쉰은 그들에 대한 세세한 묘사를 통해 당시 삶 속의 음영과 웃음기를 선사한다. 루쉰은 자신의 소설에서 때로 몇 글자, 또는 만화식의 처리를 통해 사회적으로 대다수를 대변하는 표본이나 유형화된 전형을 그려냈다. 그리하여 "이 집안에 대해 책을 쓴 것은 바로 모든 지배계층의 행태를 욕한 것이다"라는 예술적 효과를 얻을 수 있었다.

세태 묘사의 깊이를 논할 때 루쉰 소설에 나오는 일부 세속적인 인물을 잊어서는 안 된다. 그들은 별 볼일 없는 하찮은 등장인물처럼 보이지만 자세히 살펴보면 "작은 인물이 결코 작지 않다"는 것을 느끼기에 충분하다. 어쩌면 "작은 인물(하찮은 인물)의 작거나 작지 않음은 작가의 크고 작음에 달려 있다"고 해도 과언이 아니다. 예를 들어 「고향」에 나오는 '두부 서시豆腐西施'라고 불리던 양 씨네 둘째댁은 그저 삽화처럼 잠시 등장하여 분량도 많지 그리 많지 않다. 하지만 그녀의 형상은 쉽게 잊히지 않는다.

"아이고! 이렇게 변했어? 수염도 이리 자라고! 날카로운 괴성이 돌연 들려왔다. 깜짝 놀라 얼른 고개를 들어보니 광대뼈가 불거지고 입술이 얇은 쉰 안팎의 여자가 내 앞에 서 있었다. 두 손을 골반에 걸치고 띠 없는 치마를 입고 두 다리를 벌리고 있는 모습이 마치 가냘픈 다리를 가진 콤파스 같았다."

먼저 소리를 내고 그 다음에 인물을 등장시키는 수법은 어쩌면 임대옥이 처음 가부賈府에 들어갔을 때 왕희봉王熙鳳이 등장하던 것과 유사하다. 그러나 짧은 대목에서 시큼하고 얼얼한 세속의 분위기가 물씬 풍겨 왕희봉이 등장할 때보다 훨씬 생동감이 넘치고 그만큼 주목을 끈다.

"모르겠수? 내가 안아 주기도 했는데!"

약간 외설적인 듯한 그녀의 말은 시정에서 닳고 닳아 세상물정을 훤히 아는 이들이나 할 수 있는 것이지 빈한한 집의 고운 딸이나 대가집 규수는 차마 하지 못하는 말이다. 주인공은 그녀의 말에 깜짝 놀라면서도 금세 기억을 되살렸다.

"내가 어릴 적에 우리 집 건너 두무 가게에 하루 종일 양 씨네 둘째댁, 사람들이 '두부 서시'라고 부르던 여인이 앉아 있었다. 하지만 지금은 분을 바른데다 예전에는 광대뼈도 이렇게 튀어나오지 않았으며, 입술도 이렇게 얇지 않았다. 게다가 하루 종일 앉아 있었으니 지금처럼 콤파스 같은 자세를 본 적이 없었다. 당시 사람들 말로는 그녀 덕분에 두부 가게가 성황이라고 했다."

하지만 '콤파스'는 '내(주인공)'가 자신을 기억하지 못하는 것을 보고 경멸하는 듯한 기색을 드러냈다. "마치 나파륜拿破侖(나폴레옹)을 모르는 프랑스 사람이나 화성돈華盛頓(와싱톤)을 모르는 미국인을 조소하는 듯했다." 그러나 그녀는 여전히 경박하고 능글맞은 언변을 자랑이라도 하는 양 너스레를 떤다. "아아니, 그 쪽은 도대道臺(청대 관직인 도원道員의 속칭)가 되고도 부자가 아니란 게야? 자네는 첩을 셋이나 거느리고 집밖을 나설 때면 팔인교八人轎를 타면서도 부자가 아니라고? 에이, 내 눈은 못 속이지."

그녀가 막무가내로 치근덕거리는 이유는 주인공인 '내'가 집을 이사하면서 가지고 가기 힘든 '낡은 가구'에 눈독을 들이고 있었기 때문이다. 내가 아무런 대꾸도 하지 않고 입을 닫고 가만히 있자 "콤파스는 홱 몸을 돌려 구시렁대며 밖으로 나가면서 내 어머니의 장갑을 슬쩍 허리춤에 찔러 넣었다." 이처럼 괜히 친한 체하며 알랑거리고 시시덕거리며 장삿속을 드러내거나 소소한 이익을 착복하는 등의 시정 분위기 묘사를 통해 루쉰은 향진鄕鎭(향과 진으로 중국 지방의 작은 도시나 시골마을)의 세태에 대한 탄식과 반성을 유도하고 있다. 만약 「고향」에서 룬투潤土 한 사람만 등장시켜 단선적인 스토리로 일관했다면 단조롭고 무미건조함을 면할 수 없었을 것이다. 여기에 '두부 서시'라는 삽화를 넣음으로써 긴장과 이완이 조화를 이루면서 생기가 돌게 된다. 룬투식潤土式의 침중한 농촌 비극과 시정 아낙네인 양 씨네 둘째댁식의 희비극이 교차하면서 내함이 더욱 풍부해지고 서술 또한 흥미진진하게 이어질 수 있다. 이러한 복선 구조의 서사는 루쉰이 창조한 위대한 향토 서정시로 여운이 가시지 않는다.

이러한 세속적인 인물은 「축복」에 나오는 웨이衛 노파와 류 씨 어멈柳媽, 「고사신편」의 「채미」에 나오는 계집아이 아금阿金 등에서 볼 수 있다. 류 씨 어멈은 비천하지만 '선한 여인'이다. 채식을 주로 하고 살생하지 않으며 그저 복례福禮(섣달 그믐날에 예를 다해 복신을 맞이하고 다음 해의 행운을 기원하는 행사로 축복례라고 하는데, 고기를 삶아 여기저기 젓가락을 꽂아 놓는 것을 복례라고 한다 – 역주)에 필요한 기물을 열심히 닦을 뿐이다. 아래 문장은 그녀와 샹린댁이 나누는 이야기이다.

> 류 씨 어멈의 주름진 얼굴도 웃는 바람에 호두처럼 쭈글쭈글 오그라들었다. 메마른 작은 눈으로 샹린댁의 이마를 한 번 보고 다시 그녀의 눈을 빤히 쳐다보았다. 샹린댁은 쭈뼛쭈뼛하며 웃음을 거두고 눈길을 돌려 눈송이를 바라보았다.
>
> "샹린댁, 너는 정말 수지가 안 맞았어." 류 씨 어멈이 무슨 비밀을 이야기하듯이 말했다. "좀 더 끝까지 버티든가 아니면 아예 어디 부딪혀 죽든가 하는 게 나았지. 지금 보면 너는 두 번째 남자와 채 2년도 못 살고 큰 죄명만 뒤집어썼잖아. 생각해 봐. 네가 훗날 죽어서 저승에 가면 그 죽은 두 남자 귀신이 자네를 두고 서로 다툴 텐데, 자네는 누구에게 가겠어? 염라대왕도 어쩔 수 없이 너를 찢어 두 귀신에게 나누어주겠지. 내 생각에 그건 참……."
>
> 그녀의 얼굴에 두려운 기색이 역력했다. 이는 산골마을에서는 들어보지 못했던 말이었다.

"나는 자네가 일찌감치 액땜을 하는 것이 낫다고 봐. 토지묘에 가서 문지방 하나를 기증하여, 그걸 자네 몸 대신 천 명의 사람들이 밟게 하고, 만 명의 사람들이 타고 넘도록 해서 이 세상에서 지은 죄를 씻어야 죽은 뒤에도 고통을 면할 수 있을 거야."[13]

류 씨 어멈은 사갈이나 맹수처럼 악독한 인물이 아니라 '선한 여인'으로 동정심에서 샹린댁의 금생과 내세를 걱정했을 따름이다. 그녀의 관념 속에는 유가의 정절관과 불교의 부정관, 인과응보설이 뒤섞여 있는데, 이는 당시 농촌 사회에 흔히 유행하던 신앙과 관련이 있다. 하지만 선한 여인이 선한 마음으로 내뱉은 말이 오히려 샹린댁의 정신적 지주를 송두리째 뽑아버리고 말았다. 결국 그녀는 터무니없는 죄책감과 지옥에 대한 공포로 인해 살아생전에는 물론이고 죽어서도 영혼을 둘 곳이 없다. 이러한 세속 신앙은 부권夫權, 족권族權, 정권政權의 앞잡이가 되어 신비스럽고 괴기한 분위기 속으로 사람들을 몰아넣어 불안에 떨게 하며 종국에는 인간 독립의 존엄성마저 상실하게 만든다. 이것이 바로 "죽은 귀신의 부적과 귀신이 담장 두드리는 소리"가 "살아 있는 인간상人間相"을 제약하는 것이다.

「채미」에서 계집아이 아금阿金은 주나라 음식을 절대로 먹을 수 없다고 되뇌이던 백이와 숙제가 수양산에서 굶어죽은 후에 사람들의 입방아에 오른다.

---

13 루쉰, 『방황 · 축복』, 『루쉰전집』 제2권, 19~20쪽.

여름밤 시원해질 무렵이면 여전히 그들의 이야기가 수시로 화제에 오르곤 했다. 어떤 이는 늙어서 죽었다고 하고, 어떤 이는 병들어 죽은 것이라고 했으며, 또 어떤 이는 양가죽으로 만든 두루마기를 훔쳐간 도둑놈에게 살해된 것이라고 말했다. 그러나 나중에 어떤 이가 말하길, 사실은 일부러 굶어죽은 것인지도 모른다는 것이었다. 그 사내는 소병군(小丙君)의 집 계집아이인 아금에게 이런 이야기를 들었다고 했다. 그들이 죽기 십 수일 전 그녀가 산에 올라 몇 마디를 내뱉으며 그들을 놀려댔다고 한다. 바보들이 화를 잘 낸다고, 그들은 아마도 화가 나서 끼니를 끊고 억지를 부렸을 것이고, 억지를 부리다가 결국 자살하고 만 것이라는 말이었다.

그래서 많은 이들이 아금은 정말 영리한 아이라며 탄복해 마지 않았다. 하지만 일부 사람들은 그녀가 너무 야박하다고 비난하는 이들도 있었다.

아금은 백이와 숙제의 죽음이 자신과 상관이 있다고 생각하지 않았다. 물론 그녀가 산에 올라가 그들에게 농담 몇 마디를 한 것은 사실이지만, 그건 그저 농담일 뿐이었다. 두 바보가 화가 나서 고사리를 먹지 않게 된 것도 사실이다. 그러나 그렇다고 그들이 바로 죽은 것은 결코 아니었다. 오히려 큰 행운이 찾아왔다.

"상제님의 마음은 정말 자비로우시네."

그녀가 말했다. "상제는 두 사람이 억지를 부리며 금방 굶어 죽게 생긴 것을 보시고 암사슴에게 명하여 그들에게 젖을 먹이도록 하였지요. 보세요. 이보다 더 큰 복이 어디에 있겠어요? 농사지을 필요도 없지요. 나무할 필요도 없어요. 그저 가만히 앉아 있으면 매일매일 사슴 젖이 저절로 입에 들어온다구요. 하지만 비천한 것들은 자비로운 뜻을 받들 줄 모르지요. 그 셋째라는, 이름이 뭐였더라. 하여튼 당돌해져서 사슴 젖을 마시는 것만으로는 성에 차지 않았던 거예요. 그는 사슴 젖을 먹으면서도 마음속으로는 '사슴이 이처럼 포동포동하니 잡아먹으면 맛이 그만일 거야'라고 생각했던 거죠. 그래서 슬그머니 팔을 뻗쳐 돌을 움켜쥐려고 했어요. 사슴이 신통력이 있는 동물이라는 것을 몰랐던 거죠. 사슴은 이미 사람의 속마음을 꿰뚫고 있었기 때문에 곧 바로 연기처럼 사라져 버렸어요. 상제께서도 그 자들의 탐욕이 미워서, 이제부터는 갈 필요가 없다고 암사슴에게 말씀하셨어요. 보세요. 그들은 굶어 죽을 수밖에 없지 않았나요? 어찌 내 말 때문에 그렇게 되었겠어요? 모든 게 다 그자들의 탐욕스러운 마음과 탐욕스러운 주둥이 때문이지요. (…중략…) 이야기를 듣던 이들은 끝에 가서 안도의 한숨을 깊이 내쉬었다. 왠지 자신의 어깨도 적잖이 가벼워지는 느낌이 들었다. 설사 가끔씩 백이와 숙제 생각이 떠오를 때도 있었지만, 꿈속처럼 황홀한 가운데 그들이 석벽에 웅크리고 앉아 흰 수염이 드리워진 큰 입을 벌리고 죽어라고 사슴고기를 뜯어먹는 모습을 보는 것만 같았다.[14]

이는 단편소설 「채미」 서사 속에 있는 또 하나의 서사이다. 사슴 젖 이야기는 한대 유향劉向의 현행 『열녀전』에는 나오지 않지만 루쉰이 청대 '고일총서古逸叢書' 본 『조옥집琱玉集』에서 인용한 『열녀전』의 실전된 작품에서 차용한 내용이다. 물론 아금의 이야기는 모두 작가의 허

14 루쉰, 『고사신편 · 채미(採薇)』, 『루쉰전집』 제2권, 425~427쪽.

구이다. 아금판阿金版 백이숙제전傳은 유가나 정사에 나오는 백이숙제전과 근본적으로 다르다. 유가나 정사의 시각에서 볼 때 백이와 숙제는 고대 어진 현인의 표상으로 주나라의 음식을 먹지 않겠다고 수양산에 은둔하여 고사리를 캐어 먹다가 아사한 이들이다. 그래서 맹자는 백이를 보고 "성인 가운데 청렴한 인물이다聖之淸者"라고 칭찬하고, 사마천은 「백이숙제전」에서 "온 세상이 혼탁해도 청렴한 선비는 드러난다擧世混濁, 淸士乃見"고 말했던 것이다. 여기서 주목할 점은 루쉰이 자신의 잡문에서 '아진阿金'이란 이름의 여자아이를 소재로 글 한편을 쓴 적이 있다는 사실이다. 그녀는 상하이에 살고 있는 외국인의 하녀이다. 천박하고 나대기를 좋아하며 사람들을 모아놓고 떠들어대며 희희낙락하길 좋아했다. 그녀는 "서방질을 한다"고 외쳐대면서 이웃집 늙은 여인과 욕설을 퍼부으며 싸우기도 했다. 결국 그녀는 주인에게 쫓겨나고 다른 사람이 들어왔다. 그녀가 떠나고 난 후에 루쉰은 이렇게 되뇌고 있다. "지금 아진이 그리 출중하지도 못한 용모에 재주도 그저 그런 하녀인데도 이렇게 한 달이 채 되기도 전에 내 눈앞에서 4분의 1 리里를 흩뜨려 놓을 줄은 생각지도 못했다. 만약 그녀가 여왕이거나 황후, 황태후라면 그 영향이 어떨지 능히 짐작할 수 있으니, 큰 혼란을 야기하도고 남음이 있을 것이다." "아진이 중국 여성의 표본이 아니기를 바랄 뿐이다."[15] 그러나 아금(아진)은 「채미」에서 백이와 숙제를 위해 비문을 써줄 생각이 없는 소병군小丙君의 하녀 신분으로 등장하여 수다스럽게 장황설을 늘어놓으며 백이와 숙제의 마지막 가는 길에 온

15 루쉰, 『차개정 잡문 · 아금(阿金)』, 『루쉰전집』 제6권, 208~209쪽.

갖 이설을 지어내며 똥물을 퍼붓는 역할을 맡았다. 이렇게 해서 그녀는 온갖 유언비어를 날조하는 세태의 표본이 되었다.

루쉰이 풍자 예술의 진실관을 세태에 대한 묘사로 심화시킬 수 있었던 것은 그의 특수한 인생 역정과 예술 생애와 밀접한 관련이 있다. 신문학 소설을 쓰기 시작할 당시 루쉰은 이미 중년이었다. 그는 어린 시절 가정의 몰락을 경험하면서 세태의 진면목을 목도했다. 이후 신학문을 받아들인 후 중국인의 군체 심리 특징에 대해 고민하다가 결국 의사의 길을 벗어던지고 문학이라는 새로운 길로 접어들게 된다. 문예운동에 참여하여 잡지 '신생新生'을 계획했으나 채 세상에 태어나기도 전에 죽고 말았다. 이후 그는 고통 속에서 "고대로 회귀하고" "국민 속으로 깊이 들어갔지만" 여전히 사회의 적폐와 문화의 문제점들에 대해 침묵 속에 관찰의 끈을 놓지 않았다. 이처럼 우여곡절을 겪으며 심각한 정신적 역정을 경험하게 되고, 수많은 인간세상의 편린들을 모아 특수하고 유형성과 전형성을 갖춘 '의념-형상'이 조합되었다. 그렇기 때문에 그가 붓을 들면 온갖 군상들이 붓 아래로 모여들고 자신도 모르게 풍사의 진실성을 세태의 해부로 전화시키게 된 것이다. 현실 제제의 작품은 당연히 이와 같다. 왜냐하면 그리 길지 않은 편폭에서 그는 표현하고자 하는 수많은 관찰과 사고를 지니고 있어 통쾌하게 내뱉고자 했다. 설사 신화나 전설을 그린 연의체 소설일지라도 루쉰은 종종 '세태'에 대한 묘사를 삽입하곤 했다. 「물을 다스리다理水」에서 그는 문화산文化山의 학자들은 '구마오린古貌林'(Good morning의 잘못된 음역), '구루지리古魯幾哩'(영어 Culture의 잘못된 음역)라고 하며 양인들의 말을 즐겨 사용했다. 촨다오川島(장팅쳰章廷謙, 1901~1981, 川島는 필명이다)의 회고에 따르면, 이는 "당시 샤대廈大(샤먼 대학교)의 분위기 가운데 하나였다."

> 평상시에 사람을 부를 때면 부인인 경우는 반드시 '마단(마단, 마담)', 남자일 경우는 '할너(海爾訥, 헬로의 잘못된 음역)'라고 불렀다. 양인의 말을 한 마디도 하지 못하는 이라고 할지라도 사람을 만나면 적어도 악수를 하면 '구마오마오 (…중략…) 마오린(굿모닝)'이라고 말했다. 처음 들을 때는 정말 어색하기 이를 데 없었다. 이런 분위기가 바로 샤먼의 바닷바람(海風)이어서 아무리 힘껏 불어도 일시에 사라지지 않았다.[16]

「관문을 떠나다出關」 결미 부분에서 함곡관函谷關의 서기書記 선생이 노자의 이야기를 목간에 써서 돌아온 후 회계會計에게 하는 말이 적혀 있다.

> 나는 그가 자신의 연예담이라도 하는가 해서 들으러 갔던 것이지. 처음부터 그런 엉터리 이야기인줄 알았다면 절대로 그처럼 한나절 내내 벌을 받으며 앉아 있지 않았을 걸세.

이는 당시 사람들이 원앙호접파鴛鴦蝴蝶派 작품에 대한 변태적인 취향에 대한 풍자이다. 이처럼 풍자 예술의 진실성을 세태에 대한 묘사로

16 촨다오(川島), 「루쉰 선생과 샤먼에서 함께 머물렀던 날들(和魯迅先生在廈門相處的日子里)」, 『루쉰회억록』, 상하이 : 상하이문예출판사, 1979, 294쪽.

발전시키면서 루쉰이 현실 전투에 집착하는 일종의 관성이자 심지어 탐닉처럼 되고 말았다. 우리는 그의 논지를 믿을 수 있을 듯하다. 『고사신편』「서언」에서 그는 이렇게 말했다.

「하늘을 보수하다(補天)」(원래 제목은 「부주산(不周山)」)는 1922년 겨울에 쓴 작품이다. 당시 생각은 고대에서 현대까지 여러 가지 소재를 취해 단편소설을 쓴다는 것이었다. 「부주산」은 '여와가 돌을 달구어 하늘을 보수했다'는 신화에서 소재를 취해 시험 삼아 쓴 첫 번째 작품이다. 처음에는 꽤나 진지했는데, 비록 프로이드의 학설를 통해 창조—인간과 문학—의 기인을 해석하려는 것에 지나지 않았지만…….

확실히 「하늘을 보수하다」는 처음부터 웅대하고 기이하고 유미적인 분위기가 물씬 풍긴다.

여와는 갑자기 깨어났다. 그녀는 꿈을 꾸다 놀라 깬 것 같았다. 그러나 무슨 꿈을 꾸었는지는 분명하게 생각나지 않았다. 단지 가슴이 답답하고 무언지 미흡한 듯한, 그리고 무언지 너무 많은 듯한 느낌이 들었다. 산들산들 불어오는 따뜻한 바람이 훈훈하게 그녀의 기를 온 우주에 가득 퍼지게 했다.

그녀는 눈을 비볐다.

분홍빛 하늘에는 석류꽃빛 채운이 굽이굽이 떠 있었다. 별은 그 뒤편에서 홀연히 나타났다 홀연히 사라지며 깜빡거리고 있었다. 하늘 가장자리 핏빛 구름 속에 사방으로 광선을 쏘아대는 태양이 있어, 마치 유동하는 황금빛 공이 태고의 용암 속에 휩싸여 있는 듯했다. 저쪽 편은 쇠붙이처럼 차갑고 하얀 달이다. 그러나 그녀는 어느 쪽이 지고 있고, 어느 쪽이 떠오르고 있는지 마음에 두지 않았다.

지상은 온통 신록이다. 잎이 크게 자라지 않는 소나무와 잣나무까지 유난히 여릿여릿 보드랍다. 복사꽃빛과 연푸른 빛깔의 이름 모를 큰 꽃들이, 가까이에선 분명치 않다가 먼 곳에서서는 알록달록 아지랑이가 되었다.

"아아, 이렇게 따분한 적이 없었어!"

그녀는 이렇게 생각하며 갑자기 힘차게 일어났다. 그러고는 통통하게 살이 오른 정력 넘치는 팔을 뻗어 하늘을 향해 기지개를 한 번 켰다. 그러자 하늘은 갑자기 빛을 잃고 신기한 복사 빛으로 변해 잠시 동안 그녀가 있는 곳도 분간할 수 없게 되었다.

그녀는 이 연분홍빛 천지 사이를 걸어 해변으로 갔다. 그녀 온몸의 곡선이 연한 장밋빛 같은 바다 속으로 녹아들었다. 몸 가운데가 짙은 순백의 빛이 될 때까지 녹아들었다. 파도는 모두 깜짝 놀랐지만 질서 있게 일어났다가 가라앉았다 했다. 물보라가 그녀 몸 위로 올라와 흩어졌다. 그 순백의 그림자가 바닷물 속에서 요동치자 마치 그녀의 전신이 사방팔방으로 흩어지며 나가는 듯했다. 그러나 그녀에게는 그것이 보이지 않았다. 그녀는 무심하게 한 쪽 무릎을 꿇고 손을 뻗어 물기를 머금고 있는 부드러운 흙을 쥐어 올렸다. 동시에 그것을 몇 번 비벼댔다. 그러자 곧바로 자기와 거의 비슷하게 생긴 작은 것들이 양손에서 생겨났다.[17]

17 루쉰, 『고사신편 · 보천(補天)』, 『루쉰전집』 제2권, 357~358쪽.

이처럼 상상력이 풍부한 아름다운 문필은 현대소설에서도 쉽게 볼 수 없다. 하지만 루쉰은 이어서 이렇게 말하고 있다.

> 어떤 사정이 있어 중도에 그만 붓을 놓았다. 그러던 중 우연히 신문을 보다가 불행하게도 누군가가—이름은 잊어버렸다—쓴 왕징즈(汪靜之) 군의 『혜초의 바람(蕙的風)』에 대한 비평문을 읽게 되었다. 그는 눈물로 간청하노니 젊은이여 다시는 이런 글을 쓰지 말라고 호소하고 있었다. 이 가련하고 음험한 비평을 보면서 나는 좀 장난을 치고 싶은 생각이 들었다. 그리고 다시 소설을 쓰게 되면서 옛날 의관을 차려입은 작은 사내를 여와의 가랑이 사이에 배치하지 않고는 견딜 수가 없었다. 이것이 바로 내가 처음 이 소설을 쓸 때 진지함에서 장난기로 빠져들게 된 발단이다. 장난기는 창작에서 큰 적이다. 나는 나 자신에 대해 아주 불만스러웠다.[18]

루쉰의 말인 즉, 처음에 생각했던 「하늘을 보수하다」의 웅대하고 아름다운 심미추구를 포기하는 대신 여와를 현실의 진흙탕 속으로 끌고 들어와 '능글맞은' 필체로 세태에 대해 해부하기를 택했다는 뜻이다. 처음 생각은 기존의 규칙을 따르는 것이지만 고금을 뒤섞어 '능글맞음'을 선택한다는 것은 규칙을 타파하겠다는 의도이다. 이처럼 기존의 규칙을 타파하는 글쓰기 방식으로 인해 루신은 세태를 신화나 전설, 역사 이야기 속에 삽입하여 '사불상四不像'(당나귀, 말, 소, 사슴 형태를

18 루쉰, 『고사신편 · 서언』, 『루쉰전집』 제2권, 353쪽.

모두 가지고 있는 포유동물의 일종. 여기서는 이도 저도 아니라는 뜻이다-역주)으로 "역사인 듯 역사가 아닌 소설"의 형식을 창조할 수 있었다.

심각한 세태 묘사는 인생을 위한 계몽주의 예술의 취지를 체현하기 위함이다. 세태 묘사의 효능은 그의 다음과 같은 말에서 여실히 드러난다.

> 나의 방법은 한 순간에 책임을 전가하여 방관자로 만들지 않게 하기 위해 자기 이외의 누구를 쓰는 지 알 수 없게 하는 것이다. 그리하여 자기를 쓰는 것 같기도 하고 일반인을 쓰는 것 같기도 하게 생각하도록 하는 것이다. 반성의 길은 여기에서 열린다.[19]

세태 묘사는 국민의 군체 심리와 행위에 대한 투시이자 루쉰이 한 시도 잊지 않았던 국민성, 즉 대다수의 인격과 사회 문화계통의 형상의 드러냄이자 심도 있는 해부이다. 그것은 유형성과 전형성을 겸한 복합적인 모형의 서사敍事로서 현실에 대한 서사를 통해 사람들이 세인世人들의 궁색함, 결점, 심지어 죄악을 엿보면서 웃음을 터트리지만 자신 역시 이에서 자유롭지 못하다는 것을 느끼게 만든다. 이는 마치 고골리의 『검찰관欽差大臣』에 나오는 배우가 관중들에게 "그대들 자신을 비웃어라!"라고 말하는 것과 같다. 이러한 방법을 신화나 역사 서사에서 운용함으로써 옛 사람을 이미 죽어버린 무생물처럼 묘사하는 것을 피할 수 있고, 저열한 추종자의 본색을 폭로하여 사람들에게 깊

---

19 루쉰, 『차개정 잡문·주간 「극」 편집자에게 보내는 편지(答「戱」週刊編者信)』, 『루쉰전집』 제6권, 150쪽.

은 반성을 유도하는 삶의 신랄한 맛을 퍼뜨려 곰곰이 음미할 만한 예술적 운취를 자아내게 만들었다. 세태 묘사에서 루쉰은 중국 고전소설의 풍자 전통과 더불어 외국 소설의 풍자 수법을 수용하여 시류를 초월하고, 민국 초년 흑막파黑幕派가 소설을 일종의 오물 뿌리기의 수단으로 삼았던 것과 달리 "사적인 적을 헐뜯고 공격하여 비방하는 책과 같게 되는"[20] 일종의 추락과 비열함에서 벗어날 수 있었다. 이는 당시 문학 기풍에서 더러운 것을 제거하고 맑고 깨끗한 것을 끌어들이는 효능을 발휘했으며, 소설 예술을 사적인 복수나 오물 뿌리기식의 타락의 길에서 구원하여 강건하고 청신하며 강력하고 신선한 작풍으로 대체함으로써 기울어져가는 형세를 끌어올리는 역할을 했다.

20 루쉰, 『중국소설사략』 제28편, 『루쉰전집』 제9권, 301쪽.

민간 문화 유전자와 괴탄미怪誕味를 띤 낭만적 풍격의 상상력

문학 풍조를 개조하여 새로운 문학 천지를 확장하기 위해 루쉰은 특히 민간문학의 장점을 흡수하는 데 주목했다. 소설은 고대 문화에서 대아지당大雅之堂에 오르지 못했기 때문에 소설에 가까이 간다는 것은 실질적으로 민간 취미에 한 걸음 가까이 다가선다는 것을 의미한다.

비속한 노래나 산가山歌 민요, 전설 등과 같은 구전 전통을 찾는다는 것은 민간문학 속으로 깊이 들어간다는 뜻이다. 루쉰이 민간문학에서 자양분을 취해야 한다고 자각할 수 있었던 것은 중국 수천 년 문학발전사에 대한 나름의 독특한 이해 속에서 신선한 평민적 태도, 견실한 이성적 사고가 뒷받침되었기 때문이다. 그가 생각하기에 중국민족은 대단히 풍부한 민간문학을 가지고 있으나 때로 자생했다가 자멸하는 일이 허다했다. 그러다가 "우연히 그 일부가 문인들의 눈에 띄어 깜짝 놀란 문인이 자신의 작품에 차용하여 새로운 자양분으로 삼는다. 예전 문학이 쇠퇴할 무렵 민간문학이나 외국문학을 섭취하여 새로운 변화가 일어나는 예는 문학사에서 흔히 볼 수 있다."[1] 그는 민간문학이 문인들의 문학에 새로운 질료를 주입하여 새로운 심미 가능성을 제공함으로써 문학방식의 변화 속에서 새로운 문학발전을 전개할 수 있는 동력이 된다는 점을 강조하고 있다.

이는 5·4문학혁명을 주창한 이들의 공통된 인식이기도 하다. 일찍이 후스는 이렇게 말한 바 있다.

> 일체의 신문학의 내원은 민간에 있다. 민간의 어린 아녀자, 촌부와 농촌아낙, 치정에 빠진 남녀, 가동(歌童)과 기녀, 악기를 연주하며 노래하는 가인이나 설서인(說書人) 등이 모두 문학의 새로운 형식과 풍격을 창작한 이들이다. 이는 문학사의 통례이니, 고금이나 국내외를 막론하고 이러한 통례에서 벗어날 수 없다.[2]

후스는 백화문학만이 살아 있는 '활문학活文學'이라고 했다. 이런 면에서 그의 발언은 민간문학의 본체론에 가깝고, 루쉰은 민간문학의 문학사 개조를 강조하는 원류론에 가깝다고 할 수 있다. 루쉰은 다양한 사례를 제시하면서 『시경』에 있는 많은 가작들과 동진에서 제齊, 진陳 시대까지 창작된 '자야가子夜歌', 당대의 죽지사竹枝詞와 유지사柳枝詞 등이 모두 "무명 씨의 창작"이라는 것을 밝혀냈다. 또한 초사, 송원대의 사곡詞曲,

---

1 루쉰, 『차개정 잡문·문외문담(門外文談)』, 『루쉰전집』 제2권, 97쪽.

2 후스, 『백화문학사』 제3장, 상하이 : 상하이신월서점, 1928, 19쪽.

원대 이후의 장회소설 등은 문인들이 민간문학에서 영감을 받거나 직접 자원을 채취하여 발전시킨 문학양식이라는 것을 증명했다.

『국어國語』의 기록에 따르면, 주나라 천자는 정사를 처리할 때 "여러 공경公卿, 사士들에게 민간의 시가를 헌상하도록 하고 악관에게 민간의 악곡을 헌상하도록 했다".[3] 이미 이때부터 시작하여 이후 식견을 갖춘 문인들은 끊임없이 민간문학에서 신선한 자양분을 섭취했다. 이는 중국 고대문학의 귀한 전통일뿐더러 중국 고대문학에서 끊임없이 새로운 양식, 뛰어난 작품이 나오고, 혈맥이 이어질 수 있는 원천이 되었다. 루쉰은 일찍이 이를 자각하고 있었기 때문에 민간문학에 대한 수집과 수용이 새로운 문학형식과 심미 가능성의 발생과 떼려야 뗄 수 없는 연원관계가 있음을 확신했다.

민간문학은 루쉰 문학 형성에 필수불가결한 문화적 유전자이다. 루쉰의 문학 감각은 원숙하면서도 어린아이의 취향이 반짝이고, 루쉰의 문학 지혜는 침중한 가운데 가벼움이 느껴지며, 루쉰의 문학 수법은 평범하면서도 괴이한 부분이 존재한다. 이는 모두 민간문화의 유전자와 밀접한 관련이 있다. 루쉰은 어려서부터 조모에게 『백사전白蛇傳』이나 『고양이는 호랑이의 사부이다』 등등 민간에 떠도는 이야기를 들었고, 성장해서는 신화와 기이한 사물로 가득한 『산해경』을 만났으며, 향토 특색이 풍부한 사오싱의 굿 놀이大班戱을 보곤 했다. 「사희社戱」를 보면 당시 그의 모습이 흥미롭다. "내가 가장 보고 싶었던 것은 흰 천을 뒤집어쓰고 머리 위로 막대기처럼 생긴 뱀 대가리를 받쳐 들고 있

3 『국어·주어(周語)』 권1, 사고전서본.

는 뱀의 요정蛇精이었다. 그 다음은 황포黃布 옷을 입고 뛰어다니는 호랑이였다." 그날 밤 가장 재미있는 대목에 대해 루쉰은 이렇게 말했다. "갑자기 무대에서 빨간 옷을 입은 소추小醜(어릿광대 역)가 무대 기둥에 묶인 채로 흰 수염이 난 사내에게 매를 맞기 시작했다. 우리는 그제야 기운을 되찾아 와글와글 떠들며 구경하기 시작했다." 연구자의 소개에 따르면, 전자의 제목은 「낙수혜落繡鞋」, 후자는 사오싱의 연희인 「오미도五美圖」의 한 대목이라고 한다.[4] 소년 시절 루쉰은 가세가 기울면서 염량세태炎凉世態에 울적한 마음을 금할 수 없었는데, 그런 상황에서 민간 문예의 떠들썩하고 신기하며, 두려움을 자아내는 자극으로 자신의 정신적 낙원을 삼았던 것이다.

특히 영신새회迎神賽會(신상을 들고 사당을 놀며 행하는 중국의 전통적인 연희형태－역주)에서 밤새워 연희되던 목련희目連戲에 나오는 무상귀無常鬼는 인정을 아는 귀신으로 공포 분위기를 자아내면서 민간의 골계가 뒤섞여 흥미진진했다. 사람들은 그의 모습 속에서 예법의 속박에서 벗어나는 통쾌한 느낌을 받아 박장대소하곤 했다. 루쉰은 당시를 이렇게 회상하고 있다.

> 그것은 모두 신을 받들고 재앙을 쫓아내는 연희였는데 연희에는 언제나 악한이 한 명 등장했다. 이튿날 새벽이 되면 그 악한이 끝장날 때가 되면 염라대왕이 표를 내주며 '죄악이 하늘에 사무친' 그를 붙들어 오라고 한다. 그러면 살아 있는 활무상(活無常, 연극의 배역) 가운데 한 명이

4 서금(徐淦), 「루쉰선생과 사오싱희(紹興戲)」, 『인민일보』, 1956.9.5.

무대에 등장한다. (…중략…) 무상이 쓰는 종이고깔은 본래 무대 한쪽 귀퉁이에 걸려 있는데, 그가 나올 때가 되면 그것을 들여간다. (…중략…) 복식은 그림보다 간단하고 쇠사슬도 들지 않았으며, 주판도 갖고 있지 않았다. 그는 눈같이 흰 옷을 입은 덜렁쇠였는데, 분칠한 얼굴에 빨간 입술, 먹같이 시꺼먼 눈썹을 찌푸린 모습이 웃는 것인지 우는 것인지 알 수 없었다. 무대에 등장하면 반드시 먼저 재채기를 백여덟 번하고 방귀를 백여덟 방 뀐 다음 비로소 자신의 이력을 독백한다.[5]

귀물에 대한 묘사는 시골티가 철철 흐르지만 오히려 배꼽을 잡고 웃을 만큼 재미가 넘치기도 한다. 지금 읽어도 여전히 아이처럼 깔깔거리며 웃게 만든다. 루쉰은 이처럼 어린 시절의 기억을 끄집어내 현실의 '세태'를 조롱하였다.

그러나 영신(迎神) 굿을 할 때 무상은 연극에 나오는 모습과 조금 달랐다. 그때 그는 동작만 있을 뿐 말이 없었다. 밥과 찬이 담긴 쟁반을 받쳐 든 소추(小醜, 어릿광대)의 꽁무니를 따라다니며 음식을 얻어먹으려고 하지만 상대는 주지 않는다. 그 밖에 두 명의 인물이 더 나오는데, 그들은 이른바 '정인군자'들이 말하는 무상의 '마누라들'이다. 무릇 '하등인'들에게는 늘 자신들이 하고 싶은 것을 남에게 강요하기 좋아하는 공통된 나쁜 습관이 있다. 그러기에 귀신인 경우에도 그에게 적막감을 주려 하지 않았으며, 모든 귀신들에게 대체로 한 쌍씩 짝을 지어주려고 한

5 루쉰, 『조화석습 · 무상(無常)』, 『루쉰전집』 제2권, 279~280쪽.

것이다. 무상도 예외가 아니다. 그러므로 아름다운 여인이나 그저 촌티가 나는 부녀자를 모두 무상 아주머니라고 불렀다. 이렇게 본다면 무상은 우리와 동년배이니 교수들처럼 허세를 부리지 않는다고 해서 괴이하게 여길 필요 없다. 다른 하나는 자그마한 고깔을 쓰고 흰옷을 입은 어린아이이다. 몸은 작지만 양쪽 어깨가 솟구쳐 있고 눈꼬리가 아래로 쳐져 있다. 그는 분명 무상 도련님으로 사람들이 아령(阿領)이라고 부르는데, 그에 대해서는 그다지 존경심을 표하지 않는 것 같다. 추측건대, 무상 아주머니가 데리고 온 전 남편의 자식이기 때문인 듯하다. 그러나 용모가 무상과 어쩌면 그리도 닮았는지 알 수 없는 노릇이다. 쉿! 귀신의 일은 참으로 말하기 어렵다. 그러니 이에 대해서는 이쯤 알고 잠시 논하지 않는 것이 좋겠다. 그렇지만 무상이 왜 친 자식이 없는 지에 대해 올해 들어 쉽게 설명할 수 있게 되었다. 귀신들이 앞날을 볼 줄 알기 때문에 괜히 아들딸을 많이 두었다가 한담하기를 좋아하는 이들이 루블을 받아먹었다는 등 변죽을 울리며 공격하기 십상이기 때문에 이를 연구하여 일찍부터 '산아제한(節育)'을 실행하고 있기 때문이다.[6]

이처럼 생동감 넘치는 묘사와 귀신 세상에 대한 이러저러한 이야기들 속에서 귀신과 인간이 서로 정감을 교류하는 듯한 느낌이 든다. 루쉰은 어린 시절 민간문예에 나오는 귀신 이야기에 흠뻑 빠졌던 것 같다. 그는 이렇나 귀신 이야기 속에서 생명의 비밀을, 생명의 당혹스러움을, 그리고 생명의 비웃음을 느꼈을 지도 모를 일이다. 이러한 곤혹

6 루쉰, 『조화석습 · 무상(無常)』, 『루쉰전집』 제2권, 282쪽.

감, 비웃음 속에서 생명은 증명되고 또한 널리 퍼져나간다. 루쉰은 이러한 귀물과 상대할지언정 '정인군자'의 추한 몰골을 보고 싶어 하지 않았다. 바로 여기에서 그는 자신의 문학관을 내보일 수 있었다.

> 대중들은 구(舊)문학에 대한 수양이 없기 때문에 사대부 문학에서 볼 수 있는 섬세함에 비교하여 이른바 '저급함(低落)'이 드러날지도 모르지만, 구 문학의 나쁜 습관에 물들지 않았기 때문에 오히려 강건하고 청신하다. 「자야가」와 같은 무명 씨의 문학이 구 문학에 새로운 역량을 주었다는 것은 이미 앞서 말했고, 지금도 많은 민가나 이야기가 소개되고 있다. 또한 『조화석습』에서 인용하고 있는 '무상귀'의 이야기와 같은 희극도 있는데, 그 내용은 귀신을 동정하여 잠시 사바세계로 돌려보냈다가 뜻밖에도 염라대왕에게 벌을 받아 이후 절대로 놔주지 않겠다는 것이다.
>
> '설사 네가 구리 벽, 무쇠 벽이라고 해도!'
>
> '설사 네가 황친국척(皇親國戚)이라고 해도!'
>
> 이처럼 인정이 풍부하고 과오를 인정할 줄 알며, 이처럼 법을 준수하고 또한 과감하게 결단하는 모습을 과연 우리 문학가들이 그려낼 수 있을까?[7]

귀신 세상에도 인성이나 인정이 있다는 것은 루쉰의 발견이다. 이러한 그의 발견과 감각은 일관성을 지니고 있다. 그는 『요재지이』에 대해 언급하면서 이렇게 말했다.

7 루쉰, 『차개정 잡문·문외문담』, 『루쉰전집』 제6권, 102쪽.

꽃 요정이나 여우 도깨비가 대부분 사람의 감정을 지니고 있어 쉽게 친근감을 갖게 하여 그것들이 이물(異物)이라는 사실을 잊게 만들지만 갑자기 돌발적인 사건이 일어나면서 그것들이 사람이 아니라는 것을 새삼 알게 된다.[8]

이런 감각은 교과서에서 배운 것이 아니라 어린 시절 씨앗을 배태한 문화 유전자와 관련이 있다. 민간의 귀신 세상은 물론 미신적인 요소가 다분하다. 하지만 루쉰은 몽둥이를 휘둘러 이런 미신을 모두 내쫓지 않았으며, 오히려 그 안에서 기이하면서도 진귀한 부분을 걸러내어 일반 문인 학사들의 터무니없는 상상만으로 도달할 수 없는 문화 활화석을 만들었다. 그의 이러한 사고방식은 한참 세월이 흐른 뒤 후세 사람들의 비물질 문화유산(무형문화재)에 대한 보존관념과 일맥상통한다. 루쉰은 민간 문화유산의 핵심적 가치를 한 눈에 알아본 이였다.

민간 무대에서 볼 수 있는 기이하고 생동감 넘치는 연희 장면은 루쉰을 크게 고무시켰고, 실제를 벗어나 괴상하고 황당한 분위기를 연출하는 낭만풍을 묘사할 수 있는 상상력을 키워주었다. 그래서 그의 현실주의는 단조롭고 무미건조한 현실주의가 아니라 돌발적이고 기민하며 아름다운 감각으로 가득한 현실주의가 되었다. 그는 어린 시절 때로 "침상에 누워 잠을 들지 못할 때면 누군가를 찾아 함께 이야기를 나누곤 했는데, 주로 신선이 산다는 산 이야기가 많았다. 그 산에는 '커다란 개미가 사령使令을 맡고 있는데, 이름을 아적아흑阿赤阿黑이라고

8 루쉰, 『중국소설사략』 제22편, 『루쉰전집』 제9권, 216쪽.

하며 변신술에 능했다.'"[9] 그는 자신이 직접 아동극을 만들어 연극을 하기도 했는데, 당시 이는 "가장 재미있는" 일이기도 했다. 그 가운데 하나의 내용은 이러하다.

> 불행하게도 흉악할 것이라고 여겨지는 큰 머리(大頭) 거인이 산양을 데리고 바위 구멍에 자리를 잡고 사람들을 해쳤다. 작은 머리(小頭)와 어깨가 솟구쳐 있는 용견(聳肩) 두 친구가 법력(法力)으로 그를 정복하러 갔다. 작은 머리는 돌 틈새로 머리를 들이밀고 그의 동정을 살피고, 용견은 그가 나오기를 기다려 어깨만으로 꽉 조여 어깨 우묵한 곳에 집어넣어 잡아왔다.[10]

작은 머리와 용견의 모습에서 무상귀의 그림자를 엿볼 수 있을 듯하다. 이러한 회고를 통해 우리는 루쉰이 어린 시절부터 환상을 좋아하고, 신화 이야기를 꾸며대는 재능을 갖추었을 뿐만 아니라 그의 괴탄미가 뒤섞인 낭만적 상상력이 장난스럽고 또한 놀리기를 좋아하는 모종의 희극적인 취미와 자연스럽게 연결된다는 것을 쉽게 발견할 수 있다. 이처럼 민간 취미와 낭만적 상상을 발산하는 천성과 재능이 이후 『고사신편』과 같은 작품을 자유자재로 창작하게 만드는 원동력이 되었던 것이다.

---

9 저우사서우(周遐壽), 「루쉰의 옛 집」, 수우(舒蕪), 『저우쭤런의 시비와 공과(周作人的是非功過)』, 베이징 : 인민문학출판사, 1993, 297쪽.

10 저우쭤런, 「자신의 밭(自己的園地) · 아동극」, 왕취안건(王泉根) 편, 『저우쭤런과 아동문학』, 항저우 : 저장소년아동출판사, 1985, 151쪽.

『고사신편』은 고대의 신화 전설에서 소재를 얻었다. 물론 정사正史를 포기한 것은 아니지만 야사나 잡서를 더욱 중시했다는 뜻이다. 이런 방식으로 소재를 찾음으로써 경전성經典性 대신 민간성民間性을 추구하는 경향을 드러내고 있다. 정통적인 것을 타파하고 기이한 생각이나 교묘한 구상이 가능해야만 루쉰처럼 낭만적인 풍격에 기괴하고 황당함이 끼어있는 창조적 재능을 전혀 구애받지 않고 발휘할 수 있으며, 어딘가 천진스럽기도 하고 교활하기도 하며, 때로 웃음을 터뜨리게 만드는 기이한 생각이 끊임없이 솟구쳐 "옛날 사람을 죽도록 다시 쓰지 않게 되고"[11] 죽어서 무상귀가 영혼을 앗아갈 때도 넋을 잃게 만드는 연기를 할 수 있게 만들 수 있다. 이처럼 혼을 빼놓는 듯 재미있는 연희는 아주 오랜 옛날의 천국(「하늘을 보수하다」)에서 일어나기도 하고, 냉혹한 궁정(「칼을 벼리다」)에서 일어나기도 하며, 때로 시위에서 벗어나 유성처럼 날아가는 화살촉(「달나라로 도망치다」)이나 관문을 나서는 소의 등짝(「관문을 나서다」)에서 일어나기도 한다. 또한 그런 것 같기도 하고 아닌 것 같기도 한 죽은 자를 되살리는 주문(「죽음에서 살아나다」)이나 열정적이고 신비한 노랫소리(「칼을 벼리다」)에서 생겨나기도 한다. 이처럼 신선하고 기묘한 내용, 넉넉하고 여유로운 구상, 자유로운 붓질, 도처에 작가의 낭만적 상상력이 솟구치는 기이한 왕국은 참으로 광활한 공간을 차지하고 있다. 예를 들어 「칼을 벼리다」에서 미간척의 머리가 뜨거운 물속에서 춤을 추고, 연이어 두 개의 머리가 물속에서 사투를 벌이는 장면은 탁자를 치며 절찬하기에 충분하다.

---

11 루쉰, 『고사신편 · 서언』, 『루쉰전집』 제2권, 354쪽.

노랫소리를 따라 솥 아가리에서 물이 솟구쳐 올랐다. 물기둥은 위가 뾰족하고 아래가 넓어서 마치 작은 산처럼 생겼는데, 뾰족한 쪽에서 솥 밑바닥까지 쉴 새 없이 빙빙 돌고 돌았다. 아이의 머리도 물을 따라 오르락내리락하면서 원을 따라 빙글빙글 돌며 스스로 곤두박질치기도 했다. 사람들은 그 머리가 재미있게 놀면서 웃는 모습을 어렴풋이 볼 수 있었다. 얼마 지나자 아이의 머리가 갑자기 물결을 거슬러 헤엄을 쳤다. 베틀의 북처럼 빙글빙글 선회하고, 물방울을 사방으로 튀겨 마당 가득 뜨거운 비가 한 차례 뿌려졌다. 난쟁이 배우 한 명이 별안간 소리를 지르며 손으로 자신의 코를 문질렀다. 불행하게도 뜨거운 물에 덴 것인데, 참을 수 없는 아픔 때문에 비명을 지르지 않을 수 없었던 것이다.

왕은 몸을 일으켜 계단을 내려왔다. 그는 뜨거운 열기를 무릅쓰고 솥 옆에 서서 머리를 내밀고 들여다보았다. 거울처럼 잔잔한 물만 보였다. 소년의 머리는 물 한 가운데에서 얼굴을 위로 향한 채 누워 있었고, 두 눈은 왕의 얼굴을 보고 있었다. 왕의 눈빛이 그의 얼굴을 쏘아보자 아이의 머리가 빙긋 웃었다. 왕은 그 웃음을 예전에 어딘가에서 본 듯한 느낌이 들었지만 누구인지 단번에 생각이 나지 않았다. 놀랍기도 하고 의아하다는 생각이 들 때 검은 사람이 등에 매고 있던 푸른 검을 뽑아 한 번 휘둘러 섬광처럼 왕의 뒷덜미를 뒤에서 내리쳤다. '첨벙'하는 소리와 함께 왕의 머리가 솥 안으로 떨어졌다.

원수끼리 만나면 원래 눈이 유난히 밝아지는 법이거늘 하물며 외나무다리에서 만났음에랴. 왕의 머리가 물에 떨어지기가 무섭게 미간척의 머리가 맞받아 올라 왕의 귀를 죽기살기로 한입 깨물었다. 순간 솥 안의 물이 끓기 시작하더니 부글부글 소리를 냈다. 두 머리는 물속에서 결사적으로 싸웠다. 스무 번 쯤 맞붙어 싸우더니 왕의 머리에 다섯 군데 상처가 나고, 미간척의 머리는 일곱 군데 상처가 났다. 왕은 여전히 교활하여 언제나 적의 뒤쪽으로 돌아갈 궁리만 했다. 잠깐 실수한 미간척은 왕에게 뒷덜미를 물려 머리를 빼낼 방법이 없었다. 이번에는 왕의 머리가 미간척의 머리를 꽉 물고 놓아주지 않았다. 왕은 야금야금 먹어 들어갔다. 아파서 절규하는 아이의 울음소리가 솥 밖에서도 들리는 듯했다.[12]

루쉰의 회고에서 우리는 그가 어린 시절 그림이 들어 있는 『산해경』을 너무도 보고 싶어 했다는 것을 알 수 있다. 그러던 어느 날 보모인 키다리 어멈이 휴가를 얻어 집에 갔다가 돌아오는 길에 그림이 들어 있는 『삼형경三哼經』(원래는 산해경인데, 그녀가 제목을 착각한 것이다—역주)을 사가지고 돌아왔다. 그 때 그는 "청천벽력을 맞은 듯 온몸이 떨려 왔다". 그래서 즉시 펼쳐보니 과연 "내가 가장 귀중히 여기던 책이었다. 펼쳐 보면 거기엔 확실히 사람의 얼굴을 한 짐승, 대가리가 아홉 개인 뱀, 외발 가진 소, 자루 모양으로 생긴 제강帝江(신조神鳥), 대가리가 없고 '젖꼭지로 눈을 대신하고 배꼽으로 입을 대신'하며 손에 '도끼와 방패를 들고 춤을 추는' 형천刑天이 있었다".[13] 실제로 『산해경』을 보면, "젖꼭지로 눈을 대신하고 배꼽으로 입을 대신하며 간척(도끼와 방패)을 들고 있는" 형천이 나온다. 그 모습에 루쉰은 벼락을 맞은 것처럼 감동했다. 그것은 그의 문학적 상상력을 자극하는 모종의 문화 유전자가 되었다.

---

12 루쉰, 『고사신편·칼을 벼리다(鑄劍)』, 『루쉰전집』 제2권, 445~447쪽.
13 루쉰, 『조화석습·키다리와 『산해경』(阿長與山海經)』, 『루쉰전집』 제2권, 282쪽.

> 초나라 왕이 꿈에 한 사람을 만났는데, 미간이 세 치나 넓은 사람이 복수를 하겠다고 말했다. 왕은 금히 상금을 걸고 그 자를 잡으라고 명했다. 이에 적비는 주흥산(朱興山)으로 도망쳤다. 적비는 우연히 나그네를 만났는데, 그가 복수를 대신해주겠다고 했다. 그래서 적비는 자신의 목을 베어 초나라 임금에게 바치라고 했다. 나그네가 그 머리를 솥에 넣고 삶으라고 했으나 3일 밤낮을 삶아도 계속 뛰어다녀 삶아지지 않았다. 왕이 그 말을 듣고 구경을 가자, 나그네가 웅검(雄劍)으로 왕의 머리를 베었다. 왕의 머리가 솥으로 떨어지자 나그네 역시 자신의 목을 베었다. 세 개의 머리가 모두 익어버리자 식별하기 어려웠다. 따로 나누어 장례를 지냈는데 이를 일러 삼왕총(三王塚)이라고 한다.[14]

인용문은 "세 개의 머리가 모두 익어버렸다"고 했는데, 「칼을 벼리다」의 경우는 세 개의 머리가 서로 물고 뜯어 혈육의 주인을 찾을 수 없을 정도로 문드러졌다고 적었다. 확실히 루쉰의 이야기 전개는 뜻밖이기도 하고 또한 탁월하기도 하다. 우선 미간척의 머리는 "물을 따라 오르락내리락하면서 원을 따라 빙글빙글 돌며 스스로 곤두박질치기도 했다. 사람들은 그 머리가 재미있게 놀면서 웃는 모습을 어렴풋이 볼 수 있었다". 반면 왕의 머리는 "여전히 교활하여 언제나 적의 뒤쪽으로 돌아갈 궁리만 했다. 잠깐 실수한 미간척은 왕에게 뒷덜미를 물려 머리를 빼낼 방법이 없었다. (…중략…) 아파서 절규하는 아이의 울음소리가 솥 밖에서도 들리는 듯했다". 이 때 『열이전』과 달리 검은

14 조비(曹丕), 『열이전』, 『태평어람』 권343, 사고전서본.

사람이 돌연 스스로 자신의 머리를 베고 원군을 자처한다.

> 그의 머리는 물에 떨어지기 무섭게 왕의 머리로 돌진하여 왕의 코를 물어버렸다. 왕이 참지 못하고 '아이고' 비명을 지르며 입을 벌렸다. 그 틈을 타서 미간척이 빠져나와 얼굴을 돌려 왕의 아래턱을 꽉 깨물었다." "한 바탕 물고 물리는 싸움이 벌어지는 가운데 왕의 머리는 물려서 눈이 찌그러지고 코가 납작해졌으며, 얼굴이 온통 상처로 비늘처럼 너덜거렸다.

루쉰은 이렇듯 끓는 물속에서 세 개의 머리들이 물고 물리며 복수의 격전을 벌이는 현장 속으로 자신의 생명을 바쳤다. 전혀 두려워하거나 주저하지 않고 자신의 머리를 바치며, "모두 함께 죽자"는 식의 복수 의지를 표현한 것은 전사戰士의 생명가치를 승화시킨 것이라고 말할 수 있다.

잡색 유머와 민간 취미

의심할 바 없이 루쉰 역시 민간문학에서 유머에 감염되었다. 하지만 루쉰은 공개적으로 유머에 반대한다고 선언한 바 있다. 심지어 "중국에는 유머가 없다"[1]고 단언한 적도 있다. 그는 전통과 현실의 각도에서 이 문제를 논술했다. "'유머'는 국산이 아니며, 중국인은 '유머'에 능한 사람들이 아닐뿐더러 지금은 현실적으로 유머를 쓸 수 있는 시절이 아니다. 따라서 유머조차도 불가피하게 모양이 바뀌어 사회에 대한 풍자로 기우는 것이 아니라 전통적인 '우스갯소리'나 '잇속 챙기기'로 전락하고 말았다."[2] 그는 한 걸음 더 나아가 유머는 '박래품舶來品'이기 때문에 "나는 '유머'를 좋아하지 않는다. 이는 원탁회의를 즐기는 국민이나 떠들어 댈 수 있는 놀이일 뿐 중국에서는 의역意譯조차 가능하지 않다는 것이 내 생각이다. 우리에게는 당백호唐伯虎(명대 화가

1 루쉰, 『화변문학·소품문의 생기(小品文的生機)』, 『루쉰전집』 제5권, 487쪽.
2 루쉰, 『위자유서·풍자에서 유머까지(從諷刺到幽默)』, 『루쉰전집』 제5권, 47쪽.

이자 시인인 당인唐寅)가 있고, 서문장徐文長(명대 화가이자 문학가인 서위徐渭. 당인과 더불어 명대 4대 재자로 많은 일화를 남겼다—역주)이 있다. 그리고 가장 유명한 김성탄金聖嘆도 있다. '참수란 지극히 고통스러운 일이건만 뜻밖에 성탄이 그것을 얻었으니 참으로 기이하도다.' 이것이 참말인지 우스갯소린지, 사실인지 뜬소문인지 알 수 없지만, 어쨌거나 결론은 첫째 성탄이 결코 반항적인 역도逆徒가 아님을 공언했다는 것이고, 둘째 백정의 잔혹함을 한갓 우스개로 치부해 버림으로써 큰 수확을 거두었다는 것이다. 우리에게는 이런 것 밖에 없으니 '유머'와는 하등의 연줄도 없다."[3]

루쉰의 견해는 나름 근거가 있지만 대국문화를 건설하는 현재의 시각에서 본다면 약간의 조정이 필요하다. '유묵幽默(유머)'이란 말이 처음 보이는 것은 굴원의 『초사·회사懷沙』에 나오는 '공정유묵孔靜幽默'이다. 하지만 이는 적막하여 아무런 소리도 들리지 않는다는 뜻이다. 현대적인 의미에서 '유묵幽默', 즉 유머는 임어당이 20세기 20년대 영어 Humour를 의역한 것이다. 루쉰은 이렇게 말했다. "Humor란 말을 '유묵'으로 음역한 것은 임어당이다. '유묵'은 본래의 함의가 있어 '정막'이나 '유정幽靜'으로 오해할 수 있기 때문에 나는 그다지 찬성하지 않아 사용하지 않았다. 하지만 아무리 생각해도 뭔가 적당한 글자가 떠오르지 않아 기존의 글자를 그대로 쓰고 있다."[4]

사실 1906년 왕궈웨이는 「굴자(굴원) 문학의 정신屈子文學之精神」이란

---

3 루쉰, 『남강북조집·논어일년(論語一年)』, 『루쉰전집』 제2권, 582쪽.

4 루쉰, 『번역문 서발집(譯文序跋集)·「유머를 말하다」 역자 부기(「說幽默」譯者附記)』, 『루쉰전집』 제10권, 303쪽.

글에서 유머를 '구목아歐穆亞'로 음역했다. "그들은 사회를 바라볼 때 원수처럼 여기거나 친척처럼 여길 때도 있는데 이처럼 순환하면서 '구목아Humour'한 인생관이 생겨났다. (…중략…) 『이소』 이하의 작품들은 이러한 '구목아'를 드러낸 것이다." 하지만 그가 의역한 말은 유행되지 않았다. 1924년 5월과 6월쯤 임어당이 「신보부간晨保副刊」에 「산문번역을 구하고 유머를 제창하다徵譯散文并提倡幽默」, 「유머 잡화幽默雜話」 등을 게재하면서 처음으로 Humour를 '유묵幽默'으로 번역했다. 그는 중국인은 "진지한 말은 지나치게 진지하고, 진지하지 않은 말은 지나치게 격식이 없다"라고 하면서 "학술적 이치를 담론하는 글이나 주필의 사론社論에 중요한 사안과 관련 없이 재미있는 이야기를 집어넣어 무미건조한 생활을 면할 수 있도록 하는 것도 무방하다"라고 주장했다. 그는 계속해서 20세기 30년대에 「논어」, 「인간세」 등 잡지를 창간하여 유머 조류를 주도했다. 루쉰은 이와 관련하여 다음과 같이 말한 바 있다.

> 세계문학을 연구하는 사람들에 따르면, 프랑스인은 에스프리에 능하고 러시아인은 풍자에 능하며 영미인은 유머에 능하다고 한다. 사회적 상황에 따라 달라진다고 하더라도 이 말은 대체로 정확한 것 같다. 어당대사(語堂大師, 임어당)가 '유머'를 진흥시킨 이래로 이 명사(名詞, 유묵)가 대단히 유행했다. 하지만 보편화되면서 동시에 위기가 잠복하게 되었다. 군인이 불자로 자칭하고 고관이 돌연 염주를 목에 걸고 불법으로 열반하려는 것처럼 말이다. 만약 교활, 경박, 외설 등이 모두 '유머'라는 이름을 뒤집어쓴다면, 마치 '신극'이 'X세계'로 들어가면 여지 없이 '문명희(文明戲)'가 되어 버리는 것과 같다. 이러한 위험이 발생하는 까닭은 중국에

서 지금까지 유머가 그다지 많지 않았기 때문이다. 다만 골계가 있었을 뿐인데, 이는 유머와 큰 차이가 있다. 일본인이 '유머'를 '인정이 있는 골계'로 번역하여 단순한 '골계'와 구분한 것은 바로 이 때문이다.[5]

루쉰은 시대의 진보와 민족의 생존 및 발전 요구에 기초하여 외래어 번역의 정확성을 중시했다. 그는 사람들에게 중서문화의 차이가 특정한 언어에 투영되는 것을 주시하고, 외래어가 일단 번역되어 광범위하게 유행되면서 어떻게 오독 또는 오용되는가를 살필 것을 일깨워주었다. 이처럼 꼼꼼하게 문자나 문장을 퇴고하는 것은 장타이옌에게 문자학을 배우면서 습득한 문자 감각과 무관치 않다.

그래서 루쉰은 잡지 「논어」가 창간된 이듬해 「풍자에서 유머까지」라는 글에서 이렇게 말했다. "내가 생각하기에 이는 작년부터 문장에서 '유머'가 유행하기 시작한 것이 원인이다. 그런데 그 중에는 물론 '웃기 위한 웃음'도 적지 않다." 당시는 사회적으로 암흑기이자 민족의 위기가 심각한 지경에 이르렀을 때였다. 이런 상황에서 '희희낙락하는' 이들을 보면서 "간도 쓸개도 없는 진숙보陳叔寶(남조 진나라 후주를 말한다. 진숙보는 수나라에 항복한 후 관호官號를 구걸하여 수 문제에게 이런 말을 들었다－역주)"[6]와 같은 무리라고 생각했던 것이다. 그는 이렇듯 문장의 풍조와 시대적 요구를 연결시켰다. 이는 위기에 봉착한 시대에 문학가의 양심의 발로이다. 그는 이렇게 말한 적이 있다.

"이를 통해 국가 정치 문제를 해결하거나 전쟁을 준비하는 것이 아

5 루쉰, 『준풍월담 · '골계'의 예와 설명(滑稽例解)』, 『루쉰전집』 제5권, 360쪽.
6 루쉰, 『위자유서 · 유머에서 엄숙까지(從幽默到正經)』, 『루쉰전집』 제5권, 360쪽.

니라 친구지간에 유머가 담긴 몇 마디 말을 나누며 서로 빙긋 웃는 정도라면 대체적으로 무관하다고 생각한다. 혁명가도 때로 뒷짐을 지고 산보를 할 때가 있고, 이학선생理學先生도 자녀를 두지 않을 수 없으니 이는 그들도 주야장창 엄숙한 표정이나 태도를 취하고 있지만은 않다는 것을 증명한다. 소품문은 장래에도 여전히 문단에 남아있을 것이지만 단지 '한적'을 위주로 해서는 역시 부족한 것이 있지 않을까 걱정이다. 인간 세상사란 중이 싫으면 중이 입는 가사까지 싫은 법이다. 유머나 소품이 처음 나왔을 때 누가 이의를 제기한 적이 있는가? 그러나 우르르 쾅쾅 소리를 내지르자 천하에 유머와 소품이 아닌 것이 없게 되었다. 유머가 이처럼 많아지자 유머가 곧 골계가 되고, 골계는 우스개가 되었으며, 우스개는 풍자가 되고, 풍자는 욕지거리가 되었다. 경박하고 번지르르한 말은 유머가 되고, '날씨가 화창하다天朗氣淸'(왕희지의 「난정집서」에 나오는 말이당－역주)라고 하면 그냥 소품문이 되었다. 정판교鄭板橋의 「도정道情」을 한 번 보고는 열흘 동안 유머를 지껄이고, 원중랑의 척독尺牘(편지) 반권을 사서보고는 소품문 한 권을 지을 정도이다.(임어당은 원중랑과 정판교의 문장을 좋아했다. 특히 원중랑은 소품 산문을 잘 지었기 때문에 특히 그러했다. 루쉰은 바로 이를 비꼰 것이다－역주) 이것으로 가세를 일으키려는 사람이 있으니 틀림없이 이를 반대하여 세상에 이름을 날릴 생각을 하는 이도 있을 것이다. 그래서 우르르 쾅쾅 한 순간에 명성을 떨치게 되면 천하에 유머와 소품을 비난하지 않는 자가 없을 것이다. 사실 무리 지어 떠들어 대는 인사들은 금년에도 작년과 마찬가지로 그 수가 적지 않다."(루쉰의 『화변문학 · 한 번 생각하고 행동하자一思而行』에 나오는 내용인데, 저자는 별도의 주를 달지 않았다－역주) 그래서 그는 친구인 정전둬에게 보내는 편지에서 "지금은 진나라(왕희지는 동진 사람이다)나 명나라(원중랑은 만명 사람이다)도 아닌데 「논어」나 「인간세」의 작자들은 표일飄逸과 한방閑放한 말만 하려고 한다"[7]고 하면서 "「논어」나 「인간세」만 한 1, 2년 읽다 보면 폐물로 변하지 않으려고 해도 할 수 없을 것이다"[8]라고 말했던 것이다. 이렇듯 국난의 시기에 직면하여 고대 사대부들의 유머나 또는 서방 신사들이 즐겨 말하는 유머를 배운다는 것은, 루쉰이 보기에 시기적절한 일이 아니었다.

그렇기 때문에 루쉰의 유머를 단순하게 이해해서는 안 된다. 만약 유머라는 외래어가 이미 보편적으로 유행하여 사용해도 무방하다면, 여기에 약간의 단서를 붙여 루쉰이 사용한 유머는 중국의 민간에 근원을 둔 '잡색 유머'라고 말하는 것이 좋을 듯하다. 1928년 「문학주보文學週報」에 이런 소식이 실렸다.

> 루쉰이 근래에 여러 가지 중국의 민간 고사를 수집하여 읽으면서 그 대의에 따라 동화를 창작할 준비를 하고 있다고 한다. 우리는 그가 하루라도 빨리 동화를 창작하여 우리들이 그의 예술을 감상하도록 해주기를 초조하고 간절하게 바란다. 지금 중국 문단의 좋은 소식을 루쉰의 작품을 애독하는 독자들에게 제일 먼저 알려드린다.[9]

7 루쉰, 『정전둬에게(致鄭振鐸), 1934년 6월 2일』, 『루쉰전집』 제13권, 134쪽.
8 루쉰, 『정전둬에게(致鄭振鐸), 1935년 1월 8일』, 『루쉰전집』 제13권, 338쪽.
9 「문학주보 편집자의 '문단의 최근 소식(文壇近訊)」, 『문학주보』 7~17 합본, 377~378쪽.

아마도 이러한 이야기 속에 '잡색 유머'가 들어가 있을 것이며, 그 중에는 「목련희」에 삽입된 절자희折子戱(장편극에 삽입된 비교적 완정한 구성으로 갖춘 연희 한 대목)도 포함되었을 것이라고 추론할 수 있을 터이다. 루쉰은 평생 「목련희」를 좋아했다. 하지만 그것을 관통하고 있는 '권선징악'적인 종교 이야기에 대해서는 그다지 호감을 보이지 않았으며, 오히려 "인정人情과 귀태鬼態를 세밀하게 묘사하고, 귀신과 인간 세계를 한 무대에 같이 올리는"[10] 연희방식, 특히 그 안에 생활의 정취나 민간의 지혜를 담아내는 우스갯소리나 익살스러운 몸짓을 좋아하고 또한 잊지 못했다. 아마도 그는 무상귀無常鬼의 연기에서 '백색 유머'를 체험하고, 여조女吊의 연희에서 '핏빛 유머'를 느꼈을 것이다. 또한 무송이 호랑이를 때려잡는 대목에서 그는 눈을 치켜뜬 호랑이의 '황색 바탕에 검은 문양의 유머'를 체험했을 것이다. 그는 1934년 「문외문담」에서 이렇게 말한 바 있다.

> 이것이야말로 순수한 농민들과 수공업자들의 작품이다. 그들은 틈만 나면 연희를 즐긴다. 목련존자의 순행(巡行)을 빌어 여러 가지 이야기를 삽입하고 있는데, 「젊은 비구니의 하산」 이야기 이외에도 원래 각본(刻本)에 나오는 「목련구모기(目連救母記)」와도 전혀 다르다. 그 중에는 「무송이 호랑이를 잡다」라는 이야기도 있는데, 갑과 을 두 사람이 나온다. 한 명은 강하고 다른 한 명은 약한 역으로 분장하고 있다. 처음에는 무송이 갑으로 분장하고, 호랑이가 을로 분장하여 갑에게 흠씬 얻어맞는

10 곽한성(郭漢城), 「사오싱 목련희를 다시 보다(重看紹興目連戱)」, 「광명일보」, 1961.10.31.

데, 을이 불만을 털어놓자 갑이 이렇게 말한다. '너는 호랑이이니 내가 때리지 않으면 너한테 물려죽지 않겠느냐!' 을이 견디지 못하고 역을 바꾸자고 한다. 그런데 또 다시 갑에게 죽을 만큼 얻어터진다. 을이 다시 불평하자 갑이 말한다. '너는 무송이잖으냐. 내가 물지 않으면 너한테 맞아 죽지 않겠느냐!' 이 정도면 그리스 이솝이나 러시아의 솔로구프(Fyodor Kuzmich Sologub, 본명은 테테르니코프(Teternikov), 러시아 소설가이자 상징주의 시인–역주)의 우화와 비교해도 전혀 손색이 없으리라고 생각한다.[11]

루쉰이 직접 유머라는 말을 쓰지는 않았지만, 무송과 호랑이의 싸움 이야기를 통해 『수호전』에 나오는 영웅 서사를 해소시키고 사람들에게 웃음을 짓게 만다는 민간의 여유와 지혜를 보여준다는 점에서 '잡색 유머'라는 말을 써도 무방할 것이다. 루쉰은 이러한 지혜야말로 일반 문인들이 창조해낼 수 없는 강건함과 청신함을 지녔다고 생각했다.

루쉰은 어느 편지글에서 사오싱의 '목련희'는 다른 지방의 연희와 다르다고 하면서, "목련의 순행을 줄거리로 삼아 세상 물정과 인정을 묘사하였는데, 언사가 지극히 참신하고 절절하다"라고 하였으며, 계속해서 "여름에 돌아와서 베껴 써서" "동화와 민요가 같이 멸망하는 것을 면하도록 할 생각이었다"라고 했다. 하지만 저장浙江 당국에서 지명수배를 내리는 바람에 실행에 옮기지 못했다.[12]

이와 관련하여 펑쉐펑은 루쉰이 만년에 "시적 산문詩的散文" 형식으

11 루쉰, 『차개정 잡문 · 문외문담』, 『루쉰전집』 제6권, 102~103쪽.
12 루쉰연구실 편, 『루쉰연구자료』 2, 베이징 : 문물출판사, 1977, 71쪽.

로 「여조」라는 제목으로 "십여 편을 창작하여 책 한 권으로 만들어 어느 서점에 진 글빚을 갚으려고 했다"[13]고 말한 바 있다. 루쉰의 바람이 완전히 실현된 것은 아니지만 사오싱 목련희를 소재로 한 「무상」과 「여조」는 의심할 바 없이 루쉰의 전체 소설 가운데 이채로운 빛을 발하는 기문奇文으로, 루쉰이 민간문학에서 '늑대의 젖'을 빨아먹으며 야성의 활력이 충만했다는 증거이다. 「여조」에 관해 펑쉐펑은 이렇게 회고했다.

> 그가 「여조」를 다 쓴 것은 대략 9월 20일이거나 21일 저녁이었다. 내가 그가 있는 곳에 갔을 때 그가 서랍에서 원고를 꺼내 보여주면서 말했다. '내가 쓴 것일세. 내가 들었던 사오싱의 여조에 관한 것인데, 이전에 쓴 두 편보다 약간 강한 것 같네.' 내가 처음부터 읽어나가자 루쉰 선생은 특별히 여조에 관한 묘사가 만족스러웠던지 홀연 손가락으로 '도여조(跳女吊, 여조 놀이)'가 시작되는 대목을 가리키며 말했다. '이전 것은 볼 필요 없고 여기서부터 보시게.'[14]

그가 희색이 만면하여 다른 사람에게 자신의 작품을 추천한 예는 1918년 쉬서우상에게 『광인일기』에 대해 이야기한 것 말고는 없다. 이런 면에서 「여조」가 정신적인 면에서 루쉰에게 얼마나 큰 영향을 주었는지 알 수 있을 것이다. 또한 이는 「주검」의 비장한 복수 행위나

13 펑쉐펑, 「루쉰선생이 계획했으나 완성하지 못한 저작(魯迅先生計劃而未完成的著作)」, 『설봉문집』 제4권, 베이징 : 인민문학출판사, 1985, 16쪽.
14 위의 글, 17쪽.

격양된 예술 격조와 일맥상통한다.

아마도 명말 왕사임(王思任)의 말인 듯싶다. '후이지(會稽)는 복수와 설욕의 고장이며 더러움을 용납하는 곳이 아니다.' 이는 우리 사오싱 사람에게 영광이다. (…중략…) 문예만 놓고 보더라도 그들은 희극에서 복수를 하는, 어떤 다른 귀신보다 아름답고 굳센 귀신을 창조했다. 그가 바로 '여조'이다. 나는 사오싱에 특색이 있는 두 가지 유형의 귀신이 있다고 생각하는데, 하나는 죽음 앞에서 어쩔 수 없어 될 대로 되라고 여기는 '무상'이라는 귀신이다. 이에 대해서는 「조화석습」을 통해 전국 독자들에게 소개하는 영예를 얻었다. 이번에는 다른 한 가지에 대해 쓰고자 한다. '여조'는 아마도 방언일 것이다. 보통의 백화(白話)로 번역한다면 '목매 죽은 여자 귀신'이라고 할 수밖에 없다. 사실 평상시에 우리가 '목매 죽은 귀신'이라고 하면 이미 '여성'이라는 뜻이 담겨 있다. 목매달아 죽은 이들이 지금까지 부녀자가 훨씬 많았기 때문이다.

날이 어둑어둑해질 무렵 열 댓 마리의 말이 무대 아래에 서고 배우는 귀왕(鬼王)으로 분장한다. 귀왕은 푸른 얼굴에 비늘 문양을 칠하고 손에는 삼지창을 들었다. 여기에 귀졸(鬼卒)들도 십여 명이 나오는데, 이는 보통 아이들도 누구나 응모할 수 있었다. 나는 열 댓 살 때 이런 의용귀(義勇鬼)를 맡은 적이 있다. 무대 위로 올라가 지원 의사를 밝히면 그들이 얼굴에 색칠을 해준 다음 삼지창 한 자루를 건네준다. 귀졸 수가 다 차면 바로 말을 타고 들판에 버려진 수많은 버려진 무덤이 있는 곳으로 달려가 세 바퀴 돌고 말에서 내려 큰소리로 외친 다음 삼지창으로 힘껏 무덤을 찌른 다음 창을 뽑아들고 무대 앞으로 돌아와 일동이 함께 큰 소리를 지르고 삼지창을 던져 무대 위에 내리꽂는다. 우리의 임무는 이렇게 해서 끝나기 때문에 얼굴을 닦고 퇴장하여 집으로 돌아가면 된다. 하지만 만약 부모에게 들키게 되면 때로 회초리로 매 맞는 것을 피할 수 없다.(사오싱에서 아이를 벌 줄 때는 흔히 대나무 회초리를 사용했다) 이는 첫째 귀기(鬼氣)를 접한 것에 대한 징벌이고, 둘째 말에서 떨어져 죽지 않은 것에 대한 축하의 뜻이 있다. 다행히 나는 한 번도 발각된 적이 없는데, 아마도 악귀의 보우를 받았기 때문인 것 같다.[15]

여조가 등장하기 전 자못 장황한 배경 설명은 소년 루쉰이 민간과 귀신세계가 서로 왕래하는 장면을 매우 좋아했다는 것을 보여준다. 영웅 소년의 기개가 엿보일뿐더러 심지어 자신의 순진무구한 야성野性 생명까지 그 안에 투입하고 있어 눈길을 끈다. 이어서 여조가 등장한다.

그 다음이 '여조 놀이(跳女吊)'이다. 물론 먼저 구슬픈 나팔소리가 울리고, 이윽고 문에 걸린 막이 걷히면서 그녀가 등장한다. 그녀는 다홍색 적삼과 검은 색 긴 조끼 차림에 긴 머리카락을 흩뜨리면서 은박지로 만든 말굽은(지정(紙錠), 저승 노자로 사용하는 명전(冥錢)의 일종-역주) 두 가닥을 목에 걸고, 고개를 숙이고 손을 늘어뜨린 채 무대 위를 헤집고 다닌다. 전문가의 말에 따르면, 이는 마음 심(心)자의 형태를 따라 걷는 것이라고 한다. (…중략…) 그녀가 늘어뜨린 머리카락을 젖힐 때에

---

15 루쉰, 『차개정 잡문말편·여조』, 『루쉰전집』 제6권, 639쪽.

야 얼굴이 보인다. 석회처럼 하얀 둥근 얼굴, 칠흑 같이 검은 눈썹, 시커먼 눈자위, 새빨간 입술. 저장성 동부 몇몇 지역에서는 목매달아 죽은 신령이 몇 치 길이 혓바닥을 늘어뜨리는 시늉을 한다고 하는데, 사오싱은 그런 것이 없다. 내가 우리 고향이라고 편을 드는 것이 아니라 아무래도 그런 것은 없는 편이 났다. 그래서 눈자위를 옅은 회색으로 물들이는 요즘 화장법보다 훨씬 철저하고 훨씬 사랑스럽다. 하지만 입술 가장자리는 살짝 들어 올려 입술이 세모꼴이 되도록 해야 한다. 이 역시 추한 모습은 아니다. 만약 밤이 되어 어둑어둑할 때 먼 곳에서 얼굴에 분칠을 하고 뻘건 입술을 한 사람이 어른거린다면 지금의 나라도 달려가서 볼 것이 분명하다. 물론 내가 거기에 현혹되어 목을 매달지는 않을 것이다. 그녀는 두 어깨를 조금 쳐들고 사방을 돌아보며 귀를 기울인다. 놀란 듯, 기쁜 듯, 노여운 듯 하더니 마침내 구슬픈 목소리로 천천히 노래를 부른다.

'저는 본시 양(楊)씨 집안 규수, 아아 고달파라, 하늘이시여! …… '

(…중략…)

훗날 민며느리로 들어가서 온갖 학대를 받다가 끝내 목매어 죽는다는 내용이다. 노래를 마치고 멀리서 들려오는 곡소리를 듣는다. 한 여인이 원한에 사무쳐 슬피 울면서 자살을 하려고 한다. 여조는 몹시 기뻐하면서 '자기를 대신할 사람을 잡으려(討替代)' 하지만 갑자기 남조(男吊)가 뛰쳐나와 자기가 잡을 차례라고 주장한다. 그들은 입씨름 끝에 주먹질까지 하는데 당연히 여자 쪽이 상대가 되지 않는다. 다행히 왕령관(王靈官)이 등장하는데, 비록 생김새는 별로였으나 열렬한 여권 옹호자여서 절체절명의 순간에 등장하여 남조를 채찍으로 때려죽이고 여조가 혼자 활동할 수 있도록 놓아준다. (…중략…) 중국의 귀신은 좀 이상하이서 귀신이 된 후에도 죽을 수 있는가보다. 당시 이런 경우를 사오싱에서는 '귀신 속의 귀신(鬼裏鬼)'라고 불렀다.[16]

여조의 모습은 상당히 절묘하고 화려하다. 복식은 "다홍색 적삼과 검은 색 긴 조끼 차림에 긴 머리카락을 흩뜨리면서 은박지로 만든 말굽은 두 가닥을 목에 걸은" 형태이고, 동작이나 걷는 모습은 "고개를 숙이고 손을 늘어뜨린 채 무대 위를 헤집고 다닌다. 전문가의 말에 따르면, 이는 마음 심心자 형태를 따라 걷는 것이라고 한다." 세상에 찾기 힘든 독특한 복식과 얼굴 생김새, 노래와 동작, 걷는 모습에 이르기까지 '이것'의 형상이 사람들의 심장을 박동하게 만든다. 과연 이것이 '유머'일까? 이는 『논어』나 『인간세』의 한적한 유머와 같이 논할 수 없다. 유머에 풍자가 끼어들면 강경하고 사납게 승화하여 약자가 반항하고 복수하는 귀신 세계의 야성적인 역량으로 무능하고 마비되어 있으며, 그저 참고 견딜 줄만 아는 현실 세계의 저열한 국민성에 강력한 충격을 가한다. 루쉰은 어떤 일정한 규칙이나 교조에 따른 글쓰기가 아니라 사회와 인생에 대한 나름의 이해는 물론이고 귀신 세계에서도 나타날 수 있는 인성에 대한 이해까지 포함하여 약자, 여성, 그리고 향토를 위해 천지 귀신과 상통하며, 사람들의 전투정신을 북돋워주는 비가悲歌를 그려내고 있다.

이제 루쉰이 유머에 대해 어떻게 생각하고 있는지를 살펴볼 차례이

16 루쉰, 『차개정 잡문말편・여조』, 『루쉰전집』 제6권, 640~641쪽.

다. 실제로 그의 작품 가운데 일부는 유머 전집에 수록된 적이 있기도 하다. 20세기 30년대 일본 소설가이자 비평가인 사토 하루오佐藤春夫(1892~1964)가 주편한 『세계 유머 전집』 제12집 『중국편』(마쓰다 쇼 책임편집)에 고대 및 현대 일부 작가의 작품과 더불어 루쉰의 「아Q정전」과 「행복한 가정」이 수록되었다. 1932년 5월 루쉰은 사토 하루오에게 보낸 편지에서 이렇게 말했다.

> 중국에 과연 '유머' 작품이 있을까요? 없는 것 같습니다. 대다수가 졸렬하고 저속한 것들이지요. 하지만 굳이 하나를 선택하라면, (…중략…) 선생께서 내가 쓴 두 편을 수록하겠다고 하셨는데, 별 문제 없으며 물론 동의합니다. 중국에는 유머 작가가 없습니다. 대부분 풍자 작가들이지요. 한대(漢代) 이래로 고의로 웃음을 자아내게 하는 작품들은 몇 편 있는데, 과연 전집에 수록할 수 있을지 모르겠습니다. 만약 필요하다면 제가 몇 편 골라 보내도록 하겠습니다. 다만 번역하기가 조금 어려울 것입니다.

루쉰은 사토 하루오에게 다음과 같은 서목을 보냈다.

> 『수호전』 4본
>
> 제3회 「노지심이 오대산에서 소동을 일으키다」는 혹시 '유머' 작품이라고 칭할 수 있을 것입니다.
>
> 『경화연(鏡花緣)』 2본

제22, 23, 33회는 중국에서 제법 우스운 내용으로 간주되는데, 일본은 습관이 달라 어떨지 모르겠습니다.

『유림외사』 2본

사실 번역하기가 어렵습니다. 제12회 「협객이 헛되이 인두회(人頭會)를 열다」(줄거리는 13회까지 연결됩니다), 혹은 13회도 취할 내용이 있습니다.

『하전(何典)』 1본

근래 골계본으로 자못 명성을 떨쳤지만 사실 '강남 명사'식의 골계로 심히 천박합니다. 전서는 거의 방언과 속어로 쓰여 있기 때문에 중국 북방사람들도 이해하기 힘듭니다. 다만 중국에도 이런 책이 있다는 것을 한 번 보시게 하기 위함일 따름입니다.

『달부(達夫) 전집』 제6권 1본

『이시인(二詩人)』 가운데 남들을 조롱하는 말이 많이 있는데, 내가 느끼기에 약간 유머러스한 것 같습니다. '모델'은 왕두칭(王獨淸, 1898~1940년. 창조사 후기 시인)과 마(馬) 아무개입니다.

『금고기관(今古奇觀)』 2본

내용 속에서 유머러스한 부분을 보았는지 기억이 나지 않습니다.

『노잔유기(老殘游記)』 1본

내가 보기에 제4회에서 5회까지 내용이 사람들에게 유머러스하다는 느낌을 줄 것이라고 생각합니다. 다만 중국에서는 오히려 실제 있는 일이지요.

『작은 피터(小彼得)』 1본

작가(장톈이(張天翼))는 최근 사람입니다. 골계의 풍격을 가지고 있

습니다. 예를 들어 「가죽혁대(皮帶)」나 「가소로운 연애 이야기(稀松的戀愛故事)」 등이 그렇습니다.[17]

서목에서 알 수 있다시피 루쉰은 고대 소화류笑話類 작품이나 골계 인물에 대한 이야기를 유머라고 생각하지 않았으며, 현대 작가 중에서 유머 작품으로 추천한 것도 위다푸旭達夫 1편, 장톈이張天翼 2편 등 전체 3편뿐이다. 당시 한창 왁자지껄하게 유머 풍조를 이끌던 린위탕林語堂의 작품은 아예 거론도 하지 않았다. 서목에 그의 유머에 대한 관점이 그대로 반영되고 있다. 1932년 10월 루쉰은 이렇게 말한 적이 있다.

> 이른바 중국의 '유머'는 어려운 문제이다. '유머'가 본래 중국의 것이 아니기 때문이다. 아마도 서양말을 미신처럼 신봉하는 서점에서 세계의 모든 것을 망라하여 이런 책을 출간할 생각을 한 것 같다.

루쉰은 이른바 중국의 '유머'는 서양 유머의 의미와 본질적으로 거리가 있다고 여겼다. 루쉰은 이를 통해 일본 서점에서 "서양말을 미신처럼 신봉하여 세계의 모든 것을 망라한 것"이나 린위탕이 중국 고대 작품에서 유머를 발견하고자 하는 것이 사고방식 면에서 유사하다는 점을 은연중에 지적하고 있다. 다시 말해 모종의 서양 개념을 가져다가 제멋대로 적용하여 뒤죽박죽으로 만들면 안 된다는 뜻이다. 일본에서 편찬한 유머 전집이 출간되고 2년 후인 1935년 5월 루쉰은 마쓰

---

17 루쉰, 「마쓰다 쇼(增田涉)에게(1932년 5월 22일)」, 『루쉰전집』 제14권, 211~212쪽.

다 쇼에게 편지를 보내 정확하게 자신의 의견을 밝혔다.

> 나는 '유머가 도시적(城市的)'이라는 주장에 찬성하지 않습니다. 중국 농민들이 도시 소시민보다 유머를 사용하는 때가 훨씬 많기 때문이지요.[18]

루쉰이 보기에 민간의 유머가 문인들의 유머보다, 농촌의 유모가 도시의 유머보다, 소설 속 유머가 우스개 이야기笑話의 유머보다 훨씬 낫다. 그는 유머 속에서 일종의 소박하고 정직한 시비관是非觀, 정의감, 그리고 세태를 폭로하는 활발하고 신선한 상상력을 추구했던 것이다.

루쉰은 유머에 대해 한 걸음 더 깊이 파고들어 사상을 담은 유머, 풍골風骨이 있는 유머, '세태의 정수'를 드러내는 유머를 창조해냈다. 민간 유머에 담긴 지혜의 빛으로 국민성의 약점을 비추고, 사회 병증의 전형을 비추었다. 전하는 말에 따르면, 중문에 능한 러시아 문인이 루쉰의 『아Q정전』에 대해 이렇게 평한 적이 있다고 한다.

> 루쉰은 중국 대중의 영혼을 반영한 작가이다. 그의 유머적 풍격은 사람들로 하여금 눈물을 흘리게 만든다. 그러므로 루쉰은 단지 중국의 작가일 뿐만 아니라 동시에 세계의 일원이기도 하다.[19]

---

18 루쉰, 「마쓰다 쇼에게」, 『루쉰전집』 제14권, 344~345쪽.

19 루쉰, 『준풍월담 · 후기』에 실린 밍춘(鳴春)의 「문단과 무도장(文壇與擂臺)」에서 인용함. 『루쉰전집』 제5권, 423쪽.

루쉰은 『아Q정전』 서문에서 '농담開心話'적인 어조로 아Q의 전기를 쓰게 된 연유와 난점을 소개한 후 본문으로 들어와 아Q의 첫 번째 발언을 이렇게 시작하고 있다.

> 우리도 한 때는 (…중략…) 너보다 훨씬 대단했어! 네깟 게 뭐라고!

그는 조상들의 신령한 빛이 자신을 돌봐줄 것이라는 환상 속에서 진취적으로 자신의 생존 환경을 바꿀 생각은 전혀 하지 않는다. 다음으로 아Q의 덕성에 대한 소개가 이어진다. 첫째, "아Q는 자존심이 강했다". 웨이좡未莊에 사는 사람들은 누구도 그의 눈에 차는 자가 없었다. 심지어 장차 수재가 될 재목인 두 명의 '문동文童'조차 일소에 부칠 것 같은 표정이었다. 그는 속으로 "내 아들은 더 대단했을 거야"라고 생각했다. 게다가 몇 번 대처에 나간 적이 있기 때문에 더욱더 그러했다. 하지만 그는 대처 사람들도 하찮게 여겼다. 예를 들어 길이 석 자, 두께 세 치 판자로 만든 걸상을 웨이좡에선 '창덩長凳'이라고 하며 그 역시 '창덩'이라고 말하는 데, 대처 사람들은 '탸오덩條凳'이라고 불렀다. 그의 생각에 이는 틀린 것이었다. 가소로운 것들! 생선 튀김을 할 때도 웨이좡에선 길이가 반 치 정도의 파를 얹는데 대처에선 잘게 썬 파를 얹었다. 그 생각에는 이 역시 돼먹지 못한 일로 가소로운 짓이었다. 그러나 웨이좡의 것들이야말로 세상을 모르는 가소로운 촌놈들로 대처의 생선튀김은 구경조차 하지 못했다는 것이다. 아Q식의 자존감은 물론 실제를 고려하지 않은 공상이나 환상에 불과하다. 굳게 문을 걸어 잠그고 개방을 배척하며, 아는 것이 개뿔도 없으면서 마치 박학다식한 척하고, 사소한 일에 집착하며 아량이 결핍되어 있다. 게다가 그는 체면을 유지하기 위해 금기시하는 것도 있었다. 가장 골치 아픈 것은 그의 머리 군데군데 자리한 부스럼 자국이었다. 그래서 그는 '라癩(부스럼)'라는 말뿐만 아니라 '라'와 유사한 발음조차 꺼려했으며, 나중에는 점점 확대되어 '광光(빛난다)'이라는 말이나 '량亮(밝다)'이라는 말까지 기피하더니 급기야 빛나거나 밝은 '등燈'이나 '촉燭'자까지 금기시했다. 누구든 이런 금기를 범하는 자가 있으면 고의든 아니든지 간에 부스럼 자국까지 온통 벌개질 정도로 화를 내고, 상대를 어림잡아 봐서 어눌한 자 같으면 욕을 퍼부어 주었고, 약골처럼 보이면 두들겨 패주었다. 하지만 언제나 당하는 쪽은 아Q였다. 그래서 주로 째려보는 것으로 바꾸었다. 영문을 알 수 없는 그의 금기는 오직 체면을 위한 것이었으나 상대에 따라 약자는 괴롭히고 강자는 오히려 두려워하는 꼴이 되고 말았다. 이러한 아Q의 모습 속에는 국민성의 심각한 결함이 자리하고 있으며, 이는 계몽과 혁명을 통해 개조해야 할 부분이다. 그에게 사상 계몽을 해줄 사람은 그가 재수 옴 붙은 '이단'이나 '양코배기 앞잡이'라고 부르는 '가짜 양놈'일 것이다. 하지만 아Q에게 가짜 양놈은 그가 '상주 막대哭喪棒'이라고 부르는 황등黃藤 지팡이를 휘둘러 얼굴을 마구 갈겨대는 놈일 뿐이었다. 그렇기 때문에 소설 마지막 부분에서 아Q는 신해혁명의 풍조가 전해지자 피압박자의 본능으로 웨이좡에서 '조반造反(모반)'의 소리를 내기로 결심한다. 그는 토곡사土谷祠로 돌아가 '혁명의 꿈'을 꾸기 시작한다. 그의 혁명 목표는 가련하게도 지금까지 자신을 무시한 자들에게 복수를 하고 은자나 옥양목 홑옷 등 재물을 강탈하며 여자를 품에 안는 것이었다. 어떤 여인네가 좋을지 공상의 나래를 펴다가 그만 잠에 곯아떨어진 아Q는 "이미 코를 골고 있었다. 넉 냥짜리 양초는 아직 반쯤밖에 타지 않았고, 날름거리는 불꽃은 헤벌린 그의 입을 비추고 있었다". 그 시각 자오 수재는 가짜 양놈과 한 편을 먹고 "한림翰林에 해당하는" '시유당柿油黨(자유당自由黨, 중국어 발음이 자유당과 비슷하여 루쉰이 고의로 쓴 것이다)'에 가입하여 "모두 유신에 참여하고咸與維新" 정치적 흥정을 하고 있었다. 그들의 '혁명' 역시 자신들의 신분이 황권 전제하의 관료들과 과연 격이 맞는 지를 따지는 것이었다. 그래서 그들은 어리벙벙한 상태에서 그저 혁명으로 한 밑천 잡을 생각이나 하고 다른 한편으로 밀실에서 구제도와 유사한 관직 등급을 차지할 모의를 하고 있었다. 이러한 혁명의 결과는 현에서 한 무리의 경찰과 여러 정탐꾼 등을 파견하여 아Q가 살고 있는 토곡사를 급습하여 문밖에 기관총을 설치하고 그를 잡아내는 것이었다. 영문도 모르고 끌려간 아Q는 자오 수재의 집을 털었다는 거짓 죄목으로 사형 당하는 처지에 놓이고 마을 사람들이 입을 헤벌리고 구경하는 가운데 조리돌림을 당하면서도 개미처럼 모여든 군중들 사이에서 예전에 무릎 꿇고 "한 번 자자困覺"고 간청했던 우吳 어멈을 발견하고는 자신의 '대단원大團圓'의 꿈을 위로한다. 소설의 마지막 장 제목도 '대단원', 즉 해피앤딩이다. 이것이야 말로 '히죽거리며 웃게 만드는' 유머가 아니겠는가? 루쉰은 유머스러운 문장 속에 사상적으로 엄준한 분노를 집어넣어 저열한 국민성을 불태우고, "형식만 바뀌었을 뿐 내용은 그대로인" 혁명 유희를 불태웠다. 낡은 사회의 체제와 심리구조를 불태워 그 불꽃 속에서 그가 고대하던 '사람의 나라'가 새롭게 탄생하기를 원했던 것이다.

「행복한 가정」의 유머는 훨씬 가벼운데 서사가 중첩되어 있다. 하나는 청년 작가가 "원고료 몇 푼이라도 벌어 생활을 유지하려고" 허구로 '행복한 가정'을 구상하는 것이고, 다른 하나는 시끌벅적한 현실에 처해 있는 청년 작가의 가정이다. 양자는 서로 비추고, 서로 교차하며, 서로 간섭하면서 베틀의 북처럼 날줄을 오가며 씨줄을 교차시킨다. 작가는 '행복한 가정'을 어디에 두는 것이 좋을지 고민한다. 전국 여러 성과 도시를 떠올리며 가장 적합한 곳을 찾기 시작하는데, 어디는 침체되어 공기마저 죽어 있고, 방세가 너무 비싸거나 교통이 불편한 곳이 아니라면 마적들이 횡행하고 도처에서 싸움이 벌어지는 지역뿐이다. 아무리 생각을 해보아도 딱히 적당한 곳이 없고, 심지어 상상 속에서 조차 마땅한 곳이 없자 일단 알파벳 A로 거주지를 가정하기로 마음먹었다. 그러나 잠시 후 그는 자신의 등 뒤 서가 옆에 이미 배추더미가 쌓여 있다는 것을 발견한다. 아래에 세 포기, 중간에 두 포기, 꼭대기에 한 포기가 놓여 있는 것이 마치 A자 형태로 쌓아둔 것 같았다. 순간 그는 얼굴이 달아오르며 등짝에 침을 놓은 것처럼 자극이 느껴졌다. 자신이 '행복한 가정'으로 가정한 곳이 배추더미와 하나로 연결되고 있었던 것이다. 청년 작가는 작품을 구상하면서 주인공인 두 부부가 서양에서 유학하고 돌아와 문학과 예술을 사랑하지만 하층민을 많이 묘사하는 러시아 소설이나 부르주아 계급의 허위를 폭로하는 바이런George Gordon Byron(1788~1824)이나 키츠John Keats(1795~1821)의 시도 그다지 좋아하지 않는 것으로 상정했다. 그래도 무슨 책을 읽어야 하지 않겠는가? 그래서 그는 너나할 것 없이 한 사람이 한 권이 가지고 있다고 할 정도로 유명하지만 작가 자신도 읽어본 적이 없는 『이상적인 남편理想之良人(영국 작가 오스카 와일드의 작품으로 『신청년』에 연재된 적이 있다-역주)』으로 정했다. 일단 이렇게 정한 후 문득 점심을 먹는 것으로 가정하는 것이 좋겠다는 생각이 들었다. 그렇다면 무엇을 먹는 것이 좋을까? 그가 택한 것은 서양요리가 아니라 '용호투龍虎鬪'라는 중국 요리였다. 용호투라면 광둥 요리로 뱀과 고양이로 만드는 것인데, 이것보다 장쑤江蘇의 뱀장어와 개구리로 하는 것이 어울리는 것 같아 그렇게 하기로 했다.

이렇듯 작품 구상을 하면서 "첫 번째 요리를 무엇으로 할까?" 고민하고 있을 때 돌연 "장작劈柴이 ……"라는 소리가 들려온다. 뜬금없이 익살을 부리듯 작가 아내의 목소리를 끼워 넣은 것은 상성相聲(중국식 만담)의 수법과 유사하다. 작가의 아내가 때마침 대문 앞에서 장작을 사면서 "장작 스물네 근 반을 스물세 근 반으로 깎아서 사면서" "오오 이십오"라고 계산하고 있었던 것이다. 잠시 후 그녀가 잔돈이 부족하다고 하자 작가는 서랍을 열어 동전을 꺼내준다. 다시 책상머리에 앉아 작품 구상을 하려는데 작가의 머릿속에 온통 장작더미며 '오오 이십오', 아라비아 숫자가 가득 차 있었다. 결국 그의 작품 구상은 아내가 세 살 된 딸아이의 머리를 '탁'하고 때리는 소리와 더불어 끝이 나고 그의 '행복한 가정'도 산산조각이 나고 만다. 그는 한 줄 제목만 썼을 뿐 온통 계산을 하느라 써 버린 원고지를 집어 들어 구겼다가 펴기를 몇 번 반복하고는 그것으로 아이의 눈물과 콧물을 닦아준 다음 종이뭉치를 휴지통에 던져 버린다. 작품을 구상하느라 베틀의 북처럼 이리저리 오가며 고민하는 가운데 환상 속의 '행복한 가정'은 현실의 가정 내 잡다한 일로 산산조각이 나고, 현실의 가정 내 잡다한 일은 오히려 '행복한 가정'에 대한 환상 속에서 파편이 되고 만다. 이렇듯 양자의 파편이 서로 뒤섞이면서 유머가 자연스럽게 피어오른다. 하지만 이런 유머는 자질구레하고 잡다한 일상생활에 의해 회색으로 물들 수밖에 없다.

1924년 발표 당시 작품 마지막 부분에 실린 「부기附記」에서 루쉰은 이렇게 말했다.

> 나는 작년에 「신보부간」에서 쉬친원(許欽文) 군이 쓴 「이상적인 반려」를 읽으면서 문득 이 소설의 큰 줄거리를 생각해내고, 그의 필법에 따라 써내려가는 것이 적합하다고 생각했다. 하지만 그저 그렇게 생각만 한 것에 불과하다. 어제 문득 생각하면서 별다르게 할 것이 마땅치 않아 이렇게 써보았다. 그러나 끝으로 가면서 점점 그의 필법에서 벗어났다. 너무 침울했기 때문이다. 내가 느끼기에 그의 작품 말미는 이처럼 침울하지 않았던 것 같다. 하지만 대체적으로 '모방'한 것이 아니라고 말할 수는 없을 것이다.[20]

이러한 '부기', 더군다나 소설 제목에 '쉬친원을 모방하여'라고 부제를 단 것을 보면, 그가 사오싱 출신의 동향 후배를 이끌어주려는 마음을 느낄 수 있을뿐더러 이미 최고의 작가 반열에 올랐음에도 여전히 청년들과 어울리며 그들을 통해 신문이나 잡지에서 유행하고 있는 유머 형식을 흡수하고 있음을 알 수 있다.

---

20 루쉰, 『방황 · 행복한 가정』, 『루쉰전집』 제2권, 42쪽.

루쉰의 유머 형식은 다양한 내원을 지니고 있다. 『아Q정전』은 오랜 시간 침묵 속에서 관찰하고 고민한 내용을 종합한 결과이고, 「행복한 가정」은 즉흥적인 필체로 당시 문학 풍조를 조롱하는 일종의 유희 문장이다. 이렇듯 루쉰의 유머는 다양한 내원 속에서 형성되었기 때문에 비극성, 풍자성을 띤 유머이자 또한 서정성, 심지어 황당하고 괴이한 색채를 띤 유머라 될 수 있었다. 예를 들어 루쉰은 이렇게 말한 적이 있다.

> 이전에는 간행물의 표지에 삽이나 곡괭이를 들고 있는 노동자를 그리고 글 속에서 '혁명! 혁명!', '타도! 타도'라고 하면 순풍에 돛단 듯이 좋은 것으로 간주되었다. 지금은 젊은 군인이 깃발을 들고 말을 탄 그림을 그리고 그 안에 '엄금! 엄금!'이라고 해야만 죄를 면할 수 있다. '풍자', '한담', '유머' 따위는 그야말로 아직 격에 어울리지 않는다.[21]

이는 신문이나 잡지의 겉표지 그림에 대해 일침을 가하는 내용인데, 차제에 유머를 풍자, 반어, 한담 등과 병렬하고 있다. 이는 루쉰의 유머가 기회에 따라 수시로 촉발하며 좌우를 관통하여 한 군데 얽매임이 없음을 설명하는 대목이다. 수시로 촉발하고 좌우를 관통하는 루쉰의 유머는 유명한 외국 유머 작가에 대한 그의 설명에서도 확인할 수 있다.

---

21 루쉰, 『이이집 · '위쓰'를 압류당한 것에 관한 잡감(扣絲雜感)』, 『루쉰전집』 제2권, 25쪽.

마크 트웨인(Mark Twain)은 굳이 말할 것도 없이 미국 문학사를 뒤적거리기만 하면 그가 전세기 말부터 금세기 초에 걸쳐 유명한 유머 작가(Humorist)라는 것을 알 수 있다. (…중략…) 그가 유머 작가가 된 것은 생활 때문인데, 그의 유머에 애원이 담기고 풍자가 담기게 된 것은 이러한 생활을 달가워하지 않았기 때문이다. 이러한 약간의 반항으로 말미암아 현재 신천지의 아이들은 웃으면서 말한다. 마크 트웨인은 우리들의 것이라고.[22]

그는 이렇듯 풍자와 애원이 담긴 유머를 중시했다. 그래서 이를 통해 천박한 유머를 비판하며 "언제라도 '농담'의 하수구 속으로 빠뜨릴 수 있었다". 바로 이러한 이유로 루쉰의 유머는 묵직하고 엄숙한 함의와 강건하고 청신한 예술 격조를 추구하여 민국 초년의 다정다감한 재자才子들의 감상적인 정조나 골계소설, 유머소품의 히죽거림을 일소했다. 유머러스하면서도 깊은 울분을 손상시키지 않는 격조를 유지하는 것, 이것이 바로 루쉰 소설의 장점이다. 루쉰 소설의 유머 수법은 민간 문학의 유머 취미를 흡수하여 민간 곡예曲藝를 등장인물의 입을 통해 보여주고, 아울러 그 속에서 인정세태를 해부하는 사상적 가치로 승화시킬 수 있었다.

루쉰의 민간 취미는 잡색雜色의 유머로 물들어 있지만 오히려 잡색 유머에 국한되지 않는다. 민간은 그에게 하나의 입장, 태도, 자원이자 또한 하나의 방법이기도 하다. 루쉰은 민간이라는 창구를 통해 이 세

22 루쉰, 『이심집 · 「이브의 일기(夏娃日記)」 소인』, 『루쉰전집』 제4권, 340~341쪽.

계를 바라보고, 이 세계는 민간의 창구에 저 루쉰을 바라본다. 루쉰의 소설은 민간 희곡이나 아이들의 노래에서 직접 구절을 인용하거나 등장인물의 입을 통해 노래하여 소설의 지방 특색과 풍속화 색채를 더욱 농후하게 만들며, 풍속에 염색된 인물 성격을 통해 국민의 심리를 드러내고, 모종의 비주류 문화를 전시하며 모종의 집단 인격과 사회 문화 체계를 보여주고, 작가가 인간의 현대화 과정을 추구하면서 초조하고 염려하는 모습을 드러낸다. 옛 중국 시골마을에서 사람들은 아무 생각 없이 한가롭게 노랫가락을 흥얼대거나 분풀이 삼아 또는 그저 기분 해소용으로 이것저것 되는대로 노래를 불러대기도 한다. 또한 노래를 부르며 자기 절로 즐거워하거나 헛된 망상을 꿈꾸기도 하며 저속한 하류의 욕망에 빠지기도 한다.

저우쭤런은 이런 습속에 대해 다음과 같이 말한 적이 있다.

> 나는 항상 중국인이 음악적인 국민이라고 생각한다. (…중략…) 중국인은 실제로 열렬한 희극광들이다. 그들은 연희무대인 극장에 몰려들어 연극에 도취될 뿐만 아니라 일반 사람들도 평상시에 어두운 밤길을 걷다가 왠지 무섭다는 생각이 들거나 혹은 아무 일도 없이 한가로울 때면 부지불식간에 '공성계(空城計)'에 나오는 한 소절이나 '사랑탐모(四郎探母, 북송 시절 양 씨 집안의 넷째 아들 양연휘(楊延輝)가 북방 소수민족의 침략에 맞서 싸우는 내용을 담은 전통 희극－역주)'의 한 대목을 큰 소리로 노래 부른다. 문외한인 나는 잘 모르겠지만 여하튼 어떤 노래든 부르기만 하면 된다.[23]

23 저우쭤런, 「팔고문을 논함(論八股文)」, 사오허우(少侯) 저, 『저우쭤런 문선』, 상하이 : 계지서국(啓智書局), 1936년, 37쪽.

작가는 이러한 '어떤 노래'를 소설 인물의 입으로 옮겨와 특정한 시대, 특정한 향토의 흙 내음을 퍼뜨린다. 「내일」 시작과 결미 부분에서 등장인물 가운데 한 명인 딸기코 라오궁老拱은 흥얼흥얼거리며 노래를 부른다. 그 가운데 한 소절은 이러하다.

이 웬수 같은 님아! — 가련하구나 — 고독에 사무쳐서…….

이는 라오궁의 건달 기질을 붓 한 번에 여실히 드러내는 대목이자 소설의 여주인공으로 아들을 잃은 과부 단 씨네 넷째 댁單四嫂子의 처지에서 볼 때 비참한 운명에 동정심이라곤 전혀 없는 희학질에 심지어 색정이 동한 건달이나 달라붙는 두려운 사회 분위기를 덧붙인다. 그의 짧은 노랫가락이 이처럼 단 씨네 넷째 댁의 피할 수 없는 운명, 암담한 '내일'을 보여주는 데 일조하고 있는 것이다.

루쉰 소설에서 이러한 수법 운용의 묘수가 『아Q정전』보다 뛰어난 작품은 없다. 「내일」과 달리 희곡이나 소곡小曲을 입에 달고 다니는 인물은 다른 이가 아니라 바로 주인공인 아Q이다. 그는 「청상과부 성묘 가네小寡孀上墳」라는 노래를 즐겨 흥얼거렸다. 그는 자칭하여 자신의 성이 '자오趙'라고 하며 나름 자부심을 가졌다가 터무니없는 소리라며 핏대를 세우고 고래고래 소리를 내지르던 자오 나리에게 따귀를 맞고 말았다. 그러나 그는 속으로 '요즘은 정말 개판일세. 자식 놈이 애비를 때리질 않나'라고 뇌까리며, 위세 등등한 자오 나리도 알고 보면 자기 자식일지도 모른다고 생각하더니 점점 의기양양해져 「청상과부 성묘 가네」를 부르며 주점으로 향하는 것이었다. 아Q는 의기양양해질 때 왜 이 노래를 불렀을까? 약간 아리송하다. 사실 아Q 본인이 영문을 알 수 없어 짐작조차 어려운 인물이니 그럴 만도 하다. 이 노래는 원래 농촌의 젊은 과부가 청명절에 유복자를 품에 안고 망부를 찾아가는 모습을 표현하고 있다. 내용은 성묘 가는 길에 젊은 과부가 계집종과 서동書童, 특히 수레를 끄는 사내인 하이저우海周와 노닥거리는 이야기로 구성되어 있다. 그 중에는 힘들고 어려운 삶에 대한 애환과 해학적인 담소도 있고, 심지어 남녀가 시시덕거리는 내용도 포함되어 있다. 아Q도 나중에 자오 나리 집에서 쌀을 찧기 전 하녀인 우 어멈이 말을 걸어오자 불현 듯 "여자－우 어멈－청상과부"가 떠올라 "한 번 자자!"고 달려들며 무릎을 꿇었다. 이를 보면 그가 흥얼거리던 노랫가락이 아Q의 잠재된 성의식과 연관이 있는 것이 분명하다. '절손絶孫'의 운명에서 벗어나 "내 아들이 더 대단할 거야"라는 꿈을 꾸었기 때문이 아닐까?

또는 사오싱紹興의 지방극인 「용호투龍虎鬪(용과 호랑이의 싸움)」를 꿈꾸었기 때문일까? 알 수 없다. 아Q는 사오싱의 지방극 「용호투」의 한 구절을 노래해서 더욱 유명해졌는데, 이런 대목이 두 번씩이나 나온다. '사오싱 대반紹興大班'은 격앙된 고음으로 노래하는데 특히 비장하거나 격분된 감정을 잘 표현하기로 유명하다. 「용호투」는 '무희武戲(무술극)'로 유명하다. 이 극은 사오싱 사람들이라면 부녀자나 어린아이들도 모두 알 정도로 유명한데, 농민들은 "벙어리가 입을 여는 용호투"라고 부르곤 한다. 호연찬呼延贊이 조광윤趙匡胤과 싸우기 전에는 벙어리였는데, 한 번 교전한 후 신령의 도움을 받아 신비한 위력을 발휘하고 홀연 입을 열고 말을 할 수 있게 되었기 때문이다. 극 중에서 송태조 조광윤은 의형제이자 대장인 정자명鄭子明이 술자리에서 "형제들끼리 돌아가며 황제가 되자"고 술주정을 하자 그가 모반을 일으키려고 한다고 오해하고 그를 죽여 버리고 말았다. 나중에 하동의 유균劉鈞의 반란을 토벌하러 친정을 하게 되는데, 간신인 구양방歐陽方의 이간질에 넘어가 선봉대장인 호연수정呼延壽廷을 죽이고 결국 유균에게 포위되고 만다. 그제야 지난 일을 후회하게 된 조광윤이 노래를 부른다. "후회한들 무엇하리. 술에 취해 어진 정가鄭家 아우를 잘못 죽이고 말았으니. (…중략…) 후회한들 무엇하리! 충신 호연수정을 억울하게 죽이고 말았으니!" 7년 후 호연수정의 아들 호연찬이 아비의 복수를 하기 위해 군사를 일으켜 성문을 부수고 유균을 주살하고 연이어 어영御營으로 쳐들어가 조광윤과 7일 동안 밤낮을 가리지 않고 악전고투하여 마침내 송나라 황제를 막다른 골목으로 몰아넣었다. 어찌할 수 없게 된 황제는 관직으로 그를 매수하려고 했다. "만리 강산을 반분하여 네가 군주가 되고 나는 신하가 되자." 하지만 성격이 거칠고 제멋대로인 호연찬은 "어떤 관직도 필요 없다"고 외치며 쇠채찍으로 혼군昏君을 때려죽여 아비의 복수할 생각뿐이었다. "싫다, 싫어! 아무것도 필요 없다! 그저 혼군 네 놈의 목숨이 필요할 뿐이다! 내, 이 쇠 채찍으로 네 놈을 후려치리라." 모든 이들이 구경하는 무대에서 호연찬은 금강역사처럼 눈을 부라리고 채찍을 휘두르면서 '진룡천자眞龍天子'와 싸워 이기는 모습을 연희하고 있다. 이는 일반 전통 희곡에서 거의 볼 수 없는 대목이다. 이윽고 호연수정의 혼백이 등장하여 자신은 구양방의 모함에 의해 죽임을 당했다고 말하자 호연찬도 무기를 내려놓는다. 또한 모친 시 씨施氏는 대의를 아는 사람인지라 아들에게 병사를 거둘 것을 당부하니 이로써 '용과 호랑이의 싸움', 즉 '용호투'는 끝이 나고 만다. 마지막으로 조광윤은 간신 구양방을 죽이고 호연찬은 어가를 호위하여 궁궐로 돌아간다.[24]

아Q가 「용호투」를 노래하는 대목은 우마 사건으로 인해 실직한 다음 빼빼 말라빠진 애송이D小D가 자신의 밥줄을 낚아챘다는 소문을 듣고 난 후였다. 열불이 터진 그는 "쇠 채찍으로 네 놈을 후려치리라!"라고 노래를 불러댔다. 이리하여 첸 씨 댁 담벼락 앞에서 애송이D와 마주쳐 한 바탕 '용호투'를 벌이게 되는데, 아Q가 먼저 눈을 부릅뜨며 "짐승 같은 놈"이라고 욕설을 퍼붓자 애송이D가 "그래 나는 버러지야"라고 대꾸했다. 그런 다음 서로 변발을 낚아채고 씩씩거리며 밀고 당기기를 20분을 넘어 거의 반시간이나 계속했다. 둘의 머리에서 김이 솟고 이마에선 땀이 쏟아졌다. 주위에 몰려든 구경꾼들이 "잘한다, 잘해!"라고 소치쳤는데, 이건 싸움을 말리려는 것인지 찬사를 보내는 것인지 아니면 오히려 선동을 하는 것인지 종잡을 수 없었다. 결국 아Q의 손이 느슨해지고 따라서 애송이D의 손도 느슨해지면서 두 사람은 서로를 째려보며 "두고 보자. 씨발 놈……"하고 가장 흔한 욕설을 퍼붓고 헤어졌다.

두 사람의 '용호투'는 상당히 의식화儀式化된 의미를 지니고 있으며, 반어적인 풍자이기도 하다. 사오싱의 지방극 「용호투」를 본 적이 있는 독자들이라면 누구나 아Q에게 "쇠 채찍으로 네 놈을 후려치리라!" 외쳐대는 호연찬과 같은 위엄과 용맹이 있을 리 없다는 것을 잘 알 것

24 본문에서 서술하고 있는 극 줄거리와 인용문은 『중국지방희곡집성–저장성』에 근거했다.

이다. 그의 격앙된 노랫소리는 그저 맹목적으로 우쭐대는 것일 따름이며, 그의 상대 역시 "관동 지역을 석권하고 관서 지방까지 짓밟는" 조광윤과 같은 영웅이 아니라 빼빼 마른 애송이일 뿐이니 그의 진정한 적수라고 할 수 없다. 이렇듯 그가 보여준 모습은 강한 자에게 굴종하고 약한 자들에게 분풀이하는 본색을 드러내는 것이다. 웨이좡未莊의 어느 담벼락에서 벌어진 '용호투'는 사람들의 웃음을 자아내는 희극이니, 아Q주의主義에 대한 절묘한 묘사가 아닐 수 없다.

아Q의 두 번째 「용호투」는 성안에서 혁명이 일어났다는 소문을 듣고 웨이좡에서 소리 높여 '모반!'을 외칠 때였다. "자, (…중략…) 이제 갖고 싶은 것은 죄다 내 거라네. 맘에 드는 여자는 모두 내 거라네." 그는 이렇게 외친 다음 "후회한들 무엇 하리. 술에 취해 정가네 아우를 잘못 죽이고 말았으니"라고 크게 노래 부른다. 졸지에 "남북으로 반란군을 토벌하니 복종하지 않는 자가 없다"는 송나라 천자가 된 셈인데, 연이어 그의 입에서 나오는 노래는 "쇠 채찍을 잡고 네 놈을 후려치리라!"였다. 돌연 세간의 영웅 호정찬으로 바뀐 셈이다. 소설은 이렇듯 뒤섞인 노래가사를 이용하고 "두둥, 쾅쾅!"하며 자기 절로 추임새를 끼어 넣어 아Q가 '혁명'에 정신이 팔려 있지만 오히려 혁명이 무엇인지 전혀 알지 못하고 그저 자아도취하고 있는 모습을 묘사하고 있다. 여전히 정신승리법으로 그때그때마다 스스로 위안하는 심리상태를 여전히 보여주는 것으로 그 묘사가 통쾌하기 그지없다. 루쉰의 이런 묘사는 유머처럼 보이지만 단순히 유머의 한계에 머물고 있지 않다. 그는 향촌 사회의 민속 형상을 통해 중국인 대다수의 인격과 지식 구조를 드러내고 있으며, 세속의 시끌벅적한 소리 속에서 하층 사회에 가득한 쾌락의 비극, 흥청거리는 마비를 그대로 보여주면서 역사의 터무니없는 현실을 들춰내고 있다.

고리키는 이렇게 말했다.

> 밀턴, 단테, 아담 미츠키에비치, 괴테, 쉴러 등의 창작력이 절정에 이른 것은 바로 민간 집체창작이 그들을 고무시켰을 때였다. 그들은 비할 바 없이 심각하고 다채로우며 강력하고 총명한 민간 가요를 원천으로 삼아 영감을 얻었다.[25]

루쉰의 경우도 고리키가 말한 것과 상통한다. 이보다 더 중요한 것은 그가 민간문학(예를 들어 산문 가운데 「무상」, 「여조」, 「납함」, 「방황」에 나오는 일부 대목, 『고사신편』에서 채용하고 있는 고대 신화와 전설 등등은 근본적으로 민간문학에서 소재를 얻었다)에서 소재를 취하고 있을 뿐만 아니라 여기에 현대적이고 혁명적이며 또한 다양한 주체 감각과 인지능력을 융합시켰다는 점에서 가미하고 있다는 점이다. 이는 일종의 사상가의 창조적 수용이라고 할 수 있다. 이러한 창조적 수용은 낭만풍의 격정을 괴이풍怪異風으로 냉정하게 처리하고, 현실주의의 심각한 세부묘사를 통해 풍부한 예술 상상력으로 독자들이 소일거리 취미에서 사회 해부의 영역으로 들어갈 수 있도록 했다. 동시에 민간문학의 참신하고 강건한 유머감각을 녹여 넣어 민국 초년의 다정재자多情才子(감성적인 문인을 말한다)들의 감상적인 풍격과 경망스럽게 히히거리며 세속에 영합

---

25 고리끼, 「개성의 훼멸」, 『러시아 문학사』 부록, 상하이 : 역문출판사, 1979, 515쪽.

하는 분위기를 일소하고, 예술적으로 엄숙하고 강건한 기풍을 열었다. 그렇기 때문에 민간문학의 다차원적인 수용은 고전소설에 대한 날카롭고 분석적 해독과 서로 조응하면서 문예 본질에 대한 심도 있는 이해를 도왔으며, 풍부하고 다채로운 예술수법에 생생한 원기와 풍부한 감정을 넣었고, 당시 문단에 범람하던 천박하고 의기소침한 문학 기풍을 억제하고 해소했다. 이런 점에서 의심할 바 없이 혁명적 작용을 했다고 말할 수 있다.

청탁 겸용과 '생명의 선'

걸출한 작가가 걸출한 까닭은 새로운 심미방식의 가능성을 끊임없이 보여주었다는 데에 있다. 창작 작품이 점점 많아지면서 명성을 얻게 되면 작품 발표도 그만큼 용이해지지만 역으로 그만큼 나태해지거나 날림으로 창작하여 작품이 엉성해지는 경우가 허다하다. 그러나 루쉰은 예술 형태와 묘사수법의 참신성을 확보하기 위해 새로운 돌파구를 찾고자 애썼다. 그는 매번 신작을 준비할 때마다 다른 이는 물론이고 자신의 작풍도 중복하지 않았다. 그는 이처럼 일종의 '자아초월의식'을 통해 "영원히 중복하지 않음"을 자신의 재화이자 영광으로 간주했다. 모순은 소설가의 고충에 대해 이렇게 털어놓은 적이 있다.

이미 약간의 작품을 발표한 작가에게 가장 힘든 문제는 어떻게 하면 자신이 만들어 놓은 모형에 들어붙지 않도록 할 것인가에 있다. 이렇게 고심하면서 작가는 어쩔 수 없이 끊임없이 시대의 흐름에 부합하는 새

로운 표현방식을 탐구하게 된다.[1]

고대 문학의 걸작은 이런 면에서 상당히 고귀한 경험과 유훈을 남겨주고 있다. 조설근은 『홍루몽』 제1회에서 '석두石頭'가 공공도인空空道人에게 웃으며 대답하는 방식을 통해 자신이 전통사상과 작법을 타파하는 것에 대해 담론하고 있다.

다만 제가 보기에 지금까지 이야기책들은 전부 판에 박은 형식을 취하고 있으니 차라리 그런 상투적인 것을 내버리고 신기하고 새로운 것을 찾아내는 것이 낫지 않을까요? (…중략…) 지금까지 역사 소설을 보면 임금과 재상을 비방하거나 남의 집 아녀자의 행실을 힐난하는 것이 아니면 남녀의 치정에 얽힌 음탕한 이야기들뿐이지요. 게다가 연애 소설이라는 것은 풍월이나 읊고 음담패설을 늘어놓아 더럽기 그지없으니 필묵의 피해가 심하여 남의 자제들을 그르치는 것이 이루 다 헤아릴 수 없을 정도입니다. 가인재자(佳人才子)에 관한 소설도 천 편이면 천 편 모두 똑같은 내용과 형식이고, 그 안에 방탕한 내용이 없을 수 없어 이야기마다 반안(潘安, 반악(潘岳))이 아니면 자건(子建, 조식(曹植))이요, 서자(西子, 서시(西施))가 아니면 문군(文君, 탁문군(卓文君))인 지경에 이르렀지요. 이런 것은 그저 작가가 시시한 자작 연애시 두세 수를 책 속에 끼워 넣기 위해 억지로 남녀 두 사람의 이름을 붙여 놓고 거기에 연극에 나오는 소추(小醜)와 같은 어릿광대 하나를 등장시켜 그들 사이를

1 쑨중톈(孫中田) · 차궈화(査國華) 편, 『모순연구자료』 중, 베이징 : 중국사회과학출판사, 1983, 17쪽.

이간질 시키는 것이지요.

왕궈웨이는 『홍루몽평론』에서 바로 이 구절을 중시하여 여기에서 '『홍루몽』의 정신'을 끄집어냈다.

작가는 책 서두에서 이렇게 밝히고 있다. '풍월이나 읊고 음담패설을 늘어놓아 더럽기 그지없으니 필묵의 피해가 심하여 남의 자제들을 그르치는 것이 이루 다 헤아릴 수 없을 정도입니다. 가인재자(佳人才子)에 관한 소설도 천 편이면 천 편 모두 똑같은 내용과 형식이고, 그 안에 방탕한 내용이 없을 수 없어 이야기마다 반안(潘安) 아니면 자건(子建)이요, 서자(西子) 아니면 문군(文君)인 지경에 이르렀지요. 이런 것은 그저 작가가 시시한 자작 연애시 두세 수를 책 속에 끼워 넣기 위해 억지로 남녀 두 사람의 이름을 붙여 놓고 거기에 연극에 나오는 소추(小醜)와 같은 어릿광대 하나를 등장시켜 그들 사이를 이간질 시키는 것이지요.'

인용한 문장은 판본이 달라 약간의 가감이 있을 수 있으나 그 기본 정신은 구투를 벗어던지고 창신創新을 추구한다는 것임에 틀림없다.

루쉰은 『홍루몽』에 대해 "『홍루몽』이 출현하자 전통적인 사상과 작법이 모두 타파되었다"[2]라고 할 정도로 상당히 높은 평가를 내렸다. 또한 『유림외사』에 대해서도 찬사를 아끼지 않았다. "그 책은 비록 단편적인 서술로 중심이 되는 실마리가 없지만 변화가 다양하고 취미가 농후하

2 루쉰, 『중국소설의 역사적 변천』 제6강, 『루쉰전집』 제9권, 348쪽.

여 중국에서 역대로 창작된 풍자소설로 이보다 더 좋은 것은 없다."[3] 그래서 그는 소설을 쓰면서 전통사상과 작법에서 벗어나고자 애썼으며, 아울러 자신의 기존 작품에 대해서도 창신과 돌파를 추구했던 것이다.

그의 소설은 많다고 할 수 없지만 독자들은 그가 광활한 창조 천지를 지닌 작가라는 사실을 능히 짐작할 수 있다. 또한 매 편마다 독특한 면모를 지니고 각각의 묘사수법을 운용하기 때문에 독자들에게 어디선가 본 듯한 느낌을 주지 않는다. 그는 고대의 걸작에서 그 정신을 추출하여 새롭고 독창적인 작품을 만들었다. 독특한 초월, 변화, 그리고 독창적 능력을 표출한 셈이다. 그는 서하객徐霞客(중국 명나라 지리학자. 저서로 『서하객유기徐霞客遊記』가 있다－역주)과 같은 일종의 예술 탐험가이다. 육조의 지괴志怪, 당대 전기傳奇, 송대 화본話本과 백화 장회소설章回小說 등을 포함한 수많은 예술 양식의 너른 들판과 하천, 높은 산 사이로 자신의 발자국을 남기지 않은 곳이 없었다. 그는 깊은 산속 동굴을 찾아가고 높은 산꼭대기까지 올라 남들이 흉내 내기 힘든 독특한 세계를 확보했다. 그의 창작은 예술방식 면에서 부단한 창신으로 '점체粘滯(엉겨 붙음)'하지 않았다. 그 오묘한 까닭은 그가 고대 소설을 읽으면서 끊임없이 새로운 것을 살피고, 변화를 관찰한 것과 똑같은 마음, 동일한 도량과 식견에서 나왔기 때문이다.

루쉰은 이렇게 말했다.

> 우리에겐 예술사가 있다. 게다가 중국에서 태어났으니 중국의 예술사

3 루쉰, 『중국소설의 역사적 변천』 제6강, 『루쉰전집』 제9권, 345쪽.

를 읽어야 할 것이다. 무엇을 채용할 것인가? 당대 이전의 회화 진적(眞迹)은 아직까지 눈으로 확인한 적은 없지만 서사를 소재로 삼았다는 것쯤은 알 수 있으니, 이는 취할 수 있다고 생각한다. 당대에는 불화의 찬란함과 선화(線畵)의 허와 실(空實)이나 명쾌함을 가져올 수 있으며, 송대 원화(院畵, 한림도화원 화가의 그림)는 유약하고 활기 없는 면은 버리되 빈틈없고 세심한 면모는 취할 만하다. 미점(米點) 산수는 쓸 데가 하나도 없다. 나중에 나온 문인화인 사의화(寫意畵, 문인화)가 쓸 데가 있는지에 대해서는 이 자리에서 단언하기 힘들다. 어쩌면 얼마간 쓸 데가 있을 지도 모르겠다. 공동품 조각을 늘어놓는 식으로 채용해서는 안 되며 반드시 새로운 작품 속에 녹아들어가도록 해야 한다. 이는 굳이 쓸 데 없는 말을 덧붙일 필요도 없는 일이니, 소나 양을 먹는데 발굽과 터럭은 버리고 정수만 남겨서 새로운 생명체를 기르고 발달시키는 것과 같으니, 그렇다고 이로 인해 소나 양과 '같은 것'이 될 리는 없다. (…중략…) 낡은 형식을 채용하면 삭제되는 것이 있기 마련이며, 삭제되는 곳이 있으면 늘어나는 부분도 있게 된다. 그 결과가 새로운 형식의 출현이자 바로 변혁이다.[4]

여기서 루쉰은 예술사, 문화사, 그리고 문학사를 관통시키고 있다. 설령 덧붙이거나 빼는 일이 있다고 할지라도 두루 광범위하게 살피고 취하는 것이 무엇보다 중요하다. 만약에 낡은 형식이라고 하여 방치하고, 두루 수용하여 그 정수를 취하지 않는다면 새로운 창조 역시 수레바퀴 자국에 고인 물에 있는 붕어처럼 더 이상 파란을 일으킬 수 없

4 루쉰, 『차개정 잡문 · '구형식 채용'을 논함』, 『루쉰전집』 제6권, 24~25쪽.

다. 그래서 그는 심지어 적으로 간주하는 이들의 작품, 독소를 지녔다고 공인하는 작품들의 묘사수법도 배워서 그것이 그들의 전유물이 되지 않도록 해야 한다고 말했다.

> 고전적이고 반동적이며, 이데올로기가 이미 서로 많이 다른 작품들은 대개 새로운 청년들의 마음을 감동시키지 못하지만(하지만 당연히 정확한 가르침이 있어야 한다), 그것들로부터 묘사의 재능과 작가의 노력을 배울 수는 있다. (…중략…) 나는 청년들도 '제국주의자'의 작품을 보아도 괜찮다고 주장한다. 이것이야 바로 이른바 '지피지기(知彼知己)'가 아니겠는가. 청년들이 호랑이나 이리를 보려고 맨주먹으로 깊은 산속에 뛰어드는 것은 물론 바보같은 짓이다. 하지만 호랑이나 이리가 무섭다고 철책으로 둘러싸인 동물원에도 못 간다면 이 또한 가소로운 멍청이라고 하지 않을 수 없다. 유해한 문학의 철책이란 무엇인가? 비평가가 바로 그것이다.[5]

이처럼 해로운 것을 이로운 것으로 만들고, 술지게미처럼 조잡한 것 속에서 정수를 걸러내는 사상은 변증법적이고 또한 대단히 심각한 것이다. 과연 세상에 이롭지 않다고 모두 해롭거나 정수가 아니라고 해서 모두 조잡한 절대적으로 단일한 것이 존재하겠는가? 때로 이로운 것과 해로운 것이 섞여 있기도 하고 정수와 찌꺼기가 뒤섞여 있기도 하다. 그렇기 때문에 이처럼 존재의 복잡성에 대해 분석과 선택,

5 루쉰, 『준풍월담·번역에 관하여(상)』, 『루쉰전집』 제5권, 313~314쪽.

그리고 전환을 진행해야만 비판적 단련과 연마를 통해 사고능력을 제고시킬 수 있다. 루쉰의 사상능력과 예술적 공력은 방대한 문화적 혼합체에 대한 비판적 분석과 선택, 그리고 전환을 통해 이루어진 것이다. 예를 들어 「탕구지蕩寇志」에 대해 "사상적으로 살풍경을 면할 수 없다"고 비판했지만 "그의 문장은 아름답고 묘사 또한 나쁘지 않다"[6] 고 찬사를 보냈다. 또한 『삼협오의』에 대해서도 비록 용협지사勇俠之士가 시골과 도시를 떠돌면서 양민을 안심시키고 폭도를 제거하여 나라를 위해 공을 세우는 것을 주로 서술하고, 인물의 "노예적 성질도 따라서 가득 채워져 있지만",[7] "초야의 호걸들을 생동감 있게 묘사하고, 간혹 가다가 당시 세태를 내비치고 있으며, 해학적인 요소가 섞여 있기도 하고, 특히 강호의 무뢰한들에 대해 생동감 넘치게 묘사하고 있다"[8]는 점에서 긍정할 만한 부분도 있다고 말했다. 그런가하면 『해상화열전』은 '협사소설挾邪小說'로 분류하고 있으나 그 책의 언어 기교에 대해서는 나름의 찬사를 보내고 있다. "사실 『번화몽繁華夢』의 도량과 기술보다 『해상화』가 훨씬 낫습니다. 이 책은 중판할 만한 가치가 있습니다."[9] 또한 이렇게 말한 적도 있다. "『해상화열전』은 오히려 나에게 '집밖을 나가지 않고도' 소주의 백화白話를 알 수 있게 해주었다."[10]

루쉰은 사금파리로 황금을 제련할 수 있는 식견과 혜안을 갖춘 진

6 루쉰, 『중국소설의 역사적 변천』 제4강, 『루쉰전집』 제9권, 336쪽.
7 루쉰, 『삼한집 · 건달의 변천(流氓的變遷)』, 『루쉰전집』 제4권, 160쪽.
8 루쉰, 『중국소설사략』, 『루쉰전집』 제9권, 282쪽.
9 루쉰, 「후스에게, 1924년 1월 5일」, 『루쉰전집』 제11권, 443쪽.
10 루쉰, 『화변문학 · 한자와 라틴화』, 『루쉰전집』 제5권, 584~585쪽.

정한 예술가이다. 그는 일부 작품의 사상 경향을 부정한다고 해서 나름 가치 있는 예술수법까지 모조리 쓰레기로 치부하는 우를 범하지 않았다. 바다는 청탁을 불문하고 모든 하천의 물을 받아들인다. 결코 맑은 물만 받아들이는 것이 아니다. 이렇듯 청탁을 모두 받아들이고 파도를 일으켜 진흙을 씻어낸다. 이것이 바로 창해의 흉회胸懷이다.

루쉰은 학술연구와 예술창작에서 모두 탁월한 성취를 이룩한 문학가이다. 물론 엄격하고 진지한 태도를 취하고 있다는 점에서 동일하나 분명 서로 특징이 다르다. 어떤 의미에서 볼 때 그의 학술 연구는 상대의 당실堂室 깊은 곳까지 들어갔으나,[11] 그의 예술창조는 오히려 상대의 둥지에서 완전히 벗어났다. 그는 "완적을 배워 그와 비슷해지고, 좌사를 배워 그와 비슷해지는學玩似阮, 學左似左" 식으로 상대방의 것을 긁어모아 엇비슷하게 만드는 모방가가 아니라 고인을 초월하는 창조력을 갖춘 예술가이다. 그는 자신의 소설 매 편마다 결코 지울 수 없으며 또한 속일 수 없는 도장을 찍었다. 어쩌면 그의 도장은 수십 가지 색깔일 수도 있지만 도장의 문양만큼은 통일되어 있다. 루쉰 소설의 묘사 수법은 응축되고 정련되어 있으며, 심각하면서도 또한 웅건하다. 또한 넋을 잃고 심금을 울릴 만큼 핍진하고 생동감 넘치는 역량과 신랄하면서도 심오한 시가와 같은 의경意境을 지니고 있다. 이는 중국의 전통적인 심미이상을 체현하는 것이자, 그 위에 신랄하고 심오함, 심금을 울릴 만한 역량을 더한 것이다. 그렇기 때문에 현대적인 충면에서 미감의 민족 전통으로 더욱 풍부하게 발전시키고, 세계 예술사의

11 【역주】『논어 · 선진』에 나오는 "由也升堂矣 未入於室也"를 비유한 말로 이미 정통한 경지에 올랐음을 말한다.

숲에서 독특한 중화민족 고유의 심미특질을 더한 것이라고 할 수 있다. 미국 작가 스노는 이렇게 말한 적이 있다.

> 나는 루쉰의 우수한 소설과 잡문을 읽었으며, 번역에 도움을 주기도 했다. 그의 대다수 소설은 구조가 느슨하며, 서구의 관점에서 볼 때 줄거리가 대단히 소략하고 내용의 대부분이 인물묘사이다. 루쉰 작품의 거대한 매력은 그의 풍격에 있기 때문에 번역가가 그의 풍격을 전달하려고 애써도 무위로 끝나고 만다.[12]

서양의 우호적인 독자이자 역자인 스노의 느낌은 상당히 흥미롭다. 시화詩化된 의경을 추구하는 이상 사의성寫意性으로 인해 세밀화와 같은 엄격한 구조가 어느 정도 와해될 수밖에 없다. 중국인들의 눈에는 그것이 일종의 장인기질로 간주되기 마련이다. 심각하면서도 또한 웅건한 것을 추구하다보면 필연적으로 세세한 것을 생략하고 간명한 것을 좇기 마련이다. 이래야만 자질구레하고 번다한 것을 피할 수 있다. 이는 자세한 서술에 익숙한 독자들에게 개략적이라는 느낌을 주기에 충분하다. 루쉰 소설이 번역하기 힘든 것은 당시나 송사가 그런 것과 마찬가지이다. 이는 독특한 각도에서 그것의 민족문화 신분을 증명한다. 물론 어떤 민족의 심미방식의 변화는 부단히 발전, 변화와 개척적인 무궁한 과정이 있다. 루쉰 소설의 방식은 유일한 방식이 아니다. 그는 심지어 자신의 작품을 그저 신문학의 첫걸음에 불과하다고 여기고 미

---

12 에드가 스노, 「루쉰－백화대사(白話大師)」, 『루쉰연구자료』 4, 톈진 : 톈진인민출판사, 1980, 430쪽.

래에 올 진정한 소설가에게 희망을 걸기도 했다.

> 『광인일기』는 유치할뿐더러 협애한 느낌이 든다. 예술적으로 볼 때 이렇게 해서는 안 된다. 편지에서 잘 말하고 있다시피 밤이 되면 날짐승들은 모두 둥지로 돌아가 잠들기 때문에 유독 박쥐만 능력이 있는 것처럼 보인다. 나도 내 자신이 작가가 아니라는 것을 알고 있다. 지금 시끄럽게 떠드는 것은 새로운 창작가들이 등장하여 — 나는 중국에도 천재가 분명 있을 것이나 사회에 떠밀려 바닥에 넘어져 있을 뿐이라고 생각한다 — 중국의 적막을 깨뜨릴 것이라고 생각하기 때문이다.[13]

그는 자신을 박쥐에 비유하면서 장래에 문단에서 창공을 훨훨 날아다니는 매와 같은 새를 볼 수 있기를 희망했다. 물론 그는 매처럼 날아오르기를 희망한 것이 아니라 박쥐의 자세로 나는 것을 배우고자 했다. 현대소설은 반드시 서구의 소설을 수용하여 엄밀한 구성, 서사나 심리묘사의 장기를 배워 중국 문학의 묘사 능력을 더욱 풍부하게 만들어야 한다. 이는 틀림없는 사실이다. 동시에 우리는 루쉰 소설이 체물전신體物傳神(사물의 핍진하고 생생한 묘사를 통해 대상의 정신을 구현하는 예술방식 – 역주)을 강구했으며, 시화된 의경意境을 중시했다는 것을 깊이 깨달아야 한다. 또한 그 속에서 넋을 잃게 할 정도의 역량과 심도를 확보한 그 나름의 수완을 배워 엄밀한 구성, 세밀한 서사와 융합시켜 새로운 심미적 합금을 창조해야 한다는 것 또한 의심할 여지가 없다.

---

13 루쉰, 『집외집습유·「신조」에 대한 일부 의견(對於「新潮」一部分的意見)』, 『루쉰전집』 제7권, 236쪽.

루쉰 소설이 중국의 민족 전통을 세계 예술의 보고에 헌상한 것 가운데 가장 중요한 부분은 무엇보다 백묘白描(색깔을 칠하지 않고 선만 그려 표현하는 중국 전통 화법–역주) 수법의 단순미이다. 백묘는 선의 경중輕重, 빠른 손놀림, 곡절曲折(구불구불한 붓 터치)을 통해 인물에 생명을 부여한다. 그래서 생명을 지닌 선이라는 뜻에서 '생명의 선'이라고 말할 수 있다. 백묘 기법은 중국 고대의 '백화白畫'에서 기원했으며, 화훼나 인물화에 광범위하게 운용되었다. 청대 사람 방훈方薰의 「산정거화론山靜居畫論」 권상에 따르면, "세상 사람들은 수묵화를 백묘라고 생각하는데, 옛날에는 백화라고 불렀다. 원천袁蒨은 백화 「천녀天女」, 「동진고승상東晋高僧像」을 남겼고, 전자건展子虔(수나라 저명 화가)은 백화 「왕세충상王世充像」, 종소문宗少文(종병宗炳, 남조 송나라 화가)은 백화 「공문제자상孔門弟子像」을 남겼다". 백묘의 원류에 대해 하량준何良俊(명대 희곡 이론가)은 「사우재화론四友齋畫論」에서 이렇게 말했다. "무릇 화가들은 각기 유파가 있어 서로 섞이지 않는다. 예컨대 인물화의 경우 백묘법은 두 가지가 있는데, 조송설趙松雪(조맹부趙孟頫, 원나라 초엽 화가이자 서예가)은 이용면李龍眠(이공린李公麟)을 배웠고, 이용민은 고개지에게 배웠으니 이를 철선묘鐵線描라고 한다. 마화지馬和之와 마원馬遠은 오도자吳道子에게 배웠는데, 이를 난엽묘蘭葉描라고 한다. 이렇듯 그 방식이 서로 다르다." 청대 사람 요내姚鼐는 「소읍윤장군화나한기少邑尹張君畫羅漢記」에서 백묘법에 대해 이렇게 말했다. "화가의 백묘법에 대해 세상 사람들은 이백시李伯時(이공린)가 처음 시작했다고 말한다."[14] 명대 문학가 장대張岱의 『야항

14 요내, 「소읍윤장군화나한기(少邑尹張君畫羅漢記)」, 『석포헌문집(惜抱軒文集)』 권14, 사부총간본.

선夜航船』 권8에 따르면, "서성舒城(안휘성의 지명) 사람 이공린은 호가 용면이며, 백묘에 능했다. 인물화는 멀리 육탐미와 오도자에게 배웠고, 우마牛馬 그림은 한황韓滉(당대 문인, 화가), 대숭戴嵩(당대 화가로 한황의 제자)을 배웠으며, 산수화는 왕유王維와 이사훈李思訓의 작풍을 들고났다. 그림을 그리는데 색을 칠하지 않았으며, 징심당지澄心堂紙(오대십국五代十國 남당南唐 시절 휘주徽州 지역에서 만든 종이 – 역주)에 주로 그렸는데, 옛 그림을 모사할 때는 견소絹素(흰 명주)를 사용했다. 착색이나 필법이 행운유수와 같아 송대 화가 중에 으뜸이었다". 그래서 청대 사람 조익趙翼은 「장춘사 구연보살 화상에 제하여題長椿寺九蓮菩薩畫像」 시에서 "명주 바탕에 착색한 그림은 염립본閻立本이 으뜸이고 백묘 신필은 이공린이 으뜸이다"라고 말했던 것이다.

『홍루몽』 제89회를 보면 가보옥이 소상관瀟湘館을 탐방하러 갔다가 벽 위에 걸린 「투한도鬪寒圖」를 구경하는 대목이 나온다. 그림 위쪽에 상아孀娥가 시녀를 데리고 있는 모습이 그려져 있고, 또 한 명의 선녀가 역시 시녀를 거느리고 있는데, 길고 긴 옷 주머니 같은 것을 들고 서 있으며, 두 사람 옆에 마치 호위하듯이 구름이 에워싸고 있을 뿐 별다른 장식은 보이지 않는다. 이는 이용면의 백묘 방식을 모방한 것이다. "동생, 이 「투한도」는 새로 걸은 거야?" 그림을 본 가보옥이 이렇게 묻는다. 청대 사람들은 특히 진노련陳老蓮(진홍수陳洪綬, 1599~1652년. 명말 청초의 유명 화가이자 시인이다 – 역주)의 백묘 그림을 유달리 좋아했다. 완규생阮葵生(1727~1789년, 시인이자 산문가이며, 법률가이다 – 역주)은 『다여객화茶餘客話(필기소설)』 권17 「진홍수백묘나한陳洪綬白描羅漢」 조에서 이렇게 말하고 있다.

시우산(施愚山, 시윤장(施閏章), 1618~1683)이 산음에 있을 때 진장후(陳章侯, 진노련)의 백묘 나한도를 얻었다. 그의 제자인 육신(陸薪, 명말청초 진홍수의 제자로 생몰미상, 자가 산자(山子)이다. 원문은 육신자라고 썼다—역주)이 그것을 보고 놀라 말하길, '내 스승의 절필(絕筆)이다. 스승께서 인물을 그리실 때 색을 넣어 염색하듯이 그리셨는데, 나도 이를 따랐을 뿐이다. 유독 채색하지 않고 붓을 떨쳐 묵선으로 그리는 백묘법으로 그릴 때는 초벌그림이 없이 머리에서 발꿈치까지 구불구불한 옷 주름까지 붓 한 번으로 그리며 조금도 멈추지 않았다. 창해에서 노니는 북해의 곤(鯤)이 바람을 타고 만 리를 나는 듯한 기세였다.'

예술의 취미는 문학이든 회화든 서로 상통하기 마련이다. 회화에서 백묘 수법이 유행하다가 마침내 시사詩詞 평론에도 응용되기 시작했다. 청대 사람 심겸沈謙(1620~1670년, 명말 청초 학자)은 『전사잡설塡詞雜說』에서 이렇게 말했다. "사詞는 이정移情(감정이입)을 귀하게 여긴다. 사는 크고 작음이나 얕고 깊음이 중요한 것이 아니라 이정이 귀하다. '새벽바람 불어오니 초생달이 지누나曉風殘月(북송 유영柳永의 사 「우림령雨霖鈴」)'라든지 '대강동거大江東去(소동파의 「염노교念奴嬌·적벽회고赤壁懷古」)' 등은 비록 체제는 다르지만 읽어보면 마치 몸소 그런 풍광을 마주친 듯하나 흐릿하고 분명치 않아 자기 마음대로 어찌할 수 없으니, 문의 지극함이다." 또한 그는 '백묘와 수식'에 대해 논하면서 "백묘는 속되지 않고 수식은 지나치게 문아하지 말아야 하니, 생향生香과 진색眞色이 끊어질 듯 계속 이어지는 사이에 있어 알기도 힘들고 말하기도 어렵다". 백묘의 간결하면서도 변화무쌍함凝練而空靈은 이렇듯 이미 중국인의 심미 취미가 되었다. 이는 '생명의 선'으로 사람들의 마음속에 있는 심미의 현弦을 켜는 것과 같다.

루쉰은 어린 시절 형천지荊川紙(대나무로 만든 종이로 얇고 투명하다-역주)에 그려진 『탕구지蕩寇志』의 삽화에서 처음으로 백묘 화법과 인연을 맺었다. 그는 산문 「오창회五猖會(오창묘의 일종의 굿 놀이)」에서 이렇게 말하고 있다.

> 지금 『도암몽억(陶庵夢憶)』을 읽어보니 당시 굿 놀이가 상당히 호화스러웠다는 것을 알 수 있다. 명나라 사람의 문장은 다소 과장된 점이 없지 않다. 기우제를 올려 용왕을 맞이하는 일은 오늘날에도 있으나 방법이 이미 매우 간단하여 그저 열댓 명이 용 한 마리를 들고 돌아다니며 마을 아이들이 바다귀신으로 분장하는 정도이다. 그러나 옛날에는 연희까지 있어 정말로 기발한 것이 볼 만했다. 그는(작가) 『수호전』의 인물들을 분장시켜 이렇게 말하고 있다. ' (…중략…) 그리하여 사방으로 흩어져 거무칙칙한 땅딸보, 장승 같이 장대한 사내, 행각승려, 뚱보 화상, 뚱뚱한 아낙네, 호리호리한 부인, 시퍼런 얼굴, 비뚤어진 머리통, 붉은 수염, 미염공(美髥公), 검고 큰 사내, 붉은 얼굴에 긴 수염이 난 자 등 적임자를 골랐다. 성안을 두루 찾아다녀도 발견하지 못하자 성 밖과 주변 마을, 두메산골과 인근의 부(府), 주(州), 현(縣)까지 찾아다녔다. 그리하여 비싼 값을 주고 서른여섯 명을 초빙했다. 이렇게 힘들게 선발한 양산박의 호걸들은 배역마다 마치 진짜 양산박의 호걸이 살아온 것처럼 꼼꼼하게 구색을 맞추었으며, 인마가 걸어가는 모습이 질서정연했다. (…중략…) ' 이처럼 백묘로 묘사한 옛 사람의 생동하는 모습을 누구인들 한

번 보고 흥취를 느끼지 않겠는가? 애석하게도 이런 성대한 행사는 명나라와 더불어 이미 사라지고 말았다.

여기서 볼 수 있다시피 루쉰은 '백묘로 묘사한 옛 사람의 생동하는 모습'이 사라진 것에 대해 아쉬움을 남기고 있다. 그는 외국의 삽화를 보면서도 중국의 백묘를 연상하고 있다.

랄프(Lester Ralph)가 스케치한 50여 폭의 삽화는 부드럽기는 해도 아주 청신하여, 구도를 보기만 해도 금방 중국 청말의 임위장(任渭長)의 작품을 떠올릴 것이다. 그러나 그가 그린 것은 괴이할 정도로 비쩍 마른 선인(仙人)이나 협사, 은인들로, 이들 삽화의 건강함에는 훨씬 미치지 못한다. 아울러 현재 중국의 부드럽게 흘러내린 어깨에 곁눈으로 흘깃 쳐다보는 미인도에 익숙해진 눈을 맑게 해주는 좋은 점도 있을 것이다.[15]

루쉰은 자신이 추구하는 소설 미학에 대해 이렇게 말했다.

나는 가급적 사회의 불행한 사람들 속에서 제재를 찾았다. 병의 원인을 드러내어 치료하려는 생각을 불러일으키려는 의도였다. 그래서 장황하고 수다스러운 글을 극구 피하고 의미가 전달되면 그 뿐이지 그 이상의 수식은 필요하지 않다고 생각했다. 중국의 옛 연희에는 배경이 따로 없고, 설날에 아이들에게 파는 화지(花紙, 새해용 목판화)에는 중요 인

15 루쉰, 『이심집 · 「이브의 일기」 소인(「夏娃日記」小引)』, 『루쉰전집』 제4권, 341쪽.

물만 그려져 있는데(요즘 그림에는 배경이 있는 것도 많지만), 내 목적에는 이러한 방법이 적절하다고 확신하고 있었던 것이다. 그래서 나는 풍월을 묘사하지 않았으며, 대화도 장황하게 말하지 않았다.[16]

인용문은 이미 백묘의 가장 기본적인 의미를 담고 있다. 그것이 명석明晰하되 결코 졸렬하지 않은 까닭은 작가의 의도를 독자에게 전하는 데 뜻을 두기 때문이다. 또한 그것은 간결하여 결코 자질구레하거나 번다하지 않으며, 일종의 명쾌하고 단순한 아름다움을 지니고 있다. 루쉰은 다음 인용문에서 이러한 뜻을 정확하게 개괄하고 있다.

백묘(白描)에는 어떤 비결도 없다. 만약 있다고 한다면 눈속임과 정반대의 태도로 다음과 같은 것일 따름이다. 즉 진정한 뜻을 담을 것, 분식(粉飾)을 없앨 것, 장난을 덜 칠 것, 잘난 체하지 말 것.[17]

백묘의 보다 적극적인 함의는 간명한 선으로 생명의 활력과 취미를 표현한다는 것이다. 루신은 이렇게 말했다.

내가 생각하기에 붓으로 그림을 그릴 때 흥취는 필촉(筆觸)에 있는 듯하다. 부드러운 붓으로 힘 있게 그리는 것은 중국화의 본령에 속한다. 조필(粗筆, 굵은 붓, 공필(工筆)과 대조되는 것으로 중국 회화기법의 일종이기도 하다－역주)로 그리는 사의화(寫意畫)는 강건하기 쉽지만 공

16 루쉰, 『남강북조집 · 나는 어떻게 소설을 쓰게 되었는가』, 『루쉰전집』 제4권, 526쪽.
17 루쉰, 『남강북조집 · 작문 비결』, 『루쉰전집』 제4권, 631쪽.

필(工筆, 세필)로 그릴 때는 강건하기 어렵다. 그래서 예로부터 이른바 '철선묘(鐵線描, 일정한 굵기와 속도로 운필하여 딱딱하고 예리한 필선을 말한다 – 역주)'라는 것이 있는데, 가늘면서도 강건한 화법이다. 하지만 오래 전에 이미 제대로 하는 이가 없다. 한 번의 붓질도 결코 소홀해서는 안 되기 때문이다.[18]

그것은 간결하고 명석하며 뚜렷하면서도 미묘하여 일종의 흑백 대비의 역량과 아름다움을 드러낸다. 그래서 "기초가 아주 튼튼한 사람이 아니라면 이런 경계에 도달할 수 없다. 자칫 부주의하면 곧 바로 거칠고 천박한 쪽으로 빠지기 때문이다".[19] 그렇기 때문에 작가는 생활을 보다 철저하게 관찰하고 전통예술에 대한 정밀한 수양이 요구된다. 그래야만 운필에 공력이 생겨 한 마디로 정곡을 찌르고, "선 하나에 생명을 기탁할 수 있게 된다".

백묘 선의 생명력 내원에 대해 루신은 흥미롭고 또한 실제 생활 감각이 돋보이는 말을 남겼다.

중국화에는 그림자가 없다. 내가 만난 농민은 열에 아홉은 서양화와 사진을 탐탁하지 않게 여기며 다음과 같이 반문했다. '세상에 좌우의 얼굴색이 다른 사람이 어디에 있단 말이오?' 서양인은 일정한 장소에서 서서 그림을 보지만 중국에서 그림을 감상하는 이는 고정된 자리를 고집하지 않는다. 따지고 보면 그의 말도 일리가 있다.[20]

---

18 루쉰, 「웨이멍커(魏猛克)에게, 1934년 4월 3일」, 『루쉰전집』 제13권, 61쪽.
19 루쉰, 「장후이(張慧)에게, 1934년 4월 5일」, 『루쉰전집』 제13권, 63쪽.

이는 백묘 기법과 중국 민중의 미감 습관의 관계를 언급한 것인데, 서양화는 일정한 지점을 정해 투시하는 방법을 쓰지만 중국화는 자리를 움직이면서 자세히 관찰하는 방법을 사용한다는 뜻이다. 만약 그가 하고자 하는 말의 의미를 좀 더 부연해본다면, 이러한 백묘 수법은 각기 다른 각도에서 생활을 반복적으로 관찰하여 사회생활의 여러 가지 복잡한 관계와 인물의 얽히고설키며 변화하는 심리를 파악하고, 마음속에서 장시간 온양하면서 끊임없이 체질하고 제련하여 가장 순수한 본질을 통찰한 다음, 간명한 언어로 정확하면서도 또한 미묘하게 표현해 내는 것이라고 말할 수 있을 것이다. 그렇기 때문에 백묘의 토대는 진정한 의미를 담는 데 있고, 백묘의 공력功力은 생활 속에서 인물 관계와 심리상태의 미묘한 계기를 제대로 포착하는 데 있다. 이런 의미에서 본다면, 백묘는 딱히 서술할 만한 구체적인 방법이 없다. 그저 모든 것을 마음으로 관찰하고 손으로 거리낌 없이 붓을 놀리며 자유자재로 운용할 수 있는 능력 여부에 달린 것일 따름이다. 이러한 백묘 수법에 기대어 중국 현대소설은 초창기에 이미 이처럼 성숙할 수 있었으니, 이것이 바로 '루쉰의 기적'이다. 만약 루쉰처럼 철저하게 생활을 관찰할 수 있는 능력과 독특한 예술 표현 능력을 갖추지 못하고 그저 단순히 간략한 백묘 수법을 추구하려고 한다면 거칠고 조잡한 쪽으로 흘러 실패하고 말 것이다.

백묘는 공력과 영성靈性이 결합된 예술 수단이다. 루쉰은 고전 소설 가운데 백묘수법이 뛰어난 대목에 관심이 많았다. 『성세항언醒世恒言』

20 루쉰, 『차개정 잡문·연환도화 잡담(連環圖畵瑣談)』, 『루쉰전집』 제6권, 28~29쪽.

제9권 「진다수생사부처陳多壽生死夫妻」를 보면, 주朱씨와 진陳씨 두 사람이 바둑친구인데, 어느 날 바둑을 두다가 의기투합하여 자신들의 아들과 딸을 결혼시켜 사돈을 맺기로 약조한다. 나중에 진 씨의 아들이 온몸에 '기이한 부스럼이 반점처럼 생기는' 병(문둥병)에 걸렸음에도 불구하고 진 씨 집안사람들은 주세원朱世遠의 딸 주다복朱多福에게 시집올 것을 강요한다. 어렸을 때 약혼을 했다는 이유로 어린 소녀의 평생 행복을 앗아가고 만 것이다. 당연히 이는 인정에 어긋한 일이다.(원문 내용에 따르면, 그녀가 자발적으로 시집을 가서 3년 동안 병간호를 하다가 결국 부부 모두 독약을 먹고 죽는 것으로 나온다-역주) 하지만 그 묘사기술은 나름 취할 만한 곳이 있다. 그래서 루쉰은 "두 사람이 혼약하는 대목과 딸의 모친이 원한을 품는 대목은 그다지 수식을 하지는 않았으나 정경이 마치 그림과 같다".[21]라고 높이 평가했다. 그는 소설 원문을 비교적 길게 인용하였는데, 그 일부를 보면 다음과 같다.

> 주세원의 처 유 씨는 사위에게 이런 병이 있다는 것을 알고는 집에서 통곡했다. 그녀는 남편을 원망하며 말했다. '우리 딸이 썩은 내가 나는 것도 아닌데, 어쩌자고 그리도 급하게 아홉 살에 벌써 약혼을 해버렸어요? 이제 와서 어떻게 하면 좋아요? 아예 저 옴두꺼비가 죽기라도 한다면 우리 딸이 빠져 나올 수 있겠지만, 지금은 저놈이 죽으려고 해도 죽지도 않고 살아도 산 것 같지 않은데, 딸애는 점점 나이만 들어가고 저 놈에게 시집을 보낼 수도 없고 그렇다고 파혼을 할 수도 없지 않아요. 결국

21 루쉰, 『중국소설사략』 제21편, 『루쉰전집』 제9권, 206쪽.

저 문둥이를 기다리면서 홀로 살아야 하는 생과부가 되지 않겠어요. 이게 모두 왕삼(王三)인가 하는 그 늙은 영감쟁이가 꼬드겨서 우리 딸애의 일생을 망쳐놓은 것이잖아요.' (…중략…) 주세원은 원래 공처가 기질이 있는지라 아내가 두서없이 지껄여대며 혼자 욕하다가 스스로 지쳐서 그만둘 때까지 내버려두고 말참견을 하지 않았지만, 속으로는 고민이 이만저만이 아니었다. 어느 날 유 씨가 우연히 장롱을 정리하다가 바둑판과 바둑알을 보고는 자신도 모르게 갑자기 화가 치밀어 또 다시 남편에서 욕설을 퍼부었다. '네 놈들 둘이서 이 잘난 바둑을 두다가 마음이 맞아 혼약을 맺는 바람에 우리 딸 인생을 망쳐 놓았단 말이지. 그래 이놈의 화근단지를 지금까지 남겨 두었다고 어쩌겠다는 거야?' 이렇게 말하면서 문 앞으로 걸어가 바둑알을 길거리에 내팽개치고 바둑판도 내던져 산산조각 내버렸다. 주세원은 점잖은 사람인지라 아내가 성질을 부리는 것을 보고도 막지 못하고 점잖게 자리를 피해 밖으로 나갔다. 딸 다복이도 부끄러워 말릴 수가 없었다. 아내는 혼자 지껄이다가 지쳤는지 그만 그치고 말았다.[22]

소설 전문은 9천여 자인데, 명나라 사람의 필기에서 소재를 얻고 있다. 원문은 겨우 1백여 자에 불과한데 전체 내용을 써보면 다음과 같다.

진수(陳壽)는 분의(分宜) 사람으로 모 씨와 정혼했다. 아직 혼인을 치루지 않았는데, 진수가 문둥병에 걸리고 말았다. 부친이 매파에게 파혼

22 루쉰, 『중국소설사략』 제21편, 『루쉰전집』 제9권, 207쪽.

할 것을 명했으나 그녀의 딸은 울면서 따르지 않고 마침내 시집을 갔다. 수(진수)가 악질로 감히 가까이 가지 못했으나 처는 그를 3년이나 모시면서 나태함이 없었다. 수는 악질을 치료할 수도 없는데 구차하게 안일을 탐하며 부인에게 부담을 주느니 차라리 죽는 것만 못하다고 여겼다. 그래서 몰래 비상을 사다가 자진하려는데 부인이 그것을 보고 절반을 먹고 함께 죽으려고 했다. 수가 먹은 비상을 모두 토해내니 문둥병이 순식간에 나았고 부인도 먹은 것을 토해 죽지 않았다. 부부가 해로하여 아들 둘을 낳고 가세도 날로 융성해지니 사람들마다 모두 부녀의 정렬(貞烈)에 대한 보답이라고 생각했다.[23]

원문에는 원망하는 모친의 모습은 나오지 않는다. 순전히 작가 자신의 풍부한 생활 지식에 근거하여 첨가하고 부연한 내용이다. "모두 가까운 시기의 견문에 의한 것으로 인정세태를 묘사하는 데 어떤 허구도 필요하지 않았기 때문에 한당漢唐을 묘사한 작품들보다 비교적 뛰어나다."[24] 인물의 언어나 행위에 대해 묘사했을 뿐 어떤 수식도 가하지 않았으나 유 씨의 울며 소란을 피우는 모습이나 주세원의 나약함, 주다복의 겸연쩍어 하는 모습 등이 목소리와 감정 상태 그대로 핍진하고 생동감 넘치게 묘사되고 있다. 주 씨와 진 씨 두 집안의 가장은 오랜 세월 바둑친구로 지내면서 자녀들을 서로 맺어주기로 약속했다. 그러다 결국 사단이 나자 부인 유 씨가 울분을 참지 못하고 바둑판과

23 허호(許浩), 『복재일기(復齋日記)』 상, 예더쥔(葉德均), 『희곡소설총고』 하, 베이징 : 중화서국, 1979, 572~573쪽.

24 루쉰, 『중국소설사략』 제21편, 『루쉰전집』 제9권, 205쪽.

바둑알을 내팽개친다. 여러 모순이 뒤엉켜 있는 부분을 정확하게 움켜잡고 이를 통해 등장인물의 미묘한 반응을 묘사하고 있다. 직접적인 심리묘사는 아니지만 독자들은 능히 그들의 심정을 이해할 수 있다. 간결한 묘사로 독자들의 눈앞에 세태를 그대로 드러내니 군더더기 수식으로 막히는 일이 없다. 간결하면서도 명석한 장점과 소박하면서도 아름다운 묘미를 겸비하고 있는 셈이다.

루쉰의 소설은 주로 간결하고 생명의 질감이 풍부한 언어로 사람과 사건을 묘사하고 있는데, 말은 간결하나 뜻은 빠짐이 없고, 뚜렷하고 분명하게 자신의 의견을 밝히는 것이 핵심이다. 이는 화본 소설의 생동감 넘치는 백묘 필법을 평범한 인생에 대한 심각한 투시와 연결시킨 것이라고 말할 수 있다.

루쉰의 붓끝이 겨울에 잠긴 고향의 황량한 마을로 향하든 아니면 강에 잇닿은 마당(「풍파」의 배경) 장면이나 웨이좡의 거리 소동, 또는 정신없이 달려가는 인력거꾼의 모습이나 대도시에서 벌어지는 공개처형 장면 등 어디로 이어지든 간에 정확하고 선명한 언어로 묘사되어 작가의 일상생활에 대한 고도의 민감성과 언어의 엄격한 선택을 그대로 드러내고 있다. 루쉰이 백묘에 사용하는 붓은 탄성이 강한 중국의 낭호필狼毫筆처럼 흑백 속에서 오색찬란한 색깔이 드러나고 붓 아래 온갖 파란과 기복이 두드러지며 천태만상이 그대로 나타난다. 이는 서양인들이 즐겨 그리는 유화 붓처럼 두텁지는 않지만 또한 유화 붓처럼 조악하거나 펜처럼 딱딱하지 않다. 특히 인물 관계를 묘사할 때는 더욱 절묘하고 탁월하다. 「약藥」을 예로 들어보자. 등장인물인 화 씨 어멈華大媽은 폐병이 걸린 아들을 위해 피 묻은 만두를 구해다 준 험상궂은 사내(캉 씨康氏)

에게 언저리에 검은 그늘이 드리워진 눈으로 싱글거리고, 캉 씨 아저씨에게 찻잔과 찻잎을 가져다주면서 감람橄欖 한 개를 곁들였다. 신이 난 캉 씨가 자기자랑을 늘어놓으면서 '폐병癆病'이란 말을 꺼내자 그녀는 언짢은 표정을 지으며 안색이 바뀌었다. 하지만 곧 웃음으로 얼버무리며 자리를 떴다. '웃음'－'언짢음'－'웃음'으로 이어지는 안색의 변화는 아주 단순하고 또한 자연스럽다. 그러나 인물의 표정으로 내심을 묘사하면서 아낙네의 미신迷信, 꺼리면서도 고마워하는 마음, 그리고 여전히 걱정이 가시지 않는 복잡한 심리 변화를 이처럼 정확하게 표현하기란 그리 쉽지 않다.

루쉰의 백묘 수법은 현외지음弦外之音, 언외지의言外之意를 지니며 외재적인 것과 내재적인 것의 이중적 함의를 지닌다. 이는 그가 청년 문학사단에 대해 말한 것과 같다.

> 밖으로 이역(異域)의 양분을 섭취하고, 안으로 자신의 영혼을 발굴하면서 마음의 눈과 혀를 발견하고 이 세계를 응시한다.[25]

또한 그는 동향 후배인 타오위안칭의 그림을 평하면서 이렇게 말한 바 있다.

> 그는 새로운 형식, 특히 새로운 색채로 자신의 세계를 묘사하고 있지만 그 속에는 여전히 중국에서 지금까지 이어져온 영혼, (…중략…) 바로

25 【역주】 루쉰, 『차개정 잡문2집·「중국신문학대계」 소설2집서』, 『루쉰전집』 제6권, 250~251쪽. 이는 루쉰이 상하이에서 성립된 천초사(淺草社)에 대한 평가이기도 하다.

민족성이 담겨 있다.[26]

루쉰은 주체가 믿고 본 것이나 객체가 보여지는 것 역시 정신적 또는 심리적 깊이를 지녀야 한다고 주장했기 때문에 정확하고 세밀한 문자를 선택하여 '현상-본질'의 팽팽한 장력을 지닌 줄을 퉁겼다. 「고사리를 캐다采薇」에서 백이는 왕(나중에 주 무왕이 되는 희발姬發)의 말고삐를 잡고 군사를 물리라고 간언하다가 희발의 군사들이 등을 밀치는 바람에 넘어져 혼절하고 말았다. 그러자 주변에 몰려 있던 이들 가운데 한 젊은 부인이 집에서 생강탕을 가져왔는데, 백이가 이미 깨어난 것을 보고 무척 실망한 눈치였다. 그래도 그녀는 위장을 따뜻하게 해줄 수 있다고 하면서 그에게 한 번 마셔볼 것을 권했다. 백이는 원래 매운 것을 싫어해서 한사코 마시려고 하지 않다가 숙제가 어르고 달래 결국 한 모금 반 정도 마시고, 남은 생강탕은 숙제가 자신도 위에 통증이 있다고 말하면서 다 마셔버렸다. 이 대목은 굳이 특별한 내용이나 미사여구가 사용된 것도 아니고 평범한 언사나 행위를 묘사한 것에 불과하다. 하지만 미묘한 생활 정태나 복잡한 인물 심리가 확연하게 드러난다. 젊은 부인의 실망은 백이가 소생했기 때문인데, 그녀가 생강탕을 가져온 것은 죽어가는 사람을 살리기 위함이 아니라 "노인을 잘 봉양한다"는 주변의 칭찬을 듣기 위함이었고, 숙제는 식탐이 있어 부인네가 가져온 생강을 먹고 싶은 마음이 굴뚝같았는데, 곧이곧대로 이야기하지 않고 자신도 위통이 있다는 핑계를 댄다. 소설은 평범하고 소

26 루쉰, 『이이집·타오위안칭 군의 회화전람회 때』, 『루쉰전집』 제3권, 573쪽.

박한 묘사 속에서 등장인물 내심의 '거짓'을 신랄하게 폭로하고 이를 통해 성현이란 자들도 세속과 같은 얼굴을 하고 있음을 여지없이 보여주고 있다. 「풍파」는 백묘 수법을 활용한 걸작이다. 특히 강에 잇닿은 마당에서 칠근 댁七斤嫂과 팔일 댁八一嫂 사이에서 벌어지는 다툼이 그러하다. "황제께서 보위에 올라" 한껏 어깨에 힘이 들어간 자오치趙七 영감이 나타나자 칠근 댁은 변발을 잘라버린 남편 때문에 속이 상해 말다툼을 벌이게 된다. 그때 팔일 댁이 불쑥 끼어들더니 칠근 댁이 예전에 "변발이 없어도 그리 허물이 아니라"고 말한 적이 있지 않느냐고 말한다. 그러자 속내를 들킨 그녀는 곧 바로 팔일 댁의 코를 찔러대며 역성을 부리고, 홧김에 옆에 있던 육근의 댕기머리 한복판을 찌르며 "서방질이나 하는 과부 주제에"라고 냅다 욕을 퍼붓는다. 그 소리에 놀란 육근이 들고 있던 밥사발이 땅에 떨어져 산산조각나고, 칠근은 버럭 소리를 내지르며 육근에게 따귀를 올려붙인다. 이에 열이 뻗친 팔일 댁은 칠근 댁에게 "무턱대로 사람을 때려잡네"라며 버럭 소리를 지르고, 자오치 영감은 한 쪽에 서서 쳐다보며 냉소를 보낸다.

루쉰은 서까래처럼 거대한 붓을 자유자재로 움직여 몇 가지 장면을 한꺼번에 그리면서 변발을 둘러싸고 벌어지는 풍파, 즉 작은 소동이 여러 사람들의 마음속에서 어떤 반향을 일으키고 있는지 묘사하고 있다. 또한 빈 사발이 깨지는 장면을 서곡으로 삼아 마을 사람들의 욕지거리와 냉소하는 모습, 사람들의 서로 다른 성격, 세간의 근심과 즐거움의 서로 다른 형태 등을 끄집어내고 있다. 굳이 꾸미지 않아도 마치 그림처럼 정경이 생생하게 전달된다. 이는 「진다수생사부처」에서 부인 유씨가 바둑판을 내던지고 매파에게 욕설을 퍼붓는 것과 다른 모습이긴 하되 똑같은 효과를 나타내고 있다. 사실 시골 마을의 풍파는 장쉰蔣勛의 복벽復辟으로 야기된 것이다. 하지만 소설에서는 복벽으로 인한 정치적 위기는 전혀 아랑곳하지 않고 오히려 빈 사발을 깨뜨리면서 일어나는 소소한 소동에 주력하고 있다. 그럼에도 당시 중국 시골마을 사람들의 정치적 소양을 여실히 읽어낼 수 있다. 이처럼 흑백의 단순한 선 묘사로 몇 개의 장면을 한꺼번에 그려내는 모습에서 노련하고 대범하며 또한 웅건한 힘을 여실히 살필 수 있다.

시대, 개인, 문학사상의 정신 계열

시대와 역사, 민족과 개인은 어떤 작가이든 결코 벗어날 수 없는 인간 세상의 네 가지 지주支柱다. 루쉰 역시 이 네 가지 기둥 사이에서 자신의 정신 공간을 개척했다. 만청에서 '5·4' 시기, 그리고 다시 20세기 30년대까지, 온갖 사조가 솟구치는 시대에 살면서 루쉰은 정신의 네 가지 지주 속에서 새로운 관찰과 새로운 선택을 하지 않을 수 없었다. 이는 시대의 요청이기도 했다. 그는 사조를 좇아다니는 추종자가 아니라 사조의 관찰자, 어떤 면에서는 질문자이기도 했다. 그럼으로써 그는 사조가 한 바탕 휩쓸고 간 후에도 여전히 깊은 족적을 남길 수 있는 개척자가 되었다. 그는 사조에서 사상을 수용하고 사상을 응집하여 문화 창조의 실적을 남겼다. 이는 날카로운 탐색 정신에 힘입은 바 크며, 중국과 외국의 문화적 이중구조의 상호 작용 속에서 얻은 독창적 사유방식에 기인한다. 사람들은 루쉰이 이립而立이 되기 전에 이미 '사람을 세우고' '사람의 나라를 세운다'는 사상과 동시에 '세우고자 했던' 이중 구조의 문화 통치을 상기하곤 한다.

> 명철한 사람이 되려면 반드시 세계의 대세를 통찰하면서 가늠하고 비교하여 편파적인 부분을 제거하고 그 정수를 취하며 이를 자신의 나라에 시행하여 빈틈이 없이 부합하도록 해야 한다. 밖으로 세계 사조에 뒤처지지 않고, 안으로 고유한 혈맥(血脈)을 잃지 않으며, 지금의 것을 취해 옛것을 회복시키고, 별도로 새로운 유파를 확립하여 인생의 의미를 심원하게 한다면, 나라 사람들이 자각에 이르고 개성이 확장되어 모래로 이루어진 나라가 이로 인해 사람의 나라(人國)로 바뀔 것이다. 사람의 나라가 세워지면 비로소 전에 없이 웅대해지기 시작하여 홀로 우뚝 서서 세계에 보이게 될 것이니 어찌 천박하고 평범한 사물이 있겠는가?[1]

그가 세계 사조와 민족 혈맥의 문화적 대화를 상기시킨 것은 손상되거나 이지러진 것을 고수하며 타자를 배척하거나 자신의 근원을 망각하여 고유 혈맥을 유실한 것이 아니라 "지금의 것을 취해 옛것을 회복하여, 별도로 새로운 유파를 확립할 것"을 제시하고, 개방성과 현대성이 두드러지는 문화 변동 속에서 '취함取', '회복復', '별도 수립別'의 다양한 문화 사유방식을 통해 새로운 문화 학파와 조류를 창조하기 위함이었다. 이는 인간의 가치, 인간의 존엄, 인간의 생존 발전을 문화를 움직이는 가장 핵심적인 추축으로 삼고 있다.

사조는 전진을 추동하고, 혈맥은 진영을 단단하게 한다. 이를 다시

1 루쉰, 『무덤 · 문화편향론』, 『루쉰전집』 제1권, 57쪽.

말하자면, 뿌리가 굳건한 창신, 지속 가능한 창신, 후세로 이어질 수 있는 창신이다. 소설예술가로서 루쉰은 중국문학사에서 위대한 존재이며, 수적으로 그리 많지 않지만 상당한 질적 수준을 보여주는 그의 단편소설은 중국 현대문학의 토대를 닦아 중국의 전통 문학예술이 현대 문학예술로 구조를 바꾸고 새로운 형태를 창조하는 데 가장 중요한 추뉴樞紐가 되었다.

여기서 '추뉴'의 의미에 대해 약간의 설명이 필요할 듯하다. 이른바 '추뉴'란 사물을 서로 연결하는 중요한 고리를 말한다. 『설문해자』는 '추樞'를 '호추戶樞', 즉 지도리라고 풀이했다. 단옥재段玉裁는 "문이 움직여 열리고 닫히도록 하는 데 관건이 되는 지도리이다"라고 주를 달았다. 다시 말해 일종의 관절 역할을 하는 문의 돌림축轉軸이라는 뜻이다. 『관자·추언편樞言篇』의 윤지장尹知章 주에 따르면, "추란 가운데 자리하여 밖을 움직이도록 하는데 운동이 무궁한 것이다". '뉴'는 고리나 매듭을 말한다. 『예기·옥조玉藻』에 따르면, "거사居士는 금대錦帶를 매고, 제자弟子는 호대縞帶를 매는데, 띠를 매는데 모두 조組(실을 땋아 만든 끈)를 사용하며 넓이는 세 치이다". 공영달孔穎達의 소疏에 따르면, "뉴는 띠를 서로 연결하는 곳이다". 루쉰 소설에서 추뉴는 전통문화, 민간문화, 외래문화가 서로 맞닿아 교차하는 가운데 "가늠하고 비교하며", "지금의 것을 취해 옛것을 회복시켜" 강력한 주체성이 "가운데 자리하여 밖을 움직임"으로써 끊임없이 문학의 현대적 변동을 추동하는 것을 말한다. 송대 사람 엽적葉適은 「서강월西江月·이참정에게 화답하다和李參政」에서 이렇게 읊었다. "사물의 추뉴를 꿰뚫어 알고, 형상 넘어 정신을 묘사한다." 그러나 옛 사람들은 추뉴를 때로 천지의 도와 연계시켜 논의하곤 했다. 주희는 이렇게 말했다. "뭇 별들이 북극성을 에워싸고 있는 것과 같다. 북극성은 하늘의 추뉴이다." "남극성과 북극성은 하늘의 추뉴로 오로지 이곳만 움직이지 않으니 마치 맷돌의 한 가운데 매암쇠磨臍(숫돌 위짝 가운데 배꼽처럼 구멍이 뚫린 부분에 박힌 쇠 - 역주)가 그런 것과 같다. 이는 하늘에서 지극한 곳이니 마치 사람의 제대臍帶(모체의 태반과 태아의 배꼽을 잇는 줄)와 같다."[2] 제대는 사람의 생명이 존재하는 곳이니 깊이 생각할 만한 비유이다. 왜냐하면 문학의 현대적 전형轉型의 중심에 자리하고 있는 추뉴가 바로 중국 문화를 이끄는 제대이기 때문이다. 유협은 『문심조룡·서지序志』에서 자신의 저서의 내재적 사상 맥락과 더불어 서술 구조에 대해 이렇게 말하고 있다.

> 『문심조룡』을 지으면서 나는 대개 천지자연의 원리를 근본으로 하여 성인의 가르침을 스승으로 삼고 경서에서 그 원형을 찾았으며, 위서(緯書)를 참고하고 『이소(離騷)』의 변혁도 배웠다. 문학의 추뉴(樞紐)는 여기에서 극에 달했다고 말할 수 있다. 운문이나 산문을 논술하는 데에는 작품의 양식에 따라 구별한 뒤 각 양식의 기원으로부터 시작해 결론을 이끌어내고 명칭을 해석하여 내용을 분명히 했으며, 잘된 글을 뽑아 모범을 정하고, 이치를 부연하여 조리 있게 정리했다. 본서의 상편은 이러한 문학양식의 강령이 명확하게 적용되었다. 여기에서 더 나아가 내용과 형식을 분석하여 이론적인 체계를 이루었다. 상상력과 작풍의 문제를 가지고 생명력과 격조에 대해 서술하고, 문장의 조직과 전통의 계승과 변혁에 대해 개괄하

2 리징더(黎靖德) 편, 왕싱셴(王星賢) 점교, 『주자어류』, 베이징 : 중화서국, 1986, 534쪽.

며, 음악성과 글을 쓰는 방법에 대해 고찰하였으며, 그 위에 다시 「시서(時序)」에서 시대에 의한 문학의 성쇠를 논하고, 「재략(才略)」에서 작가의 재능을 포폄했으며, 「지음(知音)」에서 문학에 대한 올바른 평가가 어려움을 탄식하고, 「정기(程器)」에서 작가의 인간성에 대한 신념을 피력했으며, 마지막으로 「서지(序志)」에서 길게 회포를 풀어 이것으로 본서 상편의 여러 편을 매듭지었다. 이리하여 하편 이하에서 창작의 구체적인 문제가 뚜렷이 밝혀졌다. 이치를 배열하고 명칭을 확정하고 보니 역에서 사용하는 숫자와 일치한다. 문장에 실제 응용할 수 있는 것은 49편뿐이다.[3]

유협은 『문심조룡』을 저술하면서 강목綱目, 본말, 체용體用, 정변正變 등을 중시하여 나름의 이치를 부연하면서 체계적으로 정리하고, 내용과 형식을 분석했다. 이렇게 함으로써 문장을 품평하고 세상을 논평하는 추기樞機를 정확하게 파악하고자 했다. 루쉰은 유협의 이러한 비평 태도에 자못 호감을 가진 것 같다. 그래서 그는 1925년 『문심조룡』이라는 제목을 모방하여 「평심조룡評心調龍」이란 잡문을 쓴 적이 있으며, 「마라시력설」, 「한문학사강요」, 「위진 풍도 및 문장과 약, 술의 관계」 등에서 유협의 견해를 인용한 바 있다. 예를 들어 「마라시력설」에서 그는 이렇게 말하고 있다.

중국도 한진(漢晉) 이래로 문명을 날리던 사람들 대다수가 비방을 받았는데, 유언화(劉彦和, 유협(劉勰))는 그들을 이렇게 변호했다. '사

3 유협 편, 첨영 의증, 『문심조룡의증』, 1924~1930쪽.

람이 타고난 다섯 가지 천부적 재능은 들쭉날쭉하여 쓰임이 다르니, 예로부터 뛰어난 철인이 아니면 모두 갖추기 어렵다. 하지만 장상(將相)은 지위가 높아 앞길이 크게 트여있고, 문사는 직위가 비천하여 비난을 많이 받기 마련이다. 이는 장강과 황하는 물살이 세차지만 시냇물은 마디마디 꺾이는 것과 같다.' 동방의 악습은 이 몇 마디 말로 모두 표현할 수 있다.

이렇듯 루쉰은 유명한 문사들이 비난을 받는 동방의 악습에 대한 유협의 비판을 긍정하고 있다. 1932년 어떤 문학 논저에 대한 '제기題記'를 쓰면서 그는 유협의 『문심조룡』과 아리스토텔레스의 『시학』을 동서 시학의 탁월한 저작으로 병치하면서 이렇게 말하고 있다.

> 아주 옛날 원시시대의 사람들은 무리를 지어 살면서 오로지 몸짓이나 소리로 자신의 감정을 드러낼 따름이었다. 소리가 번다하게 많아지고 점차 언사(言辭)가 되었고, 언사가 조화롭고 아름다워지면서 노래의 조짐이 보이기 시작했다. 그러나 말이란 풍파(風波)와 같아 한 번 크게 격동하면 그것으로 끝나고 말아 종족이 묘연해지고 만다. 오직 입과 귀로 전해질 뿐이니 멀리 행해지거나 후세에 전달하기에 부족하다. 그런 까닭에 월나라의 민가(越吟) 가운데 전적에 실린 것은 그저 한 편(한대 유향(劉向)의 『설원(說苑)·선설(善說)』에 춘추 시절 「월인가(越人歌)」 한 편이 실려 있다-역주)이고, 고대 상여노래(불구(紼謳), 한 악부(樂府)에 실린 「상화곡(相和曲)」 가운데 「해로곡(薤露曲)」, 「호리곡(蒿里曲)」 등을 예로 들 수 있다-역주)는 시가 총집에 들어가 있지 않다. 다

행 문자가 생겨나니 이를 통해 흩어진 것을 모으고 종이와 묵으로 써두어 오랫동안 명맥을 유지할 수 있게 되었다. 편장이 많아지면서 문장에 대한 평론이 생겨나니 동쪽에는 유언화의 『문심조룡』, 서쪽에는 아리스토텔레스의 『시학』이 있어 문학작품의 본질과 형태를 해석하고 크고 작은 것을 두루 포함하면서 원류를 개척하여 세상의 규범이 되었다.[4]

유협의 『문심조룡』은 고대 문론 발전사에서 일종의 추뉴가 되는 저작물이다. 루쉰은 그것에 대해 "원류를 개척하고 세상의 모범이 되었다"는 말로 평가하고 있는데, 이는 또한 루쉰 소설의 예술 창조에 대한 평가이기도 하다.

루쉰은 중국 고설이 전통에서 현대로 전환하는 과정에서 '사조'와 '혈맥'이라는 두 가지 구조의 문화적 사유방식을 한편으로 『유림외사』, 『홍루몽』의 사실적 풍자 전통을 계승하면서 다른 한편으로 고골리의 '눈물과 슬픔', 센케비치H.Sienkiewitz의 '기발함' 등 사실적인 요소를 흡수하여 시대의 요구에 적응하고 5·4시대에 독특하고 비판적인 현실주의를 창조해냈다. 그러나 여기서 지적할 점은 루쉰에게 '사조'는 드러나는 것인 반면에 '혈맥'은 잠재하는 것이라는 사실이다. 그는 자신의 창작 경험에 대해 이렇게 말한 적이 있다.

스스로 소설가의 재능이 있다고 여겨 소설을 쓴 게 아니라는 것만은 분명하다. 당시 베이징의 회관(會館)에 살고 있었기 때문에 논문을 쓰자

4 루쉰, 『집외집습유보편·제기일편(題記一篇)』, 『루쉰전집』 제8권, 370쪽.

니 참고서가 없고 번역을 하자니 저본이 없어 할 수 없이 소설 비슷한 걸 써서 책임을 무마하려고 했던 것뿐이다. 이것이 바로 「광인일기」다. 의존한 것이라고 해야 예전에 읽은 백여 편의 외국 작품과 약간의 의학적 지식이 전부이고, 그 외에 준비한 것은 아무 것도 없었다.

루쉰은 자신이 영향을 받은 외국작가들에 대해 나름 정중하게 거론한 바 있다.

추구하던 작품이 절규와 반항이었기에 아무래도 방향이 동유럽으로 쏠렸다. 그래서 본 것으로 러시아, 폴란드, 발칸의 여러 작은 나라 작가 것이 특히 많았다. 인도와 이집트 작품도 열심히 찾아본 적은 있지만 여의치가 않았다. 당시 가장 애독한 작가는 러시아의 고골(N. Gogol)과 폴란드의 센케비치(H. Sienkiewitz)로 기억한다. 일본 작가로는 나쓰메 소세키(夏目漱石)와 모리 오가이(森鷗)가 있다.[5]

이에 반해 중국 고대 작가들 가운데 과연 누구의 영향을 받았는지에 대해서는 정식으로 언급한 적이 없다.

하지만 문화 분석을 통해 우리는 언급하지 않았다고 하여 존재하지 않는 것이 아니며, 본질적인 의의가 없는 것이 아니라는 사실을 발견할 수 있을 것이다. 사람은 누구나 습관이 들면 설사 기이한 것일지라도 그렇다고 여기지 않으며 심지어 자신의 혈육이나 문화 유전자에 속

5 루쉰, 『남강북조집 · 나는 어떻게 소설을 쓰기 시작했는가?』, 『루쉰전집』 제4권, 525쪽.

하는 사물로 보고 굳이 입에 올리지 않는 경우가 허다하다. 이와 반대로 어딘가 낯설고 처음 접해서 신선한 느낌이 들거나 정신적 자극이나 문화 충격을 주는 사물의 경우 때로 즐겨 인용하거나 내세워 여러 사람들과 정신적 희열이나 또는 정신적 모험을 공유하곤 한다. 문화 자세는 외부에 드러나지만, 문화 혈맥은 내부에 잠재하기 마련이다. 루쉰이 외국 문학에서 방법을 취해 고유한 소설 격식이나 미학 형태를 개조한 것은 문화 자세에 속한다. 루쉰은 중국 소설, 희곡, 시문에서 은연중에 자양분을 취하여 소설의 묘사수법이나 예술 경계 면에서 완숙한 지경에 이르렀으니, 이는 문화 혈맥에 속하는 것으로 굳이 드러내지 않아도 독자들은 그 안에서 묘처妙處와 자미滋味를 깨닫게 된다. 묘처나 자미는 언어나 문자로 전달되는 것이 아니라 이심전심以心傳心으로 마음으로 깨닫는 것이기 때문에 간파되면 흥이 깨지고 만다. 작가의 인격 면에서도 루쉰은 중국 역사에 나오는 걸출한 인물들, 예를 들어 대우, 묵자, 굴원, 혜강, 장타이옌 등과 같은 이들과 일맥상통하는 부분을 지니고 있으며, 소설 방식을 빌어 중국 민족 전사의 혼을 응결해내고 있다. 민족혼은 단순히 입에만 발린 것으로 이루어지지 않으며, 온몸을 바쳐 사람들에게 감동을 줄 수 있을 때 비로소 가능하다. 루쉰 소설은 우맹優孟(춘추시대 초나라 궁정 예인으로 시사 풍자에 능했다고 한다-역주)이 그럴 듯하게 의관을 차려 입고 연극을 하는 것과 다르다. 참신한 중국 소설 예술의 현대적 단계의 대표자 자세로 출현한 것이다. 따라서 그것과 전통문학의 관계를 어떻게 해석할 것인가는 몇 마디 간략한 문자로 다할 수 없으며, 후인들이 상당한 역사적 거리를 두어야만 비로소 분명하게 볼 수 있다. 마찬가지 이치로 루쉰 소설은 이

역에서 가져다 이식한 식물이 아니라 확실하고 분명하게 현대적 단계의 대표자의 중국 소설예술이다. 그것은 탐색의 세월내내 넓은 흉금을 충분히 열고 전혀 개의치 않으며 자기 나름의 독특한 감각, 현대성을 육성하기 위해 불가결한 외래의 양분을 '가져와서', 자신의 작품 발전에 충분한 정신적 공간과 심미적 가능성을 제공한 것이다. 이러한 탐색의 득실과 성패는 또한 독자와 시대의 점검이 필요하다. 하지만 스스로 겪어 보아 비로소 깊이 알게 되는 나름의 고충을 이야기하면서 새로운 사조를 개척하는 동행자들에게 본보기로 삼는 것도 무방하다. 이런 잠재적이거나 외부 노출적인, 또는 자재적인 것이거나 혹은 자각적인 사고방식의 종합적인 작용하에 루쉰은 물이 흐르는 곳에 도랑이 생기듯이 자연스럽게 중국과 외국의 자양분을 두루 섭취하고 고금을 융합하고 아울러 독특한 창조를 진행하여 이른바 깊은 울분과 특별한 격식, 진실한 표현, 고아하면서도 강건한 필력이 바로 루쉰 소설의 사상과 예술의 특색이 되도록 했다.

전통 문학을 통해 자양분을 흡수하고 뿌리를 튼튼히 하는 것 이외에도 더욱 중요한 것은 비판을 통한 초월이다. 비판은 비판당하는 대상과 '원수' 관계를 맺어야 한다. 따라서 그것은 일종의 계승이자 역방향의 계승이며, 초월적인 계승이다. 루쉰은 전통 문학에 대해 넓은 시야를 확보하고 과학적이고 실증적인 태도를 취했다. 이 외에도 사람의 정신에 충격을 주는 것은 무엇보다 예리하고 모든 감정이 고스란히 작품에 녹아들어가 있는 창조적이고 비판적인 태도이다. 그는 낡은 진영의 울타리에서 벗어나면서 그 안에 존재하는 폐단과 급소, 신비를 깊이 알고 있었다. 그래서 전통만을 고수하거나 빌붙고 그릇된 짓거리를 방조하는 '문학'은 물론이고 말류에 속하는 원앙호접파나 흑막파 소설에 대해 창을 휘두르며 일격을 가했다. 그것은 마치 명청 장회소설 전투 장면에서 짐짓 도망가는 척하다 갑자기 고개를 돌려 적을 찌르는 '회마창回馬槍'을 상기시킨다. 이런 '회마창'은 루쉰이 제창한 '가져오기 주의'에서 깊이 생각할 만한 가치가 있는 체현이다. '가져오기 주의拿來主義'는 외래문학 뿐만 아니라 전통문학에 대한 것이기도 하다.

> 예를 들어 우리 가운데 한 가난한 청년이 조상의 음덕(일단 이렇게 말해놓자) 덕분에 대저택을 하나 얻었다고 치자. 이것이 남을 속여서 얻어온 것인지, 빼앗아 온 것인지, 아니면 합법적으로 계승한 것인지, 데릴사위가 되어 맞바꾼 것인지는 잠시 따지지 말자. 그렇다면 이것을 어떻게 해야 할 것인가? 나는 어찌 되었든 일단 '가져온다'. 예전 저택 주인을 반대하여 그의 물건에 오염될까 바깥에서 빙빙 돌기만 할 뿐 집으로 들어가지 못한다면 겁쟁이다. 화를 노발대발 내며 불을 놓아 저택을 몽땅 태워버린다면 자신의 결백은 입증한 셈이나 머저리라고 할 수 있다. 그렇다고 원래 이 저택의 이전 주인을 부러워했기 때문에 이 김에 모든 것을 받아들여 희희낙락하며 침실로 비척거리며 걸어 들어가 남은 아편을 실컷 피운다면 이는 말할 필요도 없는 폐물이다. '가져오기 주의'자는 이렇게 하지 않는다.

루쉰은 인용문에서 낡은 저택에 대한 '겁쟁이', '머저리', '무용지물'의 태도에 반대하고 있다. '겁쟁이孱頭'는 사투리로 겁이 많고 무능한 자를 말한다. 이런 이들을 구원할 수 있는 방법은 문화적 담략膽略을 진작시키는 것이다. '머저리昏蛋'나 '폐물廢物'은 오히려 극단적인 인물로 수렁에 빠져 헤어나지 못하거나 비문화, 반문화의 폭력 행위로 인류 문명을 후퇴시키는 이들이다. 이런 이들은 역사적 이성을 증진시키는 것이 유일한 구원 방식이다. 루쉰이 보기에 '가져오기 주의'는 무엇보다 일종의 문화 전략이자 문화태도, 문화 방법이다. 그는 이러한 문화 방법을 논증하면서 낡은 주택을 일단 차지하라고 외치고 있다.

> 그는 점유하고, 선택한다. 상어 지느러미를 보면 이를 거리에 내다버려서 자신의 '평민화'를 드러내지 않고, 영양분만 있다면 벗들과 더불어 무와 배추를 먹는 것처럼 먹어 치우고, 그것으로 제후를 모셔 큰 잔치를 여는 데 쓰지 않는다. 아편을 보면, 사람들 앞에서 뒷간으로 내던져 철저한 혁명성을 드러내지 않고 약방으로 보내 병을 치료하는 데 쓰게 한다. '재고약 판매, 소진 시까지'와 같은 현란한 농간을 부리지 않는다. 다만 아편 담뱃대와 아편 등(烟燈)만은 형태가 인도, 페르시아, 아랍의 아편도구와 달라서 국수(國粹)라고 할 수 있다. 그리하여 만약 이를 지고 세계를 돌아다닌다면 틀림없이 구경하는 사람들이 있을 것이다. 그러나 나는 일부를 박물관에 보내는 것 이외에 나머지는 모두 버려도 좋다고 생각한다. 그리고 한 무리의 첩들에게도 뿔뿔이 흩어지라고 하는 것이 좋다. 그렇지 않으면 '가져오기 주의'는 위기를 맞지 않을 수 없을 것이다.[6]

---

6 루쉰, 『차개정 잡문 · 나래주의(拿來主義)』, 『루쉰전집』 제6권, 40~41쪽.

이러한 '점유'가 바로 인을 행함에 스승일지라도 양보하지 않는다는 '당인불양當仁不讓'의 문화적 책임감이며, '선택'은 현대성을 표준으로 삼는 이성 정신이다.

이 낡은 저택은 무엇을 원형으로 삼는가? 루쉰은 무의식적으로 고향 샤오싱의 신타이먼新臺門을 예증으로 삼고 있다. 그곳은 몰락한 사대부 가족이 살고 있는 저택이다. 그곳에는 귀족 집안의 눈부시게 빛나는 진주나 보석도 없고, 그렇다고 농가의 호미나 낫이 있는 것도 아니다. 그곳에는 그저 약간의 상어 지느러미, 아편, 아편 담뱃대, 그리고 한 무리의 첩들이 있을 따름이다. 루쉰 가족사를 아는 사람이라면 이러한 것들이 가족의 몰락에서 어떤 부정적인 작용을 했는가에 대해 탄식하지 않을 수 없을 것이다. 낡은 저택을 처리하는 데 있어 루쉰은 오히려 익살스럽고 태연하게 4가지 처리 방식을 제공하고 있다. 첫째, 영양분이 있고 맛있는 것이라면 평상심으로 먹어버린다. 둘째, 폐물을 보물로 바꾼다. 용도 변경을 통해 독이 약이 되는 식이다. 셋째, 현실적인 사용 가치는 없지만 역사적 정보를 남길 수 있는 것이라면 박물관에 보내도 무방하다. 넷째, 풍속을 타락시키고 서로 질투하며 다투고 내분을 일으키는 첩들은 반드시 분산 처리해야 한다. 이상에서 볼 수 있다시피 사용, 전환, 보관, 폐기가 바로 문화 이성 책략이다. 그래서 루쉰은 다음과 같이 결론을 내리고 있다.

> 요컨대 우리는 가져와야 한다. 우리가 사용하든 내버려두든 불태우든 간에. 그렇다면 주인은 새로운 주인이고 저택도 새로운 저택이 될 것이다. 그렇지만 그 사람이 먼저 침착하고 용맹스럽고 분별력이 있어야

> 하며, 이기적이지 않아야 한다. 가져오는 것이 없으면 사람은 스스로 새롭게 될 수 없으며, 가져오는 것이 없으면 문예도 스스로 새로워질 수 없다.[7]

전통문화는 중국의 혈맥이 자리하는 곳인데, 그 이로움과 폐단, 득실은 어디에 있는가? 그것은 역사적 부담인가 아니면 전진을 가로막는 계단인가? 그 가운데 관건은 전통문화 자체에 있으며, 보다 실천적 의의를 지닌 것은 현대인이 취하는 문화 태도와 문화 능력이다. 루쉰 소설이 문학 전형의 추뉴가 될 수 있었던 중요한 까닭은 전통 혈맥의 풍부한 역사 이성과 현대성에 대한 문화 태도와 능력에 있다. 물론 루쉰은 "고유의 혈맥을 잃어서는 안 된다"는 입장을 견지했다. 이는 그에게 가장 중요한 생각이었다. 하지만 그는 기존에 이루어진 것에 만족할 생각이 전혀 없었다. 오히려 그는 우거진 잡풀 속으로 들어가 밭을 갈고 씨를 뿌렸으며, 수확을 얻기 위해 애썼다. 그의 일부 비판적 언사는 어쩌면 지나치게 가혹하고 매정한 것처럼 보이지만 전혀 협애하지 않았다. 그는 광범위하게 받아들였으며, 심지어 그 자신이 비판했던 독초도 마다하지 않았으며, 예술적으로 취할 곳이 있다면 결코 간과하지 않았다. 루쉰은 학식이 풍부했지만 자신의 지식으로 창조의 날개를 달라붙게 만드는 우를 범하지 않았다. 그는 "어느 나라의 문학일지라도 반드시 고대의 문화와 천재가 근대의 시대정신과 어떤 관계를 지녔는지 알아야 하며, 바로 그곳에서 진정한 생명을 배양해야 한

7　루쉰, 『차개정 잡문·나래주의』, 『루쉰전집』 제6권, 41쪽.

다"는 어느 외국 시인의 주장에 동의하면서, "중국 양대 복고파—당우唐虞를 지향하는 전조前朝의 유신들과 원대元代(유럽을 정복했던 원나라-역주)로 돌아가고 싶어 하는 전조의 젊은이들"에 대해 비판하고 "만약 이전에 법도로 삼을 것이 없다면 어쩔 수 없이 자신이 직접 개척하고 창조해야 할 것"이라고 말했다.[8] 그는 또한 "다른 것을 말살하는 일에만 열중하다 자신과 남을 모두 망치는 일을 하지 말고, 반드시 앞을 가로막고 서 있는 전대의 사람을 뛰어넘어 그들보다 더욱 위대해져야 한다"[9]고 당부했다. 추뉴가 되는 사업이니 대문을 더욱 활짝 열고 전통적인 것과 외래적인 것에 대한 보다 넓은 시야에서 충분하고 심도 있는 문명의 대화를 나누라는 뜻이다.

작가는 개성이 있어야 한다. 개성이 없다면 작가가 되기에 충분치 않다. 루쉰의 개성은 창작뿐만 아니라 고대 작가에 대한 기호와 냉담, 그리고 혐오 속에서도 그대로 나타난다. 어떤 예술가든 전통 문학예술에서 자신의 심미 충동을 자극하는 대상을 찾을 때 나름의 독특한 시각이 드러나기 마련이다. 그 속에서 우리는 작가의 개인적인 기질을 감지할 수 있다. 기질에 대해 주희는 이렇게 말했다.

"천지지성을 논할 때는 오로지 이理를 가리켜 말하고, 기질지성을 논할 때는 이理와 기氣를 혼합해서 말한다."[10] 그는 천리天理를 본위로 삼아 사람의 감정이나 욕망과 통하는 기질을 억제했다. 청대 사람 대진戴震은 이에 대해 의문을 제기했다. 기질의 가치 편향을 배제한다면

---

8 루쉰, 『집외집부록·「분류(奔流)」 편교(編校) 후기』, 『루쉰전집』 제7권, 192쪽.
9 루쉰, 『삼한집·루쉰 역저 서목』, 『루쉰전집』 제4권, 189쪽.
10 리징더 편, 왕싱셴 점교, 『주자어류』, 67쪽.

주희 역시 기질을 사람의 심리, 생리적 개성과 관련이 있는 것으로 보고 있음을 알 수 있다. 『송서 · 사령운전론謝靈運傳論』에서 심약沈約은 이렇게 말하고 있다.

> 한(漢)에서 위(魏)까지 4백여 년 동안 사인(辭人), 재자(才子)들이 창작한 시문의 체재나 풍격은 크게 세 차례 변화했다. 사마상여(司馬相如)는 사부에 능하여 형체 묘사가 교묘했고, 반고(班固)는 서정과 설리를 결합한 논설에 장기가 있었으며, 조자건(曹子建, 조식(曹植))과 왕중선(王仲宣, 왕찬(王粲))은 자신의 기질(氣質)대로 지닌 재능을 드러내어 특유의 아름다움을 선보여 당시 문단을 환하게 밝혔다.[11]

여기서 말하는 기질은 풍격이나 풍골風骨과 유사하나 건안 문학의 개성 발양에 대한 언급이기도 하다. 결론적으로 기질은 개성과 연관되며 다양하게 표출된다. 문기文氣, 즉 문장의 기운은 사람의 기질과 연결되며 그 안에서 기식氣息(숨결, 정취)이 서로 통하기도 하고 또한 서로 저항하기도 한다. 기질은 언제나 사리에 맞고 온당한 것이 아니라 때로 편향적인 혈성血性이다.

루쉰은 한유, 유종원, 구양수, 소식 등에 비해 혜강을 더욱 좋아했고, 이백이나 두보, 원진, 백거이보다 이하李賀를 더욱 사랑했다. 또한 『삼국연의』나 『수호전』보다 『유림외사』를 더 좋아했으며, 심지어 톨스토이보다 안드레예프Andreev, Leonid Nikolaevich(1871~1919년, 제정 러시아

11 『송서 · 사령운전론(謝靈運傳論)』, 베이징 : 중화서국, 1974, 1778쪽.

작가)[12]를 더 좋아했다. 한유나 유종원, 구양수, 소식의 성취가 혜강만 못한가? 이백, 두보, 원진, 백거이의 시가가 이하만 못하단 말인가? 『삼국연의』, 『수호전』의 위대함이 『유림외사』에 떨어지는가? 톨스토이의 위대함이 안드레예프만 못하단 말인가? 정신이 맑은 문학사가라면 이처럼 경솔한 결론을 내놓지 않을 것이다. 이는 단지 작가의 감각이 좀 더 민감하고, 감정이 남들보다 쉽게 끓어오름을 말하는 것일 뿐이다. 루쉰은 감각과 감정으로 책을 읽었으며, 전통적인 문학을 종이 상자에 눕혀 있는 선장본線裝本이나 양장서洋裝書로 간주하지 않고 책의 행간에서 고인 또는 서양인의 간담肝膽과 혈육, 그리고 품어져 나오는 뜨거운 생명을 읽고자 했다. 그는 상인처럼 씨앗의 근수에 관심이 있었던 것이 아니라 채소를 키우는 농사꾼처럼 종자 안에서 씨앗이 움트고 생육하는 가능성을 보고자 했다. 그가 고인을 배우고자 했던 것은 창조의 계기를 얻어 고인을 초월하기 위함이었다. 루쉰은 혜강, 이하, 『유림외사』에서 자신의 시대적 비분과 기질적 공명을 기탁하고, 공명을 통해 자신의 시대적 체험을 강화하고자 애썼다. 고대 문학에 대한 작가의 흥취는 문학사에서 흔히 볼 수 있는 상식적인 부분과 반드시 일치하지 않는다. 어쩌면 그런 부분은 그다지 관심이 없을 지도 모른다. 오히려 그의 흥취는 문학사의 상식과 벗어나기 때문에 오히려 그의 개성과 기질을 더욱 확연하게 드러내고 진귀한 것으로 받아들여진다. 근본이 있는 문학예술가라면 누구나 역사에서 자신의 정신적 지주를 발견하기 마련이다. 이는 그가 자신의 정신적 기질의 연원이 존

12 【역주】 루쉰 스스로 「'중국신문학대계' 소설2집」에서 「약(藥)」의 결말은 분명히 안드레예프의 음냉(陰冷, 음울)을 담고 있다고 말한 바 있다.

재함을 인증하는 것이자, 자신의 예술적 개성을 발전시키는 데 역사적 합리성을 갖추려는 욕구를 만족시키는 것이다. "오래되고 쓸모없는 것에 미련을 두는 것"이 아니라 역사 정신에 대한 현대적 개조와 발양 속에서 자신의 창작을 더욱 독특하고 풍부하며, 참신하고 묵직하게 발전시키기 위함이다. 이것이 바로 중국문학의 혈맥에 활기 넘치는 혈액을 투여하는 것이 아니겠는가! 어떤 의미에서 문학사가는 어떤 작가를 편애하거나 반대로 편파적으로 싫어해서는 안 된다. 그러나 예술가의 독특한 애호 속에서 우리는 대체할 수 없는 작가의 기질과 모방할 수 없는 예술적 혜안을 꿰뚫어보아야 한다.

루쉰 소설의 사조, 혈맥, 기질을 살펴본 후 그의 정신 공간에 존재하는 4가지 지주 가운데 가장 근본적인 지주를 살펴보지 않을 수 없다. 그것은 시대의 지주이다. 루쉰은 소설의 현실성, 진실성을 가장 중요한 위치에 올려놓았다. 일단 그의 말을 들어보겠다.

> 계급이 존재하는 사회에 살면서 초계급적인 작가가 되려고 하거나, 전투의 시대에 살면서 전투를 벗어나 홀로 서려 하거나, 현재를 살면서 미래에 남길 작품을 쓰려고 하는 사람은 마음이 만들어 낸 환영으로 현실세계에 존재하지 않는다. 이런 사람이 되겠다는 것은 흡사 제 손으로 머리카락을 뽑으며 지구를 떠나려고 하는 것과 같다. 떠날 수가 없으니 초조할 테지만 이는 누군가가 고개를 내저어서 감히 뽑지 못한 때문이 아니다.[13]

13 루쉰, 『남강북조집 · '제삼종인'을 논하다(論第三種人)』, 『루쉰전집』 제4권, 452쪽.

루쉰 소설은 신해혁명 전야에서 민국 초년까지 중국 향촌과 도시사회의 암담함, 숨 막힘, 그리고 보기에 별일 없는 듯하면서도 비극이 끊임없이 벌어지는 삶의 현장을 비할 바 없이 진실하고 깊숙하게 해부하면서 사람들을 전율하게 만들고 탄식하게 만들며 도무지 어찌할 바를 모르게 만드는 역사와 영혼을 깊이 관찰하고 분석하는 사회 신경계통을 투시했다. 일련의 인물 형상으로 볼 때, 루쉰 소설에 나오는 인물들은 고전 문학의 인물 군상의 연장선상에 놓여 있다. 그들은 구시대의 잔재로 비분과 비련으로 가득 찬 만가를 노래한다. 명말 『서호이집西湖二集(주청원周清源이 찬술한 유사 화본소설집)』에 나오는 「교부좌부성명巧婦佐夫成名」에서 처음으로 부패한 과거제도에 대해 폭로한 이래로 청대에 이르러 팔고취사八股取士 제도에 대한 비판이 거의 모든 소설의 중요한 모체가 되었다. 『요재지이』나 『유림외사』는 이미 일찍부터 풍자적 필체로 당시 독서인들에게 깊이를 알 수 없는 함정이나 다를 바 없는 과장科場에 대해 비판했다. 루쉰이 그려낸 콩이지나 천스청 역시 과거제도하에서 막차마저 타지 못해 낙담한 인물들이다. 소설에서 루쉰은 그들 희생양의 가련하고 가소로운 모습 묘사 외에도 과거제도와 그것을 떠받치고 있는 정치적 지주의 붕괴를 선언하고 있다. 계속해서 뤼웨이푸, 웨이롄뒤, 쥐안성 등의 쇠락, 쓰밍, 가오라오 부자의 허위의식 등 여러 지식인들의 그릇된 모습을 통해 5·4 전후 물고기와 용이 한데 섞인 듯 각양각색의 인물이 섞여 가라앉았던 찌꺼기가 다시 수면으로 떠오르듯이 자취를 감추었던 못된 짓거리가 다시 출현하고 의기소침하고 있는 지식인 사회의 면모를 투시했다.

루쉰 소설에 나오는 역사 인물, 예를 들어 백이와 숙제, 노담老聃(노자), 공구, 장주 등은 본래 유가나 도가의 성현들이나 소설에서는 오히려 고인의 뜻과 전혀 다르게 희극적인 인물로 풍자의 대상이 되고 있다. 현실의 전투정신이 밝게 비추는 가운데 그들의 공리공담, 시비의 혼유, 소극적인 피세 태도 등은 모두 희화되고 만화화漫畫化되어 당시 지식계의 사상 상황을 반영하는 거울이 된다. 대우大禹나 묵자의 형상에서 루쉰은 "고개를 숙이고 힘든 일에 매진하는" 중국 역사의 척량을 간략하게 개괄했다. 소설의 제재나 인물 묘사에서 루쉰이 이룩한 가장 큰 공적은 전국 인구의 대다수를 차지하는 평범한 농민을 현대소설의 영역으로 끌어들였다는 점이다. 『수호전』은 의협 영웅들의 서사시이지만 본분이 농민인 등장인물은 거의 보이지 않는다. 하지만 진정으로 중국을 이해하고 있는 루쉰은 평범한 농민들을 등장시켜 그들의 비극적 운명, 그들의 영혼이 짊어진 무게, 그리고 사회의 암흑의 근원을 진실하게 묘사했으며, 특히 전통 사상에 왜곡되고 거대한 삶의 무게에 압도당하는 복잡한 비극적 영혼을 발굴하였다. 아Q, 룬투, 샹린댁 등의 인물형상 묘사의 깊이는 이전까지 그 누구도 따라올 수 없는 것이었다. 어느 체코 학자는 이런 말을 남겼다.

> 처음 내가 손에 넣은 루쉰의 작품은 「납함」이었다. 그 책을 읽으면서 나는 놀람과 기쁨이 교차했다. 나는 순식간에 주변 사람들의 면모를 알고 그들의 영혼을 이해하기 시작했다. 루쉰은 나에게 중국인의 내심으로 향한 길을 열어주었으며, 내가 어떻게 그들을 사랑해야하는지 가르쳐주었다.[14]

이는 의심할 바 없이 루쉰 소설의 획기적인 의의를 지닌 예술 진실성과 현실성에 대한 최고의 찬사이다. 5·4 시대에 만약 루쉰이 없었다면, 수많은 빛과 깊이가 훨씬 줄어들었을 것이다.

위다푸는 「루쉰을 회고하며懷魯迅」에서 이렇게 말했다.

> 위대한 인물의 출현이 없는 민족은 세계에서 가장 가련한 생물의 무리(生物之群)이며, 위대한 인물은 있지만 옹호, 추대, 숭배를 모르는 국가는 희망이 없는 노예의 나라이다.[15]

위다푸는 의미심장한 두 마디 말, '생물의 무리'와 '노예의 나라'로 한 민족의 위인에 대한 태도를 평가하고 있다. 참으로 통쾌한 말이 아닐 수 없다! 이른바 '생물의 무리'는 문명으로 진입하지 못한 몽매를 가리키며, '노예의 나라'는 독립적 주체 정신이 결핍되어 남의 눈치나 보면서 하루하루 살아가는 연약하고 무능함을 말한다. 위다푸는 민족의 높이에서 루쉰을 이야기했다. 그는 당시와 후세에 루쉰에 대한 비방과 불경을 예견했던 것 같다. 루쉰이 서거하여 출상할 때 영구 위에 '민족혼'이라는 세 글자가 적힌 깃발이 덮여 있었다. 과연 우리는 그 안에 담긴 깊은 뜻을 이해하고 있는 것일까? 이것이 역사가 후인들에게 남긴 거대한 물음이다.

---

14 야로스라브 푸르섹(Jaroslav Prusek, 중국명 푸스커(普實克)), 「그 해 루쉰을 회고하며(回首當年憶魯迅)」, 『루쉰연구자료』 3, 톈진 : 톈진인민출판사, 1978, 314~315쪽.

15 위다푸(郁達夫), 「루쉰을 회고하며」, 허페이강(何佩剛) 선편(選編), 『중국현대미형산문선(中國現代微型散文選)』, 상하이 : 학림출판사, 1989, 58쪽.

역자 후기

양이楊義 교수의 『루쉰 문화혈맥 환원』은 32만 자에 달하는 루쉰연구서로 루쉰연구의 필독서이다. 역자는 사조思潮보다 문화혈맥을 찾아 떠나는 그의 여행에 동참하면서 그의 날카로운 시각과 탁견에 감탄하곤 했다.

책의 제목이기도 한 '문화혈맥'과 '환원'은 본서에 실린 논문 전체를 관통하는 가장 중요한 개념이다. 그렇다면 과연 그가 말하는 '문화혈맥'과 '환원'은 무슨 뜻인가? 역자는 이에 대한 짧은 글로 후기를 대신하고자 한다.

루쉰은 중국 현대문학의 거목이다. 거목은 줄기가 굵고 나뭇잎이 풍성하다. 그렇기 때문에 누구나 거목의 웅장하고 풍성함에 매료되어 감상하고 찬사를 보낸다. 하지만 보이지 않는 깊은 땅속의 거대한 뿌리에 관심을 갖는 이는 그다지 많지 않다. 무엇보다 볼 수 없기 때문이고, 두 번째로 얽히고설킨 뿌리를 구분하는 것이 쉽지 않기 때문이다. 뿌리를 찾고 확인하는 일은 그만큼 어렵다. 하지만 뿌리를 찾지 않으면 거목의 절반밖에 보지 않은 것이나 마찬가지다. 특히 중국 현대문학의 본원이라고 할 수 있는 루쉰의 문학은 당시 서구의 영향을 받은 '시대사조時代思潮'와 밀접한 연관을 맺고 있기 때문에 거목의 배경, 또는 주변에는 서구는 물론이고 일본에서 이식된 나무들이 즐비하고, 줄기나 잎에서 '주의主義'와 '사상思想'이 나풀거릴 수도 있다. 그렇기 때문에 지상에 드러난 부분만 본다면 자칫 서구의 문학사조, 시대사조의 영향에 짙게 물든 것처럼 보일 수도 있다.

본서는 바로 이러한 이유로 노신 문학의 뿌리 찾기, 즉 환원還原을 시도하고 있다. 이를 통해 거목의 수액(혈맥)이 어떤 뿌리를 통해 들어왔고, 뿌리가 자리하고 있는 토양이 어떤 것이며, 토양과 뿌리를 통해 어떤 가지와 잎을 만들어냈는가를 살피고 있다는 뜻이다. 이는 루쉰이라는 인물과 그의 작품을 형성하는 본원을 찾겠다는 뜻이자 자치 간과할 수 있는 중국 고유의 혈맥을 찾아 사조 중심의 노신 연구에 새로운 방향을 제시하겠다는 뜻이다.

저자는 이에 대해 다음과 같이 말하고 있다.

> 지난 백 년간의 루쉰연구는 주로 사조에 치중했다. 하지만 루쉰은 『무덤 · 문화편향론(文化偏至論)』에서 문화 편향을 따지면서 편향을 제거해야 한다고 주장하면서 "밖으로 세계 사조에 뒤처지지 않고, 안으로 고유한 혈맥(血脈)을 잃지 않아야 한다"고 내외적인 두 가지 문제를 이야기한 후 "지금의 것을 취해 옛것을 부활시키고, 별도로 새로운 유파를 확립하여 인생의 의미를 심원하게 한다"고 세 번째 주장을 펼치고 있다. 루쉰 문화 사상의 '2 + 1' 구조는 엄숙하고 심각하며 또한 확고하다. 사조를 쫓다가 혈맥을 고려하지 않으면 문화 신분을 상실하고 문화 주체의 독립적 창조의 기반을 잃고 만다. 반대로 혈맥만 고수하며 사조를 멀리하게 되면 창조의 동력을 잃고 문화 현대성의 시대와 더불어 전진하는 시야를 잃게 된다.

지난 백 년간의 루쉰연구가 사조에 치중했다는 저자의 관점에 완전히 동의할 수 없지만, 루쉰을 연구할 때 사조에 편중된다면 결코 루쉰의 진면목을 살필 수 없다는 점에는 전적으로 동의한다. 사조란 일정한 시대에 많은 이들의 사회·정치적 욕구나 희망을 반영하는 일종의 사상적 흐름을 말한다. 그렇다면 루쉰연구가 사조에 치중했다는 저자의 말은 다음 두 가지 뜻을 가진다. 첫째, 루쉰과 루쉰의 작품이 당시 시대사조와 어떤 관계를 맺고 있는가를 연구하는 데 치중했다. 둘째, 시대에 따라 각기 다른 시대사조에 의해 루쉰과 루쉰의 작품 연구가 이루어졌다.

20세기 초엽 신문화운동이 거세게 타오를 때, 이른바 덕선생德先生(민주)과 새선생賽先生(과학)은 봉건전제에 반대하고 봉건전제의 이론적 토대인 유가사상과 맞서 싸우며, 오랜 세월 축적된 미신과 몽매함에서 벗어나고자 했던 이들의 사상적 기치였다. 당연히 최초의 현대소설을 쓴 루쉰 역시 이러한 시대사조의 큰 흐름에 동참하여 문학혁명의 선두에 섰다. 이후 그는 다양한 서구의 문학사조, 시대사조를 수용하면서 적극적인 문학활동을 펼쳤으며, 좌련左聯에 참가하면서 마르크스 문학이론을 접하기도 했다. 어찌 보면 그의 삶은 폭풍우처럼 몰아치는 시대사조에 맞서 때로 순응하거나 역행하는 여정이었으며, 그의 문학은 그런 사조를 지지하거나 비판하면서 큰 소리로 외쳐댔던 거대한 현장이었다. 이런 면에서 루쉰과 루쉰의 작품이 당시 시대사조와 어떤 관계를 맺고 있는가를 연구하는 것은 유의미하다.

다른 한편으로 루쉰과 루쉰의 문학작품을 연구하는 작업 역시 시대사조에 영향을 받지 않을 수 없다. 예컨대 신문화운동 시기에는 계몽주의가 극성을 부리면서 그의 『납함』을 중심으로 논의가 이루어졌고, 낭만주의적 입장에서 그의 작품을 논평한 이들도 있었다. 또한 중화인민공화국이 들어선 이후에는 자연스럽게 마르크스주의 문학사조에 따른 평가가 잇달았고, 문화대혁명 기간에는 마오쩌둥 사상에 따른 연구가 이루어졌다. 개혁개방 이후에도 각기 나름의 사조에 기댄 연구가 다양하게 시도되었다. 당연히 이러한 당시 시대사조의 방법론에 따른 연구 역시 가치가 있다.

하지만 저자의 말대로 "사조를 쫓다가 혈맥을 고려하지 않으면 문화 신분을 상실하고 문화 주체의 독립적 창조의 기반을 잃고 만다".

루쉰에게 민족, 특히 봉건제 사회에서 몽매한 삶을 영위하면서 열강의 침탈에 속수무책이었던 중화민족은 계몽하고 혁신하여 새롭게 태어나야만 하는 대상이었다. 또한 중국의 '구라오古老'한 전통 역시 개량해야 하는 비판의 표적이었다. 그렇기 때문에 그는 반봉건, 반전제, 반전통의 기치를 높이 들었다. 다시 말해 그는 민족의 전통에 대한 비판적 계몽주의자였던 셈이다. 하지만 1936년 10월 19일 루쉰이 세상을 떴을 때, 그의 유해는 '민족혼民族魂'이라고 쓰인 하얀 천으로 덮였다. 중화민족에 대해 가장 쓴 소리를 많이 했던 이가 오히려 '민족혼'으로서 민족정신을 대변하고, 민족의식을 토로했던 거대한 뿌리가 된 것이다. 바로 이런 점에서 그의 민족정신, 문화혈맥, 문화주체의식을 찾는 것이야말로 심각한 작업이자 반드시 필요한 연구이다. 루쉰의 문화혈맥을 찾는 일이야말로 그의 진면목을 찾아가는 길이자 잡다하게 뻗은 갈래길에서 헤매지 않는 방법이라는 뜻이다.

루쉰은 저장성 사오싱紹興에서 태어났다. "어려서부터 경전이나 사서를 비롯한 다양한 전적, 심지어 『산해경』이나 『서유기』처럼 군자들이 흔히 읽지 않는 책들까지 두루 접했다. 이러한 문화적 기인基因으로 인해 은연중에 이단異端을 내포하게 만들었다." 또한 "가문의 몰락은 한 집안의 장자였던 그에게 세태염량世態炎涼을 뼈저리게 느끼게 했지만 다른 한편으로 정통 지식체계의 속박에서 느슨해져 영신새회迎神賽會를 즐기고 목련희目連戱에 매료되는 등 민간 차원의 문화취미를 향유할 수 있었다". 양이 선생은 루쉰의 이런 시절에 대해 이렇게 언급하면서, "어린 시절 그와 연관을 맺게 된 문화혈맥은 풍부함과 잡다함을 특징으로 한다"고 말했다. 이렇듯 루쉰은 풍부하고 잡다한 문화혈맥을 지니고 있었으며, 그 안에는 절동학파浙東學派의 학술전통과 사오싱의 사야師爺 기질을 역으로 반영하는 꼬장꼬장한 '반사야 기질反師爺氣' 등도 포함되어 있다. 이러한 '문화혈맥'은 자연스럽게 얻어진 것이 아니라 루쉰 자신이 끊임없이 학습하고 연구하며, 사고한 결과물이다. 실제로 루쉰은 소설이나 잡문 및 서정산문에 능한 문학가이자 『중국소설사략』이라는 걸출한 소설문학이론서를 저술한 학자이며 중국의 역사, 야사, 신화, 전설 등에 박학다식한 인문학자이다. 그야말로 "중국의 민족문화에 대해 잡다하다고 할 정도로 방대하면서도 깊이가 있는 수양을 갖추고 있다". 이는 전통적인 중국 문인의 학문이 아니며, 그렇다고 현대 중국문인들의 소양과도 다른 부분이다. 루쉰의 시야는 이렇듯 광범위하며, 그의 시각은 행간을 파고들 정도로 예리하다. 그래서 저자는 "루쉰 학문의 장점은 바로 그의 잡학에 있다. 그는 잡문을 통해 잡학을 소화했으며, 황무지의 잡초처럼 난잡한 것을 정교한 경고의 내용으로 바꾸었다. 바로 이러한 면에서 '루쉰 이전에는 루쉰과 같은 이가 있지 않았다'"라고 말한 것이다.

저자는 바로 이런 방대하고 잡다한 루쉰의 문화혈맥을 찾는 지난한 길을 택했고, 그것을 복원하려고 애썼다. 그 결과물이 바로 지금 우리가 읽고 있는『루쉰 문화혈맥 환원』이다.

저자의 책을 번역하면서 내용적인 면에서 어려운 부분이 없지 않았으나 내내 즐거웠다. 그 즐거움의 원천은 루쉰이란 거목을 만난다는 설렘과 기쁨에서 비롯되었으되 저자의 탁월한 어휘 선택과 유려한 문장에 감탄을 금할 수 없었기 때문이다. 비록 짧은 시간이었으나 저자와 함께 루쉰의 문화혈맥을 찾아 떠나는 여행이 참으로 행복했다.

2021년 5월

심규호